La rosa escondida

Novela

Reyes Monforte

La rosa escondida

temas'de hoy.

El papel utilizado para la impresión de este libro es cien por cien libre de cloro y está calificado como **papel ecológico**.

Ediciones Temas de Hoy es un sello editorial de Ediciones Planeta Madrid, S. A.
Paseo de Recoletos, 4. 28001 Madrid (España)
www.temasdehoy.es
www.planetadelibros.com

Diseño de la cubierta: Germán Carrillo / Departamento de Diseño, División Editorial del Grupo Planeta
Ilustración de la cubierta: a partir de las imágenes de Istockphoto y Trevillion Images
Fotografía de la autora: © Víctor Cucart
Primera edición en Colección Booket: marzo de 2011

Depósito legal: B. 3.378-2011
ISBN: 978-84-8460-855-4
Impreso y encuadernado en Barcelona por: blackprint A CPI COMPANY
Printed in Spain - Impreso en España

Biografía

Reyes Monforte es periodista y escritora. Su trayectoria profesional ha estado marcada por su trabajo en la radio, donde durante quince años ha dirigido y presentado distintos programas, entre los que cabe destacar «País de locos» en Onda Cero y «Cinco lunas» en Punto Radio. También ha colaborado en diversos programas de televisión en Telemadrid, Antena 3TV, La 2 o El Mundo TV ejerciendo de colaboradora y, en algunos de ellos, de guionista. Su primer libro, *Un burka por amor*, editado por Temas de Hoy, se convirtió en uno de los bestsellers de 2007 al alcanzar las 25 ediciones y fue traducido a varios idiomas. Un año más tarde publicó *Amor cruel*, que ha confirmado a Reyes Monforte como una de las autoras más importantes del momento.

ÍNDICE

PRIMERA PARTE
15

SEGUNDA PARTE
145

TERCERA PARTE
263

CUARTA PARTE
397

Epílogo
445

Para Pepe, el mejor regalo que la vida me ha brindado.
Gracias por ser, en el buen sentido de la palabra, un hombre bueno

«Hay en mis venas gotas de sangre jacobina,
pero mi verso brota de manantial sereno;
y, más que un hombre al uso que sabe su doctrina,
soy, en el buen sentido de la palabra, bueno.»

ANTONIO MACHADO, *Retrato*

«Los Balcanes han producido más historia de la que pueden digerir.»
WINSTON CHURCHILL

«La violencia es el miedo a los ideales de los demás.»
MAHATMA GANDHI

«Cuando creíamos que teníamos todas las respuestas,
de pronto, cambiaron todas las preguntas.»
MARIO BENEDETTI

«Hasta en las flores existe la diferencia de suerte.
Unas embellecen la vida y otras adornan la muerte.»
HÉCTOR GÓNGORA

«Los cisnes pertenecen a la misma familia que los patos,
pero son cisnes.»
PROVERBIO TURCO

Cuando lo vislumbró desde la ventanilla del coche que la trasladaba a Villa de Alba, su nuevo hogar en la provincia de Salamanca, lo entendió como un guiño del destino. Un río de aguas calmadas, cristalinas, de cauce sereno y tremendamente embaucador parecía darle la bienvenida, ajeno al equipaje de humillaciones y ultrajes almacenado en sus hermosos ojos verdes. «Como el de mi tierra, como el de casa.»

Las aguas del río Tormes le devolvieron el recuerdo de aquel otro que bañaba los márgenes de su ciudad natal, Visegrado, la misma que días atrás tuvo que abandonar escondida en una pequeña barca de madera al arrullo de unas aguas familiares. El curso del Drina la alejó de la muerte, de la tortura, de la violencia, y de la mayor ignominia jamás conjeturada.

Zehera se obligó a incorporarse en el asiento y bajó la ventanilla buscando el sonido del agua. Sus oídos se dejaron engatusar por aquella melodía que se le antojaba fresca y purificante, y sonrió al pensar que quizá la vida le estaba regalando una nueva oportunidad. Pero los fantasmas del pasado acudieron para borrar la media sonrisa que acababa de alumbrar su rostro.

De nuevo temió a la suerte.

Demasiados recuerdos en los que la fortuna se abría paso a dentelladas.

PRIMERA PARTE

En Sarajevo
en esta primavera de 1992
todo es posible;
por ejemplo, hacer la cola
para comprar el pan
y acabar en urgencias
con una pierna amputada.

Y reconocer después
que has tenido mucha suerte.

La suerte a la manera de Sarajevo,
de Izet Sarajlic, poeta bosnio

I

—Eres afortunada, aunque no lo creas. Eres una mujer afortunada.

Zehera dejaba escapar violentos jadeos mientras trataba de sujetarse el abdomen con las rodillas, las manos atadas a la espalda con un fino alambre mordido por la oxidación, como queriendo contener el dolor y la vergüenza que emanaban de sus entrañas, allí donde el zarpazo brutal e infame acababa de desgarrar su hasta entonces terreno más inocente. Había sido violada una y otra vez por el nuevo señor de la guerra de Visegrado, Sasa Ludonovic, de formas tan grotescas que su mente jamás hubiese osado imaginarlas.

—¿Afortunada? —No era capaz de adivinar dónde residía el buen hado del que hablaba la voz agazapada entre las sombras—. ¿Me has mirado bien? ¿No sabes dónde estamos? ¿Dónde ves la suerte?

—Acabas de llegar y ya te ha hecho suya. Él. El creador de todo este infierno, el nuevo dueño de nuestras vidas y sobre todo de nuestra muerte. Pero no entiendes tu fortuna. Aún es demasiado pronto. Aún no sabes nada.

Zehera apenas podía entrever los rasgos de aquella mujer misteriosa que se dirigía a ella entre murmullos, desde la oscuridad de la habitación. Aun así, algo en su voz le hizo pensar que acababa de sonreír.

—¿Acaso te han atado de pies y manos al esqueleto de una cama de hierro, te han aplicado descargas eléctricas en los órganos genitales y luego te han violado hasta que has perdido el conocimiento? ¿Más de cien hombres han hecho turnos para torturarte y violarte a lo largo de diez días? ¿Te han obligado a ver cómo violaban a tu hija de seis años hasta su último aliento? ¿Te han amenazado con sacarte los ojos con un crucifijo si no bebías los litros de alcohol que ellos ordenaban y tomabas un nombre serbio? ¿Te han separado las piernas para violarte con sus kalashnikov, con palos de madera? ¿Te han cortado los pechos mientras te violaban y te gritaban «musulmana inútil»? Dime, ¿acaso te han hecho algo semejante?

Sin previo aviso, la mujer dejó de hablar y de enumerar el descarnado horror que, a juzgar por la seguridad y el detalle de su relato, su propia retina había presenciado y quizá su piel había padecido. Un silencio aterrador se adueñó de la estancia.

Desde que comenzara la guerra en Bosnia Herzegovina, Zehera odiaba esos silencios. Eran el abono del miedo, la antesala del terror, del fuego, de los gritos y de las súplicas sin respuesta. Ese falso y perverso mutismo diezmaba familias, amigos, esperanzas, risas, encuentros, planes de futuro, historias, vidas. Los silencios que escuchaba en esa guerra maldita parían ruidos de bombas, sabor de metralla, sonidos de sirenas y olor a muerte y a piel quemada. Un espectáculo dantesco para los sentidos con el que solo unos pocos daban buena muestra de disfrutar.

Desde la otra esquina de la habitación, la voz susurrante irrumpió como se marchó, sin avisar.

—Pobrecita. No sabes nada. Apenas llevas unas horas aquí y no entiendes que el horror toma forma humana en cada una de las habitaciones de este hotel. Créeme, niña, eres afortunada. —La misteriosa mujer la observó de arriba abajo. También Zehera pudo ver al fin las facciones de un rostro que parecía artificialmente ajado, brutalmente golpeado y herido de muerte—. ¿Cuántos años tienes, muchacha?

—Hoy cumplo dieciocho —respondió—. Y me quiero morir.

Era el 10 de junio de 1992 y solo hacía unas horas que habían trasladado a Zehera al hotel Vilina Vlas de Visegrado, convertido desde el estallido de la guerra en uno de los campos de violación masiva de mujeres que los serbios habilitaron durante la contienda bélica para llevar a cabo su despiadada limpieza étnica y exterminar así a la población bosnia. Antes de la guerra jamás había estado en aquellas instalaciones que actuaban como hotel balneario.

Se encontraba completamente desnuda y tenía frío. No podía verse, pero sentía la cara hinchada, los párpados le pesaban como losas de cemento por los golpes recibidos y sus ojos le devolvían una visión borrosa y deformada de lo que había a su alrededor. Tenía los labios partidos, a juzgar por el sabor amargo y metálico que su propia sangre le dejaba en la boca, y un profundo y hasta aquel momento desconocido dolor le recorría el cuerpo como si fuera una bola de fuego, desde el estómago hasta los pies. Intentó reconstruir lo que había sucedido el día en que el calendario le tenía preparado un regalo en forma de mayoría de edad y de sueños de futuro y sin embargo el destino decidió agasajarla con las dádivas de una forzada madurez y un incierto presente. Se retó a sí misma a descubrir algún vestigio de aquella fortuna que al parecer presidía su actual situación. Le costó encontrarlo.

2

La primera vez que se estremeció al escuchar un comentario sobre su buena estrella fue unas semanas antes, en boca de su hermana Suhra. Casi un año y medio atrás, su hermana mayor se había ido a vivir a Sarajevo con su marido y su hijo Ari, de cuatro años de edad. Quería estudiar pintura, artes plásticas, y sabía que la rica vida cultural y artística que encerraba la capital le ofrecería más posibilidades de abrazar la que siempre había sido su verdadera pasión. Además, su marido Nicolás había encontrado trabajo como abogado y ambos pensaban en un futuro mejor para el pequeño. «¿Sabes que el nombre de Sarajevo viene de la palabra de origen persa y otomana *saraj,* que significa "palacio", "residencia"? Y esto te va a encantar, hermana. Escucha: en la biblioteca, donde por cierto me paso las horas muertas buscando y leyendo maravillosos ejemplares, he encontrado un libro de viajes de Evliya Çelebi donde se cuenta que en el Imperio otomano había infinidad de ciudades con el nombre de Saraj, pero que Sarajevo era con diferencia la más bella. Y créeme si te digo que lo sigue siendo. No sabes la hermosura que encierra esta ciudad en todos sus rincones. Solo faltas tú, hermanita.»

Pero la vida había hecho otros planes para ella, como para la mayoría de las víctimas de la guerra. Intentó advertirla cuando aún sus tímpanos eran presa de una transitoria sordera, fruto del estallido que horas atrás le había costado la vida a una joven estudiante de su misma edad.

—Zehera, vete, sal de este país. No pierdas más tiempo, por favor. Tienes suerte: Visegrado aún no se ha convertido en el infierno que está devorando a Sarajevo. Huye, deprisa, salva tu vida o cuando quieras hacerlo, será demasiado tarde. Corre, hermana, corre, tú, que de momento puedes.

Era el 6 de abril de 1992 y acababa de comenzar oficialmente la guerra en Bosnia Herzegovina. El día anterior, Suhra había sido testigo del asesinato indiscriminado y mezquino de Suada Dilberovic, una estudiante de Medicina de veintitrés años que cayó abatida en plena calle, a escasos centímetros de donde ella misma se encontraba, por el caprichoso disparo de un francotirador.

—Fue horrible, aún estoy temblando —contaba a Zehera con voz resquebrajada, aferrándose al teléfono como si quisiera apresar el eco de sus palabras por miedo a que alguien pudiera escucharla—. Todavía no eran las tres de la tarde, íbamos manifestándonos pacíficamente por el puente Vrbanja. La mayoría éramos jóvenes, estudiantes, había hasta madres y padres con sus niños pequeños; yo no llevé a Ari de milagro, porque hacía sol y preferimos que se quedara jugando...

El recuerdo de aquellas horas despertó el llanto y la obligó a interrumpir el relato, pero enseguida logró recomponerse.

—Queríamos quitar las barricadas que los radicales serbios habían colocado en algunos puntos de la ciudad; mostrar sin odio y sin violencia lo que ya habíamos votado el 1 de marzo: que se respetara el resultado del referéndum de independencia de Bosnia. Gritábamos: «Venimos en paz, venimos en paz». Íbamos cantando, regalábamos rosas por la calle. A mi lado, una persona con un megáfono leía el encabezamiento del referéndum de independencia: «A favor de una Bosnia soberana e independiente donde todos los ciudadanos y pueblos de este Estado, musulmanes, serbios, croatas y miembros de otras comunidades, sean iguales de derecho». ¡Fíjate que no soy capaz de olvidarlo, se me ha grabado a fuego en la memoria! —Suhra tragó saliva con el mismo esfuerzo que si fuera un trozo de alquitrán atascado en su garganta y prosiguió—: De repente oí un silbido, casi imperceptible. Te juro que casi no me di cuenta. Pero enseguida comenzó la gente a arremolinarse alrededor de una mujer que había caído al suelo, muy cerca de mí. Olga. Ese era su nombre, Olga Sucic. Yo había estado hablando con ella segundos antes, estábamos juntas, podía haberme pasado a mí. ¿Lo entiendes? ¡Hoy mismo yo podría estar muerta!... Muchos corrimos a ayudarla, y fue entonces cuando sí que escuché un disparo que me dañó los tímpanos y me dejó totalmente aislada del alboroto general. Hirió a una joven, Suada, que había venido a auxiliar a Olga. La bala le alcanzó la axila, o al menos de ahí brotaba un gran chorro de sangre. Traté de hacerle un torniquete con mi pañuelo, ¡pero era horrible! Por más que intentaba parar la hemorragia, la sangre lo empapaba todo al instante, y mis manos no daban abasto para atajarla. Entre unos pocos conseguimos meterla en un taxi. Todavía hablaba y estaba despierta. Me dijo: «Dime que esto no es Sarajevo. No puede ser, no puede ser». Y después perdió el conocimiento. —Se echó a llorar—. Y ya no abrió los ojos. No volvió a hablar. Estaba pálida. Murió en el hospital. Ha sido horrible, horrible. Y va a ser mucho peor. Es algo que se intuye, no sé por qué; se palpa, huele a miedo y es un olor que te asfixia, no se parece a nada...

—Suhra, no puede ser —intentó tranquilizarla Zehera—. La Unión Europea ya ha reconocido hoy la independencia de Bosnia Herzegovina. No van a permitir que pase nada más. Has vivido algo horrible, pero tiene que ser puntual. Esto no puede continuar, no podemos ir a la guerra. Eso es imposible. Sencillamente, no puede ser. Todo esto terminará en unos días, quizá en pocas horas. Se tiene que acabar. ¿Por qué no vuelves a Visegrado con nosotros? Aquí no pasa nada, todo está tranquilo.

—¡Zehera, ¿es que no has oído nada de lo que he dicho?! ¡Esta ciudad está tomada! Y también antes estaba tranquila. Durante todo el día se escuchan disparos y ni siquiera sabemos de dónde vienen, si de los montes, del puente, de las ventanas de los edificios vecinos... Sea cual sea su origen, lo único cierto es que consiguen su objetivo, que no es otro que matarnos. Muchos dicen que va a empezar la guerra, que de hecho ya ha empezado, y que va a durar años. Yo tampoco me lo creía, hermana, no quería, me resistía a aceptarlo, lo mismo que le pasó a Suada en el taxi. Pero después de lo de ayer, estoy convencida. Eres tú quien tiene que irse, pero lejos: vete a Alemania, a Croacia, a Hungría. O a España, ¿Aleksandar no tenía familia allí? Da igual donde vayas, pero hazlo hoy, no esperes a mañana. ¡Vete! ¡Sal de ahí! ¡Lárgate del país!

—¡Pero aquí no está pasando nada! Visegrado está tranquilo, todo está bien. De vez en cuando se oye un avión o se ve un camión de camuflaje cruzando la carretera, pero te digo que todo está tranquilo.

—Sal de ahí y saca a la abuela, a Dino y a los padres. —El tono de Suhra se tornó imperativo—. Hazlo ya o será demasiado tarde. ¿Me oyes, Zehera? Salid ahora mismo.

La conexión telefónica se cortó. Durante horas trató de restablecer la comunicación con su hermana en Sarajevo, pero desde aquel dramático instante todos los intentos serían en vano.

Horas después de aquella agónica llamada que había despertado en ambas tanta desesperación como impotencia, Zehera permanecía en su cuarto intentando calmar la confusión y el temor que las palabras de Suhra habían sembrado en su siempre inquieta cabeza. Paseaba nerviosa de arriba abajo, medio aturdida, al tiempo que mordisqueaba frenéticamente las uñas de sus dedos aprovechando que estaba sola en casa y su abuela Mirsa no podía afearle esa manía que tanto la irritaba. Recorría los escasos metros de su habitación con la vista clavada en la ventana de su dormitorio, en busca de una bocanada de aire fresco que ventilara sus encolerizados pensamientos. No sabía qué hacer y esa inquietud anulaba cualquier capacidad de reacción. No había nadie con quien compartir las palabras de Suhra; nadie sobre quien descargar el peso de su incertidumbre. Echó de menos a su novio Aleksandar, que solía regalarle buenas dosis de sosiego cuando su temperamento se desmadraba. «¿Dónde estás, Alek? Tenías que haber venido a buscarme hace más de una hora. ¿Por qué no vienes? ¿Por qué no llamas si vas a llegar tarde?»

Un rugido seco, devastador, hizo que el suelo temblara bajo sus pies y puso fin a sus incisivas elucubraciones. Corrió hacia la ventana y el espectáculo que contemplaron sus ojos verdes los hizo abrirse sin querer respetar las dimensiones de sus órbitas; a poco estuvieron de conseguirlo: una densa y alargada columna de humo gris engullía árboles, casas, vehículos y calles de Visegrado, envolviéndola en una descomunal y asfixiante nube de polvo y hollín, y sumiendo todo en una oscuridad ficticia. Algunos de los edificios que había estado observando hacía tan solo unos segundos se habían convertido en enormes columnas de fuego que amenazaban con devorarlo todo. Los coches ardían y las llamas parecían tener un apetito voraz por llegar cuanto más alto mejor. Las alarmas sonaban sin control, adelantándose al sonido de la catástrofe, y la ciudad se fundía en una asonante partitura de ráfagas de ametralladora, impacto de morteros, ruido de cristales rotos y sirenas enardecidas. Del vientre de aquella descomunal polvareda emergieron como espectros unas siluetas difuminadas, criaturas nacidas del caos que deambulaban sin rumbo, cubiertas por un velo de ceniza que acentuaba esperpénticamente su apariencia fantasmal. Eran personas tiznadas de negro, escupidas desde el interior de la gran esfera de humo y fuego que había cubierto buena parte de la ciudad. Algunas de ellas acarreaban en sus brazos cuerpos ensangrentados; otras gateaban intentando encontrar una brizna de aire puro, una bocanada de oxígeno sin restos de polvo.

«Dios mío... ¿qué está pasando?, ¿qué es todo esto?»

Zehera se tapó la boca con la mano, no para evitar que el humo entrara en sus pulmones —algo que impidió cerrando rápidamente el cristal de su ventana—, sino para intentar contener el horror de lo que estaba contemplando. Era el primer bombardeo al que asistía en su vida, una explosión que acalló el sonido de la ciudad, arrancó el corazón de muchos y destrozó el alma de todos. Fue su bienvenida a aquella guerra.

Suhra tenía razón. De nuevo. Como siempre.

Cuando el llanto ya era incontrolable y la visión se terció borrosa —quizá a modo de antifaz, una barrera que difuminara ante sus ojos semejante infierno—, sus oídos percibieron un sonido familiar. Era la moto de Aleksandar: un ciclomotor antiquísimo, ruidoso y destartalado al que su novio tenía un especial apego porque había pertenecido a su abuelo Mitar. Rastreó nerviosa con la mirada hasta que dio con él en el jardín de la casa. Bajó corriendo las escaleras sin prestar atención al lugar exacto donde ponía los pies, trastabillando en más de una ocasión, impaciente por alcanzar la puerta y abalanzarse sobre él.

Cuando le tuvo delante supo que el estallido que había logrado ausentarla durante unos extraños y confusos minutos tendría consecuencias aún peores de lo imaginado. El rostro de Alek no dejaba espacio para el optimismo. Su compungido relato tampoco.

—Estaba saliendo del Café Andric cuando empezó todo. Primero escuchamos el sonido de un avión o algo similar. Parecía lejano, casi imperceptible, pero poco a poco fue haciéndose más fuerte hasta que pensamos que venía derecho hacia nosotros y salimos corriendo para ver y... y luego... Luego no sé... Ha sido como si la tierra se abriera y de ella comenzara a salir fuego, humo, polvo, metralla... —Aleksandar estaba muy alterado, las palabras tropezaban nerviosas en su lengua, rebotaban en su paladar y se perdían al fin en su garganta reseca; la respiración, tan acelerada que no le daba tiempo de reponerse del pavor que habitaba su cuerpo—. No se veía nada, el humo nos cegaba, no nos dejaba respirar. Lo sentí aquí, en la garganta, es como si pudiera masticarlo. Intentamos movernos, pero era algo imposible porque no había suelo, no sabíamos dónde íbamos a poner los pies. Sentí vértigo, una sensación de estar flotando en la nada, de estar cayendo por un barranco sin poder agarrarme a nadie, como en los sueños aunque peor, porque todos estábamos despiertos.

Zehera abrazó a su novio con ímpetu, no muy segura de si lo hacía para infundirle ánimo, fuerza y confianza, o si era ella quien se beneficiaba de ese bálsamo anímico. Abrazados, casi atados, estrechándose el uno al otro como nunca antes lo habían hecho, los dos entraron en la casa.

—Tranquilo. Respira despacio —le dijo mientras le ayudaba a acomodarse en el sillón principal del salón y secaba el sudor frío de su rostro, teñido todavía de un cendal de polvo grisáceo. La mezcla de las gotas de sudor y las partículas de polvo le daba una apariencia de gélida y lívida efigie, remarcando aún más un perfil propio de los antiguos emperadores de la Roma clásica—. Voy a la cocina a por un vaso de agua y me lo cuentas todo.

—Visegrado es un caos. Todos corren de un lado a otro gritando, llorando, se llaman unos a otros, vociferan sus nombres. Y escuchar tu nombre en esa oscuridad es algo dantesco. Es la indefensión absoluta. Es una sensación de soledad que te parte, que te abre en dos. Pero ha sido peor conforme el humo ha ido desapareciendo, porque entonces hemos podido ver lo que ocultaba tanta niebla gris. He visto a un hombre decapitado, brazos y piernas arrancados del cuerpo, cabezas reventadas, estómagos abiertos por donde se escapaban los intestinos —le contó mientras la cogía con fuerza del brazo y la obligaba a sentarse a su lado, como si supiera que el vaso de agua que ella le ofrecía no iba a ser suficiente para tragar todo lo que había presenciado aquella mañana—. He visto tanques en las calles, Zehera. Soldados con ametralladoras en las manos, ¡apuntando y disparando incluso a niños! Leko y yo hemos huido por el monte para que no nos vieran. —Aleksandar esbozó una sonrisa que despistó a su novia por lo absurda que parecía en mitad de su dramática alocución—. Creo que Leko estaba más preocupado por si seguía en pie su café que por él mismo. No dejaba de mirar hacia atrás para ver si lo habían echado abajo de un pepinazo. Y entonces es cuando hemos visto que han volado parte de la planta hidroeléctrica. Creo que la han bombardeado. La verdad, no sería capaz de jurarlo, pero de repente todo se ha apagado y ha saltado una tromba de agua que de pronto corría como cataratas por las calles, llevándose todo por delante: coches, personas, bancos, árboles... todo. En mi vida he visto nada parecido. Y si quieres que te diga la verdad, no sé cómo afrontar todo esto. No lo sé.

En un gesto de desesperada protección, colocó la cabeza sobre el regazo de Zehera y allí permaneció un buen rato, en busca de la calma perdida tanto en su interior como en las calles de la ciudad.

—Mi hermana me ha llamado. Dice que ha estallado la guerra en Sarajevo. Ella también ha visto morir a gente. Me ha dicho que salgamos corriendo del país, que no esperemos un día más, que todo irá a peor.

—Me temo que ya es tarde para eso —musitó Aleksandar mientras se apretaba aún más a la cintura de su chica—. Demasiado tarde.

Después de una semana de bombardeos, ataques aéreos y confinamientos forzosos en las casas, y de algún episodio de huida colectiva entre la población, la situación en Visegrado se calmó. Cesaron las bombas y el persistente ruido de metralla, y las columnas de humo y fuego dejaron de ser una constante en el paisaje. Pero la mejoría del enfermo era engañosa y pronto comenzaría a devorarlo la fiebre bélica. El mal se había extendido en forma de metástasis mortal y la medicina del pueblo no abrigaba el remedio para una paz duradera.

3

Zehera y su hermana Suhra eran dos de las jóvenes más populares de Visegrado, una pequeña localidad de algo más de veinte mil habitantes de población bosnia, serbia y croata, situada en la parte oriental de Bosnia, muy cerca de la frontera con Serbia y a apenas cien kilómetros al este de la gran Sarajevo. A Zehera le encantaba la ciudad que la había visto nacer y disfrutaba recorriéndola de arriba abajo: se perdía en los recovecos que la vegetación del lugar gustaba obsequiar a quien mostraba curiosidad e interés bohemio por su asombrosa belleza, y contemplaba durante horas el carnaval de luz y color que la naturaleza parecía encerrar de manera caprichosa en aquellas tierras fértiles. No era casual que el extraordinario manto de color verde —que se extendía voluptuoso sobre las montañas, los valles, los cerros, enmarcando las aguas que bajaban animadas por el caudal del río Drina— atrajese con tal fuerza a la joven y lograse hechizarla durante horas. Al menos no lo era en opinión de su abuela paterna Mirsa, siempre dispuesta a ofrecer una explicación para el hipnótico encantamiento de su nieta: «La belleza está en tus ojos, esos ojos color verde esmeralda que te otorgan el don de verlo todo del mismo color. Con esos ojos, niña, es imposible que nada de lo que veas se torne feo. La belleza está en ti. Acuérdate bien de lo que te digo».

Ella reía a carcajadas al escuchar las disquisiciones de su abuela y entonces sus labios —siempre perfectamente pintados de color rojo por recomendación y a imitación de su hermana— se abrían como lo haría una rosa los primeros días de la primavera. «Somos rosas, hermanita —le susurraba Suhra frente al espejo mientras la instruía, como si de un ritual se tratase, en el arte de perfilarse los labios con la barra carmesí—. Y no conozco a una sola persona a la que no le gusten las rosas. Siempre son un mensaje de vida, de sueño, de optimismo, de buenas nuevas. Por eso, cuando los demás vean que tus labios se extienden y se abren, querrá decir que algo bueno está pasando en tu interior, y no dudes que será motivo de celebración.»

Las palabras de su hermana mayor siempre guardaban un eco semejante al de una madre entregada. Sonaban a protección, a consejo sabio y desinteresado, a suave abrigo, a dulce amparo. Era tan solo siete años mayor que Zehera, pero desde que esta tuvo uso de razón la recordaba a su lado, cuidándola cuando caía enferma, protegiéndola de las pesadillas que la atemorizaron durante un temporada cuando apenas había cumplido seis años, llevándola al colegio, preparándole la comida, ayudándola con las tareas escolares, aclarándole sus primeras dudas existenciales sobre el amor, la vida, la amistad o la muerte, y encargándose de todo lo que se supone que encierra la parcela destinada a la figura materna.

Rara vez veían a sus padres, Edin y Selma, y cuando estos se dejaban caer por la casa el ambiente se enrarecía, sin que ninguno supiera muy bien por qué, sin que existiera un motivo real, una rémora anclada en el pasado con el suficiente peso y sentido para entender esa situación en apariencia contra natura. Sencillamente, las figuras paternas no formaban parte de la estampa familiar y todos parecían aceptarlo sin darle mayor importancia. La abuela Mirsa intentaba disfrazar este abandono y desinterés de los progenitores hablando de un exceso de trabajo, de la necesidad que tenían su hijo y su nuera de viajar a menudo, de estar con otras personas, de abrir nuevos horizontes para su fructífero y provechoso negocio textil..., pero el forzado disfraz verbal que trató de confeccionar la abuela le venía pequeño, y las innumerables excusas se quedaron en ridículas pantomimas a las que nadie prestaba ya atención ni daba importancia. Esa ausencia perfiló la personalidad de las hermanas. Ninguna de las dos logró tejer auténticos lazos familiares con sus padres, pero sí fortalecieron los suyos. Cuando llegó el pequeño Dino, nueve años menor que Zehera, la historia volvió a repetirse como si se tratara de un completo y puntilloso guión. Sin embargo, la complicidad y la afinidad que existía entre ambas parecía ir más allá de la sangre y de la genética. En sus largas excursiones por las montañas, durante sus paseos por el río o mientras disfrutaban de las expediciones en bicicleta compitiendo por ver quién de las dos tenía el pedaleo más veloz —una de sus aficiones favoritas, a la que dedicaban buena parte de su tiempo libre—, las hermanas solían bromear sobre los errores de la naturaleza: «Tú y yo teníamos que haber nacido a la vez. Estoy segura de que compartimos el saco amniótico —comentaba burlona Suhra—. Pero como ya entonces te hacías la remolona, tuve que independizarme y salir yo primero. No pude esperarte. La vida me llamaba a gritos. Tú y yo tenemos que ser gemelas, o mellizas, no sé, somos demasiado iguales para ser tan solo hermanas».

Esa era la opinión generalizada de todos en Visegrado. Y es que las dos mujeres eran altas y delgadas, con un pelo negro y brillante cortado a lo garzón, piel suave, blanca, casi inmaculada, desierta de imperfecciones, herencia de su abuela paterna, y tenían andares coquetos y vitales. Valientemente erguidas, escandalosamente descaradas, audaces, risueñas, lucían en el rostro una sonrisa imperecedera enmarcada en una boca siempre sombreada de un vivaz rojo cereza. «Somos rosas, hermanita. Somos dos hermosas rosas.»

Lo único que no compartían las hermanas era la desmedida fascinación de Zehera por la inmensa mole de piedra clara y regular que parecía abrazar el río de su ciudad natal: 180 metros de longitud elegantemente distribuidos a lo largo de los once aristocráticos arcos con aperturas de hasta 15 metros, que el arquitecto de la corte Mimar Koca Sinan había levantado en 1571 bajo el mandato del gran visir Mehmed Sokolovic. Sin duda era lo que más le gustaba de su pueblo: aquel puente de grandes piedras blancas que se erigía fastuoso, valiente, casi orgulloso sobre las verdes y translúcidas aguas del río Drina. Resultaba habitual verla recorriendo el vasto y noble monumento: caminaba sobre él con la misma parsimonia que si se tratara de un objeto sagrado, digno de veneración, dejando que sus manos acariciaran apenas las majestuosas y pulcramente talladas piedras blancas, como si se tratase de la seda más delicada del mundo, abrazándolas, apoyando su delicado rostro sobre ellas a la espera de que le fuese desvelado algún secreto. «Si te aprietas con fuerza contra estas piedras, si te aferras a ellas como te aferrarías a la última persona que quedara en el mundo, te harán partícipe de la historia que encierran. Ven, haz como yo y cierra los ojos. ¿No notas la energía que te transmiten, Suhra? ¿No la sientes?» Su hermana le imitaba con torpeza el gesto para, minutos más tarde, hacerle saber su creciente preocupación porque en su cabeza anidaran cada día más pájaros. Pero lejos de ofenderla, a Zehera aquello le divertía e incluso le halagaba.

Era una atracción casi enfermiza la que sentía por aquella joya de la ingeniería otomana del siglo XVI y en especial por las innumerables leyendas y fábulas que sobre él contaban los viejos del lugar, entre ellos su abuela. Mirsa dotaba a sus narraciones de tantos adornos y realces que mantenía a la menor de sus nietas con la boca abierta y los sentidos hipnotizados. Había cabida para las hadas malignas que habían impedido construir al arquitecto del puente su magnífica obra; para los tributos de sangre en forma de crueles venganzas, que viajaban desde el pasado más remoto; incluso para los monstruos que, a modo de temibles hombres del saco reconvertidos en la figura de un árabe negro, vivían desde tiempos inmemoriales en uno de los pilares del descomunal puente y su sola visión provocaba la muerte a quien lo miraba. El relato que más lograba extasiarla, hasta el punto de que su recuerdo le impidió muchas noches conciliar su ya de por sí travieso sueño, era el de la mujer tartamuda que dio a luz a dos hermanos gemelos. «Este puente por el que ahora tanto suspiras tardaron más de cinco años en construirlo —relataba la abuela con un tono de voz dulce y apacible, digno del mejor narrador de cuentos del mundo— porque todo aquello que los trabajadores construían de día algo o alguien se encargaba de destruirlo durante la noche. Los aldeanos aseguraban que el responsable de todo aquel destrozo que tenía irritados a los mandamases turcos era un hada que había dicho al encargado de la obra, de nombre Abidaga, que si querían que el puente se alzara, debían emparedar en sus cimientos a dos hermanos gemelos, niña y niño, de nombre Stoia y Ostoia. Todos sabían que eran los propios trabajadores los que, exhaustos por el esfuerzo físico que suponía construir el puente y por las vidas humanas que se estaba cobrando, destruían lo construido. En especial un hombre llamado Radislav, que instaba al resto de los trabajadores a sublevarse, asegurándoles que lo que realmente estaban tramando los turcos era su exterminación y no la construcción de ese puente. Pero la leyenda del hada siguió creciendo y lo hizo tanto que llegó a oídos de una mujer tartamuda y loca, empleada de unos extranjeros, que había quedado embarazada y parido a dos gemelos que nacieron muertos. A pesar de las explicaciones que le dio todo el mundo, ella creía que los dos gemelos que el hada había pedido que emparedaran en los cimientos del puente eran sus hijos, y hasta allí se fue para buscarlos. Todos la conocían como la loca y le daban limosna para intentar quitársela de encima. Así encontró su razón de vivir. Y a ella debemos la leyenda que asegura que hay dos niños turcos emparedados en el puente sobre el río Drina. Incluso hoy día te encontrarás personas que así lo creen. Pero son solo cuentos, fábulas, supersticiones para alimentar la historia de un pueblo. No hagas demasiado caso, niña.»

También había cuentos que cedían todo el protagonismo a los héroes, a los salvadores de la tierra, aunque estos, nadie sabría decir por qué, motivaban mucho menos el interés y el hambre de sabiduría de los vecinos del pueblo y de la propia Zehera. «Cuando sea mayor pienso recorrer el mundo para conocer todos los puentes y las truculentas historias que encierran en su interior y así podré contárselas a todo el que quiera saberlas. Seré una gran guía. O mejor, me convertiré en toda una historiadora que dejará boquiabiertos a todos los alumnos que acudan a mi solicitada cátedra.» Quizá aquellos pensamientos no eran sino el eco de la algarabía que los pájaros anidados en su cabeza —los mismos que tanto inquietaban a Suhra— organizaban en su atolondrado revoloteo, pero disfrutaba exponiendo sus planes de futuro, sus sueños vitales.

No podía remediarlo. Adoraba aquel puente y todo lo que él representaba. Por eso cuando cumplió quince años, su hermana le regaló un libro que difícilmente se le caía de las manos: *Un puente sobre el Drina,* del escritor y premio Nobel de Literatura en 1961 Andric Ivo. Como avezada lectora que presumía ser, Zehera pronto consiguió recitar de memoria muchos de sus fragmentos, gracias a las mil lecturas que había hecho de la obra: «Una cosa es cierta: entre la vida de las gentes de la ciudad y este puente existe un lazo íntimo y secular —escribía Ivo—.

Sus destinos están tan entremezclados que no se imaginan ni se pueden contar separadamente». Nunca imaginó la realidad macabra y dolorosa que encerraban esas palabras.

Las idílicas imágenes de aquel puente que tejían sus sueños de un mañana presumiblemente no muy lejano se deshilacharon en las primeras semanas de la primavera de 1992, a puertas del mes de mayo, tiempo después de la primera explosión que sacudió Visegrado.

Cuando recibió la llamada de su amigo Mehmed desde Slap-na-Zepi —una localidad cercana en la misma línea del cauce del Drina— preguntándole qué demonios sucedía río arriba para que las aguas no dejaran de escupir cuerpos sin vida, Zehera ya había visto cómo su idealizado puente de piedra porosa y clara se había convertido en el escenario de un teatro rocambolesco que ofrecía sin interrupción espectáculos de muerte y de sangre. El relato traumatizado de su amigo tan solo le sirvió para corroborar la veracidad de la pesadilla que llevaba días observando con los ojos bien abiertos.

—Pero dime, ¿qué está pasando? Hace cinco días encontramos flotando río abajo el primer cadáver. En mi vida había visto nada igual. Su cuerpo estaba azul y negro y mostraba signos de violencia por todas partes, como si le hubiesen estado torturando, sobre todo en la cabeza. Tenía un profundo corte en el cuello y le faltaban las orejas y la nariz. Parecía que alguien se las hubiese cortado, pero eso es... —La lógica de Mehmed le impidió seguir con el razonamiento, más por pudor que por falta de entendimiento—. Lo llevamos al cementerio y allí lo enterramos como pudimos, pero sin poder hacer mucho más porque no traía ninguna documentación consigo capaz de darnos una idea de quién era. Desde entonces no hemos parado de recoger cadáveres del río. Llegan sin parar y todos en muy mal estado: cuerpos destrozados de niños, de mujeres, de ancianos, muchos de ellos mutilados. Hemos tenido que organizar grupos de voluntarios para sacarlos del río y enterrarlos. Y tenemos miedo. No sabemos qué hacer. Pero lo peor fue anoche. —Mehmed calló un instante, tragó saliva y continuó con su esforzado relato—: Cuando nuestro querido Nezir se encontraba ayudándonos en la recogida de los cadáveres, reconoció el cuerpo de su madre arrastrado por la corriente. Le habían abierto el vientre con un cuchillo y extraído el bebé que esperaba. Fue horrible, Zehera, espantoso. ¿Qué está pasando río arriba? ¿Qué demonios sucede? ¿Quién está detrás de esta barbarie?

—Nos están matando, Mehmed —alcanzó a explicar con dificultad mientras aprisionaba el auricular del teléfono con la intención de que nadie más oyera sus palabras, tal y como Suhra había hecho unas semanas antes desde Sarajevo—. No sé por qué nos odian tanto, ni qué es lo que les hemos hecho, pero están terminando con nosotros. Cada día es peor. Hoy vienen a por tus padres, a por tus hijos, a por tus amigos, a por tus vecinos... mañana pueden venir a por ti. Es una macabra lotería. No entendemos nada, no sabemos qué hacer ni hacia dónde correr. Estamos aterrados. Y lo peor es que nadie parece querer ver lo que nos están haciendo. ¿Es que nadie va a ayudarnos?

En ese instante de desesperación, la imagen de su hermana la sorprendió, pero a diferencia de otras veces no sirvió para tranquilizarla. «Tenía que haber escuchado a Suhra. ¿Por qué no la escuché? ¿Por qué no le hice caso? ¿Por qué no me fui en cuanto ella me lo dijo? Siempre le hice caso, ¿por qué no entonces?»

¿Por qué no?

Era difícil dotar de un cierto sentido a lo que venía sucediendo desde hacía días en las calles de Visegrado. Una mañana el pueblo entero, de mayoría bosnia musulmana, despertó con el estremecedor eco de las palabras que salían de un megáfono: «Hermanos serbios: es hora de acabar con los musulmanes». Era Sasa Ludonovic quien acercaba sus labios finos e irregulares a la boquilla del altavoz para atemorizar con su verbo a todo el pueblo, un joven de veinticuatro años al que muchos allí conocían.

Quien recorría la ciudad en actitud temeraria, vestido con ropa militar y mostrando orgulloso su nutrido cinturón de granadas y su fusil kalashnikov al tiempo que enarbolaba los símbolos de la facción más extremista y exaltada del recién resucitado nacionalismo serbio, era un joven nacido en Foca, en el municipio de Rujista, a unos quince kilómetros al norte de la urbe que hoy amedrentaba sin piedad. Para muchos de los que le conocieron entonces podría haber pasado por un vecino normal, un muchacho a primera vista corriente, simpático y educado, que no daba problemas y que nunca había expresado, al menos en público, ideas nacionalistas ni mucho menos tendencias radicales. Era habitual verle en compañía de amigos musulmanes a los que incluso acompañaba a rezar a la mezquita del pueblo. Divertido, dicharachero, vital, un chico normal que solo se preocupaba por salir con los amigos y ligar con cuantas más chicas mejor.

Todo cambió cuando decidió volver a Visegrado después de vivir un tiempo en Alemania, Suiza y Serbia, donde según decían había regentado un café. Al regresar, coincidiendo con el estallido de la guerra, su actitud no era la misma, su aspecto físico se aproximaba de manera ridícula al de un guerrero cruel y sanguinario, y sus compañías eran otras bien distintas a las de sus años de infancia. Se hacía escoltar por un grupo de quince hombres, todos ataviados con ropa de camuflaje, denominado *Bijeli Orbui* —los Águilas Blancas—: un grupo paramilitar serbio que hizo suyas las insignias y los distintivos de los conocidos chetniks, una caterva militar de nacionalistas serbios que durante la segunda guerra mundial mostró su rechazo a las ideas comunistas del líder de Yugoslavia Josip Broz, Tito, y colaboró con los nazis y los fascistas. Aunque fueron anulados por el régimen del mariscal Tito después de la guerra mundial, casi cincuenta años más tarde, Sasa Ludonovic y sus Águilas Blancas habían decidido rescatarlos del olvido y mostraban desafiantes los característicos gorros altos de piel negra, las banderas azabaches con una calavera blanca en el centro, los fusiles al hombro, las granadas prendidas al cinturón alrededor de la cintura o cruzando el pecho, y los cuchillos de hoja grande y afilada tanto relucientes como ensangrentados, en señal del triunfo sobre sus presas, que no eran sino las mujeres, los niños y los hombres bosnios.

Lo primero que hizo el satánico hijo pródigo fue asesinar a sus vecinos bosnios y prender fuego a dos de sus mezquitas —una de ellas, la que solía visitar con sus otrora amigos musulmanes—. No mostraba reparo alguno ante el empleo más descarnado de la violencia —incluso con quienes en su día fueron amigos y conocidos de la familia, los mismos a los que agradecía favores tan solo unos años atrás— y hasta se diría que disfrutaba con ella, a juzgar por las carcajadas que su garganta escupía cada vez que mataba con sus propias manos. «Soy el vengador y he venido para hacer justicia de una vez —gritaba a todo el mundo, quisieran o no escucharle—. Preparad vuestras casas y a vuestras familias, malditos turcos, porque pronto veréis de lo que soy capaz. ¡Soy el vengador!»

No tardó en materializar sus amenazas.

Desde su llegada a Visegrado era habitual ver a miembros de los Águilas Blancas entrando en las casas de los vecinos bosnios, donde obligaban a sus ocupantes a entregarles el dinero, el oro, los documentos oficiales y las armas que pudieran tener en propiedad. Una vez hecho esto, los forzaban a abandonar la casa en pocos minutos y huir del pueblo lo antes posible, no sin antes intimidarlos para que firmaran declaraciones en las que reconocían irse de manera voluntaria. «Estas casas deben ser ocupadas por familias serbias, no por escoria turca», les decían a modo de insulto a los bosnios musulmanes. Estos, atemorizados, no eran capaces de oponer la más mínima resistencia y optaban por agachar la cabeza en un desesperado gesto de supervivencia, acatar los improperios y abandonar su ciudad, su casa, sus propiedades, su dinero y, en el peor de los casos, a varios miembros de la familia. Ni siquiera así tenían asegurada la huida: a la mayoría los obligaban a subir en destartalados autobuses que partían de Visegrado rumbo a Foca, Prelevo, Drafomilje o cualquier otro destino dentro o fuera de los Balcanes, donde la guerra se recrudecía. El final era el mismo: el encierro, la tortura, la muerte.

Nunca se recibían noticias de los pasajeros de aquellos convoyes. A mitad del trayecto, se les obligaba a descender de los vehículos y separaban a mujeres y hombres: ellas eran conducidas a centros escolares, gimnasios, comisarías, hoteles o polideportivos de localidades cercanas en poder del ejército serbio y reconvertidos en campos de violación y esclavitud; ellos entraban en el reparto imaginario de boletos para participar en una antojadiza y siempre desafortunada ruleta rusa. Algunos caían ejecutados allí mismo, ante los ojos de sus esposas, hijas, madres y amigas; otros, los que en un principio creyeron tener más suerte, terminaban en distintos campos de concentración —en Omarska, Trnopolje o Keraterm—, donde más de uno deseó haber seguido el destino de aquellos primeros.

Allí comenzaron a morir. Día a día eran torturados y humillados por los guardianes serbios con cualquier herramienta que tuvieran a mano, ya fueran cadenas, palos, fusiles, pistolas, mazos, barras de hierro, cables eléctricos, látigos de bolas de acero y piedras que acababan estampadas contra las cabezas, los riñones, las espaldas y en especial los órganos sexuales de los prisioneros. Muchos eran mutilados de manera atroz, amputándoles los dedos, las orejas, la lengua, los pies, los brazos, extrayéndoles los dientes o los globos oculares; hacían que el tormento durase horas con la única intención de alargar su martirio, de abonar su agonía, luego los abandonaban días enteros hasta que se desangraban y finalmente morían. Una de las técnicas de tortura que más divertían a los verdugos de aquellos campos de concentración consistía en atormentar a miembros de la misma familia, en especial cuando la relación era paternofilial: recluidos en una habitación oscura y maloliente, los obligaban a mantener relaciones sexuales entre ellos; los instaban a pegarse mientras los guardianes serbios organizaban las apuestas; a matarse unos a otros con cuchillos, palos o piedras que ellos les facilitaban; o los sometían a transfusiones de sangre incontroladas que terminaban con la muerte de los hombres. El macabro entretenimiento también pasaba por obligarlos a mirar al sol durante horas, hasta que quedaran ciegos; exigirles que se lanzasen de cabeza sobre varios montículos de cemento desde una altura de dos o tres metros; comer animales vivos, especialmente ratas; no permitirles dormir durante días bajo amenaza de recibir brutales palizas...

A muchos, sobre todo si eran jóvenes y fuertes, les ofrecían la tramposa oportunidad de salvarse si se apuntaban a las filas serbias, pero los pocos que aceptaban terminaban como simples escudos humanos en el frente: llenaban sus cuerpos de explosivos, les ataban bombas en las piernas, en la cintura, les colocaban minas en la espalda y las hacían explosionar cuando se encontraban en primera línea de combate. A otros los obligaban a cavar trincheras cerca de la línea de fuego o a correr desnudos, por simple regocijo de sus captores, delante de las fuerzas del ejército bosnio. Para cuando este quería entender que aquel hombre era uno de los suyos, ya habían abierto fuego contra él.

Toda esa barbarie se repetía con mayor o menor crueldad en los más de doscientos campos de concentración que los serbios ubicaron a lo largo de Bosnia Herzegovina, así como en Serbia, Montenegro y Croacia. Todo el que tenía un familiar cautivo en esos lugares lo sabía muy bien. La información siempre llegaba detallada a los familiares de las víctimas gracias a la malvada generosidad de algún oficial serbio o de alguien que se enorgullecía de estar cerca de ellos. Nadie ignoraba que algún día les tocaría a él o a los suyos. Y Zehera no fue una excepción.

4

La vida en aquella pequeña ciudad del este de Bosnia se había convertido en una sangrienta prueba de obstáculos, en un desigual e injusto torneo de supervivencia. En cuestión de días, los vecinos bosnios —que doblegaban a los serbios en el censo municipal— habían visto cómo sus vidas estaban amenazadas y cómo su futuro dependía de un grupo de guerrilleros armados hasta los dientes y con sed de una venganza cuya procedencia resultaba un misterio para la mayoría. Serbios y bosnios, que hasta entonces no habían tenido problemas para convivir en las calles de Visegrado, no entendían lo que estaba pasando ni la abrupta obsesión de los recién llegados por enfrentarlos, dividirlos y convertirlos en enemigos acérrimos. «Siempre hemos vivido juntos, sin importarnos de dónde veníamos ni qué religión profesamos. ¿Por qué vamos a enfrentarnos ahora, por qué tenemos que huir?» Unos a otros intentaban infundirse fuerza con palabras de ánimo que encerraban argumentos a priori lógicos: «Además, somos más que ellos. Solo son una pandilla de niñatos que han visto en la guerra la ocasión perfecta para dar rienda suelta a sus instintos más bajos. Si nos enfrentamos a ellos, si les plantamos cara, podremos con ellos».

El café más emblemático del centro de la ciudad era el Café Andric, propiedad de Leko, un serbio cuya única obsesión desde hacía años era hacer más agradable la estancia de sus clientes mientras se encontraran en su establecimiento. Pronto el Andric se convirtió en un punto de encuentro popular, como en su día lo fue el puente sobre el río Drina, y allí acudían los asiduos parroquianos y aquellos ávidos de alguna información fidedigna sobre lo que sucedía en su pueblo y más allá de sus fronteras. Como otros muchos, Zehera y Aleksandar se convirtieron en fieles del local, pese al miedo que le daba a la abuela Mirsa que su nieta acudiera a esas reuniones casi clandestinas en las que todos, hasta el más exaltado, se esmeraban por hablar en voz baja y no dejarse llevar por la rabia y la impotencia que presidía el espíritu de esos encuentros.

—¿Por qué vas a abandonar tu casa, Aída? —le preguntaba Petar, uno de los panaderos más célebres de la ciudad—. ¿Acaso no nos conocemos desde que éramos pequeños? ¿Y qué problemas hemos tenido tú y yo, solo por ser tú bosnia y musulmana y yo serbio y cristiano? ¿Me lo puedes decir? ¿Acaso no te he vendido yo mi pan? ¿No has venido tú a comprármelo? Pero por Dios santo, Aída, ¿quién sino tú se quedó al frente de mi negocio cuando me ingresaron en el hospital?

—Movía la cabeza a un lado y a otro, como si le costara entender sus propios argumentos.

—¿Y si mañana te obligan a no venderme el pan, a no hablar conmigo, a decirles dónde vivo y cuántos somos en casa? ¿Y si te obligan a matarme para salvar tu propia vida o, aun peor, la de los tuyos? —La voz de Aída sonaba tan encendida como lo estaban sus ojos. Estos, cansados de sus límites oculares, parecían buscar nuevos horizontes—. ¿Serías capaz de poner en peligro de muerte a tu pequeña por regalarnos un trozo de pan? ¿Lo harías de verdad? ¿No has visto las cosas que están pasando, cómo asesinan sin ningún miramiento a personas inocentes, a niños, a mujeres, a ancianos? ¿Quién nos asegura que eso no es lo que nos espera dentro de unos días?

—Yo —intervino enérgico Leko, el dueño del Café Andric, al tiempo que golpeaba la barra con el mismo vaso de cristal que segundos antes se esmeraba en secar con un trapo raído de cuadros azules—. Yo te lo aseguro. Yo, que soy también serbio como esos animales que van vestidos de payasos y se creen que están jugando a la guerra por pintarse dos trazos negros sobre las mejillas y calzar botas militares y cinturón de granadas. Yo, que soy más serbio que ellos y que no tengo la cabeza llena de propaganda y mentiras nacionalistas. Siempre hemos vivido en paz. Siempre nos hemos ayudado. Y ahora no podemos hacer lo contrario porque una pandilla de exaltados lo pregone a través de un megáfono.

—¿Y qué pasará cuando esos serbios vengan a matarte a ti, que eres más serbio que ellos, como dices? Porque supongo que sabes que si apoyas a los «malditos turcos», te conviertes en uno de nosotros. ¿Qué harás entonces? —Aída miró al resto de sus vecinos y amigos, que la escuchaban y miraban con menos incredulidad de la que mostraban sus rostros minutos antes, mientras los bosnios musulmanes que estaban allí presentes asentían con la cabeza en señal de reconocimiento—. ¿Qué haréis? Yo os lo diré. Lo mismo que algunos vecinos serbios de este pueblo, como Risto, que era profesor en el Hamid y ahora anda de jefe de policía de Visegrado, violando y torturando a sus convecinos.

O como Nenad, el taxista, al que le falta tiempo para pasar información sobre todos nosotros, incluidos los que nos reunimos en este café. O Momir, el carpintero, que va disfrazado con un ridículo uniforme de camuflaje, amenazando a los que durante años le hemos dado de comer con nuestros encargos. ¡Abrid los ojos! Los que nos amenazan y nos matan no son solo un grupo de paramilitares serbios exacerbados. Son nuestros propios vecinos, los mismos que hasta hace unos meses comían y bebían en estas mismas mesas, los mismos que han crecido con nosotros y saben todo sobre nuestras familias.

—Aída tiene razón —terció Aleksandar ante el gesto estupefacto de su novia—. ¿Es que no sabéis lo que está pasando, lo que esa pandilla de serbios enloquecidos está haciendo con nuestro pueblo? Desde que el maldito Ejército Popular de Yugoslavia ocupó Visegrado, han instaurado un estado de sitio donde todos los que no pensamos como ellos, serbios como yo incluidos, estamos amenazados de muerte. Ser musulmán, estar casado con uno o siquiera defenderlo es una condena de muerte segura. Desde que pusieron un pie en nuestra ciudad y decidieron formar el comité de crisis solo encabezado por ciudadanos serbios, han ido apartando, expulsando y haciendo desaparecer a los bosnios que ocupaban puestos clave en nuestra comunidad. ¿Acaso no os acordáis de lo que hicieron con el doctor Safet?, ¿de cómo le sacaron a la fuerza de su consulta y le descerrajaron tres tiros en la cabeza? ¿Ya se nos ha olvidado que a Himzo, el director del colegio de secundaria Hamid Besirovic, lo detuvieron los serbios en el mismo centro escolar y que nadie lo ha vuelto a ver? Decidme, Petar o Leko, ¿quién ayudó a Tufo, el director del colegio Hasan Veletovac, cuando lo apalearon los paramilitares de Sasa?, ¿alguien sabe si está vivo o muerto? ¿Y qué ha pasado con el ingeniero Salko o con la doctora Mira y su familia? Están saqueando o incendiando los negocios, los comercios, las casas y los vehículos de los musulmanes, mientras que los de los serbios permanecen intactos.

Conforme sus cuerdas vocales se iban calentando, también lo hacía el ímpetu con el que se expresaba. Zehera miró cautelosa por los cristales de las ventanas del Café Andric, aterrada porque algún hombre uniformado que merodease por los alrededores pudiera escucharle.

—Claro que los bosnios son mayoría en Visegrado, claro que la gente buena los duplicamos —proseguía Aleksandar—, pero ¿dónde están ellos y dónde estamos nosotros? Miraos bien: nosotros aquí escondidos, hablando en voz baja, y ellos en las calles, sembrando el pánico y matándonos. ¿Dónde están nuestros representantes, elegidos democráticamente? A todos los han despedido de sus lugares de trabajo: policías, jueces, fiscales, abogados, líderes religiosos, políticos, maestros, intelectuales... todos han sido arrestados, torturados o, en el peor de los casos, asesinados. ¡Ahora son ellos los que tienen el control de nuestro pueblo y somos nosotros los sometidos!

—¡Nos defenderemos! Si ellos pueden atemorizarnos, no hay ninguna razón para no pagarles con la misma moneda y...

—Pero ¿cómo vas a defenderte? —La intervención de Petar la zanjó al instante Aleksandar, que parecía haber despertado y encendido las facciones de la mayoría de los presentes. A su alrededor, varias cabezas asentían de forma mecánica, dando por bueno lo que el joven explicaba—. ¿Qué es lo que quieres?, ¿salir a las calles armado de cuchillos, fusiles y granadas para acribillar a todos, o rebanarles el cuello como hacen ellos? Y solo por curiosidad, ¿con qué armas piensas hacerlo? Porque te recuerdo, os recuerdo a todos, que nos han dejado sin ellas. Han dejado a nuestro Gobierno, a nuestro país, a nuestro ejército desarmados. Hace unos meses, el 25 de septiembre del año pasado, el Consejo de Seguridad de las Naciones Unidas aprobó la Resolución CSNU 713, según la cual se nos impone un embargo de armas en toda la antigua Yugoslavia. —A Zehera le pareció que su novio hablaba en un idioma extraño y de no ser por la gravedad de la situación en la que se encontraban, le hubiera recriminado el exceso de pedantería—. Pero en lo que no han caído los señores de Europa ni el mundo entero es en que ese absurdo e inoportuno bloqueo solo perjudica al ejército de Bosnia porque los serbios tienen la mayor parte del arsenal del antiguo Ejército Popular Yugoslavo.

El silencio que se impuso en el café tras sus palabras evidenció que su plática había empatado a sus vecinos. No sabían si sentirse más o menos seguros después de conocer esa información que la mayoría desconocía y cuyo significado no alcanzaban a entender muy bien.

—Yo lo único que sé es que nos están matando —insistió esta vez Dragan, el marido de Aída—. Y no solo en Visegrado. Mi prima Sivac era juez en Prijedor, a solo veinte kilómetros de la frontera con Croacia, y fue detenida por los serbios. Según me cuenta su hijo, ha estado en dos campos de concentración, de retención que llaman ellos, en Omarska y en Trnopolje, y a día de hoy no sabemos si está viva o muerta.

—Están dominando todo el territorio de Bosnia —intervino de nuevo Aleksandar—. Banja Luka, Jajec, Vlasenica, Zvornik, Rogativa, Donji Vakuf... Hace unos días destruyeron tres de las cinco mezquitas de Janja; durante la primera semana de abril, en Bijeljina, las fuerzas paramilitares serbias asesinaron a más de cuarenta personas de origen musulmán y albanés; en Prelevo, a principios de mayo, vieron cómo Sasa Ludonovic y sus hombres hacían bajar a los pasajeros musulmanes de unos autobuses que salieron de nuestro pueblo, los obligaron a tumbarse boca abajo y les pegaron un tiro. Y lo mismo hizo en Dragomilje con otro camión repleto de personas de origen musulmán, bosnios que huían aterrados de su tierra por la amenaza de los serbios. —A medida que iba hablando, notaba una profunda metamorfosis en los semblantes de su reducido auditorio, en especial observaba con cierta vanidad cómo se crispaba la perfecta fisonomía de su novia, que a duras penas conseguía mantener la boca cerrada—. En Foca llevan a la fuerza a las mujeres y las niñas musulmanas a una casa en el número 16 de la calle Osmana Dikic, donde las violan una y otra vez, y si sobreviven las venden por doscientos cincuenta dólares a quien desee abusar de ellas. En un horno de la mina Tomasica, en Prijedor, ya han quemado vivos a miles de musulmanes. En...

—Pero ¿por qué? —preguntó Zehera, que todavía impactada se negaba a seguir escuchando el pormenorizado relato—. ¿Para qué todo este destrozo, todas esas muertes? ¿Qué es lo que quieren? ¿Qué ganan matándonos a nosotros, a la gente de a pie? ¡Somos simples ciudadanos! ¿Por qué nos odian tanto?

—Quieren una Gran Serbia habitada solo por serbios. Lo mismo que quiso Hitler con sus enfermizos sueños de una gran Alemania —explicó Aleksandar—. Los bosnios, los musulmanes, los turcos, como ellos os llaman despectivamente, sobráis. Y los que hemos «pecado» cayendo en matrimonios, en relaciones o en amistades mixtas también incordiamos, molestamos, no somos dignos. De hecho, somos una vergüenza para su estirpe. No somos como ellos. No valemos nada. —Dedicó unos segundos a observar a su atento auditorio—. ¿Acaso no leéis los periódicos? ¿Es que nadie lo ha visto venir? La prensa serbia lleva meses, ¡qué digo meses, años!, demonizando a los bosnios, a los croatas, y en general a todos los que no son serbios. A los croatas —dijo señalando al matrimonio que desde una mesa casi en el centro del Café Andric asistía impactado a la explicación— os acusan de querer iniciar una nueva guerra mundial. No se cansan de insistir en que queréis repetir el genocidio de serbios en Jasenovac durante la segunda guerra mundial. Y a los bosnios os rechazan y advierten que mucho cuidado con vosotros porque no pararéis hasta instalar un Estado islámico en Bosnia, ¿cómo se llama?, un Jamahiriya, y que entonces mataréis, masacraréis y expulsaréis a los pobres serbios de sus tierras como, según ellos, no deja de repetirse desde hace siglos. Pero venga, ¿qué os pasa? ¿Es que no escucháis en la radio a algunos periodistas soltando soflamas sobre el peligro de permitir a los bosnios vivir en paz con su idealizada independencia?

Las encendidas palabras de Aleksandar habían conseguido que el concurrido local enmudeciera. Nadie se movía, ni siquiera para terminar el café o el licor que esperaba sobre las mesas. Se mostraban deseosos de seguir escuchando las explicaciones de aquel joven que conocía muy bien el terreno que pisaba. O al menos eso se diría.

—Leko, sé que todavía guardas el periódico de hace tres años. Ya sabes de cuál te hablo, lo hemos releído juntos miles de veces. Por favor, sácalo. Quiero que todos lo entiendan.

—No sé si es lo más conveniente, Alek. Tal vez deberíamos irnos ya todos a casa, es demasiado peligroso...

—Por favor, Leko, solo quiero que lo comprendan. —Cuando a pesar de las protestas del propietario del Café Andric tuvo el papel ya casi amarillento entre sus manos, volvió a dirigirse a sus vecinos, como si de un líder emblemático se tratara—. Hace tres años, el 28 de junio de 1989, el presidente serbio Slobodan Milosevic, aprovechando el seiscientos aniversario de la batalla de Kosovo, prometió ante un millón de serbios que acudieron a escucharle, y leo textualmente —advirtió acercándose un poco más el periódico a sus ojos—: «Los serbios nunca más serán derrotados y humillados. La falta de entendimiento ha ido provocando nuestras sucesivas derrotas durante seis siglos. Esta falta de entendimiento y la traición consiguiente nos han perseguido como un maleficio a lo largo de nuestra historia. Seis siglos más tarde tenemos que combatir de nuevo. Las batallas que debemos librar ahora no serán meros enfrentamientos entre ejércitos, aunque no haya que excluirlos». El millón de personas terminó coreando el grito de *Samo Sloga Spasava Srbirna,* «solo la solidaridad puede salvar a los serbios». ¿Sabéis a qué solidaridad se referían? A la sed de venganza contenida durante más de seis siglos. Ahí lo tenéis. No será porque no nos lo advirtieran, ¡y todo un líder serbio! «La restauración de la Gran Serbia.»

—Aleksandar, no entiendo nada. ¿De qué estás hablando?, ¿qué venganza? Te advierto que nos estás asustando a todos más de lo que estábamos —intervino impresionada Zehera.

—Vale. Escuchad. Intentaré explicároslo, aunque supongo que algunos ya lo sabréis. Hace seis siglos, el 28 de junio de 1389, el ejército del príncipe Lazar Hrebeljanovic cayó derrotado en la batalla del Campo de los Mirlos, o lo que es lo mismo, en Kosovo, a manos del ejército turco que encabezaba el mismísimo sultán Murat. Los veinticinco mil soldados del príncipe Lazar fueron vencidos y ahí comenzó el dominio otomano de los Balcanes y la sed de venganza de los serbios. Cuenta la leyenda que el príncipe Lazar recibió momentos antes del enfrentamiento con los turcos la visita del profeta Elías, y lo hizo en forma de halcón para darle a elegir entre dos opciones: ganar la batalla que estaba a punto de comenzar y ganarse así el reino de Dios en la Tierra, o por el contrario perder frente al enemigo turco y permitir que el pueblo serbio fuera el Elegido y tuviese un lugar en el reino de los Cielos. El príncipe no dudó y prefirió perder su vida y la de su ejército a cambio de salvar al pueblo serbio de la esclavitud de la vida terrena. Prefirió ganar el reino celestial anteponiéndolo al terrenal. Por eso, antes de la batalla, el príncipe y sus guerreros fueron a misa a recibir la comunión, porque sabían que iban a morir y querían entrar en el reino de los Cielos sin mancha. El príncipe Lazar se convirtió en mártir y su nombre fue inscrito con letra de color rojo en el calendario eclesiástico para que las oraciones de los fieles, las canciones y los rezos dedicados a él perduren a lo largo de los siglos. El 28 de junio celebran los serbios el Vidovdan, el día de San Vito, como su fiesta grande. Perdieron la batalla, pero ganaron el reino de los Cielos. Dios los eligió a ellos porque su príncipe eligió la vida eterna, la justicia y la verdad junto a Él. Y ahí comenzó la mitología serbia. «Todo soldado campesino serbio sabe por qué lucha, pues cuando era niño su madre le decía: "¡Hola, pequeño vengador de Kosovo!".» Lo escribió el británico John Reed en 1917, pero podía haberlo escrito esta misma mañana. Este episodio que a muchos puede pareceros banal, que os puede sonar a broma, es lo que sigue alimentando las ínfulas de poder nacionalistas. Hay poemas, escritos, canciones, imágenes que siguen bebiendo de aquella batalla para abrazar el sueño de la restauración de la Gran Serbia. Y una guerra puede justificar el honor ultrajado durante siglos por los turcos. ¡Ah!, por cierto, una curiosidad que quizá no sea tal: eran veinticinco mil los soldados federales que custodiaron al millón de personas llegadas de toda Yugoslavia el 28 de junio de 1989 para escuchar la arenga de Milosevic, los mismos que nutría el ejército del príncipe Lazar.

—¿Nos matan por algo que pasó hace más de seis siglos? ¿Es eso lo que nos están diciendo? —preguntó Aída, que fue la primera en reaccionar, ya que el resto parecía absorto—. Eso no puede ser. Perdóname, Alek, pero es ridículo. ¿Nos hemos vuelto todos locos o qué? ¿Qué culpa tenemos nosotros, qué culpa tiene mi hija de tres años de lo que hizo un sultán con un príncipe hace seis siglos?

—Ninguna, aunque eso no les importa —contestó Aleksandar—. Es una locura solo entendida desde una enajenación enfermiza. Pero esa esquizofrenia absurda nos ha llevado a todos a una guerra irresponsable y grotesca.

—Malditos serbios. —El grito procedía de la garganta de un hombre mayor que había permanecido callado durante toda la tarde, concentrado en su aguardiente en una de las mesas situadas al fondo del café. Ivo era un viejo maestro de ochenta años, conocido y respetado por todos, ya que la mayoría habían sido alumnos suyos. Por eso sus palabras fueron recibidas con silencio y una atención respetuosa—. Toda la vida igual. Hijos de mala madre. ¡Sí, no me miréis así! Lo sabe todo el mundo. ¿Quién fue el culpable de que se iniciara la primera guerra mundial? Un maldito serbio, un enajenado de mierda, un terrorista, un enano y esmirriado ser que no querían ni siquiera los suyos, un tal Gavrilo Princip, que asesinó al archiduque Francisco Fernando, el heredero del Imperio austrohúngaro, y a su esposa en Sarajevo, en el Puente Latino. Y fue justo otro 28 de junio. El malnacido intentó suicidarse, pero ni para eso servía. Lo detuvieron y dicen que no pudieron condenarle a muerte porque no había alcanzado la mayoría de edad. Maldito Gavrilo Princip, maldito seas. Por su culpa al Imperio austrohúngaro le faltó tiempo para arremeter contra Serbia, y en definitiva, contra todos los Balcanes. Su acción fue la chispa que encendió la mecha de la confrontación bélica en la que nos hundimos todos. Y en vez de tratar de loco al Gavrilo Princip, ¿sabéis qué hicieron? Le montaron un museo en Sarajevo, a modo de recuerdo, como si olvidar tamaño despropósito nos fuera a resultar tan fácil, como si necesitáramos ayuda para tener fresco en la memoria el infierno del pasado. En una de las paredes de ese museo hay una placa de oro en la que se puede leer: «En señal de eterno reconocimiento al joven luchador de la liberad por la independencia de los pueblos Balcanes». Pero eso no es todo. No se detuvieron ahí para glorificar a este desgraciado. Hicieron un busto del personaje y junto a él sus máximas: «He amado a mi pueblo» y «El lenguaje que mejor se entiende en el mundo es la libertad». Valiente desfachatez. ¡Qué sabrán ellos de libertad y de lenguajes! —Ivo mantenía la mirada fija en el vasito de cristal lleno del aguardiente de ciruelas que tanto le gustaba y que consumía tan despacio que le acompañaba toda la tarde que pasaba en el café hablando y escuchando—. Siempre tratando a los locos como héroes, elevándolos a la categoría de ídolos, de superhombres, aupándolos en un pedestal desde el que nos envían a la muerte a todos, también a los que se desgañitan vitoreándolos y aplaudiéndoles, los muy estúpidos. ¡Serbios! Nunca pararán de meterse donde nadie los ha llamado. Ellos han marcado mortalmente este siglo xx. Lo empezaron con el atentando de Sarajevo en 1914, y lo van a terminar con esta guerra maldita, innecesaria, ridícula. Nunca se darán por satisfechos. Jamás.

El desconcierto se instaló definitivamente en la compungida expresión de todos, en especial de los bosnios. A Ivo se le tenía por un hombre sabio que gozaba del respeto y del cariño de Visegrado, eran muchos los que se acercaban a él para obtener conocimientos o solicitarle algún tipo de ayuda en su formación académica, y para todos tenía siempre una contestación adecuada, un consejo oportuno, siempre educado, con buenas formas, amable, paciente, dispuesto a ayudar, sin levantar jamás la voz ni lanzar improperio alguno por muy grande que fuera la barbaridad que atormentara sus oídos. De su boca nunca había salido una mala palabra dirigida hacia ningún vecino. Quizá por eso extrañó tanto la dureza que había empleado al pronunciar sus palabras, y también por eso todos las escucharon con la misma devoción de un rezo.

—Malditos serbios. Enajenados —Aída repitió las palabras que acababa de escuchar de boca de Ivo—. Perdonad, Leko, Aleksandar, Petar, sabéis que no es por vosotros, porque estáis igual de amenazados solo por ser amigos nuestros y dirigirnos la palabra. Pero malditos sean. Y ese Sasa Ludonovic, ese ser endemoniado, ¿de dónde ha salido? ¿Le conocéis? ¡Si es solo un niño!

—Es de mi edad —terció Aleksandar—. Debe de tener veinticuatro años, a punto de cumplir los veinticinco. Nació a primeros de septiembre del 67. Lo sé porque me llevaba un mes justo, yo soy de agosto. Coincidimos cuando éramos niños, jugábamos juntos, nos bañábamos en el río, merendábamos, salíamos con chicas... Pero se fue de Visegrado, no recuerdo dónde, y nunca más volví a verlo hasta hace unas semanas. Iba por la calle, con sus Águilas Blancas, su hermano Igor, su primo Marko y un amigo suyo de Belgrado. Bajé la mirada porque no quería problemas. Lógicamente, no le reconozco.

—Pues yo sí, hijo —aseguró Ivo—. Yo sí le reconozco a él y a toda su estirpe maldita, que cualquiera diría que en su árbol genealógico la maldad, la traición y el asesinato han echado raíces fuertes y robustas. En la segunda guerra mundial, Bosnia estaba bajo el control del Gobierno fascista de Croacia. Estos fascistas comenzaron a matar a los serbios, los temían y por esa razón los obligaron a irse de sus casas. Los echaron. Uno de los miles de serbios que fueron expulsados era miembro de la familia Ludonovic, Novica se llamaba, que finalmente fue asesinado. Más tarde, cuando los serbios se movilizaron y se hicieron con armas para defenderse, empezaron a matar musulmanes en Rujista, los mismos que los ayudaron cuando en un pasado no muy lejano eran ellos los asesinados. Se sabe que a varios miembros de una familia musulmana que ayudó a los Ludonovic, los Gavrilovic, los quemaron vivos en sus casas. Solo se salvó Nurko Gavrilovic, que pudo escapar a tiempo. Cuando terminó la contienda y bajo el régimen del mariscal Tito, se implantó una especie de estado policial en el que se obligó a serbios y a bosnios a volver a convivir y se amenazó con encarcelar a todo aquel que discriminara por razones de raza, de cultura o de religión. Fue entonces cuando las nuevas generaciones de los Ludonovic y los Gavrilovic se hicieron de nuevo amigas. Sus hijos, Rale Ludonovic y Hasib Gavrilovic, se convirtieron prácticamente en inseparables. Pero llegó Milosevic y volcó toda su propaganda barata sobre las espaldas de los serbios para que de nuevo fueran contra los bosnios, y uno de esos hombres que no dudaron en recurrir a las armas para acabar con los bosnios y participar en la limpieza étnica que propagaba Slodoban Milosevic es el sobrino de Rale, al que todos tenemos la desgracia de conocer: Sasa Ludonovic.

»Desde pequeño creció escuchando historias de cómo sus antepasados mataron musulmanes durante la segunda guerra mundial y de cómo por esas acciones se habían convertido en héroes, en los herederos legítimos del príncipe Lazar. No me extrañaría que Sasa matara con sus propias manos al amigo de su tío, a Hasib Gavrilovic. Por lo que sé, gracias a Dios, ha podido huir a Srebrenica. Puede que allí se encuentre a salvo. Aunque eso nunca se sabe con semejantes asesinos. —Ivo se tomó un pequeño respiro, parecía cansado, pero reanudó el discurso en pocos segundos—. Por lo que sé, Sasa cuenta con el apoyo de los grandes líderes de esta guerra absurda. Dicen que está bajo las órdenes de Radovan Karadzic y Ratko Mladic, por lo que mucho me temo que a pesar de lo que muchos piensan, vamos a tener horror para rato. Con los serbios ya se sabe...

—Bueno, ya está bien —intervino visiblemente ofendido Petar. Llevaba demasiado tiempo escuchando y algo en su interior le impulsó a romper su silencio de mero espectador—. Creo que ya es suficiente. Una mano tiene cinco dedos y cada uno es distinto. Y eso también ocurre con los serbios. Y con los bosnios. También hay prensa que habla de campos de concentración bosnios, de persecuciones, de asesinatos masivos, de violaciones de mujeres serbias. No paráis de generalizar hablando de los serbios, ¿qué pensaríais si también generalizáramos con los bosnios?

—Petar, por favor —intentó calmar los ánimos Aída, sin éxito—. Sabes muy bien que nos referimos a los que matan y sobre todo a los políticos serbios. No debes olvidar que...

—Los que ahora parece que olvidáis sois vosotros, Aída. Ya que estáis hablando de tantos datos, de tanta historia, de tantas víctimas inocentes, de tantos hechos lamentables, ¿habéis olvidado el más de medio millón de serbios que fue asesinado en un campo de concentración que la historia y el mundo parecen haber querido borrar del mapa? Jasenovac. Por supuesto que existió. Antes lo has nombrado, Aleksandar. Yo no puedo olvidarme y me duele que vosotros no le deis importancia porque mi padre, serbio y un buen hombre, falleció allí después de sufrir torturas que horrorizaron a los propios nazis. Jasenovac.

La simple mención de aquella palabra hizo que el sexagenario Petar sintiera un escalofrío y que se le empañaran los ojos al recordar todo lo que su madre le contó de aquel campo de concentración regentado por los fascistas croatas liderados por el dictador Ante Pavelic, que estuvo al frente del Gobierno ustasha impuesto por los nazis en Croacia durante la segunda guerra mundial. La mole de la infamia se erigía a menos de cien kilómetros al sur de Zagreb, sobre una superficie de 240 kilómetros cuadrados repartidos en cinco grandes instalaciones distintas: Ciglana, Kozara, Stara Gadiska, Brozita y Krapi y Stara Gadiska. Este último era el campo de mujeres, donde estuvo encerrada la madre de Petar. Había también un campo de concentración para niños, donde setenta y cuatro mil menores fueron vilmente asesinados. La mente de Petar se llenó de recuerdos enlazados por la voz materna que le hicieron repetir, casi deletreándolo, aquel nombre ignominioso.

—Jasenovac fue creado para la exterminación de todo aquel que no fuera croata, ¡y vaya si lo hicieron! Se cebaron sobre todo con los serbios. En menos de cuatro años mataron entre ochocientas mil y un millón de personas, y quién sabe si fueron más en realidad. Asesinaron a más de quinientos mil serbios, ochenta mil gitanos, treinta y cinco mil judíos y más de diez mil antifascistas de todas las nacionalidades europeas. Fue el Auschwitz serbio. Los historiadores dicen que es el gran secreto oculto del Holocausto. Los mataron al más puro estilo nazi. ¡No, perdón, miento! A los croatas fascistas eso de gasear a los prisioneros no les parecía lo suficientemente cruel: preferían quemar vivos a los serbios, degollarlos con grandes cuchillos de cocina, despedazarlos mientras aún estaban vivos, cortarles la cabeza con un serrucho, introducirles clavos al rojo vivo debajo de las uñas, ponerles sal en las heridas abiertas... y luego se divertían haciéndose fotos con los cadáveres. Mi madre guardaba una buena colección de ellas y hay una que por muchos años que pasen no logro olvidar: en ella se ve cómo los guardianes croatas introducen un cigarro en la boca de la cabeza ya seccionada del cuerpo de un serbio. También me contó como los fascistas croatas se hacían collares de lenguas y de ojos de los prisioneros serbios, cómo empalaban a los niños y cómo en las carnicerías croatas colgaban trozos de diferentes tamaños sobre un letrero en el que se leía «Carne humana».

Las lágrimas que rodaban por el rostro de Petar parecían sincronizarse con las palabras que salían de su boca. Pero lejos de cesar su exposición, continuó hablando, guiado por los recuerdos y sin dejar de mirar a los que le escuchaban con gesto horrorizado.

—Hacían apuestas para ver quién mataba más hombres en una sola noche y hubo un ganador, un fraile franciscano llamado Pero Bnica, que logró degollar a 1350 prisioneros, casi todos serbios, con su cuchillo especial. A la mayoría les hacía gritar antes: «Larga vida para Pavelic», el caudillo croata, y muchos de ellos lo hacían aunque no les servía de nada. Bnica fue nombrado Rey de los Degolladores y por supuesto que recibió su premio: un reloj de oro, un juego de mesa de plata y otros pequeños regalos. Pero no os extrañéis de que fuera un hombre de Dios, porque precisamente era otro franciscano, Miroslav Filipovic, el comandante de este campo y mató con sus propias manos a miles de personas y dicen que su primera víctima fue un pequeño al que rebautizó quitándole la vida. Le llamaban el padre Satán, el capellán de los nazis croatas que disfrutaba matando a hombres, mujeres y niños. Ahí tenéis al franciscano, al hombre de Dios... y no creo que ninguno aquí piense que todos los hombres de Dios son iguales.

—«Dios está del lado que más cañones tiene» —sentenció Ivo aprovechando una pausa de Petar. Este le miró y no pudo evitar esbozar lo que se podía entender como una mueca de sonrisa irónica—. No lo digo yo, lo dijo Napoleón, que sabía más de lo que hablaba que un servidor.

—No te falta razón. Ni a ti ni a Napoleón —continuó Petar—. En abril de 1945, después de cuatro años funcionando, volaron el maldito campo de concentración y para no dejar molestas pistas liquidaron a los prisioneros que aún sobrevivían. Al recién nacido Gobierno del mariscal Tito no le vendría bien que toda esa mierda saliera a luz, que se mostrara abiertamente al mundo cuando lo que él quería era que serbios, croatas y bosnios vivieran todos juntos en la misma tierra y bajo el mismo yugo. Un campo de concentración como Jasenovac hubiese empañado su «Fraternidad y Unidad». A mí, en cambio, me dejó huérfano de padre, y a mi madre viuda y víctima de por vida. Pero claro, nosotros somos unos malditos serbios. Y ya lo dijeron las tropas alemanas cuando entraron en 1915 en Belgrado durante la primera guerra mundial: *Serbien muß sterbien!*, «¡los serbios deber morir!». Y lo hicimos. A millones. —Petar hizo una pausa y sembró el silencio en el campo de respiraciones profundas y llanto contenido en el que se había convertido el Café Andric—. Como ves, yo también sé historia, Aleksandar, pero esta no la he podido leer en muchos libros de esos que tú tienes en tus clases de la universidad. Esto lo vivieron mi padre y mi madre, que a diferencia de él, sobrevivió para contarlo. Dicen que el enterramiento colectivo de Jasenovac es la mayor ciudad serbia después de Belgrado, y es cierto. No es una lindeza manida por los historiadores. Mi padre habita en esa ciudad. Diez años después de su destrucción alguien construyó sobre ella una flor de hormigón de treinta metros de altura con los pétalos abiertos; como si fuera la flor que suele verse sobre las tumbas en los cementerios, porque eso es lo que es aquel lugar: una gran tumba repleta de miles de hombres sobre la que alguien ha depositado una flor de piedra. Como si con eso bastara.

—Los fascistas croatas también tuvieron su turno en el campo de concentración. Los masacraron en Austria, en Bleiburg, cuando escapaban al sur del país huyendo de los partisanos de Tito, con la idea de que los británicos los protegerían —añadió tímidamente Aleksandar, tal vez temiendo que su anotación histórica, concebida a modo de consuelo para Petar, sobraba y podría ser mal entendida, como así lo fue.

—¿Y también de eso tenemos la culpa «los malditos serbios», como dicen Aída o Ivo? —se limitó a contestar Petar, ya casi sin ganas—. Los serbios, los croatas, los bosnios, *los, los, los*... Las verdaderas víctimas siempre son «los». Seguimos generalizando y haciéndolas responsables. Aun sabiendo que los auténticos artífices de todo esto tienen nombre y apellidos, seguimos, todos, yo también, hablando de *los* bosnios, *los* serbios y *los* croatas. ¿Sabéis qué pasó con Ante Pavelic? Nada. Tres años más tarde huyó con el dinero que les robó a sus víctimas. Se fue a la Argentina, a la denominada, y mirad qué gráfico, «línea de las ratas»; al regazo de otro dictador, Perón, que se hartó de otorgar visas para croatas nazis perseguidos por los comunistas de Tito. Sé que a los ocho años de llegar a Argentina unos desconocidos le acribillaron a balazos en las afueras de Buenos Aires, pero las ratas viven mucho. Cuando cayó Perón, Pavelic huyó a España a esconderse bajo el manto de otro dictador, Francisco Franco, y allí murió en Madrid en 1959. Me contaron que recibió la bendición personal del papa Juan XXIII. No sé dónde fue enterrado mi padre, un maldito serbio, y no creo que recibiera bendición alguna. Los serbios nunca serán responsables de lo que pueda hacer Milosevic, ni Sasa, ni de lo que hizo el loco de Princip, igual que no considero que todos los croatas sean responsables de lo que Pavelic le hizo a mi padre y a un millón de personas más, ni pensaré que los bosnios con los que comparto licor y conversación en este café sean responsables de las atrocidades del sultán Murat. Y a eso también aspiro yo. No creo que esté pidiendo tanto.

Un nuevo silencio mantuvo al café petrificado durante unos segundos que a todos los presentes les parecieron horas.

—Bueno, ya está bien. Por hoy ya es suficiente —dijo Leko sin intentar siquiera disimular su preocupación por el cariz que, desde hacía varios minutos, iba tomando aquella enfervorizada plática—. Esto se nos está yendo de las manos y todos estamos diciendo cosas que ni queremos decir ni en realidad pensamos. A ver si vamos a tener más problemas de los necesarios. Sería mejor para todos que nos fuéramos a nuestras casas.

Todos obedecieron. Era tarde, estaba a punto de oscurecer y nadie quería que la noche le sorprendiera en las peligrosas calles de un pueblo habitadas por los soldados serbios, que salían a la caza del bosnio para divertirse.

Zehera y Aleksandar apresuraron el paso. Aquella vez habían decidido no ir en bicicleta, ya que preferían hacer el regreso a casa por caminos poco transitados y conocidos, que no estaban en buenas condiciones para recorrerlos en un vehículo de dos ruedas.

—Creo que no deberíamos volver al Café Andric. Es demasiado riesgo, tal y como están las cosas —rompió el silencio Zehera.

—¿Por qué? Creía que te gustaba, aunque solo sea para contárselo luego a tu abuela. Seguro que hoy va a disfrutar con todo el material que tienes. Eso sí, no le cuentes que he sido yo uno de los que más han hablado, que luego me regaña por llenarte la cabeza de historias «que a mi nieta ni le van ni le vienen» —contestó él intentando imitar desde el cariño la voz de la abuela Mirsa cuando se mostraba molesta por algo.

—¿Por qué? ¿Que por qué? ¿Es que no has oído lo que han dicho ahí dentro? O mejor dicho, ¿no te has oído a ti mismo? Si todo eso es verdad, ¿cuánto tiempo crees que tardarán en saber quiénes somos los que acudimos casi a diario al café? Y por cierto, ¿me puedes explicar cómo sabes todo lo que has dicho ahí dentro? En serio, Alek, no sé si me tranquiliza o si me aterra.

—Estudio Historia, ¿recuerdas? Y me gusta conocer en qué cimientos construyeron la tierra que hoy pisamos. Siempre ayuda. Además, ya deberías estar acostumbrada. Tu hermana Suhra es igual que yo. Por eso nos conocimos.

Zehera no rechazó el mimo de su enamorado, pero no pudo evitar mostrarse fría.

—Creo que no deberíamos volver. Eso es todo.

No lo hicieron. Nadie lo hizo.

A los tres días, miembros de los Águilas Blancas tapiaron la puerta delantera y todas las ventanas del Café Andric, salvo una, y le prendieron fuego al tiempo que disparaban contra quienes se hallaban en su interior en aquel momento. Uno de ellos fue el viejo maestro Ivo: le resultó imposible escapar por la pequeña puerta trasera que los paramilitares olvidaron sellar, y por la que Leko facilitó la salida a todo aquel que pudo. Tampoco Petar logró salvarse: empleó demasiado tiempo en ayudar a Aída a salir por la portezuela no lacrada. Nunca supo que su heroicidad fue en balde: Aída cayó abatida a apenas cuatro metros del local por la ráfaga de fuego que escupió sin piedad el kalashnikov de uno de los ultranacionalistas serbios.

Fuera de aquella pira de fuego en que se convirtió el emblemático local se escuchaba el seco impacto de los proyectiles, las rachas de ametralladoras y las carcajadas de los hombres de Sasa, que habían logrado instalarse ferozmente en los tímpanos de todos los vecinos. Dentro del emblemático café todo se fundía entre gritos de dolor y auxilio, inhumanos alaridos de horror y sufrimiento que expulsaban de sus gargantas como vómitos de pánico los hombres y las mujeres, tanto bosnios como serbios, que se encontraban tomando un café, leyendo un periódico o charlando de los nuevos episodios de una guerra que seguía sorprendiéndolos. En pocos minutos todo quedó reducido a cenizas. Las llamas hambrientas que devoraron vidas, sueños y cuerpos sembraron un denso manto de pavesas, y horas más tarde algunas de ellas todavía revoloteaban en círculos inconexos por el aire, como si los espíritus de algunos de los que fueron sorprendidos y quemados vivos aún se afanaran en escapar de aquella encrucijada mortal. Un olor a destrucción y a muerte se extendió por toda la ciudad y ya nadie pudo desprenderse de él: el hedor había impregnado casas, ropas, cuerpos y cerebros. Su ciudad. El olor de la sinrazón que provenía de las cloacas del odio y de la venganza incomprensible.

5

Desde una de las ventanas de la casa familiar, Zehera fue testigo de la manera de actuar que caracterizaba a Sasa y a sus hombres y que se había convertido, para desgracia de todos y pánico de la mayoría, en el único tema viable de conversación entre los atemorizados vecinos.

Una noche, cuando todos dormían en la casa familiar excepto ella, que trataba de hacer frente al insomnio con una nueva lectura de *Un puente sobre el Drina,* escuchó un coro de voces y gritos. Fue incapaz de reconocerlos, pero supo que provenían del jardín de la casa de sus vecinos, Behija y Demo. Alertados del peligro que abrigaba aquel griterío, sus padres, su abuela Mirsa y su hermano Dino bajaron rápidamente al sótano clandestino habilitado en las entrañas de la vivienda y que hacía las veces de refugio-escondite cuando la situación lo requería. Ella demoró la carrera adrede, intrigada por el ruido, y cuando al fin la prudencia la animó a unirse al resto de su familia, el impacto de un disparo le heló la sangre y prácticamente la inmovilizó de nuevo. La detonación había llegado a sus oídos con tanta nitidez que parecía que hubiesen disparado aquella bala en su propio cuarto, a centímetros de donde ella se encontraba. Por un momento temió hasta respirar y no se atrevió a mirarse siquiera por miedo a descubrir que su cuerpo había sido el blanco de aquel disparo. Una segunda descarga la obligó, esta vez sí, a tirarse al suelo. Los gritos y los lamentos aumentaron en intensidad y dramatismo, pero en esta ocasión venían cubiertos de un incomprensible envoltorio de risas e insultos.

Sin saber por qué lo hacía, en lugar de permanecer como una lapa contra el suelo de madera de su dormitorio, gateó hasta colocarse bajo el quicio de la ventana y permaneció allí agazapada durante unos segundos, buscando el ángulo apropiado para poder observar sin ser vista. Cuando el impacto de lo que vio llegó a su cerebro, ya era demasiado tarde para que sus ojos obedecieran cualquier mandato cerebral de retirarse del ventanuco. Contemplaba la escena más terrorífica de su vida, pero le resultaba imposible apartar la mirada.

Pudo ver con claridad cómo Sasa Ludonovic obligaba a Behija a ponerse de rodillas mientras la violaba salvajemente en el jardín de la casa. La obligaba a mantener la cabeza erguida para que observara cómo dos de sus hombres hacían lo mismo con su pequeña de cinco años, a la que Suhra y ella misma habían cuidado alguna vez. Lejos de amilanar a las bestias uniformadas, los desquiciados gritos de la madre y las súplicas de clemencia para su hija parecía animarlas a intensificar su sadismo y a disfrutar más con la atrocidad que estaban cometiendo. Cuando Zehera desplazó un tanto la mirada y abrió su ángulo de visión, vio que el cabeza de familia, Demo, había sido empalado por otros dos hombres: le habían crucificado a la entrada de la casa, sobre la puerta principal, y disparado en la cabeza y en la entrepierna. No supo cuánto tiempo estuvo observando aquella muestra de barbarie, pero pudo adivinar que algo aún más atroz iba a suceder cuando Sasa abandonó su posición sobre Behija, y aún con los pantalones a media pierna se dirigió hacia el lugar donde estaba la pequeña, que ya había dejado de llorar y casi de moverse. Sin mostrar la menor vacilación, cogió por la cabeza a la niña, la colocó a la altura de su pelvis y obligándola a mirar hacia el lugar donde había quedado tendida la madre, desenvainó un cuchillo de una de las trabillas del cinturón y le cortó el cuello. Behija quiso correr hasta la pequeña, pero uno de los hombres de uniforme se lo impidió de un disparo certero en la espalda. Quedó tendida sobre el césped del jardín, alargando su brazo en un último y desesperado intento de llegar hasta donde su hija se desangraba ya sin esperanza. Mientras, los cuatro hombres que habían llegado a la casa minutos antes se marchaban entre risas, abrochándose los pantalones, bebiendo de las botellas y entonando canciones chetniks. Antes de irse, Ludonovic se acercó a la madre, que ya agonizaba, y la agarró del pelo para decirle algo al oído. Luego le golpeó la cabeza con el fusil.

Zehera pudo ver entonces cómo aquel monstruo se subía al coche que estaba aparcado a la entrada, no sin antes detenerse a mirarlo como el cazador que observa orgulloso su trofeo de caza, deslizando su mano, aún manchada de sangre, por la brillante carrocería. Era un volkswagen Passat de color rojo cereza que Behija y su marido acababan de adquirir ante la inminente llegada de un miembro más a la familia, aunque su tercer mes de embarazo pasaba casi inadvertido. Sasa Ludonovic subió al coche, se deleitó con el severo rugir del motor, encendió la radio y subió el volumen como si quisiera que todo el mundo escuchase la canción que había elegido el destino para acompañarle en su diabólico paseo. Aceleró con violencia y dejó tras de sí una densa humareda de polvo, que sin embargo no logró ocultar las huellas del terror sembradas en aquel jardín.

Segundos más tarde todo era silencio. Un silencio mortal. No se oía nada. No se escuchaba a nadie gritar, ni había llantos que resquebrajaran la calma irreal de esa noche de primavera.

Zehera sintió que la sangre que corría por las venas de su cabeza iba demasiado deprisa y le golpeaba las sienes con una inusual rudeza. Levantó la vista y allí estaba: lo percibió bien erguido como de costumbre, impertérrito, frío, convertido en el *voyeur* principal del terror que había anidado en la ciudad. El puente, su puente, también sentía cómo sus aguas bajaban bravas y ruidosas por el cauce, quizá con la misma rabia, hostilidad e impotencia con las que ella sentía la presión sanguínea en su cabeza. Las pocas luces que aún se mantenían encendidas en algunas casas se reflejaban como velas encendidas sobre la superficie del Drina. Aún impactada por la barbarie que habían contemplado sus ojos de color verde esmeralda, tuvo la impresión de que las enormes aperturas de los arcos del puente se abrían todavía más, expandiéndose como si fueran enormes bocas que gritaban y lloraban por el horror presenciado.

Al poco, el haz alargado de una luz bien distinta a las que flotaban sobre la superficie del río empezó a comer terreno a la oscuridad en la que se había quedado la casa de sus vecinos. Una ambulancia entró en el jardín donde minutos antes la infamia había echado raíces demasiado profundas y se llevó a Behija, envuelta en una especie de trapo, algo parecido a una alfombra, que una de las personas que bajaron de la ambulancia había cogido de la casa. Otros dos hombres se quedaron allí, recogiendo los cuerpos de la malograda familia.

En ese momento Zehera sintió que el mundo irreal en el que había vivido hasta entonces se detenía en seco para permitirle bajar y adentrarse en la auténtica realidad. Comenzó a poner rostro y nombre a los desgraciados protagonistas de las historias que se contaban en las reuniones de vecinos, en los sótanos de las casas, en las esquinas de las plazas y, en especial, en el vilipendiado Café Andric; a revestir con una gruesa capa de verosimilitud el sinfín de atrocidades cometidas por los Águilas Blancas que había escuchado contar a amigos y vecinos. Ahora entendía lo que había vivido Fehima al ver cómo Sasa y sus hombres se llevaban a su padre y a sus dos hermanos entre golpes y culatazos de los fusiles: los metieron en un coche y días más tarde los encontraron en el río, degollados y con el cuerpo molido a palos. Ahora podía ver la expresión de dolor que se reflejaba en el rostro de Jasmin cuando presenció cómo sacaban a su marido a la fuerza de la fábrica en la que trabajaba y le obligaban a tenderse boca abajo en el suelo junto al resto de los trabajadores bosnios para descerrajarle un tiro en la cabeza. Ahora entendía con claridad y sin falsos artificios el inmenso padecimiento que llevó al suicidio al siempre dicharachero Admir, cuando tres hombres de Sasa le sorprendieron en la mezquita a la que acudía a rezar y le obligaron a presenciar cómo violaban y asesinaban a su nieta de once años. Ahora entendía el llanto desconsolado de Maida, en cuya casa se habían presentado un grupo de soldados serbios con una camioneta repleta de chicas jóvenes procedentes de distintos pueblos de la zona para llevarse a su hija de dieciséis años con la rastrera y falsa explicación que repetía mecánicamente uno de aquellos hombres uniformados: «La cambiaremos por chicas serbias que están prisioneras en manos del ejército bosnio. No tiene nada que temer. Pronto volverá a casa».

Todo aquello estaba pasando en Visegrado desde hacía tiempo, pero ella acababa de recibir el bautizo de fuego que le cerraba la puerta de un mundo imaginario rico en leyendas de ficción y le daba la bienvenida a otro donde reinaba sin reparos la realidad más dura.

La voz ronca de su madre le hizo volver la cabeza hacia el interior de su habitación y alejarse de la ventana:

—Hemos tenido suerte. Podíamos haber sido nosotros.

6

Después de aquello, a Zehera ya no le gustaba mirar por su ventana, la misma que otrora había considerado un mirador excepcional y privilegiado. Demasiado horror, demasiado sufrimiento. Lo que antes representaba el mejor antídoto contra la falta de sueño y el vaso conductor a un futuro de ilusiones —la visión del magnífico puente sobre el Drina— ahora era el abono de recelos, pesadillas y temores. El miedo se convirtió en una sensación sorda que la acompañaba a todas partes; en un punzón hiriente que arremetía contra su pecho y la dejaba sin defensas; en una sombra oscura que siempre conseguía no ser vista pero sí intuida. El miedo a la muerte, a lo desconocido, a la sangre, a la oscuridad, todo lo que en definitiva y desde el principio del mundo había cebado las grandes aprensiones de la humanidad, había decidido florecer en aquel rincón de los Balcanes. Ese miedo se alimentaba de historias que surgían de las bocas descarnadas de vecinos, de amigos, y de las imágenes que ella misma había visto.

Un miedo nuevo comenzó a devorar los corazones de todos los habitantes de Visegrado al tiempo que las bombas y los proyectiles rompían la fisonomía de las ciudades de Bosnia Herzegovina, que comenzaban a presentar una imagen espectral. Las fachadas de los edificios y las casas aparecían cosidas a balazos y la metralla de obuses semejaba dentelladas del propio demonio. El ronroneo del Passat rojo cereza que Sasa Ludonovic había robado a Behija después de matar a toda su familia se convirtió en el sonido de la maldad, en el mensajero que anunciaba que algo aterrador estaba a punto de suceder. Si Sasa aparcaba su flamante coche delante de una casa, una fábrica, una granja, una plaza o una mezquita, era la sentencia a una muerte segura. Todos rezaban para no escuchar el maldito rugir del motor que precedía la llegada del diablo. No había entonces posibilidad de escapatoria, ni piedad con los hombres y mujeres que intentaban esconderse para no ser vistos. Todo intento de abstraerse de aquella mirada grotesca de la que presumía el nuevo señor de la guerra de Visegrado, todo esfuerzo por esquivarla, resultaba inútil.

A bordo del Passat rojo solía perpetrar sus mayores salvajadas. Cuando subía a su coche a varias mujeres, ya sabían que ninguna de ellas regresaría con vida. Mostraba preferencia por las embarazadas, a las que arrastraba en su coche hasta la comisaría o el edificio del cuerpo de bomberos donde las violaciones eran el pan de cada día: si estaban en un mes de gestación avanzada, las encerraba hasta el parto y después las violaba antes de terminar con su vida. Asimismo disfrutaba sobremanera —a tenor del número de veces que realizó semejante infamia y las risas obscenas que profería al contemplar su hazaña por el espejo retrovisor— atando a un hombre al parachoques trasero del Passat y recorriendo a gran velocidad las principales calles de Visegrado hasta que el cuerpo de su víctima tomaba la complexión de un muñeco inanimado. Después, bajaba del vehículo y lo pateaba hasta quedar exhausto, como si no hubiese llegado a comprender que aquel hombre ya había fallecido; ya no podía sentir su rabia.

—Soy el mayor criminal de la historia —gritaba después de cada nueva barbarie—. Y nadie, oídme bien, bastardos turcos, *nadie* puede hacerme nada. Soy intocable.

A cualquier hora del día o de la noche llegaban al puente sobre el Drina camiones cargados de hombres, mujeres y niños, escoltados por los hombres de uniforme. Entonces comenzaba la lúgubre función: el venerado puente de Zehera se transformaba en un macabro matadero de seres humanos, igual daba que tuvieran noventa años o tres meses de vida, y al poco las aguas verdes y cristalinas del río bajaban teñidas de rojo. A la voz del jefe de los Águilas Blancas, obligaban a bajar a todos y los alineaban frente a uno de los lados del puente. La mayoría habían sido torturados con anterioridad y deambulaban como fantasmas, como si se les hubiera negado el sentido de la orientación y de la realidad. Nadie hablaba, excepto los hombres uniformados. Entonces el temido nuevo señor de la guerra comenzaba a interpretar el tétrico papel de maestro de ceremonias que tanto le deleitaba. Cada noche era distinto, aunque nunca empleaban en la matanza menos de tres cuartos de hora: a algunos los disparaban y los arrojaban al río, a otros les cortaban el cuello —nunca con un corte limpio, para prolongar su agonía lo máximo posible, sobre todo si sus familiares estaban presentes y se sabían asimismo sentenciados—. Aquellas bestias inhumanas no se detenían ante nada ni ante nadie. Mientras la carnicería tomaba la parte central del puente, llenaba el aire la estridente música que salía del Passat rojo, y el propio Sasa se encargaba de subir o bajar el volumen en función de la intensidad de los gritos de las víctimas.

Cuando terminaba la mortal representación, la imagen era dantesca. Sangre por todas partes. Como si sus responsables quisieran dejar sobre el histórico empedrado la huella imborrable de hasta dónde podían llegar. A Zehera le parecía que el puente sangraba, que agonizaba herido de muerte y de espanto. Aquella noche le dio la impresión de que la gran mole de piedra perdía altura, que se derrumbaba por el peso de la ignominia y la degradación, lejos de ser el monumento fuerte, noble y majestuoso que había logrado extasiarla hasta entonces.

—Tenemos que salir de aquí, Aleksandar. No tardará en tocarnos a nosotros —suplicó en voz baja a su novio, que se encontraba a su lado y había sido testigo junto a ella de la última masacre—. Mañana pueden venir a por ti o a por mí, y no quiero ver cómo nos matan en ese puente. No podemos esperar ese momento sin hacer nada, como si no nos importara. Mi hermana tenía razón: no pararán hasta que terminen con todos nosotros.

—Mi amor, lo haremos. Confía en mí. Pronto nos iremos, pero hay que prepararlo bien. No podemos arriesgarnos a escapar sin saber dónde ir, en quién confiar y sin un plan que nos garantice que nuestra huida no terminará con un tiro en la cabeza. Ya lo he hablado con mi primo Deyan. Él conoce mucho mejor que nosotros cómo está la situación, en qué zonas está el peligro y sobre todo, lo más importante, tiene contactos que pueden ayudarnos. —Calló unos segundos y contempló la inquietud en el rostro de esa mujer de la que estaba completamente enamorado. No le gustaba verla así, le irritaba que sus palabras no calmasen de inmediato su creciente preocupación, como ocurría antes de que el primer bombardeo rompiera el hechizo—. Te doy mi palabra de que saldremos de aquí. Vivos. Juntos. Huiremos lejos a un lugar seguro y ninguno de ellos podrá hacernos nada. Te lo prometo. Pero tenemos que esperar.

—¿Y dónde está ese lugar seguro, Alek? ¿Adónde iremos? —El desconcierto de Zehera iba a más.

—Deyan me ha dicho que su hermano está viviendo en España desde hace un año y las cosas le van bien. Ha hablado con él, para tantearle, y está dispuesto a acogernos durante un tiempo.

—¿España? Pero yo no sé nada de ese país salvo que está muy lejos, ¿qué vamos a hacer allí?

—Vivir. Y evitar que nos maten. Es más de lo que nunca llegaremos a soñar si seguimos aquí.

Desde que comenzaran las ejecuciones públicas en el puente, Aleksandar únicamente dejaba sola a su novia el mínimo tiempo posible. Cada noche acudía a casa de la joven, a pesar del peligro de que los temidos Águilas Blancas lo vieran y lo detuvieran. Se lo había prometido a Suhra antes de que partiera hacia Sarajevo y no pensaba faltar a su palabra.

Zehera le quería. Al menos, estaba convencida de no haber sentido nunca nada parecido por nadie. Alek, como solían llamarle los más próximos, era un chico despierto, divertido, emprendedor, con sobradas dotes para el liderazgo y muchos planes de futuro. Además, su aspecto físico —con más de un metro ochenta como tarjeta de presentación y un cuerpo perfectamente musculado— solía garantizarle el éxito en sus conquistas femeninas. Era el encargado del negocio familiar de alquiler y venta de bicicletas que había en Visegrado, y resultaba habitual verle atendiendo a la clientela cuando sus estudios de Historia no le tenían secuestrado. Sus padres sabían que era una especie de encantador de serpientes y que siempre que él estaba al frente del negocio, las ventas subían. Además, preferían que estuviera ocupado con el negocio antes que, según ellos, perdiendo el tiempo entre periódicos y revistas de política o aproximándose demasiado a los círculos seudointelectuales que se organizaban regularmente en la pequeña biblioteca de la ciudad, donde jóvenes como él acudían a escuchar toda suerte de nociones políticas que impartían catedráticos, antiguos alumnos e invitados ilustres.

Era ocho años mayor que Zehera, y apenas uno mayor que Suhra, que fue la encargada de hacer las presentaciones: «Estoy segura de que te va a gustar, hermanita. Además, le encantan las rosas», le confió entre risas cómplices. Se habían conocido dos años atrás, seis meses antes de que su hermana se mudara a Sarajevo. Suhra y él se conocían desde hacía tiempo porque habían cursado estudios en la misma clase y aunque no habían tenido mucho trato, ya que no pertenecían al mismo círculo de amigos, habían coincidido en varias ocasiones en esas reuniones más políticas que culturales. Ella sabía que no era muy buen estudiante, pero su carácter abierto, embaucador y carismático suplía con creces la debilidad académica. Un día Alek le preguntó por sus hermanos y Suhra no pudo evitar sonreír. «Vaya, me halaga tu interés por el bienestar de mi familia. ¿Y por quién preguntas exactamente, por Dino o por Zehera? Porque te diré que Dino está estupendamente, hecho un bestia, creciendo día a día. No come bien, ¿sabes?, pero eso debe de ser porque se traga todo tipo de hierbajos que va encontrando aquí y allá... ¡Ah, perdona! —fingió que advertía entonces su confusión. Aleksandar la miraba sonrojado; una amplia sonrisa movilizaba todos los músculos de su cara, sembrándola de arrugas y pliegues y realzando su atractivo varonil—. ¿No es por mi hermano Dino por quien me preguntas? ¡Vaya, disculpa! Es lo que tiene pertenecer a una familia numerosa. Mi hermana está bien, muchas gracias. ¿Necesitas saber algo más?»

Dos días después de aquella conversación, las dos hermanas llegaban a la tienda de Aleksandar, con una Zehera aún desconcertada porque no terminaba de entender cómo las dos ruedas de su bicicleta habían aparecido pinchadas aquella mañana.

«Te arreglaré tu bicicleta siempre y cuando me prometas que no la utilizarás para alejarte inmediatamente de mí. Claro, que eso te resultará prácticamente imposible. Supongo que conoces la leyenda del esclavo que se topa con la Muerte en un zoco y al ver que esta le hace un gesto le ruega a su señor que le preste un caballo para huir a Damasco y poder así alejarse de ella... Ya sabes. El caso es que cuando consigue el animal, su amo y señor se encuentra con la Muerte y le reprocha que haya asustado a su esclavo, y entonces la haraposa huesuda le dice: "No era mi intención asustarle. Es solo que me sorprendió verlo allí: ¡contaba con encontrármelo esta noche en Damasco!". Has tenido que oír hablar de ella. Tu hermana me ha dicho que te encantan las fábulas y qué mejor compendio que *Las mil y una noches.* —Hizo un alto en su parlamento al ver el rostro de sorpresa de Zehera—. Te la cuento con detalle mientras nos tomamos un té.... Los tres, por supuesto, Suhra también.» «Qué amable —replicó teatrera Suhra. Y luego en voz baja a su hermana—: Qué chico más atento, si nos va a invitar y todo.» «Sí, demasiado amable, ¿no crees? —intentó zanjar la encrucijada en la que comenzaba a sospechar que la había colocado su querida hermana—. Oye, tú —le dijo mostrándose todo lo descarada que fue capaz—, cualquiera ha oído hablar de *Las mil y una noches,* y que sepas que dejas mucho que desear en el papel de Scherezade: la verdad, no te veo aliviando el insomnio de su amo. Te podías haber trabajado un poco más la maniobra de aproximación, y eso que has contado con cómplices. —Volvió a mirar a su hermana, que decidió no darse por aludida.» «Entonces, ya conocerás la fuerza del destino y lo inútil que resulta que nos opongamos o tratemos de cambiar nuestra suerte. Un té... breve, pero un té. O te seguiré hasta Damasco si hace falta.»

En aquel momento comenzó a fraguarse una buena amistad entre los jóvenes. Pocas semanas después se terció en una relación más íntima y formal, gracias en buena parte a las excelentes artes celestinas desplegadas por Suhra, que para entonces ya rumiaba su proyecto de trasladarse a Sarajevo y quería tranquilizar su conciencia sabiendo que durante su ausencia su hermana pequeña quedaría, en parte, protegida y en buenas manos.

En aquel primer momento ninguno de ellos pareció tomar en serio las palabras de Aleksandar sobre la fuerza del destino.

—Huiremos lejos de aquí y nadie podrá hacernos nada —decía.

Inmóviles frente a la ventana desde la que asistían casi cada noche a las ejecuciones masivas sobre el puente, Zehera y su novio creyeron ver el fantasma de una haraposa huesuda a lomos de un caballo negro que trotaba veloz rumbo a ellos.

7

La noche en que los hombres de Sasa Ludonovic se presentaron en su casa, Zehera llevaba unos días inquieta. Durante las últimas semanas había intentado sin éxito restablecer la comunicación con Suhra, pero el teléfono se negaba a participar en ese encuentro de voces: difícilmente había línea, y cuando tenía esa suerte, el número de su hermana no daba señal alguna. El no poder hablar con ella como siempre lo había hecho le estaba reconcomiendo las entrañas, crispando en exceso sus ya de por sí convulsionados nervios, y no había modo de aliviar su creciente estado de ansiedad. Tampoco en la radio podía encontrar pistas sobre lo que estaba sucediendo en Sarajevo, nada que la ayudase a sentirse —al menos de esa manera— más cerca de Suhra y hacías días que las pilas habían empezado a escasear incluso en el mercado negro que se había organizado en el pueblo por culpa de la guerra.

Cuando escuchó el sonido del Passat rojo a escasos metros de su casa, la sensación de desasosiego de los días anteriores se hizo aún mayor. Habían acabado de cenar, una comida frugal teniendo en cuenta que los alimentos ya empezaban a ser un producto de lujo y para muchos no habría sido fácil acceder a ellos de no ser por la ayuda desinteresada entre los vecinos, que habían hecho del «hoy por ti, mañana por mí» el lema de su difícil existencia. Aun así, a Zehera no le importaba haberse quedado con hambre: sabía que su abuela Mirsa había hablado con el pastelero y, haciendo un gran esfuerzo, le había encargado una tarta de cumpleaños para celebrar en apenas unas horas la mayoría de edad de su nieta. Su pequeña cumpliría los dieciocho y eso, a pesar de las trágicas circunstancias que rodeaban tal feliz acontecimiento, merecía una celebración.

Aunque nadie se atrevió a mirar por la ventana por miedo a que sus temores tomaran forma, todos pudieron escuchar cómo varios hombres hablaban entre sí en la puerta de la casa, con el ronroneo de un motor en marcha de fondo: Sasa nunca paraba el motor del Passat rojo cuando llegaba a un edificio en busca de alguien: sabía bien el pánico que sembraba aquel mensajero de la muerte y disfrutaba alimentándolo.

Ante el estupor de todos, llamaron al timbre. Se miraron desconcertados. ¿Por qué no habían tirado la puerta abajo como hacían habitualmente? ¿Por qué se tomaban la molestia de llamar? ¿Serían realmente ellos o...?

—Abran inmediatamente —gritaron desde fuera.

Fue el padre de Zehera quien deslizó el cerrojo del portalón y acto seguido retrocedió sobre sus pasos, incapaz de articular palabra. El mismísimo Sasa Ludonovic y sus Águilas Blancas accedieron a la vivienda y tomaron posiciones, distribuyéndose sigilosamente en puntos estratégicos para tenerlos a todos controlados.

—Buenas noches, señoras —dijo el líder dirigiéndose a Zehera, a su madre y a su abuela, e inspeccionando visualmente a la joven de un modo tan sucio que logró violentarla. Unas sonrisas mordaces irrumpieron en el rostro de sus subordinados—. Espero no haberlas importunado lo más mínimo. Verán, hemos recibido informaciones sobre la presencia de varios extremistas por este vecindario y nos hemos dicho: vamos a darnos un paseo por los alrededores, a ver si los vecinos quieren ayudarnos a reconocerles y a restablecer un poco el orden. —Sasa fijó ahora su gélida mirada sobre los hombres de la casa: el padre de Zehera, su hermano Dino y su novio Aleksandar—. ¿Ustedes no sabrán algo? Son personas que hablan, comentan y critican a los serbios por el simple hecho de ser lo que son. Es nuestro sino. La historia se repite. Pero esta vez no van a poder con nosotros. Ya lo han hecho demasiadas veces. —Tras un prolongado silencio amedrentador, continuó con su retahíla sarcástica—. Vaya. Esperaba mayor colaboración. —Aspiró teatralmente una bocanada de aire, como si quisiera llenar sus pulmones ante la gravedad de lo que iba a decir—. Muy bien. No hay problema. Desnúdense todos. ¡Ahora!

Fueron milésimas de segundo las que invirtieron en mirarse entre ellos, como si no dieran crédito a la orden del director de aquella surrealista y violenta escena, pero un alarido aún mayor que el previo les hizo obedecer de inmediato. Con toda la rapidez que sus nervios les permitieron, tragándose el miedo y la vergüenza que no consiguieron disimular, los seis se quedaron en ropa interior. Cuando pensaban que la violencia se iba a desatar en el comedor de la casa, tal y como había sucedido semanas antes en el jardín de su vecina Behija, Sasa se acercó lentamente a Aleksandar hasta situarse a dos centímetros de su rostro.

—Cuánto tiempo. Porque creo que tú y yo nos conocemos, ¿verdad? Lo que no entiendo es cómo has venido a parar a un estercolero como este con tanta basura de por medio. ¿O es que te has acostumbrado tanto al olor de los turcos que ya no distingues la peste que sueltan? —Calló como esperando respuesta, pero tanto él como su encarada víctima sabían que la pregunta era retórica. El puñetazo que Ludonovic estrelló contra el estómago de su nueva víctima rompió el tenso ambiente que se respiraba y dejó a Alek sin respiración durante unos segundos eternos. Sin esperar a que se recuperase, Sasa le señaló con su fusil. Lo mismo hizo con el pequeño Dino y su padre—. Tú, tú y tú os venís con nosotros. ¡En marcha! —gritó mientras sus hombres empujaban con las armas y de malos modos a los tres hombres. Después se dirigió a Zehera, ignorando a su madre y a su abuela. Se acercó tanto a ella que la joven pudo percibir el fuerte olor de su aliento—. Y tú, escribe en la puerta los nombres de todos los que vivís en esta casa. Volveré pronto y no quiero mentiras. ¿Me has entendido?

—¿Dónde los llevas? ¿Qué vas a hacerles? —preguntó sin obedecer a la voz de su conciencia que le recomendaba guardar silencio.

—Ya te lo he dicho. Nos van a ayudar a reconocer a unos extremistas. Más vale que te preocupes por ti y por hacer lo que he ordenado —respondió Sasa.

Cuando el motor del Passat rojo les indicó que la letal comitiva se había alejado lo suficiente, la madre comenzó a llorar, a chillar, a correr por toda la casa presa del pánico. Recorría cada cuarto como si su cuerpo y su boca estuvieran poseídos por el diablo, mientras que la abuela Mirsa corría hacia su nieta para ayudarle a escribir los nombres en la puerta de la casa.

—Los van a matar, ¿verdad? A los tres. A mi hermano, a mi padre, a Aleksandar... Los degollarán en el puente como han hecho con los demás, y los tiraran al río, y... —decía aún conmocionada.

—Sigue escribiendo. Tú escribe y no pienses, niña. Escribe. Escribe. Escribe.

A las pocas horas, un poco más tarde de la medianoche, el rugido característico del Passat rojo volvió a encoger el corazón de las tres mujeres. Permanecieron con la mirada fija en la puerta de su casa, que permanecía abierta porque nadie se había molestado en cerrarla; sabían que habría resultado inútil. Cuando el líder de los Águilas Blancas se detuvo frente a ella y leyó los nombres escritos en la madera del portón, miró a Zehera e hizo una señal a uno de sus hombres para que fuese a la cocina. La joven sentía que su corazón pedía paso, que estaba a punto de atravesar su pecho, y a juzgar por el ímpetu de sus latidos, tenía muchas posibilidades de rasgar su delicada piel y salir al exterior. El hombre que había encaminado sus pasos hacia la cocina regresó con un manojo de cucharas en la mano y las lanzó sobre la mesa provocando un estruendo metálico que asustó a las tres mujeres. Entonces Sasa comenzó a contarlas.

—Una, dos, tres... cuatro, cinco... seis cucharas. Seis bocas distintas a la hora de comer. Seis, seis... Pero si no me equivoco... —musitaba mientras volvía a mirar los nombres escritos en la puerta sobre la que daba pequeños y acompasados golpes con la cuchara—. Sois cinco. ¿No tendréis a nadie escondido, verdad? No, no lo creo. —El gesto de su cara sufrió una severa metamorfosis, tiró con furia la cuchara al suelo y volvió a ocupar la parte central del salón—. Tú te vienes conmigo —dijo cogiendo con fuerza el brazo de Zehera—. Tenemos mucho de lo que hablar.

En ese momento la abuela Mirsa se abalanzó sobre él a la vez que le rogaba que no se la llevara, que no le hiciera daño. La única respuesta que obtuvo fue una sonora bofetada que la dejó tumbada en el suelo y sangrando abundantemente por la boca, mientras se llevaba a la fuerza a su nieta.

Cuando Sasa la obligó a sentarse en el asiento del copiloto del Passat rojo, pudo ver que había otras cuatro chicas en la parte trasera del coche, todas con la misma expresión de terror en sus caras, todas agarrotadas por el miedo. Aceleró tan fuerte que Zehera se golpeó la frente con el salpicadero del automóvil y el estacazo anestesió sus sentidos aún más de lo que estaban.

Tan solo tardaron unos minutos hasta que llegaron al lugar de destino: el estigmatizado hotel Vilina Vlas. El edificio no tenía nada de particular, excepto un amplio tejado de color rojo —por otra parte, un distintivo bastante habitual en algunos edificios de la antigua Yugoslavia— que lo hacía visible mucho antes de alcanzar la entrada principal. Antes del fatídico abril de 1992, el hotel era destino habitual de muchos turistas que buscaban relajarse y encontrar una buena dosis de bienestar y tranquilidad en sus aguas termales. La historia había cambiado de manera drástica y aquellas paredes, lejos de albergar calma y sosiego, vomitaban sangre, dolor y muerte. Todos en Visegrado habían escuchado espeluznantes historias sobre lo que sucedía a diario en aquel hotel convertido en un infausto centro de violación de mujeres bosnias musulmanas. Todos sabían que no era fácil salir de aquel maldito lugar con vida. Una vez traspasado el umbral del Vilina Vlas, el significado de la palabra «vida» se derretía dejando un aletargado recuerdo; simplemente desaparecía haciendo de la supervivencia un castigo infernal y del deseo de una muerte rápida la única esperanza posible.

Era la primera vez que Zehera pisaba aquel hotel y hubiese deseado no haberlo hecho nunca. Cuando sus torpes y atropellados andares —convertidos en continuos traspiés a causa de los constantes y bruscos empujones de su captor, que la seguía amarrando por el brazo— la ubicaron en el vestíbulo del hotel, pudo percibir un fuerte olor a ácido, a sudor, a suciedad, a humedad, un hedor tan asfixiante que hizo que su cabeza se desplazara hacia atrás de forma involuntaria. En el centro de aquel amplio recibidor que daba la impresión de haber sido ocupado precipitadamente por un regimiento y remodelado sobre la marcha, había un sofá de tres plazas con grandes manchas oscuras que no parecían incomodar a sus ocupantes: dos hombres uniformados, sin pantalones pero con las bastas y pesadas botas reglamentarias puestas. Frente al sillón, una mesa de madera con apariencia inestable sobre la que se podían ver varios cuchillos, mazas, látigos, algunas pistolas, municiones de distinto calibre, ceniceros llenos de colillas, restos de comida y botellas vacías, algunas de ellas rotas. Unas cuantas sillas colocadas sin ningún criterio, una especie de armario de madera apoyado sobre una de las paredes y un pequeño bar con una amplia barra sobre la que se esparcía todo tipo de botellas, vasos, paquetes de tabaco de la marca Colorado, una radio de color negro y azul y algún que otro soldado ebrio y semiinconsciente completaban la nada acogedora estancia. Las ventanas que daban al exterior estaban cubiertas por mantas y grandes cartones, confiriendo al lugar una apariencia aún más siniestra: era imposible que entrase la luz natural e iluminara la sala. Las paredes y el suelo estaban completamente manchados de sangre, y en las escaleras que conducían hacia el primer piso había un viscoso reguero de color rojo; un hito del horror que tenía lugar en las plantas superiores del hotel.

Zehera tuvo la impresión de hallarse ante una escena de terror amenizada por la estridente música del aparato de radio situado en el extremo de la barra del bar. A una mirada de Sasa, uno de sus hombres apagó el aparato y entonces fue cuando se empezaron a escuchar los gritos que traspasaban las paredes. Las jóvenes que habían bajado del Passat rojo y que no habían sido capaces de articular palabra desde que entraron en el hotel miraron instintivamente hacia arriba y escapó de sus bocas un alarido roto y ahogado: de los brazos de una enorme lámpara colgaban varios cuerpos de mujeres desnudas, salvajemente mutiladas; aún caían hilos de sangre de las heridas que cubrían todos sus cuerpos. El estupor de las jóvenes, que comenzaron a llorar y a pedir auxilio a gritos, se vio acompañado por las carcajadas soeces de los hombres uniformados.

En mitad de aquel caos, los soldados las obligaron a subir a los pisos superiores del hotel. El señor de la guerra abría la comitiva llevando a Zehera como si se tratase de un fardo no muy pesado; el atemorizado cuerpo de la joven se negaba a ofrecer resistencia. Tras ellos iban seis soldados, que empujaban y se mofaban de las otras chicas, a las que no dejaban de abrumar con todo tipo de comentarios escatológicos y vejatorios. Subieron las escaleras y dejaron atrás el primer piso hasta llegar al segundo. Conforme avanzaban por el pasillo sobre el que se extendía una estrecha alfombra roja sucia y deshilachada, los hombres de Sasa hicieron ademán de abrir la puerta de tres habitaciones distintas, pero estaban cerradas con llave, todas ellas ocupadas por más soldados: los gemidos y alaridos de las mujeres que se encontraban dentro no dejaban lugar a la duda. Cuando por fin una de las puertas cedió, las cuatro jóvenes fueron introducidas con violencia en la habitación mientras Sasa abortaba el intento de uno de sus hombres de meter en el mismo habitáculo a Zehera.

—No. Ella viene conmigo. Esperadme aquí. Ahora mismo vuelvo.

Avanzaron unos metros más hasta que llegaron casi al final del lúgubre pasillo y Sasa Ludonovic abrió la puerta en la que sobresalían tres moldes dorados: era la habitación número 218.

Estaba vacía. Tan solo había una cama —usada anteriormente a tenor del desconcierto de sábanas y almohadas—; una mesa de madera colocada muy cerca de la ventana sobre la que caían unos trapos opacos a modo de cortinas; una silla a la que habían arrancado de cuajo uno de sus brazos, a juzgar por las puntiagudas astillas que todavía sobresalían; y un cuenco de aluminio de mediano tamaño en el suelo.

—Ahora mismo vuelvo. No te vayas —le espetó con una media sonrisa burlona que a la joven le heló la sangre.

Aquella personificación del sadismo descontrolado apenas se ausentó unos minutos, suficiente para que la cabeza de una aterrorizada Zehera fabricase todo tipo de conjeturas sobre su incierto futuro. No fue capaz de mover un solo músculo. Su anulada capacidad motriz parecía estar dándole un tiempo para poner en orden todo lo que había visto desde que entró en el Vilina Vlas, pero no pudo. El sonido de la llave que volvía a abrir desde fuera la puerta de la habitación 218 la abstrajo de su anestesiado letargo. El responsable de que ella se encontrara en aquel lugar entró despacio en el cuarto y se quedó observándola de arriba abajo. Luego se acercó muy despacio hacia su amedrentada presa, que continuaba sin atreverse a variar un ápice su posición. Sus andares parecían pesados, como si las piernas tuvieran que desplazar una enorme carga para avanzar; nada raro teniendo en cuenta lo plagado que llevaba el cinturón de granadas, pistolas o cuchillos. Sin mediar palabra se quitó la cincha y la dejó caer sobre la mesa. Luego la arrastró ruidosamente hasta colocarla contra la puerta de la habitación, que ya había cerrado con llave.

—Bueno. Por fin solos. —Sonrió al ver que sus palabras sembraban el pavor en las facciones de Zehera, como solía pasar con todas sus víctimas. El esbelto y hermoso cuerpo de ella había empezado a temblar, abandonándose a una leve convulsión imposible de controlar. Notaba que cada centímetro de su piel estaba cubierto de un sudor frío que empezaba a actuar como pequeños alfileres atravesando su delicada epidermis; que sus piernas estaban a punto de flaquear; que su estómago no iba a resistir mucho más tiempo el tiovivo de espasmos que consumía a dentelladas su interior—. No te preocupes. No va a pasar nada. Solo quiero hacerte unas cuantas preguntas. Eso es todo.

Con una sola mano, Sasa cogió la silla, la situó frente a la joven —escasamente a un metro de donde su cuerpo aún temblaba— y se sentó, no sin antes acomodar con dificultad su fornida constitución.

—Dime, Zehera... Porque te llamas así, ¿verdad?... ¿En qué trabaja tu padre?

—Es... es... Trabaja con tejidos, compra y vende telas —tartamudeó durante unos segundos porque la lengua había tomado unas dimensiones distintas de las habituales y parecía ocuparle toda la boca, lo que unido a la ausencia de saliva le impedía articular palabra—. No hemos hecho nada. Nunca nos hemos metido en...

—Sssssh... —la cortó él—. Tú solo contesta a lo que yo te pregunte. Es sencillo de entender, ¿no? —Sin hacer ruido, sacó del bolsillo del pantalón un paquete de cigarros, extrajo uno con la boca, jugó con él entre los dientes durante unos segundos y finalmente lo encendió, dio una calada profunda y expulsó el humo con estudiada parsimonia—. ¿Habéis tenido armas en casa? ¿Conoces algún vecino que las guarde y no las haya entregado a mis hombres? —preguntaba mientras ella negaba con la cabeza a cada cuestión requerida sobre su familia, sus vecinos, sus ahorros, su religión, sus amistades...—. Y tu novio, ese chico tan alto y tan fuerte, ¿te ha follado ya? Tengo entendido que es serbio, como su padre, su tío y sus primos, así que ya debería haberlo hecho. —Se levantó de la silla, y sin dejar de hablar comenzó a quitarse la ropa hasta quedarse completamente desnudo—. Aunque espero que hayas sabido ser una buena musulmana y que... ¿cómo decís las turcas?, ¡ah, sí!... que te sigas manteniendo *inocente,* porque de lo contrario no me va a gustar nada y te mataré. —Apagó el cigarrillo sobre el único apoyabrazos que le restaba a la silla y sentenció, sin mirarla siquiera—. Quítate la ropa y túmbate en el suelo.

Zehera dejó escapar un débil gemido y retrocedió un paso.

—¡¿No me has oído?!

Esta segunda interpelación sonó más severa y ruda y le sirvió para convencerla de que su interlocutor no bromeaba y ella no tenía más remedio que obedecer. Una vez se quitó toda la ropa, también la interior después de una brusca indicación de Sasa, se tumbó de manera autómata boca arriba sobre el suelo de madera de la habitación. Lo notó gélido, a pesar del sudor helado que su cuerpo seguía evaporando por cada poro de la piel. Cuando sintió que el hombre se abalanzaba bruscamente sobre ella, comenzó a gritar y a pedir auxilio, trató de defenderse del ataque con patadas, dando manotazos y arañando todo lo que sus manos encontraban, con el fin de quitarse de encima aquel cuerpo sudoroso y sucio.

—No, no... ¡Déjame! ¡Déjame!... ¡No me toques, por favor, no! ¡Déjame!

Un certero y enérgico puñetazo en el estómago actuó de eficaz mordaza y ahogó sus gritos en un leve y casi inaudible gemido.

—¡Musulmana de mierda! Pero ¿quién te has creído que eres? ¿Acaso no sabes con quién estás? —El monstruo parecía fuera de sí. La cogió del cuello con las dos manos, como si quisiera ahogarla, apretando lo suficiente para dificultar su respiración. Los gestos de asfixia de la joven alentaron en él todo tipo de improperios, mientras las gotas de saliva salían como perdigones de su boca y se estrellaban sobre la cara de su indefensa y agarrotada víctima—. Ahora mismo podrías estar en el fondo del Drina con una piedra atada a tus pies y otra rodeando tu cuello de sucia musulmana. Y sin embargo, estás conmigo y vas a tener la suerte de que te folle el nuevo Dios. Para que lo entiendas mejor: Alá va a estar contigo, bosnia de mierda. —Zehera no paraba de llorar y de negar con la cabeza—. Si no te comportas, llamaré a tres de mis Águilas para que me ayuden a sujetarte mientras te follo hasta que me canse; luego estarán encantados de violarte y golpearte durante días. Te romperán todos los huesos del cuerpo antes de descuartizarte. No sería la primera vez que lo hacen. Y créeme, son buenos. ¿Es eso lo que quieres? ¡Dime!, ¿es eso lo que quieres?

La descripción de las atrocidades que la esperaban si no permanecía quieta actuó como un lenitivo eficaz en sus convulsiones de rabia e impotencia. Zehera decidió que lo mejor sería mantenerse inmóvil, envuelta en lágrimas y en gritos de dolor, pero obedeciendo sus órdenes y cediendo a todos sus crueles caprichos. Durante horas sintió cómo su cuerpo era vilipendiado, agredido, golpeado, humillado como nunca habría imaginado; cómo las manos de aquel monstruo sabían encontrar el punto exacto del que brotaba una fuente insaciable de dolor y vergüenza; cómo las retorcidas carcajadas al comprobar que era virgen se alojaban en sus tímpanos y ejercían como martillos; cómo una y otra vez la bestia inhumana la colocaba boca abajo para investigar en sus cavidades más profundas; cómo, en el tiempo que tardaba en recuperarse, aquel animal quemaba su piel con el ascua de los cigarros o la golpeaba con saña hasta abrir brechas en su carne; y cómo, en fin, utilizaba su endeble organismo igual que si fuera un mecano sobre el que cometer todo tipo de vejaciones tanto físicas como psicológicas mientras ella rogaba por su propia muerte y él le preguntaba a gritos si le dolía, si quería más, si deseaba que parara, si tenía algo que decirle.

En una de las ocasiones la arrojó sobre la mesa, dobló su cuerpo, se colocó detrás de ella y le abrió violentamente las piernas. Luego le levantó la cabeza cogiéndola con fuerza del pelo y la obligó a mirarse en el espejo que él mismo había situado sobre la mesa, apoyando el marco superior en la puerta de la habitación.

—¿Ya no te ríes, turca? Antes lo hacías. Reías mucho —decía mientras la embestía sin piedad con la pelvis y se deleitaba observando la imagen que le devolvía el espejo. Juntos los rostros de ambos: el de ella cubierto de una mezcla de sangre y lágrimas; el de él, con un fantasmagórico velo de sudor—. Lo recuerdo muy bien. Me acuerdo perfectamente de ti y de tu hermana. Siempre sonriendo con los labios pintados de rojo y diciendo que erais rosas. —Su respiración se aceleraba, se volvía más ruidosa mientras que consumaba la violación, pero él seguía hablando y riendo a carcajadas—. ¿Qué pasa, ahora no quieres sonreír?

¿No lo encuentras divertido? ¡Vamos, musulmana, nos lo estamos pasando bien! ¡Sonríe, sonríe, sonríe te digo! —De repente, la presión del cuerpo de Sasa sobre el de la joven cesó y él la miró durante unos segundos a través del espejo. Rompió el silencio una de sus roncas carcajadas—. ¡Ah, ya lo entiendo! Tus labios. Es el color de tus labios. Te ves pálida, ¿verdad? Pero ¿por qué no me lo has pedido antes?

Salió de ella bruscamente y le ordenó que no moviera un solo centímetro de su cuerpo, que se mantuviera en la misma postura, sobre la mesa: el cuerpo doblado, las piernas abiertas, con la vista clavada en su propio reflejo. La bestia cogió un cuchillo que había dejado sobre la mesa y volvió a situarse detrás de Zehera.

—Vamos a pintar tu boca de rojo, para que todo sea como antes y puedas sonreír y hacerme feliz. Aunque no tengo un bonito lápiz de labios. Habrá que improvisar.

Sasa sostuvo el cuchillo con la mano derecha mientras que con la izquierda obligaba a su víctima a levantar aún más el rostro. La descomunal hoja de la navaja recorría todas sus facciones, dibujando una y otra vez la forma de sus labios. Al fin el cuchillo se dirigió al pecho izquierdo y allí rasgó la piel con un corte poco profundo, pero que la hizo gritar de dolor. Luego tiró el arma al suelo, recogió con sus dedos parte de la sangre que brotaba de la herida, la depositó en los labios de ella y volvió a entrar impetuosamente en su cuerpo.

—Ahora sí. No podemos dejar que se marchite la rosa, pequeña turca. ¿Y cómo estará la rosa de tu hermana? ¿Crees que alguien se la estará pintando como yo a ti? ¿Piensas que habrá tenido esa suerte? ¡Contesta, musulmana inútil, contesta!

Zehera no podía dejar de llorar, de gritar, de suplicar que cesara la tortura, de implorar que la matara en aquel mismo instante, que terminara con su vida, pero sus ruegos parecían madera nueva en un fuego ardiendo. La mención de Suhra había terminado de desquiciarla. Aquel hombre se había adueñado de su cuerpo, de su piel, de sus entrañas, pero hasta aquel momento pensaba que su cabeza se mantendría a salvo, que los recuerdos y las imágenes del pasado le pertenecían como una parcela privada que nadie podía asaltar y mucho menos deshonrar. Sin embargo, se equivocaba. Las palabras sobre Suhra y la incertidumbre de su situación hicieron aún más insoportable el martirio. ¿Cuánto tiempo duraría ese macabro infierno? ¿Qué más podrían hacerle? ¿Hasta dónde resistiría su cuerpo?

Sintió que entraba en otra realidad, donde el eco de los insultos de su torturador llegaba amortiguado a sus oídos y su maltrecho cuerpo apenas sentía las embestidas. Todo parecía haber adquirido otro ritmo más pausado, más sordo, apagado, como si a su alrededor todo comenzase a acontecer a cámara lenta.

La pérdida de conciencia le impidió encontrar las anheladas respuestas. Aún tendría que esperar.

Cuando su cuerpo y su mente despertaron a la feroz realidad fabricada en aquella habitación 218, el escalofrío metálico que le recorrió el cuerpo alcanzó tanta intensidad que tuvo la sensación de que le habían arrancado la piel a tiras hasta dejar su cuerpo en carne viva. Estaba tumbada en la cama sobre el costado izquierdo, con las sábanas manchadas de sangre y completamente desnuda. Tenía frío y sentía un eco ahogado en sus oídos, que parecían taponados. Estaba sola. En un principio creyó que si no podía mover los brazos y las piernas era porque Sasa había aprovechado su estado de inconsciencia para cumplir la macabra promesa de romperle todos los huesos del cuerpo y descuartizarla. Pasados unos minutos y después de que su cabeza intentara procesar el horror experimentado antes de perder la conciencia, advirtió que tenía los brazos atados a la espalda por las muñecas y que el dolor gobernaba todo su organismo. Cuando quiso averiguar más sobre la lastimosa situación que presentaba su cuerpo, la puerta situada a su espalda se abrió y entró alguien. Ella escuchó cómo las fuertes pisadas se acercaban cautelosamente hasta la cama, pero fue incapaz de girarse, el miedo la tenía paralizada: ni su cuerpo podía moverse ni sus ojos resistirían presenciar nuevos episodios de violencia.

—¡Vamos, puta! Necesitan la habitación, que enseguida le cogéis el gusto —le espetó una voz de hombre desconocida—. Tú ya has tenido tu bautizo, ahora les toca a otras disfrutar de lo mismo. Pero no te preocupes: por lo que me han contado, contigo repetirán.

Aquel hombre maloliente, vestido de uniforme, basto de palabra y modo, la incorporó de la posición fetal en la que se encontraba cogiéndola del brazo derecho. Zehera supo ahogar el dolor en su garganta; lo que ya no pudo fue guardar el equilibrio y mantenerse erguida. Un pinchazo brutal le pellizcó el vientre y como si de una corriente eléctrica se tratara, le llegó a los riñones y le recorrió la espina dorsal. Sus piernas no fueron capaces de aguantar el inesperado derrumbe y cayó al suelo. Verla retorcerse de dolor en el suelo provocó las risas del hombre, que pareció excitarse como lo haría un animal depravado. Cuando se disponía a poner en práctica lo que sus bajos instintos le susurraban al oído, una voz atronadora y ronca abortó el intento. Sasa Ludonovic observaba la escena desde el umbral de la puerta; ninguno de los que estaban en la habitación se había percatado de su presencia.

—Llévala arriba, donde te he dicho. ¡Ahora, imbécil!

La imperativa y despótica voz del nuevo señor de la guerra en Visegrado pareció atemorizar más al hombre que a la prisionera. La sacaron casi a rastras con ayuda de otros dos Águilas Blancas. Entre los tres la subieron al tercer piso del edificio, donde la introdujeron en una habitación con la misma delicadeza que hubieran utilizado de haber sido un saco de trastos viejos. Cayó al suelo de rodillas y rápidamente el instinto le llevó a adoptar la misma posición fetal que tenía en la cama. El dolor que le brotaba del vientre parecía haberse avivado y ahora lo sentía como si un león le estuviera comiendo a dentelladas las entrañas. Fue entonces cuando supo que no estaba sola entre aquellas cuatros paredes.

—Eres afortunada, aunque no lo creas. Eres una mujer afortunada.

8

Durante horas escuchó aterrada el relato descarnado de aquella mujer. Parecía conocer muy bien lo que pasaba en el hotel Vilina Vlas y esa sabiduría actuó en cierto modo como anestesia de todas sus dolencias. Respondía al nombre de Samira. Por lo que se deducía de sus palabras, llevaba casi dos meses en aquel hotel maldito; fue de las primeras en ser secuestradas y encerradas, a mediados del mes de abril. Tenía cuarenta y tres años y a pesar de la dureza de lo vivido en aquel tétrico recinto, la mujer se estremeció al escuchar las palabras de su joven compañera.

—Hoy cumplo dieciocho —decía—. Y me quiero morir.

Samira comenzó a hablar, siempre en voz muy baja, casi envuelta en susurros:

—Hace unos días trajeron a una niña. No creo que tuviera más de siete años. Se llamaba Mahmuljin Avdija. Durante veinticuatro horas fue violada por más de cuarenta criminales, siempre ante la mirada de sus padres. Falleció. Su pequeño cuerpo no pudo aguantar tanta maldad, tanto sufrimiento. No quiero ni pensar lo que se le pasaría por su cabeza. Murió y ni siquiera así pararon de agredirla. Decían que mientras que el cadáver estuviera caliente... Otra niña se tiró la semana pasada por la ventana de una de las habitaciones del segundo piso. Yo creo que era la misma en la que tú has estado toda la noche. He podido oír tus gritos desde aquí. A ella la oí gritar durante varias noches y supongo que un día no pudo más y prefirió terminar ella misma con su vida a darles esa satisfacción a sus secuestradores. También oí cómo se pavoneaban de haber vendido a una niña de doce años, Fátima, por doscientos cincuenta dólares después de abusar de ella durante días. Estuvo ahí, en el mismo rincón en el que estás tú, con una gran hemorragia entre las piernas. Pensé que se desangraría ahí mismo. Apenas habló, solo repetía con vocecita infantil: «Mi padre me matará. Esto es una deshonra para él. Me matará», y luego perdió el habla. No conseguí que pronunciara una sola palabra más; ni de dolor ni de llanto ni de súplica. Nada. —Samira miró a su nueva compañera de habitación para comprobar que seguía escuchándola y continuó el relato con el mismo tono monótono que había impreso desde el primer momento—. Mladen fue también mi compañera durante unos días. Aunque nos obligaban a permanecer en una esquina de la habitación, mirando hacia la pared, quietas, en silencio, ella se escondía debajo de esa cama de madera. Ahí se pasaba las horas temblando y llorando hasta que uno de ellos venía a por ella y comenzaba la diversión. No quería morir, se resistía a irse de este mundo, y quizá por eso escribió su nombre en la parte baja de la cama. Ahí está, todavía no lo han visto. Ojalá permanezca ahí hasta que todo esto termine. —La mujer respiró hondo media docena de veces en un intento de ahuyentar el dolor que había reaparecido en su estómago. A los pocos segundos consiguió su objetivo y prosiguió—: Igbala Raferovic. Así se llama. Yo la conocía. Éramos amigas, mejor dicho, vecinas. Sasa mató a su marido y la violó durante toda la noche, como a ti, mientras obligaba a sus hombres a mirar todo lo que le hacía. Les gritaba que aprendieran, que así era como debía tratarse a una turca, a una musulmana de mierda. Y aprendieron. Se lo tomaron como un espectáculo ante el que no dudaron aplaudir, vitorear, mofarse, jalear, reír. Igbala es ahora su esclava sexual y hasta ahora ha tenido suerte, la misma de la que te hablé al principio, pero creo que pronto la matará porque en ti ha encontrado un buen recambio.

Algo pareció asustarla lo suficiente para silenciar su narración, volvió la vista hacia la puerta y esperó durante unos segundos. Zehera aguantó la respiración, pero transcurridos unos minutos en los que solo se escuchó el ya tradicional y macabro hilo musical del hotel —compuesto a base de golpes, chillidos, gritos y risas que provenían de algunas de las otras estancias—, la experimentada mujer retomó su relato como si necesitara expulsar de su cuerpo el cúmulo de barbaridades que había visto, oído y sentido.

—Yo también tengo una historia. Aquí dentro todas tenemos una. En una semana me violaron más de trescientas veces, tantas que perdí la cuenta. La primera noche fueron nueve hombres. Sin parar. Sin descanso. Sin que nada de lo que yo les dijera frenara su fiebre destructora. Conocía a uno de ellos, le reconocí cuando se acercó a darme la primera bofetada: era uno de los profesores de mi hijo, le había dado clases a mi pequeño y en alguna ocasión me había llamado para asistir a su tutoría. Fue el que me trató con mayor brusquedad, el que más parecía disfrutar con las barbaridades que me hacían. Te juro que fueron tantas las atrocidades que ya ni siquiera lo recuerdo con suficiente claridad. —Samira tenía la mirada fija en un punto invisible del suelo de madera, ajena por completo a Zehera, que movía la cabeza de un lado a otro—. Lo que sí recuerdo es que aquel monstruo me gritaba que ya no traería más turcos al mundo; que serían serbios que formarían una Gran Serbia y que nunca sabrían que su madre fue una sucia musulmana porque ese deshonor no lo merecía ningún serbio.

—¿Por qué nos hacen esto? ¿Por qué? —acertó a preguntar Zehera en un tono de voz algo elevado, lo que le valió la reprimenda de Samira.

—¡Ssssh! ¿Estás loca? Nos tienen prohibido hablar entre nosotras. Baja la voz. Si quieres hablar, hazlo como yo: susurra y cállate si escuchas que alguien se aproxima. A las que han sorprendido hablando les han cortado la lengua. No juegues con ellos. Son ellos los únicos que pueden jugar con nosotras. ¿No te lo ha dicho tu nuevo señor? ¿No te ha dicho que somos juguetes en sus manos y que pueden hacer lo que quieran con nosotras? —Miró a su nueva acompañante, que había vuelto a abandonarse al llanto—. ¿Qué le ha pasado a tu familia? ¿Lo sabes?

—No. Se llevaron a mi padre, a mi novio y a mi hermano pequeño. Supongo que estarán en un centro de concentración de esos de los que habla la gente... O quizá muertos en el río, ejecutados en el puente. Mi madre y mi abuela se quedaron en la casa, solo me llevaron a mí —musitó siguiendo las indicaciones.

—También a mí fueron a buscarme a casa. Fue allí donde me violaron por primera vez y luego obligaron a mi marido a... Y a mi niño, mi pequeño de seis años, mi niño... Y yo no pude hacer nada, no pude, yo no pude... yo no pude... yo no... —No encontraba las palabras y Zehera supo que dos meses no bastaban para darle voz a la tortura, a la muerte violenta de alguien a quien amas. Que tal vez ni toda la vida baste. Pero Samira ya se secaba las lágrimas, levantaba los ojos y seguía hablando—: Luego me trajeron aquí. Ahora sé que no volveré a pisar la calle con vida... Pero tú sí, tú lo harás, sé que vas a salir de este lugar. Lo sé. Y debes contarlo. El mundo debe saberlo...

Uno de los hombres uniformados surgió como de la nada y amparado por las mismas sombras que devoraban la habitación y ocultaban el rostro de las nuevas compañeras. Había abierto la puerta con fuerza, con determinación suficiente para sobresaltar a las dos mujeres, que rápidamente escondieron su nariz en la esquina del aposento que les correspondía. Se oía con claridad la profunda y acelerada respiración de las secuestradas; se olía el miedo apoderándose de todos los sentidos. El hombre arrojó algo al suelo que recorrió unos centímetros de la habitación hasta detenerse. Se acercó hasta donde estaban las dos mujeres, y cuando estaba situado tras ellas, hizo un desagradable ruido con la boca y les escupió, algo que repitió antes de abandonar la estancia tras un gran portazo. El impacto hizo que Zehera diera un pequeño brinco y se acurrucara más aún en la esquina, como si quisiera esconderse.

—Es un trozo de pan —le aclaró Samira—. Nos lo tiran todas las mañanas. Está duro y muchas veces sucio y manchado de... da igual. Cómetelo. Te vendrá bien. Debes cogerlo con los dientes, porque no te va a ser posible hacerlo de otro modo.

—No tengo hambre —respondió asustada.

—¡Qué más da! Eso no importa. Cómetelo. Rápido, porque van a volver.

No había terminado de decirlo, cuando un Águila Blanca entró en la habitación. Se dirigió a Samira y de una patada en la boca le arrebató el pan que aún mordisqueaba entre dientes, cubriendo de sangre parte de su rostro. Allí mismo y sin terciar una orden ni un insulto, el hombre comenzó a violarla y a golpearla, ignorando en todo momento la presencia invisible de Zehera, que miraba aterrada lo que sucedía ante sus ojos. No sabía qué hacer, cómo reaccionar, no quería seguir contemplando aquella escena, no podía ver lo que le estaban haciendo a la mujer que se había convertido en la única compañía no violenta en aquel hotel, solo quería esconderse bajo la misma cama de madera bajo la que lo había hecho Mladen y taparse los oídos con las manos para no escuchar los gemidos de su compañera. Un sudor frío le recorrió el cuerpo, una pinza le estranguló el estómago. Cuando intentó girar la cabeza para cubrir su rostro con la pared, el hombre le gritó:

—Si dejas de mirar, la mato aquí mismo.

En ese momento recordó todo lo que le había contado Samira y entendió que el hecho de pestañear era un lujo que de momento no podía permitirse. Cuando después de un tiempo imposible de calcular el cuerpo de la mujer dejó de recibir sacudidas y se liberó de las forzadas convulsiones, el hombre se levantó tranquilamente, se subió los pantalones y después de propinar una última patada en el vientre de la mujer, salió de la habitación cantando, abrochándose el cinturón y dedicándole una mirada lasciva a Zehera.

La puerta de la habitación quedó abierta y ninguna de las dos mujeres pudo moverse: una porque yacía inerte en el suelo; la otra, por miedo a que alguien entrara y la sorprendiese auxiliando a su compañera.

No supo cuánto estuvo agazapada en aquella esquina, sin dejar de contemplar la figura desencajada de su confidente tras la violación, examinando aquel cuerpo en busca de una leve respiración que elevara su estómago o su espalda, rezando para que de una vez por todas despertara, abriera los ojos, y al menos pudiera comprobar que seguía viva, que la paliza no había sido mortal, que todavía existía. El recuerdo de las palabras de aquella mujer que permanecía inmóvil la hizo estremecerse: «Ahora sé que no volveré a pisar la calle con vida... Pero tú sí, tú lo harás, sé que vas a salir de este lugar. Lo sé. Y debes contarlo. El mundo debe saberlo». Una incontrolable congoja se apoderó de ella. Lo intentó, pero no pudo evitar un incesante e histérico llanto que ansió silenciar por miedo a llamar la atención de algún soldado y sufrir las posibles represalias.

No le sirvió de mucho: a los pocos minutos la figura guerrera y estrambótica de Sasa se dibujaba bajo el umbral de la puerta.

—No te apenes por ella. Tienes otras cosas por las que preocuparte. Tú, por ejemplo. —El hombre se acercó a Zehera y se puso a su altura para examinarla de cerca. El aspecto de la joven era lamentable y las huellas de la violencia desatada sobre ella durante las últimas horas eran evidentes: su cuerpo estaba cubierto de señales, de heridas abiertas, de arañazos; la piel presentaba un color amoratado; sobre piernas, brazos y espalda se dibujaban sombras verdes, azules y negras, y la sangre seca le cubría gran parte del cuerpo—. Vaya, no tienes buen aspecto. Haré que te aseen y luego vendré a por ti. Nos vamos.

Cuatro Águilas Blancas se presentaron rápidamente al grito estremecedor de su líder. Así es como se hacía entender, así era como daba las órdenes, como violaba, como golpeaba, como reía, como hablaba, como se enfurecía. A gritos. Siempre a gritos. Se llevaron a Zehera envuelta en una manta verde, áspera y sucia, tan maloliente que en más de una ocasión durante el accidentado traslado temió asfixiarse. El nerviosismo de los hombres que la transportaban era evidente, quizá porque el gran jefe decidió seguir la operación a escasos metros y los Águilas Blancas sentían su respiración en la nuca. En más de una ocasión dejaron caer al suelo el cuerpo de la prisionera, bien porque la manta cedía o por el desconcierto que gobernaba los pasos de los cuatro soldados. Cuando por fin llegaron a su destino, la depositaron en el suelo. La joven no pudo ver dónde estaba, pero sintió que bajo sus pies el suelo era resbaladizo y gélido, y cuando el potente chorro de agua helada cayó como hojas de afeitar sobre su cuerpo desnudo y apaleado, entendió por qué.

Bajó la cabeza en un acto instintivo, tratando de amortiguar en lo posible el dolor que el agua provocaba en su piel. Pudo ver cómo corría formando pequeños remolinos sobre el plato de la mugrienta ducha y huía rauda por el desagüe; envidió su suerte. Le escocían las heridas, le dolían las articulaciones, sintió estremecer todos sus músculos y crujir los huesos de su cuerpo. Le pareció que sus oídos estaban a punto de explotar, aunque no habría sabido decir si era por las gotas de agua que actuaban como pequeños cristales incrustándose en su piel o por los insultos de los cuatro hombres que contemplaban su forzado aseo.

—Límpiate, turca. Estás sucia. Hueles a mierda, como todas vosotras. ¡Límpiate, musulmana! —le increpaban mientras la empujaban y la golpeaban con los fusiles, lo que en más de una ocasión la llevó a caer al suelo o a golpearse contra las paredes de piedra.

—¿Sabéis qué es una cosa sin dientes, con bigote y que huele a mierda? —preguntaba uno de los soldados a modo de adivinanza y entre el alborozo del séquito restante—. ¡Una chica bosnia!

Decidió obviar los comentarios y fijar su mirada en el agua que seguía desapareciendo por el conducto. Pensó en Samira. Y también en su hermana Suhra, en su abuela Mirsa, en su hermano Dino y en su amor, Aleksandar. ¿Dónde estarían, cómo se sentirían, qué les estarían haciendo a ellos? ¿Lo resistirían o habrían acabado como...? Cerró los ojos con fuerza, abrazando la inverosímil y absurda esperanza de abrirlos y que todo aquello hubiera desaparecido. Cuando al fin despegó los párpados comprendió que el engaño pecaba en exceso de infantil y se sintió ridícula y avergonzada.

La primera opción era secarla con la misma manta mugrienta en la que la habían envuelto para su traslado, pero el gran jefe ordenó que la dejaran secarse al aire. Mandó salir a todos del cuarto de las duchas para quedarse a solas. Se abrió la camisa y pegó su cuerpo al de ella como una lapa. Zehera notó que aquel monstruo se excitaba de nuevo al olerla, al tocarla y examinar las heridas. Cuando su mente estaba preparada para un nuevo episodio violento, Sasa se retiró y arrojó contra ella la ropa que debía ponerse: un sencillo vestido con un cinturón negro, unas alpargatas y un pañuelo para la cabeza.

—Vístete —se limitó a espetar, sin apenas mirarla, mientras se encendía un cigarrillo.

—Mmm… —La mezcla de frío, dolor y miedo no le permitía articular palabra—. Mis manos… No puedo. —Nadie había desatado las muñecas de la joven, que seguían atadas a su espalda. La bestia se acercó con el cigarrillo entre los labios, jugueteando con él como la pasada noche antes de apagar las colillas en su cuerpo. Zehera seguía con la mirada empañada y fija en el suelo, aún sin poder ni querer ver lo que en cualquier momento podrían hacerle. Sintió cómo su captor sacaba algo de una de las trabillas de su cinturón y lo subía hasta situarlo delante de los ojos de ella con el único fin de atemorizarla: era un artilugio semejante a unos alicates en los que había restos de sangre. La punta de aquel extraño armatoste recorrió su cuerpo, incidiendo de manera ignominiosa alrededor de sus pezones, por el interior de sus muslos, rodeando la zona del cuello y dibujando sus mejillas, sus ojos y sus voluptuosos labios, que se mostraban morados y no dejaban de tiritar. Al fin se escuchó un chasquido y las manos de la joven se liberaron como lo hizo su vejiga, sin aviso y sin control. Los nervios pudieron con su fingida fortaleza, y eso se tradujo en una sonora e hiriente carcajada del hombre, que gozaba y se jactaba de intimidarla como nadie jamás lo había hecho.

Sorteando la humillación y aguantando el dolor que sentía en sus recuperadas extremidades superiores, consiguió vestirse ante la atenta y lasciva mirada de su carcelero, que la observó durante unos minutos como quien examina el ganado de su propiedad.

—Tendrías que haber esperado a que tu cuerpo se secara un poco más. El vestido se te ha pegado a la piel. Vas insinuándote y eso para una musulmana no es correcto. —Arrojó el cigarrillo al suelo y lo pisoteó con la enorme bota negra con la que le había visto golpear a tantos hombres, mujeres y niños en el puente sobre el Drina—. Pero a mí me gusta. Es cómodo, al menos para mí. Venga —dijo agarrándola de nuevo del brazo y obligándola a seguir sus pasos—. Tengo cosas que hacer y quiero que las veas.

Volvió a recorrer el mismo camino por el que la condujeron entre empujones y bramidos la noche que llegó al Vilina Vlas. Todo mantenía el mismo aire lúgubre, enfermizo, insalubre, pestilente, terrorífico. Solo cambiaba el rostro de las chicas —no así el pavor que se reflejaba en sus aún inmaculados semblantes— que observaban aterrorizadas los cuerpos sin vida de otras mujeres y la insolencia brutal y asesina de sus captores.

La potente luz del sol la cegó y la obligó a cerrar los ojos cuando salió por la puerta del hotel. Perdió el equilibrio, aunque comprendió que eso carecía de importancia: Sasa la llevaba como a un perro, arrastrándola y tirando de ella a placer. Cuando sus ojos de color verde esmeralda se acostumbraron a la luz, se vio sentada en el asiento del copiloto del maldito Passat Rojo y comprobó horrorizada lo que la noche anterior no pudo ver: a juzgar por las manchas de sangre de la carrocería, aquel coche era una prolongación del hotel que acababa de abandonar. Zehera no se atrevía a pronunciar una palabra, ni a llorar, ni siquiera a respirar. Se preguntó si viajaría sola o si habría otras chicas acurrucadas en el asiento trasero, pero ni eso se aventuró a comprobar. Se limitó a buscar un punto fijo en la carretera, más allá del sucio parabrisas, y a fijar en él la mirada. El estridente sonido de la radio lo llenaba todo, tal y como sucedía cuando desde la ventana de su dormitorio observaba con estupefacción las ejecuciones en el puente. Ahora era su cuerpo y no el de sus vecinos el que deambulaba como un espectro a capricho de Sasa Ludonovic; era ella la que escuchaba sin remedio aquella desagradable música, el patético sonido ambiente de la sinrazón.

9

No sabía en qué día estaba, ni qué hora era, ni cuánto tiempo había pasado en el hotel Vilina Vlas. Quizá una noche, quizá una semana. Las continuas pérdidas de conciencia, las desconcertantes pesadillas, los turbios momentos de duermevela se habían aliado para mantenerla en un autismo irreal y enloquecedor. Era algo que ya le había advertido Samira. «Aquí entramos y perdemos la noción del tiempo, no sabemos si es de día o de noche. Cada una en una esquina, como estatuas de sal, obligadas a mirar a un punto fijo en la pared. Solo sabemos la hora en la que nos vienen a buscar para violarnos. Esa es nuestra única medida del tiempo.»

Su mirada continuaba perdida en la carretera, pero sus ojos veían a su compañera y confidente apaleada y abandonada como un animal indefenso sobre el suelo de aquella habitación. Deseó que estuviera viva, aunque luego se arrepintió del egoísmo de su anhelo. «Mejor así. Ya no sufrirá más.» Los sucios cristales del automóvil permitían tomar el pulso a una ciudad enferma, inoculada por el virus de absurdos y desproporcionados sueños de grandeza racial germinados hacía siglos, aniquilada por la fiebre bélica y la falsedad histórica. El apetito desmedido de la metralla serbia había mordido atrozmente las fachadas. Muchos inmuebles —entre ellos la tienda de bicicletas de Aleksandar, la panadería de Petar, el café de Leko y la mezquita donde solían orar muchos de los vecinos bosnios— habían sido devorados por las llamas y de ellos no quedaba más que los esqueletos negruzcos. Todo se mostraba devastado, sitiado, abandonado. Visegrado era una ciudad fantasma habitada por sombras. Las calles estaban desiertas y se habían tornado de un color grisáceo que petrificaba el ambiente y presagiaba tiempos aún más difíciles y peligrosos. Por los resquicios de los edificios heridos emergían altivas y fúnebres columnas de humo, como señales procedentes del mismo infierno. El olor a pólvora era constante y sin embargo era otro el que lo impregnaba todo, uno imposible de desterrar de la pituitaria de los supervivientes: el hedor a carne quemada. La fetidez de la barbarie.

Un adusto frenazo puso fin a la película de terror que se proyectaba en la aturdida retina de Zehera. El Passat rojo se detuvo a las puertas del parque de bomberos del pueblo. Sin parar el motor ni apagar la radio, Sasa Ludonovic bajó con prisa del vehículo dejando la puerta abierta. Impresionada todavía por el seco frenazo, pudo ver cómo algunas de las ventanas de las casas colindantes se cerraban a cal y canto, cómo las persianas bajaban a toda velocidad, las cortinas se corrían y los cristales se velaban. Ninguno de sus ocupantes quería presenciar una nueva matanza con la impotencia y la resignación como únicas armas. Muchos edificios parecían abandonados; de algunas de las casas donde otrora residieron amigos de la joven, salían ahora personas a las que no conocía, casi todas armadas, vestidas de uniforme y saludando a su líder con aspavientos, tres dedos de la mano en el aire.

—Es el saludo serbio. —El susurro de una voz de mujer que procedía de la parte trasera del coche la sacó bruscamente de su voluntario letargo acelerando su ritmo cardíaco—. Es la señal que utilizan entre ellos y se jactan de hacerla ante nuestras propias narices para amenazarnos. Malditos serbios.

Zehera se sobresaltó, había alguien en el asiento trasero y no tenía miedo a hablar. Miró tímidamente el retrovisor con la esperanza de hallar en el espejo la imagen de esa voz femenina. No pudo ver nada. La invadió un sentimiento de culpa y se avergonzó de la pertinaz cobardía que le impedía girar la cabeza para descubrir a su nueva interlocutora. Sin embargo, el miedo la tenía paralizada. La voz volvió a impresionarla.

—Sé quién eres. Tranquila. Conocía a tu hermana y a su marido, Nicolás. Mi hermano trabaja, mejor dicho *trabajaba,* en la tienda de bicicletas de tu novio. —Ante el recuerdo de Alek, sintió cómo en sus labios comenzaba el codiciado deshielo que le permitiría emitir algún sonido.

—Aleksandar —dijo casi deletreando el nombre—. Alek... ¿Sabes algo de él? ¿Sabes dónde está? ¿Está... vivo?

—No lo sé. La última vez que le vi viajaba en el mismo camión en el que los Águilas Blancas subieron a mi hermano cuando vinieron a buscarle a casa. Tenía sangre en la cabeza y sostenía a tu hermano Dino, le tenía bien agarrado de la mano. No pude hablar con él, pero le vi. Le vi.

—¿Cuánto tiempo hace de eso? —intentó averiguar Zehera.

—Imposible saberlo. No sé ni qué día es hoy. Pero estoy convencida de que los trajeron a este mismo edificio, al parque de bomberos.

La clandestina conversación se zanjó en cuanto vieron acercarse a unos hombres uniformados y armados hasta los dientes, que las observaron a través de los sucios cristales del Passat rojo. El mutismo volvió a instalarse en las gargantas de las jóvenes y sus miradas retornaron a esa apariencia mezcla de quebranto y locura. Sintieron los ojos de las alimañas como rayos X sobre sus cuerpos y faltó poco para que percibieran también su apestoso aliento. Se retiraron ante la aparición de Sasa y varios de sus hombres por la puerta principal del parque de bomberos; arrastraban a seis mujeres con claras señales de violencia a lo largo de toda su anatomía.

—Mete a algunas en el asiento de atrás y a las otras en el maletero. Y si no caben, átalas al tubo de escape. —La orden del líder de los Águilas Blancas sonó a sentencia de muerte, pese a venir acompañada de sonoras carcajadas—. Nos vamos al colegio —dijo mientras se introducía de nuevo en el coche y giraba bruscamente la cara a su copiloto. La agarró de la barbilla—. Y tú, ¿eras una buena estudiante? ¿Te llevabas bien con tus maestros? ¿Hacías los deberes?... ¡Ahora vamos a verlo!

Las silenciosas pasajeras del Passat rojo nunca supieron si la condena a muerte se cumplió con alguna de las mujeres que salieron del parque de bomberos. Ninguna preguntó. Ninguna miró cuando obligaron a varias chicas a descender del coche entre gritos y golpes.

El antebrazo izquierdo de Zehera sentía de nuevo la zarpa de la mano derecha de su captor. Fue la primera a la que bajaron del vehículo maldito y condujeron al interior de las instalaciones del colegio de enseñanza elemental, el Hasan Veletovac School. Sabía adónde iba. Su cabeza comenzó a poblarse de recuerdos de la infancia, en los que aparecía sentada en una de las aulas o años más tarde acudiendo a recoger a su hermano Dino a la salida de clase como anteriormente Suhra había hecho con ella. Las imágenes aparecían salpicadas de fragmentos de algunas conversaciones que había escuchado semanas antes en compañía de Aleksandar en el Café Andric, cuando ya se decía que lo peor estaba por venir. Rememoró el relato de cómo Tufo, el director del Hasan Veletovac, fue destituido y sacado a la fuerza de su centro escolar y nunca nadie volvió a verle. Mientras recorría los pasillos del colegio, recordó lo que contaron sobre aquel periodista serbio que había contribuido con sus informaciones y sus mecanismos de propaganda a alimentar el genocidio de bosnios musulmanes y ahora era el encargado de confeccionar las listas negras de los presos que deberían estar retenidos, torturados y hasta asesinados en el mismo edificio en el que ella acababa de hacer su entrada. De nuevo esa agria sensación de formar parte activa de una historia a la que hasta hace poco se limitaba a asistir como simple espectadora.

Como ya sucediera en el hotel Vilina Vlas, las paredes y el suelo de los pasillos del Hasan Veletovac estaban repletos de sangre, como si alguien estuviera interesado en dejar bien claro que las sangrías indiscriminadas entraban en el orden del día. Los mismos alaridos, los mismos susurros, los mismos llantos, los mismos gemidos, las mismas súplicas. Y también las mismas caras: las de sus amigos, sus vecinos, sus familiares. Todas golpeadas, amoratadas, deformadas, siempre sangrando. Por los interminables pasillos paseaban los hombres uniformados, armados de manera esperpéntica con cuchillos en las manos, granadas en los cintos, fusiles cruzando el cuerpo; vociferaban insultos, gruñían órdenes y voceaban obscenidades mientras salían y entraban de las distintas aulas del colegio. También vieron a algunos hombres y mujeres en estado lamentable, trasladados de un lado a otro sin mostrar resistencia. Nunca se atrevían a levantar la cabeza, excepto cuando un golpe de uno de los soldados los obligaba a hacerlo.

A las recién llegadas las llevaron al gimnasio. Cuando se abrió la puerta, Zehera recibió una bofetada de humanidad concentrada. La devastadora estampa que se instaló en su retina le recordó a las fotografías en blanco y negro que había visto en libros, revistas o alguna película donde se recreaban los campos de concentración nazis. Calculó que habría unas quinientas personas, la mayoría sentadas o tumbadas en el suelo, todas en un pésimo estado físico y psíquico. Había hombres, mujeres —algunas de ellas embarazadas—, niños de pocos meses, chicas de entre dos y diecisiete años, y ancianos de más de noventa. La curiosidad y el espanto con que los observaba la nueva hornada de prisioneras contrastaban con la mirada perdida que les dirigieron los que parecían llevar toda una vida encerrados.

Imitando a la mayoría, Zehera se sentó en el suelo, con sigilo, en silencio, procurando no invadir el espacio de nadie, algo que se prometía harto complicado en semejantes circunstancias. Buscaba a su alrededor alguna mirada cómplice, algún gesto tranquilizador, alguna cara familiar. No encontró nada. A los pocos minutos, cuando todavía escudriñaba los rostros de los encerrados a los que avistaba sin vida, como si seres extraños hubieran robado sus recuerdos y su existencia, entró en el gimnasio una comitiva de cinco soldados. Recorrieron la sala con aire desafiante de superioridad hasta detenerse frente a unas jóvenes que temblaban junto a sus padres. Una a una, los hombres uniformados las fueron señalando a golpe de dedo.

—Tú, tú, tú... y tú también. Os venís con nosotros. Necesitamos que nos hagáis café, como buenas esclavas que sois. ¡Venga, levantad el sucio culo turco que tenéis! ¡Rápido! ¡Queremos café!

El gimnasio quedó sumido en un denso y desconcertante silencio, solo roto por los sollozos de las madres y los padres de algunas de las cuatro niñas que acababan de ser elegidas para «hacer café». Zehera no entendía nada, pero no se atrevió a preguntar. Estaba convencida de que no encontraría respuestas.

Las niñas volvieron al cabo de unas horas, cuando ya había anochecido y el gimnasio se encontraba por completo a oscuras. Llegaron con las ropas rasgadas, despeinadas, a algunas les habían cortado el pelo al cero. Caminaban con dificultad, con los labios partidos, los ojos hinchados, llorando y sangrando abundantemente entre las piernas. Ninguna habló. Tan solo se refugiaron en los brazos protectores de sus madres o padres, en el caso de que se encontraran en el gimnasio; o bien buscaron un lugar vacío en el que tumbarse en posición fetal, tal y como hizo Zehera en el Vilina Vlas.

—Hijos de puta —musitó entre dientes el hombre que estaba junto a Zehera—. «Hacer café», dicen. Les hacen de todo. Y son solo unas niñas, seguramente de la misma edad que sus hijas, a las que besarán y arroparán en sus putas camas cuando regresan a sus putas casas. Hijos de puta. Hijos de puta.

Un inesperado grito paralizó a todos en el gimnasio.

—Tú, ¿qué murmuras? ¿Te ha dado alguien permiso para hablar? —preguntó uno de los soldados acercándose al hombre y golpeándole en la cabeza con su fusil—. ¿Qué pasa, ya no hablas, ya no tienes ganas? Ahora vas a ver como hablas... ¡Levanta! ¡Y vosotros, también! —dijo señalando a un grupo de diez o doce varones que estaban sentados cerca. El que había hablado intentaba sin éxito detener con sus manos la sangre que brotaba de su frente—. A ver a quién le quedan ganas de hablar.

Algunas de las mujeres que acompañaban a esos hombres rogaron, suplicaron que los dejaran, que ellos no habían dicho nada, que por favor no se los llevaran, pero todo intento de ablandar el despiadado corazón de aquellos soldados resultó, como de costumbre, inútil. Todo el gimnasio pudo escuchar los gritos desgarradores de aquellos hombres: eran auténticos bramidos de dolor, que traspasaban las paredes y enloquecían a quienquiera que los oyese. Veinte o treinta minutos más tarde, la mayoría de ellos regresó al gimnasio. Volvían sin dientes, con heridas en las mejillas, cortes profundos en el pecho y en la cabeza y todos ellos sangraban abundantemente por la boca. Les habían cortado la lengua. A todos.

Uno de los soldados, todavía con las manos manchadas, se acercó a la mujer que había implorado sin éxito que no se llevaran a su esposo.

—¿Dónde está tu marido? —preguntó con una descomunal sonrisa sádica en su arrugado rostro.

—Tú te lo llevaste. No sé nada de él —respondió la mujer entre lágrimas—. ¿Qué has hecho con él, qué le has hecho? Por favor, dímelo...

—Calma, también a vosotros os llegará la hora —sentenció en voz alta mientras propinaba a la mujer una bofetada que la tumbó inconsciente en el suelo.

Aquella noche reinó un estremecedor silencio en todo el gimnasio. Solo algún gemido de dolor o de rabia, algún llanto ahogado que pronto silenciaban los tímidos siseos de algún familiar o amigo. Pocos pudieron cerrar los ojos y conciliar el sueño, a pesar del cansancio que evidenciaban sus cuerpos. Era mayor el miedo, la aprensión ante lo que pudiera pasarles si se descuidaban un solo segundo. Pero en contra de lo que muchos temieron, la puerta del gimnasio convertido en otro nuevo campo de tortura no se abrió ni una sola vez.

El habitual insomnio de Zehera la mantuvo despierta durante toda la noche, observando a los desgraciados seres que se concentraban en aquel lugar, sin perder de vista tampoco el portón y el trasiego de pasos que se escuchaban tras él, y que lograba que todos los allí retenidos aguantaran la respiración durante segundos. No encontraba una explicación a todo aquello. Su cabeza no daba más de sí y su dolorido cuerpo no ayudaba. Quería huir, correr veloz sin volver la vista atrás, escapar de aquella realidad macabra que ojalá no fuese sino un cruel y espantoso espejismo. Deseaba esconderse en los brazos de Aleksandar, como le gustaba hacer siempre que algo la atemorizaba. A veces solo eran nimiedades como el tronar de una tormenta, y entonces despertaba la risa burlona de su novio, que la envolvía con todo su cuerpo mientras la colmaba de besos, arrumacos y palabras de protección y amparo. Deseaba apoyar la cabeza en el tierno y siempre amable regazo de su abuela Mirsa y escuchar las sabias palabras de consuelo que la anciana guardaba para su nieta preferida. Ansiaba reencontrarse con Suhra, abrazarla, besarla, cogerla de la mano y recorrer con ella los mismos parajes naturales que antaño descubrieron, y volver a pintarse sus labios de rojo «porque somos rosas, hermana, y las rosas siempre son un mensaje de vida, de sueño, de optimismo, de buenas nuevas», y confiarle todo lo que le estaba pasando para que fuera ella quien encontrara una solución y calmara su inquietud. Pensó en su hermano pequeño Dino y rezó porque que hubiera conseguido huir de aquel infierno, porque estuviera vivo y su cuerpo y su cabeza de infante no hubieran tenido que soportar lo que otros de su misma edad ya habían sufrido en su propia piel. También pensó en su padre y en su madre, aunque no logró acariciar ese recuerdo con el mismo afecto; en cierta medida también eso le dolió.

Especuló tanto que podía notar con claridad cómo sus pensamientos se abrían paso a golpe de coraje entre la avasalladora nitidez de las imágenes que proyectaba la realidad en su desquiciada cabeza. Soñó que al amanecer, cuando los primeros haces de luz entraran por los ventanales del gimnasio, todas aquellas sombras humanas que lo poblaban no eran más que eso, formas oscuras, sin vida, sin razón, sin sentido, nubarrones negros que a primera hora del nuevo día se difuminarían y desaparecerían como quizá lo harían los recuerdos almacenados durante los últimos tiempos. Nada de eso sucedió, pero siguió fabulando. Era la única esperanza que podía acariciar y se resistió a verse privada de ese arrumaco por quimérico que fuera.

10

Al día siguiente, bien entrada la tarde, fue Sasa Ludonovic quien hizo acto de presencia en el recinto deportivo del Hasan Veletovac. Él mismo eligió a sus nuevas víctimas con sus dedos cortos y rollizos, presididos por unas minúsculas uñas que siempre escondían una gruesa raya negra en la punta. Esta vez le tocó el desafortunado turno a tres niñas de siete, once y trece años, y a la propia Zehera. Las trasladaron a una de las aulas acondicionadas para las interminables sesiones de tortura, aunque aún quedaban desperdigados unos cuantos pupitres por la sala, libros, cuadernos, cajas repletas de lápices de colores, la mesa del profesor algo más grande que las del resto, y el encerado de color negro sobre el que alguien había escrito con tiza blanca insultos, agravios y exabruptos contra los bosnios musulmanes.

Era en aquellos momentos cuando el gran líder presumía y utilizaba a sabiendas su diabólica sonrisa para sembrar el pánico entre las víctimas e incitarlas irremediablemente a un llanto neurasténico. Le gustaba mirarlas de arriba abajo, enseñarles los dientes amarillos con los que se mordía los labios, y hablarles de él y de lo violento que podía llegar a ser.

—Os voy a matar a todas. Una a una, despacio, disfrutando cada uno de vuestros gritos de dolor, cada súplica que salga de vuestra boca para que os mate de una vez por todas. Os cortaré las orejas, los pechos, las manos, la nariz, la boca... ¡Soy vuestro amo y señor y puedo hacer con vosotras todo lo que se me antoje! Recordad esto por si vivís lo suficiente para poder contarlo: soy el mayor criminal de la historia y así se estudiará en los libros de textos, justo en lugares como este en el que nos encontramos. —Callaba durante unos segundos mientras observaba con atención, como haría un águila con su presa—. ¿Tenéis miedo? ¿Os imagináis lo que voy a hacer con vosotras? ¿Qué estará pasando ahora mismo por esas cabecitas? No existe tanta imaginación en este mundo.

Sasa interrumpió de repente el discurso para coger del cuello a Zehera y sentarla en uno de los pupitres.

—Y tú, ¿qué prefieres hoy? ¿Mirar o ser violada mientras las demás te miran a ti?

El desconcierto le impidió contestar. Tampoco se hubiese atrevido a hacerlo. Fue él quien finalmente decidió por ella. Utilizando el alambre de unas perchas, ató con inusitada destreza las muñecas y los tobillos de la joven al pupitre donde la había sentado. Después, y sujetándole con fuerza la cabeza para repeler cualquier intento de resistencia, le introdujo en la boca un trapo negro, algo parecido a un calcetín. Al sentir cómo parte de la tela se alojaba en su garganta, Zehera creyó que lograría asfixiarla y todo terminaría. Pero no fue así.

—Y ahora fíjate bien en lo que te voy a enseñar, tienes que aprender como se debe la lección de hoy. Presta atención porque luego haré preguntas. Y créeme, no convendría que fallaras —rió dejando entrever una vez más sus dientes amarillentos, mientras el resto de sus hombres le vitoreaba y le aclamaba.

Empezó entonces la pesadilla a la que ella asistía con los ojos abiertos: las palizas derivaron en las ya consabidas violaciones de todos y cada uno de los Águilas Blancas, a cuál más brutal, acompañadas por vítores de los soldados y alaridos de las pequeñas. Marko, el primo de Sasa, se ensañó especialmente con las pequeñas. Cuando no fueron más que muñecos de trapo, inmóviles y destrozados, y arrojaron sus cuerpos sin vida por las ventanas, el cerebro de Zehera dijo basta y al fin perdió el conocimiento.

Al despertar, una violenta sensación de asfixia casi le hizo perder de nuevo la conciencia. Aún tenía aquel trapo negro contra la garganta, la nariz y la boca estaban colapsadas de flemas y mucosidades motivadas en su mayoría por las lágrimas que quedaron almacenadas durante la terrorífica sesión de tortura. Alguien la había trasladado de nuevo al gimnasio y la había tirado al suelo. Cuando abrió los ojos pudo ver sobre ella decenas de cabezas que, arremolinadas en círculo a su alrededor, la miraban sin saber si respiraba o no. Le sacaron el paño de la boca y respiró bocanadas de aire como si nunca antes lo hubiese hecho, ante el desconcierto de los que la observaban. Fue una mujer la que se abrió paso entre los demás y se arrodilló frente a ella.

—¿Sabes qué ha pasado con mi hija? Era la más pequeña, la rubia, la que tenía los ojos azules. ¿Sabes dónde está, qué le han hecho? ¿Me puedes decir algo?

No pudo contestarle con palabras. Tan solo rompió a llorar cuando la brutalidad que había presenciado con aquellas niñas volvió a su memoria. La mujer que había lanzado las preguntas regresó sobre sus pasos y se quedó apoyada contra una de las paredes del gimnasio, el mismo sitio en el que había permanecido horas esperando el regreso de su pequeña. Entre sollozos sordos, Zehera la contempló atentamente desde donde estaba: ni una gota salió de los lagrimales de aquella madre tras recibir la noticia que la enterraba en vida; sus ojos seguían secos, o quizá sus ojos habían visto tanta atrocidad que había cristalizado sus lágrimas y ya nunca más saldrían al exterior en forma de brebaje salado. Aquello cortó de cuajo el llanto de Zehera, que quedó en un simple hipo nervioso: no era justo que ella pudiese llorar y sin embargo aquella madre no gozara de ese mínimo privilegio. Se habría dicho que todos en aquella sala pensaron lo mismo: un frágil silencio fue la única señal de duelo.

La puerta del gimnasio volvió a abrirse y todos retrocedieron como si un resorte invisible controlara sus cuerpos. La silueta de Sasa era inconfundible, y no solo porque siempre apareciera custodiado por otras muchas sombras uniformadas: su perfil de líder absoluto e imbatible destilaba un fuerte olor que lo impregnaba todo. Muchos hablaban sin tapujos del olor a muerte, incluso aventuraban una fetidez a azufre que pocos se molestaban en descartar y decidían aceptar sin más.

Con el paso firme y sereno del que se sabe indestructible, recorrió parte del gimnasio hasta que sus ojos se encontraron con los de Zehera. Ella ni siquiera se molestó en bajar la mirada; no trató, como el resto, de que su retina buscara algún escondite inútil para disuadirle de sus, sin duda, brutales pretensiones. Fue hacia ella y como siempre la asió del brazo.

—¿No pensarías que me había olvidado de ti? —le preguntó acercando los labios a su oído izquierdo mientras la sacaba con celeridad del gimnasio—. Me temo que eso me va a resultar prácticamente imposible. Casi como a ti olvidarte de mí.

De nuevo se vio recorriendo pasillos interminables, con la dolorosa presión de la férrea mano de su captor sobre su brazo izquierdo y su pestilente aliento estrellándose sobre su nuca. De nuevo subiendo las escaleras que conducían a un piso superior y de nuevo escoltados por un número de Águilas Blancas que esta vez no pudo precisar. Caminaban tras ellos y Zehera podía oír el impacto de las enormes botas negras al chocar contra el suelo, las mismas botas que había visto estrellarse sin control y de manera indiscriminada contra los indefensos cuerpos bosnios hasta reventarlos por dentro y por fuera con tal precisión que aquel calzado se había convertido en una auténtica máquina de matar. La nutrida comitiva se detuvo frente a una puerta y Sasa dio orden a uno de sus hombres para que la abriera. Metieron dentro a Zehera de forma tan violenta que su cuerpo se estrelló contra el suelo; solo sus manos frenaron en parte el golpe evitando una más que segura brecha en la cabeza.

Cuando levantó la vista vio que se encontraba en una sala grande, espaciosa, muy iluminada por enormes tragaluces que escupían una luz blanca artificial y cegadora al tiempo que dejaban escuchar un silbido fino, punzante y continuo, como si de un panel de enloquecidas avispas se tratara, y que cesaba cuando alguien tocaba el interruptor para apagar la luz. Repartidas por el suelo había varias colchonetas de color azul de distinto tamaño y con grandes manchas oscuras que le recordaron a las que pudo ver en el sofá del vestíbulo del hotel. Aquello borró de su mente cualquier buen presagio sobre la nueva estancia. Incrustadas en las paredes, una especie de espalderas de madera, sobre las que en época escolar se colgaban los alumnos para hacer estiramientos o abdominales y completar diversas tablas de ejercicios. Ahora en ellas aparecían enrollados unos solitarios cables eléctricos y junto a ellos, a ras de suelo, descansaban unos cubos de hierro oxidado llenos de agua en los que flotaban unas enormes y agujereadas esponjas de color amarillo. Olvidados en los rincones de las esquinas, enormes balones de plástico de colores chillones, mazas, cuerdas, aros, cintas de las que suelen utilizarse en la gimnasia rítmica... Zehera tuvo la impresión de que habían tenidos usos muy distintos al meramente deportivo y su intuición no le fallaba: al fijar su mirada en un potro de salto, sus ojos cayeron sobre el cuerpo torturado y sin vida de una mujer. El hallazgo le hizo soltar un pequeño gemido de espanto que se apresuró a acallar la viscosa lengua de Sasa Ludonovic; la notaba enfurecida y hambrienta dentro de su boca, mientras sus dientes le mordían los labios hasta hacerlos sangrar.

Pudo percibir el fuerte olor a alcohol que desprendía la bestia. Situado encima de ella, la aprisionaba, le impedía respirar, estaba logrando asfixiarla. Intentó zafarse de él, pero sus fuerzas eran mínimas. Pataleó para llamar su atención, para hacerle saber que el aire no le llegaba a los pulmones. Intentó abrir los ojos de manera desorbitada, pero todo era inútil porque aquel depredador sudoroso, sucio y nauseabundo solo atendía a sus bajos instintos. Cuando creyó desfallecer, Sasa se incorporó sobre ella, lo suficiente para deshacerse de sus armas, desnudarse y arrancarle con sus propias manos la ropa del cuerpo hasta dejarla tendida en el suelo, completamente desnuda.

—Pórtate bien porque hoy tenemos público —le dijo entre risas mientras señalaba con la cabeza a sus hombres. Previa indicación de su líder, se mantenían a una distancia de metro y medio de donde se disponía a realizar la violación—. Y es un público exigente y ávido de aprender.

—Por favor, por favor, no...

—No quiero que digas nada. Hoy no. Solo grita, chilla, berrea de dolor si quieres, pero no quiero escucharte ni una sola palabra o ya sabes lo que te pasará. ¡Tenemos toda una colección de lenguas, pero siempre hay lugar para una más! —zanjó la conversación entre carcajadas cómplices de su particular ejército y comenzó con su brutal ritual de violencia y tortura.

Zehera cerró los ojos y se prometió no llorar, aunque solo fuera por no darle ese placer extra a quien una vez más disfrutaba humillándola. Pero el dolor fue superior a sus metas, a sus deseos de resistir, de permanecer ajena y silenciosa a todo. El infierno vivido en su anterior encuentro con su raptor se multiplicó por diez y su cuerpo fue de nuevo propiedad y juguete para la desbordante maldad de aquel hombre. En cada embestida mantenía los ojos negros fijos en los de su víctima. Y sonreía.

—Eres mía, turca. Eres mía y puedo hacer contigo lo que quiera.

Una noche más donde el horror y la barbarie no dieron tregua a su vilipendiado cuerpo.

II

Le despertó un dolor agudo que le recorría la columna vertebral, desde el esfínter hasta el cuello y se volvía irresistible a la altura del pecho y el vientre. Abrió poco a poco los ojos y vio que estaba sentada en el suelo, apoyada contra las espalderas de la pared. Una vez más vio su cuerpo desnudo y flagelado, con signos de violencia, con restos de sangre entre las piernas, sobre muslos y rodillas, y extraños charcos de algún líquido que no logró especificar. En un primer momento no pudo recordar cómo había llegado hasta allí y por qué estaba atada con gruesas cuerdas por las muñecas, los hombros y el cuello a las maderas. Le costó elevar la cabeza, como si tuviese encima una tonelada de cemento, pero finalmente lo logró. En el lento y doloso recorrido que le llevó a alzar la mirada pudo descubrir como sus pezones estaban negros, ahumados, como quemados con carboncillos, un aspecto similar al que presentaba la cara interna de sus muslos. Pudo ver también muy cerca de ella un cubo de agua ahora casi vacío, pero ni rastro de la esponja. Aquella visión le esclareció las cosas y un olor parecido a la carne quemada le devolvió un dolor frío y cortante en los senos y en su bajo vientre, y sintió un nuevo latigazo que le recorrió sus partes más íntimas. Cuando logró levantar la cabeza, deseó con todas sus fuerzas no haberlo hecho: la inesperada visión de Sasa Ludonovic, que la contemplaba sentado en una silla frente a ella mientras bebía de una taza de color negro, la horrorizó. Deseó gritar, pero ni para eso tenía fuerzas.

Tragó con dificultad al ver que se incorporaba y se acercaba a ella con una esponja amarilla en la mano y sosteniendo en la otra la taza negra. El olor a café resultaba extraño en aquella sala de tortura. Lentamente introdujo la esponja en el cubo de agua hasta asegurarse de que quedaba bien impregnada y, ahora en cuclillas frente a la muchacha, escurrió la esponja sobre su cabeza, haciendo que el cuerpo de la joven se encogiera nuevamente al contacto.

—No te preocupes. Esta vez no hay descargas —le confesó irónicamente en voz baja—. Es solo agua. Soy yo quien decide estas cosas. Y es solo agua.

Zehera comenzó a llorar. En aquel momento entendió que su vida ya no valía nada; que nadie podría ayudarla; que su familia y amigos estaban lejos, si no muertos; que sus anhelados sueños de futuro —la promesa de recorrer mundo, de conocer otras gentes y otras culturas— se habían convertido en cenizas; que su deseo de formar una familia junto al hombre que amaba se había evaporado... y que aquel hombre que sonreía frente a ella se había convertido en su carcelero de por vida. Cuanto más lloraba, más satisfecho se mostraba la bestia, más disfrutaba dominando la situación. Acercó a sus labios amoratados el borde humeante de la taza y la obligó a beber, aun cuando su víctima no podía siquiera tragar y el oscuro café, que adivinó amargo, se escapó por las comisuras de sus labios.

—Mátame, por favor —acertó a susurrar sin dejar de gemir y con el sabor fuerte de café en la boca—. Mátame, termina de una vez conmigo. Hazlo, te lo ruego. ¿Qué más podrías hacerme, qué más?

—Eso, como todo, también lo decidiré yo —dijo antes de sorber ruidosamente un trago largo del café. Después de aguantarlo durante unos segundos en la boca, a modo de enjuague, lo escupió sobre la cara de Zehera—. Yo elegiré tu momento.

Tras pronunciar estas palabras, desenfundó su cuchillo y cortó las cuerdas que la mantenían atada por las muñecas y los hombros. No así la del cuello, de la que se sirvió para arrastrarla hasta una colchoneta y mientras Sasa la violaba de nuevo, Zehera supo que había vuelto a equivocarse: había más, todavía era mucho lo que ese hombre podía hacerle.

Tras la obligada ducha de agua fría acompañada de una buena ración de insultos, fue abandonada en la misma sala del piso superior del colegio donde hacía unas horas acababa de despertar. Los cuatro Águilas Blancas que la custodiaron y se esmeraron por atarle de nuevo las manos a la espalda parecían tener prisa por terminar. Hablaban entre ellos obviando su presencia, como si no existiese, como si fuera invisible o estuviese muerta, lo que en cierta medida se correspondía en buen grado con la realidad. Algo había sucedido durante la pasada noche en el gimnasio, mientras ella era brutalmente violada y torturada, que les había puesto lo bastante nerviosos para mostrarse inquietos. Por lo que sus oídos pudieron entender, un grupo de cuarenta personas, en su mayoría hombres, había decidido sublevarse y, aprovechando que la mayoría de los guardianes serbios se hallaban arriba jaleando las embestidas de su líder sobre el cuerpo de Zehera, rompieron una ventana y escaparon por ella. Durante toda la noche, los fugitivos habían caminado por el monte, sorteando el pueblo sitiado por los paramilitares serbios; los más osados se habían aventurado hasta el río y siguieron su corriente hasta algún enclave del ejército bosnio, intentando encontrar un refugio o algún escondite seguro que les alejara de aquel campo de retención y tortura en el que se había convertido el colegio Hasan Veletovac.

La huida terminó en un estrepitoso fracaso. La sonrisa de Sasa que había encontrado aquella mañana, al despertar de su nueva pesadilla, celebraba la captura de los prisioneros. La mayoría de los fugados volvía al gimnasio; los que no lo hicieron fue solo porque habían fallecido a manos de los soldados serbios. Ahora tocaba elegir el castigo y los Águilas Blancas se mostraban impacientes. Cuando terminaron de atarle las manos con las cuerdas, obligaron a Zehera a arrodillarse en mitad de la sala, con la mirada fija en el suelo. La amenazaron con matarla si no la encontraban en la misma posición a su regreso, algo que podía suceder en cualquier momento. Antes de salir por la puerta, uno de los hombres le propinó una patada en el costado que le cortó la respiración y le hizo vomitar unos hilos de sangre.

—De momento no podemos violarte, pero nadie nos ha impedido darte lo que mereces, musulmana de mierda.

Las horas transcurrieron con la misma laxitud que si fueran siglos los que devorasen lánguidamente el segundero. En varias ocasiones los dolores y el cansancio incitados por la sesión continua de angustia y sufrimiento la abandonaban a un irregular sueño, que lejos de resultar terapéutico la devolvía al mundo real con mayor crueldad. Debido a la posición en la que aquellos hombres la obligaron a permanecer, se le durmieron los brazos y las piernas, y ante la imposibilidad de moverse tuvo que descargar su vejiga, entre espasmos y pinchazos de dolor, en aquella incómoda y humillante postura. Tampoco se atrevió a modificar su posición cuando una fuerte e incontrolable arcada le subió desde el estómago hasta terminar en un vómito ensangrentado.

Una completa oscuridad se apoderó de la sala. Zehera intentaba no mover un músculo de su cuerpo —aun convencida de que eso no le libraría de los brutales caprichos de su captor—, sin embargo, un bullicio procedente de fuera del colegio y que podía escuchar con claridad hizo que su esquiva mirada se fijara en la ventana situada frente a ella, de la que la separaban unos diez metros. La algarabía iba en aumento y, aunque en esa incómoda posición sus ojos no quedaban a la altura de la ventana, sí pudo ver cómo unos focos de luz anaranjada parecían escalar por las paredes del exterior. Por un momento temió que hubieran prendido fuego al colegio y que su vida terminaría allí mismo, sola y abandonada. Pero al cabo comenzó a sonar una potente música que le resultó desgraciadamente familiar: eran las mismas estrafalarias melodías chetniks que salían de la radio del Passat rojo mientras Sasa ajusticiaba a los bosnios musulmanes en el puente sobre el Drina. La curiosidad pudo más que el miedo a las amenazas de muerte pronunciadas por los Águilas Blancas y decidió moverse con cuidado. Aquello le resultó complejo y doloroso: su cuerpo llevaba mucho tiempo en la misma posición y se mostraba atrofiado. Recorrió la distancia que la separaba de la ventana reptando por el suelo, hasta que logró domar su cuerpo y mantenerlo erguido. Podía oír la potente voz del líder de los paramilitares serbios y el miedo a punto estuvo de acabar con su hazaña motriz, pero cuando entendió que los insultos y las órdenes no iban dirigidos a ella, continuó su particular vía crucis hasta el marco de la ventana.

Como aquella vez en la que contempló horrorizada desde su dormitorio el asesinato de sus vecinos Behija y Demo, sus ojos quedaron hipnotizados ante el espanto que estaban contemplando. Gracias a las antorchas que los hombres uniformados situaron estratégicamente —puesto que la luz eléctrica había desaparecido de todo el edificio—, pudo ver con claridad el espectáculo que habían preparado para esa noche. Los que habían protagonizado la fallida huida la noche anterior fueron obligados a formar un círculo perfecto y a mantenerse erguidos sobre uno de sus pies. El que posara el otro pie en el suelo, se cayera o simplemente desfalleciera sería golpeado hasta la muerte. En el centro del macabro círculo, varios hombres provistos de palos, cuchillos y barras de hierro: se les ordenó golpearse entre ellos hasta que solo uno quedara con vida. Como en un circo romano, casi un centenar de personas fueron empujadas al centro del foro en busca de una muerte que sabían segura. Resultaba estremecedor ver cómo hombres de todas las edades aceptaban sin lucha el desconcertante destino que sus otrora vecinos y ahora enemigos mortales habían designado para ellos. Cuando los primeros hombres comenzaron a caer, solo se escuchaban las sonoras carcajadas de los Águilas Blancas, que animaban sin criterio a unos y a otros, y los gritos de clemencia de los familiares que contemplaban anonadados la esperpéntica escena. En pocos minutos la sangre lo tiñó todo de rojo, los cuerpos aparecieron abiertos en canal, algunos mutilados, y caían al suelo sin vida o con un tímido aliento que alguien se encargaba de apagar al instante.

Zehera no pudo más y se retiró de la ventana, acurrucándose debajo de ella. Sus ojos ya no eran testigos de la inmunidad con la que actuaba el terror, pero a sus oídos aún llegaban los golpes, los gritos, las canciones serbias que les obligaban a cantar mientras aguantaban las torturas. Seguía oyéndolo aunque tratara de ensordecerlos apretando las manos, aún atadas, contra ellos. Todo intento resultó en balde. Según se fueron apagando las voces, volvió a asomar la nariz por la ventana. Solamente quedaba una mermada docena de hombres exhaustos y malheridos, y los Águilas Blancas los obligaron de nuevo a colocarse para dar inicio a la absurda pantomima y les forzaron a jugar un partido de baloncesto ante el desconcierto general. Ya había sucedido en anteriores ocasiones: las únicas reglas consistían en no fallar el tiro bajo amenaza de ser brutalmente golpeados o violados, ellos mismos o sus familiares más próximos. Pero la aparición de Sasa —que sostenía un saco de color marrón en una de sus manos— indicaba que no iba a ser un partido cualquiera: con un gesto teatral, el gran líder vació el contenido del saco, que durante unos segundos rodó por el interior de la bolsa como si quisiera alargar la sorpresa que les esperaba a todos. Se les obligaba a jugar con la cabeza de uno de los prisioneros bosnios haciendo las veces de balón. Muchos se negaron y fueron degollados ante la mirada de todos. Los que cumplieron las lúgubres órdenes de sus carceleros corrieron la misma suerte.

Al terminar, Sasa alzó su mirada hacia la ventana desde donde Zehera observaba muerta de miedo y le regaló una sonrisa que le heló la sangre. Retrocedió instintivamente. La extremada fuerza de su descompensada respiración la hizo caer al suelo sobre sus rodillas.

Cuando el mayor criminal de la historia —como a él mismo le gustaba denominarse y de lo que se jactaba alegremente— entró en la sala, todavía encontró el pequeño e indefenso cuerpo de su prisionera preferida presa de una convulsión nerviosa de temblores y respiraciones asmáticas. La simple visión de aquella congoja jadeante consiguió deleitarle. Le excitó. Se acercó a ella para escuchar mejor su miedo, para poder olerlo a escasos centímetros, como le gustaba hacer con todas su víctimas.

—Pídemelo otra vez —le dijo agarrándola del cuello con ambas manos—. Suplícame que te mate, que acabe con todo esto. —Sonrió sarcásticamente al escuchar como única respuesta la misma prolongada y angustiada respiración. Sabía bien que su prisionera no se atrevería a decir nada después de contemplar la carnicería que él mismo había capitaneado hacía unos minutos—. Te cuesta entender tu suerte, turca. Pero vas a empezar a valorarla.

De un rápido movimiento logró voltear el cuerpo de Zehera contra la pared, estrellando su cara contra la ventana y allí, mientras ambos podían observar el resultado de la masacre, la penetró una y otra vez por detrás. En aquella ocasión no fue el dolor físico lo que logró anularle los sentidos.

—Pídemelo otra vez, turca. Pídemelo otra vez —repetía jadeante.

12

Durante un par de días, Zehera no recibió la visita de Sasa, lo que contribuyó a que sus heridas físicas pudieran dejar de supurar y el dolor ardiente y agudo que venía martirizándole el cuerpo disminuyera. Pero la ansiedad psicológica producida por todo lo que se había visto abocada a vivir no mostraba ni siquiera una tímida mejoría. Apenas dormía; su cuerpo continuaba revuelto; vomitaba cada dos o tres horas; no podía dejar de llorar; ante la amenaza de sufrir un nuevo episodio de violencia descontrolada, cualquier ruido agarrotaba todos los músculos de su cuerpo; y la cabeza estaba a punto de estallarle por el bombardeo continuo de las imágenes dantescas que había ido almacenando, algo que los gritos sin tregua del piso inferior, del gimnasio, no hacían sino aumentar.

Atada de pies y manos y recluida allí donde sufrió la última violación tras contemplar la masacre del jardín del Hasan Veletovac, no recibió más visita que la de un hombre uniformado que se encargaba de llevarle algo de comida. Como único sustento diario, sus captores habían fijado para ella unos trozos de pan duro y un poco de agua sucia; sin embargo, aquel hombre le subió un poco de té y unas galletas de avena. Desde la primera vez que accedió a su particular celda de tortura, pudo notar que aquel uniformado era distinto al resto: vestía como ellos, lucía una constitución corporal semejante, caminaba sobre las mismas botas pesadas y diseñadas para exterminar que los otros Águilas Blancas, llevaba armas similares, idénticos símbolos bordados en la ropa, pero su voz y sus maneras no eran las mismas. Procuraba hablarle con suavidad sobre todo al observar que el cuerpo de Zehera se estremecía como un animal herido cada vez que se abría la puerta.

—Me llamo Goran. —La voz del hombre la sobresaltó—. Tranquila. No voy a hacerte daño. Te he traído una taza de té y un par de galletas. Hoy no he podido conseguir nada más. —Sus ojos azules se clavaron en los de ella y pudo ver que aquella mirada tampoco se parecía en nada a la de sus compañeros—. Mira, no sé si me creerás, pero no estoy de acuerdo con lo que están haciendo ellos. No puedo entenderlo. Tengo una familia y muchos de los niños y mujeres que veo aquí me recuerdan a los míos. Y no lo comprendo. No puedo llegar a entenderlo. No sé qué les pasa. No tienen corazón ni sentimientos. No tienen conciencia. Pero no puedo hacer nada más que intentar aliviaros el dolor y el hambre. No soy el único que lo piensa. Aquí dentro hay más como yo, aunque no podemos hacer nada. Solo conseguiríamos que nos trataran como a vosotros.

Zehera le observaba con los ojos bien abiertos, sin pestañear por miedo a que se desvaneciera la imagen de aquel hombre y sus palabras se convirtieran en un espejismo fruto de la fiebre que sentía desde hacía días. Permaneció con la vista clavada en él, sin intención de decir nada hasta que consiguió de Goran la suficiente confianza para pronunciar una palabra que nunca creyó oírse decir entre aquellas paredes de odio y rencor.

—Gracias.

—De nada. Te desataré las manos para que puedas comer lo que te he traído. —Después de unos segundos de silencio, el hombre añadió—: Y por favor, no me pidas, como han hecho los demás, que te deje escapar. Es imposible. Y tampoco serviría de nada. Es inútil. Ya viste lo que pasó la última vez. —Ella le miró, sorprendida por el comentario como si en aquel momento hubiesen descubierto uno de sus grandes secretos—. Te vi en la ventana igual que te vio él.

De boca de aquel carcelero diferente pudo conocer el motivo de la ausencia prolongada de Sasa: diariamente se dejaba caer por el campo de retención de Uzamnica, situado a las afueras de Visegrado, a escasos cinco kilómetros de la ciudad. Allí continuaba con su particular campaña de terror, sobre todo contra las mujeres musulmanas, a las que solo daba carne de cerdo para comer, y a las que violaba una y otra vez —«Vas a tener un hijo serbio», decía entre risas—. Las últimas dos jornadas un nuevo divertimento le había tenido más ocupado de lo habitual: encender auténticas hogueras humanas. Se había convertido en una obsesión enfermiza. Ya no le bastaba con asesinar a los bosnios a la puertas de sus casas o en su lugar de trabajo delante de familia y amigos, o de ajusticiarles a sangre fría en el puente sobre el río Drina. Ahora prefería utilizar el fuego para seguir sembrando el pánico entre los vecinos musulmanes.

Eso es lo que hizo el 14 de junio, cuando obligó a setenta bosnios —entre mujeres, niños y ancianos— a pasar la noche en casa de Jusuf Memic, en la calle Pionirska, una de las más populares de la ciudad. Después de quitarles todo lo que tenían, los Águilas Blancas les forzaron a trasladarse a una casa cercana en la misma calle, propiedad de Adem Omeragic, donde los obligaron a todos a encerrarse en una sola habitación. Después de tapiar a conciencia todas las salidas, rociaron con gasolina la casa y le prendieron fuego. Ludonovic, su primo Marko y un amigo de ambos conocido como Laco se encargaron de tirotear a todo aquel que trató inútilmente de escapar de aquella pira humana.

Zehera no pudo evitar cerrar los ojos y recordar a Ivo, a Aída, a Leko y a todos los amigos que encontraron la muerte de igual manera en el Café Andric.

El motor del Passat rojo volvió a activar la luz de peligro inminente en el cerebro de todos los que permanecían en el colegio. Lo mismo ocurrió con Zehera, cuyo cuerpo dio un respingo al escuchar aquel indeseable sonido. Todos los fantasmas que se habían mantenido ocultos en las últimas horas volvieron a aparecer con mayor temeridad. Desde su posición acurrucada frente a las espalderas, pudo oír con nitidez cómo Sasa subía uno a uno los peldaños que le conducían a ella. Estaba convencida de que aquel monstruo era capaz de presentir su miedo y por eso se tomaba su tiempo para ascender al piso de arriba, deleitándose con el pánico que sus pisadas despertaban en el cuerpo de su presa.

Durante unos instantes, se mantuvo silente tras la puerta, inmóvil, paciente, sabedor de que su prolongada sombra se filtraba por el quicio dotándole de una dimensión descomunal. Sospechaba que su sola visión estaría ya provocando espasmos en la muchacha cuya vida se había propuesto marcar para siempre, como ya había hecho con su cuerpo. Acercó su oreja a la puerta, deseoso de escuchar los mismos jadeos irregulares y coléricos, casi enfermizos, que poblaban la sala cuando la abandonó días atrás. Luego sonrió satisfecho y empujó el pomo con toda la brusquedad que pudo concentrar en su brazo. Permaneció un buen rato bajo el umbral. Quería que su víctima le viera, que le observara, que sus piernas comenzaran a temblar, su estómago se encogiera, el vello de todo su cuerpo se erizara, la piel se le cubriera de ese sudor frío que tanto le excitaba y la tensión estuviera a punto de hacerle estallar todas las venas del cuerpo. Nada en el mundo le daba más placer que el saberse temido, odiado, respetado, reverenciado. Le faltaban casi tres meses para cumplir los veinticinco años y su nombre era capaz de aterrorizar a una ciudad entera y conseguir que miles de personas bajaran la vista a su paso. Los niños lo temían como a Lucifer y él se encontraba insultantemente cómodo en su papel de gran vengador. Se sentía superior al resto, para él la clemencia solo era una intolerable muestra de debilidad y reafirmaba su autoridad humillando a sus víctimas, lo que potenciaba una autoestima que ya rozaba parámetros inalcanzables. Le gustaba escuchar cómo los suyos le aseguraban que su nombre estaría junto al de Hitler, Mussolini o Stalin. Las ideas, los motivos y las coartadas eran lo de menos. Cualquier excusa le valía para convertirse en Historia. Y sabía que lo estaba logrando.

—Te voy a llevar a un lugar que me han dicho que te encanta —dijo finalmente mientras cortaba la cuerda que mantenía atados los pies de

Zehera, no así el alambre que sujetaba y dañaba sus muñecas—. Lo que ya no sé es si después de ver lo que te tengo preparado, especialmente para ti —le murmuró al oído—, vas a cambiar de gustos. —La obligó a incorporarse y sujetándola contra la pared, la olió descaradamente con la única intención de aterrorizarla y le pasó la lengua por la cara. Zehera detectó un fuerte y desagradable olor a cebolla mezclado con sudor y recordó lo que le había contado Samira sobre sus violadores en aquella ya lejana habitación 218 del hotel Vilina Vlas. Después, la bestia le separó las piernas con su cuchillo, un gesto que hizo que el cuerpo de la joven se agarrotara—. No seas impaciente, turca. Todavía voy a hacerte esperar un poco más. Te he dicho que tengo algo que enseñarte.

Cuando salieron del colegio Hasan Veletovac era de noche. Ahora el centro se encontraba totalmente a oscuras y solo era posible vislumbrar algunos puntos luminosos anclados en el exterior: los faros de los vehículos que esperaban a la entrada del edificio. La penumbra reinante no evitó que sus ojos vieran decenas de cadáveres, cuerpos golpeados con saña y amontonados a lo largo de los pasillos o abandonados en las escaleras, todos con claros signos de torturas. El crepúsculo no hacía sino añadir tenebrosidad a aquel improvisado cementerio de vidas anónimas pero tremendamente cercanas. El olor resultaba nauseabundo y respirar en aquel nido de pavura e instintos bajos resultaba difícil y doloroso. Zehera no pudo distinguir las palabras que aparecían escritas con letras grandes e irregulares en las paredes del colegio, pero no le supuso un gran esfuerzo adivinarlas llenas de rencor, odio y miedo. Las tinieblas parecían haber encontrado en el silencio un aliado perfecto para el asfixiante clima de infamia que reinaba en todo el edificio.

No se escuchaba nada, ni siquiera los ya tradicionales gritos de dolor, insultos o ruegos. Tan solo el sonido lejano de la radio del Passat rojo de Sasa, que disfrutaba asiéndola del brazo y determinando el camino que tenían que recorrer sus dolientes pies. Cuando pasó por delante de la puerta del gimnasio pudo intuir las siniestras sombras de los montículos de personas que permanecían acurrucadas en el suelo a la espera de ser ajusticiadas. La certeza de una muerte próxima e inevitable había matado en sus mentes cualquier intersticio de esperanza: el peso de la realidad era demasiada carga para sus castigadas espaldas, que ya días atrás habían decidido dejar de sostener ilusiones y anhelos imposibles.

De nuevo sentada en el asiento del copiloto del coche maldito, la voz interrogante de Sasa la sobresaltó y llenó de pavor.

—Me han dicho que tu libro preferido es *El puente sobre el río Drina*. ¿Es cierto? —El mutismo aterrado de su víctima pareció irritarle—. ¡Contesta! ¿Es cierto? —repitió colérico.

—Sí —respondió intimidada, aún sin entender cómo una información nacida y alimentada en su círculo más íntimo había podido llegar hasta su boca.

—Qué casualidad. También el mío. Entonces sabrás que el puente necesita a sus víctimas para mantenerse en pie —añadió al tiempo que subía el volumen de su aparato de radio.

Este último comentario la desconcertó, al mismo tiempo que despejó sus dudas sobre el lugar al que se dirigían y la naturaleza de la sorpresa que le tenía, reservada. A pesar de la poca luz que había en las calles de Visegrado, el camino se fue abriendo hasta mostrarle nítida la silueta del majestuoso puente por el que tantas veces había corrido desde que era niña, pero sobre todo adolescente; por el que tanto había paseado de la mano de su hermana Suhra; el que en tantas ocasiones había recorrido de un lado a otro en bicicleta junto a Aleksandar: el puente en el que tantos encuentros había mantenido con amigos, tantos sorbos de café e infusiones saboreados en el pequeño café de su parte central, tantos secretos y confidencias compartidos, tantas compañías agradecidas, tantas conversaciones iniciadas y no menos sueños confeccionados al arrullo del ruidoso y cristalino caudal del Drina. Al contemplar esa imagen tan familiar pero al mismo tiempo tan alejada de su prefabricada realidad, sintió que alguien le agarraba con fuerza su corazón, lo estrujaba entre sus manos e intentaba arrancárselo del pecho.

—Me vas a matar en el puente como a los demás. ¿Por qué? ¿Por qué lo haces? —acertó a preguntarle sin saber de dónde sacó el valor para dirigirle la palabra.

—Ya te lo he dicho. No te voy a matar. Todavía no.

Sasa bajó del coche a escasos metros de la parte central del puente, abrió el maletero, cogió un fusil con mira telescópica y obligó a su atemorizada acompañante a salir fuera. En el lado derecho del puente, varios Águilas Blancas amedrentaban con sus armas a un grupo de hombres que permanecían con los brazos en alto, mientras los soldados los golpeaban e insultaban indiscriminadamente. La luz que escupían las antorchas dispuestas en la parte central del puente no bastaba para ver el rostro de los detenidos, pero conforme se fueron aproximando, la consternación de Zehera fue en aumento. A un gesto casi imperceptible de su líder, dos de sus hombres la sujetaron con fuerza por los brazos y se encargaron de situarla en un lugar privilegiado desde el que le resultaría imposible perderse el espectáculo que estaba a punto de comenzar. Pudo adivinarlo en la mirada sádica de Sasa, que comenzaba a babear de satisfacción.

—¿Quién de vosotros sabe nadar? —preguntó el hombre más temido de Visegrado ante la estupefacción de los prisioneros y la complacencia de los suyos. Tuvo que esperar unos segundos para escuchar la única voz que se alzó entre el grupo de retenidos.

—Yo —dijo un chico joven, alto, de complexión fuerte y con algunas señales de violencia en el cuerpo, sobre todo en el rostro.

Cuando Zehera contempló con detenimiento las facciones de aquel muchacho, no pudo evitar que un grito de dolor surgiera de su emocionada garganta y que su cuerpo intentara inútilmente zafarse de sus guardianes y correr hacia él. Le había costado reconocerle por su maltrecha apariencia, pero su voz era inconfundible entre un millón: Aleksandar. Sus ropas estaban desgarradas —en especial su camisa, que parecía cosida a jirones y presentaba varias manchas de sangre— y su rostro, hinchado por los golpes, pero su mirada mantenía la misma fuerza y decisión que logró enamorarla desde el primer día.

La escena embargó de dicha a la bestia, y no dudó en aprovechar la situación para sacar brillo a su insaciable sadismo.

—Vaya, vaya. ¿Os conocéis? —observó cínico mientras jugaba con su fusil—. Otra casualidad, sin duda. Mejor, mucho mejor. Que la gente se conozca está muy bien. A mí al menos me divierte mucho más. —Anduvo unos pasos por la parte central del puente y encarándose a Aleksandar, preguntó—: Así que sabes nadar. ¡Qué bien, hombre, qué bien! Parece que eres el único, o quizá es que el resto de tus compañeros se haya quedado sin lengua... ¿O es que ya se la ha cortado alguno de mis hombres? —Las risotadas de los Águilas Blancas aportaron más tensión al aire que se respiraba en el centro del puente—. Pero veamos si nos dices la verdad o nos mientes. Tírate al río y enséñanos cómo nadas.

13

Aleksandar miró a Zehera. La joven rogaba a gritos que le dejaran en paz igual que había visto hacer a otras muchas mujeres que se encontraron en el mismo trance que ella atravesaba ahora. Después de regalarle un tímido movimiento de sus labios —que encerró un mudo «te quiero»—, se encaminó hacia una de las barandillas de piedra del puente escoltado por dos hombres que le apuntaban con sus fusiles. En el corto trayecto, miles de preguntas se le amontonaron en el cerebro sin permitirle pensar con tranquilidad, algo que se le antojaba imposible en aquel momento. «¿Me van a disparar? ¿Me van a matar por la espalda? ¿Qué hago?, ¿me tiro?, ¿echo a correr?, ¿me doy la vuelta o espero a que me disparen y rezo para que fallen o que la bala no hiera ningún órgano vital? ¿Voy a morir en este puente? ¿Voy a dejar este mundo a los veinticinco años? ¿Por qué?»

La imagen de su novia aparecía entremezclada en el carrusel de interrogaciones que se había instalado en su cabeza.

No supo por qué, pero en ese momento se preocupó por la temperatura del agua. «¡Y eso qué más me da! ¡Voy a morir, voy a morir!» La voz potente de Sasa Ludonovic le frenó en seco y anuló el movimiento en todo su cuerpo.

—¡Alto! Detente. No te muevas. El resto de los hombres, colocaos a su izquierda y a su derecha. Cinco a cada lado. ¡Rápido! ¡Moveos!

Los diez detenidos obedecieron las órdenes y ocuparon el lugar indicado, dando la espalda al pelotón de hombres uniformados que agarraban con fuerza los kalashnikov y aguardaban con impaciencia el momento de utilizarlos. La mayoría de los presos cerró los ojos. Aleksandar los mantuvo abiertos. Pudo escuchar con nitidez el ruido metálico del selector de los kalashnikov, que sus verdugos cambiaron intencionadamente de la posición de ráfaga a la de tiro individual: no le costó entender que los iban a matar uno a uno, quizá para asegurarse la muerte de los rehenes. El desgarrador grito del primer hombre de la fila que cayó al río le dio la razón. No había escuchado el disparo, lo que le hizo pensar que habría sido Sasa el encargado de abrir fuego: imaginaba que sería el único que llevase silenciador. Aquello sembró el pánico en el resto de los detenidos, que ya sabían qué destino los esperaba. Uno a uno fueron cayendo, alcanzados por disparos sucesivos que pudieron oírse con claridad. Aleksandar respiró hondo y decidió aprovechar el ruido y el barullo de gritos de los ajusticiados y de los verdugos para dejarse caer al Drina sin que su cuerpo hubiera sido herido por la metralla.

—No está muerto. Se ha tirado al río —vociferó el Águila Blanca encargado de asestarle un tiro en la nuca—. Aún no le he disparado. Se ha lanzado al agua. No le he disparado.

—Hay que rematarle —gritó enfervorizado Sasa—. ¡Disparad al río! ¡Disparad a los cuerpos! Hay que rematarle. A todos. No quiero a nadie vivo, ¿me oís? ¡Los quiero a todos muertos!

Desde lo alto del puente, los hombres uniformados apuntaron hacia las aguas y comenzaron a disparar ráfagas de munición. Los proyectiles impactaban ruidosamente sobre la superficie del río, atravesando el agua y dejando en ella un reguero blanquecino de espuma que marcaba la trayectoria del plomo. Con la misma severidad entraban las balas en los cuerpos de los hombres fusilados, la mayoría ya cadáveres, que flotaban en el río y algunos arrinconados por la propia corriente del Drina en algún recoveco de la orilla más cercana. La virulencia de la metralla sobre los cuerpos hacía que estos se desplazaran, se retorcieran y saltaran sobre sí mismos como si aún quedara algo de vida en su interior.

Uno de los disparos hizo que el cadáver de un hombre se diera la vuelta con tal fuerza que cayó encima de Aleksandar y logró cubrirle. Durante unos segundos se mantuvo inmóvil bajo el agua, conteniendo la respiración, oculto bajo el cuerpo sin vida de un hombre al que ni siquiera conocía, pero cuya muerte parecía destinada a salvarle a él la vida. No sabía si sería capaz de permanecer mucho más tiempo con la cabeza bajo el agua, sin respirar. Sujeto al cadáver de aquel desconocido, sintió cómo el peso del cuerpo sin vida —que estaba resultando ser su tabla de salvación— y la corriente le iban llevando río abajo. Entonces notó que la boya mortal a la que permanecía sujeto quedaba enganchada en unas ramas que nacían de la orilla del río, formando un pequeño remolino con su cuerpo: eso le permitió asomar tímidamente la cabeza y cerciorarse de que ningún Águila Blanca le perseguía con la intención de rematarle. Sin duda dieron por sentado que una noche más habían logrado exterminar once nuevas vidas indeseables en el río, cuyas aguas ya bajaban tintadas de rojo. Desde aquel improvisado e incómodo escondite, logró distinguir las siluetas de los soldados, que se dirigían hacia los coches y poco a poco iban abandonando el escenario de la nueva orgía sangrienta. Pudo escuchar a lo lejos la voz de su querida Zehera, que seguía gritando su nombre a viva voz como si con aquel descomunal esfuerzo amparado en sus cuerdas vocales buscara resucitarle a una vida que solo él sabía que no había abandonado. Deseó hacerle saber que seguía allí, vivo para poder abrazarla y protegerla, para darle la mano y huir con ella hacia el futuro que habían ideado juntos, mucho antes de que la guerra diera al traste con sus ilusiones prefabricadas. Lloró de impotencia, de rabia y se sintió mal por lo que entendió como una reacción cobarde y poco propia de un hombre. Debería estar feliz, había salvado la vida, pero a su alrededor no encontraba ningún motivo para sentirse bien. Había tenido la suerte de que la muerte de un desconocido le regalara la vida, pero le resultaba demasiado doloroso teorizar sobre su fortuna.

Aleksandar decidió soltarse definitivamente del cadáver que le había permitido seguir respirando, animado por la proximidad de la orilla del río y por un oportuno recodo encubierto por la nutrida vegetación que no tardó en localizar como un seguro escondrijo. Besó la cabeza del muerto como único e improvisado gesto de gratitud; luego, agazapado en su nuevo escondite, contempló durante unos segundos cómo la corriente arrastraba aquel cuerpo que podía haber sido el suyo. Pronto desapareció de su vista y él comenzó a percibir otra realidad marcada por el rechinar de sus dientes: el frío que hasta aquel momento no parecía haber supuesto ningún problema subyugaba ahora su cuerpo. Se miró las manos, blancas y arrugadas, torpes ante cualquier movimiento por ridículo que fuera, y vio que tenía las uñas moradas. Supo que debía salir del río lo antes posible, pero sinceramente le parecía demasiado arriesgado. Tenía miedo y motivos para mantenerlo.

De pronto un ruido similar al chasquido de rama seca detuvo la tiritona de sus dientes, cortó su respiración y a punto estuvo de interrumpir los latidos de su corazón. Volvió a introducirse en el agua intentando no hacer mucho ruido. «No puede ser. Ahora no. Después de haber conseguido lo más difícil, no me puede pasar esto. Por favor. Ahora no.» Mientras intentaba convencerse a sí mismo del despropósito de su posible detención, una voz le rescató de sus impacientes elucubraciones.

—Alek, ¿estás ahí?

Conocía esa voz. Sin duda la había escuchado antes. Le resultaba familiar, pero su pensamiento no terminaba de asignarla a un rostro conocido, y en esos momentos, de confianza.

—Aleksandar. Soy yo, Dino. He venido a ayudarte. ¿Estás ahí?

Dino. El hermano pequeño de Zehera y Suhra. Pero ¿qué hacía allí? ¿Cómo le había encontrado? En un primer momento ganó la duda, pero pronto comprendió que aquella voz aflautada, de adolescente precoz, tenía que corresponder a quien así se anunciaba y decidió abandonar su incómoda guarida.

—¿Se puede saber qué haces tú aquí? Te perdí la pista en el parque de bomberos. ¿Cómo has podido escapar? ¿Te han hecho algo? ¿Y tu padre? ¿Dónde está Edin? —Su afán desmedido le resultó ridículo al pequeño, que le observaba sonriente.

—Parece que el agua te ha dado ganas de hablar —comentó Dino, que se había vuelto viejo a los nueve años—. A mí, sin embargo, me las ha quitado. —El niño-anciano le ayudó a salir por completo del agua mientras continuaba explicándose—: Me reclutaron para recoger cuerpos del río. Me dijeron que como era pequeño para luchar tendría que hacer lo que ellos me ordenaran si no quería morir, así que todas las noches tengo que colocarme en esta orilla del Drina y sacar los cuerpos que van arrojando desde el puente. Después los meto en un bote, los llevo a la ribera y los entierro. La semana pasada recogí del agua una enorme bolsa de basura de color negro. Pesaba mucho. Pensé que habría algo de valor que podría vender o cambiar por algo de comida, pero cuando la abrí solo había cabezas. —Dino ni siquiera pestañeaba al describir sus recuerdos. Sus ojos negros, brillantes y enormes parecían haberse contagiado del color y de la tenebrosidad de la noche y se habían hecho inmunes a los horrores que encerraba—. Me han dicho que cuando encuentre un cuerpo con vida, debo decirlo si no quiero que nos maten a mí, a mi madre y a mi abuela. Pero no te preocupes. No les pienso decir nada sobre ti. Además, ya se han ido. No creo que vuelvan esta noche.

Aleksandar se quedó mudo ante la serenidad con la que el chaval hablaba: no pudo pensar en nada más injusto que lo que sus ojos de niño de nueve años estaban contemplando. Fue incapaz de encontrar un atisbo de la inocencia que había alojada en ese cuerpo de infante hacía tan solo unas semanas. No supo qué decirle, ni cómo hablarle y tuvo que hacer un esfuerzo para no dar un puñetazo a un árbol cercano.

—Me han dejado vivir en casa, con mi madre y la abuela Mirsa. Vienen de vez en cuando a pedir dinero, a buscar armas, a ponerlo todo patas arriba y a recordarnos que estemos bien atentos a lo que hacen nuestros vecinos y que nos fijemos en quién entra y sale de las casas. Si lo hacemos, nos dan algo de comida y hay veces que dejan a mi padre volver a casa un par de días, pero la abuela no quiere que lo haga. A mamá le da igual, dice que hay que sobrevivir y que los cementerios están llenos de héroes que, en el mejor de los casos, dejan viudas y huérfanos. Pero la abuela insiste en que no miremos nunca por la ventana y así no tendremos que mentir si nos preguntan si hemos visto a alguien por los alrededores.

—Tu abuela tiene razón —acertó a decir a duras penas un todavía anonadado Aleksandar—. Procura hacerle caso siempre que puedas.

—Vamos. Te esconderemos en casa. En el sótano ese secreto que tenemos, ¿te acuerdas? Donde nos escondíamos cuando escuchábamos llegar a los serbios... —Dino calló de repente y se quedó mirándole—. Bueno, quiero decir a los serbios malos, ya sabes. Ellos no han descubierto todavía ese escondite. No son tan listos como se creen. Vamos, sé un camino por el que no suelen ir los serbios... Bueno... los que no son como tú.

—No, espera. No quiero poneros en peligro y mi presencia allí lo haría. Será mejor que te vayas sin mí. No te preocupes, sabré cuidar de mí mismo.

—No seas idiota. Si te encuentran, y te encontrarán, te matarán. Y entonces, ¿quién va a sacar a mi hermana de donde está? ¿La has visto en el puente? Estaba allí. Con él. Has tenido que verla. Ha gritado tu nombre miles de veces. Por eso supe que estabas. —Aleksandar asintió con la cabeza procurando que el chico no viera cómo el recuerdo de su hermana le llenaba los ojos de lágrimas—. Él la obligó a verlo todo. Lo suele hacer.

—Está bien —interrumpió bruscamente. No quería seguir escuchando todo lo que Dino se había visto forzado a contemplar con tan solo nueve años—. Vamos a casa. Quizá tengas razón.

—Yo iré delante. Por si acaso... —le dijo mientras le hacía un gesto de complicidad.

—Gracias, Dino. Muchas gracias. Eres muy valiente.

—Yo no soy valiente. Solo hago lo que me dicen. Pero creo que sí soy más listo que ellos porque soy capaz de engañarles. Están convencidos de que obedezco todo lo que me ordenan y yo se lo hago creer. Pero hago trampas y ellos no se dan cuenta. Hay veces que las personas a las que meto en el bote todavía respiran. Entonces les digo que no se muevan, oigan lo que oigan, y mientras remo hasta la ribera, los ayudo a escapar. Algunos prefieren huir por el río y otros pueden andar lo suficiente para hacerlo por las montañas, y más de uno me ha prometido que cuando todo esto acabe, vendrá a por mí y si me encuentra, me dará una buena recompensa. Y yo creo que alguno lo hará. Ya verás como lo harán. —Hizo una pausa, como si estuviera pensando dos veces lo que iba a preguntar, y por fin se decidió—. Oye, y en el puente, ¿por qué dijiste que sabías nadar?

—No lo sé. Quizá porque me creí más listo que ellos.

14

—¡Vidovdan! ¡Viva Vidovdan! —Era el grito de guerra que un soldado serbio lanzaba una y otra vez a través de un viejo altavoz, mientras recorría con su vehículo la ciudad de Visegrado—. Salid a la calle a celebrarlo, hermanos serbios. Matemos a unos cuantos bosnios. Acabemos con ellos. Es Vidovdan. ¡Venguemos a nuestros antepasados!

El ensordecedor griterío despertó a Zehera, aunque le resultó muy complicado levantar los párpados y abrir los ojos, y le llevó unos segundos acordarse de dónde estaba y qué había pasado la noche anterior. El recuerdo de la imagen de Aleksandar cayendo al río, tiroteado por los Águilas Blancas, la hizo romper a llorar y deseó no haber despertado aquella mañana. Un vacío convertido en dolor agudo le perforaba el estómago; la idea de no volver a ver al hombre del que estaba enamorada le hacía más difícil respirar, pensar, sobrevivir. Una ojeada a su alrededor le hizo entender que seguía allí donde Sasa Ludonovic la había conducido una vez finalizada la matanza en el puente: hotel Vilina Vlas, en la misma habitación 218 donde la torturó y abusó de ella por primera vez la noche en que fue detenida en su propia casa. Diecisiete días después había repetido la proeza henchido de poder, con la satisfacción de haber escalado otro peldaño en su descomunal escala de sadismo, dando buena muestra de la ausencia absoluta de escrúpulos que presidía todas sus cruentas acciones, de su inmensa brutalidad y su desbordada arrogancia.

«Hoy disfrutaré más que nunca contigo, turquita —le había confesado mientras la obligaba a desnudarse y la arrojaba al suelo de la habitación—, porque sé que mientras que yo esté haciendo lo que quiera con tu cuerpo, en tu cabeza estará la imagen de tu querido Aleksandar, muriendo en el río. Las manos que van a separar tus piernas y a golpear tu cuerpo son las mismas que han matado a tu novio. Y créeme que eso sobrepasa todo el placer imaginable. Tu sufrimiento será doble. Y mi satisfacción, mayor.» Las amenazas de aquel loco de la guerra siempre se convertían en proféticas, y todas las temeridades que su mente elucubraba las materializaba su cuerpo, engrandeciéndolas aún más en el baremo de la crueldad. Aunque tuvo razones para pensarlo mucho antes, esa noche Zehera entendió que aquel hombre era algo más que un nuevo señor de la guerra. Se trataba de un auténtico psicópata que había encontrado en la guerra el escenario perfecto para hacer lo que más le gustaba en la vida: matar y disfrutar haciéndolo.

Intentó borrar aquellas sucias palabras y desterrar el recuerdo de una nueva violación centrando su atención en algún otro punto del cuarto; posó su mirada en el rincón donde vio por última vez el cuerpo inerte de Samira y deseó con todas su fuerzas haberla visto allí en aquel momento. Su corazón y su cabeza lo habrían agradecido como el enfermo la mejor medicina. Le hubiese gustado sacarla de su error, contarle que ella no era una mujer afortunada como le había dicho nada más conocerla, que había sido violada, golpeada, humillada, insultada y obligada a presenciar la muerte de su gran amor. Pero la mujer que le abrió los ojos al horror que el futuro le deparaba no estaba allí para escucharlo. Lo más seguro es que ya no estuviera en ningún lugar y pensó que ahora era ella la afortunada.

Sus oídos no entendían con claridad lo que escupía aquel megáfono chirriante, pero pronto lo comprendió. Era la mañana del 27 de junio, solo restaban unas horas para que los serbios celebraran su gran fiesta: el día de San Vito, el Vidovdan. El recuerdo de Aleksandar volvió a ocupar su cabeza y a inundar sus ojos. Las palabras que salían del altavoz habían dibujado en su mente la imagen de su novio hablando en el Café Andric sobre la derrota de las tropas del príncipe Lazar en el Campo de los Mirlos a manos de las tropas otomanas. «Todo soldado campesino serbio sabe por qué lucha, pues cuando era niño su madre le decía: "¡Hola, pequeño vengador de Kosovo!".» Aquella explicación pronunciada días atrás era el eco que ahora resonaba en su cabeza y la razón de su angustioso berrinche.

—No llores tanto, que no vas a resucitarle. Está muerto, ¿no te acuerdas? —La voz de Sasa era como sus métodos de tortura: por mucho que se conociera y esperase, siempre sorprendía—. No entiendo por qué todas las bosnias turcas tenéis que llorar tanto. Es inútil. ¿Qué conseguís con ello? Yo te lo diré. Ponerme más cachondo. —Rió de nuevo, buscando las carcajadas de complicidad de los siete hombres que le acompañaban en esta ocasión—. ¿Sabes qué? Hoy es un día grande para mi raza y como estamos de celebración, quiero hacerte un regalo. Te voy a llevar a casa.

El anuncio sorprendió a Zehera y logró que las siempre tensas facciones de su rostro se relajaran unos instantes por primera vez en muchos días.

—¿A mi casa? —preguntó con miedo.

—Claro. En la mía ya hay mucha gente y no creo que fueras bien recibida. —Se inclinó hacia ella—. Ya sabes, vosotras las turcas sois muy celosas de vuestra intimidad y no veis con buenos ojos la competencia. Es algo que lleváis en la sangre los bosnios: la inferioridad y la poca confianza en vosotros mismos. Te llevaremos a tu casa y nos esperarás allí hasta que regresemos a por ti. Supongo que tendrás ganas de ver a los tuyos... Bueno, quizá no puedas ver a todos. ¿No estás contenta? ¿No te sientes agradecida? —Al ver que no contestaba, le asestó una patada en la espalda—. ¡Contesta, musulmana inútil! ¿No estás contenta?

—¡Sí, sí lo estoy! —contestó acurrucándose en el suelo mientras intentaba protegerse la cabeza con las manos.

—Estaría muy bien que mostraras un poco de agradecimiento, estúpida turca. Y creo que esta noche, después de la celebración privada que tenemos preparada para festejar nuestro gran día, encontraré la forma de que pagues el detalle que estoy teniendo contigo. Mis hombres ya están cansados de violar los mismos cuerpos y yo me estoy hartando del tuyo. Qué mejor momento para compartirte, ¿no? Además, creo que ya va siendo hora de que tengas un hijo serbio, y alguno de nosotros acertará en tu sucia diana.

La destinataria de aquellas amenazas no dijo nada. La patada había ralentizado su respiración; el miedo a otro posible golpe y la mera posibilidad de sufrir una violación en grupo la sumieron en un mutismo absoluto. Sin mediar más palabras, todos los Águilas Blancas abandonaron la habitación 218, pero las botas del líder permanecieron en el mismo sitio, junto a su víctima, que había comenzado a temblar y no lograba contener el llanto.

—Te ataré a la cama y uno a uno mis hombres te violarán como han hecho con las demás. ¿Lo entiendes? —Esperó unos segundos—. Digo que si lo entiendes.

Cuando Zehera asintió con un movimiento afirmativo de su cabeza, la característica sonrisa sádica de Sasa se dibujó en su cara y pudo abandonar satisfecho la estancia. El portazo que se escuchó tras la última pisada le confirmó que se había quedado sola, pero el miedo a que entrase en cualquier momento un nutrido batallón de hombres uniformados para cumplir su amenaza hizo que olvidara el anuncio de que volvía a casa.

Estaba a punto de anochecer cuando fueron a buscarla. Por primera vez desde que aquella pesadilla comenzara, no era Sasa el encargado de sujetarla por el brazo y sacarla del edificio: prefirió observar cómo sus hombres la metían entre golpes y empujones en el Passat rojo. Cuando el conductor se sentó al volante, le puso una venda negra en los ojos, encendió la radio, subió el volumen al máximo y bajó las ventanas.

No hablaron en todo el trayecto, eso evitó a Zehera la retahíla de insultos, amenazas y humillaciones a la que la tenía acostumbrada. Le dolían los tímpanos debido al atronador sonido de las canciones que escupía la radio, y durante todo el recorrido no pudo quitarse de la cabeza el hondo presentimiento de que iban a acabar con su vida en unos minutos. La conducción de la bestia era temeraria como sus actos: los indiscriminados volantazos, las frenadas en seco y los abruptos acelerones terminaban lanzando a la joven de un lado a otro. El corazón le dio un vuelco al escuchar cómo Sasa frenaba el coche y apagaba el motor.

Durante unos minutos permanecieron en un silencio tenue y cerrado. Ella no sabía dónde estaba, pero presentía el cuerpo de su captor a su lado. Su respiración era superficial y acelerada, como si le faltara el aire en los pulmones, y sin embargo la de él apenas se oía. Entonces sintió que alguien le abría la boca al tiempo que le introducía la mano entre las piernas, arañando sus muslos hasta alcanzar la vagina. El dolor era intenso y continuo, no sabía qué le estaban haciendo. Empezó a gritar, no pudo evitarlo, aunque sus desgarradores alaridos fueron pronto acallados por las canciones chetniks que salían una vez más de la radio.

—Canta, turca, canta, que yo te oiga o te mato aquí mismo —amenazó Ludonovic, que continuaba haciendo fuerza contra el desvalido cuerpo de la muchacha—. ¡Canta la canción! ¡Cántala! ¡Quiero oírte!

Obedeció en la medida en que su voluntad se lo permitió, ya que no acertaba a entender la melodía; lo hizo a pesar de todo, y las risotadas del psicópata se mezclaron con sus aullidos de dolor y de desconcierto absoluto. Cuando dio por terminado el espectáculo, le retiró la venda de los ojos, encendió un cigarrillo y sorbió con vehemencia un refresco de cola después de abrir la botella con los dientes. Se miraban el uno al otro: él, las convulsiones que aún dominaban el ultrajado cuerpo de su víctima; ella, el rostro de su violador reincidente. Le odiaba como nunca había odiado a nadie, le deseó la muerte, imaginó mil formas distintas y atroces de matarle: anheló verle ahogándose con el refresco que tanto le gustaba saborear mientras torturaba y mataba a los demás; rezó para que sobre él cayera una bomba, el fuego de cien morteros; rogó por verle suplicar y pedir clemencia; acarició la idea de que algún vecino víctima de sus vejaciones le matara de un disparo en la cabeza o le rebana el cuello como tantas veces les había visto hacer a él y a sus hombres. Le asustó el desconocido fanatismo que envolvía sus pensamientos, pero no se arrepintió de ampararlos.

Al ampliar su campo de visión, el corazón le dio un vuelco. Estaba enfrente de su casa. Podía ver la ventana de su habitación, aunque no vio luces encendidas ni intuyó movimiento en ninguna de las tres plantas de la casa familiar. Sasa Ludonovic apuró despacio su refresco y apagó el cigarrillo en la tierra, pisándolo varias veces con su bota. Estaban solos. Ninguno de sus hombres los había acompañado. Miró el reloj y dirigió la vista al puente sobre el Drina. Entonces pareció dar por finalizado el espectáculo.

—Vamos. Entra en casa. Me esperan —explicó escuetamente. La sacó del coche y sin tener en cuenta la dificultad que tenía para andar debido a las profundas molestias que aún quedaban del ultraje, aceleró el paso hasta llegar a la puerta de la casa. La abrió de una patada. La arrojó al suelo y un ruido atrajo su mirada al fondo de la habitación. No había luz, pero los faros del Passat rojo iluminaban la estancia lo suficiente para distinguir las siluetas. Allí estaba Dino, que a una voz de Sasa se aproximó a ellos.

—¿Qué haces todavía aquí, pequeño turco? Esta noche vas a tener mucho trabajo. —Mientras hablaba le hizo un gesto con la mano para que se acercara un poco más—. ¿Sabes qué día es hoy, verdad?

—Sí, señor. Es el día grande de los serbios. San Vito —respondió con inusitada tranquilidad el pequeño—. El día de la victoria del pueblo elegido.

—¡Vaya! A ver si le enseñas algo a tu hermana. Es algo más torpe que tú, pero seguramente podrás instruirla para que mejore sus conocimientos y su actitud.

—¿Qué le ha pasado? —intentó sonsacarle con la vista fija en su hermana, que contemplaba atónita la conversación desde el suelo, mientras intentaba controlar el dolor—. ¿Puedo curarla, señor?

—No sé si merece la pena. Haz lo que quieras. Pero no te entretengas demasiado. Ya deberías estar en tu sitio. ¿Sigues cumpliendo con tu deber, verdad?

—Sí, señor. Todas las noches. Ayer recogí cuatro cadáveres. Sus hombres pueden decírselo.

—Mis hombres tienen cosas más importantes que hacer —sentenció satisfecho mientras se dirigía a la puerta—. Hoy recogerás más cuerpos. Puedes empezar con el de tu hermana —comentó divertido—. No quiero que te entretengas, ¿me entiendes?

Dino asintió firme con la cabeza y permaneció en el mismo lugar, a escaso medio metro de donde yacía su hermana entre espasmos y convulsiones, hasta que escuchó alejarse al Passat rojo. Se acercó a la ventana para cerciorarse de que realmente se había ido y entonces corrió hacia ella.

—Zehera, ¿estás bien? ¿Puedes hablar? —La atiborraba a preguntas sin darle oportunidad a contestar ninguna—. ¿Estás herida? ¿Tienes hambre, sed?

Ella le observaba con la misma confusión y desconcierto que si contemplara a un desconocido que le hablara como si fuese su padre.

—Dino... Es como si hubieran pasado veinte años. ¿Qué han hecho contigo? ¿Por qué les hablas así?

—Eso da igual. Tengo una sorpresa para ti. Pero tienes que prometerme que estás preparada y que no vas a comenzar a gritar ni a llorar. ¿Lo prometes?

—¿Dónde está la abuela Mirsa? ¿Y nuestros padres? ¿Habéis vuelto a hablar con Suhra, habéis podido contactar con ella? —insistía en preguntar, como si no hubiese escuchado lo que le acababa de decir Dino.

—Eso ya da igual, hazme caso. Lo que quiero que veas es otra cosa. Si vienes conmigo, te lo mostraré. —La fuerza de su brazo no bastaba para mover el cuerpo de su hermana.

—¿Por qué da igual? ¿Por qué dices eso? —Zehera se incorporó con dificultad y posó las manos sobre los hombros de Dino. Lo miraba con preocupación, aterrada por lo que pudiese contestarle.

—La abuela Mirsa está muerta. La mataron tres hombres que vinieron hace unas noches. Yo me escondí en el sótano porque a esa hora se supone que no tenía que estar en casa. Si ellos hubiesen sabido que no estaba en el río recogiendo cadáveres, me habrían matado. Me escondí y no pude ayudarla. —Dino observó el gesto de espanto de su hermana, que le miraba con lágrimas en los ojos mientras movía la cabeza de lado a lado, como si solo con negarlo pudiese borrar lo sucedido—. Fue la abuela la que me hizo prometerle que si algún día pasaba algo parecido, me ocultaría allí sin decir nada y sin hacer ruido. «Primero te escondes y cuando se hayan ido, esperas un poco y sales», me decía todas las noches. Y es lo que hice. Lo escuché todo desde el sótano, y hasta pude ver algo de lo que hicieron en el jardín a través de un agujero que hay en una de las paredes. Entraron a medianoche, un hombre se quedó en casa y violó a madre. No se resistió. Ni habló ni lloró ni gritó ni llamó a nadie pidiendo socorro. Los otros dos se llevaron a la abuela. La cogieron del pelo y la arrastraron hasta el jardín. Ella sí gritó y los insultó, incluso intentó pegarles con los brazos y las piernas. Pero ellos la golpearon mucho más fuerte en la cabeza. Cuando ya casi no se movía, los dos hombres se pusieron encima de ella, primero uno y luego otro. Y después uno de ellos sacó un cuchillo y le cortó el cuello. Antes de irse la colgaron de un árbol. Le dijeron a madre que no la moviera de donde estaba, que pasarían todos los días a comprobar que el cuerpo seguía allí. —Dino buscó la mirada de su hermana, que se había perdido en un punto abstracto del suelo de la casa y cuando finalmente logró llamar su atención, levantó su brazo despacio y señaló hacia la ventana. Zehera siguió la dirección de su mano—. Está ahí. Tienes que haberla visto al entrar. Madre no está. Se fue con padre cuando le trajeron de nuevo a casa hace dos días. Me han dicho que luego vendrán a por mí y nos iremos juntos a Macedonia. Pero yo no quiero. Mientras haga lo que ellos me ordenan, no me harán nada. Necesitan que alguien saque a los muertos del río. Para ellos soy casi invisible, no me prestan atención, les valgo más vivo que muerto. No iré con madre. Creo que me quedaré aquí. —Después de un silencio forzado sobre todo por la actitud fantasmal, volvió a preguntar—: Y ahora, ¿estás ya preparada para que te enseñe algo? Verás como te vas a poner muy contenta. No te lo imaginas.

El cuerpo de Zehera permaneció inmóvil, con la mirada extraviada más allá de la ventana y con la cabeza muy lejos de allí. Las últimas palabras de su hermano pequeño ni siquiera habían llegado a sus oídos y tampoco se dio cuenta de que hacía ya un rato que Dino había desaparecido de la estancia, escaleras abajo, dejándola sola. A los pocos minutos, su escuálida silueta volvió a aparecer, esta vez de la mano del huésped que se alojaba en el sótano.

—Mira, hermana. Mira quién está aquí. —Dino sonreía. Confiaba en que aquella presencia sacaría a su hermana del aturdimiento.

—Soy yo —dijo Aleksandar mientras caminaba muy despacio hacia ella—. Soy yo, mi amor, no tengas miedo.

Las palabras del hombre que creía perdido lograron agitarla por completo. Sus ojos se abrieron sin control y le observó como si ante sus ojos hubiese aparecido un espectro.

—Pero... no es posible. —Negaba con la cabeza aquella visión que creyó fruto del exceso de sufrimiento padecido, mientras balbuceaba y las lágrimas rodaban por sus mejillas anegando todo su rostro—. No puede ser... Yo vi cómo... Yo te vi caer. Yo estaba allí. Ellos te mataron, te dispararon...

—No me dieron. Me escondí bajo uno de los cadáveres y conseguí arrastrarme corriente abajo. Tu hermano me ayudó a salir del río y me escondió en el sótano. Me ha salvado la vida. Estoy aquí contigo, mi amor. Estoy aquí.

Los dos jóvenes se abrazaron con toda la fuerza que aún resistía almacenada en sus cuerpos. Mientras, Dino sonreía y observaba la escena desde el umbral de la puerta de la casa, controlando que ningún soldado serbio merodeaba la zona poniendo en peligro aquel encuentro que se prometía imposible en la mente de Zehera. Los dos se observaron sin parpadear; percibieron lo que la brutalidad de sus captores había provocado en sus cuerpos; imaginaron las noches de tortura, los golpes encajados, los interrogatorios, las palizas indiscriminadas, los insultos, las humillaciones, las amenazas, las veces que uno había pensado en el otro para convertir aquel pensamiento en un arrecife en el que aislarse del horror al que se habían visto abocados. Pero ninguno llevó a la boca ninguna pregunta; ninguna palabra salió de sus labios para materializar las sospechas o las dudas que por seguro dolían y martilleaban dentro del pecho. Ya habría tiempo para el alivio verbal en forma de vómito de recuerdos. La memoria sabría retener y conservar lo vivido el tiempo suficiente para que su relato no les partiera en dos.

—¿Recuerdas que un día te prometí que te sacaría de aquí? —preguntó finalmente Aleksandar—. Pues ahora es el momento. Gracias a Dino, mi primo Deyan sabe que estoy aquí y que necesitaba rescatarte de donde estuvieras para huir lejos. Por suerte hoy te han traído a casa, todavía no sé muy bien por qué, pero eso nos facilita las cosas. Mi primo puede ayudarnos a escapar. Al menos a intentarlo. Ya lo ha hecho con otros familiares, incluso con amigos. Nos puede arreglar algunas cosas para que podamos llegar hasta Alemania, donde están mis padres, o podemos irnos a España, como te dije. Allí lleva su hermano Zoran un par de años y ya ha hablado con él. Puede acogernos. Solo tenemos que llegar hasta allí y comenzar una nueva vida. Pero tenemos que hacerlo ya. Esta noche. Es San Vito, ¿te acuerdas de lo que conté en el Café Andric? Están en plena celebración del Vidovdan y puede que nos resulte más fácil huir.

—Pero tu primo, ¿dónde está? Él no sabe que estoy aquí. No le dará tiempo a prepararlo todo.

—Lo tiene todo bajo control. Solo hace falta que Dino vaya a decírselo y nos sacará de aquí.

—Mi hermano se viene con nosotros —dijo Zehera, que ya estaba preparada para emprender la fuga—. No puede quedarse aquí.

—Por supuesto, no será ningún problema.

—Yo no voy. Yo me quedo. —La frialdad con la que hablaba su hermano de nueve años seguía sorprendiéndola y helándole el corazón—. Ya te lo he dicho antes. Tengo que estar aquí. Además, si vienen y no nos ven a ninguno de los dos, o si los soldados no me encuentran esta noche recogiendo cadáveres en el río, sospecharán y vendrán a buscarme. Y entonces nos matarán. A todos. Es mejor así. No me va a pasar nada, te digo que...

—No, ni hablar, yo no me voy a ninguna parte sin ti. —Zehera había abandonado su aparente debilidad para dotar de mando sus palabras—. No pienses ni por un momento que voy a dejarte...

—No puedo irme esta noche —interrumpió Dino. Por el tono que utilizó, no parecía estar pidiendo permiso a su hermana, sino más bien comunicándole la firme decisión de que sería él la única persona que decidiría su futuro—. Sasa Ludonovic me ha visto y ha dicho que no me entretenga, ¿qué crees que pasará si no aparezco? —Miró de nuevo a Zehera, intentando imprimir algo más de convicción en su mirada—. No me va a pasar nada. Y te recuerdo que madre y padre me han dicho que los espere aquí. Vendrán a por mí y entonces sí me iré con ellos.

—Tú no tienes ni idea de lo que esos salvajes te pueden hacer. ¡No tienes ni idea! —Zehera estaba congestionada, su rostro se había sonrojado como si tuviera fiebre y hacía grandes esfuerzos para no gritar la rabia que parecía devorarla por dentro—. No puedes fiarte de ellos, ¿es que no lo entiendes? Esto es una guerra. Y ellos son los que mandan. No son personas, no tienen palabra ni corazón ni conciencia ni sentimientos. ¿Acaso crees que no te matarán cuando a uno de ellos se le antoje, o cuando se emborrachen o cuando lo decidan por capricho? No sabes quiénes son ni lo que son capaces de hacer.

—Lo sé perfectamente, hermana. Lo veo todas las noches —comentó impasible Dino, mientras sacaba una gorra del bolsillo del pantalón y se la ajustaba en la cabeza—. Alek, iré a buscar a tu primo antes de que sea demasiado tarde.

15

La celebración del Día de San Vito se convirtió en una verbena de sangre y muerte y un dramático carnaval de ruidos y sonidos bien distintos envolvió la ciudad durante horas. Desde que comenzó a caer la noche se escucharon disparos, explosiones y ráfagas de ametralladoras. Los gritos de las víctimas llegaban a cualquier punto de la villa, por recóndito que fuera. Las canciones chetniks inundaban el ambiente trágicamente festivo y anunciaban las matanzas de nuevos ciudadanos bosnios. Enormes columnas de fuego fueron eclipsando el horizonte. A Visegrado llegaron camiones repletos de soldados nacionalistas serbios procedentes de otras ciudades vecinas especialmente invitados por los Águilas Blancas, capitaneados por un Sasa que aquella noche se enorgullecía de comandar a su ejército particular para que aquella gran fiesta serbia resultara histórica.

El mal que se estaba sembrando en la ciudad podía olerse desde la casa familiar donde permanecían escondidos Zehera y Aleksandar. Pasaron cerca de un par de horas hasta que Dino apareció de nuevo. Se le veía exhausto, como si hubiese tenido que vencer más dificultades de las habituales, y aquello les hizo temer que quizá el plan se habría frustrado. No era así: la fuga seguía la pauta establecida. ¿La razón de la tardanza?: la carnicería de vidas humanas en el puente estaba siendo más numerosa de lo habitual, y aunque los soldados serbios no se mostraban tan pendientes como otras noches —ya que enseguida se les requería como apoyos en otros puntos de exterminio para seguir celebrando San Vito—, hubo uno especialmente interesado en que el chaval se llevara tres cadáveres en su bote.

Dino traía indicaciones del primo Deyan sobre un emplazamiento seguro al que debía conducirlos y así lo hizo, advirtiéndoles del peligro de ser descubiertos si no seguían al pie de la letra sus instrucciones.

—Seguidme en silencio —les aleccionó rápidamente—. Durante el trayecto no me preguntéis nada ni habléis entre vosotros, veáis lo que veáis. Y ante cualquier problema, tiraos al suelo. La noche es bastante oscura y no tienen por qué veros.

Salieron los tres de la casa. Tentada por un acto reflejo, a punto estuvo Zehera de cometer una locura y regresar sobre sus pasos para llevarse consigo el libro que le regaló su hermana y que durante tanto tiempo se había convertido en su particular Biblia, pero ni siquiera su cuerpo obedeció la información enviada por su cerebro. Sea como fuere, los dantescos momentos vividos en ese puente sobre el Drina habían borrado de su cabeza cualquier imagen idealizada que antaño le concediera: nunca volvería a mirarlo con los mismos ojos. Fue la primera vez que encontró un error tiernamente disfrazado de mentira en las palabras de su abuela Mirsa: «La belleza está en tus ojos, esos ojos color verde esmeralda que te otorgan el don de verlo todo del mismo color. Con esos ojos, niña, es imposible que nada de lo que veas se torne feo. La belleza está en ti. Acuérdate bien de lo que te digo». Sencillamente, era mentira. En otro momento, el recuerdo de su abuela le hubiera exigido entregarse a un llanto descontrolado, reparador, pero las advertencias de su hermano pequeño le hicieron tragarse las lágrimas.

La penumbra de la noche evitó que vieran dónde ponían los pies, aunque la mayor parte de las veces fueron arrastrándose. Pronto comenzaron a sentir la humedad del río y eso le dio una idea de su cercanía. Dino les hizo un gesto para que permanecieran tumbados en el suelo. No sabían si aquella enérgica orden de su tristemente experimentado guía se debía a un peligro próximo o a una nueva muestra de cautela, pero obedecieron en el acto. Sus sentidos se estremecieron cuando el chaval los instó a moverse e introducirse en el bote que mantenía escondido entre la maleza de una de las orillas del río. Allí los estaba esperando Deyan, que tenía medio cuerpo sumergido en el agua. Zehera le había visto un par de veces en la tienda de bicicletas de los padres de Aleksandar. Guardaba tal parecido físico con su novio que muchos del pueblo les habían llegado a tomar por hermanos: fuerte, quizá más musculado que Alek pero con el mismo carácter dicharachero, embaucador y un don de gentes más que demostrado. Los primos habían sido inseparables desde niños y ya de adultos era habitual verlos compartiendo animada charla; de hecho, fue Deyan, cinco años mayor que su primo, el que le había inducido a interesarse por la política y la historia de su país: fue él quien le prestó los primeros libros donde Alek encontraba las leyendas, las historias y las fábulas que luego relataba a un público expectante en el Café Andric, en la universidad o en cualquier reunión familiar o de amigos.

Ayudada por su novio y por su hermano, Zehera se tumbó en el suelo del bote. Dos visiones inesperadas la frenaron en seco: la gran cantidad de sangre que había en el fondo y la presencia de una mujer joven que tenía buena parte de su cuerpo quemado, ennegrecido, como si la piel se le estuviera cayendo a jirones.

—Ella viene con nosotros —anunció Deyan en voz muy baja al ver su expresión de estupor—. Ha logrado escapar de la casa de Meho Aljic en Bikavac. Sasa Ludonovic y los suyos han encerrado allí a más de setenta personas, todos bosnios, entre ellos cinco bebés. Han tapiado con maderas, sacos de tierra y hierros las ventanas y puertas y han empezado a lanzar antorchas y granadas. Ha sido dantesco. Había llamas devorándolo todo. Se escuchaban los gritos de los que estaban dentro, abrasados vivos, los golpes de los que intentaban escapar por las ventanas, el impacto de las balas que abortaban cualquier intento de huida... Han muerto todos menos ella. Solo sé que está viva. No sé cómo demonios ha conseguido escapar, pero lo ha hecho y se viene con nosotros.

Zehera no se atrevió a tocarla. No podía siquiera imaginar el dolor que estaría soportando su cuerpo y el macabro negativo de la película que seguramente se estaría proyectando aún en su cabeza. Dino se acercó a su hermana y la abrazó.

—Por favor, ven tú también. Ya hemos perdido demasiado. No me hagas esto. Te necesito. No puedo vivir sabiendo que te has quedado aquí solo —rogó Zehera en un último intento de convencerle para que saltara a la diminuta barca y les acompañara en su huida.

—No estoy solo. Padre y madre volverán a por mí, quizá hoy o mañana. Pronto volveremos a vernos, hermana. Te lo prometo. Confía en mí. Te he traído hasta aquí, ¿no?

—Yo cuidaré de él. Estará bien —terció Deyan mientras se aseguraba de que su primo subiera a la pequeña embarcación—. Si no confías en él, hazlo al menos en mí. Tenemos que irnos.

Desde la orilla, Dino vio alejarse río abajo el bote que tantas veces había utilizado para transportar cadáveres de personas a las que ni siquiera conocía. Estaba seguro de que volvería a ver a su hermana, lo presentía, como si una fuerza exterior se lo estuviera revelando mientras sonreía desde la orilla, aunque ninguno de los dos pudo imaginar en aquel instante las circunstancias en que se produciría el anhelado reencuentro. Ninguno lo hubiese creído.

A pesar de la estación del año en la que se encontraban, el agua del río estaba fría y la humedad no ayudaba a aplacar la ansiedad que les producía el miedo a ser descubiertos por algún soldado serbio. El plan era fácil sobre el papel, pero cualquier pequeño contratiempo podría convertirlo en letal. Aprovecharían la oscuridad de la noche y su carácter festivo para seguir huyendo río abajo, aun sin saber a ciencia cierta qué podían encontrar; en aquellas aguas, lo único seguro era la presencia de numerosos cadáveres que bajaban empujados por la corriente, como parte ya del paisaje. La idea de Deyan era llegar en unas horas hasta el pueblo de Music y allí buscar la ayuda del ejército bosnio, en cuyas filas tenía amigos que podrían darles un emplazamiento seguro y conducirles a un país europeo —quizá Alemania, Suiza o Croacia, como hacía la mayoría de los refugiados, y de allí a España—. Sin embargo, después de casi siete horas huyendo por el río, la realidad les tenía preparados otros planes.

Cuando Deyan fue a reunirse con su contacto en aquel pequeño pueblo, le informaron de que el ejército serbio había ocupado Music unas horas atrás y que había algo más que les complicaría la huida: desde Visegrado les había llegado la noticia de que había una superviviente de la matanza de Bikavac y los serbios ofrecían una recompensa de diez mil marcos a quien entregara o facilitara datos sobre el paradero de la mujer que había logrado escapar.

—No podemos quedarnos aquí —explicó a los que le esperaban temblando de frío y miedo en el bote—. Tenemos que seguir hasta Hamzici, si es que todavía sigue en manos del ejército bosnio, y de allí nos iremos a Gorazde, por la montaña. Vamos a tener que andar durante días y posiblemente hacerlo bajo el fuego enemigo. Nos tocará cruzar algunas líneas serbias, no nos queda otra salida. Sé que es una locura, pero o nos arriesgamos o nos pegamos un tiro antes de que se nos adelante alguien. Además, están furiosos y la buscan —dijo refiriéndose a la mujer—. Han ofrecido mucho dinero a cambio de cualquier información sobre ella. Si alguien la ve, nos delatará sin pensárselo dos veces.

—Si hemos llegado hasta aquí, continuaremos hasta donde tú nos digas —contestó Aleksandar, que contaba con el apoyo silencioso de su novia—. Deyan, sé que estás corriendo un riesgo demasiado alto. Tienes mujer y dos hijos y te estás jugando la vida por ayudarnos. Si tienes que dejarnos, lo entenderé.

—Tú también te la estás jugando, primo. También eres serbio. Podíamos ahorrarnos muchos problemas —le obsequió con una media sonrisa mientras se disponía a sacar la pequeña barca de los arbustos de la orilla del río donde la había ocultado y dejaba en su interior una bolsa con algo de comida que le había dado su contacto en Music—. Al final van a tener razón cuando dicen que los serbios estamos locos.

—Estáis equivocados. No es así. —Todos se asustaron al escuchar aquella voz desconocida que sin embargo procedía del mismo lugar donde ellos estaban—. Lo que dicen es que el mejor lugar donde puede estar un serbio es debajo de un árbol. —El comentario salió de los labios hasta entonces sellados de la mujer con la piel en carne viva que descansaba en el fondo del bote. La mueca sonriente que intentaba esbozar como gesto de complicidad le devolvió un latigazo de dolor. Sin embargo, todos la entendieron y recibieron con un gesto de aprobación—. Me llamo Seila.

En Hamzici abandonaron el río y se hicieron con algunos alimentos que les prepararon los amigos de Deyan. El primo de Alek invirtió más de media hora en esconder bien y tapar con ramas, troncos y hojarasca la rudimentaria embarcación que habría de devolverle a Visegrado, si no quería tener que volver nadando.

Durante siete días atravesaron las montañas, recorrieron caminos poco aptos para el improvisado senderismo al que se vieron forzados sin posibilidad de descansar más que lo justo. Durmieron escondidos en rocas, agujeros en la tierra o tapados con todo tipo de matorrales y follaje mientras se turnaban para hacer guardia. Bregaron como pudieron con el hambre y la sed, y una y otra vez se vieron presa de vómitos incontrolados, diarreas, espasmos y calambres que parecían no tener fin, fuertes dolores de estómago, fiebres altas y retortijones que les impedían dar un paso y les restaban la fuerza física que requerían.

Zehera estaba exhausta, le pesaba el cuerpo, le costaba andar, notaba que sus piernas se negaban a seguir sosteniéndola, y un dolor intenso le devoraba las entrañas desde que bajó por última vez del Passat rojo de Sasa. Sin embargo, no osó pronunciar una palabra de queja, no dejó escapar un solo gemido de cansancio ni mostró a sus compañeros de fuga el mínimo gesto de agotamiento. Al fin y al cabo, nadie ultrajaba su cuerpo hasta límites insospechados como lo habían hecho casi a diario durante las últimas semanas. Se podía considerar afortunada.

Los dos hombres ayudaban a Seila a caminar y cuando el desfallecimiento de la mujer era integral, se turnaban para llevarla en brazos. Fue Zehera la que le hizo las primeras curas en las heridas abiertas que le cubrían todo el cuerpo y por las que no cesaba de supurar un líquido viscoso de un indefinido color amarillento. Se acordó de los sabios consejos de su abuela Mirsa y cubrió las heridas con el yogur que encontró en la bolsa de alimentos que le habían dado a Deyan, mientras intentaba vendar las llagas que tenían peor aspecto con los jirones en los que había convertido la camisa de Aleksandar.

Por la noche, los dos jóvenes dormían abrazados, y sin pacto previo que lo estipulara, decidieron susurrar tan solo planes de futuro y olvidar artificiosamente el cargamento tóxico que el pasado les había legado de por vida. Solo una noche, cuando el resto dormía, Zehera se atrevió a acercarse a Deyan para preguntarle algo que la quemaba por dentro desde que le escuchó decir a orillas del Drina que cuidaría de su hermano Dino.

—¿Por qué lo haces? Casi no me conoces, ni a mí ni a mi familia, y sin embargo te juegas la vida por nosotros. Incluso por Seila, a la que nunca habías visto.

—¿Por qué no tendría que hacerlo? En mi familia siempre nos hemos ayudado. No voy a ser yo quien rompa con esa tradición. Los serbios somos de guardar mucho las tradiciones, no sé si te has dado cuenta. —Sus palabras siempre parecían esconder más de un único significado—. Será mejor que vuelvas junto a mi primo y duermas un poco. En unas horas estaremos de nuevo en pie.

—Entonces necesito rogarte que me ayudes en otro asunto aún más importante para mí. —Su voz ganó en seguridad—. Mi hermana Suhra está en Sarajevo, pero no sé si está viva o muerta. No he podido hablar con ella desde que los serbios entraron en Visegrado. No pude volver a contactar con ella: cada vez que descolgaba el teléfono y marcaba su número, no obtenía más que silencio o ruidos extraños. —Sus ojos verdes se clavaron hipnóticos en los de Deyan, que no tuvo más remedio que pestañear para soportar aquella mirada—. Antes de aparecer tu primo, Suhra era mi vida. Su recuerdo me ha ayudado a resistir un sufrimiento que nunca me creí capaz de soportar. Te pido, no, te suplico que intentes localizarla. Sé que lo que te pido es muy complicado, casi imposible, pero tú tienes amigos, contactos, conoces gente importante en muchos sitios. Solo te pido que lo intentes. Y si das con ella, viva... —Hizo una pausa que sin duda le resultó dolorosa—, o muerta..., te agradecería que me lo hicieras saber. Estaré para siempre en deuda contigo. Toda mi vida. Sabes que estaremos en casa de tu hermano, si sabes algo... Yo lo seguiré intentando, pero... —Las lágrimas comenzaron a desbordar sus ojos, inundaban su rostro por mucho que intentara arrastrar con los dedos aquel caudal de emociones.

—Quédate tranquila. Te juro que lo intentaré. Pero no puedo prometerte nada. El cerco a Sarajevo está siendo brutal. Las condiciones de supervivencia allí son más complicadas que aquí... —A Deyan le costaba encontrar alguna frase que no fuese tan ambigua—. Pero estoy seguro de que si tu hermana se parece en algo a ti, y me temo que sí, se las apañará para conseguirlo. Si está viva, y verás como lo está, volveréis a hablar, y a montar en bicicleta, y a romper los corazones de medio Visegrado con vuestros labios pintados de rojo. Y ahora vete a dormir, no vaya a ser que tu hombre se despierte y quiera unirse a la reunión. Necesito que estéis descansados para continuar la marcha.

—Gracias —le dijo antes de darle un beso—. Eres un buen hombre. Espero que eso también sea cosa de familia.

No volvieron a hablar del tema. Pero ambos sabían que tenían un compromiso.

Tuvieron que acostumbrarse a escuchar los silbidos de las balas por encima de sus cabezas y a domar su reacción ante las explosiones que constantemente les sorprendían y los obligaban a tirarse al suelo o, cuando el terreno se lo permitía, correr hacia algún refugio natural que ofreciera protección. Un día los bombardeos fueron tan continuos y cercanos, y el temor a que apareciera algún soldado serbio era tan real, que optaron por guarecerse en una especie de madriguera gigante. Al salir de allí descubrieron que lo que creían una guarida no era más que uno de los muchos zulos que los ejércitos solían construir en la montaña para almacenar armamento o esconder prisioneros.

Deyan ponía un cuidado especial para no toparse con personas que pudieran dificultar su presente y truncar un añorado futuro. Solo en una ocasión vieron pasar cerca de donde ellos se encontraban un autobús destartalado, dispuesto a perder todas sus piezas en cualquier bache del camino. Por la expresión de sus caras y las miradas perdidas, los viajeros eran ciudadanos bosnios de distintas localidades a quienes habían obligado a abandonar sus casas, sus propiedades y seguramente a sus seres queridos, sin más equipaje que algo de ropa. Se escondieron rápidamente, por temor a que alguna milicia serbia custodiara el vehículo; aun así Zehera irguió su cabeza guiada —más bien cegada— por la utopía de reconocer alguno de los rostros que ocupaban aquella camioneta desvencijada.

—Quizá en él vaya Dino con padre y madre. Quizá lo hayan conseguido —murmuró ilusionada buscando que alguien le diera la razón.

—No creo que vayan en ese convoy —respondió con frialdad Deyan—. Por aquí no se va a Macedonia. Seguramente hayan cogido otra ruta. Irán en otro autobús.

El mutismo en el que Deyan se sumió las siguientes horas del día albergaba una explicación que tuvo a bien no compartir con ninguno de ellos, ni siquiera con su primo. Él sabía que los padres de Dino no volverían a buscarle, y tenía la sospecha de que el anciano de nueve años en que este se había convertido también intuía su destino, aunque prefiriera disfrazarlo de indiferencia. Los padres de Zehera, Suhra y Dino eran dos de los doscientos ochenta pasajeros embarcados en los cinco autobuses que atravesaron Serbia rumbo a Macedonia. Un trayecto de 350 kilómetros para el que la Cruz Roja de Serbia les había facilitado comida y algo de ropa de abrigo, después de insistirles y convencerles de que firmaran unos papeles en los que reconocían haber sido bien tratados y dirigirse voluntariamente a Macedonia, abandonando su hogar y sus pertenencias. El destino al que querían emigrar —aun en aquellas condiciones de pobreza— era Kosovo, o en el peor de los casos Sandzak: dos enclaves en los que no sufrirían represalias por su condición racial y su identidad religiosa. Sin embargo, no se les ofreció otra opción y fueron conducidos a Macedonia. Les aseguraron que una vez llegaran a la frontera, el país les entregaría pasaportes a todos y serían acogidos en calidad de refugiados de una guerra en la que ya habían visto demasiada destrucción, muerte, venganza y barbarie, pero las autoridades macedonias se negaron a admitir a más refugiados bosnios, sobre todo si eran de origen musulmán, y ofrecieron como única argumentación el haber consentido hasta entonces la entrada de más de treinta mil refugiados bosnios —«Semejante avalancha de personas provocaría sin duda problemas con la comunidad islámica de Macedonia», dijeron—. Los conductores de los convoyes les instaron a bajar e intentar entrar a pie por la frontera, mas cuando lo intentaron, la policía les impidió el paso. Quisieron regresar a los autobuses, pero estos ya habían partido. Eran las cuatro de la madrugada del 25 de junio y los doscientos ochenta bosnios habían sido abandonados en tierra de nadie, sin alimentos, sin agua, sin protección, sin asistencia social, médica ni humanitaria. A nadie parecía importarle lo que pudiera ocurrirles. Eran hombres y mujeres, quince de ellos superaban los ochenta años de edad; había niños menores de dos años, mujeres embarazadas y hombres enfermos. Cuando estaban convencidos de que iban a morir en mitad de la nada, un grupo de musulmanes albaneses, procedente de una aldea de granjeros situada a unos veinte minutos de donde se encontraba el grupo de refugiados, les llevó cestas de pan, pequeñas canastas de tomates y un poco de agua. Al caer la noche decidieron volver a buscarles con taxis y tractores para conducirles a una mezquita próxima. Como algunos de ellos estaban enfermos, el doctor de la aldea advirtió del peligro de una posible pandemia si todos ellos permanecían bajo un mismo techo y dos días más tarde, los vecinos decidieron acogerles en sus domicilios particulares. Desde entonces, nadie había vuelto a saber nada más de ellos. Estaban aislados del mundo. Les resultaba imposible contactar con sus familiares porque el teléfono, como en la mayoría de los pueblos, no era garantía de nada: las líneas no acercaban voces amigas ni noticias, y el auricular solo escupía silencio, un vacío asfixiante al otro lado. Únicamente les restaba esperar a que la caridad de aquellos albaneses no caducase.

También Deyan confiaba en que la buena suerte que había guiado su descabellada huida no mostrara visos de acabarse. Y seguir ocultando esa información sería indispensable para conseguirlo.

Ocho días después de haber salido de Visegrado, cuando hacía muchos kilómetros que sus cuerpos habían traspasado el límite de resistencia, desfallecidos, hambrientos y muertos de sed, llegaron hasta Gorazde.

«Mi padre solo tardaba cuarenta minutos en recorrer en su coche cargado de telas los cincuenta kilómetros que separan los dos pueblos, y yo he tardado ocho días.» Este era el pensamiento absurdo que ocupaba la mente de Zehera mientras las fuerzas bosnias la atendían a ella y al resto de sus compañeros de evasión: se afanaron en darles de beber, cubrirlos con mantas y en curar las heridas del viaje. Cuando el personal médico examinó a Seila, no pudo explicarse cómo había conseguido sobrevivir y llegar con vida a Gorazde. Unos días más tarde la trasladaron a Alemania. Allí estaba previsto que la sometieran a varias intervenciones quirúrgicas; no le devolverían su vida anterior, pero al menos le brindarían una segunda oportunidad.

Zehera y Aleksandar aún tuvieron que esperar cuatro semanas hasta que al fin consiguieron que los trasladaran como refugiados a España, con la documentación en regla y las medidas de seguridad suficientes. En un pueblo de Salamanca les esperaba Zoran, el hermano de Deyan, que se había comprometido a ofrecerles un anhelado escenario donde poner en pie los pilares de su nueva vida, lejos de los ruidos de los tanques, del sonido de los morteros, del destrozo de las bombas... A miles de kilómetros del eco metálico de los selectores de los kalashnikov; de las aguas rojas del Drina; de las casas convertidas en piras humanas; de pupitres transformados en potros de tortura donde fenecían las vidas de los que ni siquiera habían comenzado a vivirlas; de las botas negras de los hombres de uniforme que rompían huesos y cráneos; de los cuerpos con olor a cebolla y a sudor que taladraban anatomías vírgenes durante días y noches; del ronroneo de un Passat rojo en el que viajaba la muerte, el dolor, la Nada.

Pero también dolientemente alejados de Suhra, de Dino, de la abuela Mirsa. De Samira, de Ivo, de Aída, de Petar, de Behija y de Demo.

De ellos.

De todos.

De casa.

SEGUNDA PARTE

«Quienquiera que seas,
siempre he confiado en la bondad de los desconocidos.»

Blanche DuBois en *Un tranvía llamado deseo,*
de Tennessee Williams

16

Durante las primeras semanas, durante los primeros meses, intentó vencer la embaucadora tentación; negarla como negaba las imágenes de un pasado violento que aparecía a medianoche disfrazado de fantasma para envolverla en palpitaciones y sudores fríos; quería evitarla de todas las formas que su entelequia le ofrecía de manera descaradamente artificial. Pero le atraía demasiado aquel caudal del río Tormes. Necesitaba escucharlo, verlo, sentirlo, acariciar las aguas que adivinaba frescas, limpias, cristalinas. Día a día crecía en ella la imperiosa necesidad de introducir los pies y chapotear en aquel reguero translúcido, de recoger el agua con sus manos y dejar que escapara entre los dedos, bañando delicadamente sus brazos. Aun sin fundamento alguno, confiaba en que su bautismo en ese río le aportara algo de la paz interior perdida en los últimos tiempos, y eso motivaba que los pensamientos disfrazados de deseos golpearan sus sienes con la intención de salir de su cabeza y materializarse. Al poco el anhelo se convirtió en una obsesión. Pero el pensar en llevarla a cabo la inundaba de miedo y la paralizaba de inmediato. No se sentía con fuerzas para salir a la calle y menos aún para intimar con aquel río. Por el momento.

Solo lo había visto una vez. Fue desde la ventanilla del coche de Zoran, la mañana de principios de agosto que llegó a Villa de Alba, un pueblecito de Salamanca de apenas quinientos habitantes que el destino le había preparado para que llamara hogar. Cuando el vehículo en el que viajaban atravesó el puente medieval que permitía la entrada al pueblo, Zehera obligó a su dolorido cuerpo a incorporarse en el asiento, puso las manos en el cristal y observó el manto cristalino que se extendía a los pies de aquel acueducto de piedra oscura. Fueron segundos, pero aquella imagen brillante y fresca se quedó grabada a fuego en su embotada cabeza, como un poderoso e irresistible imán que le instaba a sumergirse en sus aguas.

Villa de Alba parecía uno de esos pueblos extraídos de un antiguo libro de cuentos para niños. Todo era pequeño, cercano, hogareño, amable. Las casas, las calles, la iglesia, la plaza, la pequeña escuela, el parque de juegos, los coches, los comercios daban la impresión de ser de juguete. El silencio —tan solo roto por el ruido de algún motor, el tímido sonido de una bicicleta o el eco de una risa o una conversación entre los aldeanos que paseaban cerca de las ventanas de la casa de Zoran— era la tónica habitual. El intenso calor de pleno agosto tampoco animaba a salir a la calle, excepto al caer el sol, cuando algunos organizaban la tertulia en las puertas de las casas, aprovechando el fresco que la noche regalaba, y otros se reunían en el bar del pueblo para charlar con sus convecinos mientras el televisor escupía sin cesar imágenes de los Juegos Olímpicos que se estaban celebrando en Barcelona. Aun así, la imagen de placidez y de perfección que ofrecía el paraje donde se ubicaba su nueva residencia no correspondía al mundo oscuro que se estaba construyendo en su interior.

Zehera se sentía extraña, ausente, como si su cuerpo hubiese decidido abandonar su alma y ya no le perteneciera. Lo notaba pesado; piernas y brazos se habían convertido en pesas de plomo; la cabeza le punzaba y parecía gobernada por un zumbido interno, sordo y seco, que la abstraía de la realidad. Andaba aturdida, con una sensación permanente de mareo que la animaba a perpetuarse en la cama durante todo el día o a sentarse durante horas en el sofá delante del televisor, hipnotizada ante todo cuanto atrapase su retina. Apenas hablaba con Aleksandar y mucho menos con Zoran, y ambos optaron por respetar su estado de semiinconsciencia, al menos al principio, y entender como lógicas sus respuestas desiertas de frases y repletas de monosílabos. Su novio la observaba preocupado, como si no la reconociese. Deseaba hablarle, convencerla para salir de casa, para pasear juntos por su nuevo pueblo y empezar a conocer a sus nuevos vecinos. Le hubiese gustado recorrer en bicicleta los parajes verdes y frondosos que guardaba Villa de Alba, como solían hacer en Visegrado, perderse en algún camino, abrazarse, besarse, reír y compartir los planes de futuro que les pasaran por la cabeza, por descabellados que fueran. Pero el cuerpo de Zehera no admitía el contacto, la caricia, la cercanía, el calor de otra piel, aunque fuese la de la persona amada. Las noches que pasaron en Gorazde abrazados e inseparables quedaban lejos, tanto como su país y su gente. Los miedos, los recelos, las dudas y los temores que ahora lograban hundirla y ahogarla no tenían nada que ver con los sentimientos de libertad y esperanza que albergaba durante su huida del infierno. Cualquier intento de hablar del averno que les tocó vivir era abortado de inmediato, especialmente por ella. Ninguno sabía cómo reaccionar, desconocían el modo de superar todo aquello y la falta de experiencia les negaba recetas mágicas para seguir adelante.

El cansancio y el letargo que la dominaron los primeros días se convirtieron en apenas un mes en miedo, desconfianza, inquietud... en una amarga sensación de peligro constante que la tenía en alerta las veinticuatro horas del día: el ruido más insignificante la sobresaltaba, ya fuera una ventana que golpeaba contra el marco o un cubierto que caía al suelo; se alteraba con facilidad y cualquier comentario pronunciado desde la más absoluta inocencia era motivo de confrontación, sobre todo con Alek; las pesadillas eran continuas y conseguían agitarla hasta tal punto que se despertaba con el cuerpo empapado en sudor. Uno de los sueños se repetía con especial insistencia: su habitación se llenaba de agua hasta inundarse por completo, y mientras la cama, la silla, el armario, las lámparas, el espejo y las mesillas flotaban como corchos, ella luchaba inútilmente por salir a la superficie; de pronto los muebles desaparecían y ante sus ojos emergían los cuerpos de sus amigos, que pasaban por encima de ella, pero cuanto más intentaba ir hacia ellos, más se alejaba, como si los rechazara; dos de esos cadáveres comenzaban a hundirse y la rozaban al pasar a su lado: eran su hermana Suhra y el pequeño Dino; ambos tenían los ojos abiertos y parecían mirarla. Era entonces cuando se despertaba entre gritos y envuelta en llanto. Al principio Aleksandar, que después de la primera semana decidió dormir en el sofá del salón, acudía veloz a intentar calmar su desasosiego, pero pronto desistió al ver que su presencia irritaba aún más a quien buscaba consolar y apaciguar. Se resignó a escuchar la escena desde la distancia, darse media vuelta y tratar de conciliar el sueño que ella ya no recuperaría en toda la noche.

Desde su llegada a España, Zehera había comenzado a notar molestias en el estómago. Algunas mañanas se consumía en vómitos y diarreas, el abdomen se le hinchaba como un globo y tardaba días en volver a su estado natural. Tenía la boca seca, siempre con un extraño amargor y una persistente acidez que le impedía despertar el apetito. Apenas comía, y eso le hizo perder aún más kilos de los que había derramado desde que la guerra asolara su país y su cuerpo. Las palpitaciones, que al inicio solo se presentaban al despertar de las pesadillas, empezaron a aparecer por el día, acompañadas de un fuerte dolor en el pecho. Sin embargo, no se quejaba. Prefería mantenerlo todo bien encerrado en su mundo interior, en el que era su voz la única que se escuchaba; sus órdenes, las únicas que se cumplían; aunque era también donde trataba de impedir que sus recuerdos salieran a flote y sacudieran su mente con todo lujo de detalles. Aquel diálogo interior la superaba. Sentía la necesidad de compartirlo con alguien, expulsarlo de sí, vomitar cuanto la revolvía por dentro, abrirse y hacerse oír, gritar, escuchar su propia voz fuera y recibir alguna palabra de aliento, de consuelo, de comprensión, de apoyo. Pero todo lo malograba la fobia que sentía ante la posibilidad de estar con alguien. Por un lado, quería romper la burbuja en la que se escondía, acabar con aquella soledad que la estaba devorando lánguidamente; por otro, prefería estar sola y aislada del mundo.

A finales de octubre, Zoran le consiguió a su primo un empleo en la misma fábrica de embutidos en la que él trabajaba. Se ocuparía de cargar y descargar la mercancía de los camiones y de otras tareas de almacenaje. Era un trabajo duro, pero el cuerpo de Aleksandar estaba preparado para afrontarlo sin mayores problemas. Incluso Zehera recibió la noticia con satisfacción, y los obsequió con una sonrisa cuando le comunicaron la buena nueva.

—Pero eso significa que estarás más tiempo sola en casa —le dijo Alek—. Debes recuperarte, mi amor. Desde que llegamos a España te pasas el día tumbada en el sofá viendo la televisión, y eso no es bueno. Estoy preocupado por ti.

—Al menos va familiarizándose con el idioma, que siempre viene bien —advirtió Zoran sin mostrar mucho más interés, casi el mismo que su comentario despertó en la pareja.

—Tienes que salir. Si no quieres hacerlo conmigo o con mi primo, está bien, lo comprendemos, pero hazlo tú misma. Sal a la calle. Respira. Mira lo que la vida nos ha puesto alrededor. Tenemos que seguir viviendo. La vida nos ha dado esa oportunidad y debemos aprovecharla. No podemos abandonarnos en el pasado porque si lo hacemos finalmente nos habrá ganado, se habrá salido con la suya. Demasiado daño nos han hecho ya.

—Lo intentaré —respondió ella sin demasiada convicción.

—Estoy seguro de que lo harás. Y yo te ayudaré. —Miró a Zoran, que observaba la escena indiferente mientras mordisqueaba un bocadillo—. Te ayudaremos los dos.

El primer día de trabajo de Aleksandar en la fábrica, Zehera decidió hacer dos cosas que nunca antes había hecho: fumar un cigarrillo —algo que deseaba desde que veía cómo Alek y Zoran pasaban noches enteras envueltos en una humareda que parecía hacerles sentir mucho mejor, más alegres y dicharacheros— e inspeccionar la casa en la que vivía, pues tras casi tres meses habitando en ella, no había requerido su atención hasta ese momento. Al margen de su paupérrimo estado anímico y la desidia por todo cuanto sucedía a su alrededor, ese desinterés hacia su nueva morada venía motivado por la desconfianza que Zoran le inspiró desde el primer momento. Sabía que debían gratitud a quien se brindó a acogerlos en calidad de refugiados (especialmente ella, porque ningún vínculo de sangre ni de amistad le unía a él), y aun así era incapaz de alcanzar esa lógica en su cabeza. Esa suspicacia la hacía sentir culpable, pero no podía remediarlo: su sola presencia la intimidaba, la coartaba y eran pocas las veces que se atrevía a mirarle a los ojos sin desviar al punto la vista. Se sentía cohibida, vigilada. Había desarrollado una aversión intolerante hacia su tono de voz grave y seco, hacia su forma de hablar, su risa y su manera de andar. Llegó a pensar que se estaba volviendo loca, que no había nada que justificase aquella hostilidad hacia una persona que apenas conocía, sin embargo, se sentía incapaz de dominarla. Era superior a ella, y eso ahondaba aún más en sus temores.

La grata soledad en la que se encontró ese día la invitó a inspeccionar la casa de piedra. No era especialmente grande, pero tenía todos los detalles para que sus inquilinos la considerasen una vivienda cómoda. El salón era sin duda la estancia más espaciosa de todas: estaba presidido por un amplio y ajado sofá de tres plazas, y no faltaba un aparato de televisión exageradamente grande para las dimensiones del hogar y una mesa de madera con dos sillas a cada lado. Un amplio rectángulo parecía bordear de manera caprichosa el lugar donde se ubicaba la mesa, como si durante mucho tiempo hubiese acogido algo similar a una estera, una alfombra o una moqueta y ya solo quedase la huella de su interrumpida presencia. El cuarto más pequeño y estrecho era sin duda la cocina, ya que apenas permitía que dos personas estuvieran en ella al mismo tiempo, salvo que entraran de costado. Algunos de los azulejos blancos que la decoraban estaban rotos, fragmentados, prácticamente desintegrados; sobre uno de ellos, junto al fregadero, un batiburrillo de estropajos, esponjas y bayetas de color amarillo reconcomidas por el prolongado uso. Las dimensiones del cuarto de baño no eran mucho mayores, pero había espacio suficiente para un inodoro blanco, un impoluto lavamanos y un plato de ducha del que Zehera retiró rápidamente la mirada cuando el bombardeo de imágenes y recuerdos del pasado, encuadrados en el hotel Vilina Vlas, comenzó a martillear su cerebro. La casa constaba de dos habitaciones: una más grande y espaciosa —la de Zoran, toda ella ocupada por una cama enorme que apenas dejaba espacio para una mesilla raquítica, una silla destartalada y un viejo armario—, y otra menor para los huéspedes, que casi desde el principio utilizó ella en exclusiva, ya que no podía soportar la idea de que nadie rozase su cuerpo, ni siquiera quien estaba destinado a convertirse en el hombre de su vida.

Aquel desprecio, involuntario a su entender, la llenó de un desconcertante desasosiego, un malestar difícil de aniquilar que la arrastraba a un desvelo absoluto ante el que, aun tratando de luchar, siempre perdía el pulso. Se resistía a pensar que su piel y su cerebro pudieran recordar el daño eternamente, impidiendo así que otras manos lograran escribir en su cuerpo esas otras historias con las que siempre había soñado. Aleksandar había intentado acercarse a ella en un par de ocasiones, pero al ver la ansiedad que despertaba en su novia, había dado un paso atrás, en espera de un mejor momento para que sus cuerpos se aproximaran como siempre lo habían hecho, libres de tensiones, de miedos y de aversiones. Zehera aún no había reunido fuerzas para sincerarse ante él y contarle el ultraje de Sasa Ludonovic. Sentía vergüenza, asco y cobardía ante la posible repulsa que las huellas de la infamia, aún persistentes en su piel, pudieran provocar en Alek.

«¿Y si me rechaza? —pensaba—. ¿Y si no quiere estar con una mujer a la que han violado los mismos que intentaron matarle? Pero ¿por qué? ¿Por qué no hice algo para evitarlo? Pude haberme resistido más, pude haber gritado, arañado, pataleado, pude haber corrido, haberme zafado de aquellos hombres, como lo hicieron otras mujeres. ¿Por qué no lo hice? ¿Por qué no fui capaz? ¿No hubiese sido mejor morir de un disparo en la espalda como hizo Aída en el Café Andric y no dejar que nadie ofendiera mi cuerpo? Y si decide abandonarme, ¿qué haré?, ¿dónde iré?»

Aquel diálogo interior, tan sangrante como incoherente, lejos de aliviarla ahondaba más en la herida y conseguía minarle la moral. Las lágrimas aparecían con tanta frecuencia como los temidos *flashbacks,* que amenazaban con obligarle a revivir las torturas del pasado, algo de lo que intentaba zafarse engañando a su cabeza con otros pensamientos, paseando nerviosa de un lado a otro. Pero la batería de preguntas retóricas se multiplicó cuando sus temidas sospechas se confirmaron. Desde su llegada a España no había tenido la menstruación y eso en su organismo, sano y puntual como un reloj, no era normal. Los dos primeros retrasos no le inquietaron, ya que podían considerarse lógicos después de todo lo que había sufrido y las situaciones traumáticas que había experimentado, pero la tercera y la cuarta falta le confirmaron lo que hasta entonces no había contemplado siquiera: estaba embarazada del hombre que la raptó, la violó, la maltrató y la humilló; el mismo que la había arrancado de su paradisíaco presente y la había catapultado a un futuro más que incierto. Sin duda, no estaba preparada para eso y mucho menos podía esperar que lo estuviera el hombre junto al que se había forjado un futuro.

«¿Por qué? ¿Por qué a mí? ¿Qué he hecho yo para merecer esto?»

El embarazo apenas se le notaba. Lo poco que comía, sumado a su constitución delgada y huesuda, ayudaba a disimular una incipiente barriguita que ella no se atrevía ni a tocar. Aleksandar y Zoran pasaban cada vez más tiempo fuera casa, aunque eso no les impediría advertir en pocos días que algo extraño pasaba en el cuerpo de Zehera. Las preguntas seguían atormentándola en su cabeza. Hubiese agradecido poder gritar hasta expulsarlas como un vómito amargo y dañino. Su entorno se estaba tornando claustrofóbico y el aire empezaba a escasearle en los pulmones.

Quizá fuese esa asfixia o la necesidad de que por fin el viento le acariciara la piel lo que la empujó una mañana a abandonar la casa y encaminarse hacia el río que la hechizó el día de su llegada a Villa de

Alba. Las dimensiones del pueblo invitaban a aventurarse entre sus calles y sus caminos y no le resultó difícil encontrarlo a pesar de su condición de forastera. La sensación de humedad logró azorarla y estremecerla. Por primera vez en mucho tiempo respiró hondo y lo hizo aliviada, dejando que el frío penetrara en sus entrañas y las limpiara, sin temor a las imágenes que aquella sensación pudiera revertir en su mente, a cada instante menos embotada. Continuó caminando hasta que vislumbró el mismo puente que había cruzado al llegar y se sintió satisfecha de su hazaña. Por fin lo había conseguido. Deslizó las manos por las piedras que levantaban aquel pequeño acueducto —lo hizo con miedo, lejos del mimo con que acariciaba los pedruscos del puente sobre el río Drina—, luego miró hacia abajo y observó el Tormes. No lo recordaba así; le decepcionó y su gesto denotó el contratiempo. El caudal bajaba inquieto, la corriente parecía haberlo envalentonado y lo mostraba fiero e indómito, bravo y enojado, y la pátina marrón que lucía había devorado el recuerdo de las aguas cristalinas, mansas y frescas que intuyó el primer día.

Sintió que una sensación de desconfianza le recorría todo el cuerpo, pero cuando se disponía a retirar los brazos de la baranda del puente, algo la detuvo. Al mirar los remolinos que parecían enredarse en torbellinos de espuma, halló la solución al problema que le reconcomía el alma. Sería rápido, limpio, sin duda definitivo, y se daban las condiciones perfectas: nadie pondría en duda que un mareo o un descuido habían propiciado un inoportuno tropiezo de la joven forastera y su irremediable y desafortunada caída a un río cuyo cauce rugía revuelto. Aquello podría acabar con la inmundicia que sentía crecer en su interior y que la hacía sentir sucia y avergonzada. Iba a hacerlo. Quería hacerlo. Solo necesitaba el valor suficiente para dar el primer paso, y después de lo que había vivido, no le asustaba. Únicamente dependía de ella. Y del río. Aquel puente no era tan alto como el de Visegrado, pero eso no supondría ningún problema. Notó cómo sus músculos se contraían, el cuerpo listo para tomar impulso, saltar y sumergirse al fin en esas aguas que parecían conocerla bien, que parecían esperarla para ahogar todas sus desgracias. Sentía el latido de la sangre en la cabeza, en el cuello, y se preguntó qué pasaría si alguna de esas venas explotara. Percibía el rechinar de sus dientes y una rigidez en la columna vertebral que al tiempo la paralizaba y la empujaba al salto. Las fuertes y rotundas palpitaciones ensordecían el eco del mundo exterior, ahora irreal, distante y completamente vano. Aquella era su oportunidad para acabar con todo y no pensaba desaprovecharla. Si salía bien, se encontraría con su abuela Mirsa, y quién sabe si con Suhra y con Dino, ya que dudaba mucho de que hubiera sobrevivido a toda la barbarie. «¿Por qué no me ha llamado? Si estuviera viva, lo hubiera hecho, ¡lo hubiera hecho! Nunca habría dejado de intentarlo. Si estuviera con vida, habría dado conmigo. Está muerta. La han matado. Está muerta...»

Su atormentada voz interior fue bruscamente acallada por otra mucho más serena, dulce y juvenil, que la rescató del mundo de cristal en el que se estaba encerrando, y la devolvió a la realidad como lo hacían las pesadillas que la atormentaban a medianoche, envuelta en sudores fríos y aceleradas pulsaciones que su respiración a duras penas podía amortiguar.

—Mi abuelo siempre me decía que la vida nació del agua. Que todos venimos de ella —comenzó a decir la voz femenina que había a su espalda—. Creo que por eso a mí también me gusta hablar con el río, contarle mis cosas, mis secretos. Si quieres que te diga la verdad, hace mucho que me desengañé: el río es, con diferencia, el que mejor escucha.

Zehera volvió la cabeza hacia una de las orillas para descubrir a una joven de pequeña estatura —tanto que al principio la confundió con una niña—, tez morena, pelo largo y liso recogido en una coleta, pecosa, con gesto burlesco y expresión risueña y descarada, que ahora le sonreía con la desfachatez del sabio.

—Me llamo Teresa. Soy la hija de Fernando, el panadero. Bueno, la verdad es que hay dos panaderías, pero la de mi padre es la mejor, porque cuece el pan en el horno que tenían mi abuelo y mi bisabuelo, y siempre se ha negado a modernizar nada. Dice que el pan no sabe igual, y que si no sabe como ha sabido toda la vida, a santo de qué va él a levantarse cada madrugada a las tres y media para empezar a amasar. —La sonrisa le dibujaba dos estratégicos hoyuelos a ambos lados del rostro, subrayando aún más el gesto de resabiada—. Tú eres la chica bosnia que ha venido a vivir con el Sosan, ¿verdad? Porque en tu país hay una guerra, os están matando a todos. Lo veo en la tele, es horrible. Y tú y tu novio sois refugiados, ¿no? —Hablaba mientras recorría a grandes zancadas el camino que las separaba—. He oído hablar de ti, pero como nunca sales...

—Se llama Zoran.

—Da igual. Es un soso, es muy seco, en el pueblo no le habla nadie, y además, Sosan o Zoran, ¿qué más da?, suenan parecido. ¿Y cuál es tu nombre? —Al escucharlo abrió aún más su sonrisa—. Es bonito. Zehera. Me gusta. Y ya que nos conocemos, dime una cosa, ¿no querrías convertirte en río? Porque el último que lo intentó quedó fatal, casi le tienen que cortar una pierna. Desde entonces le llamamos «el engañabaldosas», por cómo coloca el pie cada vez que va a dar un paso, así —dijo a la vez que intentaba imitar una marcada cojera—. ¿Me entiendes? —preguntó dudando si la desconocida comprendía o no su español. Por un instante se dijo que quizá su pregunta había importunado a la chica, y trató de arreglarlo—. Claro que mi abuelo también solía decir que quien no se hunde no sabe lo que es alcanzar la superficie.

—Tengo que irme —dijo sonrojada por la vergüenza al intuir que alguien había podido descubrir su propósito suicida.

—Espera, no te enfades. No era mi intención. Si quieres volvemos las dos juntas al pueblo. —Al ver que sus palabras no surtían efecto, volvió a gritar—: ¡Si quieres nos vemos aquí mañana! Yo madrugo mucho, y a esta hora me va bien porque todo el mundo ha comprado ya el pan, las magdalenas y los bizcochos y no tengo que estar metiéndolas en bolsas para...

Cuando llegó a casa le faltaba el aliento, pero no a causa de los recuerdos que se remontaban a meses atrás en el hotel Vilina Vlas, en el coche de Sasa o en el puente sobre el Drina, como solía ser habitual; aquella sensación era distinta y lejos de sumergirla en un laberinto de luchas internas que se resistían a la rémora, la sumió en un análisis de lo que acababa de pasar. ¿Hubiese sido capaz de saltar?, ¿de reunir el valor suficiente para quitarse la vida? ¿Habría cedido al contoneo susurrante de la inmolación? ¿Qué hubiera ocurrido si no llega a aparecer Teresa?

A pesar de la vergüenza que aún reflejaba su rostro, aquella chica le había gustado. Hablaba mucho y muy deprisa, pero le hacía gracia. Parecía sencilla, simpática, natural, y su voz le sonó amable, aunque sobre todo era la primera persona con la que había hablado desde que llegó a España, la primera que se había interesado por ella. «Tú eres la chica bosnia que ha venido a vivir con el Sosan, ¿verdad? Porque en tu país hay una guerra, os están matando a todos... Y tú y tu novio sois refugiados, ¿no?»

Refugiada. De nuevo le sonó extraño y se sintió ajena al vocablo. La primera vez que vio esa palabra —escrita al lado de su nombre en la tarjeta que acompañaba a su expediente: su nueva condición existencial junto a sus datos personales—, le dolió y le costó entenderlo. Aquellas nueve letras le rompieron los esquemas. REFUGIADA. No parecía real porque no podía serlo: ella tenía un país, una familia, unos amigos, una vida y un presente y aquella palabra actuaba como un huracán que barría todo y todo lo difuminaba. Desde el instante en que obtuvo la categoría de refugiada notó cómo las miradas que le dirigían eran distintas, también el tono de voz con el que le hablaban, y los gestos que le dedicaban abrigaban pena y desconfianza. Todo había cambiado, y no lo entendía porque ella no lo había hecho y sin embargo debía cargar con aquella extraña palabra que resumía su nuevo lugar en el mundo: refugiada. No era justo, pero aún lo era menos morir como expatriado en tu propio país y que te negaran el derecho de ser sepultado en la tierra que te había visto nacer. La asaltó el recuerdo de los cuerpos sin vida que su hermano recogía en una orilla del río para trasladarlos a la contraria y enterrarlos; los autobuses cargados de compatriotas que abandonaban a la fuerza sus casas, engañados, para dar con sus huesos en otras lindes fronterizas; los cadáveres abandonados en los pasillos del colegio... Quizá Teresa tenía razón cuando le dijo que la vida nace del agua. Y quizá ella podía comenzar una nueva vida y dársela a la criatura que llevaba dentro, porque a pesar del terror y el odio con el que fue concebida, de nada tenía culpa.

Al día siguiente volvió al río. Y también lo hizo al otro y al posterior y así casi todas las jornadas venideras. Aquellos paseos apaciguaban su ánimo y relajaban su espíritu, y poco a poco su cuerpo se fue limpiando de las sombras que lo amenazaban. Los encuentros con Teresa se fueron prolongando, sus conversaciones se volvieron cómplices y el río fue testigo de excepción de la amistad que crecía entre las dos jóvenes. Incluso regresó el apetito perdido, en parte gracias a los dulces que su nueva amiga le llevaba a diario, cuidadosamente envueltos en un trapo de hilo fino de color blanco.

—Te dije que mi padre tenía la mejor panadería del pueblo, y no te mentía —afirmaba mientras veía cómo Zehera se deleitaba con cada mordisco que daba a las sabrosas magdalenas, a los tiernos bizcochos coronados con una brillante capa de azúcar blanca, a las pastas bañadas de chocolate o adornadas con guindas de color rojo y verde, con piñones y almendras, a los cruasanes recientes que se deshacían en la boca y dejaban un aroma a horno casero que lo impregnaba todo—. ¡Hija, qué saque tienes, qué alegría! Pues verás cuando pruebes el hornazo. Eso es directamente un pecado. Sabes lo que es un pecado, ¿no? —Tras la respuesta afirmativa de la hambrienta, continuaba—: Pues te puedo asegurar que esta tierra está llena de pecadores. Lo del hornazo es solo nuestro. Como lo vas a comer aquí no lo vas a probar en ningún lado. Y por supuesto no tengo que decirte que en la panadería de mi padre se hace el mejor. Los trozos de lomo, chorizo, salchichón y jamón que mete en los panes son grandes como piedras, ¡así de grandes y no te exagero!... Y todo curado por nosotros, un chorrito de aceite de oliva virgen extra, y no veas cómo dejan de pringosito el pan... Porque supongo que tú no tienes problemas para comer todas esas cosas aunque seas musulmana... Quiero decir que tu religión... —Zehera negaba con un gesto; la boca aún ocupada en acabar de masticar los manjares que Teresa le había traído—. Claro, hombre, si eso no lo puede prohibir nadie, ¡en qué cabeza cabe!

»Verás cuando llegue el Lunes de Aguas y vaya todo el pueblo a comer el hornazo al río y nos reunamos allí a zampar y a beber, aunque aquí somos muy impacientes y el Domingo de Pascua ya estamos hincándole el diente antes de tiempo. Es una fiesta muy típica de aquí y, la verdad, lo pasamos en grande. ¿Sabes por qué la celebramos en Salamanca? Te va a encantar: todo comenzó por una boda en el siglo XVI, la del rey Felipe II con la princesa María de Portugal. Cuentan que durante los siete días que duró la celebración, en la ciudad todo eran fiestas, comilonas, bailes, corridas de toros, torneos... En fin, que el rey, no sabemos si se escandalizó o qué, pero promulgó un edicto según el cual durante el tiempo que durase la Cuaresma se prohibía comer carne, en todos los sentidos, ya me entiendes. —Teresa le hizo un guiño a su amiga que esta no entendió—. ¡Hija, qué pava! Todo tipo de carne... Lo carnal... Las guarrerías... Por Dios: ¡las cosas que hacen un hombre y una mujer! —Los explícitos gestos con los que adornó su parlamento hicieron que Zehera sonriese ligeramente—. Vamos, que incluso ordenó que las prostitutas abandonaran la ciudad hasta que finalizase el recogimiento religioso. Y las pobres putas... ¿Entiendes?, ¿putas? —le preguntó consiguiendo de ella una nueva afirmación ruborizada—, bueno, pues las pobres tenían que atravesar el río para cobijarse en unas casas que al aparecer estaban dirigidas por un hombre al que todos conocían como el Padre Putas, aunque durante la dictadura que hubo aquí en España se le cambió el nombre y se le llamó Padre Lucas. Ya ves tú si no íbamos todos a saber... Bueno, que me enrollo y no acabo nunca: pues cuando pasaba la semana en cuestión, las prostitutas podían regresar a Salamanca y en las orillas del río las recibían los hombres salmantinos, en especial los estudiantes, que las invitaban a una gran comilona. Lo que ya no sé es si comerían el hornazo o vete tú a saber lo que comían esos. —Teresa observó que su única oyente no había dejado de comer durante todo su pormenorizado relato—. Ya verás qué bien lo vamos a pasar. Pero tú mientras come, come, que da gusto verte. Y además es normal, porque tienes que alimentarte por dos. —El desaforado apetito cesó y la expresión del rostro de su amiga la animó a seguir preguntando—. ¿Se lo has dicho ya? ¿Lo sabe?

—No. Todavía no —apenas susurró Zehera mientras se limpiaba las comisuras de los labios con los finos y largos dedos.

—¿Y a qué esperas, mujer? Se lo vas a tener que decir porque tu vientre no va a dejar de crecer por mucho miedo que tengas. Si lo descubre antes de que tú se lo confieses, va a ser peor: se creerá que se lo estabas ocultando y sentirá que le has dejado a un lado. Hazme caso, porque además de panes, sé de estas cosas. Y no será porque haya tenido muchos novios, que no es el caso, pero de toda la vida he sido el paño de lágrimas de mis amigas e incluso de gente del pueblo con la que tampoco tenía mucha confianza, y sin embargo, ellos vienen a mí y ¡hala!, me lo sueltan todo. Y eso, quieras que no, le va dando a una un punto de sabiduría que viene muy bien cuando...

—Lo haré esta noche —confesó cortando la alocada plática de Teresa, algo a lo que ya estaba acostumbrada porque su verborrea parecía no tener fin y en más de una ocasión la había llevado a preguntarse en qué momento de la fluida prédica su nueva amiga aprovechaba para respirar—. Tienes razón, no puedo esperar más.

—Verás como todo sale bien. —Le apretó con fuerza el brazo y cambiando de tono, inquirió—: Y a mí ¿qué? ¿No me vas a contestar nunca? ¿Has pensado ya en mi oferta? ¿Vas a aceptarla o no? Ya lo he hablado con mi padre y él también cree que nos vendría muy bien otro par de manos para poder dar abasto a todo lo que tenemos en el horno. Además, ponerte a trabajar te ayudará a pensar en otras cosas y a ganarte un dinerito, que nunca viene mal.

—Gracias, Teresa. Me estás ayudando mucho. Y por supuesto que acepto ir a trabajar a la panadería de tu padre. Me encantará. También se lo comentaré a Aleksandar esta noche. Estoy segura de que se alegrará porque otro sueldo nos va a venir muy bien.

Aleksandar no era ajeno al drástico cambio de actitud que estaba experimentando su novia y se alegraba de ello. Por eso cuando le dijo que le habían ofrecido un trabajo en la panadería y que le apetecía mucho aceptarlo, lo celebró y la besó cogiéndole delicadamente el rostro con sus manos.

—No sabes lo feliz que me hace que por fin vuelvas a ser la de siempre. Tenemos que recuperar el tiempo perdido, compensar lo que nos han robado. Esa será nuestra mayor venganza. Vivir y ser felices.

Zehera sonrió y le devolvió la caricia. Adivinó que aquel era un buen momento para descargar el peso que apenas le permitía avanzar.

—Tenemos que hablar, Alek. Tengo algo que contarte...

—Claro que sí. Tenemos todo el tiempo del mundo para contarnos todo lo que quieras. Ahora hemos de irnos a la fábrica, pero cuando volvamos, charlaremos durante toda la noche.

Desde hacía unas semanas, Aleksandar siempre utilizaba el plural cuando hablaba de él, para incluir a Zoran en todos sus planes. Ella intuía que lo hacía sin mala intención, sin doblez alguna, pero no por ello le resultaba menos enojoso. Comprendía que su actitud fría y distante durante los primeros meses no había ayudado, pero no podía soportar la complicidad que había nacido entre ambos; conseguía sacarla de sus casillas. Aquella noche hubiese agradecido un poco de privacidad porque lo que le tenía que comunicar era algo tan doloroso como íntimo y no aceptaba la presencia de ojos ni oídos intrusos que pudieran perturbar y contaminar el instante delicado que estaba a punto de producirse.

—Tengo algo importante que decirte que nos afecta solo a nosotros. ¿Podemos hablar en privado? —le dijo cuando regresó aquella noche—. Por favor.

Sintió la molestia en Zoran y notó que esos ojos negros que tanto la intimidaban desde el primer día que pisó la casa se clavaban en ella como cuchillos lanzados contra la pared. También percibió la incomodidad en el semblante de Aleksandar, y aunque intentó inútilmente dulcificar aquella aparente descortesía con una apostilla educada, supo que su ademán no había surtido ningún efecto. No le importó demasiado. Necesitaba hablar con él y esa urgencia, almacenada durante tantas semanas, no le permitía perderse en detalles que entonces consideró infantiles.

—¿A qué viene esto? —preguntó extrañado cuando ambos cerraron tras de sí la puerta de la habitación de invitados—. ¿Qué pasa?

—Pasa... —Zehera respiró hondo y soltó el aire asegurándose de que las palabras que quería pronunciar compartían la misma bocanada— que estoy embarazada. Vine embarazada de Visegrado. Estoy de cuatro meses, más o menos.

El silencio se convirtió en una gruesa cuerda que mantenía encogido el corazón de ambos y que logró amordazar sus lenguas. Los rasgos de Alek se convirtieron en vetas de mármol, lívidas, frías y tensas. Ni un solo movimiento sacudió su gesto. Ni una palabra rompió el témpano glacial que se había asentado entre ellos. Los dos permanecieron quietos, hieráticos, custodiándose la mirada pero sin verse. Zehera comprendió que el impacto había sido demasiado brutal, que al fin y al cabo ella había tenido más tiempo para hacerse a la idea, y sin embargo aquel hombre que la contemplaba como lo haría un ciego acababa de entrar en una realidad que no conocía. Por eso se sintió obligada a ser ella la que continuara hablando.

—A ti te detuvieron y te encerraron en uno de esos espantosos lugares, igual que a mí, así que no creo que haga falta que entre en detalles sobre lo que sucedía allí dentro ni lo que aquellos soldados serbios hacían con las mujeres bosnias. Me violaron... —El nudo en su garganta era demasiado grueso como para intentar tragar y respirar al mismo tiempo, así que hizo una pausa en su difícil confesión y respiró hondo—. Fueron varias veces y siempre el mismo hombre. Sasa. Tú mismo hablaste de él aquella tarde en el Café Andric. El que cumplía los años un mes más tarde que tú...

—Lo sé. Sé perfectamente quién es —contestó Alek mientras tomaba asiento a los pies de la cama, en un intento de que la habitación dejase de dar vueltas a su alrededor.

Necesitó unos minutos para zafarse del manto autista que le mantenía aislado de la inclemente y desgarradora realidad. Por supuesto que sabía lo que ocurría en aquellos centros de detención, había podido comprobarlo con sus propios ojos, aunque procuró apartarlos cada vez que ante ellos se producía una de las escenas dantescas protagonizadas por los hombres uniformados. Sin embargo, ese conocimiento no le hacía inmune al dolor que suponía sufrirlo de una manera tan cercana. Cuando la recuperación parecía inminente, sacudió su cabeza, se secó el sudor frío que la impresión había abonado en su frente y se dirigió a Zehera. No pudo evitar verla distinta. Fue el primer sorprendido ante la imagen que su retina admiraba. Aquella mujer parecía haberse transformado en décimas de segundo, envuelta ahora en un halo misterioso que le confería cierta aprensión. No dudó en disculpar sus pensamientos íntimos con palabras vertidas al exterior.

—Perdona, perdóname. No, no me esperaba... No quiero que pienses... Sencillamente, me ha pillado... Ha sido... —La tartamudez cesó para alivio de Zehera—. Bueno, pero tú ¿cómo estás? ¿Te encuentras bien? ¿Tienes molestias? ¡Seré estúpido! —se recriminó mientras se levantaba de un respingo de la cama—. Ven, siéntate, estarás cansada...

—Estoy bien. Y quiero que sepas que esto tampoco está siendo fácil para mí, así que no te preocupes ni te sientas culpable por lo que te esté pasando en estos momentos por la cabeza porque seguramente coincide con lo que se me pasó a mí. —Intentó retener las lágrimas pero llevaban mucho tiempo aguardando una salida y el torrente fue inevitable—. Lo primero que pensé fue en deshacerme de este bebé como fuera. Hasta me fui al río sin pensármelo, incluso pregunté si por este pueblo pasaba algún tren o había alguna estación en alguna aldea cercana. Estaba decidida, convencida, no podía soportar la idea de llevar algo tan sucio y ruin dentro de mí, pero no pude, no me preguntes por qué. Te juro que no pude. Fui incapaz. Al principio me avergoncé de mi cobardía, pensé en ti, en mí, en mi hermana, en Dino, en mis sueños de recorrer el mundo para conocer gente y abrazar piedras, ¿te acuerdas? Fue mi egoísmo lo que me abochornó. No pude. Y ahora estoy convencida de que he hecho lo correcto. Tendré este hijo y procuraré no transmitirle el odio con el que fue concebido. —Calló y se quedó observando al hombre que tenía ante sí. También él parecía otra persona y eso le asustó—. Ahora necesitaría escuchar algo... Lo que sea.

—Es difícil. No sé qué decir. No sé cómo afrontar esto, Zehera. Lo siento.

—Lo mismo me dijiste el primer día que bombardearon Visegrado, ¿lo recuerdas? —le preguntó al tiempo que le acariciaba el pelo como lo hubiera hecho una madre—. Aquel día que llegaste a mi casa montado en tu moto, todo cubierto de polvo, con el zumbido de la metralla aún en los oídos y contándome cómo escapaste junto a Leko del ataque aéreo. Y mira dónde estamos. Para ser primerizo, no lo hiciste del todo mal.

—No te voy a dejar sola con todo esto. Yo tampoco podría ser tan egoísta. Ya sé que no será sencillo, pero estaré a tu lado y nos convertiremos en los mejores padres del mundo.

El abrazo fue sincero y largo. Tanto que se prolongó hasta la mañana siguiente, cuando por primera vez en muchos meses, volvieron a despertar uno al lado del otro. Ninguno de los dos deseaba escapar de los brazos ajenos, aunque la confusión que gobernaba sus cabezas les impidiera reparar en un porqué. Tan solo lo necesitaban y les sirvió para desenredar el ovillo de nervios, ansiedades y temores enmadejado por las inclemencias vividas. Quizá desconocían que la sinceridad no es una virtud que pueda perpetuarse eternamente.

17

El trabajo en la panadería no solo le gustaba, sino que le ayudaba a enfrentarse a la vida con una dosis extra de responsabilidad y buen humor. Su día a día transcurría detrás de un mostrador de mármol blanco y frío que contrastaba con el calor insoportable del horno de leña. Ubicado en la parte trasera de la tienda, era responsabilidad de Fernando, el padre de Teresa, al que no parecía importarle encargarse de la parte más dura y sacrificada del oficio, no solo por los madrugones con los que maltrataba a su ya acostumbrado cuerpo, sino precisamente por las elevadas temperaturas a las que se exponía. Desde que las dos jóvenes se hicieron cargo del mostrador, el negocio atravesaba su mejor momento. Daba gusto verlas ataviadas y casi envueltas en su impoluto delantal blanco, moviéndose entre bandejas de galletas de barquillo rellenas de vainilla y chocolate, cajones de pan caliente y humeante, tartas decoradas con nata y trufa y adornadas con figuritas de caramelo, fuentes de pasteles variados, medianoches, colines de un metro de largo, canutillos rellenos de crema, bizcochos borrachos —una de las especialidades de la casa junto al tradicional hornazo— y unas exquisitas empanadillas de tomate, bonito y carne que se convertían en el manjar preferido de todo el que se asomara por la panadería. A nadie se le escapaba que el arte de las dos muchachas a la hora de despachar el pan, emplazar los dulces en las bandejas o colocar con mimo los sobaos en las cajas para que no se destrozaran contribuía a mantener contenta a la clientela, que no dudaba en volver cuantas veces fuera necesario para seguir engordando la caja registradora. La frescura de las dos mujercitas, su trato amable y correcto y los comentarios oportunos que siempre acertaban a regalar a cada cliente, hacían el resto.

Lo que más deleitaba a Zehera era el olor a pan recién hecho. Disfrutaba como una niña metiendo su respingona nariz entre las cánulas onduladas de hierro donde se enfriaban las barras una vez fuera del horno, y aspirando con avaricia para llevarse todo el olor que desprendían generosamente. En aquel momento cerraba los ojos y sonreía de oreja a oreja, mientras imaginaba el placer que esa sencilla pero prodigiosa mezcla de harina, agua y sal era capaz de regalar a los paladares. Fernando observaba la escena con ternura y no podía evitar el comentario al ver a la joven inclinada sobre las bandejas donde descansaban las hogazas como los recién nacidos en sus cunas. «Un día te vas a chamuscar la nariz y entonces la gente del pueblo no querrá comprarme el pan.» El comentario siempre era acogido con risas que desembocaban en una gran algarabía alimentada por las jóvenes. A veces se les unía la madre de Teresa, que se dejaba caer de tanto en tanto por la puerta que comunicaba el negocio con la casa familiar. Sobre todo si se quedaba sola. «Solo vienen a fisgonear porque comprar, lo que se dice comprar, poco. A pintar la mona. Si lo sabré yo —decía vivaracha cuando sus amigas se marchaban—. Niña, Teresita, ¿le has explicado a tu amiga lo que es pintar la mona? Pues deberías, no vaya a hacerse una idea equivocada y cualquier día de estos la tengamos. ¡Y recógete bien el pelo con la goma!, a ver si crees que la gente quiere comprar género lleno de pelos tuyos. ¡Al final nos va a tocar echar el cierre al local!» Zehera adivinó de inmediato de dónde le venía a Teresa su locuaz verborrea.

También fueron bien acogidos los antojos de la futura mamá; en especial uno de ellos: los merengues blancos con la punta levemente quemada. Un día Zehera llegó a la pastelería a las cinco de la mañana, dos horas antes de que comenzase su jornada. Nada más verla Fernando se temió lo peor porque apenas quedaban tres meses para que la joven saliera de cuentas y la silueta de una mujer embarazada golpeando con insistencia los cristales de la puerta de la tahona le volteó el corazón e hizo que una bandeja repleta de panes se le cayera de las manos, siempre protegidas por unos gruesos guantes. Tras algún que otro comentario destemplado del panadero maestre, el susto inicial dejó paso a un torbellino de risas burlonas al descubrirse que lo que había adelantado la llegada de Zehera al trabajo era el insaciable antojo de unos cuantos merengues.

—Esa niña va a salir tan dulce que no va a necesitar echarle azúcar al café que tome —refunfuñaba Fernando, sin hacer grandes esfuerzos por esconder su enorme sonrisa.

Lejos de tambalearse por un excesivo roce, la relación con Teresa se nutría a diario de anécdotas e historias y engordaba casi a la misma velocidad que su tripa. No solo pasaban juntas las mañanas, sino que, como Aleksandar y Zoran comían en el comedor de la fábrica de embutidos, las dos muchachas compartían almuerzo y luego alargaban la compañía durante toda la tarde. Solían pasear hasta el río, se sentaban en uno de los bancos de piedra a admirar el mejor paisaje en pleno atardecer, e incluso se animaban a meter los pies en el agua si la temperatura lo permitía; luego volvían a casa, siempre con la sensación de que les habían quedado muchas cosas por contarse. Hablaban de todo. Al principio era Teresa quien más uso hacía de la palabra, como si brotase de su boca auspiciada siempre por la ley del mínimo esfuerzo; podía hacerlo durante toda la tarde sin que poco más que una tos, un monosílabo o una carcajada interrumpiesen brevemente su aluvión oral. Ningún tema se le resistía, y si el conocimiento no le llegaba más allá, lo resolvía a toda prisa echando mano de una prolífica inventiva. Poco a poco, Zehera fue abriéndose y dominando el idioma, y terminó por contarle cosas que ni siquiera se había atrevido a confiar a Alek.

—¿Sabes de lo que me enteré el otro día? —dijo Teresa mientras intentaba tragar el trocito de leche frita que habían despistado de la panadería—. Que en estas tierras tuvo lugar una gran batalla entre los tuyos y los míos.

—¿Qué tuyos y qué míos? —acertó a preguntar Zehera, a la vez que trataba de controlar el merengue a lametazos—. ¿De qué hablas ahora?

—Bueno, entre cristianos y musulmanes. Lo leí el otro día y me dije: tengo que contárselo. Pero no te apures, que fue hace mucho, ¡vamos, en el año 939, en pleno siglo x, para que te vayas haciendo una idea. —Miró de reojo a su amiga, que la observaba como si acabara de perderse en pleno bosque—. Si voy muy deprisa o no entiendes algo, me lo dices, paro y vuelvo a empezar. Verás, estaba el rey de León, que se llamaba Ramiro II, y luego estaba el califa Abd al-Rahman III, vamos, el Abderramán III de toda la vida, que andaban a la gresca por dominar cuantas más tierras del Duero mejor. Según cuenta la leyenda, o mejor dicho las crónicas que yo misma he leído, el califa ideó la Campaña del Poder Supremo. —De repente calló e invirtió unos segundos en leer algo que traía apuntado en la palma de su mano izquierda—. La *ghazat al-kudra,* exactamente, que me lo he escrito aquí porque ya sabía yo que se me iba a olvidar un nombre tan complicado. Pues bien, el ejército musulmán del califa comenzó a subir desde Córdoba hacia el valle del Duero, porque al parecer quería tomar primero Zamora, que le venía muy bien estratégicamente para seguir avanzando hasta León. Mientras, Ramiro II, viéndolas venir, echó mano de dos amigos suyos, que no eran otros que el conde Fernán González de Castilla y la reina regente de Navarra, Toda Aznar —dijo tras un nuevo vistazo a la palma de su mano, que ejercía de inusual apuntadora—, y dispuso a todo su ejército para que esperara e hiciera frente al de los moros, que venían bien preparados porque eran casi cien mil hombres entre reclutas andalusíes, militares profesionales, tribus bereberes, voluntarios, soldados de las provincias militarizadas... ¡Vamos, que allí se juntó todo el mundo para venir a luchar contra los cristianos! Y justo en un pueblo que se llama Simancas, en la confluencia de los ríos Pisuerga y Duero, comenzó la batalla. Pero ¿sabes qué ocurrió? Que al día siguiente de llegar el ejército de Abderramán III, el 19 de julio, cuando las tropas de los dos ejércitos estaban listas para comenzar la lucha, todo se oscureció.

»Había amanecido a las seis de la mañana y sin embargo a las siete y media se hizo de nuevo la noche. Todo estaba en la más completa oscuridad. El sol se cubrió, se volvió completamente negro. Cuentan que los perros aullaban enloquecidos, que los gallos no sabían si cantar o dejar de hacerlo, que la tierra se volvió ocre y todos corrieron a esconderse excepto los ejércitos que decidieron mantenerse en su sitio, pero agazapados y muertos de miedo. Lo que ocurría en realidad era un eclipse de sol. Ya ves, la luna lo ocultó casi por completo, pero todos creyeron que era un mensaje divino, un aviso, una maldición de que algo horrible iba a suceder. Tanto era el miedo que tenían unos y otros que durante dos días no fueron capaces de moverse. Aunque nada, al final lo hicieron. Estuvieron batallando varios días hasta que al final los cristianos ganaron a los musulmanes. Dicen que jugaron con ventaja porque se les apareció san Millán. Y cuentan que el califa se escapó tan rápido que olvidó dos de sus objetos más preciados: un Corán cubierto de pedrería y su cota de malla de oro. Los cristianos consiguieron que la línea de repoblación del reino de León avanzara hasta el río Tormes que hoy observamos aquí delante. —Acompañó sus palabras con un teatrero y cursi movimiento de brazos—. Y al califa Abderramán III le sentó tan mal que cuando regresó a Córdoba responsabilizó a su ejército de la derrota y ordenó que los trescientos oficiales de caballería fueran crucificados mientras les gritaba que aquel era el castigo reservado a los que habían traicionado al islam, vendido a su pueblo y sembrado el miedo en las filas de los combatientes de la guerra santa.

Teresa observó a Zehera, que permanecía con la mirada perdida en la corriente del río. Durante todo el relato no había abierto la boca ni siquiera para bostezar, algo que solía hacer a menudo solo para fastidiarla.

—¿Qué me dices? ¿No te parece impresionante que esto pasara hace tropecientos años y que ahora estemos tú y yo tan ricamente compartiendo dulces y poniéndonos moradas de todo? —La miró unos segundos, esperando alguna valoración a su esfuerzo narrativo—. Pero ¿qué pasa? ¿No te ha gustado? Pues hija, con lo que me ha costado memorizarlo del libro que encontré en la biblioteca municipal. Y mira que no me gusta ir, porque está la pesada de Marina apuntando quién entra y quién sale, no vaya a ser que desaparezca un libro y tengamos la suerte de que...

—No es eso —dijo al fin, mientras terminaba de masticar y se limpiaba tímidamente las comisuras de su boca—. Es que hace un tiempo que no me gustan las historias de guerras. Además, me ha recordado otra que me contaron antes de salir de mi país. Nos la contó Alek a mí y a un grupo de amigos a los que mataron a los pocos días. Era de un príncipe turco, a quien también se le apareció un santo en forma de halcón; ellos perdieron y según él nos lo están haciendo pagar caro a todos.

Zehera guardó silencio y por una vez Teresa no se atrevió a romperlo. Luego retomó la palabra.

—Antes me podía pasar horas y horas escuchando a mi abuela Mirsa contar este tipo de historias; me encantaba descubrir las leyendas que encerraban los lugares, las personas, los pueblos... ¡Las contaba tan bien! Tenía una voz preciosa y una imaginación que convertía lo mediocre en espectacular. Pero ahora creo que todas esas fábulas no son más que patrañas, que en ellas no hay nada de bonito ni de cierto. Es más, estoy convencida de que solo los locos originan esas leyendas, porque saben que así pasarán a la Historia y todos hablarán de ellos. Y no les importan las barbaridades ni las locuras ni las injusticias que tengan que hacer para conseguir que su nombre sea recordado y repetido generación tras generación, aunque sea para enfrentarnos los unos a los otros, para matarnos. Les da lo mismo.

—Ya —acertó a decir Teresa, que no podía disimular el sentirse tremendamente ridícula por haber importunado así a su amiga—. Pues perdona. Si llego a saberlo, me ahorro todo esto. Te advierto que a mí estas historias de guerras y de chorradas varias tampoco me gustan mucho. Lo siento. Perdóname. ¿Estás bien? ¿No te habré puesto triste?

—Tú nunca me pones triste. Siempre me haces reír.

—Es puro egoísmo. ¡Es que tienes una sonrisa preciosa! Estoy convencida de que la gente compra más pan para verla.

—Eso me decía mi hermana Suhra.

—¿También vendía pan? —preguntó curiosa Teresa.

—No, tonta. A ella también le gustaba mi sonrisa y a mí la suya.

Se percató de que había hablado en pasado de su hermana y eso le hizo daño. Su rostro se ensombreció, como debió de hacerlo la tierra bajo el eclipse de la batalla de Simancas. El crepúsculo se extendió por su rostro, conquistó su alma y enmudeció lo que quedaba del día.

—Verás como un día lograrás hablar con ella —dijo Teresa al darse cuenta de lo que sucedía—. Cuando menos te lo esperes, sonará el teléfono y escucharás a tu hermana diciéndote que está bien y haciéndote diez mil preguntas sobre tu nueva vida, y te pedirá que le cuentes cómo estás, qué haces y a quién sonríes. Y entonces es cuando, por supuesto, le hablarás de mí. —Sin refrenar sus impulsos, la rodeó con sus brazos mientras le propinaba sonoros besos que provocaron la aparición de una tímida sonrisa en el cada vez más afligido rostro de Zehera—. Ya verás como muy pronto me lo estarás contando aquí mismo. Y te prometo que haré todo lo posible para estar calladita.

Mientras la vida le regalaba buenos momentos en la panadería y afianzaba su buen entendimiento con Teresa y con toda su familia, en su casa el ambiente era bien distinto. Apenas veía a Aleksandar, y cuando lo hacía siempre estaba acompañada de Zoran, así que la conversación a dos bandas se prometía imposible. Echaba de menos las charlas que entablaban en Visegrado, incluso una vez declarada la guerra. Necesitaba más que nunca escuchar sus palabras de consuelo, sentirse inoculada por sus tremendas dosis de optimismo, dejarse envolver por sus tranquilizadores consejos, sus alentadoras recomendaciones y sus piadosos augurios de un futuro mejor. Pero sus oídos se quedaron huérfanos de mensajes de ayuda y de esperanza. El silencio le resultó desquiciante.

Pocas veces le preguntaba por su trabajo en la panadería, y si alguna vez ella sacaba el tema, no parecía prestarle mucho interés. En todo ese tiempo tan solo había ido a recogerla dos sábados por la mañana, aprovechando que los fines de semana libraba en la fábrica, pero nunca más volvió. Parecía embriagado por una inusual vergüenza, se le notaba incómodo ante las miradas y las preguntas, generalmente de cortesía, de la familia de Teresa y de la clientela que en ese momento se encontrara en el obrador. Nunca les sostenía la mirada y a los pocos segundos de estar en la tahona se mostraba nervioso, se volvía reservado, parco en palabras, algo raro en él sabiendo cuánto le había gustado siempre entablar conversación con otra gente, sin importarle que fueran o no conocidos. Al cabo se disculpaba diciéndole a su novia que la esperaba fuera fumando un cigarrillo. Más tarde le explicó que prefería esperarla en casa junto a su primo, con el que solía consumir los días fumando, bebiendo y hablando de la guerra en su país.

Los episodios de afectividad entre los otrora enamorados fueron espaciándose en el tiempo hasta casi extinguirse por completo. Pese al embarazo de Zehera y a que su emotividad lucía a flor de piel, Aleksandar no se prodigaba en mimos ni en atenciones, ni mucho menos en expresiones de cariño hacia ella. Más bien al contrario. Cada día era más frecuente que ambos primos llegaran tarde a casa, ya de madrugada, una vez Zehera se había acostado tras verse obligada a cenar sola. Oía entonces desde su cuarto cómo la cerradura de la casa se abría después de varios esfuerzos fallidos y los dos hombres entraban compartiendo escandalosos cuchicheos, muertos de risa, incapaces de imprimir cierta destreza en los movimientos más básicos, como encontrar el interruptor de la luz, andar sin tropezarse con los pocos muebles que había en el salón o sentarse en una silla sin perder el equilibrio y caer al suelo.

La primera noche se armó de valor y entreabrió la puerta de su dormitorio tan solo para contemplar el lamentable estado de embriaguez que presentaban los recién llegados. No podía dar crédito: no le extrañaba todo lo nocivo y maléfico que viniera de Zoran, pero el comportamiento de Alek... Nunca antes había ingerido una gota de alcohol, de hecho, lo aborrecía; por no probar, ni había probado el famoso aguardiente que servía Leko en el Café Andric, a pesar de la obstinada insistencia del propietario. Y ahora parecía necesitar una generosa dosis de alcohol diaria. Zehera rezó para que todo aquello acabara pronto, deseó entenderlo como algo puntual, ni siquiera digno de mención, pero de nuevo sus plegarias no fueron escuchadas y el lamentable espectáculo se repitió casi a diario, aunque ella no volvió a abrir la puerta. Prefería permanecer en la cama, bien escondida bajo las sábanas, con los ojos bien abiertos, abrazando su ya prominente barriga e interpretando a la perfección los sonidos que le llegaban al ritmo de una partitura marcada de antemano, adelantándose a lo que iba a escuchar antes de que el sonido invadiera por completo su percepción auditiva: el tropezón de Alek con la mesa del comedor, el estrépito de la lámpara desplomándose contra el suelo sin que las aturdidas manos de los primos pudieran evitarlo, el ruido de las llaves arrojadas sobre la mesa, los zapatos volando para estamparse contra la pared, el tintineo cristalino de la botella al chocar contra el vaso y verter su contenido, y finalmente los broncos ronquidos de la embriaguez. Era la sinfonía que interpretaban cada madrugada y que auguraba un despertar repleto de sobresaltos, peleas, insultos y portazos.

Zehera descubrió entonces a un Aleksandar desconocido. No tardaron en aparecer las primeras mentiras, las rudimentarias y ridículas excusas, cada vez más rastreras al tiempo que infantiles para justificar ausencias o la incesante falta de dinero. Empezó a descuidar su apariencia física, que siempre había sido impoluta. La falta de aseo se convirtió en una constante, y era habitual verle sin afeitar, con el pelo desaliñado y vistiendo durante días la misma ropa. Cada vez hablaba menos y, si lo hacía, era Zoran el destinatario de sus palabras. Fueron muchas las veces que la inesperada presencia de ella les hizo enmudecer, intercambiar miradas tan cómplices como excluyentes y cambiar artificiosamente de tema, lo que resultaba grotesco y demasiado impostado para sonar a verdad. De la noche a la mañana se volvió desconfiado. La más inocente mirada o la más ingenua observación le hacían estallar y volverse hostil como nunca antes lo había sido; cuando ella intentaba hablar de lo que estaba sucediendo, solo encontraba en él una reacción violenta que le llevaba al punto de abandonar el domicilio incluso varios días, arrojar al otro lado de la sala cualquier objeto que tuviera a mano o vociferar insultos y amenazas que antaño jamás habrían salido de su boca. Los celos, siempre infundados, parecían consumirle.

Un día se presentó ebrio en la panadería. Zoran, tan borracho como su primo, le seguía como una sombra aun cuando se mantenía siempre en un segundo plano. Cuando Zehera advirtió la aproximación renqueante y bravucona de los dos hombres, notó cómo una bofetada de calor le recorría el cuerpo y miró a Teresa. Su amiga también los observaba a través de los cristales del escaparate; esos andares desorientados no hacían presagiar nada bueno. Abrieron la puerta del local de un golpe fuerte y seco que hizo retroceder a las jóvenes unos pasos detrás del mostrador; lo mismo hicieron los pocos clientes que había a esa hora en la tahona cuando comenzaron los gritos. Al oírlos, Fernando abandonó su sempiterna ubicación a pie de horno y se asomó entre las cortinas que separaban las dos estancias para averiguar a qué se debía el alboroto que se había organizado en apenas unos segundos para romper la tranquilidad imperante en el negocio. Aunque no pudo escuchar con claridad las primeras palabras, vio cómo Aleksandar se enfrentaba a Zehera, aunque las palabras —en español, buscando humillarla, herirla ante todos— tropezaban en su lengua antes de salir en forma de perdigones.

—Estoy harto, ¿me oyes? ¡Harto de ti y de todo esto! ¿Acaso crees que no sé por qué te gusta venir tanto a esta pocilga? Aquí estás a tus anchas, ¿verdad? Hablando con unos y con otros, sonriéndoles, con tu boca pintada de rojo, poniéndoles caras, provocándolos a todos, dejándote admirar, que es lo que siempre has hecho, sin importarte lo que puedan pensar de ti y de mí. Pues escúchame bien —le espetó mientras la agarraba por la muñeca y la miraba con los ojos inyectados en sangre, con una rabia y una locura que lograron asustarla—. Esto se va a acabar. Estoy cansado de que todo el mundo me mire y cuchichee ante mis narices por tu culpa, ¡por tu puta culpa! Eres una puta y todo el mundo lo sabe. ¿O qué te crees, que a ellos les puedes engañar como me has engañado a mí? ¡Mírate, mírate, puta!

Zehera casi no podía respirar. Las palabras de Alek se estrellaban en su rostro acompañadas de gotas de saliva; a ella le parecían balines de plomo que se alojaban en su pecho y le robaban el aliento, abandonándola en un afónico jadeo que alertó a Teresa. No podía entender por qué le estaba haciendo esto delante de todos. El miedo y la vergüenza que sintió al escuchar su ataque la postró en un estado catatónico que le impedía moverse o contestar a tanto infundio.

—¡Ya está bien! ¡Fuera de aquí los dos! —Fernando había cogido un palo de madera que utilizaba para trancar la puerta de la panadería por las noches, como medida extra de protección. El impacto del madero contra el mostrador de mármol hizo que todos los que estaban contemplando anonadados la desagradable escena se sobresaltaran—. ¿Cómo podéis tener la poca vergüenza de presentaros en mi casa en ese estado? ¡Largo! ¡Fuera de mi local ahora mismo! ¡A dormirla! Y tú —dijo a Aleksandar mientras le asía del brazo y le expulsaba de la panadería—, más te vale cambiar de compañías, ¡y como me entere de que le vuelves a hablar así o que le pones un dedo encima, te las verás conmigo! —Luego miró a Zoran, que desde el exterior le encaraba con gesto desafiante—. Si os vuelvo a ver por aquí, llamo a la guardia civil, que ya os tienen ganas, ya. ¡Ahora fuera los dos! ¡Largo!

Poco a poco también los asombrados clientes fueron abandonando el local, la mayoría de ellos lívidos ante lo que acababan de presenciar y regalando palabras de apoyo y consuelo que difícilmente conseguían el efecto deseado en la joven vilipendiada. Cuando salió el último de ellos, Teresa cerró la puerta de la panadería, volteó el cartel de cerrado y corrió hacia Zehera, que ya no podía parar de llorar.

—Pero ¿por qué?, ¿por qué me dice esas cosas? Él no es así. Él no es así —repetía una y otra vez—. No puede pensar todo lo que ha dicho.

—Puede que él no, pero el otro es una buena pieza, un elemento de cuidado que ya ha dado más de un problema en este pueblo —maldecía entre dientes Fernando.

—Hoy te quedarás con nosotros —dijo Teresa mientras la ayudaba a sentarse en una silla—. ¿Verdad que sí, papá? No podemos permitir que vuelva a su casa y se encuentre con esos dos energúmenos borrachos y...

—No, no. No puedo. Tengo que ir con él. Tengo que hablarle —suplicaba mientras hacía en balde el ademán de levantarse—. No está bien. No puede estar bien si me dice las cosas que me ha dicho. No lo entiendo.

—Haz caso a Teresa. Será mejor que hoy te quedes con nosotros. Además, tendrán que pasar unas cuantas horas hasta que esos dos recuperen el poco sentido común que no han ahogado en ginebra y en vino —sentenció Fernando—. Aquí estarás mejor. Y no solamente una noche. Todas las que quieras.

A la mañana siguiente, Zehera supo que Aleksandar había regresado a medianoche para excusarse, avergonzado y desplegando una buena retahíla de disculpas y justificaciones, pidió perdón una y mil veces, condenando su comportamiento y suplicando verla. Sus ruegos iban acompañados del mismo complejo de culpabilidad que parecía haberse alojado para siempre en su rostro y que ella observaba sin hacer ya esfuerzos por entenderlo. Sin embargo, la tajante negativa de Fernando y la refrendada amenaza de llamar a los agentes de la Benemérita le hicieron volver sobre sus pasos, no sin antes insistir de nuevo en las disculpas.

No fue el único incidente que protagonizaron los dos primos. Una noche de principios de febrero, no mucho después de aquello, cuando Zehera ya había decidido admitir las disculpas de Alek y reconocer su más sincero arrepentimiento, comenzó a escuchar unos extraños cánticos que provenían de la calle. Era ya bien entrada la madrugada, cerca de las cinco, y entre la duermevela que la envolvía y el cansancio acumulado —tanto físico como psicológico— no fue capaz de distinguir con exactitud aquellas voces disonantes. Se levantó medio sonámbula, pero conforme iba acercándose a la puerta de la casa, su mente empezó a asociar aquellas melodías malsonantes. El recuerdo le erizó la piel y disparó la adrenalina en su cuerpo. Cuando abrió la puerta, vio a Zoran y a Aleksandar recorriendo las calles del pueblo, totalmente desnudos y ebrios, abrazados el uno al otro, cada uno con una botella en la mano, trastabillando entre risas y berreando sintonías similares a las que Zehera había escuchado en la radio del maldito Passat rojo de Sasa Ludonovic. Su cabeza estaba a punto de estallar y notó que su abultado vientre amenazaba con esa misma detonación. También otros vecinos abrieron puertas y ventanas para contemplar el indecoroso espectáculo y al poco comenzaron a oírse reproches que terminaron en un cruce de insultos entre los aldeanos y los borrachos, antes de que estos optasen por desaparecer por unas callejuelas sin dejar de interpretar su particular concierto.

El horno de pan, alejado del núcleo de la trifulca, se mantenía ajeno al espectáculo, y el timbre del teléfono sorprendió a todos cuando inundó hasta el último rincón de la casa. Cuando el padre de Teresa —que ya estaba en pie y amasando— respondió al teléfono, escuchó la voz desesperada de Zehera.

—Ayúdame. Algo va mal. Me duele la barriga, me duele mucho y estoy sangrando. No puedo levantarme, no puedo andar. Me duele. Llama a Teresa, por favor. Ayúdame.

Luego ni siquiera recordaría si Fernando le contestó o le dijo algo que lograra tranquilizarla, pero tampoco hubiera servido de mucho: la joven embarazada perdió el conocimiento nada más pronunciar aquellas palabras. Cuando llegaron a su casa, la puerta estaba abierta. La encontraron tirada en el suelo, inconsciente y con un pequeño reguero de sangre que manchaba la parte baja del camisón. Teresa la cubrió con su abrigo, ya que la noche salmantina no subía de los cinco grados bajo cero, y entre ella y su padre la subieron con cuidado al coche y la llevaron al hospital más próximo.

Durante cinco horas estuvieron padre e hija aguardando en la sala de espera de Urgencias, consumiendo un asqueroso café de máquina, fumando cigarrillos y comiéndose los padrastros de los dedos. Cuando al fin un médico salió a ofrecerles la anhelada información, los rostros de Teresa y Fernando se liberaron de toda la tensión acumulada durante la noche, y una amplia sonrisa vino a reemplazarla.

Había sido una niña, tal y como habían adelantado los médicos. Su nacimiento se produjo a las once y siete minutos de la mañana del 5 de febrero de 1993. Se había adelantado un mes, pero su peso no ofrecía problemas: dos kilos y ochocientos gramos.

—Normal, tal y como hemos alimentado a la madre, no veo por qué extraña razón la niña iba a venir con problemas de nutrición

—bromeaba Fernando, que lucía orgulloso como si aquella criatura le hubiese convertido poco menos que en abuelo.

—¿Sabes en qué día ha nacido tu hija? —preguntó divertida Teresa a una aturdida madre que solo sabía sonreírles a todos y mirar a su bebé como quien observa los mil detalles de una joya arquitectónica—. Hoy es santa Águeda. ¿Y recuerdas qué es lo que se celebra hoy? Que las mujeres casadas mandan y los hombres obedecen. Ellos se tienen que quedar en casa y obedecernos en todo lo que les ordenemos. Y por cierto, también nos hacemos con el mando municipal. ¿Qué te parece el día que ha elegido este angelito para venir al mundo? ¡No va a mandar nada la moza!

—Tú no estás casada, Teresa. No vas a mandar nada —comentó a media voz Zehera, que aún intentaba recuperarse de una complicada cesárea.

—Que te crees tú eso, guapa. Eso era antes. Ahora mandamos todas: casadas, solteras, viudas o rejuntadas. El estado civil es lo de menos. Lo que importa es mandar. Solo siento no poderte llevar a la procesión de la Virgen, es preciosa, muy emotiva. Le ofrecen de todo. Sobre todo dulces. Te encantaría. Pero qué le vamos a hacer. Se ve que tenía prisa la niña. Ya lo haremos el año que viene. Por cierto, ¿cómo la vas a llamar?

Se hizo un silencio, que a los presentes les pareció eterno. Teresa comenzó a sentirse mal, ¿había preguntado lo que no debía?, ¿quizá había hablado más de la cuenta, como en ella era habitual? Por un momento pensó que la ausencia de Aleksandar en aquella habitación de hospital era el motivo de la cascada de lágrimas que había acudido a llenar los ojos verdes de su amiga. Empezó a sentirse fatal y condenó su maldita manía de largar más de la cuenta, sin dar opción a su cerebro a procesar todo lo que salía por su boca. Le hubiese gustado abofetearse en aquel mismo instante y por la mirada del resto no habría encontrado mucha resistencia. Pudo notar cómo sus arrepentidos pensamientos se retaban a muerte en su cabeza sin dar opción a tregua alguna: «Hay que ser estúpida para preguntar algo así. Pero ¿en qué estaba pensando? ¿Por qué me tengo que meter donde nadie me llama? El nombre del bebé es algo que siempre deciden los padres, juntos. Y aquí no ha aparecido el padre. ¿Por qué no pienso antes de hablar? ¿Por qué no me muerdo la lengua? Jamás aprenderé. Siempre metiendo la pata. Imbécil. Eso es lo que soy, una imbécil».

Un gesto amable de su amiga, a la que la maternidad ya le había transformado las facciones de su cara, le hizo entender que estaba equivocada y que no había base alguna para su flagelación interior.

—Estoy bien, estoy bien, de verdad —decía mientras sus dedos secaban de lágrimas sus mejillas—. Estaba hecha un lío con los nombres, hasta hoy, que lo he visto todo claro. Primero pensé en llamarla Suhra, por mi hermana, aunque como estoy convencida de que está viva y solo quiero alguien con ese nombre en mi vida, lo descarté. También pensé en Mirsa, por mi abuela, y en Samira, por una amiga a la que conocí una noche... Pero finalmente he decidido que si mi hija ha nacido en España, tiene que tener un nombre español, y como es casi un milagro que haya nacido, le voy a poner el nombre de otra santa: Teresa. Como tú. Como mi particular santa. Mi niña se llamará Teresa Alina.

La noticia cogió a todos por sorpresa. La homenajeada no pudo más que ponerse las dos manos sobre la boca, negar con la cabeza y romper en llanto. Si no llega a ser porque la enfermera entró para calmar un poco el griterío y el festival de berrinches que parecía celebrarse en la habitación de la madre primeriza, seguramente habrían seguido dando brincos, regalándose besos y abrazos la semana entera que la joven madre tuvo que permanecer en el hospital.

Aleksandar apareció por allí al cuarto día. Nadie había podido localizarle en casa ni en el pueblo, ni siquiera en la fábrica. Nadie sabía dónde ni en qué condiciones se encontraría. La última noticia que tenían era de la noche de borrachera en la que caminaba dando tumbos junto a Zoran, desnudos y cantando canciones extrañas para los oídos de los vecinos de Villa de Alba. Cuando asomó por la puerta de la habitación, todos le observaron como si se tratara de un espectro y les costó disimular, especialmente a Fernando, el desagrado que motivaba su presencia. No había vuelto a verle desde el incidente que protagonizó en la panadería.

—Os dejamos solos. Me imagino que tendréis cosas que hablar —le dijo Teresa mientras la besaba en la frente—. Y si necesitas algo, nos llamas, que estamos ahí mismo, no tardamos nada en venir. Mira, aprietas este botoncito que hay aquí en este mango y antes de que hayas retirado el dedo estamos aquí todos, en tropel, con enfermera y todo, si hace falta. Y aunque no haga falta, también. ¿De acuerdo? ¿Me has entendido bien? Tú aprietas y...

—Creo que te ha entendido perfectamente —le dijo Fernando agarrándola del brazo mientras hacía fuerza para sacar a su hija fuera de la habitación—. Pero si no nos vamos, no va a poder apretar ningún botoncito, hija, porque estaremos al lado...

Zehera asintió con la cabeza mientras sus labios se extendían observando la escena e iluminando su rostro. Siempre conseguían hacerla sonreír. Le hubiese gustado pertenecer a esa familia trabajadora, unida y sin aparentes problemas más allá de los que puede producir la convivencia. Los quería y sentía por ellos un agradecimiento inmenso.

Cuando finalmente desaparecieron de la habitación, observó el rostro de Aleksandar. Pudo distinguir en él más de cien sombras distintas: estaba abatido, triste, cansado, demacrado... Lucía unas enormes ojeras y sus ojos parecían cuajados de unas venitas rojas que restaban la habitual intensidad a sus ojos negros. Sus labios se habían separado en un par de ocasiones con la intención de dejar escapar alguna palabra, pero el ademán se veía una y otra vez frustrado por una excesiva sequedad en la boca o quizá porque no hallaba la valentía necesaria para afrontar aquel instante. Casi no se atrevía a mirar con detenimiento a la madre ni a la recién nacida. Parecía asustarle pronunciar palabra alguna, como si tuviera miedo a lo que pudiera pasar en aquella habitación en los minutos siguientes. Ni sombra de la persona que un día había sido y que logró enamorarla.

—¿Dónde has estado? —preguntó finalmente Zehera.

—Eso no importa. ¿Cómo estás? ¿Te encuentras bien?

—Para haber parido hace cuatro días, no estoy mal del todo. Si me miraras aunque solo fuera unos segundos, podrías decírmelo tú mismo. —Cuando alzó los ojos para observarla, ella continuó el interrogatorio—: ¿Por qué no has venido antes a verme, Alek?

—No he podido. Y no me preguntes por qué. Ni siquiera yo lo sé. —Avanzó unos pasos hacia la pequeña canasta de color rosa que había junto a la cabecera de la cama—. ¿Puedo verla?

—Tú sabrás. Si te interesa saber cómo es...

La aproximación fue lenta y torpe, directamente proporcional a la frialdad con la que le habló la madre primeriza.

—Qué pequeña. —La observó con miedo, sin acercarse demasiado a contemplar aquello tan diminuto que no alcanzaba a ocupar la cuna en la que descansaba. Pudo ver la abundante mata de pelo negro que cubría toda su cabecita y le extrañó que tuviera el cabello tan de punta. Observó los insignificantes pero perfectamente delineados dedos que se asomaban por los puños del jersecito rosa. Le llamaron la atención los pendientes de oro que lucía en los lóbulos de las orejas y la gama de chupetes y patucos que la recién nacida tenía sobre uno de los lados de la banasta. Percibió un penetrante olor a limpio, y adivinó que se debía a una mezcla de colonia de bebé, polvos de talco y toda suerte de cremas y potingues, distribuidos en frascos dentro de una cesta enorme adornada con lazos rosas que descansaba sobre una de las mesillas de la habitación. Aquella personita le pareció el ser más feo que había visto en su vida. Estaba lleno de pliegues, de arrugas, como si la piel le sobrara por todos sitios e incluso se le levantara en ciertas partes de la cara. Le pareció un compendio de pellejos plegados y enrojecidos. No pudo disimular cierto recelo, dudaba que aquello tan minúsculo tuviera el poder de cambiar las cosas tal como él sentía que las había modificado nada más aparecer en el vientre de la mujer que le observaba desde la cama. El silencio en el que quedó sumido alentó a Zehera.

—Esto tiene que acabar, Alek. No sé qué te está pasando. Bueno, sí lo sé. Y tú también. Es Zoran. No quiero estar más en su casa ni que tú pases más tiempo con él. Es peligroso. Es veneno para ti y para nosotros. ¿No ves lo que está haciendo contigo?

—Ahora no podemos irnos. Lo siento, pero es totalmente imposible. —Se desplazó hasta la ventana del cuarto y con la vista fija más allá de los cristales le dijo lo que parecía quemarle en la boca desde que había entrado por la puerta—: He perdido mi trabajo. Me han despedido de la fábrica de embutidos. Sin dinero no podemos ir a ningún sitio.

—¿Te han despedido? —Zehera no daba crédito a lo que escuchaba y por un momento olvidó la tirantez que regía su abdomen y trató de incorporarse como lo hubiera hecho antes de que la cicatriz de la cesárea apareciera en su vientre El inesperado tirón y el calambre posterior la obligaron a retroceder y mantenerse tumbada—. Pero ¿por qué? ¿Qué ha pasado? ¿Cuándo lo han hecho? ¿Por qué no me has dicho nada?

—Te lo estoy diciendo ahora. Falté unos días al trabajo porque no me encontraba bien —explicó con la cabeza gacha, sin atreverse a retirarse de su cobarde ubicación en la ventana y sin mirar ni una sola vez a la cara a Zehera.

—No te encontrabas bien porque habías estado bebiendo con él. Y tu primo está acostumbrado, pero tú no. ¿Ves? A eso me refiero. Es el demonio. Tú pagas sus errores, sus vicios, sus pecados. Eres tú quien cargas con las consecuencias.

—Yo soy el único responsable. Intentaré encontrar otro trabajo y ganar dinero para marcharnos de aquí. Empezaremos una nueva vida.

—Pero es que yo no quiero marcharme de aquí. Y yo ya he empezado una nueva vida. Estoy bien en este pueblo. No quiero salir huyendo de nuevo por culpa de las acciones y el comportamiento de otras personas. Otra vez no. Y tampoco quiero esconderme más. Alek, yo tengo mi trabajo. Y si dejas de beber y de comportarte como el muñeco de feria de Zoran, tú también conseguirás uno. Incluso en la panadería, yo podría hablar con Fernando...

—Si no puede ni verme. Me odia. Le parezco un maldito serbio.

—Le pareces un borracho que un día llegó a su local insultando y amenazando en compañía de un hombre que ya ha dado demasiados problemas en este pueblo. ¡Qué va a saber él de serbios!

—Eso no es lo que cuenta Zoran. Él dice que en este pueblo son todos unos racistas, que nos miran mal por el hecho de ser extranjeros, de venir de un país en guerra. Les incordiamos, no nos quieren aquí. Creen que les quitamos la faena, que les vamos a robar su tierra. Nunca nos aceptarán como a iguales. Siempre con esa superioridad de saberse dueños del terreno que pisan. Nos quieren ver humillados, trabajando para ellos, sirviéndoles...

—¡Pero qué tonterías estás diciendo! No quieren a los que les complican la vida y alteran la tranquilidad de su pueblo, como no se cansa de hacerlo él. ¿Acaso no te ha contado la razón por la que según él son tan racistas en este pueblo? Él, que es tan valiente, ¿no te lo ha contado? Pues ya que él no se atreve, lo haré yo. Tu primo comenzó a dar problemas desde el primer día que llegó: le echaron de los bares por estar siempre borracho, buscando broncas y encontrándolas, peleándose con todo aquel que no accediera a sus pretensiones, que no le siguiera su absurdo juego, provocando e incomodando a las chicas, metiéndose con ellas y propasándose con más de una. Le despidieron del colmado en el que empezó a trabajar cuando descubrieron que se llevaba dinero de la caja y mercancía del almacén, y tuvo que buscarse empleo en otro pueblo donde nadie le conociera. Demasiado que le permitieron quedarse a vivir en la casa. —Cuanto más encendida resultaba la denuncia de Zehera, más escondía Alek su rostro en su pecho—. Pero ¿es que no lo ves? ¿No te das cuenta de la ceguera en la que estás? A mí me han aceptado desde el primer día. Y a ti también, hasta que te convertiste en la sombra de tu primo.

—Él no dice lo mismo —insistió casi musitando.

—Claro que no. Supongo que es más fácil echarle la culpa a los demás de todo lo malo que te pasa. Es mucho más sencillo sobrellevarlo todo cuando hay alguien a quien responsabilizar de lo que uno mismo provoca. —Respiró hondo y cogió una buena bocanada de aire, como si quisiera asegurarse la reserva de oxígeno de los pulmones—. Mira, si has venido para decirme esto, sinceramente, prefiero que te vayas. Me estás haciendo mucho daño y ahora tengo una hija de la que ocuparme y...

—Tenemos —la interrumpió Aleksandar, limpiando de un manotazo las lágrimas que habían empezado a aparecer en su rostro—. *Tenemos* una hija. Creí que lo habíamos acordado así. Yo cuidaré de las dos. Sabes que puedo hacerlo. Me conoces.

—Creía conocerte —matizó—. ¿Y cómo piensas hacerlo? ¿Bebiendo mientras cantas desnudo absurdas canciones agarrado a tu primo para no caerte al suelo en mitad de la calle, como hiciste la otra noche? Dime, ¿es así como vas a hacerlo? Porque si es así, la verdad, creo que no necesito esos cuidados. Ni ella tampoco.

La dureza que imprimió a sus palabras surtió el efecto deseado. Aleksandar se derrumbó y no hizo nada para evitarlo. Se acercó a ella, tomó asiento a su lado, entre la cama y la canastilla rosa, le cogió la mano y le sostuvo la mirada que había estado esquivando desde que entró por la puerta.

—Perdóname. He sido un estúpido, un egoísta, un malnacido. Me avergüenzo de mí mismo y no tengo excusa. No me reconozco. Te he hecho más daño que el que jamás había imaginado en toda mi vida. No sé qué ha podido pasarme. Eres la persona a la que más quiero en el mundo, hemos pasado por cien penalidades y no entiendo que algo así pueda hundirnos. No pienso permitirlo. Perdóname, por favor. Quiero formar un futuro contigo, tal y como ideamos cuando salimos de nuestro país. No quiero perderte. ¡Otra vez no! Por favor. No podría soportarlo.

—No puedes fallarme, Alek, ahora no.

—No lo haré. Te juro que no lo haré.

18

Las promesas de un futuro mejor y de un comportamiento ejemplar parecían endebles marionetas que alguien intentaba mantener en pie manejando unos finos y desgastados hilos: predecía que la función podía terminar en cualquier momento y hacerlo de una manera brusca.

En los primeros meses todo daba la impresión de haber vuelto a la normalidad. Aleksandar regresaba a casa a la hora de cenar, unas veces acompañado por su primo; otras, la mayoría, solo. Zehera se reincorporó al trabajo a los seis meses del parto, y él acudía a recogerla a la panadería los fines de semana. Era habitual verlos pasear con la pequeña, ir a la compra juntos o participar de las celebraciones locales con el resto de los lugareños, que aunque en un principio se mostraron cautelosos y ciertamente remisos a aceptar su presencia, debido al recuerdo de sus noches de sonoras broncas y desagradables borracheras, cada vez se descubrían más abiertos con la pareja. No tenían problemas a la hora de unirse y participar en las fiestas, en las comidas y meriendas campestres junto al río, donde igual degustaban una paella popular que una buena muestra de las tortillas de patatas presentadas a concurso, o una generosa ración de fruta —en la Romería de la Sandía— para festejar en septiembre a la Virgen de Otero.

La pequeña Teresa Alina crecía a pasos agigantados. Desde el primer momento se descubrió como una niña callada, tranquila, a la que prácticamente nunca se la oía llorar. Cualquiera habría dicho que el silencio la precedió desde la cuna y fue un legado que la acompañó siempre. Sus ojos negros, grandes como piedras y profundos como un pozo, parecían observarlo todo y analizarlo con sigilo; nunca nadie lamentó en voz alta que la criatura no hubiese heredado el color verde esmeralda que regía la mirada de su madre. Su nariz respingona acostumbraba a asomarse graciosa pero silente por el primer hueco que encontrara abierto. A la pequeña cualquier brazo que la apretara dulcemente contra el pecho le parecía bien, quizá porque en los primeros meses de su vida tan solo fueron los brazos maternos los que la acurrucaban; Aleksandar rara vez la cogía. Se excusaba advirtiendo que le daba miedo, que la fragilidad del bebé le asustaba, que temía hacer algo mal y que se le cayera... En los oídos de la madre, aquellas excusas sonaban vacuas e iban formando una escara de dolor y rencor que intentaba limpiar para que no ensuciara aquellos primeros momentos en la vida de su hija. Zoran siempre observaba al bebé desde una cierta y estudiada distancia, y lo hacía poniendo todo el resquemor y la animadversión de los que pudo hacer acopio su mirada. Había momentos en los que parecía disfrutar manteniéndose alerta, siguiendo cada uno de los gestos de la pequeña, como esperando a que hiciera algo inadecuado para mostrar su disconformidad con aquella incómoda presencia. Su pronto abrupto hostigaba los infantiles ademanes de la pequeña Teresa Alina como quien acorrala a un animal hasta que la continua provocación propicia un error al fin reprensible. No hubo una sola palabra de cortesía, ni un gesto de ternura, ni la mínima carantoña, ni el exiguo arrumaco que por lo general despierta la presencia de un bebé. Solo la más absoluta indiferencia, aunque esto, lejos de herir e incomodar a Zehera, la sumergía en un oasis de tranquilidad: no hubiese podido soportar que aquel hombre cogiera a su pequeña en brazos.

Aun así, el espíritu fantasmagórico de las marionetas de hilos finos y roídos parecía pasearse libre y descaradamente por aquella casa, sabiéndose el amo de toda aquella farsa. En ese improvisado corral de comedias desconocido por ella había algo que la asfixiaba. Abrazaba la sensación de estar viviendo dentro de una burbuja artificial, envuelta en una densa nebulosa de mentiras. Había días que Zehera aguardaba con los ojos cerrados, a la espera del estruendo que hiciera trizas aquella realidad de cristal, que la hiciese estallar en mil pedazos a causa de la tensión. Tan solo los abría para observar el teléfono de color verde que descansaba en una de las mesitas del salón. Cuando estaba en casa, podía pasarse horas con la pequeña en brazos y sin retirar la mirada de aquel aparato que persistía en un descorazonador mutismo. Se consumía en estériles juegos mentales, casi retando a aquel ansiado timbre, ansiando que al descolgar la voz de Sulıra diera sentido a su asfixiante permanencia en esa casa. «¿Por qué no me llamas, hermana? Estoy aquí esperando tu llamada. Solo una vez. Solo necesito un minuto para decirte que te quiero, que todo está bien. Treinta segundos para saber que sigues viva y poder aliviar este soplo en el pecho que me despierta por las noches. Suena, teléfono, por favor. ¡Suena!»

Durante una semana, una fuerte tormenta que sembró el pueblo de espectaculares rayos y coléricos truenos —y que arruinó la escasa cosecha con la que algunos vecinos, pocos, subsistían en Villa de Alba— cortó las líneas telefónicas. A Zehera aquella incomunicación le resultó desconcertante y casi logra consumirla en vida. La lógica invitaba a pensar que si aquella llamada no se había producido en el año largo que llevaban viviendo en España, no había muchas probabilidades de que fuera a producirse justo en ese momento. Pero después de todo lo vivido, la lógica no era algo que encontrase lugar en su mundo. No se cansaba de levantar el auricular del teléfono para comprobar si se había restablecido el servicio, de preguntar a todo aquel con el que se topaba si sabía cuándo iba a arreglarse el problema, pero ninguna respuesta conseguía calmarla. El nerviosismo en el que parecía haberse instalado dio alas a Zoran para hacer lo que mejor sabía.

—Será mejor que te tranquilices y dejes de ponernos a todos de los nervios. Por si no lo recuerdas, en tu país hay una guerra. Y eso significa que las personas mueren. Si tu hermana no ha llamado... —Zehera creyó intuir que aquel hombre despreciable aprovechaba el breve silencio para esbozar una leve sonrisa—. Tampoco es tan difícil de comprender. A no ser que no se quiera ver.

—Eres un hijo de puta. —Aquellas palabras parecían escaldarle en la boca desde hacía meses y aunque intuía el error de pronunciarlas, encontró cierto placer en deshacerse de ellas y verterlas al exterior. Aleksandar palideció nada más escucharlas.

—Y tú una bosnia de mierda. —El vómito verbal de Zoran logró escocer aún más, como si fuera la lava de un volcán que también en él llevaba mucho tiempo rumiando la erupción—. Eso es lo que eres. Una maldita bosnia de mierda. Y como todas, insolente y desagradecida. Y luego os extrañáis de que la gente no os ayude. ¿Para qué?

—Basta ya. Por favor. ¿Os habéis vuelto locos los dos? —La voz de Alek sonó nerviosa, mermada sin duda por la tensión que se había apoderado de la inesperada escena—. Estáis diciendo cosas que no sentís.

—Los dos sentimos lo mismo, primo. Y tú deberías abrir los ojos antes de que esa cobarde ceguera te impida ver la verdad.

—Eres tú quien debería cerrar su sucia boca —contestó con voz firme Zehera, y dirigiéndose a Alek le espetó—: Y quizá tú deberías abrirla para decir algo.

Pero fue Zoran el que tomó la palabra.

—Abro mi boca tanto como mi casa. Por eso a veces irrumpen problemas indeseables que son difíciles de solucionar —contestó cargado de sorna.

Zehera le miró con odio, igual que había mirado tantas veces a Sasa Ludonovic cuando se deleitaba observándola después de las interminables sesiones de violación a las que la sometía. Era un sentimiento incontrolable, que lejos de poder aminorar, se acrecentaba en intensidad. Aborrecía a Zoran, le detestaba, pero aún se le antojaba más duro admitir la actitud asustadiza y temerosa del hombre con el que escapó de su país, tan lejos de aquel otro ser decidido, valiente, carismático, lleno de coraje y decisión, que disfrutaba protegiéndola de todo lo que adivinaba podía presentarse como un peligro y que, al parecer, se había quedado en las aguas del Drina. Su silencio, su actitud servil y su desconcertante pavura representaban una herida mayor que la que el exabrupto de Zoran podía haber provocado.

Miró a su pequeña y pudo comprobar que a pesar de su corta existencia, comprendía que algo no iba bien. Sin embargo, no lloró. Ni un solo puchero acudió a su diminuta boca. Tan solo observaba, como de costumbre, en silencio, con los ojos bien abiertos, sin apenas verse alterados por el más leve pestañeo. Su mirada era firme e insistente, como si entendiera todo lo que estaba ocurriendo.

No estaba dispuesta a escuchar más insultos. Cogió a su hija y salió de la casa. Sabía que era poco probable que nadie la siguiese. Ni siquiera giró la cabeza para cerciorarse: pese a lo prometido en la habitación del hospital, Alek prefería permanecer en la casa, ahogándose en un mar de disculpas para salir luego a flote a bordo de unos cuantos tragos de alcohol, una tabla de salvación a la que había vuelto a subirse. Zehera lo sabía, intuía que su novio había vuelto a beber, pero no había hecho nada salvo observar los temblores incontrolados de manos con los que despertaba muchos días, los tics nerviosos que se habían adueñado de su cuerpo, el enfermizo enrojecimiento de sus ojos, la huella del insomnio en su rostro, su galopante falta de apetito, el fuerte olor que salía de su boca y que intentaba disimular a base de masticar tabaco, enjuagarse la boca con colutorio o masticar chicles o caramelos de hierbabuena sin cesar. Los permanentes cambios de humor que le transformaban en el ser más furioso, agitado e irritable de la tierra, siempre enfadado, no dejaban lugar a muchas dudas. Incluso hubo días en los que perdió el conocimiento a causa de un mareo repentino, un desvanecimiento que él achacaba a la tensión a la que estaba sometido desde que perdió el trabajo en la fábrica. Podía pasarse días enteros encerrado en un cuarto, o sentado en un sofá ante la televisión, sin comer apenas nada, con continuos sudores y taquicardias que intentaba disimular enclaustrándose durante horas en el cuarto de baño. Nunca le vio beber delante de ella, pero sabía que no tenía problemas para acceder a todo el alcohol que deseara. Los despistes y la pérdida de memoria empezaban a ser habituales y provocaban más de una situación de desconcierto.

Una mañana Zehera salió de la panadería antes de la hora del almuerzo. Faltaban dos semanas para celebrar el primer cumpleaños de Teresa Alina y Fernando le había prometido una tarta especial a la que no le faltara el más mínimo detalle. «Solo dime de qué sabor la quieres. El resto corre de mi cuenta.» Supuso que Alek se alegraría al verla llegar cargada de pruebas pasteleras —a la pequeña no le alteraría demasiado si la nata prevalecía sobre la trufa o si el bizcocho era de limón o ligeramente almendrado—, pero cuando abrió la puerta de la casa encontró a su novio tumbado en el sofá, abandonado a un sueño roto por sus sonoros ronquidos, con la televisión a todo volumen y el cenicero rebosante de cigarrillos. No le costó reparar en la botella transparente al pie del sofá, aunque decidió no perder el tiempo en inútiles reprimendas: una ausencia la estaba ahogando en un alterado sofoco. No veía a la criatura por ningún sitio. Comenzó a buscarla por toda la casa, pero no la encontró. El carrito de bebé no estaba en el salón, ni el dormitorio, ni en la cocina ni el cuarto de baño. Salió alterada al pequeño jardín que tenía la casa con la esperanza de encontrarlo allí, pero fue en vano. Zehera no podía pensar con claridad. Una jadeante asfixia le carcomía el pecho y le hacía difícil respirar y mucho menos aclarar sus ideas.

—¿Dónde está la niña? ¡Dónde! —comenzó a gritar desesperadamente mientras zarandeaba el cuerpo del borracho—. Tenías que estar con ella, cuidándola. ¡Es lo único que tienes que hacer en todo el día y ni siquiera eres capaz de eso! ¡Dime qué has hecho con ella! ¿Dónde está mi hija? ¡Contéstame, maldita sea!

Sus desaforados gritos aturdían aún más a un Aleksandar atontado que no terminaba de despertar del todo y al que le costaba entender a qué venía el carnaval de alaridos y aspavientos que llegaban distorsionados a sus oídos y a sus oblicuos ojos. Apenas podía incorporarse y todo cuanto pudo hacer fue mover la cabeza de un lado a otro, perder su esquiva y nublada mirada por los rincones de la casa, sin entender qué había hecho con la niña.

—No lo sé. No lo sé. Estaba aquí. No sé... —farfullaba entre susurros.

—¡Aquí no está! Espabila, por tus malditos muertos. Piensa dónde puede estar. —Zehera estaba volviéndose loca. Lo notaba, pero le dio igual—. ¿Habéis salido de casa esta mañana? ¿La has llevado a algún sitio? Al mercado, a alguna tienda, al médico...

—Creo que hemos estado paseando. —Su torpe lengua chocaba contra los dientes y los labios parecía rumiar los recuerdos que poco a poco y en forma de bruma iban surgiendo en su cabeza—. Creo que... no sé...

—Dónde habéis ido, Alek. Necesito que me lo digas ahora mismo porque la niña puede estar en peligro. —Estaba a punto de abofetearle, de sacudirle la cabeza a ver si así entraba en razón y la confusión etílica se le evaporaba de un certero golpe, pero prefirió contenerse y hablarle más despacio, casi deletreando—. Dónde... habéis... ido.

—Hemos salido a comprar cigarrillos... Sí, ahora me acuerdo, hemos estado en el estanco, y luego paseamos por el parque, y... también por el río... Sí, me acuerdo, hemos estado en el río, por el puente, y luego...

—¡Y luego qué...! ¡Dónde habéis ido luego! —La impaciencia unida a un incipiente histerismo la desbordaba.

—No sé, no puedo... No lo recuerdo. No lo sé. En el río...

Zehera tuvo un mal presentimiento que le nubló los sentidos. El río. El puente. No podía ser cierto. No podía el destino ser tan extremadamente cruel. Era imposible. No iba a permitirlo. Corrió veloz como nunca lo había hecho, sin descanso, sin mirar atrás, sin considerar siquiera las desmedidas zancadas de sus piernas, sin percatarse de que las fuerzas le fallaban y que el aliento le faltaba. Solo sentía bombear impetuosamente la sangre contra sus sienes convirtiéndose en un salvaje eco que profetizaba horrores. Se había abandonado a su desquiciada carrera, sin pensar, sin fijarse en dónde ponía los pies, sin mirar por dónde pasaba, pero con la certeza de ir rumbo al puente. Quería llegar cuanto antes, pero al mismo tiempo la aterraba la idea de encontrarse ante las diabólicas imágenes que le ofrecía su mente. No quería verlas, no lo resistía... El carrito, Teresa, el agua, la mantita, sus juguetes, su muñeco, sus zapatos...

Cuanto más pertinaz e insistente era el bombardeo de visiones atormentadas, más atropellada era su carrera y más entrecortada su respiración. Cuando por fin llegó a los márgenes del Tormes donde tantas tardes había pasado con su fiel amiga Teresa compartiendo secretos, risas, confesiones y opulentas meriendas, un sudor frío le cubría el cuerpo por completo. Su atolondrada mirada no alcanzaba a ver nada de lo que su cerebro anticipó segundos antes. Era incapaz de fijar sus ojos en un mismo punto durante más allá de unas milésimas de segundo. Quería verlo todo, encontrar cualquier vestigio de su niña, cualquier objeto que certificara los malos augurios que la devoraban desde que salió de casa. Pero nada. Las aguas bajaban raudas y la frialdad que pudo adivinar en su corriente le estremeció. «Por favor, que no le haya pasado nada. Por favor.»

El puente estaba desierto. Ni siquiera la silueta perdida de un transeúnte ajeno al drama que mascullaba en su interior, al que poder gritar o pedir ayuda. Volvió nuevamente la atención al cauce del río, se acercó a la orilla, la arañó paso a paso con la mirada, subió hasta el puente y lo recorrió a la carrera, posando sus ojos en cada punto estratégico del paraje. La aparente tranquilidad y el insolente sosiego que inundaba el paisaje le parecieron una farsa, como si aquella campiña disfrutara jugando a esconder a su niña, sin ofrecer ninguna pista sobre su posible paradero. Se apoyó rendida sobre el pasamanos de piedra a uno de los lados del puente, exhausta por el esfuerzo físico y consumida por el desconcierto. La búsqueda no había logrado sino ahondar en su desesperanza.

«¿Dónde estás? ¿Por qué no te veo? ¡Dónde estás!»

Al mismo tiempo que su respiración iba recuperándose, sus ojos se posaron en un pequeño sendero que conducía al pueblo: por él caminaba una mujer empujando un carrito. No se atrevió a mover un músculo de su cuerpo ni a permitir que sonido alguno saliera de su garganta. Prefirió esperar a que aquella imagen terminara de tomar forma y definiera su perfil. Los minutos que aquella mujer empleó en recorrer la distancia que la separaba del puente Zehera los pasó rezando porque aquella desconocida le devolviera el sosiego perdido. Ni siquiera fue capaz de moverse cuando la mujer estaba a escasos dos metros de ella.

—Mira, reina mora, yo ya no puedo quedarme más con la niña. —Era Ángeles, la esposa del dueño del bar más popular de Villa de Alba, una mujer que ya había alcanzado el medio siglo de vida, campechana, conservadora, propietaria aún de una belleza que debió escandalizar en su juventud, tan habladora como trabajadora, y que desde hacía años ostentaba el récord de victorias consecutivas en el tradicional concurso de tortillas de patatas, algo que le hacía sentirse plenamente feliz—. Y no es por ella, porque la pobrecita es una santa, que ni llora ni da un problema, ni nada de nada. Es lo que se dice un angelito del cielo. Pero Zehera, reina, es que tengo que acercarme a Salamanca para terminar de hacer unas compras y todavía debo ir donde mi madre, que la pobre mujer está esperándome en casa para que le prepare la comida. Y mira qué hora es. Se me echa el tiempo encima. Vamos, que ya no puedo esperar más... Pero muchacha... —El tono de Ángeles se terció preocupado cuando vio que Zehera se echaba a llorar desconsoladamente—. ¡Por Dios, no te pongas así, que no era mi intención! Perdóname, mujer, que no quería hablarte así. Sabes que nos la podéis dejar a Pedro y a mí cuando queráis, pero es que esta mañana voy de cabeza. De todas formas, si quieres que me la lleve conmigo, tú me lo dices y no hay ningún problema, ya me apañaré yo.

—Que no Ángeles, que no es eso. Al contrario, si os estoy muy agradecida a ti y a Pedro. Es que no sabía dónde estaba la niña y me he llevado un susto de muerte...

—Pero criatura, si ha sido tu marido el que ha venido a tomar unos chatos a la cantina, y como se le había olvidado el dinero en casa, me ha dicho que nos quedáramos un segundo con la niña mientras él se acercaba a coger unas perras, y se ve que el hombre se ha entretenido... ¿Es que no te lo ha dicho? ¿No has visto a tu marido?

—No es mi marido...

—Bueno, a mí esas cosas me traen sin cuidado, que yo no soy como esas cotillas del pueblo que no levantan el culo del poyete de la plaza para poner a parir a todo el que llega, el que pasa o el que se muere. Oye, reina mora, mira, haz el favor de tranquilizarte, que no ha pasado nada —le pidió mientras sacaba un pañuelo de hilo blanco del bolsillo de su bata que restregó por toda la cara con la misma maña que hubiera empleado una abuela—. ¡Será posible, estos jóvenes! Si es que el problema es que no habláis. Hoy en día los matrimonios no hablan, y claro, luego pasa lo que pasa. Pero tú tranquila, que yo me quedo con la niña tantas veces como haga falta. ¿Estás mejor ya? ¿Quieres que nos acerquemos al bar y te preparo una tilita? Verás qué bien te sienta y cómo te alivia la congoja que te has cogido, hija mía, por Dios...

—No, ya estoy bien. No te preocupes más y vete a hacer tus cosas, que ya te he robado bastante tiempo. Corre, ve, que ya me quedo yo con mi niña... Y gracias. Muchas gracias.

—¡Ay, ay, ay! —repetía mientras se alejaba después de besar a la pequeña Teresa Alina y de propinarle a Zehera un beso bien sonoro en la mejilla—. ¡Ay, esta juventud! Si es que no aprenden, ¡claro!, van a lo suyo, andan medio locos. ¡Habrase visto cosa igual! A mí es que, de verdad, no me cabe en la cabeza. ¡Claro, que son otros tiempos, pero así no puede ser, no puede ser de ninguna manera!

Cuando Ángeles se convirtió en un punto negro lejano en su horizonte visual, Zehera cogió en brazos a la pequeña, que para no perder la costumbre había seguido con atención la charla entre las dos mujeres. La apretó con fuerza contra su pecho, la besó, le pasó la mano por la abundante cabellera negra, le acarició los prominentes mofletes, la besó en los labios y la volvió a estrujar contra ella como si el mundo no existiera. Quizá por eso le costó escuchar los primeros gritos que encerraban su nombre.

—... era. ¡... era! ¡Zehera! ¡Zeheraaa!

Teresa gritaba cada vez más fuerte. De no haber reconocido el cochecito de la pequeña, hubiese creído que se había equivocado de persona al ver la nula reacción que sus alaridos provocaban en el cuerpo inmóvil de aquella silueta de mujer. Cuando exhausta llegó a la vera de su amiga, no disimuló su preocupación.

—¿Estás bien? ¿Seguro? He ido a tu casa y cuando he visto la puerta abierta y las muestras de la tarta esparcidas por el suelo del salón y a Aleksandar devolviendo en el baño, me he temido lo peor. Ha sido él el que me ha dicho... bueno... dónde podías estar. —Tanta explicación la había dejado sin aliento. Cuando recuperó el resuello, le preguntó—: ¿Estás bien? Qué susto, por Dios santo. Mira, yo no te quiero decir nada, pero...

—Eso, mejor no me lo digas. No hace falta. Lo que me vas a decir lo sé yo mejor que tú —dijo sabiendo que lo que necesitaba en aquellos momentos no era una reprimenda de su amiga.

—Ya… Pues es una pena, porque me lo traía todo preparadito para soltártelo así, de carrerilla, todo seguidito. —Rápidamente Teresa comprendió que tendría que esperar para soltarle el parlamento—. Vale, vale. Ya me callo. Por ahora…

Aquella noche Aleksandar no volvió a casa y tampoco lo hizo Zoran. Ella se quedó despierta, acurrucada en la cama, abrazada a su hija, que durmió en su mismo lecho, hasta que los escuchó entrar. Como ya habían hecho otras veces, lo hicieron entre susurros, pero no hubo apenas plática ni chisteo, tan solo una especie de gruñido contestando a otra suerte de rugido. Tampoco se escucharon risas ni se intuyeron movimientos torpes ni hubo golpes de muebles cayendo ni llaves estrellándose contra la mesa. No hubo más copas y sí un silencio que a Zehera la inquietó. Era como si dos fantasmas hubiesen entrado en la casa sin apenas hacer ruido. Pudo escuchar cómo Zoran se encerraba en su dormitorio y dejaba caer su pesado cuerpo sobre la cama. Lo mismo hizo Alek sobre el sofá del salón. Miró el reloj despertador que lucía intermitente encima de su mesilla de noche: las seis y diez. En veinte minutos tendría que levantarse. Decidió dar media vuelta y cerrar los ojos, pero conciliar el sueño con semejante premura fue empresa imposible.

Ese extraño silencio…

19

La tarta era digna de una princesa. Lucía radiante, hermosa, se podría decir que majestuosa con sus tres alturas, bañada con una fina y crujiente capa de chocolate negro sobre la que el color blanco de la nata que dibujaba magistralmente figuras florales hacía resaltar aún más su azucarado brillo. El interior encerraba el más sabroso y tierno bizcocho, preñado de la más exquisita crema, la trufa más delicada y la nata más suculenta que pudiera probarse en toda la comarca. Los muñecos de animalitos animados, las guindas rojas y verdes coronando cada uno de los pisos del pastel y las divertidas figuras de chocolate hacían el resto. Quizá era un pastel exagerado para una niña de solo un año de edad, pero Fernando consideró que la ocasión lo merecía. «No querrás que se conforme tu hija con un merengue bien quemadito en la punta y una vela en el centro, ¿verdad?»

El episodio del descuido de Aleksandar con la pequeña había dejado especialmente alicaída a Zehera y en la panadería hubo consenso: debían hacer cualquier tipo de esfuerzo, por absurdo o excéntrico que resultase, para animarla. Quedaban seis días para el 5 de febrero de 1994 y la fiesta se prometía inolvidable. Hasta la mujer de Fernando participó en los preparativos del cumpleaños pese a que la celebración de los festejos de santa Águeda la tenía casi secuestrada. Invitaciones personalizadas, aperitivos, refrescos, vela roja en forma de uno, manteles a juego con los platos, servilletas con personajes de dibujos animados, globos, una enorme piñata —que logró capturar la discreta atención de Zehera, hasta que venció sus temores y guiada por una curiosidad insaciable preguntó qué era aquel curioso artefacto que colgaba del techo del local de Fernando donde se celebraría la fiesta—, música infantil para la celebración, paquetes envueltos en llamativos colores de regalo y emperifollados por grandes lazos de raso... Todo estaba listo para convertirse en una tarde que guardara por méritos propios un lugar de honor en la memoria de la homenajeada, de su madre y de todos los niños del pueblo, ya que todos fueron invitados. También sería una buena ocasión para que Zehera y el resto de los vecinos de Villa de Alba terminaran de estrechar lazos, aunque algunos persistían en sus temores, recelosos ante la inquietante sombra de Zoran y, en menor medida, de su primo carnal.

Al contemplar por la ventana de su habitación la densa y aún inmaculada nieve que anidaba fuera, agradeció que el cumpleaños de su pequeña cayera en sábado, lo que sin duda facilitaría la asistencia a muchos de los invitados, que olvidarían el mal tiempo y aprovecharían el fin de semana para el ocio. «Al menos no tendrán la excusa del trabajo. Qué triste sería una fiesta de cumpleaños con una enorme tarta y sin invitados.» Estaba convencida de que los vecinos acudirían, Teresa no había parado de asegurárselo y de poner por testigo a todas las vírgenes del santuario que pudo recordar mientras despachaba barras de pan todavía calientes y distribuía pasteles recién hechos en bandejas de papel. Aun así no podía evitar que cierto temor la invadiera al plantearse lo cruel que resultaría una ausencia generalizada.

Miró el calendario embaída en estos pensamientos: lunes 31 de enero. No quería comenzar aquella semana con dudas, con miedos, con quiméricas posibilidades que solo conseguirían carcomer su estómago y sombrear profundas ojeras bajo sus ojos. Sacudió ligeramente la cabeza mientras terminaba de secarse el pelo; al fin había recuperado el brillo y la salud perdida meses atrás. Luego se miró en el espejo y contempló detenidamente sus labios: se mostraban lívidos, apagados, sedientos de vida. Durante unos segundos, su cerebro obvió la perfecta comisura de su boca y la sustituyó por una imagen en la que aparecía junto a su hermana Suhra pintándose los labios de rojo.

«Sonríe, hermana. Sonríe, que eres una rosa.»

El eco que creyó escuchar con claridad la obligó a acatar la orden y esbozar la solicitada mueca. La tentación condujo su mano hasta una pequeña bolsa blanca con una cremallera dorada, donde guardaba las pocas pinturas que usaba de tanto en tanto. Sus dedos acariciaron y después atraparon el objeto de deseo: un pequeño estuche cilíndrico de color negro que encerraba una cremosa y brillante barra de labios de color rojo. Ayudada por las yemas de su índice y su pulgar, volteó el mecanismo hasta ver aparecer la puntiaguda forma que presentaba el carmín debido al uso, y lo acercó con sigilo a sus labios, como si se tratara de un grato manjar a punto de ser degustado. Sin dejar de observar su propio reflejo, vio cómo el primer trazo quedaba sombreado sobre la mitad de su labio superior para continuar su recorrido, destilando idéntica delicadeza y destreza, y terminar con una última pincelada que conquistó la totalidad de la boca. Invirtió un tiempo en examinarse en silencio. El resultado le gustó. Sonrió abiertamente, incluso exagerando el gesto, con la ilusión de que dentro de las dimensiones de aquel espejo brotase un frondoso matorral de enormes rosas rojas como en pleno mes de mayo. Mantuvo la sonrisa y sintió que sus pómulos se elevaban, los dientes blancos se acomodaban sobre la fina piel labial que se tensaba al límite y los ojos se achinaban y cedían irremediablemente al destino feliz trazado por aquella sonrisa. Habría podido conservar aquella mueca durante horas, pero un estruendo la hizo añicos: el timbre del teléfono la sacudió de arriba abajo, rompió el nimbo que la tenía sometida a un peregrino autismo. Zehera corrió a calmar el berrinche de aquel aparato que durante meses había convertido en su único horizonte de infructuosas esperanzas.

«Tarde. Otra vez llego tarde. En la panadería me matan. Voy a conseguir que me echen.» Llegó casi sin aliento a levantar la mancuerna.

—Sí, Teresa, es que se me han vuelto a pegar las sábanas, perdona, ya salgo... —Al otro lado del hilo telefónico, ni una sola palabra. Solo un zumbido metalizado, como si dos cables friccionaran hasta producir el estallido de chispas—. ¿Teresa? ¿Eres tú?

—¡Zehera! Soy Suhra, ¿puedes oírme? ¿Zehera?

Tuvo la sensación de que un enorme tren de mercancías había impactado sobre ella y le había atravesado el pecho. No podía ser. Como ausente y sin saber muy bien por qué lo hacía, alejó el teléfono del oído y observó el auricular. Miró a su alrededor, quizá en busca de alguna explicación que por supuesto no encontró. Era imposible. El oído le estaba jugando una mala pasada, una broma de pésimo gusto. Volvió a acercar, despacio y sin poder disimular un hondo terror, el auricular a la oreja y esperó un tiempo tratando de verificar lo que había escuchado.

—¿Zehera?... —insistía la voz metalizada—. No sé si me oye —parecía confiarle a un tercero—, se escucha mal. ¿Estás ahí? —volvía a dirigir la voz hacia el auricular—. ¿Puedes oírme?

—¡Suhra, júrame que eres tú! ¡Júramelo! Por favor, por favor, por... —Los nervios y el impacto que le produjo el sonido de la voz que anhelaba escuchar desde que salió de Bosnia desembocaron en una opulenta catarata de lágrimas, mucosidades, flemas y babas que inhabilitó su organismo, alojándose con un particular esmero en su constreñida garganta.

—No llores ahora, hermana. Ya llorarás luego. Ahora háblame, ¡déjame escucharte! No sé cuánto tiempo tenemos. Un periodista me ha dejado un teléfono, si es que a este armatoste se le puede llamar así, y no sé cuánto puede durar hasta que caiga el próximo mortero o silbe la próxima bala.

—¡Estás viva! No sabes lo que he rezado para poder vivir este momento. ¿Dónde estás? Y Ari, ¿está bien?, ¿estáis todos bien? ¿Y Nicolás? ¿Sigues en Sarajevo? Cuéntamelo todo, deprisa, que no pase como la última vez cuando tu voz desapareció. He intentado llamarte miles de veces, pero no había manera de comunicarme contigo. No sabía si estabas viva o... —No se atrevió a terminar la frase ni tampoco entendió la tímida sonrisa que creyó escuchar al otro lado.

—Si estuvieras aquí no tendrías tantos problemas para pronunciar la palabra «muerte». No te preocupes. Estoy demasiado familiarizada con ella, ya ni duele ni asusta ni nada. Tan solo la esperamos. Ari está conmigo, el pobre no para de llorar: a él sí le cuesta acostumbrarse a las bombas, las explosiones, las sirenas, los tanques blindados y los gritos. Menos mal que otras personas nos acompañan día y noche. Prácticamente vivimos en el sótano de la casa. ¿Recuerdas la foto que te envié del edificio de cinco plantas donde vivíamos? Pues aquí sigo, aunque de él no queda más que el sótano, algunos tabiques huérfanos, algunos hierros doblados sobre sí mismos o directamente arrancados de cuajo y la fachada con grandes agujeros... —Zehera escuchaba extasiada cómo la voz de su hermana se perdía en una carrera de detalles. Era como si quisiera contarle todo de golpe antes de que se interrumpiera la comunicación—. Al principio de la guerra nos recomendaron tapiar puertas y ventanas. Ahora nos reímos de aquel esfuerzo. Ya no queda nada. Los impactos de los proyectiles han abierto tantos boquetes que no hacen falta ni ventanas... Tampoco tenemos parqué: lo hemos tenido que quemar. En cuanto vinieron las primeras nieves, fue imposible resistir: veinte grados bajo cero. Fue horrible. Nos cortaron el agua, el gas, la luz, la electricidad... así que tuvimos que hacer hogueras para entrar en calor. Los parques empezaron a quedarse sin árboles porque todos corríamos hacia ellos en busca de leña. ¡Tenías que habernos visto! Cuando prácticamente arrasamos con todos los troncos, empezamos a quemar muebles: primero una silla, luego un cuadro, una mesa, la cama, un armario. Luego tuvimos que desprendernos de los libros y de las fotografías. Quemar nuestra vida, nuestros recuerdos. No sabes lo terrible que es eso hasta que lo ves arder entre las llamas: es como si el mismo demonio devorara tu vida, tu pasado, como si se riera de tu memoria y disfrutara consumiéndola a mordiscos. Pero al menos vencimos al frío y pudimos hervir y cocinar los pocos alimentos que teníamos. Jamás pensé que pasaría tanta hambre en toda mi vida. Si me lo llegan a decir cuando vivíamos tan tranquilos en Visegrado, no lo hubiese creído. Me consuelo imaginando lo que me estaría llevando a la boca hoy si hubiese guardado algo del pastel de la abuela, o del estofado que yo preparaba. ¡Dino no paraba de mojar pan y madre le regañaba esa manía!, ¿te acuerdas?

No requería ninguna respuesta, y rápidamente continuó con el relato. Suhra no dejaba de hablar, como si tuviera la certeza de que si cedía a la tentación de respirar entre frase y frase, aquella comunicación se esfumaría en el aire como solía suceder. Necesitaba escucharse, tener la certeza de que su voz era escuchada. Estaba segura de que sus palabras silenciarían cualquier bala, onda expansiva o fuego de metralla que osara romper aquel momento.

—... y el agua ha sido otro problema. Eso sí que ha matado a muchos. Nos dejaron sin ella enseguida. Algunos se atrevían a llegar hasta las montañas y coger agua del río, pero luego tenían que esquivar las balas y muchos no lo lograban. El resto teníamos que recogerla en cubos cuando llovía: salíamos a la calle con cuidado, procurando no asomar mucho la cabeza para que no nos la volaran. Luego la hervíamos. De hecho, eso me salvó una vez. Fue una noche, cuando un soldado serbio intentó entrar en la casa y yo le arrojé una cazuela de agua hirviendo. Ni siquiera lo pensé. Solo miré a Ari y no lo dudé.

Creo que le abrasé el rostro. Todavía escucho en mis oídos sus alaridos de dolor y parece que le estoy viendo correr escaleras abajo mientras se cubre el rostro con sus sucias manos. ¡Claro que yo me quedé sin el agua! Y luego las epidemias de cólera, la hepatitis, el tifus abdominal, las salvajes gastroenteritis que han llegado a matar a niños. Al no haber agua y al no poder hervirla siempre que se quiere, la gente bebe sin tener cuidado y casi de cualquier lugar de donde salgan unas míseras gotas, y como tampoco tenemos medicinas... ¿Sabes lo que dice Aldo? Bueno, perdona, Aldo es un vecino, uno de los pocos hombres que se mantienen con vida y que bromean con su supervivencia diciendo que alguien tiene que cuidar de las mujeres del edificio. Está aquí conmigo, a mi lado, no quería que viniera sola. Bueno, pues dice que hay que tener mala suerte para morirse en Sarajevo de algo que no sea una bala de un francotirador. —La sonrisa de Suhra avivó la imaginación de su hermana, que pudo visualizarla tal y como la recordaba: con la sonrisa coloreada en la boca—. La verdad es que Aldo es muy divertido, al menos consigue que nos riamos todos y que por momentos olvidemos el agujero en el que estamos. Nos habla mucho de los viajes que ha hecho por todo el mundo. Ha estado en España y no ha parado de contarme cosas de ese país porque sabía que habías logrado huir con Aleksandar tal y como te rogué que hicieras. Lo sabía. El primer año seguimos como pudimos los Juegos Olímpicos de Barcelona y a Aldo se le ocurrió organizar unos minijuegos con todos los inquilinos del edificio, con juegos invisibles. En vez de medallas, a los ganadores les dábamos piedras y algunos todavía las llevan en los bolsillos y las muestran con orgullo a todo aquel que quiera verlas. Es a él a quien se le ocurre todo tipo de distracciones que nos alejan de la realidad. Se ha inventado el número de la pizza. —Suhra parecía abandonada al relato, como si se le hubiera olvidado la presencia de su hermana menor al otro lado del teléfono—. Un día nos sorprendió a todos diciéndonos que había pedido una pizza, y con la complicidad de una vecina, se encaminó a la puerta, hizo como si cogiera una enorme caja de cartón de manos de un repartidor, se sentó en el sofá y se fue comiendo la pizza invisible delante de nuestras narices, mientras hacía todo tipo de comentarios sobre lo sabrosa que estaba, lo que crujía la masa, lo bien que sabía el queso fundido, el tomate, el bacon, la carne, el peperoni, la piña, el champiñón, el pimiento... Y cuando terminó, venga con la cantinela de que no tenía dinero para pagar al repartidor, que era el papel que hacía la otra vecina. Y los dos a correr por todo el sótano, la una detrás del otro. ¡No sabes lo que nos reímos! ¡Ay, Aldo!

—¿Y tu marido, Suhra? ¿Qué ha pasado con Nicolás? —pudo por fin preguntar.

—No lo sé. —Toda la entereza que había marcado su relato se desmoronó a raíz de aquella pregunta—. Un día salió de casa con dos vecinos más. Quería hacerse con algo de comida. Estaba cansado, irritado, furioso por lo que nos estaba pasando. No paraba de repetir: «¿Qué está haciendo el mundo? ¿Por qué vuelve el rostro para no vernos?». Estaba obsesionado con eso. Decía: «¡Por qué no reaccionan! ¡Por qué no nos ayudan! ¡Por qué no paran esto! ¿Cómo se lo explicarán a sus hijos? ¡Por qué nos miran como si fuéramos invisibles, cómo pueden dormir sabiendo lo que nos están haciendo!». Cuando se ponía así no había forma de calmarle. Quizá porque tenía toda la razón. Aquella mañana fue la última que le vi. Uno de los vecinos volvió, herido en la pierna y sangrando por la cabeza. Nos dijo que estaban intentando hacerse con unas latas de comida y algo de pan y que los habían atacado. Cada uno huyó en una dirección, y desde entonces no sabemos nada. No hay manera de comunicarse. Pero sé que le encontraré: cuando toda esta barbarie termine, iré a la Barcasija, al café del antiguo barrio turco de Sarajevo donde solíamos ir siempre con nuestros amigos, y le encontraré sentado en la mesa de la esquina, que era la que más nos gustaba, sonriéndome, tomándose un café y una copa de ese licor tan fuerte que le gusta a él. Sé que no ha muerto, hermana. Lo sé. Estoy convencida. Es un sentimiento demasiado fuerte el que siento. No ha muerto. Me está esperando. Como te ha pasado a ti conmigo. Tú sabías que estaba viva y que algún día te encontraría.

—Pero Suhra, ¿qué puedo hacer? Tienes que salir de ahí, tienes que irte a otro lugar...

—¿Adónde voy a ir? Todo está igual. Son casi dos años de cerco a Sarajevo y esto no parece que vaya a terminarse nunca. Todos los días son idénticos. Te despiertas y el primer pensamiento es si será el día en el que una bala perdida de un francotirador te romperá la cabeza o el corazón, si te dejará tirada en la calle con los brazos en cruz y los ojos abiertos, mirando al cielo.

Zehera adivinó que la energía con la que hablaba su hermana nacía de la desesperación, de la rutinaria convivencia con el miedo, de la sabiduría que da el conocer con precisión la delgada línea que separa la vida y la muerte. No le extrañó un ápice la dureza de su relato. Estaba más que acostumbrada a escucharle parlamentos cargados de realismo, de descarnada sinceridad, de abrupta crudeza, sin dar margen a la sutileza ni maquillar ningún desperfecto. Justo lo contrario a lo que plasmaba en sus pinturas. Sus palabras la llenaron de dolor, de tristeza y de una impotencia que no sabía cómo mitigar.

—¿Sabes que destrozaron la Biblioteca Nacional, esa que yo quería que vieras cuando me visitaras? Fue el 25 de agosto del 92, a las nueve de la noche. Aldo me contó que desde las montañas dispararon treinta o más proyectiles incendiarios y lo destrozaron todo. El noventa por ciento destruido. Millones de publicaciones, de obras de arte, de manuscritos únicos; los catálogos, las fichas, los libros, la historia... No eran solo libros, hermana, no caigas en el error de pensar que las pérdidas humanas son más importantes. La Biblioteca era un símbolo, pero no solo del pueblo bosnio, sino de todos: musulmanes, cristianos, judíos, ortodoxos, de todos los que habían optado por respetar otras culturas, sin preocuparse por las religiones. Porque en la guerra, ese respeto y esa unión son un peligro que hay que aniquilar. Y el fuego lo hizo. ¿Sabes que quien dio la orden de destruirla escribe libros de poesías? Un artista destruyendo el arte de los demás, el que hicieron otros y el que nos pertenecía a todos. Es la mejor definición para esta estúpida guerra que no tiene ningún sentido. —Suhra respiró hondo, algo que solía hacer desde que Zehera tenía uso de razón y que no tardó en heredar—. Pero cuéntame tú, por favor, que no paro de hablar. ¿Qué haces? ¿Cómo estás? ¿Cómo es tu vida? ¿Dónde estás exactamente?

—En Villa de Alba: un pueblecito precioso de Salamanca, en el oeste de España. Es mucho más pequeño que Visegrado, pero nos han acogido bien. Estoy trabajando en una panadería...

—¡Dios santo, en una panadería! —la interrumpió sin poder contenerse—. Qué suerte, hermana. Aquí una manzana es un sueño. Y un pedazo de pan, casi una alucinación. De hecho, conseguir una barra se ha convertido en una pesadilla. Los serbios y los francotiradores que han contratado aprovechan que estamos en la cola para comprar el pan y nos acribillan. Ha pasado muchas veces. No te imaginas el peligro que supone salir a la calle. Es un viaje a lo desconocido, un riesgo sin sentido. Tenemos que cruzar las avenidas corriendo, agachados, esquivando las balas y a poder ser las miradas de los francotiradores, que se pueden pasar horas observándonos y pensando en cómo matarnos. Nos colocamos unos detrás de los otros, agazapados en una esquina y cuando nos llega el turno tenemos que salir corriendo, sin poder pensar en ello, sin poder dudar, es como jugar a la ruleta rusa y si no reaccionas, el de atrás te empuja para que te muevas y no le impidas a él poder llevarle a sus niños un trozo de pan que llevarse a la boca. Al principio me negaba a salir, me aterraba, quedaba paralizada cada vez que escuchaba los gritos. *Pazite, snaiper!* Al principio ni siquiera lograba entender con claridad lo que decían, solo escuchaba un alarido y veía que la gente se tiraba al suelo. Luego me explicaron que gritaban «¡cuidado, francotirador!», y es un sonido que se me ha quedado grabado, como el de las innumerables sirenas que suenan para todo. Pero no hay más remedio que salir si quieres comer, ¡y te sorprendería ver cómo cruzo la avenida! Aldo casi me ha convertido en una experta en armas. Ya sé diferenciar entre los kalashnikov y la bandera roja, que es un arma parecida pero de fabricación yugoslava. Una noche Nicolás se enfadó, me miró fijamente y me dijo: «No hagas caso. No te fíes. El fusil malo es el que te apunta a ti, tenga la nacionalidad que tenga el que aprieta el gatillo.

»Al que no le permito que salga es a Ari, ¡es tan pequeño! Aunque no te creas que eso los detiene. Al contrario. Son unos sádicos. Si pueden matar a un niño de seis meses, mejor que a un aciano. No podrías creer las cosas que llegan a hacer por el puro placer de matar. El primer verano de la guerra, nada más comenzar el mes de agosto, los francotiradores serbios acribillaron un autocar que transportaba a Alemania a cincuenta y dos niños evacuados de un orfanato de Sarajevo. Mataron a dos niñas: Roki, de trece años, y Vedrana, de tres y medio, casi la edad que tenía entonces mi pequeño Ari. A los tres días, cuando todos estaban en el cementerio para enterrarlas, las milicias serbias y el ejército federal lanzaron dos morteros contra el camposanto. La abuela de Vedrana resultó herida y perdió un brazo. El resto de los niños corrieron aterrados a esconderse de la metralla y del fuego en las tumbas. ¿Puedes imaginártelo? ¿Me puedes decir qué idea, qué territorio, qué religión, qué dinero, qué orgullo herido, qué clase de paranoia puede justificar ver a niños de dos y tres años lanzándose a las tumbas para librarse de la muerte? Los pequeños no les limitan su hambruna de sangre. No les importa que mueran bebés en las incubadoras por sus cortes de luz y tampoco les afecta lanzar un mortero en el interior de un coche donde un padre acababa de dejar a sus hijos mientras él intentaba encontrar algo de pan. Nicolás tenía razón. ¡Tenía tanta razón! —Suhra guardó silencio apenas unos segundos—. Zehera, perdona. Te estoy asustando. Ya sabes que soy muy burra, que digo las cosas tal y como son y a veces no hace falta ser tan explícita, cariño, discúlpame.

—¿Que te perdone? Pero cómo me dices esas cosas. Lo que me consume es no saber qué puedo hacer por ti ni por Ari ni por nadie. No he sabido de nadie. Es imposible localizarlos. Dejé a Dino esperando que padre y madre fueran a recogerle para huir, y desde entonces no he tenido noticias. No sé qué hacer por vosotros. Me siento fatal. No sé cómo ayudaros. ¡Qué hago, Dios mío, qué puedo hacer!

—Vivir. Vive apasionadamente cada día, cada hora, cada segundo. Vive, ríe, llora si quieres, peró desde la alegría de saber que estás viva. Sal a la calle y grita, siéntate en una terraza y tómate un café, vete al mercado y compra un kilo de naranjas, monta en bicicleta por el parque hasta extenuarte y luego descansa en un banco, ve al teatro, a la biblioteca, a ver una película, date un baño en un río, tiéndete al sol... ¿Me entiendes, hermana? Haz todo lo que quieras y hazlo ya. Como si no hubiera un mañana. Siéntete libre. ¡Ah! Y recuérdalo siempre. —Antes de que su boca se abriera para decírselo, Zehera ya sabía cuáles serían las siguientes palabras de su hermana mayor—: Píntate los labios de un rojo intenso, que parezcan hermosos pétalos de rosas abriéndose al mundo. Lo seguirás haciendo, ¿no?

—A días. Hoy sí, después de mucho tiempo sin animarme...

—Mal hecho, cariño. Sé que te puede parecer una tontería, pero yo lo hago casi a diario. Me anima, me ayuda a enfrentarme a la vida con otro coraje, a acordarme de ti, de nuestra vida anterior, de nuestros sueños, y no hago mal a nadie. Al contrario. Ya sabes: si tú sonríes, el mundo tendrá un motivo para hacerlo. La risa es cura de los males que se tienen y prevención de los que no; es uno de los proverbios más antiguos de Sarajevo. Sonríe, hermana. Será como una rosa que se abre y contagia su optimismo a los demás. Espero que no lo hayas olvidado. Es en estos momentos cuando se necesitan más rosas.

—Ahora tengo una hija, Suhra —terció Zehera, más animada.

—¡Una niña! Cómo iba a saberlo. Qué feliz me haces, hermana. Y qué feliz estará Aleksandar.

Zehera cerró los ojos, apretó los labios y pudo notar en ellos el sabor del carmín. Siempre había pensado que cuando localizara a su hermana le contaría todo lo que había pasado, encontraría el desahogo que su cuerpo y su mente ansiaban. Las sesiones de confidencias con su amiga Teresa habían resultado gratamente balsámicas, pero necesitaba vaciarse por completo con la persona que mejor la entendía, y esa era su hermana. Sin embargo, no se atrevió. No en aquel momento. Se hubiese sentido demasiado sucia y egoísta, sin fuerzas para acarrear el peso de aquel sentimiento de culpa. Después de escuchar el relato de Suhra, no tenía derecho a hundirla aún más con los lastres de su propio pasado. Al fin y al cabo, ella estaba a salvo, lejos de las bombas, de los morteros que mataban niños y acribillaban a personas en la cola del pan. ¿Qué derecho tenía a quejarse? Ya le ofrecería la vida un mejor momento para verter todo el odio en forma de atroces recuerdos enquistados en su cuerpo, ya encontraría una mejor ocasión para contarle a su hermana por qué Aleksandar no se sentía tan feliz como Suhra suponía.

—¿Y cómo se llama la niña? ¿Qué edad tiene? —reclamó al verse convertida en tía.

—Teresa Alina. Ese es su nombre. Y este sábado cumple un año. Es una santa. No da ninguna guerra. —Zehera se sorprendió al advertir que aquella definición le había devuelto la imagen de Sasa Ludonovic a la mente. Como siempre hacía cuando pasaba algo semejante, no ahorró esfuerzos para deshacerse de aquel injurioso perfil.

—¿Teresa? ¿Qué clase de nombre es ese?

—Es el nombre de mi mejor amiga aquí. Es una historia muy larga que ya te contaré algún día. Ahora quiero seguir escuchándote. ¿Has visto a Deyan? Porque habrá sido él quien te ha dicho dónde encontrarme. Quizá pueda ayudarte a salir de Sarajevo, él tiene contactos, ya ves cómo ha conseguido que me llamaras...

—¿Deyan? No sé quién es. —Cuando Suhra pronunció su nombre, el propietario del teléfono por el que estaba hablando asintió levemente con la cabeza y mostró una media sonrisa, algo forzada—. ¡Ah! Pues sí debe de ser quien ha conseguido todo esto, pero yo no le conozco. Solo sé que han dado conmigo y que me dijeron que tenía la posibilidad de hablar contigo. Pero bendito Deyan, sea quien sea.

—Es un primo de Alek. Fue él quien nos ayudó a salir de allí, por eso te digo que...

—De aquí no puede salir nadie. Ni salir ni entrar. Esto es una cárcel. Una trampa. Es un cerco, hermana. Es un agujero en el mundo, un agujero negro y profundo en el que nadie quiere entrar porque lo más seguro es que caiga en él. Es más fácil taparlo, aunque eso nos entierre.

—Por favor, no hables así. Esto tiene que acabar en algún momento. No puede durar mucho más —le rogaba, aunque entendía que también era por puro egoísmo.

—Tienes razón. Además, no estoy siendo justa. Aquí también pasamos buenos momentos y casi no te los estoy contando. ¿Sabes que a través de uno de los boquetes que hizo un mortero en nuestra casa veo algo que siempre me recuerda a ti? Es una frase que alguien escribió en una pared de la avenida de los francotiradores: «Te quiero, Edine». Y lo que hago es guiñar un ojo, y con esa perspectiva coloco un dedo sobre el nombre de Edine y lo cambio por Zehera, y así te siento más cerca. No creo que a la tal Edine le importe. De hecho, no sé si seguirá viva para poder leerlo. Pero yo sí, y eso me ayuda a sonreír.

—Te quiero mucho, hermana —dijo Zehera mientras se esforzaba por tragar el compendio de emoción contenida que había anidado en su garganta—. Te quiero con toda mi alma.

—No me olvides nunca. No lo hagas. —Suhra presentía que la conversación iba a terminarse de inmediato porque veía la cara de preocupación y los gestos de premura que le dedicaba el propietario del teléfono satélite. Se empezaban a escuchar disparos y explosiones no muy lejos de donde ellos estaban. Debía colgar y no sabía cómo hacerlo—. No te olvides de mí ni de Ari ni de Nicolás. Guárdanos siempre en tu memoria. Te amo, hermana.

Fueron las últimas palabras que le escuchó. Después de aquel ruego exasperado, no se recibió ninguna señal en la línea. El teléfono había enmudecido sin atender los ruegos de Zehera, que clamaba por escuchar de nuevo la voz de su hermana. Los gritos despertaron a Aleksandar, y al observar la cara desencajada de su novia y escuchar el nombre que repetía sin descanso, comprendió que algo había pasado y trató de consolarla como llevaba siglos sin hacer.

—Tranquilízate. Al menos sabes que está viva. Es una muy buena noticia. Deberías estar feliz por ello. Cálmate. Si te ha llamado esta vez, volverá a hacerlo, seguro, confía en mí. Verás como os encontráis pronto. Está viva, ¿no lo entiendes? Está viva después de casi dos años de guerra.

Zehera le abrazó. Sintió de nuevo la fortaleza de su cuerpo extremadamente varonil, aunque era cierto que había perdido peso y masa muscular desde que había comenzado a beber y había dejado de lado el ejercicio físico. El calor de aquel moldeado torso masculino que ya tenía casi olvidado la reconfortó tanto como el primer beso con el que le sorprendió Aleksandar en mucho tiempo. Volvió a notar la boca húmeda que había dado por perdida y su voraz lengua parecía recordar todos los espacios conquistados tiempo atrás. El ligero olor a madera que solía desprender su piel tostada había reducido su intensidad, pero aún lograba seducirla y anestesiar en parte sus sentidos. Cerró los ojos y se dejó llevar. La barba incipiente de Alek acariciaba su rostro y los labios que un día se abrieron para hablarle de ruedas de bicicleta pinchadas y de la ciudad de Damasco ahora mordisqueaban con suavidad su excitada epidermis, estremeciéndola con un barniz de besos delicados. Alek se deleitaba besando y lamiendo los dedos de Zehera, y ella por primera vez no se negó a dejarse arrastrar por el placer ni puso obstáculos al camino que trazaban las manos fuertes y huesudas de su amante sobre su piel. Se blindó a la amenaza de todo fantasma pretérito, convirtió su cuerpo en una fortaleza de hierro que ninguna imagen, ningún recuerdo, ninguna música, ninguna voz que no fuera la suya y la de Alek pudiera traspasar. A ella misma le sorprendió su inusitado poder de concentración y aquella habilidad desconocida la hizo sentirse orgullosa y más fuerte. Por eso cuando el instinto la llevó a morderse los labios, apreció el carmín y esbozó una sonrisa.

Las palabras de Aleksandar era ciertas: su hermana estaba viva y eso era motivo de celebración, así que se dejó llevar como si estuviese tumbada en una barca río abajo, conducida a capricho de la corriente, sin pensar en las consecuencias que pudiera acarrearle aquel abandono voluntario. No encontró ninguna razón para rechazar lo que la vida le ofrecía en ese momento, lo que ella se merecía, lo que durante tanto tiempo se le había negado. Hubiese sido un insulto y ya había recibido demasiados.

20

Desde que convirtió en cotidiano el gesto de pintarse los labios de un rojo intenso cada mañana, habría dicho que la vida la observaba de otra manera. Incluso Fernando —envuelto en el pesado sudor que le legaba el horno de la panadería, y con esos ojos que parecían destinados a mirar tan solo la masa, la harina, la levadura y la sal— advirtió que el rostro de su empleada relucía como pocas veces había visto. Todos en la tahona se alegraron, y más teniendo en cuenta el trabajo extra que les acarreaba la cercana festividad de santa Águeda y el primer aniversario de Teresa Alina.

—Debes de estar agotada —rió Teresa—. A mí no me engañas con esa sonrisita que no se te cae de la boca en todo el día. ¿Por qué no te vas a casa? Esta tarde las cosas por aquí van a estar más relajadas. Mañana es el gran día y tienes que estar a tope: por la mañana santa Águeda y por la tarde el cumple de la niña. Hazme caso, vete a casa y aprovecha para descansar. Si de pronto hacen falta otras dos manos, descuida, que yo te llamo.

—¿De verdad no te importa? —preguntó Zehera por puro compromiso, encantada con la idea—. La verdad es que me vendría muy bien para recargar pilas, ya sabes.

—No lo sé, pero me lo imagino. Mira qué pronto ha aprendido ella lo de recargar la batería —comentó alzando la voz lo suficiente para encontrar la complicidad de su padre, que observaba divertido la escena desde la trastienda—. Pero si te vas es para descansar, no me vayas a venir más cansada.

Se quitó el delantal que marcaba su recuperada figura después del parto, corrió a besar a Fernando —no sin antes descuidarle uno de los merengues blancos con la punta ligeramente tostadita—, hizo lo propio con Teresa e incluso se despidió animada de la poca clientela que guardaba su vez para comprar el pan. Camino de casa, quiso disfrutar de la belleza que le ofrecía aquel pequeño pueblo. A Zehera le gustaba la nieve: lejos del incordio que le resultaba a la mayoría de los lugareños, a ella se le antojaba hermosa, acogedora y tremendamente vital. Podía pasar horas jugando con ella, tumbada sobre el grueso manto blanco cuando aún lucía inmaculado. Se había acostumbrado a las estrechas y cortas callejuelas que cruzaban el pueblo, a las casas de piedra, a las chimeneas incesantes y el humo gris que se perdía entre las nubes, a los carros y tractores que a menudo cruzaban la aldea —en lo que los tenderos locales entendían como competencia desleal, un auténtico engañabobos— ofreciendo productos de la zona a buen precio. Definitivamente, le gustaba su nuevo hogar. Se sentía cómoda, segura, aceptada casi por todos. Por primera vez en mucho tiempo su cuerpo y su espíritu nadaban en un mar de tranquilidad que no avistaba en el horizonte turbulencias peligrosas. La metamorfosis del todo inesperada de Aleksandar le había ayudado a poner de nuevo en pie los sueños de futuro que ambos apuntalaron antes del estallido de la guerra y de su precipitada salida de Bosnia, y que versaban sobre familia, trabajo y, sobre todo, amor.

Mientras consumía los últimos residuos del merengue y su lengua rebañaba habilidosa el papel blanco que lo envolvía, pensó en acercarse al río y darse una vuelta por el puente, pero desestimó la idea. «Quizá Alek esté en casa y...» No se equivocó en su acariciada hipótesis, aunque el desenlace no fuera ni mucho menos el deseado.

Cuando llegó casi sin aliento a la casa, turbada al recrear en su mente la posibilidad de un nuevo encuentro con su novio, sus castillos en el aire se desplomaron. Alek le explicó a la carrera que tenía una entrevista de trabajo y debía salir en aquel mismo instante: «Qué bien que hayas venido, pensaba llevarte a la niña a la panadería. No me llevará mucho tiempo, ya verás. Estaré en casa antes de lo que piensas, lo que tú tardas en dormir un poco. Es una buena oportunidad. Podría encontrar por fin trabajo y sabes lo bien que nos vendría». Después de que la besara en los labios y saliera por la puerta, ella se quedó observándole en la ventana, contemplando las zancadas de sus andares. Cuando de su presencia solo quedaban las huellas de los enormes zapatos en la nieve, se retiró del ventanal y acudió a la llamada de un incipiente llanto de Teresa Alina.

—Tienes sueño, ¿verdad, cariño? Mamá también. Te doy de comer y a dormir, que falta nos hace a las dos. Verás lo guapa que vas a estar mañana y lo bien que lo vamos a pasar con esa tarta tan grande que nos ha hecho Fernando, y con todos esos globos de colores.

La pequeña pareció entender sus palabras, porque le devolvió una tierna y mellada sonrisa que llenó de gozo a su madre. La besó en los enormes mofletes que no solo conservaba desde que nació, sino que habían ido en aumento, y después de mecerla entre sus brazos durante unos minutos, disfrutando del olor a loción de bebé que desprendía su piel, la tumbó cuidadosamente en la cuna. Esperó a que se durmiera mientras acariciaba con mimo la abundante cabellera de pelo negro que poblaba su cabecita. Cuando se alejó de ella, su cuerpecito yacía inerte, sumido en un sueño profundo y abandonado, cautivo de una delicada respiración que silbaba complacida. Pensó en llamar a la panadería para asegurarse de que no la necesitaban allí, pero el cansancio venció el pulso y decidió tumbarse en la cama. «Si Teresa me necesita, llamará.»

El sueño la envolvió de inmediato. En cuanto posó la cabeza en la almohada, se sintió narcotizada por la pereza, víctima de la inanición más absoluta, presa de un desfallecimiento extremo justificado por el exceso de actividad de los últimos días y por la plétora de emociones que le sobrevino sin previo aviso hacía apenas unas horas.

Pronto su cuerpo quedó amparado en la inconsciencia más profunda. Poco a poco la realidad se fue volviendo sorda, muda, oscura. Completamente invisible. Zehera abrió los ojos en un escenario onírico donde se entremezclaban historias, caras conocidas con otras totalmente nuevas, voces susurrantes que le hablaban, que podía reconocer con claridad, que le daban un contexto al escenario en el que la ensoñación la había situado. Tuvo la certeza de observar rostros que llevaba meses sin ver, de revivir situaciones que creía archivadas en calidad de recuerdos. Gracias a esa agradable quimera en la que la sumergió el descanso pudo volver a pasear por los montes de su Visegrado natal, caminar por el puente acariciando sus piedras blancas y abrazándose a ellas para escuchar recónditos secretos guardados durante siglos, recorrer parajes en bicicleta con la ineludible compañía de su hermana Suhra. Una vez más degustó junto a sus amigos el exquisito café del pequeño kiosco del puente, y saludó a Aída, a Ivo y a Leko, que servía entre sonrisas su aguardiente especial de la casa en pequeños vasos de cristal, con su delantal corto de color negro atado a la cintura. Se vio a sí misma descansando bajo un árbol cercano al Drina, recostada en el pecho de Alek, que leía con interés el periódico. Cerró los ojos para dejarse hechizar por el sonido del agua que bajaba brava, arrastrada por la corriente de un río que se adivinaba fresco y cristalino, y permaneció allí con la penumbra cubriendo el verde esmeralda de su mirada.

No pudo calcular cuánto duró aquella experiencia placentera. Cuando la dio por terminada, abrió los ojos. Todo a su alrededor había desaparecido: ni Aleksandar, ni el río, ni el árbol, ni el sonido del agua, ni la frondosa vegetación, ni las voces, ni el puente, ni el penetrante olor a café... Se vio envuelta en un camisón amplio de color blanco, acostada en un camastro que ocupaba media habitación. El agua comenzaba a inundarla y ella intentaba huir de allí. En pocos segundos, su cuerpo estaba sumergido y su único afán era alcanzar la superficie, donde apreciaba un débil halo de luz. No era la primera vez que protagonizaba esa lucha. Sabía que se trataba de la misma pesadilla que lograba despertarla entre sudores y lágrimas durante sus primeras noches en España. Al igual que entonces, empezó a ver los cuerpos de sus amigos y familiares flotando a su lado, muertos, ahogados. Zehera seguía mirando hacia arriba, aunque de nada servía el esfuerzo de sus brazos y sus piernas por elevarse hacia lo más alto de la habitación inundada; más bien al contrario, cuanto mayores eran las brazadas y mayor el impulso, más retrocedía y terminaba hundiéndose como si un enorme bloque de cemento tirase de ella hacia abajo. Cuando la sensación de asfixia era casi letal, volvió a dirigir su mirada a esa superficie cada vez más inaccesible. Esta vez la luminosidad se extendía sobre ella y pudo oír claramente cómo Suhra la llamaba a gritos: «¡Zehera, Zehera! Sube, deprisa. Nada hacia mí. No mires abajo. Sube. Sube», le gritaba al tiempo que le tendía la mano. Unos fuertes golpes contra la puerta de la habitación la obligaron a cambiar el rumbo de su mirada. Cuanto más contundentes eran estos, más lejanos sonaban los gritos de Suhra suplicándole que nadase hacia arriba. Ella solo tenía ojos para la puerta aporreada, a punto de ceder, y en sus oídos el eco de la voz de su hermana iba apagándose paulatinamente.

—¡Zehera, Zehera...!

Despertó sobresaltada y envuelta en sudor, con la ropa humedecida y pegada a su piel. La agitación que dominaba su cuerpo la dejó sentada sobre la cama. Sin embargo, seguía escuchando los mismos golpes e idénticos gritos.

—¡Abre la puerta, Zehera! ¡Ábreme! ¡Soy yo! —Era la voz de Teresa. Sonaba angustiada, quebrada, rota de tanto esfuerzo baldío—. ¡Abre, Zehera! ¡Sé que estás ahí! ¿Qué te pasa?

No pudo pensar con claridad y fue esa confusión la que la levantó de la cama y la hizo correr hasta la puerta de la vivienda que Teresa parecía empeñada en tirar abajo a base de porrazos. En el corto trayecto que recorrió desde su dormitorio hasta la entrada de la casa, advirtió que se había hecho de noche, que la oscuridad era absoluta y había comenzado a llover torrencialmente. Cuando su temblorosa mano giró el pomo, después de descorrer el cerrojo que mantenía la puerta bien trancada, vio a Teresa empapada. Tiritaba de frío, tenía los labios morados, los ojos rojos y una huracanada respiración la zarandeaba de arriba abajo.

—¿Por qué no abrías? ¿Es que acaso no sabes lo que ha pasado? —Las palabras salían atropelladas de su boca, y aunque parecía recuperar el sosiego en la respiración, cada vez se mostraba más alterada y no cesaba de mover la cabeza a un lado y a otro—. Tienes que irte. No creo que tengas mucho tiempo. Recoge algunas cosas, ve a por la niña y vete. Tenéis que iros antes de que vengan.

Zehera estaba tan ensimismada que no era capaz de reaccionar. Su despertar había sido demasiado brusco, el paso de la quimera a la realidad no había seguido su cauce habitual y su cabeza no asimilaba lo que escuchaba. Todo le parecía sin sentido y estaba convencida de que continuaba en la pesadilla de la que creía haber salido hacía unos segundos.

—¡¿Es que no me oyes?! ¡¿Quieres despertar?! ¡Vienen a por él y eso quiere decir que también vienen a por vosotros! Les da igual.

—Pero ¿de qué me estás hablando? ¿Qué ha pasado? ¿Por qué estás así? Me he quedado dormida y luego esos golpes...

—Han encontrado el cadáver de una mujer en el río. Es la hija pequeña del dueño de la fábrica de embutidos donde trabaja Zoran y donde también estuvo Aleksandar. —Teresa cerró a su espalda la puerta de la casa y apagó las luces antes de continuar hablando, por miedo a que alguien pudiera verlas—. Han encontrado su cuerpo a primera hora de la tarde, enganchado entre los matorrales de uno de los márgenes del Tormes, justo a la altura del puente. Estaba envuelto en una alfombra con tres lazadas, una a la altura del cuello, otra en la cintura y la última en las piernas. Tenía varias piedras enlazadas en los pies y eso hizo que permaneciera hundida, pero con todo lo que ha caído y la crecida del río, las aguas la han sacado a la superficie. La chica estaba atada de pies y manos y tenía un profundo corte en el cuello. Desapareció hace unos quince días y según dicen, a juzgar por cómo estaba el cuerpo, llevaba sumergida en el agua desde entonces. Nadie sabía dónde estaba. Y mira dónde han ido a encontrarla.

Zehera se llevó las manos a la boca y sus ojos comenzaron a empañarse. Aquello le parecía horrible y la manera que tenía Teresa de contárselo dramatizaba aún más el suceso.

—Pero... —balbuceó, incluso le asustó preguntar—. ¿Qué...? ¿Qué tiene eso que ver conmigo? ¿Por qué tengo que irme y salir corriendo? No entiendo...

—En el pueblo creen que ha sido Zoran. Lo vieron varias veces tontear con ella a la salida de la fábrica, y como eso al padre no le hizo gracia, le amenazó con echarle del trabajo. —Teresa se sentó en una silla del salón para desvelar la información que alguien le había confiado—. Además, la alfombra... La alfombra en la que la chica estaba envuelta se la vendieron a Zoran los dueños del bar, Ángeles y Pedro. —Zehera miró con miedo la marca que todavía se podía ver en el suelo, debajo de la mesa y las sillas del comedor, en la que reparó el primer día que se quedó sola en casa—. Es una familia muy poderosa y no son de los que esperan a que la justicia se pronuncie. Era su hija pequeña, tenía dieciséis años y he oído que vienen a por él. Por eso te digo que tienes que salir corriendo, no hay tiempo que perder.

—Pero Teresa, yo no he hecho nada. Tú me conoces. ¡Tú lo sabes! Tengo una hija pequeña, una vida, un trabajo... Sabes que no he dado ningún problema. Y Alek... Sí, se ha emborrachado muchas veces, pero te juro que es incapaz de hacer nada malo y menos... ¡He huido de una guerra y no lo he hecho para provocar más violencia! Por favor, ¿cómo pueden pensar eso? Yo se lo explicaré...

—¿Y cómo piensas hacerlo, hablándoles mientras te amenazan con los palos y las escopetas? No sabes hasta dónde puede llegar un padre ultrajado, desesperado. ¡Han matado a su pequeña, han envuelto su cuerpo en una alfombra vieja y lo han arrojado al río para que se lo coman los peces! A ellos les da lo mismo lo que puedas decirles. Han visto cientos de veces a Zoran y a su primo juntos, bebiendo, emborrachándose, insultando a todo aquel que pasara por su lado, escandalizando con sus desnudos y sus salidas de tono... Tú lo sabes igual que todo el mundo. No atenderán a razones. Para ellos no hay distinción: estáis bajo el mismo techo, no se andarán con miramientos. —Teresa también comenzó a llorar. Odiaba ser la portadora de tan espeluznante noticia y sabía que Zehera era otra víctima de aquel cruel asesinato. Sin embargo, sus consejos eran lo mejor que podía ofrecerle, aunque la sinceridad en aquel momento tomara forma de una espada que atravesaba el pecho de su amiga—. Han salido hace media hora de su pueblo, así que están a punto de llegar a Villa de Alba. —Teresa la abrazó con fuerza—. ¿Acaso crees que no he pensado en todo? Toda mi familia lo ha hecho. Pensamos en esconderte o en protegerte de la ira irracional e injusta de esas personas, aunque sería peor el remedio que la enfermedad. Le he rogado a mi padre que hable con ellos, pero ni siquiera se lo han permitido. Traen la venganza en los ojos y estoy aterrada por lo que pueda pasar. Sobre todo, por lo que te puedan hacer a ti y a la pequeña. ¡No quiero que os pase nada! Tengo miedo. Tengo muchísimo miedo.

—¿Qué hago? Otra vez no, ¿por qué tengo que huir? ¿Por qué debo esconderme de nuevo si *¡yo no he hecho nada!*?

Sin darle un respiro a su maquinaria cerebral, Zehera iba encontrando las piezas que parecían encajar en aquel rompecabezas mortal. Intentó negarse a la evidencia, pero su mente le iba vomitando pequeños detalles que al menos sembraban de dudas su estupefacto estado. Recordó que hacía dos semanas había encontrado a Aleksandar borracho en el salón de casa y sin rastro de la pequeña Teresa Alina, y cómo esa misma noche los dos primos llegaron de madrugada, pero esa vez sin apenas hacer el ruido que acostumbraban a hacer cuando llegaban más bebidos de la cuenta.

«Dios mío. No puede ser.»

Cuanto más negaba con su cabeza, más segura estaba de la implicación de Zoran en el asesinato de aquella chica. *Atada de pies y manos y con un profundo corte en el cuello.* No podía desalojar de su mente la imagen de los soldados serbios seccionando con sus afilados cuchillos las gargantas de los vecinos musulmanes de Visegrado. *Envuelta en una alfombra.* La imagen del brutal asesinato de sus vecinos Behija, Demo y su pequeña de cinco años en el jardín de su casa a manos de Sasa y sus hombres copó su confuso pensamiento. La asaltó como un puñetazo el recuerdo de los operarios de la ambulancia, que se llevaron a Behija envuelta en una especie de estera.

«No puede ser. No puede ser.»

Se sujetó la cabeza con ambas manos, previendo que en breve le estallaría en pedazos.

—Hazme caso. Me duele tanto como a ti tener que separarnos, pero es lo mejor que podemos hacer en estos momentos. Vete con la niña lejos. Mira. —Sacó un papel arrugado y parcialmente mojado del bolsillo de su pantalón vaquero—. Te he escrito el nombre y la dirección de una mujer que se dedica a ayudar a todo el que lo necesita, sobre todo si es inmigrante y tiene hijos. Hace cinco años fundó una asociación. Es muy buena, créeme. Una auténtica bendición de Dios. Se llama Julia. Vive en Galicia, en un pueblo de Orense. Aquí te he escrito las señas. Tardaréis unas horas en coche. Su asociación podrá ayudaros, sobre todo a ti y a Teresa Alina. Puedes decirle que me conoces. Ella estuvo en Villa de Alba cuando su marido ayudó a curar a uno de los hijos del boticario, que tenía un tumor en la cabeza: todos le daban por un caso perdido y él consiguió salvarle. Es médico, una eminencia, tan bueno como su mujer. Toda su vida ha trabajado para ayudar a los demás, sobre todo en países de Sudamérica, y no para hacerse rico. —Teresa colocó el papel en la palma de la temblorosa mano de Zehera y lo cerró con fuerza—. Aunque ahora todo esto te parezca una locura, no lo es. Confía en mí. Con el tiempo lo entenderás. Es lo mejor. Lo mejor para todos.

La puerta se abrió con un golpe seco que les hizo temer lo peor. Respiraron tranquilas al ver que eran Aleksandar y Zoran los que entraban igual de empapados y preocupados que minutos antes lo había hecho Teresa.

—¡Locos de mierda! Gentuza. Nunca nos dejarán vivir en paz. Nos odian y no pararán hasta terminar con nosotros —gritaba Zoran a los cuatro vientos como si el mismo demonio hablara por su boca—. ¡Y eso también te incluye a ti! —dijo señalando a Teresa—. ¿Qué hace esta aquí? ¿Qué coño quiere? ¿También acusarme de haber matado a esa puta?

—¡Basta ya! ¿Quién te has creído que eres para hablar así? —gritó Zehera.

—No te enfrentes a él —pidió Teresa cogiéndola del brazo—. Ya sabes lo que tienes que hacer. Si necesitas ayuda, me vienes a buscar o me llamas. Mi padre podrá dejarte el coche si lo quieres para ir donde te he dicho. ¿Me oyes? No pierdas tiempo en contestarle. Haz lo que tienes que hacer.

La besó en la mejilla y las dos se fundieron en un estremecedor abrazo, quizá preguntándose si sería esa la última vez que se vieran. Cuando Teresa abandonó la casa sin siquiera dirigir una mirada a Zoran, su amiga desoyó el consejo y volvió a la carga.

—Maldito seas. ¿Y tú dónde estabas hace dos semanas? ¿De dónde veníais los dos a las tantas de la madrugada? ¿No vas a contestarme? ¿Tú tampoco? —preguntó histérica a su novio—. Estoy segura de que la has matado tú. ¡Matas como los tuyos, degollando el cuello de quien es diferente a ti, envolviéndolo en una alfombra y arrojándolo al río para que el agua limpie tu vileza! ¿O es que no te acuerdas de cómo nos exterminaban a todos en el puente sobre el Drina, Alek? Lo hacían asesinos como él.

—Puta bosnia. —El insulto de Zoran vino acompañado de un sonoro bofetón que consiguió torcerle la cara a Zehera. Ella no pudo más que agarrarse la mejilla ultrajada con su mano izquierda.

—¡Ya está bien! No te atrevas a tocarla —ordenó Aleksandar al tiempo que lo sujetaba por el cuello.

—Alguien debe atreverse, ya que tú no lo haces —contestó su primo con una sonrisa sádica. Aquello enfureció aún más a Alek, que le empujó con fuerza contra la pared—. ¡Yo no he matado a nadie! Esa chica andaba jugando con fuego y por lo visto alguien ha hecho que se quemara. Pero yo no he sido.

—No te creo —replicó Zehera al ver cómo Alek bajaba su mirada—. Y tú, dime algo. Dime algo antes de que piense que estoy hablando con el cómplice de este asesino.

—Deja de decir cosas de las que puedas arrepentirte. No veas fantasmas donde no los hay. Coge a la niña, una bolsa con lo que quieras llevarte y larguémonos de aquí ahora mismo. A no ser que queráis que esperemos a que lleguen esos salvajes y nos maten a todos.

Por primera vez en mucho tiempo, Zehera escuchó a su novio hablar de forma convincente y cargado de autoridad. Ninguno de los dos se atrevió a cuestionar las órdenes. Todos recogieron papeles, dinero, ropa de abrigo, unas mantas, algo de comida, botellas de agua y lo cargaron rápidamente en el coche de Zoran. Cuando lo tenían todo preparado, Zehera mostró a Alek el papel que le había dado Teresa.

—Me parece bien. Lo mismo nos da un lugar que otro. No tenemos nada que perder.

—Tienes razón. Ya lo hemos perdido todo. Otra vez. —La profunda tristeza de sus ojos verdes pareció quemar la mirada de Aleksandar y tuvo que retirarla, incapaz de afrontar el exceso de dolor y la injusticia que brillaban en su retina.

De nuevo encerrados en un coche recorriendo parajes sombríos, con las luces apagadas, amparados en la oscuridad de la noche, con miedo a ser descubiertos, rumbo a un territorio desconocido, huyendo y alejándose de un lugar que habían llegado a considerar su hogar, y de unas personas a quienes consideraban amigas. Una nueva oportunidad perdida. Los pilares sobre los que creyeron levantar una nueva vida cedían de nuevo y se desplomaban llevándose con ellos todos los sueños, los deseos y los planes de futuro.

Zehera acurrucaba entre los brazos a Teresa Alina, que mantenía sus grandes ojos negros bien abiertos y fijos en los de ella. A veces la mirada de la pequeña era tan penetrante, segura e insistente que la intimidaba. «¿Me mirará así porque entiende lo que pasa?, ¿porque lo sabe todo? ¿Qué piensa cuando me observa?, ¿qué le pasará por esa cabecita?»

Más de una vez había dado gracias por la temprana edad de la niña. La aterraba el día en el que su hija comenzara a hacer preguntas y ella a balbucear respuestas.

Zoran y Aleksandar decidieron parar en un hotel de carretera y descansar durante unas horas. Habían conducido toda la noche, escondiéndose en algunos caminos impracticables fuera del trazado de la carretera por temor a que alguien los persiguiera o los encontrara por puro azar. La tensión había sembrado de nudos sus músculos y el miedo había agarrotado cada articulación de su cuerpo. No fueron muchos los coches con los que se cruzaron durante su trayecto, pero cualquier luz que observaran tras ellos, acercándose lentamente, la interpretaban como un peligro, casi una sentencia mortal.

A Zehera no le pareció oportuna aquella parada, pero no estaba dispuesta a protestar ni mucho menos a un más que probable enfrentamiento con Zoran, con el que no había cruzado palabra desde que su enorme y sucia mano le cruzó la cara. Prefirió centrarse en colmar de mimos y besos a la pequeña, que por entonces dormía en sus brazos.

El hotel se mostraba descaradamente lúgubre, como si el aspecto sombrío fuera algo que tuvieran a gala, pero era barato y no supondría un gasto excesivo para sus demacrados bolsillos. La opción inicial propuesta por Aleksandar de compartir los cuatro una sola habitación no gustó al encargado de la recepción, aunque no tuvo siquiera que expresar su desagrado: Zehera se negó en rotundo.

—De ninguna manera. Ni loca.

Al final, Zoran ocupó una habitación individual. Todos contentos.

La despertó el sonido de la televisión. Cuando sus ojos aún entornados se dirigieron a la pantalla, no tenía muy claro de dónde procedían esos gritos, esa verbena de luz y color. En ese instante de su despertar tampoco tuvo la suficiente claridad mental para recordar que era sábado 5 de febrero de 1994, el día en que su niña cumplía un año.

Se incorporó como pudo en la cama, luchando por salir de la maraña de sábanas que ataba caprichosamente su cuerpo dormido. Cuando consiguió que la luz que entraba por la ventana de la habitación no cegara sus ojos y le impidiera abrirlos, pudo distinguir la figura de

Aleksandar: se hallaba sentado en uno de los extremos del colchón, observando apesadumbrado la pantalla del televisor, y lloraba en silencio.

—¿Qué pasa, Alek? —Zehera trepó por el remolino de tela en el que se había convertido el edredón que les cubrió durante el sueño—. ¿Qué estás viendo? ¿Qué pasa?

Para cuando la respuesta llegó a sus oídos, sus ojos ya habían escrutado las pulgadas del televisor y comprendido el horror que mostraban. En el margen superior derecho de la pantalla pudo leer sobreimpresionado «Sarajevo, hoy», mientras el locutor informaba acerca de un brutal atentado en el mercado Markale contra un grupo de civiles que hacía cola para comprar el pan: en total, sesenta y ocho muertos y doscientos heridos. Las imágenes de los cadáveres sobre el asfalto, de cuerpos literalmente despedazados, de niños que aún se mantenían agarrados al brazo seccionado de su padre, de cestos de la compra abandonados, zapatos huérfanos de pies, cuerpos desnudos, ensangrentados y esparcidos por todo el mercado. Columnas de humo y de fuego, hierros doblados y arrancados de cuajo por el impacto de la explosión, personas que intentaban ayudar a los heridos, que lloraban amargamente mientras exigían justicia ante las primeras cámaras que intentaban captar la imagen de la infamia. Coches convertidos en improvisadas y en la mayoría de los casos inútiles ambulancias.

Gritos.

Aullidos de dolor.

El caos.

Todo convertido en ceniza, tiznado en su totalidad de negro, excepto el color rojo de la sangre que cada vez con más naturalidad se mezclaba con el asfalto de las calles de la ciudad. Demasiado brutal para ser real. Demasiado real para que se tratara de una película.

—Han matado a la pobre gente que intentaba comprar pan. Sabían muy bien lo que hacían. Los han matado por intentar sobrevivir. —Las lágrimas le inundaban la boca, pero Aleksandar siguió hablando—: Saben que así conseguirán salir en todas las televisiones del mundo y que les será más fácil negociar, que todos, incluida la comunidad internacional, cederán a todo lo que pidan.

Zehera se acercó a la pantalla que ofrecía las imágenes dantescas, pasó sus manos sobre ella, desesperada, examinando los rostros de las personas que aparecían, buscando cualquier mínimo detalle, ya fuera un jersey, un pañuelo, un bolso, algo que le ayudara a reconocer si su hermana Suhra se hallaba entre las víctimas de aquella nueva masacre. «Pero no hay más remedio que salir si quieres comer, ¡y te sorprendería ver cómo cruzo la avenida!» Las palabras que había pronunciado su hermana días antes le golpeaban las sienes con tanta violencia que por un momento dejó de escuchar tanto el sonido de la televisión como la voz de su novio. Alek, al verla fuera de sí, intentaba tranquilizarla sin conseguirlo.

Las imágenes desaparecieron. Sus manos nerviosas se apoderaron del mando a distancia del televisor. Intentó buscar en el resto de canales más información, más material visual en el que actuar como detective. Lo encontró fácilmente: todos mostraban aquel escarnio público, aquel cementerio en el que se había convertido un mercado, una panadería, como antes lo había hecho una escuela, un parque infantil, una biblioteca o un hospital. Cuando los programas de noticias finalizaron, corrió al teléfono. Tenía que intentar hablar con su hermana, aunque sabía que aquel intento, como todos los que hizo con anterioridad, resultaría inútil. La ansiedad la invadía. Había perdido la noción del tiempo y de la realidad; también el control de sí misma y de su mundo. Estaba fuera de sí. La situación se le estaba escapando de las manos y se sentía como en un sueño, en mitad de una pesadilla donde todo sucedía a su alrededor sin que ella pudiera hacer nada por controlarlo. Sus sentidos no respondían. No contestó a las preguntas de Alek sencillamente porque sus oídos habían ensordecido. Ni siquiera le veía deambulando por la habitación, detrás de ella, probando casi de todo para tranquilizarla.

Fue la visión del carrito de Teresa Alina lo que pareció zarandearla y romper su autismo. Distintas imágenes y momentos recuperados del pasado y otros anhelados del futuro se agolparon en su cabeza para entablar una discusión en la que ella permanecía como simple espectadora: se cumplía un año del nacimiento de su hija y el destino le había regalado un paquete lleno de retratos de muerte y desolación. Pensó un instante en la enorme tarta que había preparado Fernando para su pequeña y que en aquel momento estarían saboreando si la vida hubiese seguido su cauce y aún estuviesen en Villa de Alba. Otra imagen rescatada de la memoria la hizo estremecer: la de su abuela Mirsa metiendo en el frigorífico el pastel que había encargado al panadero de Visegrado para conmemorar su dieciocho cumpleaños. Aquella celebración la truncó la llegada de Sasa Ludonovic a la casa familiar y los cientos de cadáveres que flotaban Drina abajo. La fiesta de su pequeña nunca se convirtió en realidad por la aparición de otro serbio, de nombre Zoran, y un cuerpo sin vida encontrado en el Tormes.

Tartas, cumpleaños, Sasa, muertes, ríos, sangre, Zoran, velas...

Una amalgama de palabras que parecía disfrutar confeccionando un crucigrama demasiado complejo de resolver, un jeroglífico ininteligible, un puzle surrealista en el que sobraban piezas inútiles y faltaban otras que eran claves. Aquel conglomerado de recuerdos, imágenes y pensamientos estalló en su cabeza y logró anestesiarla. No entendía qué sentido tenía la vida. No era capaz de adivinarlo.

21

Pazo do Riba. El nombre que Teresa le había escrito en aquel trozo de papel cuadriculado antes de su precipitada salida de Villa de Alba coincidía con el que aparecía grabado en grandes letras negras sobre el fondo blanco de la señal de tráfico. Situada en el margen derecho de la carretera, aguardaba a todo aquel que cruzase sus lindes para darle la bienvenida al pueblo. Nada más entrar en él, los silentes ocupantes de la vieja camioneta de Zoran descubrieron que la localidad era más grande que aquella de la que huían: más comercios, más gente, más calles, más coches, más alumbrado, más escaparates, más servicios públicos, más señales luminosas, más semáforos, más farolas, más bancos, más casas, edificios más altos, más parques, más pasos de cebra, más perros, más niños, más ancianos, más panaderías, más policía, más asfalto y menos naturaleza, al menos, a primera vista.

—No se nos ha perdido nada en este pueblo. —La voz de Zoran se escuchó seca, ruda y sin ningún resquicio de afabilidad.

—No ha sido aquí donde lo hemos perdido —contestó Zehera con la mirada perdida más allá de la ventanilla del coche—. Tú deberías saberlo mejor que nadie.

—Tengo que hablar contigo —dijo Zoran a su primo mientras paraba el coche, sacaba las llaves del contacto y salía precipitado por la puerta del conductor. Ella ni se molestó en intentar averiguar de qué hablaban, aunque le hubiese resultado sencillo aguzar el oído y percibir qué escondían sus cuchicheos, demasiado parecidos a los que solía escuchar acurrucada en la cama cuando los mismos protagonistas llegaban ebrios a altas horas de la madrugada. Tampoco hizo el menor esfuerzo por interpretar y descifrar el motivo de los exagerados aspavientos que dominaban las manos, los brazos y las cabezas de aquellos dos hombres que habían decidido dejarla sola en la camioneta, con la única compañía de una niña a la que ambos consideraban invisible, para hablar entre ellos de algo que parecía irritarles. Intuía que aquel era el final de algo que sin embargo, en aquel momento, ni siquiera imaginó.

Al cabo de unos minutos y tras varios cigarrillos que terminaron aplastando toscamente con el pie contra el suelo, los dos subieron de nuevo al coche. No le dieron ni un sola explicación. Aleksandar le reclamó el papel donde estaba escrita la dirección, pidió amablemente a un par de viandantes las indicaciones oportunas para llegar y volvieron a ponerse en camino. Cuando la camioneta al fin se detuvo, Alek bajó del coche, abrió la puerta a Zehera sin mediar palabra y descargó la bolsa de ropa y el cochecito de la niña que descansaban en la parte trasera de vehículo. Mientras, Zoran permaneció sentado al volante con el motor en marcha; había encendido otro cigarrillo y observaba el asfalto a través del sucio parabrisas. No giró la cabeza en ningún momento, quizá porque sabía perfectamente lo que iba a suceder.

—Aquí es. Este es el lugar del que te habló Teresa. —Alek se mantuvo frente a ella con la cabeza gacha, contemplando fijamente el trozo de papel cuadriculado que sostenía entre los dedos. No se atrevía a mirarla.

—¿Qué pasa? —preguntó Zehera tratando de encontrar su esquiva mirada. Tenía a la pequeña en brazos y era consciente de que las dos bolsas que aún quedaban por descargar de la camioneta parecían darle pistas del extraño comportamiento de Alek.

—Zoran se va...

—¿Y...? Mejor para todos.

—... y yo me voy con él. —Por fin sus ojos se encontraron y tuvo el mismo efecto de un choque de trenes—. Esto no funciona, Zehera. Desde que salimos de Bosnia todo ha ido a peor. No somos los mismos. Todo ha cambiado. No creo que sea bueno para ninguno de los dos que continuemos juntos. Hay que aceptarlo. Hemos sobrevivido a una guerra y tenemos derecho a rehacer nuestras vidas.

—Y tú vas a rehacer la tuya con tu primo... —concluyó sin saber exactamente de dónde había sacado fuerzas para recurrir a la ironía después de recibir una noticia que había logrado noquearla.

—No. Pero sé que contigo y con esa niña nunca podré conseguirlo.

—Siempre la has odiado. Lo que no entiendo es cómo te atreves a hacerlo si fue a mí y no a ti a quien violaron.

—Eso no es justo. Los dos hemos pasado y sufrido mucho. Tampoco ha sido fácil para mí.

—No me lo puedo creer. ¿Así que me abandonas?, ¿me dejas sola en este lugar que ni siquiera conozco? Por ti he huido de un pueblo donde empezaba a sentirme como en casa, donde había gente en la que confiaba y a quien quería, y ahora huyes como un cobarde.

—Seguramente tienes razón. Soy un cobarde, pero no puedo hacer nada para cambiarlo.

—¡Sí puedes, Alek! Puedes entrar conmigo y comenzar a cumplir las promesas que me hiciste en Visegrado y las que me repetiste llorando como un niño a los pies de la cama de la habitación donde di a luz. ¿Es que ya no te acuerdas? ¡Reacciona, podemos conseguirlo, nos queremos!

—No, Zehera. Eso no es así. Yo ya no te quiero y tú, cuando te quites la venda que te has puesto en los ojos, también llegarás a la misma conclusión. Creo que estarás mejor sin mí y este es un buen lugar para empezar. Si las cosas van bien, incluso podrías volver a Villa de Alba, con tus amigos...

—¿Esos a los que tuve que abandonar porque tu primo y quién sabe si tú mismo matasteis a esa chica? Dime, ¿te refieres a esos amigos?

—Tienes demasiado odio en tu interior y no te deja ver la realidad.

—No es odio. Es dolor, rabia, impotencia. Y quizá tengas razón, he estado ciega. Tendría que haber reaccionado antes, haber afrontado quién eres realmente. No debería sorprenderme, pero ya ves...

A los dos les costó seguir hablando. Zehera hubiese deseado que aquel hombre le pidiera de nuevo perdón y se quedara junto a ellas, desoyendo el claxon que en aquel momento hacía sonar Zoran de manera inoportuna. Estuvo tentada de rogarle que se quedara, de ponerse de rodillas, de suplicarle que no la abandonase, de echarse a llorar, de humillarse delante de los desconocidos que paseaban ajenos al nuevo drama que envolvía su existencia, pero algo en su interior se lo impidió, algo demasiado fuerte que la invitaba a no considerarse tan cobarde como él. Los anhelos de Aleksandar iban en otra dirección: ansiaba salir corriendo, alejarse cuanto antes de aquella mujer y de la niña que le recordaba sin remedio el pasado cruel en el que los situó la barbarie y la incoherencia de unos pocos, rogaba por acabar con aquella situación y recuperar el concepto positivo que siempre había tenido de sí mismo y del que tan lejos estaba ahora. Porque Alek sentía vergüenza de sí mismo, repulsión, no entendía cómo había podido degenerar hasta ese punto, y aquella sensación de pavor y de asco le quemaba por dentro. Tampoco se sentía con fuerzas para seguir conversando, escuchando aquella voz que tanto había amado. Sentía que un enorme agujero crecía en la boca de su estómago y necesitaba huir, sin pararse a pensar si era o no correcto.

De nuevo sonó el claxon. Zoran parecía más impaciente que su primo por desaparecer de allí.

—Tengo que irme. Espero que te vaya bien y que consigas ser feliz. Te juro que me alegraría. Quizá algún día... —acertó a balbucear mientras Zehera giraba su rostro hacia la pequeña. Teresa Alina, agarrada a su madre, observaba la escena con la tranquilidad de siempre habitando en sus ojos.

El silencio fue la única respuesta que obtuvo. En un primer momento creyó agradecerlo, pero luego ese mutismo llegó a martillear su conciencia.

Cuando dejó de escuchar el ruido del motor de la camioneta de Zoran, supo que acababa de romper el único lazo vital que la unía a lo que un día fue. Cerró los ojos y un incontrolado reguero de lágrimas, contenidas hasta ese momento, irrigó su rostro por entonces desencajado. Se supo sola en el mundo: lejos de su casa y de su país, a miles de kilómetros de los suyos, quizá huérfana de padres y hermanos. Pero sobre todas las cosas, salvajemente abandonada. La única persona que le quedaba había renunciado a ella a causa de lo que un maldito animal de idéntica nacionalidad había vaciado en su interior.

Sin hogar, sin amigos, sin planes, sin sueños, sin presente ni futuro. Sin nada. Solo con un hiriente pasado. Nunca había experimentado la sensación de vacío absoluto que se apoderó de su cuerpo y de su mente. Nada. Jamás en la vida había sentido sobre su persona la amenaza existencial de esas cuatro letras, ni siquiera cuando fue raptada, humillada, vejada, violada, golpeada e insultada. Entonces al menos tenía en quien pensar, disponía de un nombre propio que pronunciar entre dientes, de un rostro en forma de esperanza al que aferrarse con fuerzas mientras la amenazaban todo tipo de atrocidades. Ahora no. Ahora no tenía nada, y sin embargo esa carga vacía, desierta, árida y desoladora le pesaba como el plomo. La invadió una sensación de ingravidez absoluta, una extraña desidia que la llevó a preguntarse si realmente estaba viva, si la sangre aún corría por sus venas, si su corazón seguía latiendo.

Con una bolsa de ropa infantil en una mano y Teresa Alina en la otra, comenzó a andar hacia la entrada del edificio. Prácticamente lo adivinó porque en ningún momento tuvo sensación de movilidad. Sus oídos, que parecían haberse quedado sordos, no escuchaban el sonido del día a día en la calle. Su piel ni siquiera notó la llovizna que empezaba a calarle la ropa y que empapaba a su pequeña, que continuaba callada, sin emitir ruido alguno, sin ceder al llanto. Cualquiera que la hubiese visto habría creído que andaba sonámbula. Se sentía sencillamente sola. Abandonada. Ausente. Muerta, quizá dormida.

Abrió la boca al llegar ante un mostrador blanco ocupado por una señora de mediana edad.

—Julia. Me manda Teresa, de Villa de Alba. Busco a Julia.

—Criatura de Dios, ¿qué te sucede? Ven, siéntate aquí —dijo la mujer dejando a un lado una taza de humeante café y observando con preocupación aquel espectro que acababa de entrar por la puerta—. Pobre niña, si está empapada. ¡Natalia, Marisol! —gritó captando la atención de sus compañeras—. ¡Deprisa, venid a echarme una mano! Pero ¿de dónde has salido tú? —preguntó mientras acercaba una silla a Zehera y cogía a la pequeña entre sus brazos para secarla con una toalla.

—De Bosnia. De una guerra.

—Pero, mujer, ¿qué dices? ¿Cómo vas a venir de...? ¿Vienes sola? ¿No hay nadie más contigo? —preguntó mientras echaba un vistazo en dirección a la puerta de entrada—. ¿Cómo has llegado aquí? —La mujer del mostrador la examinaba de arriba abajo tratando de comprender aquella aparición tan extraña. Durante los cuatro años que llevaba trabajando en la asociación había visto entrar por aquella corredera de cristal a muchas personas con problemas, pidiendo ayuda, rogando comida, dinero, trabajo, ropa, abrigo o un lugar donde poder dormir... Pero la irrupción de lo que le pareció un ángel desvalido recién caído del cielo, a juzgar por la tormenta que estaba cayendo, le pareció diferente—. Bueno, mira, ahora da lo mismo de dónde hayas salido o de dónde vengas. Estás aquí, a salvo, y eso es lo único que importa. Cuando te tranquilices, te seques un poco, entres en calor y comas algo, ya tendrás tiempo de contarnos. ¿De acuerdo?

—¿Julia? —preguntó como si no hubiese escuchado nada de lo que la mujer le había confiado.

—Está trabajando. Pero conociéndola, tardará un minuto en entrar por el mismo lugar por el que lo habéis hecho vosotras dos.

Julia llevaba años auxiliando a otros, conocidos o no, que le pedían ayuda en los complejos trámites de empadronamiento o las solicitudes de pensión o subvención, o que les echara una mano a la hora de solucionar cualquier problema en el hogar o en el negocio, y desde luego era la primera en prestar atención a todos los que llegaban a Pazo do Riba sin más equipaje que un pasado repleto de complicaciones. Cada historia, cada caso, cada persona que le solicitaba amparo se convertía en un nuevo horizonte hacia el que encaminarse con decisión, a cara descubierta, sin miedo, desprovista de temores, un nuevo reto que cumplir. Nunca estaba demasiado cansada, jamás sus ocupaciones eran excesivas ni su capacidad de trabajo renqueaba cuando alguien le pedía un favor. Los que la conocían no recordaban haber escuchado una negativa saliendo de sus labios cuando de echar una mano se trataba. Siempre estaba dispuesta, incluso si eso suponía ausentarse del negocio o de su casa, o restar atención a su propia familia. Era frecuente verla en la moderna pero acogedora cafetería que regentaba moviéndose como una gacela, sorteando mesa, sillas y barras, haciendo auténticos malabares con los cafés, la bollería, las pastas, el chocolate, las galletitas, la caja, y por supuesto, colgando el delantal cuando alguien le venía con un nuevo problema, con una petición de socorro, con una nueva historia de la que ocuparse —«Julia, mi hijo, que no le dan en el ayuntamiento el permiso que ha pedido y no puede abrir la empresa»; «Julia, que en el banco no me conceden el préstamo y si no me ayudan, me quedo en la calle»; «Julia, los niños del campamento de verano, que ahora dicen que no tienen los visados para viajar a España»; «Julia, que no tengo seguro médico y mi hijo no aguanta los meses que le ha dado la seguridad social para operarse»; «Julia... Julia... Julia»—. Era una mujer vital, activa, incansable, risueña, cariñosa, alegre. Una buena mujer.

Acababa de cumplir cuarenta y siete años, aunque su físico engañaba y eso le hacía parecer mayor. Los kilos de más que la acompañaban desde que dio a luz al último de sus dos hijos, Bruno, no ocultaban el atractivo que sin duda un día tuvo y que ella no se esmeraba demasiado en acentuar porque tenía cosas más importantes de las que preocuparse. Procedía de una familia acomodada de Madrid que nunca supo lo que era pasar hambre. En la Facultad de Medicina de la capital conoció a Daniel Castro, un hombre tímido y hermoso del que se enamoró nada más verle. Ella y media facultad. Era un joven de piel aceitunada, pelo negro y abundante que solía dominar a duras penas con un poco de fijador, actitud formal, carácter serio en apariencia, tremendamente educado, estudioso y responsable en exceso, según la mayoría del alumnado femenino, que no dudaba en hacerse notar de cualquier manera —por desesperada que esta fuera— cada vez que la atractiva figura de Daniel aparecía por los pasillos de la universidad, subía por las escaleras o entraba en el aula siempre con las manos ocupadas de libros, cuadernos y papeles sueltos. Resultaba complicado verle en alguna actividad, encuentro o fiesta que no tuviera que ver con el programa docente universitario. Aun así, la frescura, la ausencia de cualquier sentimiento similar a la vergüenza y la decisión de Julia podían más que la timidez y el afán por pasar inadvertido del irresistible alumno de Medicina.

Una mañana, justo al terminar la última clase, se acercó apresurada a Daniel y le espetó, sin darle más opción que detenerse y escuchar: «Hola, soy Julia. No me conoces de nada, pero me siento cuatro filas detrás de ti y necesito que me hagas un favor. No mires ahora a mi espalda, pero justo enfrente de ti... ¡que no mires, te digo! —le insistió tomándole la barbilla con su mano para impedir que él lo hiciera—. Allí están mis amigas y un grupo de compañeros nuestros con los que he hecho una apuesta: si me das un beso, o me acompañas hasta mi coche, o haces como que me apuntas un teléfono o una dirección en un papel, me dan quinientas pesetas. Es una barbaridad, lo sé, pero no creas que me voy a quedar con ese dinero. Es para ayudar a una familia amiga de una prima mía que no tiene para comprar las medicinas que necesita su hijo de cuatro años. Y puedes estar seguro de que no te estoy contando ninguna historia absurda. Si quieres, cuando los de ahí atrás me den el dinero, me acompañas a casa de esas personas y lo ves con tus propios ojos... preciosos, por cierto. ¿Vas a ayudarme?». Cuando vio la sonrisa que iluminaba el rostro casi helénico de Daniel, mostrando una fila de perfectos y níveos dientes, y cómo sus ojos color miel se encendían aún más de lo normal, creyó que haría el más espantoso de los ridículos si sus piernas cedían en aquel momento tal y como amenazaban. Solícito y divertido por la espontaneidad de la muchacha en la que, en contra de lo que ella pensaba, sí había reparado en alguna ocasión —sobre todo cuando intentaba aparcar el coche organizando unos escándalos tremendos a su alrededor de los que siempre salía airosa, no así el resto de los implicados—, acercó sus labios a su ya sonrojada mejilla, y después le ofreció galantemente su brazo. Cuando ya estaban a punto de salir por el umbral de la puerta del aula, le frenó la marcha tirándole de su fornido brazo. «Espera, que voy a por el billete y me acompañas a ver a los Mina... a la familia del niño enfermo.»

Aquel día Daniel acompañó a Julia a ver a la familia necesitada y más tarde la custodió hasta su casa, después de invitarla a tomar un café con buñuelos, aunque ella cambió la cafeína por una copa de anís. Desde entonces se hicieron inseparables. Aquel año cumplían veinte de casados, desde que el 11 de noviembre del 74 se prometieran amor eterno, en lo bueno y en lo malo, en la salud y en la enfermedad. Presumían de haberlo conseguido y de haber mantenido la promesa de no pasar una sola noche alejados: allá donde fuera el uno, lo haría en compañía del otro. Por eso Julia no tuvo nada que pensarse cuando su marido le planteó la posibilidad de viajar hasta América del Sur para prestar sus servicios como cirujano de prestigio a los más necesitados. Sus padres nunca pudieron entender que su hijo no prefiriese ejercer en España, donde seguramente su fortuna se hubiese multiplicado, pero a Daniel le movían otras convicciones sociales y morales a las que no quiso hacer oídos sordos.

A principios de 1985 se trasladaron a Ecuador junto a sus dos hijos —Sara, de nueve años, y Bruno, de cinco—. Allí permanecieron durante dos años, en un pequeño pueblo donde Dios parecía haberse olvidado de mirar una segunda vez. Daniel atendía los casos más urgentes, en especial de los niños, y Julia hacía las veces de fiel enfermera. No había terminado la carrera, pero sus conocimientos eran tan vastos como los de un titulado. Cuando al fin decidieron regresar a España, se fueron a vivir a Pazo do Riba, una villa al norte de Orense donde los padres de Daniel tenían en propiedad una hermosa finca que dejaron en herencia a su único hijo tras fallecer ellos en un accidente de tráfico. Julia se encargaba del café literario que decidió abrir y que le permitía alternar con sus permanentes actividades sociales, y Daniel se acercaba al hospital comarcal donde seguía ejerciendo su actividad profesional, cada día más reconocida. Desde el primer día Daniel y Julia se hicieron con el beneplácito de los aldeanos, que no tardaron en descubrir el buen corazón de sus nuevos convecinos y su enorme capacidad de trabajo.

Por eso cuando Julia apareció aquella tarde por el local, llegaba hambrienta de noticias sobre la mujer que había acudido a las instalaciones de la asociación pronunciando su nombre.

—¿Y dices que viene de Bosnia? —preguntó deseosa de conocer cuanto antes las circunstancias de la chica que la aguardaba sentada en un sofá de la cómoda sala de espera—. Pobre mujer, tan joven, tan guapa, tan débil, tan indefensa. Y con una niña tan pequeña. ¿Has visto el telediario de la tarde? El atentando que ha habido en Sarajevo contra toda esa gente que hacía cola para comprar el pan. ¡Qué horror! Se me ha puesto mal cuerpo solo de ver la carnicería que han organizado esos salvajes. No puedo ni imaginar lo que deben de estar sufriendo en aquel país. ¿Y os ha dicho que viene de parte de Teresa de Salamanca? —volvió a preguntar mientras limpiaba los cristales de sus gafas de concha oscura—. Tengo que preguntarle a Daniel si guarda algún teléfono de aquella gente. Fueron tan amables y tan agradecidos. Seguro que él lo apuntó en algún lugar, nunca se le despista nada, no como a mí.

Julia admiraba a su marido. Sencillamente le adoraba. Lo que sentía por él hacía tiempo que había traspasado la excitante simbiosis que deparan el amor y la pasión cuando se presentan al unísono. Le tenía idealizado y sabía que aunque era ella la que había conquistado un granado reconocimiento social por ir enarbolando la bandera de la solidaridad, mucho le debía a su silente apoyo y su total comprensión. Había momentos en los que se sorprendía a sí misma observándole ensimismada mientras leía, estudiaba, dormía o veía un partido de fútbol en la televisión: podría hacerlo durante horas, mostrando idéntico éxtasis que quien observa una bella e imponente obra de arte. Daniel tenía tres años más que ella, pero su cuerpo y su rostro, al contrario de lo que le había sucedido a su mujer, le devolvían una imagen mucho más jovial y aparentaba diez años menos de los que en verdad tenía. Seguía siendo un hombre tremendamente atractivo, interesante, seductor sin siquiera proponérselo, la compañía perfecta para una vida repleta y satisfactoria. Julia sabía que había tenido suerte al encontrarle y eso es lo que le proporcionaba la seguridad y la energía suficiente para embarcarse en cualquier cruzada por imposible que esta fuera.

—Sí, seguro que Daniel lo tiene.

Zehera contemplaba el rostro de aquella mujer que insistía en sonreírle mientras la abrazaba y le llenaba el oído de palabras dulces y tremendamente fraternales, y no pudo evitar que la invadiera la congoja. Quedó enfangada en un berrinche que no le resultó posible controlar. Sin duda la ternura y la delicadeza con la que le hablaba Julia, unida a su predisposición a ayudarla de manera desinteresada, reventó el dique que estaba conteniendo los nervios, la desesperación, la impotencia a la que los acontecimientos de las últimas veinticuatro horas la habían sometido. El desahogo fue absoluto. No pudo dejar de sollozar, pero de su boca no salió palabra. La única que habló de tranquilizarse, de comer algo, de reponer fuerzas, de protección, de descansar, de ocuparse de la pequeña, de hacer una visita al médico y de esperar con paciencia el tiempo necesario para escuchar y ser escuchada, fue Julia.

Los días posteriores no fueron fáciles para nadie. Después de la primera semana donde estuvo algo más comunicativa y se atrevió a confiar algunos datos sobre su demoledora vida, Zehera se cerró a cal y canto. Apenas hablaba y no reaccionaba a lo que Julia y los trabajadores de la asociación le decían. No respondía a los estímulos externos por agradables y comprensivos que fueran. Parecía aterrada. Poco a poco se fue enclaustrando en un mundo interior, ajeno al real que se le antojaba peligroso, desalmado e injustamente dañino. La ansiedad, la constante sensación de miedo, la fragilidad que envolvió su organismo, la aparición cada vez más insistente de un sentimiento de culpabilidad por lo que le había pasado, la insoportable vergüenza que la invadía cada vez que alguien intentaba adentrarse en el problema que la atormentaba... Supo que estaba retrocediendo casi dos años atrás, cuando llegó a Villa de Alba y se hundió en un estado enfermizo de apatía absoluta que la mantenía aislada del mundo exterior. Volvieron la tristeza, el malestar emocional y físico, la desquiciante sensación de vulnerabilidad absoluta, la asfixia, el nerviosismo, la preocupación, la desorientación... El convencimiento de estar perdida. Completamente sola. Vacía. Aparecieron otra vez las pesadillas en las que su cuerpo se ahogaba en un río de aguas turbias, oscuras y sucias, repleto de cadáveres de seres queridos. Y por supuesto, la incomunicación total. No había manera de que de su boca salieran vocablos que moldearan y dieran forma al infierno en el que se mantenía encerrada por algún motivo que se resistía a desvelarse a Julia.

—Estoy preocupada, Daniel —confesó a su marido. Los dos estaban ya en la cama, apurando los últimos momentos del día, esos en los que ella solía revisar la agenda del día siguiente y él escondía su nariz en un libro de medicina—. No responde a ningún estímulo. Llegó el primer día pidiendo ayuda, preguntando por mí y desde entonces su boca parece sellada. No lo entiendo. Me estoy volviendo loca. Se me parte el corazón al verla tan joven y tan hundida, tan deprimida, con esos ojos tan vacíos. Y luego la niña, que no se puede ser más buena de lo que es esa criatura del cielo, y siempre mirando a su madre; cuando ríe, cuando llora, cuando duerme. Jamás deja de mirarla. Es algo mágico, algo tan especial que te emociona solo de contemplarlo. Tendrías que verlas. Se te conmueve el alma. Ya no sé qué hacer para que se abra a mí. Me siento totalmente inútil. —Julia calló un segundo, miró a su marido y lanzó lo que hacía tiempo intentaba decirle—. Creo que tú podrías ayudarla.

—No veo cómo. Soy cirujano, y aunque sé que llegarías todo lo lejos que una persona pueda imaginar con tal de conseguir lo que quieres, no creo que te atrevas a tanto... —La ironía de Daniel enfurruñó a su mujer, aunque solo lo fingió lo suficiente para captar su atención en exclusiva y arrancar un compromiso de sus labios—. Está bien. Mañana me acercaré a la planta de psiquiatría del hospital. Hablaré con el doctor Muñoz. Es probable que pueda examinarla y decirnos qué le pasa. ¿Contenta?

—Mucho. —Le besó en la mejilla en señal de agradecimiento y de paso hizo que se le cayeran las gafas—. Estoy molida. Ha sido un día agotador. Y mañana tengo que acercarme a hablar con el alcalde para que me resuelva lo de los visados de los niños saharauis. Otra vez la misma historia. ¡Todos los años igual! Les ponen todo tipo de problemas para salir del país. ¡Como si no fueran a volver los pobrecitos míos en dos meses! Dios santo, solo van a pasar un verano con una familia normal, en un ambiente normal, con comida normal, gente normal y piscinas repletas del agua que en su país ni siquiera pueden beber. Tampoco es tan complicado de entender. —Hizo una pausa para mirar a su marido, que mantenía entre sus manos un enorme libro de medicina especializada. Sabía que la escuchaba, aunque no con el mismo interés que ella hubiese deseado. No le culpó. Al contrario, le encantaba verle ensimismado en sus lecturas, pero a su lado, pendiente de ella, dispuesto a prestarle atención en cuanto ella lo dispusiera—. ¿Vas a leértelo entero o dejarás algo para mañana?

—Qué pesada eres. Me has tenido media hora hasta conseguir lo que querías y ahora no me dejas ni leer. Ya lo cierro —le dijo con la misma sonrisa que la enamoró dos décadas atrás, mientras apagaba la luz y le daba las buenas noches—. No sé por qué te hice caso aquel día en la universidad. Siempre has sido una interesada. Adorable, pero interesada.

22

El diagnóstico del doctor Nacho Muñoz no dejaba lugar a dudas.

—Estrés postraumático. Claro como el agua. Esta joven ha vivido una experiencia espeluznante que seguramente ninguno de nosotros imagina. Mi equipo ha estado trabajando con ella, yo mismo lo he hecho, y la verdad, no sé cómo alguien puede resistir tanto en tan poco tiempo de vida. Ha vivido una guerra, ha sido secuestrada y violada, ha visto morir a gente, ha perdido a sus seres queridos, ha escapado de su país y, según nos ha contado, su novio decidió abandonarla. Y seguramente hay mucho más que todavía no hemos logrado sacarle. Podría incluso sufrir lo que llamamos un «duelo congelado».

El rostro de Daniel daba a entender lo perdido que se encontraba ante las palabras de su compañero.

—Ya sabes, se halla en una especie de estado catatónico: no habla, apenas se relaciona, no siente, no ve, no escucha, es como si su cuadro sensorial se hubiese aniquilado, como si una enorme aguja hubiese penetrado en él, y la anestesia actuara durante más tiempo de lo esperado. Esta chica... —El doctor Muñoz miró la carpeta que sujetaba entre las manos, en busca de algo que no parecía recordar—. Esta chica... Zehera... nos ha contado el horror que ha vivido en los últimos años: lo que pasó en su país, lo que le hicieron... Ha compartido incluso algunos detalles que han logrado emocionar y ponernos mal cuerpo a todos menos a ella, que era quien nos lo estaba contando. ¡Vamos, para que me entiendas! Que ha relatado sus experiencias como si no fueran con ella: sin mostrar dolor, odio, sed de venganza, rencor ni angustia. Pero no porque no sienta ese dolor, sino porque ya lo ha sentido, y esa apariencia fría es una especie de escudo, de defensa contra el sufrimiento. Además, ahora está en un país que no es el suyo y en el que las cosas no parecen irle mucho mejor. Es decir, que a todo lo que te he contado antes, puedes añadir lo que se conoce como «angustia del inmigrante». Eso le pasó a la chica del servicio doméstico que teníamos en casa: tuvo que regresar a su país porque no podía soportarlo, y encima se negó a tomar las pastillas que le receté. Yo creo que pensó que iba a drogarla, a engañarla, vete tú a saber. —Muñoz advirtió el poco interés que sus problemas domésticos despertaban en su colega y prosiguió—: Pero perdona, que no estábamos hablando de mí. Creo que lo más conveniente es ingresarla durante un tiempo. No me preguntes cuánto, porque eso depende de cómo reaccione al tratamiento y de la fuerza y el interés que ponga en salir de lo que la está devorando.

»En cuanto a los mareos, la diarrea, el dolor de cabeza y de espalda, son síntomas relacionados y asociados al estrés postraumático. Son meras reacciones del cuerpo, porque todas las pruebas que le hemos hecho han dado negativas. No tiene nada. Algunas señales de heridas que tendremos que analizar para ver cómo fueron hechas, un peso demasiado bajo, pero por lo demás, los pulmones, el estómago, los riñones, los glóbulos rojos, el corazón... todo correcto. Excepto su cabeza. Ahí es donde tendremos que trabajar duro. Por cierto, ¿es conocida tuya?

—No. Acudió a Julia —explicó vagamente Daniel—. Pero si es por el dinero, ya sabes que no debes preocuparte. Nos hacemos cargo, ya conoces a mi mujer. Tú nos dices cuándo hay que ingresarla, y sin problemas.

—Esa mujer tuya es una santa —bromeó el doctor Muñoz.

—Sí, y yo un bendito. Y un mártir, no lo olvides —matizó mientras se incorporaba de la silla y miraba con prisa la hora marcada en la esfera de su reloj.

—Y un aburrido. Y un carroza. Y un soso. Pues es una monada de cría. —El gesto de confusión de Daniel le hizo explicarse un poco mejor—: La chica que ha traído tu mujer es una auténtica belleza. Triste, pero bella.

—Pues haz el favor de contribuir a que «la belleza» continúe en este mundo o tendrás que vértelas con Julia. Y céntrate, Muñoz, que llevas bata —terció Daniel, insistiendo en el tono provocador.

—¡Eh!, mucho cuidado. Que eso que ves ahí es un diploma, esto es medicina y la deontología profesional...

—... es sagrada para mí —se adelantó Daniel a las palabras tantas veces repetidas por su colega y amigo, al tiempo que confería a las suyas un soniquete de lección aprendida—. Ya nos irás contando. Haz todo lo que debas hacer. Por cierto, mi hija Sara al final se ha decidido y quiere ir a estudiar fuera, a Estados Unidos. Sé que tienes amigos influyentes por allí, así que empieza a llamarlos. No quiero que a mi pequeña le falte de nada.

—Tu pequeña tiene dieciocho años, quizá convendría que dejarás de llamarla así. —Las últimas palabras casi tuvo que gritarlas: Daniel ya había abandonado la consulta.

«Estrés postraumático crónico de incierta reversibilidad. Incapacidad absoluta para todo tipo de actividad profesional.»

En un primer momento, las palabras parecían saltar unas sobre otras, danzar entre las líneas y cambiar el espacio y el orden que ocupaban sobre el dosier médico que acababa de entregarle el doctor. Julia tuvo que leer hasta cinco veces el informe facultativo que había redactado el doctor Muñoz y que había tomado forma de veredicto más que de prescripción médica. Le costó entender si lo que tenía ante sí eran buenas o malas noticias. Odiaba ese lenguaje tan característico de algunos médicos que parecían esconderse tras un argot absurdo e ininteligible para la gran mayoría de los pacientes y con el que daban la desagradable impresión de intentar maquillar la gravedad de cada caso.

—Y entonces, ¿qué habéis hecho durante estos seis meses que la habéis tenido ingresada? —preguntó ingenua, sin advertir que su pregunta rozaba, aun sin proponérselo, la insolencia.

—No pongas esa cara, Julia. Además, no es tan grave como suena, que enseguida os asustáis. Lo de «incierta reversibilidad» no es del todo exacto. Hemos realizado un gran trabajo con ella. Ha hecho enormes avances. Se ha ido abriendo poco a poco, como una rosa. La verdad es que no sabéis lo reconfortante que es que tu trabajo logre una recuperación así. La dialéctica hace milagros, a veces, mucho más que los fármacos. Hemos conseguido que se reduzcan los episodios de *flashbacks* y las pesadillas, y lo hemos hecho a través de la recuperación verbal de los recuerdos del trauma. Ya sabéis por lo que ha pasado esta mujer, os lo hemos ido contando con regularidad, excepto algunos detalles que consideramos demasiado personales y que en todo caso, tendría que ser ella quien decidiera contarlos. Se encuentra mucho mejor, pero ahora tiene que volver al mundo para comprobar si todo ha servido de algo. En este pabellón no podemos hacer más. No serviría de nada tenerla ingresada durante más tiempo: necesita volver al mundo, estar con su hija. Al principio casi no preguntaba por ella, andaba ensimismada, pero últimamente es algo continuo. ¡Bueno, ya lo habéis visto las pocas veces que os hemos dejado venir a verla con la pequeña! Como os digo, necesita apoyo social de los suyos, pero creo que eso es imposible. Sin embargo, es preciso que pueda hablar, ventilar sus pensamientos, sus emociones, sus miedos, aquello que lleva enquistado en su interior. Debe airear las imágenes que ha decidido enclaustrar por miedo a que le hagan el mismo daño que le hicieron en su día. Estoy convencido de que en su cabeza hay mucho más de lo que nos ha contado, pero hay partes que todavía resultan del todo inaccesibles. Debéis ayudarla a desanclarse del pasado y a fondear en un presente que la convenza. Hablar, hablar y hablar. Y eso puedes hacerlo mejor tú que nadie, Julia. Vosotros tenéis una familia modelo, unida, sana, noble... Desde luego, es el mejor ambiente para una enferma de estas características, pero se requiere un gran esfuerzo para enfrentarse a la normalidad. —Mientras hablaba, Muñoz observaba el semblante preocupado de sus amigos. Temió estar cargando sobre ellos una responsabilidad que no le tocaba a él atribuir y se dijo que quizá se estaba precipitando, aunque supiera de la capacidad de ayuda del matrimonio que tenía delante—. Claro que también está la opción de enviarla a una residencia psiquiátrica y que allí se hagan cargo de ella, por un tiempo, eso sí, pero podría entrar en un círculo vicioso.

—Y entonces, ¿qué hacemos? —preguntó Daniel, que estaba aún más desconcertado que su mujer—. ¿Qué es lo más conveniente? La verdad, estamos un poco perdidos, yo más que Julia, me temo... —aclaró ganándose una mirada de reojo de su mujer, que acompañó con una leve sonrisa.

—No lo sé. Yo os digo lo que hay: Zehera puede curarse por completo, pero para ello necesita tiempo para expresarse emocionalmente, volver a confiar en alguien, sentirse útil, relacionarse, comenzar a reconstruir una vida que por lo que parece han insistido en destruir sin su consentimiento. Por supuesto, es preciso que continúe con las visitas periódicas al psiquiatra y al psicólogo, fundamental que siga con la terapia cognitiva, con la del comportamiento, aprendiendo y poniendo en práctica lo que ya sabe sobre técnicas de relajación, de respiración y de autocontrol. Y yo soy partidario de que continúe con la ayuda farmacológica, con los antidepresivos y los ansiolíticos que le hemos venido suministrando durante su internamiento, que además le ayudarán a combatir el insomnio, las pesadillas y la tensión nerviosa a la que puede verse sometida —explicaba mientras ponía sobre la mesa numerosos papeles con la información que compartía con ellos—. Según su evolución, porque esto no es una regla de tres y cada paciente es un caso, iremos reduciendo la dosis de los medicamentos. Para que os quedéis tranquilos, venimos estimando que el setenta y cinco por ciento de los pacientes tratados abandona el tratamiento psicofarmacológico. Y ella apunta maneras. Soy más que optimista en lo que respecta a su caso.

—Se quedará con nosotros. Su hija ya ha estado viviendo con nosotros todo este tiempo que ella ha estado ingresada y no creo que podamos ni debamos separar a una de otra. Las dos podrían vivir con nosotros y cuando se recupere totalmente, le daremos la oportunidad de recuperar su vida y que sea ella quien decida. —Julia miró a su marido, que la observaba consciente de que la decisión que acababa de expresar su esposa sería la definitiva—. Vamos, si a ti te parece bien, cariño. Pero estoy convencida de que no te importa. Lo hemos hecho siempre. —Daniel asintió con la cabeza, mientras esbozaba ante su mujer la misma seductora y bonachona sonrisa que la conquistó—. Entonces, no se hable más. Se quedarán las dos en casa. Además, Sara nos dejará durante un año. Se va a estudiar a Missouri, ¿te lo ha dicho Daniel?

—Algo me ha comentado, sí. —Muñoz miró a la pareja que tenía ante sí y se sintió orgulloso de tenerles como sus mejores amigos—. No sé qué haría este mundo sin personas como vosotros dos. No sé si es que estáis locos o todo se debe a que sois unos santos. Perdón, me he precipitado —bromeó al darse cuenta de que se estaba poniendo demasiado cursi—: Tú, Julia, eres una santa, porque este que tienes por marido no deja de ser un calzonazos. Excelente cirujano, pero calzonazos. Le tienes dominado. No sabe la suerte que tiene contigo. —Volvió a la seriedad facultativa para dejarles claro lo que le estaba quemando en la boca—. Y por favor, para cualquier consulta, duda o pregunta, ya sabéis dónde estoy las veinticuatro horas del día. Lo digo en serio.

El coche familiar se convirtió en un cuadrilátero de miradas. Daniel observaba con disimulo por el retrovisor a la nueva inquilina; Julia miraba nerviosa y emocionada a su marido, segura de conocer lo que en ese momento pasaba por la cabeza del hombre que siempre la apoyaba, se embarcara en la aventura en que se embarcara; y Zehera no dejaba de inspeccionar cada centímetro del cuerpo de su pequeña mientras dejaba escapar algunas tímidas ojeadas a sus acompañantes. Pero como de costumbre, era Teresa Alina la que ganaba por goleada cuando de contemplaciones visuales se trataba: lo hacía abiertamente, sin disimulos, sin diplomacias, sin astucias ni eufemismos. Sus enormes y cada día más expresivos ojos negros se posaban por tiempos en cada uno de los ocupantes del automóvil que los trasladaba del hospital a la casa que pronto convertirían en su nuevo hogar.

La enorme finca de Pazo do Riba que servía de residencia familiar de la familia Castro estaba a punto de dar cobijo a todo un arsenal de miradas, sentimientos, secretos, confidencias, amistades, encuentros, ausencias y pensamientos de los que se impregnaron las magnas piedras que recubrían su exterior. Estas piedras —a las que Zehera mimaba ahora como mimó a las de entonces, a miles de kilómetros de distancia— guardarían historias que harían temblar más de un pilar. Tan solo había que esperar a que sucedieran y pasaran de boca en boca.

Era difícil contemplar la totalidad de la casa de un solo y rápido vistazo: al menos se requerían varios minutos para hacerse una idea aproximada de la estructura de aquella mole de piedra trenzada con hiedra y escoltada por un bosque que se entremezclaba caprichosamente con una perfecta disposición de setos. Más parecía la mansión de un cuento medieval que el hogar de una familia al uso.

Su interior, repartido en dos alturas bien diferenciadas, no decepcionaba. El salón era sin duda la habitación estrella y ocupaba la casi totalidad de la primera planta: amplio, luminoso, señorial pero al mismo tiempo cómodo y agradable, daba la certera sensación de ser un lugar vivido y disfrutado, ya que allí solía reunirse toda la familia para cualquier actividad —ya fuera comer, estudiar, ver la televisión o disfrutar de la lectura y de la música—. También era donde cualquier celebración, acontecimiento o anuncio encontraba su espacio idóneo. Aparecía distribuido en dos ambientes bien diferenciados: un cálido comedor que acogía una enorme mesa de madera y ocho sillas del mismo material, y un extenso cuarto de estar que ocupaba la mayor parte de los metros en superficie, ya que por algo era el rincón más concurrido de la casa. En el mismo piso se encontraba la cocina. Espaciosa, grande, luminosa, la dominaban en su totalidad los tonos negros y bronces, y recogía utensilios culinarios de todas las formas y colores —que pendían tanto de las paredes como del techo—, los electrodomésticos más modernos que pudieran imaginarse en el mercado y una parte central rectangular donde se ubicaban los fogones y la brillante y diáfana encimera. Una de las puertas de la cocina daba a un hermoso jardín trasero. En él se alzaba una caseta anexa, hecha a base de madera, que resultó ser una formidable y titánica despensa provista de todo tipo de cajas, botes, latas de conserva, botellas de vidrio y de plástico con líquidos de todo tipo, tarros y sacos de cualquier producto en el que se pudiera pensar: bebidas, frutas, verduras, legumbres, carnes, pescados, especias, granos, dulces... Un auténtico templo de los alimentos, un paraíso del gusto.

Al otro extremo de la cocina, justo al lado del comedor, se encontraba el despacho de Daniel, que Julia también utilizaba aunque en contadas ocasiones, y en el que el resto del mundo tenía prácticamente vetada la entrada. No es que hubiera una prohibición explícita de acceso, pero sí una norma no escrita que todos conocían: sencillamente, era algo que se sabía y aceptaba sin más. No había ninguna razón para entrar en esa estancia inundada de papeles, libros, fotografías antiguas, archivadores y un par de ordenadores. Su desordenado interior no contenía nada que pudiera interesar a nadie salvo a ellos dos. Parecía ser el lugar más sagrado, exclusivo y privado de toda la casa; un oasis de tranquilidad e independencia que resultaba casi imposible encontrar en el resto de la mansión.

La planta superior se destinaba en exclusiva a los cuartos personales. La amplitud de los dormitorios, seis en total, permitía que cada uno de ellos tuviera su propio aseo; en cuanto a comodidades, a ninguno le faltaba detalle. Además, cada estancia disponía como mínimo de dos o tres ventanas acristaladas que ofrecían una visión espléndida de la naturaleza en su estado más puro y que, según el emplazamiento estructural del dormitorio, permitía ver la entrada principal de la casa con su hilera de setos uniformes, el jardín de la parte posterior de la vivienda —donde habían dispuesto elegantemente varios muebles de jardín que sin duda hacían más grata y cómoda la estancia—, la pequeña parcela que acogía una piscina no demasiado grande en comparación con el resto de la residencia o la zona donde estaba la despensa y desde donde también se podía vislumbrar parte del garaje.

La capacidad de reacción de Zehera se vio renquear cuando sus ojos, tan impresionados como acomplejados, intentaron ordenar en su cabeza tantos metros cuadrados. Valiéndose de un timorato disimulo, pestañeó varias veces para comprobar que la fuerte medicación que estaba tomando y su encierro prolongado en un lugar donde el color principal era el blanco no le habían causado daños colaterales. Pero no estaba soñando: lo que tenía ante sí no era fruto de un desvarío, su cerebro no le estaba jugando una mala pasada y las imágenes que en él se formaban no se disponían macabramente juguetonas con el único fin de burlarse de ella, como le había pasado en alguna ocasión. Todo aquello que desplegaba ante sus ojos era real. Y ella deseó con todas sus fuerzas que no se desvaneciera de la noche a la mañana.

El momento más emocionante llegó cuando Julia abrió la puerta del dormitorio que habían preparado para Zehera. Tras ellas, a una distancia prudencial, la comitiva familiar aguardaba sigilosa por miedo a hacer un ruido que rompiera aquel instante del que tanto disfrutaban ellos como la verdadera protagonista de aquel *tour* hogareño. Fue entonces cuando lo vio: en un extremo de su cama, a escasos veinte centímetros, aparecía ubicada una cuna en cuya cabecera se disponían los moldes infantiles de unas letras. Juntas, conformaban el nombre de

Teresa Alina. Zehera amplió su horizonte visual, empañado ya por una emoción que vidriaba sus pupilas, y reparó en un curioso parque de juegos que abría una rinconada repleta de juguetes y juegos infantiles donde el color rosa era el predominante. No pudo más y rompió a llorar. Julia se apresuró a consolarla, sonriendo e intentando convencerla de que no fuera tonta y se dejara de lágrimas, mientras el pelotón de seguimiento retrocedía de forma atropellada unos pasos por miedo a ser visto. Cuando la mirada interrogativa de Julia les hizo percatarse del ridículo que hacían, decidieron por fin actuar con naturalidad. Fue Daniel el que al grito de «todos a cenar» disolvió la comitiva.

Aquella fue la primera comida del nuevo grupo familiar. Los nervios y la turbación que habían decidido alojarse en el estómago de Zehera le hicieron temerse incapaz de degustar la fabulosa cena de bienvenida, pero su voluntad pudo más y, por primera vez en mucho tiempo, logró imponerse. El delicioso olor que desprendía la fuente central —en la que descansaba una enorme dorada arropada por una paleta tricolor de verduras y frutas— se vio reflejado en el rostro de satisfacción de los asistentes.

Teresa Alina descansaba ya plácidamente en su cuna, después de un espumoso baño en el que Sara la sumergió como todas las noches en un amplio abanico de lociones y colonias con olor a párvulo. Por su parte, Zehera lucía espléndida, risueña aunque un poco cohibida. Pensó en pintarse los labios como ella sabía; lo dudó unos instantes, pero finalmente lo hizo y consiguió la reacción que su hermana siempre profetizaba: la sonrisa se dibujó en los rostros complacidos y orgullosos de su nueva familia. Sintió que aquellos desconocidos habían tejido de manera desinteresada un delicado pero firme manto de protección, que ahora caía con delicadeza sobre sus hombros. Su garganta apenas permitía el paso de los sabrosos alimentos y se vio obligada a beber agua y más agua durante toda la cena para empujarlos por su tráquea hasta su encogido estómago. Sintió la necesidad de dar las gracias, pero no supo a quién dárselas. Estaba gratamente desbordada y decidió dejarse llevar.

Como un río.

23

—¿Te gustan las campanas, Zehera? —preguntó Julia mientras ordenaba los nuevos libros que había conseguido para completar las estanterías de su café literario. Era consciente de que su clientela acudía a su local tanto por el delicioso café que servía como por el agradable ambiente que en él se respiraba y que en gran parte venía motivado por la hechicera presencia de su dueña. Pero si además del aroma y del gusto, el intelecto salía de allí reconfortado y mimado, mejor que mejor—. Las campanas... Que si te gustan —volvió a formular la pregunta haciendo sonar una pequeña de cristal que tenía al lado de la caja.

—Me gustan... —pensó unos segundos la respuesta, más por ella que por su interlocutora—. Me gustaban más los ríos, los puentes. Las campanas, no lo sé, la verdad, nunca me he parado a pensarlo.

—A mí sí. Me encanta escucharlas. Siempre cuentan historias, pero para poder entenderlas tienes que prestarles mucha atención. Bueno, como pasa con todas las fábulas. —Julia sabía por qué lo decía. Muchos años atrás había leído una frase de Fred Wardem, un superviviente de varios campos de concentración nazis, Auschwitz entre ellos: «El corazón de un sobreviviente es como una campana de cristal con una pequeña grieta: ya no resuena». Aquellas palabras le habían dejado huella, habían logrado emocionarla, pero también enrabietarla y motivarla y desde entonces luchaba con todas sus fuerzas para devolver el sonido perdido a las campanillas que presentaran alguna fisura. Y a sus ojos, Zehera había tomado forma de segundilla—. Pero vamos, como prefieras. En Orense tenemos el río Miño, y lo cruza un puente romano que quita el sentido. De hecho, hay un dicho popular que dice: «Tres cosas hay en Orense que no las hay en España: el Santo Cristo, el puente romano y las burgas hirviendo agua». De todos modos, por Pazo do Riba ni pasa el río ni tenemos puente, así que va a ser mejor que te aficiones a las campanas. El cura de este pueblo las hace sonar siempre que se aburre, y créeme que se aburre mucho.

Julia era una mujer inteligente y no necesitaba un título universitario para saber que la persona que tenía delante era una superviviente nata. Con tan solo veinte años ya había sufrido lo que la mayoría de los mortales no experimentaría en toda su vida. Y allí estaba, respondiendo con idéntica mímica a la sempiterna sonrisa de su nueva protectora. A pesar de su experiencia en materia de ayuda y solidaridad, tampoco se consideraba más lista que nadie, y por eso los consejos de su buen amigo el doctor Muñoz no cayeron en saco roto. Los meses que siguieron a la salida del centro hospitalario, Julia se tomó muy en serio la recomendación de que Zehera expresase con palabras su experiencia: cada día dedicaban una media hora a hablar sobre ello, o a escribir en una cuartilla de papel blanco lo que la joven veía en sus pesadillas o en los *flashbacks* que aún la sorprendían a veces. «Esto le permitirá recuperar el control sobre los pensamientos que la invaden y conseguirá que cada vez tengan menos influencia sobre ella», le había explicado el doctor. También tomó buena nota de la importancia del ejercicio físico —Muñoz le había recomendado una tabla de al menos quince minutos— y de la relevancia de una buena alimentación que la ayudase a recuperar su equilibrio personal. Todos esos consejos se pusieron en práctica, pero en dosis y en formas bien distintas. Para empezar, decidieron que los treinta minutos de plática se quedaban cortos y creyeron oportuno ampliar el tiempo de tertulia: los dos mujeres hablaban de todo, mostrándose a gusto, relajadas, tranquilas. Les resultaba fácil conversar durante horas, incluso cuando creían que el día se les había quedado corto, aprovechaban los momentos previos antes de acostarse para charlar de cualquier cosa que se hubiera quedado en el tintero. Algunas veces eran naderías, detalles tontos, cotilleos sin importancia, pero que a ambas les apetecía compartir para alargar el tiempo que pasaban juntas. Había noches en las que Daniel se levantaba a altas horas de la madrugada y sorprendía a las dos mujeres en el sofá del salón, cuchicheando, riendo, mirando fotografías, comiendo el contenido de bolsas de todo tipo de aperitivos, bebiendo refrescos, fumando sin parar, viendo una película sin otro sonido que el de su incontinente verborrea. A veces las regañaba como a dos niñas pequeñas que aprovecharan la ausencia de adultos para convertirse en dueñas y señoras del frigorífico y la televisión. —«Desde luego, ¿os parece bonito a vuestra edad? ¡Si estáis todo el día juntas! No entiendo cómo todavía os quedan cosas por hablar»—. Otras, la mayoría, las dejaba por imposible después de darles las buenas noches y recordarles que al día siguiente había que trabajar.

Su gratitud era infinita y no recordaba haberse sentido en mucho tiempo tan a gusto como entonces. Algunas noches se resistía a conciliar el sueño por temor a despertar y que aquella familia hubiese desaparecido. Por primera vez desde mucho antes de salir huyendo de Bosnia, rezaba una pequeña oración antes de cerrar los ojos: la única plegaria era que todo siguiese igual, que nada cambiara, que no apareciera ni desapareciera nadie. La insistente repetición de la plegaria la sumergía en un profundo y desde hacía pocos meses reconfortante descanso.

Desde el principio Julia se encariñó con Zehera y ese afecto tan personal rápidamente se terció en recíproco. Se convirtieron en inseparables. Entre ellas nació algo especial. Tenían la impresión de conocerse desde hacía mucho tiempo: no necesitaban excusas para hablar ni métodos para romper el hielo como ambas temieron antes de amanecer bajo el mismo techo de la casa familiar. Estaban a gusto compartiendo compañía, comentarios, opiniones, situaciones, trabajo y por supuesto familia. Poco a poco se fue tejiendo una cordialidad perfecta entre ellas, se encargaron de edificar una complicidad que difícilmente escapaba a los ojos de los demás. Pero el mismo buen entendimiento surgió de forma espontánea en todas las direcciones de la familia Castro.

Aunque era con Julia con quien más tiempo pasaba y con la que disfrutaba explayándose, la recién llegada también depositó sus afectos en Bruno, el pequeño de la casa hasta que llegó Teresa Alina: era un niño muy cariñoso y con cara de travieso, algo que la divertida colección de pecas distribuidas por la nariz y las mejillas parecía ratificar, de carácter abierto, siempre risueño y excesivamente enmadrado, un privilegio del que —para desquicie de su hermana— no tenía reparo en abusar en cuanto la ocasión se lo permitía. Se parecía mucho a su madre, también en la bondad y en lo que le gustaba hablar, y a Zehera le recordaba mucho a su hermano Dino. Eso le ayudó a cogerle aún más cariño. A menudo le observaba, le acariciaba el pelo con la mano tratando de colocar en su sitio cada mechón de pelo rubio, y dejaba volar su imaginación hasta Visegrado, donde suponía a su hermano pequeño manejando una escuálida barca con la que cruzar el río. Absorta en aquellas figuraciones, las lágrimas la sorprendían sin apenas apreciarlas, hasta que Bruno se daba cuenta y sin perder un segundo la envolvía en un exagerado y asfixiante abrazo, y la colmaba de besos sonoros. No cesaba entonces hasta que oía las risas de su presa, que suplicaba que la soltase o empezaría una guerra de cosquillas; Zehera siempre cumplía su amenaza y en esas ocasiones salía claramente victoriosa para desesperación de Bruno.

Sara, la hija mayor, era el vivo retrato de su padre, y por supuesto la niña de sus ojos. Se trataba de una jovencita preciosa, de hermosa cabellera negra y rizada, brillante en sus estudios y más seria en el trato que el vivaracho de su hermano. También ella se entendió a la perfección con Zehera, de la que tan solo dos años la separaban, pero su debilidad era sin duda la pequeña Teresa Alina. Le encantaba jugar con ella, vestirla, peinarla, pasearla, llevarla al parque, bañarla, darle de comer, ponerla a dormir... Cada vez que veía la oportunidad de quedarse con ella en casa mientras el resto se iba a cumplir con sus obligaciones, rogaba, suplicaba que no llevaran a la pequeña a la guardería: mientras llegaba el día de irse a los Estados Unidos, donde pensaba pasar un año aprendiendo inglés, ella se quedaría cuidando del bebé. «Va a ser una perfecta madre, además de una perfecta abogada, una perfecta esposa, una perfecta mujer. Alguien perfecto. Claro que tiene a quien salir —reconocía orgulloso y algo teatrero Daniel. Y al ver la cara divertida del resto de la familia, que fingía no entender a quién se refería, explicaba—. ¡A mí, por supuesto! Es clavadita a mí. A vosotros lo que os pasa es que os come la envidia.»

Siempre había risas en el hogar de los Castro. Era algo que brotaba natural, sin necesidad de artificios ni esfuerzos extraordinarios. Resultaba tan peliagudamente sencillo como entrar en un equitativo reparto en el que todos daban y recibían en igual medida, una ecuación que Zehera hacía mucho que no enunciaba ni mucho menos resolvía. Empezó a acariciar con precaución la idea de la felicidad, la misma que en sus primeros años creyó suya de forma vitalicia y que la vida le hizo entender que, aunque deseado, no era un valor seguro ni mucho menos perenne.

La relación con Daniel también era especial. Era él quien se encargaba de llevarla cada semana a los chequeos que debía realizarse en el hospital con el equipo del doctor Muñoz, y también de recogerla en la consulta psiquiátrica. Entre las muchas virtudes del doctor Castro estaba la puntualidad. Le encantaba verle llegar al volante de su elegante coche negro metalizado, aparcar con calma, echar vigorosamente el freno de mano y mirar con insistencia la puerta de la consulta por la que se suponía que debía salir la paciente. Algunas veces le acompañaba Julia, pero no era lo habitual; era Bruno quien solía ocupar la parte trasera del todoterreno familiar. Aprovechaba el trayecto para hacer los deberes a toda prisa y preguntar todas las dudas que le surgían, con idea de haber terminado antes de llegar a casa y así poder plantarse delante del televisor, una argucia que no siempre conseguía. El asiento del copiloto estaba reservado para Zehera, que se acomodaba en él y se sentía plenamente satisfecha, llena, radiante, feliz de ocupar un lugar no solo en el automóvil, sino en aquella familia.

La forma de conducir de Daniel logró embelesarla. No recordaba haber visto dirigir un vehículo con tanta suavidad y al mismo tiempo con tanta firmeza en los gestos. La sorprendía verle cambiar de marcha con la delicadeza y seguridad con que lo hacía, o cómo era capaz al mismo tiempo de llamar la atención de Bruno o interesarse por la sesión terapéutica de quien se sentaba a su diestra sin apartar ni un solo momento la mirada de los espejos retrovisores y la carretera. Aquel control de la situación logró cautivarla. Podría estar horas observándole en silencio, analizando cada ademán que sus brazos o sus pies hacían para ordenar al vehículo lo que tenía que hacer. Era una sensación extraña que no sabría definir porque nunca antes la había experimentado, pero se le antojó placentera. De eso sí estaba segura. Le gustó. En más de una ocasión aquella especie de secuestro sensorial la estremeció y le emocionó los sentidos.

—¿Sabes conducir? —La profunda y contundente voz de Daniel acudió a rescatarla del estado en el que sus pensamientos parecían mecerla dulcemente—. ¿O lo miras todo así porque te gustaría aprender?

—No creo que yo valga para eso —contestó mientras despertaba de esa suerte de hipnosis—. Enseguida me pondría nerviosa, no sabría dónde mirar, cuándo cambiar de marcha o qué botón tocar. Me distraería con todos esos mandos, esas luces, esos dibujos, esos indicadores, no sabría si pongo el intermitente, enciendo las luces o meto la marcha atrás.

El comentario hizo sonreír a Daniel y provocó que Bruno soltara una carcajada.

—¡Ni que mamá supiera hacer todo eso! —rió el pequeño—. Pero como es amiga del alcalde, de la policía y de todo el mundo, siempre la perdonan. Un día se le caló el coche y cuando lo quiso arrancar lo empotró contra un kiosco, y cuando intentó salir de él, dio marcha atrás y se cargó un árbol. ¡Y encima casi le pega al policía que se presentó con el señor de la grúa! ¿Te acuerdas, papá? Tuviste que ir a por ella porque si no, ese día sí que duerme en la cárcel. Decía: «Señor agente, no ha sido culpa mía. Yo no he hecho nada y si usted persiste en esa autoridad tan ridícula, llegaré hasta las últimas consecuencias» —imitaba burlón el hablar de su madre.

—¡Bruno, se lo pienso decir a mamá en cuanto la veamos! —le riñó divertido su padre, aun sabiendo que tenía razón—. Además, no todos somos igual de buenos en lo mismo. Si no sería un caos. Mira, Zehera, si quieres, yo te enseño a conducir. No es tan complicado como parece. Cualquiera puede hacerlo.

—Claro que sí, ¡que se lo pregunten a mamá! —Las carcajadas volvieron a brotar de la boca infantil contagiando a los dos adultos.

—¡Bruno! —le llamaron la atención Daniel y Zehera al alimón, pero sin poder dejar de reír.

Aquella noche en la cena, Julia no lograba entender el sentido del intercambio de miradas, el disimulo de risas y los comentarios absurdos que a todos hacían reír excepto a ella. Cuando se lo explicaron, se unió al festival de risotadas con el que despidieron el día.

Una de las pocas mañanas que se vio agobiada por el trabajo, Julia pensó que sería buena idea que Zehera le ayudara en la cafetería, siempre y cuando ella quisiera y no se sintiera presionada ni obligada. Al fin y al cabo, la mayoría de los días la acompañaba al negocio e incluso le echaba una mano cuando la afluencia de gente era excesiva para dos manos y dos brazos o cuando tenía que salir corriendo debido a una urgencia o un imprevisto en la asociación. Desde que Sara había partido rumbo a los Estados Unidos, estaba sola despachando aromas y pastas mientras intentaba —subida a una pequeña escalera de tijera tambaleante y de apariencia inestable de la que se había caído en más de una ocasión— dar con la lectura perfecta para el cliente que le solicitaba un ejemplar de Shakespeare, de Rosalía de Castro o de Dostoievski. La ausencia de la hija mayor les había dejado también sin niñera las veinticuatro horas del día, por lo que, aconsejadas sabiamente por el doctor Muñoz y por el propio Daniel, decidieron que lo mejor para Teresa Alina sería empezar a socializarse y a relacionarse con otros niños de su misma edad. Pronto se incorporó a una de las guarderías más selectas y cuidadas del pueblo, que lucía el sugerente nombre de Los Siete Enanitos.

La idea de comenzar a trabajar la llenó de satisfacción y la afianzó en sus renovados planes de futuro, que no eran otros que seguir disfrutando de aquella desconocida paz ambiental. Además, pronto comenzó a ganar dinero, ya que el sueldo que Julia le fijó por pasarse más de diez horas tostando y moliendo café, sirviendo tazas humeantes —que coronaba con una fina capa de espuma espolvoreada cuidadosamente con limaduras de cacao—, calentando leche, escogiendo pastas bañadas de chocolate e imitando a Julia en la manera suicida de subirse a la escalera y ejercer de bibliotecaria, era bastante generoso, como todo en aquel lugar.

Cuando acudió a abrirse una cartilla al mismo banco donde la familia Castro tenía sus ahorros, su primer pensamiento fue para su amiga Teresa. Se había preguntado mil veces qué sería de ella; deseaba volver a escuchar su voz, su verborrea imparable, su risa, sus comentarios. En varias ocasiones había planeado con Julia llamarla y contarle cómo le iban las cosas, pero unos días por miedo a detallarle lo que había pasado desde que salió de Villa de Alba, otros por el exceso de trabajo y la mayoría por temor a que nada fuera entre ellas como un día llegó a ser, el caso es que la llamada que en el fondo se sentía obligada a realizar se había ido retrasando en el tiempo y sabía que no la haría hasta que no venciera algunos fantasmas y reuniera las fuerzas y las ganas necesarias. Estaba convencida de que todo sería más fácil de lo que sus miedos le auguraban, pero aún sentía vergüenza por lo que había pasado. Tenía la convicción de que no se había portado bien con ella, que tenía que haberle agradecido de alguna manera su actitud siempre partidaria y generosa. Se excusaba en el tiempo que estuvo internada en la planta psiquiátrica del hospital, pero aquel baldío pretexto no borraba su sentimiento de culpa hacia ella y hacia su padre Fernando. «Quizá mañana me anime y la llame. Quizá mañana sea el día.»

Lo que no consiguió nunca la ejercitada testarudez de Julia fue que se aficionara al sabor del café.

—No entiendo cómo siendo musulmana no te gusta el café —le decía exagerando su discurso todo lo que su vena payasa, que era mucha, le permitía—. Déjame decirte que puedes estar incluso cometiendo un pecado, aunque yo no controle mucho tu religión. Mira, ayer mismo estuve leyendo este libro y me enteré de que por culpa de Alá tú y yo nos estamos ahora ganando la vida, y no demasiado mal. —La mirada de Zehera hizo que Julia casi estallara en una carcajada que sin embargo supo evitar—. Sí, no me mires así. Parece mentira la incultura que tenéis los jóvenes. Cuenta la leyenda que fue el mismísimo Alá quien viendo preocupado, saturado de trabajo, harto del mundo al profeta Mahoma, decidió mandarle al arcángel Gabriel para obsequiarle con un presente que lo animara, le devolviera las ganas, el vigor, la salud e incluso, dicen algunos, la virilidad. El regalo en cuestión era negro como la piedra negra de la Kaaba, que por lo que parece es la piedra que está en la Meca. —Al ver que Zehera no confirmaba este último dato, decidió seguir sin importarle si estaba o no en lo cierto—. A Mahoma le gustó tanto que lo llamó «Qahea», que quiere decir algo así como «excitante», «energético». Y ahí tienes cómo el café entró con todos los honores en el mundo árabe. A mí no me mires así. Es lo que dice la leyenda. Aunque si no te gusta, hay otras muchas.

A pesar de todo, los cuentos y las leyendas no tapaban el recuerdo que una maldita taza humeante de ese oscuro brebaje dejó una mañana en sus labios. Cada vez que intentaba beber un sorbo, el sabor rescataba de su memoria el día en que despertó atada a unas espalderas de un colegio mientras Sasa la forzaba a beber de su taza. Las arcadas que sufría cada vez que tentaba a su memoria con un pequeño sorbo de café no venían motivadas por su sabor amargo, tal y como se disculpaba ante Julia, sino por una reminiscencia demasiado cruel de un pasado no tan lejano. Desde aquel día, jamás pudo volver a probarlo. Varias veces estuvo tentada de confiar a Julia el verdadero motivo de su animadversión, pero no pudo. No se sintió con fuerzas, aunque supuso que algún día la extrema confianza que se tenían las dos mujeres rompería esa línea roja que atravesaba su cerebro y que aún nadie había traspasado. Por el momento. seguiría confiando en el silencio.

Además le divertía ver cómo su amiga seguía incansable en su cruzada, recurriendo a todo lo que su imaginación podía ofrecerle. Era algo que le maravillaba de aquella mujer: su infinita capacidad de buscar en libros, bucear tenazmente entre anécdotas y sucedidos de esos que tanto le gustaba escuchar cuando, después de un día de trabajo duro y sintiendo la dulce extenuación que nace del cansancio, los labios de Julia se abrían para dejar salir auténticas fábulas que las mantenían despiertas, en ocasiones hasta el amanecer... para desesperación de Daniel, que muchas veces se veía obligado a llevarlas en brazos hasta la cama —sobre todo a Zehera, a quien debido a la medicación que seguía tomando por prescripción médica resultaba imposible despertar cuando caía rendida por el sueño. Como su cuerpo era ligero, a diferencia del de Julia, no le suponía un gran esfuerzo acarrearla hasta su dormitorio.

La vida transcurría sin mayores sobresaltos que las caídas en el parque de la pequeña Teresa Alina, los contagios de enfermedades leves como catarros o varicela que cogía en la guardería, y las pequeñas brechas en la frente y en las rodillas que se hacía al caerse de los columpios. Daniel los había instalado para ella en la parte posterior de la casa, a escasos metros de la pequeña piscina y cerca del acogedor jardín amueblado donde los adultos solían sentarse en las tardes de verano y desde donde podían vigilar con facilidad a la cría. La niña crecía fuerte y feliz, aunque no había heredado la afición por hablar que caracterizaba a la madre, sobre todo si Julia estaba a su lado. Continuaba siendo una niña callada y tremendamente observadora, y seguía siendo el juguete de toda la familia, para preocupación de su madre, que no paraba de alertar sobre los peligros de malcriar a su hija. «Me la estáis consintiendo demasiado. Veréis cuando salga al mundo real y no le den más que tortas. A ver entonces qué hacemos.» En el fondo le encantaba el manantial de cariño y atenciones que los Castro dispensaban a su pequeña, y eso que se hacía notar la ausencia de Sara: la mayor de los Castro había decidido prolongar su estancia en los Estados Unidos un par de años más, acogiéndose a una beca que había conseguido en la Universidad de Columbia. Aun así, su parcela de mimos la cubría a la perfección Bruno, que directamente trataba a Teresa Alina como si fuera su princesita.

Zehera seguía prestando sus servicios en el café literario, que cada día controlaba mejor y en solitario, ya que la asociación de Julia estaba hasta arriba de trabajo: había días en los que la dueña del local ni siquiera pasaba para ver cómo iba el negocio, y si lo hacía era para darle un beso a su única empleada, rogarle que le preparara uno de sus deliciosos y exclusivos capuchinos y salir corriendo al ayuntamiento de Pazo do Riba dispuesta a conseguir el favor del alcalde o coger el coche para acercarse a la ciudad de Orense y allí pelear por las escurridizas subvenciones. «¡Señores, que voy a traer niños a España para que puedan veranear, no tomates ni cabras para que pasten libremente por sus campos! ¡A ver cuándo se enteran y dejan de tratarles como mercancía administrativa!» Esa era su frase más pronunciada cada vez que se acercaban las vacaciones de verano.

Algunas veces Zehera se había mostrado dispuesta a acompañarla en el duro peregrinaje por los centros oficiales, algo a lo que Daniel se negaba en rotundo, incapaz de dominar la vergüenza que le provocaba ver a su esposa convertida en la reina de un bazar de gangas, que era lo que parecían aquellas interminables reuniones con los políticos y sus estresantes intermediarios. Durante los períodos previos al verano y los propios meses de junio, julio y agosto, todos sabían que Julia desaparecía del mapa y que resultaba prácticamente imposible localizarla en el café y mucho menos en casa, por eso el resto de la familia tenía que turnarse con mayor habilidad de la mostrada el resto del año: Daniel intentaba salir antes del trabajo, lo que no siempre resultaba sencillo; Zehera procuraba limpiar rápido y recoger la cafetería cuanto antes, incluso si esas prisas suponían perder algo de caja; y Bruno se esforzaba por no ejercer de niño mimado de mamá, rol que desarrollaba a la perfección, al menos hasta que esta apareciera por la puerta de casa, algo que cada día resultaba más complicado.

La ausencia de la matrona se hacía notar y algunos momentos pesaba más que otros. Como aquella noche de julio de 1995, cuando Zehera tuvo que enfrentarse en la más absoluta de las soledades a la gran pantalla del televisor: como venía sucediendo habitualmente, los telediarios continuaban escupiendo información sobre el devenir de la guerra de Bosnia, y aquella tarde no había nadie en casa para impedir que sus ojos verde esmeralda contemplasen las imágenes de la matanza de las tropas serbias sobre la población de Srebrenica. Cuando escuchó al locutor de las noticias hablar de ocho mil musulmanes muertos, degollados, fusilados e incluso enterrados vivos, su corazón comenzó a palpitar como en los viejos tiempos, su cuerpo se cubrió de una fina sudoración que no preveía nada bueno y las lágrimas no cesaron de caer como lo hacían las bombas en su país. *Srebrenica. Srebrenica.* Había escuchado aquel nombre con anterioridad, pero le costaba recordar en qué contexto lo habían grabado sus oídos. Finalmente lo consiguió y el hallazgo contribuyó a aumentar su grado de ansiedad. Su mente viajó transportada en la máquina del tiempo y se situó en uno de los encuentros clandestinos en el Café Andric. «No me extrañaría que Sasa matara con sus propias manos al amigo de su tío, a Hasib Gavrilovic. Por lo que sé, gracias a Dios, ha podido huir a Srebrenica. Puede que allí se encuentre a salvo. Aunque eso nunca se sabe con semejantes asesinos.» El eco de las palabras que Ivo, el viejo profesor de Visegrado, pronunció aquella tarde aciaga ante la atenta mirada de todos los que le escuchaban resonó en su cabeza, que daba la impresión de haberse quedado vacía de otros recuerdos. Unas horas después de aquellas confidencias, el café fue arrasado por el fuego de los Águilas Blancas y con él, varios amigos como Aída, Leko, Petar y el propio Ivo. Sus palabras volvían a ser proféticas. «Nunca se sabe con esos asesinos.» Una riada de evocaciones inundó su interior, arrasando a su paso sus sentidos.

Cuando Daniel y su hijo Bruno entraron por la puerta, sus risas y comentarios mudaron en gestos de preocupación. Zehera no respondía a ninguna de las preguntas que le formulaban, no podía retirar sus ojos de la pantalla del televisor, ni reprimir su congoja ni atender a la algarabía que se había formado en torno a ella. Daniel temió que la recaída de la muchacha fuera más grave de lo que parecía y corrió al cajón de las medicinas. Su habitual calma de excelente cirujano se desvanecía por segundos y una desconocida perturbación intentaba apoderarse de su siempre cabal y controlado comportamiento: al no encontrar lo que buscaba en aquel habitáculo oscuro y cerrado, terminó arrancando el cajón del mueble en el que se escondía el fármaco deseado y vaciando con decisión su contenido en el suelo. Cuando avistó el frasco de los tranquilizantes, corrió junto a Zehera y la obligó a tomarse dos pastillas, aunque no fue fácil: tuvo que abrirle la boca forzando con los dedos los apretados labios de la chica hasta que finalmente se abrieron y permitieron la entrada de los calmantes y del débil reguero de agua que los acompañaba. La medicación tardó unos minutos en hacer efecto. Él permaneció junto a ella y no dejó de abrazarla y contener sus convulsiones. Hizo que Bruno apagara la televisión, aunque en el lapso de tiempo que tardó su hijo en reaccionar y obedecer, tuvo tiempo de comprender que algo grave había sucedido en el país natal de la joven que sostenía entre sus brazos. La casa se había quedado en silencio y prácticamente a oscuras. Nadie decía nada. Solo se escuchaba el susurro tranquilizador que envolvía la voz de Daniel.

—Ya pasó... Ssshh... Ya pasó...

El cuerpo desvalido de Zehera dejó de temblar, aún recostado sobre el pecho de Daniel. Sus brazos la rodeaban; notaba la barbilla de él apoyada sobre su cabeza, acompasando el leve balanceo en forma de arrullo que acompañaba a su abrazo. La madrugada los sorprendió dormidos en el sofá, vencidos por el sueño, todavía aturdidos por el momento de tensión. Solo cuando los primeros rayos del día entraron por el gran ventanal que presidía el salón, Daniel se despertó, tomó a Zehera en brazos como había hecho otras tantas noches de ininterrumpida charla, y la recostó sobre la cama de su dormitorio. Allí descansaban la pequeña Teresa, que dormía ajena a lo sucedido hacía unas horas en la planta baja, y Bruno, que por indicación del padre había subido a su habitación a descansar.

Cinco meses después de aquello, todos asistieron al anuncio del final de la guerra de Bosnia. Los medios de comunicación no paraban de hablar de la firma del acuerdo definitivo de paz en París, el 14 de diciembre de 1995.

—Mira, Zehera, están todos. Esto es definitivo —le decía Julia mientras señalaba las fotos de los líderes mundiales que aparecían aplaudiendo tras una mesa. Escoltaban a Slobodan Milosevic, Fanjo Tudman, Alija Izetbegovic (presidentes de Serbia, Croacia y Bosnia respectivamente), que se entretenían en plasmar su firma en un enorme libro—. ¿Ves? Aquí de pie está nuestro presidente, Felipe González, y a su lado el de los Estados Unidos, Bill Clinton, y el alemán Helmut Kohl y el inglés John Major y este otro, Víktor Chernomyrdin, que según dice aquí es el primer ministro ruso. Es verdad que la guerra en tu país ha terminado. Se terminó, cariño. Se acabó. Por fin —le repetía emocionada mientras le acariciaba el pelo.

—Sí, pero yo no puedo localizar a mi hermana —se lamentaba Zehera, al tiempo que miraba el retrato del presidente serbio—. No puedo encontrar a nadie. Ella sigue en Sarajevo y allí continúa el cerco. ¿De qué me sirve que la guerra termine si yo no encuentro a los míos? ¿De qué me sirve si no puedo verla ni hablarle ni abrazarla?

Sus quejas tenían una buena justificación: casi a diario intentaba la comunicación con su hermana, pero siempre resultaba inútil. Resultaba desquiciante. Ni siquiera logró localizar a Suhra cuando el Gobierno de Bosnia dio oficialmente por finalizado el sitio de la ciudad, el 26 de febrero de 1996. El cerco más largo de la historia —con más de 1350 días de asedio, había dejado atrás las novecientas jornadas que sufrió la ciudad de Leningrado— seguía manteniendo silenciadas a las hermanas, alejadas, escondidas en diferente lugares del mundo.

—La encontraremos. Antes o después daremos con ella. Te lo juro —le aseguraba Julia con su habitual insistencia—. No se la ha podido tragar la tierra.

—¿Y por qué no? —contestaba dolida y apesadumbrada para preocupación de la familia Castro—. Como al resto. Mi país es un enorme cementerio y esos señores trajeados de la foto no dejan de aplaudir porque no caben más bajo la tierra.

Ni un solo día dejó de pensar en su hermana y en su familia, pero decidió que no sería justo darse por vencida ahora que las cosas, al menos de una manera oficial, comenzaban a cambiar. Además, no podría soportar la reprimenda que con toda probabilidad le dedicaría su hermana si se abandonaba a un llanto inútil en vez de aprovechar la oportunidad que le brindaba la vida. «Vive apasionadamente cada día, cada hora, cada segundo. Vive, ríe, llora si quieres, pero desde la alegría de saber que estás viva. Haz todo lo que quieras y hazlo ya. Como si no hubiera un mañana. Siéntete libre. Y recuérdalo siempre: píntate los labios de un rojo intenso, que parezcan hermosos pétalos de rosas abriéndose al mundo.» No pensaba desobedecer ni una sola palabra del testamento vital que le había dejado su hermana en su última conversación telefónica.

Aquel día, cuando aún se oían los ecos de una paz celebrada aunque falsa y tardía, se hizo una promesa que consiguió cumplir durante años.

Zehera no lloraría más.

TERCERA PARTE

No crean que yo he venido a traer paz, sino guerra.
He venido a poner al hombre contra su padre,
a la hija contra su madre y a la nuera contra la suegra;
de modo que los enemigos de cada cual serán sus propios parientes.

MATEO 10, 34-37

24

—¡Feliz veintiocho cumpleaños!

La frase, pronunciada en tres tiempos vocales bien diferenciados, resonó en sus oídos hasta el punto de taladrarlos. Y no se conformó con hacerlo una sola vez.

—¡Feliz veintiocho cumpleaños!

Normalmente no le gustaban las sorpresas, pero tenía que reconocer que aquella se la venía oliendo desde que Julia había adoptado una actitud de niña repipi y repelente, sabedora de un gran secreto: aunque esté deseando compartirlo, ha de mantenerse fiel a su promesa de silencio, igual da que en ello le vaya poco menos que la vida.

Cuando Zehera vio las velas con forma de los números dos y ocho coronando su tarta de chocolate favorita —sobre la que ya habían comenzado a caer los globos que un año más Julia había atado mal por las prisas, provocando que se precipitaran todos antes de tiempo—, optó por taparse los ojos con las manos mientras negaba con la cabeza. «No puede ser. No puedo ser tan mayor», pensaba divertida mientras iba recibiendo casi a tientas las felicitaciones de la familia.

—Felicidades, mami —reconoció el beso húmedo y la voz infantil de su Teresa Alina, que a sus nueve años aún conservaba su lengua de trapo, seguramente por lo poco que la ejercitaba: seguía siendo la niña más callada y observadora de todo Pazo do Riba.

—Muchas felicidades, abuela. —La voz de Bruno era reconocible incluso con los oídos tapados, y siempre encontraba el vacile justo con el que enrabietarla.

—Felicidades, cariño, ya te falta poco para alcanzarme. Pero no te apures, que aún luces preciosa. —Debería haber sabido que la felicitación de la madre y la del hijo irían casi de la mano. En el fondo, lo esperaba y esa confirmación le llevó a regalar al auditorio una amplia sonrisa que iluminó su rostro y pareció abrir la rosa que florecía en su boca.

—Felicidades. Ya me contarás lo que pasa por esa edad para que me vaya preparando. —Sara había vuelto de su peregrinaje yanqui igual de seria que cuando se fue, pero más guapa, madura y responsable, lo que la acercaba aún más al perfil paterno.

—Feliz veintiocho cumpleaños, Zehera.

Aquella voz. Se hizo esperar pero apareció para sacudir sus sentidos. No le costó reconocer los labios que acababan de depositar un beso sobre su sonrojada mejilla. El simple roce hizo que su rostro se volviera como lo haría la flor en busca de la luz. De hecho, lo estaba esperando desde que decidió taparse los ojos: en aquella oscuridad aguardaba el aliento no por prohibido menos deseado. Llevaba meses —quizá incluso años— negando la evidencia, desterrando aquel estremecimiento que consideraba sucio, indecoroso, obsceno, inmoral pero sobre todo injustamente desleal, y que corría el riesgo de destruir su mundo (el mismo mundo puesto en pie gracias a la generosidad de la familia Castro, que de nuevo tiraba la casa por la ventana para celebrar su cumpleaños).

Cada vez que esa pesada carga de culpabilidad lastraba sus hombros, intentaba distraer sus pensamientos con engaños y embustes; ridículos disimulos que en los últimos tiempos ni ella misma creía. En ocasiones la burla le resultaba dantesca y necesitaba correr a esconderse de sus sentimientos. Su guarida casi siempre era su habitación o el cuarto de aseo, donde el espejo le devolvía una imagen a la que pedir cuentas. Observaba sus rasgos avergonzados por la agitación, pero avivados por la naturaleza de ese baile de hormonas que amenazaban con matarla y al mismo tiempo la mantenían viva. Se repetía una y otra vez la estupidez de aquella atracción, lo vano de aquel deseo que le turbaba la razón, el delicioso descontrol en el que parecía abandonarse su mecanismo cerebral cuando Daniel rondaba cerca. Era una sensación de ahogo desconocida, un peligro inexplorado, un miedo inédito a lo meramente confabulado pero que adoptaba visos de realidad ineludible. La velocidad de los latidos de su corazón, al igual que el calor que sentía bullir en los poros de su piel, aumentaba con solo ver cómo el cabeza de familia mordisqueaba las patillas de sus gafas antes de disponerse a leer el periódico; cómo maniobraba para aparcar su coche en un sitio más complejo de lo imaginado; cómo aliñaba la ensalada mientras le explicaba a Sara que era necesario utilizar las manos para asegurarse de que el aderezo había llegado a todas las hojas verdes; cómo tecleaba en el ordenador de casa donde solía preparar sus conferencias; cómo manipulaba el abridor hasta descorchar una botella de vino para la cena; cómo se quedaba dormido en el sofá tras la comida del fin de semana; cómo se disculpaba por no haberse desprendido ya de su uniforme de color verde cuando acudía junto a Bruno a recogerla al hospital. La cotidianidad se había convertido en una trampa para sus inhibidos deseos, en una carrera de obstáculos que se veía forzada a esquivar si no quería verse convertida en un monstruo.

No lograba entender cómo había llegado a esa situación, pero en su defensa podía declarar que había hecho todo lo posible para desterrarla de su mente, desviarla de su cuerpo, borrarla de su imaginación y ausentarla de su piel.

En los últimos meses procuraba que el sueño no la venciera en el sofá que seguía compartiendo con Julia casi a diario, salvo cuando esta se ausentaba porque la solidaridad la llevaba a varios kilómetros de su hogar. Fue una de esas noches en las que el cansancio venció a la plática cuando se encendió en ella la primera señal de alarma; algo estaba sucediendo en su interior. Algunas veces desconocía si era el inconsciente o el duermevela y se amparaba cobarde en esa inopia, pero otras tenía la consciencia suficiente y sentía cómo aquellos brazos que sabía familiares la transportaban y la depositaban luego en la cama con una delicadeza extrema. La avergonzaba lo que su mente llegaba a fantasear durante los breves instantes en los que su piel se sentía acariciada por aquella otra tez, le asustaba, la llenaba de temores, la ruborizaba y la hacía sentirse la persona más deshonesta del universo. Por eso procuraba que el sueño no la venciera cuando las madrugadas se alargaban junto a Julia, aunque en el fondo lo deseara tanto que llegó a detestarse a sí misma. No quería pensar en aquella reacción. Prefería acabar a cabezazos contra la pared que verse sorprendida por ella nuevamente. Y sin embargo, deseaba sentirla de nuevo, aunque solo fuera para rechazarla.

A pesar de sus esfuerzos, sentía que era el mismo demonio quien le iba sembrando el camino de trampas. Aun así se mostraba dispuesta a afrontar día a día el difícil vía crucis, para llegar a la noche arrepentida pero absuelta de todo error disfrazado de pecado.

El anuncio de Sara sobre su deseo de independizarse sorprendió a todos durante la cena de cumpleaños de Zehera, pese a saber que llevaba dos años de relación con un joven médico que trabajaba en el mismo hospital que Daniel (aunque no compartían ni equipo ni especialidad facultativa). Mientras la hija mayor se embarcaba en un recital de ventajas manifiestas para defender su decisión —sin ahorrar elogios, de paso, a la persona con la que quería embarcarse en la aventura—, la cumpleañera sintió que su mente se ausentaba de aquel escenario y del drama con visos de tragedia griega que en él comenzaba a representarse. No podía negar que la noticia de Sara le había caído como caería un jarro de agua helada en pleno mes de enero. Sabía que si ella se iba de casa, las ocasiones de peligro jugarían en su contra. O a su favor. La disyuntiva, de nuevo, la incomodó.

—¿Qué pasa, Zehera? No me digas que me vas a echar en falta más que mis padres. —El comentario solazado de Sara la sacudió. Temía que su momentánea abstracción se hubiese hecho notar en demasía y fuera malinterpretada—. Mujer, no te preocupes. Vendré a veros más de lo que os pensáis. Y además, tú y Teresa Alina podéis venir a mi casa siempre que queráis. Siempre que no os traigáis a Bruno, claro está...

—Ni borracho. No tengo ningún interés en visitar a mi hermanita y al remilgado y cursi de su novio. Mamá, y si ella se va, ¿podemos ampliar mi habitación? Ya he pensado cómo hacerlo, bastaría con tirar el tabique y...

—Brunoooo. —El comentario se ganó la reprimenda de su padre, Daniel no podía esconder la sorpresa que le había causado la noticia de Sara, pese a que llevaba esperándola desde que su hija comenzó a trabajar en una importante firma de abogados afincada en Orense. La relación de Sara con aquel joven médico se había ido consolidando; era ley de vida, aunque de sobra sabía que no todas las leyes son justas, y también que la niña de sus ojos tenía que hacer su vida, echar a volar... Pero llegado el momento, dolía.

—Pues habrá que celebrarlo —propuso Julia, la única que parecía entender el irremediable curso de la vida.

—¡Mujer!, tanto como celebrarlo... A ver si va a parecer que nos alegramos —terció Daniel mostrando una contrariedad algo exagerada.

—Yo sí me alegro —aclaró Bruno—. ¿Y tú, Zehera?

—Pues claro que me alegro por ella. Y claro que la echaré de menos.

Sara, sonriente y satisfecha por el éxito que había cosechado su repentino anuncio, se levantó para envolverla en un abrazo mientras le daba un sonoro beso, sello de la casa, y le cuchicheaba al oído con complicidad:

—A ver cuándo te animas y me das tú también una buena noticia. Que estoy deseándolo. Bueno, la verdad, creo que aquí lo estamos deseando todos. Así que cierra los ojos, pide un deseo y sopla con fuerza las velas.

Otro beso, este más fuerte a la altura de donde había derramado la confidencia, la enredó en una leve sordera transitoria que ella aprovechó para ahondar en sus temores. Cuando sacaron la tarta, y tras escuchar cómo una familia entera desafinaba entonando el cumpleaños feliz, miró a Sara y sonrió. Luego sus ojos se detuvieron en la luz que desprendían las velas: los pabilos temblorosos parecían animarla a que soplara de una vez. Obedeció. Y pidió su deseo.

Aprovechando las vacaciones veraniegas, Sara hizo las maletas y abandonó el nido familiar en el que había crecido feliz para empezar a juntar sus propias ramas, construir su propio hogar y no volver a aquella mansión de Pazo do Riba más que como visita de los domingos. Marchó ilusionada, risueña y feliz. Los nervios solo cedieron e hicieron temblar su sempiterna seguridad cuando se vio envuelta en el abrazo paterno. «Que no me voy para siempre, papá. Que estamos a media hora en coche. Que seguiré siendo tu niña.» De no ser por la decisión de Julia y su particular «hala, hala, que hay que irse» —que tan aprendido tenía de otras despedidas, en especial cuando marchaban los niños saharauis o los que venían en verano desde Chernobil acogidos por familias españolas—, todavía estarían llorando emociones en aquel estrujón.

A Zehera le enterneció tanto descubrir la mirada acuosa de Daniel, la primera que veía en todos los años que llevaba formando parte de aquella familia, que tuvo que apartar la vista por miedo a idealizarla en exceso como venía siendo habitual. Prefirió mirar a Julia.

—Hala, hala, que hay que irse.

Cómo quería a esa mujer. Pensó en lo difícil que sería la vida sin ella. Cómo la admiraba. Y qué cerca se sentía a veces de envidiarla. Pidió que nunca sucediera y se arrepintió de no haberlo expresado así meses atrás, cuando apagó sus velas de aniversario.

La normalidad volvió antes de que se dieran cuenta: entre el trabajo de cada cual y las constantes visitas de Sara al hogar de los Castro, la ausencia de la hija mayor apenas se hizo notar. Iba especialmente los fines de semana, los domingos a la hora de comer, cuando solía apuntarse al delicioso cocido valdeorrés, los grelos, la fabada casera, la paella y sobre todo la pata dos poetas —la pata de ternera estofada, rebozada y gratinada, especialidad de Julia—. Algunas sobremesas se alargaban entre conversaciones interminables y la exquisita queimada que hacía Daniel para acompañar la bica, un roscón hecho a base de castañas asadas, que se había convertido en el favorito de Zehera, o las filloas de sangre de cerdo aderezadas con miel y azúcar, que ella ni siquiera probaba. Esas noches Sara se quedaba a dormir en su habitación de siempre, que se mantenía intacta para disgusto de su hermano Bruno.

El trabajo en el café literario era el de siempre. En un pueblo —aun grande como era Pazo do Riba, con más de seis mil habitantes—, era complicado atraer a nuevos clientes, aunque eso sí, la fidelidad de los habituales era motivo de orgullo. Cuando uno de ellos entraba por la puerta del local ya sabían las responsables del café lo que tenían que ir poniendo sobre la mesas e incluso eran capaces de adivinarle el humor y prever la lectura idónea para aquel día. Rara vez fallaban. Estaba Roberto, el Latas, el dueño del taller de coches que había tres manzanas más arriba: a él le gustaba fuerte, bien cargado, con una ramita de canela a modo de cucharilla y una copita extra de coñac al lado. También Inma, la Pupas, la tercera generación de farmacéuticos del pueblo: la hundían para el resto del día si le ponían el café en una de las tazas decoradas del café literario, ya que si no era en un vaso alto, no le sabía igual y palidecía entre sorbo y sorbo. Otro fijo era Pedro, el Macho, el cura que hasta que consiguió la parroquia tuvo que aguantar las habladurías del pueblo, pues era hijo del desliz de su madre, a cuyo padre apodaban el Macho, con el sacerdote que vino a sustituir al que había muerto de un ataque al corazón y que permaneció en el pueblo hasta que se enteró de su paternidad: a este le gustaba un dedal de café negro y bien denso. Luego Gema, la Hoyos, que cuarenta años atrás había sido la mujer más bella de todo Pazo do Riba, y llevaba a gala no haber besado jamás a un hombre —no tanto el mote, que heredó de su padre, enterrador de Pazo durante muchos años—: A Gema no le gustaba el café, pero no había sido capaz de encontrar otro lugar donde estar tranquila, relajada, donde la concentración no se perdiera entre las conversaciones a gritos, la humareda y la falta de civismo de algún esporádico; acudía a diario para tomarse su infusión de menta con una nube de leche fría en la que disolvía dos terrones de azúcar moreno mientras perdía su vista cansada entre las estanterías del café en busca de algún ejemplar nuevo en el que sumergirse durante la tarde; era la única persona a la que Julia había permitido llevarse a casa algún libro si a la hora del cierre tan solo le faltaban unas páginas para terminarlo porque, según ella, no habría podido dormir por la incertidumbre. Y estaba Tomás, el joven más apuesto de Pazo y a quien apodaban el Chocolatero, un mote que, lejos de desentonar con el tono de su piel, le venía como anillo al dedo; trabajaba como taxista y desde el primer día que vio a la misteriosa joven bosnia aumentó su dosis diaria de cafeína solo por cruzar su mirada azul con aquella de color esmeralda que le hacía temblar. Todos en Pazo conocían el motivo de sus suspiros, excepto la destinataria, que o bien lo ignoraba, o bien prefería obviarlo para ahorrar disgustos a un buen cliente. Tomás aparcaba el coche de servicio público, se sentaba en la mesa más cercana a la barra y admiraba —porque aquello no era mirar— cómo Zehera se acercaba con la taza del capuchino que sabía prepararle como nadie, fijándose bien en sus andares, hipnotizado por su leve contoneo, y bien atento a cómo colocaba el plato en la mesa junto al azucarero, el agua y la fuentecita de pastas selectas que acompañaban el servicio, y cómo acto seguido el objeto de sus anhelos le daba la espalda para dejarle disfrutar a solas de su consumición. Era lo mismo que hacía con todos, pero a los enamoradizos ojos de Tomás, con él era especial. Julia lo observaba divertida y aprovechaba cualquier ocasión para bromear sobre ello. «Le vas a matar a capuchinos, hija. Sale a cinco diarios. Eso sí, a mí me vas a hacer de oro.»

Pero entre todos ellos, entre todos los habituales, quien mayor ternura le inspiraba era Jacinto, el decano del pueblo y con creces de aquel café literario, ya que fue el primero en asomar sus encorvados andares precedidos por su garrote y lanzar un «¿y aquí qué dan?», el mismo día de la apertura. «Café y libros, señor Jacinto», contestó Julia. «Pues póngame un café, que de lo otro no quiero nada.» Ni un solo día se decidió a abrir, aunque fuera por curiosidad, alguno de los ejemplares que reposaban en las estanterías. «Todo lo que puedan contar en ellos ya lo sé yo. Y lo que no sé, a mi edad, no me interesa.» Los momentos más divertidos con aquel viejo pero enternecedor cascarrabias se presentaban a la hora de pagar. Jacinto todavía no había logrado controlar la nueva moneda europea y el euro le estaba dando más de un quebradero de cabeza, a él y sobre todo a los que le cobraban. «A ver si me estás cogiendo más de lo que cuesta el café —advertía a Zehera mientras esta iba retirando una a una las monedas con su dedo índice y toda la parsimonia de la que era capaz—. Que me parecen a mí muchas monedas para el dedal de café que me has puesto hoy.» Ella sonreía y volvía a explicarle las cuentas sin desesperarse nunca por su pertinaz sordera ni su espíritu protestón.

Casi todos los asiduos estaban en la cafetería aquella tarde. Había más clientes de lo habitual o esa fue la impresión que tuvo, quizá porque llevaba sola todo el día. A Zehera aquello la incomodaba. Le resultaba difícil encargarse de todo, en especial de compaginar el trabajo en las mesas con el cuadrante de la caja. Las dos últimas veces que tuvo que cerrar ella aparecieron pequeños desajustes, ridículos a los ojos de cualquiera, de apenas cinco o siete euros que la habilidad de Julia para los números siempre se encargaba de solventar. Odiaba que las cuentas no le cuadrasen; le hacía sentirse inútil, estúpida y le daba rabia que siempre ocurriera cuando se encontraba ella sola. Aquella mañana, como casi todas, había ido con Julia en el coche, pero esta aún no había regresado de la organización —prometió acercarse después de comer, aunque una serie de problemas de última hora se lo había impedido— y no le apetecía tener que llamar a un taxi porque entonces Tomás vendría a buscarla y se pasaría todo el trayecto observándola por el retrovisor entre el disimulo y el más abierto descaro, enviándole miradas de enamorado que, según el día y el humor, lograban perturbarla. Por eso, y porque ya los días eran más cortos y anochecía mucho antes de echar el cierre al café, Zehera decidió llamar a Daniel y pedirle que por favor fuese a recogerla.

Había apagado ya la cafetera después de servir el último café para Jacinto, que había prometido tomárselo rápido y no dar mucha guerra a la hora de efectuar el pago. Todos los días lo mismo: era como si a última hora nadie quisiera recogerse en su casa y todos tuvieran un especial interés en dilatar su estancia entre aquellas mesas y sillas saboreando las últimas gotas de un café, un chocolate o una infusión de hierbas, mordisqueando hasta el extremo la última galletita o apurando la lectura de la página de un libro. «Mañana también abrimos. Si no nos vamos a ir sin avisar», solía comentar Julia en voz alta y tono burlesco, invitando a los clientes más perezosos a abandonar el local, algo que no tardó en imitar su sucesora tras el mostrador. Aquella tarde, Jacinto se empeñó en buscar él mismo en su raído monedero de piel negra las monedas con las que pagar sus consumiciones: en total, dos cafés que desde luego saboreó sin prisa, y dos copitas de anís. Gema, la Hoyos, también hizo su aparición en el último momento para tomarse a toda prisa su infusión de menta y en especial para que le prestara, como algo excepcional, un libro de Rosalía de Castro que sabía escondido entre aquellos anaqueles y cuya lectura había iniciado días atrás. Mientras la Hoyos bebía a pequeños sorbos la tisana de poleo, Zehera se encaramó a la escalera para atrapar el deseado libro. «Vaya, con la prisa que tengo, es justo lo que necesitaba. A ver dónde puede estar...» Lo encontró en la estantería más alta; tuvo que estirar su cuerpo más de lo normal y ponerse de puntillas para alcanzarlo. La escalera, inestable desde el primer día, se tambaleó como había hecho tantas veces, pero en esta ocasión el bamboleo fue mayor y dejó a Zehera sin margen de reacción. Justo antes de que una de las patas de la escalera se quebrase, pudo ver cómo las luces del todoterreno de Daniel se colaban por una de las ventanucas e iluminaban parte del café. Sintió un pellizco en el estómago al advertir que su cuerpo quedaba a merced de un vaivén incontrolable y luego apenas le dio tiempo de dejar escapar un chillido que acalló bruscamente las voces en el interior del café. El mismo grito paralizó durante un instante a Daniel, que se disponía a cerrar el coche con el mando de su llave y en su lugar fijó la vista en una de las ventanas del café, como si eso fuera a facilitarle alguna explicación de lo que acababa de oír. Aunque no pudo escuchar el tremendo golpe seco del cuerpo de Zehera contra el suelo, no le costó imaginárselo cuando entró corriendo al café y vio cómo los cuatros clientes que quedaban se arremolinaban en torno a alguien que yacía en el suelo, inmóvil: la joven mantenía los ojos abiertos y miraba al techo mientras sangraba por la nariz y de una pequeña brecha en el lado izquierdo de la frente escapaba un fino reguero de sangre que recorría sin pausa el contorno de su rostro, más pálido de lo normal. No hablaba, ni se quejaba de ningún dolor ni emitía sonido alguno. Tampoco contestaba a las preguntas de Gema y de Jacinto, que le preguntaban insistentemente si podía oírlos.

Con firme determinación, Daniel pidió a todos que le dejaran espacio y fue él quien se acuclilló a su lado. Cogió la cabeza de Zehera con las dos manos, sobre las que se remarcaban las venas, y utilizó los dedos para presionar determinadas partes del rostro, recorriendo las sienes, los pómulos, la barbilla y finalmente el cuello. Fue entonces cuando su característica voz, ruda y varonil, traspasó los oídos de Zehera.

—¿Me oyes? ¿Me ves? ¿Notas las manos en el cuello? Si es así, aprieta mi mano. Si no, pestañea. Necesito que me lo hagas saber de alguna forma.

En ese momento de conmoción no pudo recordar cuánto hacía que sus miradas no se mantenían fijas la una en la otra durante tantos segundos, tan intensas, sin esquivarse como medida de precaución. Los ojos verdes empezaron a moverse, inspeccionando los rasgos de la fisonomía que tenía ante sí y a Daniel pareció traspasarle el pecho una afanosa respiración en forma de daga. Cuando Zehera movió tímidamente la cabeza, el hombre pudo recuperar el aliento.

—Dime qué te duele —insistió mientras reconocía con las manos las distintas partes de su organismo e intentaba localizar en el móvil el número de emergencias de su hospital, algo que finalmente logró—. Soy Castro. ¿Quién eres? —preguntó a la voz que había contestado a su llamada—. Necesito que me mandes una ambulancia, rápido. Al Café Castro. Sí, el de mi mujer. Y Ramírez, cuando digo rápidamente, es ya. ¿Me entiendes? —Cortó la comunicación y volvió a centrarse en ella—. ¿Te duele aquí?

Zehera no podía dejar de mirarle, sin romper un autismo pasajero que parecía tenerla hipnotizada. Sus ojos solo dejaban de observar el perfil de Daniel cuando un pestañeo pesado y lento la obligaba a ello.

—Debes hablarme. Si no me contestas, no tendré forma de saber qué puedo hacer. Necesito que me digas dónde te has hecho daño. Necesito que me ayudes. Yo solo no puedo —insistía Daniel, también perdido en ese oasis de tranquilidad en el que parecía haberse convertido la mirada de la chica—. Ni siquiera sé si me escuchas. Contéstame, por favor, ¿te duele algo?

—No lo sé —respondió al fin, para alivio de todos—. La cabeza. Me duele la frente. Y el pecho.

—¿Y las piernas? ¿Te duele esto? —le dijo apretando con su mano la rodilla—. Tienes que contestarme, ¿te hago daño?

—No lo sé. No lo sé. —Sus ojos se convirtieron en una vidriera color esmeralda que arrebataron a quien intentaba reconocerla—. ¿Qué me pasa, Daniel? Me siento rara. ¿Qué ha pasado?

—Tranquilízate. No va a pasar nada. Yo estoy contigo. Ahora mismo vendrá una ambulancia que nos llevará al hospital para hacerte unas pruebas. Solo quiero que me aprietes la mano y sepas que estoy aquí, ¿de acuerdo? —dijo mientras le sonreía y miraba de reojo su mano, esperando que ella respondiese con un gesto que no llegó—. Muy bien. Lo estás haciendo muy bien —mintió—. Tranquila.

Cuando vio las luces de la ambulancia, Zehera esbozó una mueca de terror que Daniel entendió perfectamente.

—No me voy a ir a ningún sitio. Estaré contigo, a tu lado. Te lo prometo. No pienso irme. Puedes estar tranquila.

La besó en la frente y ayudó a subirla a la ambulancia mientras informaba al personal médico del estado de la herida. Las caras serias que acompañaban la conversación podrían haberla asustado, intimidado, pero se mostraba serena porque Daniel estaba allí. Sabía que cuidaría de ella, que la protegería. Le había prometido quedarse a su lado y eso era más que suficiente. Desde la camilla veía cómo daba indicaciones a su interlocutor, que asentía una y otra vez con la cabeza, cómo hablaba por el teléfono móvil, firmaba unos papeles que le acercaron en una carpeta y subía finalmente a la ambulancia para situarse a su lado. Durante el trayecto no dejó de acariciarle el pelo, de hablarle, de guiñarle el ojo, de sonreírle, de animarla, de cogerle la mano. Estaba pendiente de todo lo que las paredes de aquel vehículo mostraban: luces que emergían de las entrañas de los complejos y desconocidos aparatos que la rodeaban y que a ella le parecieron jeroglíficos de imposible solución. Fue él mismo quien inyectó un líquido en la sonda que uno de los hombres de la ambulancia acababa de colocarle en uno de los brazos. Ni una sola vez preguntó qué era aquello ni tampoco por qué su cuerpo no sentía ningún dolor. No necesitaba saberlo.

Al llegar al hospital y cruzar la puerta de urgencias, la promesa siguió en pie. El doctor Castro no se separó de la camilla que la transportaba ni un solo segundo, entre otras cosas porque cuando lo hacía o su voz dejaba de llegar a los oídos de Zehera, el cuerpo de la joven se estremecía y empezaba a sonar un concierto de pitidos, silbidos y alarmas procedentes de las máquinas que habían colocado a su alrededor: era el propio personal médico quien le pedía que se mantuviera cerca de la paciente porque si no se ponía nerviosa y eso ni era conveniente para la enferma ni les facilitaba el trabajo. Tampoco entonces preguntó qué era lo que le pasaba. Ella solo necesitaba sentir la mano de Daniel. Su voz. Sus palabras. Su presencia. El saberlo cerca, el sentirlo próximo la tranquilizaba. Por el momento, aquello le servía. Esa sensación de compañía lograba relajarla. Calmarla. Aliviarla. Apagarla.

25

Cuando abrió los ojos se alarmó. Le llevó unos segundos ubicarse, recordar dónde estaba y cómo había llegado hasta allí.

Daniel.

La sensación de pesadez aún dominaba sus párpados, pero la venció y consiguió observar con nitidez a su alrededor. En una primera inspección, rápida y sesgada, no pudo verle. Tan solo advirtió que estaba en una habitación blanca, con poca luz, tumbada en una cama y con una vía prendida en su antebrazo derecho y conectada con una bolsa de goteo que le impedía mayor movimiento. Se asustó cuando sus ojos no hallaron a nadie. No podía imaginarse sola. Quizá no lo hubiese resistido, pero no hizo falta que volviese a poner a prueba su resistencia. Cuando giró la cabeza, le vio: estaba sentado en una silla que parecía tremendamente incómoda, y le había vencido el sueño. Tenía la cabeza reclinada hacia un lado y respiraba pausadamente. En su estado le resultó una tontería, incluso una frivolidad, aun así aquella imagen la reconfortó y notó cómo los músculos de su cara se relajaban en lo que creyó una media sonrisa. Podría haberle observado durante horas, pero, sin saber muy bien por qué, giró la cabeza hacia el otro lado y el sobresalto hizo que un mínimo quejido saliera de su boca, sin duda amortiguado por las pocas fuerzas que encerraba su organismo.

—¡Julia! —milagrosamente pudo hablar sin más. Por un momento creyó que el susto había ahogado su capacidad verbal y hecho desaparecer las palabras—. No sabía que estabas aquí.

—Cariño mío, ¿y dónde voy a estar? Menudo susto me has dado. Cuando me llamó Daniel creía que era mucho más grave. Te juro que casi me da algo. —Siempre le brindaba una mirada maternal que a Zehera le ganaba, pero que últimamente le hacía sentirse culpable de algo de lo que se consideraba inocente por el simple hecho de luchar contra ello. Sabía que era una mala excusa, pero de momento la mantenía a flote—. ¿Cómo estás?

—No sé qué me pasó. Me subí a la escalera, Gema quería ese libro de Rosalía de Castro y yo tenía prisa por cerrar el café, aunque no veía el momento. Estaba cansada, no sé, rara, y luego... solo recuerdo que me subieron a la ambulancia. —Miró a Julia y no pudo evitar que se le llenaran los ojos de lágrimas—. Lo siento, lo siento muchísimo. Yo no quería, te lo juro, no quería, ni siquiera sé cómo pasó...

Los lamentos que brotaban de su boca parecían tener otro origen, envolver otro arrepentimiento, encerrar otro significado distinto, aquel secreto que la devoraba y que más de una vez estuvo tentada de escupir violentamente para aniquilar por fin el volcán de remordimientos que le hervía por dentro. Sin embargo, aquella mujer que le acariciaba la cara como lo hubiera hecho su abuela Mirsa o su hermana Suhra no podía entenderlo.

—Pero ¿qué estás diciendo? ¿Te has vuelto loca? Tú no tienes culpa de nada, mi vida. De nada. ¿Qué culpa vas a tener tú? Son accidentes, desgracias que pasan en la vida y que se escapan a nuestro control, pero ya está. Ya está, no llores más y descansa.

Zehera se dejó abrazar por aquellos brazos solícitos que jamás habían dejado de ayudarla. Como pudo, acalló los ecos de su interior, esos que hablaban de una supuesta maldad, de una desgarradora traición, los que vociferaban una sentencia de culpa que prefirió no atender. Estaba demasiado cansada. Mañana tendría tiempo de seguir martirizándose, pero esa noche no.

Fueron casi siete días. Daniel no quiso que abandonara el centro hospitalario hasta no estar completamente seguro de que todas las heridas y contracciones que presentaba el cuerpo de la paciente estuvieran bien controladas. Sabía que la rehabilitación que tenía por delante la mantendría de baja unos cuantos meses. Aunque ninguna de las lesiones era permanente —de hecho, tampoco le impedían moverse o caminar— y todas presentaban una cura a medio o largo plazo, los daños provocados por la caída en algunas vértebras de su columna requerían tiempo y una adecuada recuperación basada, sobre todo, en el descanso y el ejercicio guiado. Todavía sufría dolores, molestias y unos incómodos mareos que la obligaban a sujetarse a lo que tuviera cerca si no quería acabar en el suelo.

Los primeros días fue la enferma perfecta: se tomó la medicación estipulada e hizo cuanto le ordenaron los facultativos sin la menor queja, prueba de cansancio, rebeldía o hastío. Pero cuando las primeras semanas quedaron atrás, abordó el primer mes y medió el segundo, su condición de buena paciente se tambaleó. Comenzaba a sentirse mejor, aunque su cuerpo no le ofreciese aún garantía suficiente para mostrarse completamente libre y explayarse como hubiese deseado. Le preocupaba que por su culpa Julia tuviera que hacer milagros para poder atender el café y las cada vez mayores exigencias solidarias que demandaba su asociación. Por si no tuviera suficiente trabajo, aquel prodigio de mujer había conseguido —gracias a sus esfuerzos, los contactos en el ayuntamiento y sobre todo a la insistencia casi enfermiza que la llevaba a obtener todo lo que se proponía— una pensión de cuatrocientos cincuenta euros para Zehera. «Gracias al seguro, al alcalde, que es un cielo, y a conocer muy bien los derechos de los trabajadores, vas a tener un pequeño sueldo hasta que puedas reincorporarte al café. Sé que no es mucho, pero al menos te ayudará saber que ingresas algo cada mes. No es un favor, cariño, es lo que te corresponde por todo lo que has trabajado estos años. Aunque lo puedes tomar como un regalo de Navidad. ¿Te lo puedes creer? Entramos en el año 2003. Y míranos.»

Deseaba regresar al trabajo, aunque sabía que tardaría aún algunos meses en ponerse de nuevo el delantal, escribir la especialidad del día en la pizarra negra que presidía la entrada del café, colocar los libros en las estanterías y vérselas con el monedero de Jacinto, los remilgos de la Hoyos, la cansina insistencia del Chocolatero, las exquisiteces de la Pupas y la soberbia amparada bajo la sotana de Pedro el Macho. Si alguien hubiese osado decirle que no volvería a hacerlo, no le hubiese creído. Aunque pecaría de incrédula.

No podía evitar mostrarse impaciente, tensa. Necesitaba sentirse útil, mantenerse ocupada, hacer algo que no la condenara a detenerse y analizar la turbulencia sentimental que amasaba su alterada anatomía. Prefería negar la evidencia por incómoda, a enfrentarse a la realidad por pura vergüenza.

El excesivo descanso la agobiaba; el encierro en casa, aunque fuera una estancia casi palaciega, la asfixiaba; solo encontraba sentido a su clausura los días que Daniel entraba por la puerta mucho antes de lo esperado, cuando aún no habían llegado ni Julia ni Bruno ni Teresa Alina: una por trabajo, otro por la agitada vida social que llevaba desde que había entrado en la universidad, y la más pequeña por las clases extraescolares de piano a las que Julia había insistido en apuntarla. La vida parecía jugar a su favor, así como los horarios y las ocupaciones del resto de la familia. Y eso era precisamente lo que la asustaba, lo que la turbaba y al mismo tiempo la alentaba. Daniel había convertido en costumbre su a priori insignificante e inofensivo gesto de besarla en la frente mientras le preguntaba cómo se encontraba; había días que Zehera esperaba esa dosis diaria de placer desde que despertaba por la mañana. Cerraba los ojos e imaginaba el instante, lo dilataba en el tiempo, lo saboreaba, lo grababa en su mente y jugueteaba con él. Luego abría los ojos y se maldecía. Le costaba reconocerse en esa tesitura. Y sin embargo, esperaba inquieta a que llegara la caída de la tarde.

La mayoría de las veces Daniel la encontraba preparando la cena —ahora aquello era responsabilidad suya, y no se le daba nada mal para celebración de los demás, que llegaban hambrientos—, ordenando papeles o navegando por Internet en un nuevo intento de hallar alguna información sobre el paradero de su familia, algo que le permitiera albergar cierta esperanza. Casi había dado por imposible contactar con Suhra o Dino vía telefónica: no respondía ninguno de los números que guardaba en su mente y que continuaba marcando ya sin ninguna confianza. Se pasaba horas, mañanas y tardes enteras buscando páginas, noticias, foros, cualquier cosa que le permitiera alimentar cierta ilusión sobre la suerte de sus seres queridos, pero la búsqueda siempre se antojaba infructuosa. Cuando la sequía de noticias instalaba la impotencia y la desolación en aquel rostro casi perfecto, lleno de frescura y valedor de una belleza serena, Daniel intentaba animarla ofreciéndole una copa de vino que ella aceptaba complacida y agradecía con una media sonrisa. Solía acompañarla en la cocina mientras preparaba la cena. Le daba conversación y la ayudaba como un buen pinche con todo lo que ella necesitase: un bol para la ensalada, una especia que había olvidado coger para salpimentar la carne, una salsa nueva que elaboraba durante la tarde y guardaba en el refrigerador, un bote de verduras para adornar el plato, un cubierto para rebañar la bechamel que se había quedado en la sartén...

—No, la ensalada la aliño yo, que tú no sabes. Parece que la duches en vez de aceitarla. Es una cuestión de matiz. Pura delicadeza. No sabes hacerlo.

El enfado que Zehera fingía ante la supuesta ofensa los llevaba a bromear durante un rato y a dejarse envolver por las risas y el desenfado.

—Pero ¿cómo te atreves? —protestaba risueña mientras le daba con el paño de cocina en el hombro en señal de falsa reprimenda—. ¿Te crees que por meter las manos en la ensalada y removerla va a saber mejor? Estás muy equivocado.

—¿Ves como no sabes ni de lo que te estoy hablando? No es meter las manos en la ensalada, es conseguir que todos los ingredientes queden bien impregnados del sabor del aliño, que ninguno quede fuera de ese aroma, de la esencia. Tienes que sentirlo aquí —dijo mostrándole sus manos— para apreciarlo aquí —y se señaló la boca—. ¡Mírate la cara que pones! ¡Ni siquiera sabes de lo que te hablo! Ven, a ver si comprobándolo por ti misma logramos avanzar algo... —Las manos de Daniel tomaron las de Zehera y se situaron ante el hermoso bol de ensalada que parecía esperarlos—. ¿Lo entiendes ahora? Tienes que asegurarte de que todo esté... uniformemente... repartido... que... nada... quede...

Las explicaciones y los consejos que salían de su boca fueron debilitándose hasta silenciarse de golpe en el instante en que sus dedos empezaron a entrelazarse al amparo de los canónigos, la rúcula y los tomatitos, espectadores silentes de aquella enseñanza magistral. Ninguno de los dos quiso ni pudo romper ese silencio, presa de la excitación. Zehera advirtió en su nuca el templado aliento de Daniel, que permanecía inmóvil tras ella, sin atreverse a avanzar un centímetro por miedo a estropear aquel mínimo instante de placer. Pudo sentir con claridad cómo la respiración del hombre movía los mechones de pelo negro que caían sobre su delicado cuello. Ninguno de los dos requirió mayor concentración para escuchar las respiraciones entrecortadas, agitadas por momentos, que parecían guiar sus manos. Sintió contra la espalda los latidos de otro corazón, aquel cuerpo que tantas noches había imaginado mientras se cubría la cara con la almohada para ocultar la vergüenza. Le resultaba imposible apartar la vista de aquel bol de ensalada donde sus dedos jugaban a rozarse apenas, pero no pudo evitar que sus ojos se entornaran cuando sintió sobre ella el avance corporal de Daniel. Temió desmayarse e imploró poder resistir. Permanecer consciente se convirtió en una urgencia vital. Necesitaba seguir sintiendo, emocionándose, colmando su sed de aquella agitación desconocida en su piel. Se entregó a la revolución que estallaba en su cuerpo y decidió abandonarse ignorando las advertencias de su cerebro: como una marioneta, sin criterio, sin razón, sin resistencia, sin más rumbo y dirección que el que fijaran unas manos ajenas a las que deseaba entregarse. Los brazos, la cabeza, los hombros, la espalda, la nuca estaban a merced del imán en que se había convertido el cuerpo de Daniel, un imán que anulaba en ella cualquier réplica a un estímulo que no partiera de él. Un ejército de puntiagudos alfileres desfilaba por su piel, deslizándose vertiginosamente desde los dedos de los pies hasta el último cabello. Deseaba que aquella turbación no cesara nunca e ignoraba hasta dónde sería capaz de resistir, o si su sensibilidad estaría preparada para aquella explosión de estremecimientos.

Daniel observaba avanzar sus manos sobre aquel manto de tentación en el que se había convertido el cuerpo de la muchacha. Las mismas manos con las que salvaba la vida de muchos desconocidos estaban recobrando la suya. Sabía que debía parar, disculparse por lo sucedido y salir de aquella habitación tan rápido como pudiera. Pero no pudo hacerlo. Ni sus años ni su experiencia ni su reconocida madurez le sirvieron de arma para vencer al dragón del deseo. Le resultaba imposible y doloroso separarse de ella. Deseaba explorar aquel cuerpo frágil y bello, seguir inhalando el perfume que desprendía, saborearlo despacio, emborrachándose de él y olvidándose de los tabúes y preceptos morales que la responsabilidad empezaba a taladrar en su cada vez más aturdida cabeza. Inhibirse de aquel azoramiento adolescente hubiese sido lo más sensato, pero sus sentidos preferían aniquilar cualquier juicio que invitara a la retirada inmediata. No lo entendía, aunque tampoco quería privarse de un concierto de emociones que se había mantenido ausente durante muchos años. Demasiado tiempo en el que el amor, la compañía y la amistad habían reemplazado a la pasión sin mayores traumas.

—¡Papá! ¿Estás en casa? —La voz de Sara hizo añicos la burbuja sensorial en la que ambos se habían encerrado. Sus cuerpos se despertaron y se alejaron violentamente—. Vengo a cenar con vosotros. Llamé a mamá y me dijo que no había problema...

Un fuerte estallido hizo que los tres enmudecieran justo cuando la hija mayor hacía su entrada en la cocina: el cuenco de porcelana en el que aún esperaba la ensalada cayó estrepitosamente al suelo y se rompió en mil pedazos.

—¿Qué pasa? —preguntó Sara aún impresionada por el ruido—. ¡Qué susto!

—Cariño, ¡qué sorpresa! —corrió Daniel para besarla en la mejilla—. No sabía que venías.

—¿Alguien puede ayudarme con las bolsas? —La voz de Julia llegaba desde la entrada de la casa y aceleró aún más el ritmo cardíaco de los que segundos antes se sentían ajenos a cualquier peligro.

—Ya voy —gritó Daniel. Agradecía poder salir de la cocina, donde respirar le estaba resultando tremendamente complicado.

Sara miró a Zehera, que, aún azorada, recogía los pedazos del cuenco roto.

—¿Te encuentras bien? —le preguntó al verla sofocada—. Estás roja. ¿Te pasa algo?

—No, no. ¿Qué me va a pasar? Estoy muy bien. Bueno, creo que tengo un poco de fiebre. No sé. Me parece que las pastillas que tomo para las vértebras y el mareo no me están sentando demasiado bien. Y encima se me cae la ensalada. —No estaba acostumbrada a mentir y temió que Sara no la creyera. Se equivocó.

—Déjame que te ayude, mujer. La culpa es de mi padre. —Zehera la miró aterrada. Sintió que el corazón se le paraba y que la sangre se agolpaba peleona en sus sienes—. Esa manía de mover la ensalada con las manos. No comprende que lo más fácil es que luego se le resbale cualquier cosa que coja. Es un desastre. Menos mal que en la mesa de operaciones tiene más cuidado. —Sara rió en solitario—. ¿Seguro que estás bien? Porque sí parece que tienes fiebre. Estás coloradísima. A ver, déjame que... —le dijo mientras llevaba la mano a la frente de su casi hermana.

—Ya te he dicho que estoy bien. No te preocupes más, que vas a conseguir que me ponga peor. Si no te importa, voy a subir a darme una ducha y tú preparas la ensalada, ¿te parece?

No esperó a escuchar una respuesta para salir de aquella habitación con la misma premura con que lo había hecho Daniel. Subió de dos en dos las escaleras, sin apreciar siquiera que Julia había llegado acompañada de Bruno y de Teresa Alina. Llevaba tiempo asfixiándose, necesitaba respirar y refrescarse. Cerró la puerta de su habitación con llave mientras se quitaba la ropa sin detenerse a desabrochar los botones. La salvación vino en forma de chorro de agua. Durante unos minutos permaneció inmóvil, con los ojos abiertos, intentando apaciguar un respiración aún agitada, mientras contemplaba cómo el agua caía a borbotones por todo su cuerpo. No pudo resistir la tentación de conducir sus dedos por la misma senda que recorrieron las yemas de Daniel. Su piel se turbó nuevamente y el agua fría que le bañaba la piel no parecía cumplir con su deber. Perdió la noción del tiempo, igual que le había sucedido en la cocina. Solo los golpes de Bruno en la puerta para advertirle que la cena estaba lista la sacaron de su atoramiento.

—Mamá y Sara ya han dado de cenar a Teresa y te espera para que le des un beso. Pero date prisa, que la enana está que se cae.

Lo hizo, aunque le costó más que nunca.

No probó bocado en toda la cena. Apenas se llevó a la boca dos o tres trozos de carne seleccionados previamente por el tenedor, que aquella noche utilizó más como rastrillo para desplazar la comida por el plato que como cubierto. No se atrevía a mirar a Daniel, una falta de arrojo que fue recíproca. Fueron Julia y Sara las encargadas de llenar de palabras la noche, relatando todo lo que les había pasado durante aquel día. Sin embargo, los verdaderos protagonistas de la velada no parecían escucharlas: las oían, asentían con la cabeza, sonreían, pero en su mente rondaba otra historia bien distinta.

—¿Y tú, Zehera? ¿Cómo te ha ido el día? —La pregunta de Julia la pilló por sorpresa. Pareció asustarla—. ¿Estás bien?

—Claro. Claro que estoy bien. Un poco cansada de no hacer nada, ya lo sabes. Creo que debería volver cuanto antes al trabajo. Ya apenas me duelen las vértebras, y los mareos casi ni aparecen.

—No tengas prisa. Ya nos dijo el médico que requería tiempo y que si nos precipitamos y caemos en el error de confiarnos, sería peor. ¿No crees, Daniel? —preguntó Julia. No se había dado cuenta de que su marido acababa de beberse de un sorbo la tercera copa de vino de la noche.

—Mamá, es papá el que debería hacer algo. —La afirmación de Sara fue el detonante para que los más silentes de la mesa intercambiaran la primera mirada de la noche—. A Zehera la medicación le está sentando fatal. Papá, la tienes abandonada. Deberías llevarla al hospital para que se la cambien. Se sofoca mucho. Cuando hemos llegado esta tarde estaba a punto de marearse, y no me digas que no, que te he visto la cara. ¿Lo harás, papá?

—Por supuesto. Mañana mismo. O pasado. Cuando ella quiera.

Fue la cena más larga de su vida. Cuando por fin terminó, Daniel se encerró en su despacho mientras el resto de la familia —excepto Bruno, que se subió a su habitación para repasar el temario de un examen que tenía en unos días en la universidad— se quedó charlando en el salón. Zehera rogó que la dejaran ir a lavar los platos, pero sus súplicas fueron en balde. Aquella noche hubiese dado lo que fuera por huir del esfuerzo que le suponía mirar a Julia a la cara, conversar con ella, tumbarse las dos abrazadas en el sofá, una recostada sobre la otra, como solían hacer habitualmente hasta que el sueño las vencía. Fue imposible. Lo entendió como un castigo, la condena por franquear un terreno en el que nunca debió entrar y al que sin embargo deseaba volver cuanto antes. Cuando decidieron acostarse, Daniel continuaba aún encerrado en su despacho y no le escucharon salir en toda la noche.

Los días posteriores, las estancias y los pasillos de la casa se convirtieron en un lugar de huida para ambos. Evitaban la ocasión de verse, preferían enclaustrarse antes que tener que mirarse a los ojos, aludían al exceso de trabajo o un inoportuno malestar pasajero para no coincidir en la misma habitación. Cualquier pisada cercana o cualquier puerta que se abriese les cortaba la respiración, ante el temor de encontrarse nuevamente a solas. Y sin embargo, ardían por verse, por mirarse, por hablarse. Por estar.

Tuvieron que pasar casi diez días para propiciar el reencuentro. Aquella situación, además de infantil y embarazosa, resultaba ridícula, incómoda y estaba logrando estrangularlos. No negaban que existiera un motivo para sentirse cohibidos y para rehuirse a cada momento, y sabían que aquella no era la mejor forma de afrontar la situación, sin embargo, ninguno encontraba la manera de hacerlo, de poner fin a lo que deseaban que fuera una farsa, una tontería fugaz, el resultado de un malentendido.

Una noche de insomnio —algo que nunca la había abandonado del todo—, Zehera decidió bajar a la cocina para tomarse un vaso de leche que la ayudara a engañar el sueño. Pasó ante la habitación de su hija, que dormía profundamente y cuando descendía las escaleras hacia la planta baja de la casa se percató de que había luz en el despacho e imaginó que Daniel estaría trabajando. Aquella tarde, mientras preparaban la cena, Julia le había confiado que no estaba siendo un buen día para su marido. Había perdido a dos pacientes en el quirófano y eso le afectaba cada vez más. «Era igual en Ecuador. Siempre ha sido así. Lo mejor es dejarle. Se le pasará pronto. Solo necesita estar a solas unos minutos. Así se recupera. Siempre lo ha hecho.» No supo muy bien por qué, pero decidió no seguir el consejo de Julia: abandonó la cocina sin el vaso de leche que se había servido, y se dirigió al despacho de Daniel.

Contra la costumbre, la puerta estaba abierta. Se asomó tímidamente y pudo verle recostado sobre el sillón del despacho, concentrado en la lectura de diversos libros e informes. Temió que su presencia le importunara y ese miedo casi le hizo retroceder sobre sus pasos. Cuando ya se disponía a replegarse silenciosamente, algo la detuvo: no podía irse aunque fuera lo más fácil; necesitaba entrar y hablar, explicarle lo mal que se sentía, lo avergonzada que estaba, pedirle perdón y prometerle que no volvería a pasar nunca más. No es lo que quería ni mucho menos lo que sentía, simplemente era lo correcto. Si su presencia le resultaba inconveniente, sería él mismo quien se lo dijera. Y por supuesto, ella lo aceptaría.

—Daniel. —En esos momentos, le pareció la palabra más difícil de pronunciar que existía en su vocabulario.

La voz de Zehera le sobresaltó. Rescató su mirada ensimismada en teorías de medicina para posarla en la silueta de aquella mujer a la que cada día encontraba más bella. Se quedó observándola hasta que intuyó que aquello la turbaba aún más. Se incorporó lentamente, al tiempo que se quitaba las gafas y las dejaba caer sobre el escritorio.

—¿Ocurre algo? ¿Estás bien? —Vio que las respuestas parecían haberse instalado en la garganta de la joven con el único fin de ahogarla. Tragar saliva se convirtió en una misión imposible. Conforme iba acercándose a ella, su nerviosismo crecía y su respiración se aceleraba. Aquella debilidad le confundió y sintió la necesidad de protegerla.

—Sí, sí. No. Bueno... es solo que... he visto luz... y yo... quería que supieras... no me siento muy... —La presencia cada vez más cercana de Daniel, lejos de mejorar su verborrea intermitente, la convirtió en un acentuado tartamudeo que no pudo contener—. Quería... verás... pensé... —No fue capaz de articular más palabras.

Los pulgares de Daniel acariciaron sus labios mientras el resto de los dedos se apresuraban a la conquista de su cuello. La boca de Zehera se abrió para dejar escapar un gemido y en él se refugió la voracidad del hombre, que finalmente sació la sed contenida. Aquella sensación húmeda en el interior de su boca inhabilitó su organismo al tiempo que sus sentidos despertaban por primera vez y parecían multiplicarse por mil. Notó cómo la puerta se cerraba tras de sí y escuchó rodar el pestillo del seguro. Lejos de incomodarle aquel ruido y lo que significaba, la estimuló aún más. No podían apartar los ojos el uno del otro aun sin dejar de devorarse con labios, dientes, lenguas. Entre los brazos de Daniel, el cuerpo de Zehera se desplegaba dócil; lo advertía ligero, frágil, hambriento de atenciones, y le fascinó con qué facilidad y apremio respondía a cada uno de sus gestos: era la perfección del deseo, la precisión del acoplamiento, de la conexión más absoluta. Al tiempo que dibujaba con los labios el contorno de la mujer, la tumbó delicadamente en el sofá de piel marrón que presidía el despacho. La agraciada anatomía de Zehera quedó atrapada bajo el corpulento físico de Daniel, que comenzó a inspeccionar el vientre blanco y firme oculto bajo la fina camiseta blanca. Lo hacía con el mismo reparo, idéntica parsimonia y semejante delicadeza que si se tratara de una imagen sagrada. La excitación que se había apoderado de ella aceleraba el ritmo de su respiración, ya entrecortada, y elevaba su vientre y su pecho como si se estuviera asfixiando. La mano masculina que sentía grabada a fuego sobre su piel intentó calmarla, acariciándola suavemente; solo consiguió que su columna vertebral se encorvara en el cénit del placer. Cuando comenzó a sentir sobre su vientre el barniz húmedo que extendían los labios ajenos, no pudo evitar que sus ojos se humedecieran y al poco unas lágrimas rodaron mejilla abajo.

—¿Qué te pasa? —le preguntó Daniel entre susurros, amoldándose cada vez con mayor precisión al cuerpo que guardaba bajo el suyo—. ¿Algo va mal?

—No, no pasa nada... —Pero pasaba todo. Todo lo que no había experimentado plenamente en casi treinta años de vida, todo lo que su piel, su cuerpo y su cabeza no habían disfrutado, irrumpía y pedía paso en cuestión de segundos. Una carga demasiado explosiva para digerirla sin más. Cada centímetro de su sobreexcitada dermis sufría una descarga de adrenalina bajo el roce de otras manos; se inyectaba en su organismo como una bomba de estímulos incontrolados. Cuando sintió que Daniel le desanudaba el cordel del pantalón, la asaltó la duda. Se desorientó y eso la llenó de pánico—. No. Espera —jadeaba con dificultad—. Espera, espera...

Al contemplar el terror en su rostro, el director de aquella orquesta de sensaciones entendió que acababa de cometer el error más grave de su vida.

—Dios mío... Dios mío... ¡qué estoy haciendo! —Las lamentaciones le confirieron la apariencia de un animal apaleado, como si la desbordante pasión que le guiaba apenas hacía unos segundos se hubiese transformado en toneladas de arrepentimiento que caían ahora sobre sus hombros. Se incorporó poco a poco, dejando espacio entre los dos cuerpos que estuvieron a punto de fusionarse, mientras intentaba secar con las manos el sudor que la lujuria había abandonado en su cara—. ¡Dios mío! —Miró a Zehera, aún sin haber conseguido aplacar sus anhelantes resuellos—. Te ruego que me perdones. ¡Por Dios santo, perdóname! No sé en qué estaba pensando. No volverá a pasar. Perdóname.

—No, no es eso. Por favor, no pienses... Te ruego, te suplico que... —Una vez más fue incapaz de terminar la frase y sentía que su cabeza le iba a estallar allí mismo. La vergüenza veló cualquier percepción exterior que pudiera insinuar una disculpa y la encerró en un infierno del que no estaba dispuesta a salir indemne. Deseaba despertar y que el bochorno que la asfixiaba se convirtiera en el sudor frío que queda al despertar de una inoportuna pesadilla.

Zehera lo comprendió de golpe: el hombre que había abierto la puerta al sentido de su existencia le exigía que se marchara, que saliera de aquella habitación donde había descubierto lo desconocido, donde había empezado a vivir pero también a morir. Subió lentamente las escaleras que conducían a su dormitorio, sin dejar de mirar la luz que se filtraba por la ranura inferior de la puerta del despacho. Mientras ascendía por los peldaños pensó en lo que su cuerpo estaría sintiendo de no ser por sus dudas y sus miedos. Lo hizo sabiéndose un cadáver en movimiento, un muerto entre los vivos.

26

Estaba dormida cuando el sonido del teléfono se coló entre las rendijas de su tenue duermevela. Le costó un tiempo distinguir la verosimilitud del timbre, el mismo que Julia tardó en acallarlo y contestar a su insistente requerimiento. Mientras escuchaba las zancadas de la mensajera devorando los escalones a pares, notó un foco de calor en su labio inferior, como un pequeño pinchazo. Cuando su lengua fue en su búsqueda, un fuerte escozor la invadió. Se llevó los dedos a la quemazón y sintió una pequeña herida. Entonces recordó lo que había sucedido la noche anterior y pudo recordar el momento exacto en que los dientes de Daniel habían apresado con ganas la fina piel de sus labios. Cerró los ojos en señal de duelo, o quizá para retener aquella sensación. No tardó en abrirlos destempladamente.

Le bastó un solo brinco para abandonar la cama.

—¡Zehera, despierta! Teresa está al teléfono. Teresa de Salamanca, de Villa de Alba. Es sobre tu hermana. Corre. Baja. —La voz de Julia parecía encerrar urgencia—. ¿Me oyes, cariño? ¿Estás despierta?

¿Teresa? ¿Su amiga Teresa a la que jamás llamó por mucho que se lo prometiera? ¿La misma Teresa con la que guardaba una deuda de gratitud de por vida que ni siquiera había comenzado a saldar?

—Sí, sí. Voy...

Entró en la cocina con los dedos aún acariciando la herida del labio. Al verle agarrando su taza de café matutino, una ola de calor invadió su cuerpo. Ninguno de los dos pudo mantener la mirada: la de él se perdió en el suelo; la de ella, en el teléfono de pared que la esperaba en la mano de Julia.

—Vamos, niña, corre... Son noticias.

Deseó arrodillarse ante ella entre lágrimas y gimoteos, pedirle perdón, suplicarle el castigo más cruel que se le pudiera ocurrir por haberla traicionado, por quebrantar de la manera más vil su amistad y su agradecimiento, por haberla fallado, por no haber estado a la altura. Pero en vez de eso, recogió la mancuerna del teléfono y le sonrió.

—¿Sí? Teresa, ¿eres tú? ¡Qué alegría oírte! Perdóname. Tenía que haberte llamado yo. Si supieras cuántas veces he estado a punto de hacerlo...

—No tienes que disculparte. Yo también podía haberte llamado, pero me dio miedo. No sabía si me habrías hecho caso y decidí que lo más sensato por mi parte sería esperar a que tú acudieras a mí. Y ahora... —La voz de Teresa se entrecortó y el gesto de Zehera se transformó. Aunque llevaba demasiados años sin escucharla, conocía sus quebrantos, sus modulaciones, sus dejes, sus acentos y no dudó en reconocer las malas noticias tras aquella inflexión.

—¿Qué pasa, Teresa? Dímelo, sé que pasa algo. Me estás asustando...

—Ayer estábamos cerrando la panadería cuando sonó el teléfono. No se oía bien, la comunicación era pésima. En un principio pensé que eras tú, pero luego escuché una voz de hombre que preguntaba insistentemente por ti. Al parecer, llamó al teléfono de la antigua casa de Zoran, donde ahora viven unos nuevos vecinos, y cuando le escucharon preguntar por ti recordaron que tú y yo nos conocíamos y que trabajabas en la panadería, así que le dieron el número y llamó aquí. Se identificó como Arnold, Andrew o Aldo, no lo sé con seguridad.

Zehera palideció al escuchar aquel nombre: Aldo, el amigo de Suhra, el hombre que se quedaba en el edificio de su hermana cuando las sirenas sonaban para cuidar de todas las mujeres; el que le contaba historias sobre sus viajes a España; el que realizaba el numerito de la pizza en pleno sitio de Sarajevo; el que organizó unos minijuegos olímpicos entre el cada vez más reducido vecindario donde repartían piedras en vez de medallas; el que le confió a su hermana que había que tener mala suerte para morirse en Sarajevo de algo que no fuera la bala de un francotirador. Aldo. Aldo la había llamado como lo hizo su hermana. ¿Por qué no llamaría ella como la última vez? ¿Por qué? La respuesta la sacudió, pero no quiso sucumbir a ese estremecimiento y siguió escuchando la voz alterada de Teresa.

—Solo pronunciaba tu nombre, y luego el suyo, tu nombre y de nuevo el suyo. No pude entenderle muy bien, ya sabes que mi inglés no es demasiado bueno, pero creo que fui capaz de anotar correctamente su número de teléfono. Toma, anótalo. —Zehera obedeció. Cogió un bolígrafo y arrancó un trozo de papel que encontró al lado del teléfono. No fue consciente de que todos en aquella cocina, incluso Daniel, la observaban enmudecidos—. Me pidió que le llamaras a cualquier hora. Que lo hicieras cuanto antes. Es sobre tu hermana. Pensé en darle el número de teléfono de la asociación de Julia, pero es que yo no sabía si finalmente habías acudido a ella, y mucho menos me podía imaginar que estarías en su casa. Esta misma mañana he llamado a las oficinas de la organización y allí me han...

—Teresa, todo eso da igual —interrumpió Zehera . ¿Te dijo algo de mi hermana? ¿Hablaste con ella, la escuchaste? No sé, cualquier cosa. Por favor, intenta acordarte. —Empezaba a alterarse y no sabía cómo manejar aquella información.

—Yo creo que a tu hermana le ha pasado algo. No pude entenderle muy bien, pero no, no pude hablar con ella. Llámale ahora mismo, no esperes más. Él te podrá decir, yo no pude, o no supe... Anda, llámale y luego si quieres, me cuentas.

—Sí, claro. Eso haré. Gracias, Teresa. Gracias. —Colgó el teléfono y se quedó mirando los números que había apuntado sobre el papel como si contuvieran un mensaje cifrado. Cuando levantó la mirada, los vio allí a todos, impacientes, a la espera de que ella dijese algo—. Un amigo de mi hermana ha llamado a Teresa. Ha dejado un número para que le llame.

—¿Y a qué estás esperando? Coge el teléfono y marca ese número o lo marco yo misma. Seguramente esté tu hermana esperando al otro lado. ¡Date prisa! ¡Llama!

Escuchar la voz de Julia la tranquilizó. Siempre lo hacía.

No sabría decir cómo pudo marcar correctamente aquella combinación de dígitos que no dejaban de bailar ante sus ojos, debido a la ansiedad que la devoraba. Esperó nerviosa a que el auricular que tenía casi clavado en la oreja le devolviera alguna señal. Aguardó unos instantes, tensa y rígida, mirando a su alrededor sin ver nada, imaginando qué voz respondería a su llamada, y haciendo acopio de esfuerzos para alimentar un optimismo con el que sobrellevar la espera. Por fin escuchó el primer tono de la llamada. Dejó de respirar para aquietar los fuertes latidos de su corazón en espera del segundo, que llegó también, como lo hizo el tercero y el cuarto. El quinto, el sexto. Y al séptimo tono, la voz.

Zehera tardó en hablar, pero cuando lo hizo, los miembros de la familia Castro —incluida la pequeña Teresa Alina, que observaba a su madre con su característica mirada insistente, segura y desconcertarte— asistieron encogidos a la escena. Todos dejaron de entender las palabras que salían de su boca: no sabían con quién hablaba, pero sí que lo hacía en su idioma, un habla indescifrable para sus oídos. Sin embargo, reconocieron de inmediato el lenguaje de los gestos que empezó a devorarla después de unos minutos de escucha. El llanto apareció de repente, y lo hizo sin control. Zehera se dejó caer, su espalda resbaló por la pared contra la que estaba apoyada hasta quedar sentada en el suelo. No pudo siquiera continuar sujetando el teléfono, que también se desplomó a sus pies. Julia se lanzó a abrazarla aun sin conocer con seguridad lo que pasaba. El espanto en los rostros de todos reflejaba la angustia que se cernía sobre ellos aquella mañana.

—Suhra, Suhra. No. Está muerta. Está muerta. No puede ser, no puede ser, por favor... Suhra, ¡por qué, por qué!

No había consuelo para ella, por mucho que Julia lo intentase. No podía haberlo. Aldo acababa de resquebrajar sus esperanzas quizá infundadas pero aún vivas antes de aquella llamada de teléfono. Hubiese preferido seguir viviendo en la ignorancia, nadando en un mar de sueños e ilusiones, columpiándose en esa ficticia tela de araña tejida a base de espejismos y anhelos, flotando y dejándose mecer en una nube de aguardos y esperas eternas. Daría lo que fuese porque el aura quimérica que llevaba años envolviendo su cuerpo y su mente permaneciera bordeándola, encerrándola, guardándola del peligro que escondía la realidad del mundo exterior. No era justo. No quería escucharlo. ¿Por qué se atrevían a destrozarla de nuevo? ¿Por qué su existencia siempre era un proyecto de vida que jamás podía levantarse? ¿Por qué siempre era una superviviente? ¿Qué es lo que había hecho mal? ¿En qué se había equivocado?

Mientras la batería de preguntas apuntaba contra su cerebro, Daniel ya había corrido hasta su maletín en busca de asistencia. Le bastó una mirada de su mujer pidiéndole ayuda para saber que era preciso un tranquilizante. Cuando entró de nuevo en la cocina, llevaba en sus manos una jeringuilla y un pequeño tarro de cristal ya vacío; la aguja escupía la primera gota de la sustancia que entraría en las venas de Zehera y depositaría en su organismo una calma tan irreal como lo fue la esperanza que aquella llamada de teléfono le había robado, aniquilado.

Como aniquiló la bala a Suhra.

Al tiempo que la debilidad y los fármacos se apoderaban de su cuerpo, la voz de Aldo se convirtió en imágenes que fueron proyectándose fotograma a fotograma hasta extinguirse en un oscuro que lo devoró todo.

Apenas había acabado la guerra y el posterior cerco a Sarajevo. Eran pocos los que se atrevían a salir a las calles de la ciudad sitiada, recubiertos únicamente con un chaleco de confianza. Era algo que podía verse en los rostros de los asustados viandantes, los desconfiados profesionales, los letrados supervivientes, doctorados en la fragilidad de la vida y la contundencia de la muerte. Agazapados, encorvados, escondidos, agachados. Para saber en qué tipo de ciudad se estaba bastaba con observar el deambular de sus ciudadanos, y aquella era una ciudad fantasma, minada de muertos, acechada por francotiradores, cubierta de cadáveres, sembrada de miedos y odios, abandonada a la suerte de las bombas y los proyectiles por estallar, condenada por el pasado, amenazada en el presente y desahuciada al futuro más negro y menos esperanzador. Pero la vida seguía, sin rumbo definido, y los vivos tenían que subsistir, aunque fuera para enterrar en sus jardines a los muertos.

Suhra había vivido una guerra y había sobrevivido a ella junto con Nicolás y Ari. No podía pedir más: estaba viva y tenía a los suyos. Quizá impulsada por esa buena estrella, salió una tarde de su casa —que estaba en ruinas como su propia vida, pero que al menos seguía en pie como ellos—. No iba sola: la acompañaban cuatro mujeres —dos de ellas también pintoras, y las otras dos adolescentes— y su inseparable Aldo. Había recibido noticias de su marido, condenado a ocultarse durante toda la guerra. Lo hirieron de gravedad en una emboscada de francotiradores cobardes y durante muchos meses temieron por su vida; se encomendaron a su Dios, cualquiera que este fuese, y Nicolás había encontrado en el recuerdo de Suhra y del pequeño Ari la tabla de salvación que necesitaba. Por fin podía abandonar el subsuelo más profundo, a diferencia de otros miles que descansarían para los restos, y había logrado comunicar con las personas oportunas para hacer llegar a su mujer la buena nueva. El Barcasija. Ese café fue el santuario de sus oraciones, y sería el lugar elegido para el reencuentro. La expedición de Suhra no bajó jamás la guardia: sabían que había sombras acechando, que vigilaban sus pasos, sus movimientos, que esperaban el momento oportuno para apretar un oxidado gatillo y disparar sin importarles que la guerra hubiese terminado.

Al doblar una esquina los cegó el fuego y el futuro que le aguardaba se desvaneció ante sus ojos a escasos veinte metros. Todos quedaron en el suelo. Nicolás vio a su mujer consumirse, apagarse y cerrarse desde una de las mesas del café, mientras sus manos golpeaban el cristal como si con ello quisiera detener la bala que ya había encontrado el cuerpo de Suhra, la mujer cuyo recuerdo le había mantenido vivo en los años de cautiverio.

Ella también le vio. Tirada en el suelo aún tuvo fuerzas para sonreírle, y su sonrisa era inconfundible: Nicolás siempre recordaría sus labios rojos; el mismo color que ahora teñía su cuerpo, el de sus cinco acompañantes y parte de asfalto. «Nicolás. Ari. Zehera.» Según pudo escuchar Aldo, esas fueron las tres últimas palabras que exhaló la bella Suhra. Fue la última vez que su amigo pudo verla. También sus ojos se cerraron y no volvieron a abrirse hasta cuatro años más tarde: había estado todo ese tiempo en coma, tardó dos años en recuperarse y dos más le llevó averiguar algo sobre el paradero de su amiga Suhra. Ari le ayudó. Nicolás no pudo: se descerrajó un tiro en la sien en la misma cristalera desde la que contempló la última sonrisa escarlata de su mujer. Un nuevo huérfano, Ari, acababa de entrar en el paraíso de los padres muertos en el que se había convertido Sarajevo.

La comunicación de Aldo también hablaba de la localización de sus padres y de su hermano pequeño en Visegrado, pero eso quedó relegado a un inmisericorde segundo plano. Incluso más atrás. Se convirtió en un eco sordo que ni siquiera mereció una pizca de atención. Suhra había muerto. Qué podía importar el mundo, qué importaba lo demás. Todo había acabado.

Fue Sara quien con su perfecto inglés tomó el relevo al teléfono y rescató la información que Aldo aún tenía por compartir, mientras los sentidos y la maltratada voluntad de Zehera quedaban anulados por el efecto de los tranquilizantes. Cuando la bella durmiente despertara a la más desalmada realidad, tendría ocasión de poner en orden aquel rompecabezas de calles, dígitos, nombres y números de teléfono que se mostraban ajenos al drama, escritos en negro sobre el blanco de una hoja de papel.

Tal vez resolver aquel crucigrama —con nombres de su ciudad y de sus familiares— rescatado de un ayer que creía superado le ayudaría a desenmarañar la madeja en la que se había convertido su vida. Quizá regresando al lugar donde todo comenzó a morir, ella empezaría de nuevo a vivir. Ese podía ser su pasaporte para una existencia normal, tranquila, sin sobresaltos, sin cambios bruscos de dirección, sin la imperiosa necesidad de esconderse, y sin amenazas, sin miedos, sin huidas, sin ataques de ansiedad, sin cuadros clínicos depresivos. Sabía que volver al lugar donde uno ha sido feliz resulta arriesgado porque todo lo que has idealizado puede venirse abajo; pero regresar al escenario de la pesadilla, del horror, al tablado donde todo comenzó a agonizar y a sucumbir, podía significar su renacimiento. Tal vez las cenizas del pasado representaran su resurrección. Tal vez el fuego y el resplandor de las bombas, además de dinamitar un pueblo entero, dividir una vecindad asentada y despedazar millares de familias, sirvieran también para iluminar su camino. Si el pasado le había vendido un boleto para un presente confuso, lleno de dudas y contradicciones, cabía la posibilidad de que ahora le dispensara un pasaje para un futuro prometedor. No podía perder más.

Esas elucubraciones la acompañaron durante los días y las semanas posteriores al fuerte impacto que le supuso la llamada de Aldo. Se sucedieron otras muchas, ya más sosegadas y serenas, donde las conversaciones llegaban colmadas de detalles, recuerdos, momentos, anécdotas vividas junto a Suhra que servían para sanear y cicatrizar heridas. Al igual que el resto de las personas que sobrevivían en su edificio, Suhra intercambió los datos de sus familiares más queridos para que fuesen informados en caso de que un mortero, una bomba o un cúmulo de mala suerte de los que solían germinar en Sarajevo se interpusiera en su camino. «Si me pasara algo, por favor, ponte en contacto con ellos. Mi hermana está en España, este fue el número que me dio. Y mis padres viven o vivían en Visegrado. Aquí están sus nombres: Edin y Selma, junto al de mi hermano Dino. Si algún día ves cómo muero, por favor...» Aldo fue uno de los pocos supervivientes que pudieron cumplir la promesa hecha tanto a Suhra como a otros muchos y también localizó a sus padres y su hermano pequeño, que aún residían en su ciudad natal. Habían podido salvar la vida y regresar a lo que había sido su hogar, aunque nada de lo que encontraron se asemejaba al espejismo de su vida anterior: ni su casa, ni sus vecinos, ni sus calles, ni sus caminos, ni sus carreteras, ni, por supuesto, su río.

Así tuvo Zehera ocasión de hablar con sus padres, después de casi una década de silencio, aunque muchos más años de incomunicación. Al otro lado del teléfono, la voz de su madre le llegaba distinta, diferente a como le había sonado durante toda su vida. No le extrañó, la guerra era capaz de parir metamorfosis brutales, tanto o más que concebir bestias cuyas mutaciones afectaban a generaciones enteras. Encontró en aquella voz de Selma el deje maternal que jamás reconoció en el tiempo anterior al estallido bélico. Por primera vez en sus casi treinta años pudo hablar con ella, explicarle que tenía una nueva vida, una hija, una familia con la que vivía, un trabajo que le gustaba, aunque ahora se encontrase de baja por un desafortunado accidente que al menos le había dejado una pensión casi vitalicia. Sorprendentemente, aquellos días le resultó fácil hablar con su madre. Por eso, cuando Selma le pidió que viajase con Teresa Alina a Visegrado para propiciar el reencuentro familiar y de paso conocer a la nieta y sobrina de cuya existencia ni siquiera conocían, no le pareció una propuesta descabellada. Muy al contrario, lo entendió como una vía de escape, una tabla de salvación del mar de dudas y contradicciones sentimentales en el que continuaba inmersa y cuyas corrientes la arrastraban y la confundían hasta casi ahogarla.

Los últimos episodios junto a Daniel la atormentaban con más intensidad que nunca. Lo que empezó como un juego, una nube mental que entendió inocente y pasajera, una sensación agradable que solo aparecía por las noches cuando se retiraba a dormir, había desembocado en un deseo prohibido y difícil de aplacar. Su simple recuerdo lograba martirizarla, y no solo en la oscuridad de su cuarto, sino durante todo el día. La posibilidad de encontrarse a solas con él le provocaba tal ansiedad que estaba a punto de volverla loca o —aún peor— de llevarla de vuelta al estado de inanición sensorial que experimentó nada más llegar a Pazo do Riba y que la mantuvo ingresada durante medio año. Por supuesto, la noticia de la muerte de Suhra había acabado por dilapidarla anímicamente. Quizá la distancia física y emocional actuara de cortafuegos, quizá impidiera que prendiese una chispa capaz de provocar una explosión que se cobraría más bajas de las deseadas. Quizá alejarse durante un tiempo prudencial no fuese sino una solución de urgencia, precipitada, infantil, egoísta y cómoda, pero era la única que de momento le ofrecía la vida.

Lo tenía decidido.

Se convenció de la firmeza de su decisión; nada ni nadie la haría cambiar de idea, aunque confiaba en que todos aceptasen el fallo que le había llevado semanas acordar. Ahora solo tenía que elegir el mejor momento para comunicar sus nuevos planes. Y lo encontró.

27

No le gustaba conducir el coche familiar cuando las circunstancias la obligaban a viajar sola. Era algo que la incomodaba. No se sentía segura y mucho menos desenvuelta. Sabía que no era buena conductora, de hecho, fue Daniel quien insistió en darle las primeras clases antes de que irremediablemente pisara una autoescuela; tal vez ahí estuviese el motivo de que nunca llegara a sentirse relajada al volante. Las carreteras seguían imponiéndole demasiado. Sin embargo, necesitaba de aquella ocasión para empezar a tender sus redes y pensó que aquella tarde en la que aún faltaban horas para que todos llegaran a casa era el momento adecuado.

Condujo tensa durante todo el trayecto. Sus brazos se mostraban agarrotados, como si se hubieran convertido en barras de acero, y sus manos apretaban con tanta fuerza el volante que cuando las retiró de él pudo sentirlas doloridas. Los ojos no se apartaban de la carretera, apenas dispensaban vistazos fugaces a los espejos retrovisores. Tenía ganas de llegar y terminar con la zozobra que estaba reconcomiendo sus entrañas. Conocía muy bien esa sensación de ansiedad y sabía que no era buena controlándola: demasiadas veces se había mostrado sumisa a esa angustia, a esa bestia que conocía a la perfección cuánto poder tenía sobre su cuerpo habitualmente desvalido.

HOSPITAL VIRGEN DEL BUEN SUCESO.

Cuando avistó las grandes letras azules que conformaban el nombre del centro sanitario donde Daniel trabajaba, no pudo menos que estremecerse como si la asaltase un mal presagio. Agradeció que a media tarde la afluencia de público fuera menor que por las mañanas: eso le facilitó aparcar sin problemas y sin necesidad de excesivas maniobras que sin duda hubiesen dinamitado aún más sus nervios. Al bajarse del coche sintió que una suave brisa fría acariciaba su rostro. Cerró los ojos y respiró todo lo profundo que sus pulmones le permitieron. Creyó que aquella sobredosis de oxígeno puro y limpio le haría recargar sus diezmadas fuerzas, pero cuando sus párpados se elevaron y contempló la calma que envolvía su alrededor, presintió inminente la misma sensación de desarraigo que pese a su juventud tantas veces había experimentado. No quiso entretenerse en la lucha en la que sus recuerdos estaban a punto de enzarzarse. Cerró el coche, dio media vuelta y se encaminó hacia la puerta del hospital mientras rezaba por no encontrar a nadie conocido en su camino; se veía incapaz de entablar una conversación que, en aquel momento, le resultaría superficial. Por suerte, pudo recorrer los pasillos casi desiertos del centro sin detenerse ni una sola vez. Conocía muy bien el camino, ya que durante años lo había visitado —primero como paciente y más tarde junto a Bruno, cuando decidían ir a buscar a Daniel después del trabajo—. Hacía ya unos meses que no lo frecuentaba, desde su caída en el café, pero pudo ver que todo continuaba igual: los azulejos de color verde pálido que envolvían las paredes de los corredores; las ventanas blancas a través de las cuales se podía divisar el pequeño pero hermoso jardín por el que los enfermos que podían valerse por sí mismos salían a pasear y a dejarse acariciar por el sol; las batas de los doctores con su nombre bordado con hilo azul en un bolsillo por lo general abarrotado de bolígrafos; las enfermeras caminando apresuradas con muestras de análisis en sus manos y forzando una sonrisa a modo de saludo a todo aquel con el que se cruzaban; la cara de resignación de los pacientes que aguardaban sentados en la banqueta de sillas blancas...

Cuando la separaban unos metros de la consulta del doctor Castro, su corazón, sin encomendarse a nadie, emprendió una carrera alocada. Las fuertes palpitaciones que se estrellaban contra su pecho estuvieron a punto de detenerla, pero la amenaza quedó frustrada. Siguió avanzando, aunque su andar era más pausado. Solo distinguió a una sola persona que esperaba paciente en la hilera de sillas ubicada frente a la consulta, con una bolsa de plástico blanco con radiografías en una mano. Parecía que la suerte se había aliado con ella. De nuevo la suerte. Tampoco allí había gente. Pensó esconderse en una sala de espera anexa hasta que aquella mujer se adentrara en la consulta y entonces esperar a que saliera, pero no le dio tiempo: la puerta de la consulta se abrió y de ella salió un hombre corpulento, de unos cuarenta años, que se despidió del doctor con un apretón de manos y un gesto casi reverencial de la cabeza. Daniel la vio y su cara se contrajo en una mueca. Zehera pudo percibir esa tensión, pero ya era tarde para salir corriendo, como exigían las andanadas de su corazón en forma de ruidosos latidos.

—Zehera —dijo por fin cuando fue capaz de sacudirse la sorpresa que le esperaba en el pasillo—. ¿Qué haces aquí? ¿Ha pasado algo? Entra, no te quedes ahí. Doña Alicia —dijo cortésmente a la mujer que esperaba sentada—, enseguida estoy con usted y vemos esas radiografías.

Nada más cerrar la puerta, Zehera sintió la necesidad de correr hacia la ventana para abrirla y poder respirar todo el aire que de repente le faltaba. Rechazó la invitación de tomar asiento, prefería mantenerse en pie. Sería más fácil emprender la huida en caso necesario. Él imitó su decisión y los dos permanecieron uno frente al otro, temiendo más los actos que las explicaciones. Por fin, Zehera se atrevió a mirarle a los ojos.

—Perdona. Quizá no tenía que haber venido y menos sin avisar. Sé que te estoy importunando, pero quería decírtelo antes que al resto. Me parece lo justo o al menos lo más adecuado. Me sentiré mejor si tú eres el primero en saberlo, aunque no me preguntes por qué, creo que está claro. —Daniel la observaba extrañado, sin hacerse una idea clara de lo que estaba a punto de anunciarle. Optó por mantenerse callado, no hacer preguntas y seguir escuchando—. Me voy a Bosnia. Al menos durante unos meses. He pensado que me vendrá bien. Puede que a todos nos venga bien. He estado hablando con mi madre y me ha animado a visitarlos. Y después de lo de mi hermana, la verdad, creo que me vendrá bien cambiar de aires, estoy segura de que...

—¿Tiene esto algo que ver con lo que pasó hace unas noches en mi despacho? —Le costó formular la pregunta.

—No —le cortó tajante—. Te aseguro que no tiene nada que ver —mintió Zehera mientras apartaba su mirada de la de Daniel—. Nada. Absolutamente nada.

Un incómodo silencio volvió a reinar entre ellos. Parecía que ya no tuvieran que decirse nada más o al menos ninguno de ellos se atrevía a continuar conversando.

—¿Estás segura? —habló por fin Daniel, aún aturdido por un anuncio que había superado con creces cualquier cosa que hubiera imaginado—. Volver allí después de... No sé si es lo más adecuado, la verdad. Todavía estás recuperándote de la caída que sufriste. Sigues de baja. No sé si viajar es lo más conveniente en tu estado. Claro que no soy quién para decirte lo que debes hacer, pero quizá si lo pensaras con más detenimiento...

—Está decidido. No hay nada más que pensar. Quería decírtelo a ti antes que al resto. A los demás se lo diré esta noche, durante la cena; he llamado a Sara y me ha confirmado que vendrá. Aunque creo que espera otro anuncio. —Sonrió al recordar su grito de «¡por fin!», cuando le pidió que acudiera aquella noche a casa de sus padres porque tenía algo que comunicarles—. Solo te pido que me apoyes y no muestres ninguna duda al respecto. Me resultaría demasiado duro y complicado.

Durante unos segundos se quedó observando el rostro de Daniel, de repente cubierto de sombras, lagunas y arrugas inexistentes antes de su entrada en la consulta, y pudo imaginar por su semblante desolado que el anuncio le había resultado brutal. No pudo soportar aquella imagen, de la que también se sintió responsable, y empezó a andar hacia la puerta. Justo cuando su mano se posó en el pomo, se detuvo. Giró tímidamente su cabeza. Sabía que Daniel la estaba observando, podía sentirlo en su nuca, y por eso no se atrevió a darse la vuelta por completo; no quería que sus miradas se cruzaran y la situación le superase. Se decidió a hablar.

—Daniel... lo de la otra noche fue... —Se obligó a tragar saliva; la boca convertida para entonces en un desierto adusto y yermo de palabras—. Lo de la otra noche fue lo mejor que me ha pasado en la vida. No sabía que mereciese tanto. Gracias.

Tiró con fuerza del picaporte, abrió la puerta y salió corriendo de la consulta. No quería que la viera llorar. La aterraba la idea de verse nuevamente consolada entre los brazos de aquel hombre al que, por más que intentase evitarlo, siempre acababa volviendo, como un imán. Estaba convencida de que no habría tenido fuerza de voluntad suficiente en caso de prolongarse un segundo más su estancia en aquella consulta. Bastante que se había atrevido a lanzar esa última confesión, que no entraba en sus planes. Por una vez, sería ella la responsable del nuevo rumbo que iba a tomar su vida. Si se equivocaba, estaba dispuesta a pagar las consecuencias, pero al menos sería ella quien llevase los mandos.

Aquella noche el hogar de los Castro era un animado hervidero de emociones, cuchicheos, comentarios e indirectas pronunciadas en voz alta, jugando entre la diversión y la travesura. Ninguno de los presentes podía imaginar lo que los labios de Zehera, esa noche pintados de un rojo más intenso que nunca, estaban a punto de anunciar. Nadie se hubiese aventurado a figurarlo. Nadie excepto Daniel, que no había cedido a su ridículo impulso inicial de llegar a casa más tarde que de costumbre.

La única persona que no tuvo nada que decir, como siempre, fue la pequeña Teresa Alina: ni un comentario, ni un suspiro, ni una queja, ni una palabra. Se limitó a mirar el rostro desencajado e inquieto de su madre; a observar la mueca de asombro de Julia, que intentaba tapar con la mano el boquete en el que se había convertido su boca; a escuchar el lamento que dejó escapar la garganta de Sara; a seguir atentamente la caída libre del vaso que Bruno aguantaba en su mano derecha y el impacto estrepitoso contra el suelo; a contemplar sobre todo el mutismo de Daniel, regado con varias copas de vino.

—¡Vamos, vamos! Solo serán unos meses. Tres como mucho. Necesito volver para ver qué ha sido de ellos, para abrazar a mi hermano y que conozcan a Teresa. —Zehera sabía bien que las excusas se le estaban acabando—. Os llamaré todos los días. Os lo prometo.

—Pero si apenas tenías relación con ellos, tú nos lo dijiste —recordó inocente Bruno, que no terminaba de entender la decisión.

—¿Ahora? Creí que estabas ya asentada aquí en España. ¿Y la niña? El colegio, las amigas, los estudios... —acertó a decir Julia, aún conmocionada.

—No me voy para siempre. Solo son unos meses. Lo más seguro es que a los dos meses vuelva. Necesito ir y encontrarme con lo que me obligaron a dejar atrás. Lo entiendes, ¿verdad, Julia? Dime que lo entiendes —pareció rogarle a aquella mujer que no podía dejar de sentirse algo confundida y en cierto modo decepcionada porque Zehera no le hubiese confesado antes y quizá a solas aquella desagradable sorpresa.

—Yo, desde luego, no entiendo nada —resumió Sara—. No sé tú, mamá, pero yo no lo comprendo. Lo siento, pero se me escapa.

—No creo que sea una idea tan descabellada, incluso puede que le venga bien —mintió esta vez Daniel, tal y como había mentido horas antes Zehera en su consulta al negarle peso alguno en su decisión al sentimiento que había nacido entre ambos—. Enfrentarse a sus miedos, a lo que le pasó. Fue en definitiva lo que el doctor Muñoz propuso desde el principio. Ahora está mejor, casi no se medica, quizá sea una buena idea.

Daniel fijó sus ojos en la mirada esmeralda que le observaba desde que comenzó a hablar. Sabía que era un pésimo actor, pero la emotividad de la escena disimuló su nefasta interpretación. La única espectadora que podía reprenderle estaba muy lejos de hacerlo. Sara estuvo a punto del reproche, aunque se detuvo al advertir aquella mirada entre su padre y Zehera, que tampoco logró entender en su totalidad. Más bien la confundió.

—Puede que vuestro padre tenga razón —terció finalmente Julia, que necesitó un sorbo largo de agua para ayudar a tragar semejante noticia—. No sé. Quizá es todo más sencillo de lo que nos parece ahora. Perdona, cariño, es que nos ha pillado por sorpresa. No teníamos ni idea. Jamás me comentaste nada de regresar, más bien al contrario, acuérdate de lo que hablábamos en nuestras charlas nocturnas en el sofá. Pasábamos horas hablando de esto, hasta Daniel tenía que venir a buscarnos...

Precisamente era eso lo que Zehera intentaba no recordar.

—Tienes razón. Pero sabes que la muerte de Suhra ha sido demasiado duro para mí y no te niego que haya acelerado las cosas, y... —volvió a buscar la complicidad en los ojos de Daniel; no la encontró. Ya había cumplido con lo prometido aquella tarde, no podía pedirle más. En cierto modo y en lo más profundo de su ser, lo agradeció.

Si la conmoción y la incomprensión fueron la tónica dominante aquella noche, los días posteriores todos parecían verlo con un cariz distinto. Y la primera Julia, que se ofreció a facilitarle los trámites pertinentes para conseguir el visado, el pasaporte y todos los documentos oficiales que le serían requeridos a la entrada y por supuesto a la salida del país. Nadie como ella para conseguir con apremio un papel, un sello, una apostilla, una autorización y hacerlo en un tiempo récord. Si solía hacerlo para los demás, cómo no iba a emplearse para alguien a quien consideraba de la familia.

Durante casi un mes las dos mujeres no pararon de ir y venir, de ultimar los preparativos del viaje, de estar pendientes del detalle más pequeño y solucionar la contrariedad más insignificante. No quería que nada le complicase el regreso a Bosnia, eso ya lo harían los recuerdos. A la joven le asustó tanta entrega, tanto trabajo, y a pesar de estar ya más que acostumbrada a la manera de ser y actuar de Julia, hubo momentos en los que se vio superada y algo incómoda por tanta atención. «Parece que te va la vida en ello. Ni que fueras tú la que se marcha», le dijo un día entre bromas a santa Julia de Jesús, como bromeaba todo el pueblo al referirse a ella y a su capacidad de entrega a los demás. Lo que desconocía Zehera era la premonición que encerraba su frívolo comentario. Pero no tardó en descubrirlo. Fue durante otra cena con los mismos comensales.

—Me voy contigo —anunció orgullosa y convencida una radiante Julia—. Te acompaño a Bosnia. No pienso dejaros solas a ti y a la niña. Ni hablar. Iré, estaré contigo un par de días, y me volveré a España. Lo siento, pero necesito asegurarme de que estáis bien.

—Me está empezando a asustar tanto anuncio en esta casa —comentó irónica Sara.

—Eso es una locura. —La reacción de Daniel no se hizo esperar—. ¿Qué pasa, es contagioso todo esto, hay una epidemia de chifladuras varias?

—Daniel tiene razón —acertó a decir Zehera—, es una locura. Puedo ir perfectamente sola con mi niña. No va a haber ningún problema. No tienes por qué venir.

—Vaya. Vosotros dos coincidís mucho últimamente, ¿no? Vamos, que os dais mucho la razón —prosiguió Sara en la misma línea irónica y sin imaginar lo que realmente sucedía.

—No se hable más. Está decidido. Y tú, Daniel, me conoces mejor que nadie. No te enfades, por favor, pero de verdad que necesito acompañarlas. —La súplica de Julia venía acompañada de ese gesto en su rostro al que su marido no podía resistirse. Entre otras cosas, porque no le servía de nada—. ¿Verdad que lo entiendes? Dime que sí.

—Julia, tú empiezas a no estar bien de la cabeza. Te falta ponerte en la cola del embarque de cualquier vuelo y ofrecerte a todo aquel que diga que tiene un problema. —Esa fue la máxima reprimenda que se atrevió a entonar Daniel. Sabía que resultaba inútil oponerse, y mucho más, intentar que cambiase de opinión. Desde el primer día que la conoció en la lejana aula de la Facultad de Derecho de Madrid, su mujer presumía de cabezota y lo llevaba a gala. No había nada que hacer. Nunca lo había hecho y le pareció ya muy tarde para empezar.

—Lo sabía. Gracias —le dijo una Julia traviesa mientras le besaba en la mejilla, como solía hacer en los últimos años—. Muchas gracias.

Era la segunda vez que a Daniel le daban las gracias por algo que él no compartía. Empezó a temer esa palabra. La detestaba.

El día del viaje a Bosnia Herzegovina amaneció nublado, con una densa capa de niebla cubriendo el cielo y amenazando con dejarse caer sobre la tierra cuando menos se lo esperasen. Allí ya estaban acostumbrados. De las tres, la única que pudo pegar ojo fue la pequeña Teresa Alina. Quizá por su inocencia o por la absoluta ausencia de miedo que albergaba su cuerpo, menudo para los diez años recién cumplidos. Zehera se había mostrado algo abstraída los días previos al viaje, lo que todos atribuyeron a los nervios de enfrentarse de nuevo con el escenario de su particular infierno, por eso a ninguno extrañó su absoluto silencio durante el trayecto de Pazo do Riba al aeropuerto. Mientras los demás no dejaban de hablar sobre los billetes, las escalas en los distintos aeropuertos, los suvenires y las llamadas que deberían hacer nada más llegar, Zehera intercambiaba fugaces miradas con Daniel en el espejo retrovisor para perderlas al momento en la carretera o en la cabeza de Teresa Alina, que iba sentada sobre el regazo de su madre. A Sara no se le escaparon algunos de aquellos cautivos encuentros visuales.

Cuando llegaron al aeropuerto, el capítulo de despedidas no defraudó los temores de Zehera. Todos se abrazaron mil veces, se besaron otras tantas, y se recordaron lo mucho que se querían otras mil más. Una despedida numerosa, que estaba más cerca del homenaje que de un adiós de cinco días en el caso de Julia y algo más extenso en el de las otras dos viajeras. Cuando le tocó a Daniel el turno del consabido «adiós y buen viaje»; besó tiernamente a su mujer, estrechó entre sus brazos a la pequeña Teresa acariciando su pelo negro largo y brillante, y forzó una incómoda, cohibida y artificial aproximación a Zehera. Le hubiese gustado abrazarla, besarla, achucharla contra su pecho, sentirla más próxima a su cuerpo, susurrarle al oído un par de palabras que tenía enquistadas en la boca, pero no pudo cumplir ninguno de sus anhelos. Tampoco ella se atrevió a dar rienda suelta a lo que su deseo le dictaba y, casi simultáneamente, su razón le impedía. La despedida fue fría comparada con todo lo que ardía por dentro de aquellos dos cuerpos, adolescentes en sentimiento y retraídos en formas. Además, se sentían observados, sobre todo por Sara, que sin saber a ciencia cierta qué estaba pasando, comenzaba a sentirse extrañamente intrigada.

—Cuídate. Y ya sabes dónde estamos esperándote —dijo Daniel con apenas un hilo de voz.

—Gracias. No lo olvidaré.

Fue la única contestación que acertó a pronunciar Zehera. La más sincera. La más certera. La más oportuna. A la que se amarraría en los momentos difíciles que pudiera encontrar durante su estancia en su ciudad natal.

Y sin duda los encontraría.

28

Estaban convencidas de haber tomado el mejor taxi del país: limpio, cómodo, de olor agradable y con un conductor al que bien podía aplicarse igual tanda de elogios. Julia no tardó en hacer buenas migas con él, pese a no conocer una sola palabra del idioma en el que hablaba. No le hacía falta, ese nunca fue un problema para ella: aunque los dos hablaban torpemente el inglés, la comprensión entre ambos fue absoluta. Sus gestos, su afabilidad innata, su simpatía arrasadora y su habilidad para oler a las buenas personas suplían esa carencia cultural.

Zehera hablaba poco. Estaba cansada del viaje. Todos lo estaban. Hacía más de doce horas que lo habían iniciado. Y eso que los billetes que había comprado Julia les habían evitado varias escalas. Aun así fue un pesado peregrinaje por diversos aeropuertos: de Santiago a Madrid, de Madrid a Budapest y de Budapest a Sarajevo. Gracias a la buena situación económica de los Castro, Zehera y Teresa Alina se ahorraron conocer también los aeropuertos de Frankfurt, Viena y Milán. La pequeña dormía recostada contra su pecho y ella hubiese deseado cerrar los ojos e imitarla, pero la ansiedad que sentía por estar de nuevo en su país no se lo permitía. Era una sensación extraña: volvía a casa, pero no le embargaba ningún sentimiento de nostalgia idealizada. Más bien al contrario. Era temor, recelo e inquietud lo que gobernaba sus sentidos. Empezó a dudar de lo acertado de su decisión, aunque tenía claro que no iba a pronunciar una sola palabra al respecto. No estaba dispuesta a que la tacharan de caprichosa. «Por Dios, hace casi nueve años que terminó la guerra. Relájate», intentaba tranquilizarse. Agradeció la oscuridad que reinaba fuera. Hacía ya un par de horas que había anochecido y por mucho que intentara vislumbrar cualquier cosa a través de la ventanilla, una tiniebla absoluta se lo impedía. Cierto es que aquel manto negro otorgaba al trayecto un aire fantasmagórico, pero se convenció de que el hecho de no ver esos parajes familiares le daría un margen de ventaja que jugaría a su favor.

No se atrevía a preguntar nada sobre la realidad actual de aquel país en el que acababa de desembarcar. En el fondo, deseaba respuestas tanto como le asustaban. No sabía lo que sus oídos podrían escuchar.

—¿Es usted de Visegrado, señorita? —preguntó amable el conductor. Al no obtener contestación, volvió a preguntar con la ayuda cómplice de Julia.

—Cariño, que te está preguntando algo el señor taxista. Algo sobre la dirección que le has dado, o eso creo, porque yo no entiendo mucho.

—¿Cómo? —preguntó aturdida—. ¡Ah, sí, sí! De Visegrado. Soy de Visegrado. Sí. Allí nací.

Pudo sentir la mirada del conductor a través del espejo retrovisor. Todos sabían lo que había pasado tanto en aquella ciudad como en otros muchos asentamientos bosnios y también conocían la suerte que habían corrido los musulmanes. El silencio del taxista le hizo comprender que era un hombre inteligente y educado; seguramente había advertido que si seguía por ese camino con el interrogatorio, podía llegar a incomodarla. Su pregunta le sirvió para observarle detenidamente. Sería un hombre de unos cincuenta años, quizá más, con un aspecto desenfadado pero a la vez cuidado y cierto aire paternal, en cierta manera tierno, alguien que a simple vista te invitaba a depositar plena confianza en él; su cabello lucía grisáceo y abundante, repartido en ingobernables rizos que se escapaban por la gorra de visera color verde que parecía parte de su uniforme casual: camisa de cuadros grandes, limpia y bien planchada pero también raída, sobre todo en los puños y en la parte del cuello, que intentaba tapar con un chaleco con mil bolsillos del mismo color de la gorra. Tenía la costumbre de mirar por encima de las gafas, que acentuaban aún más su aire de bonachón. En su dedo meñique lucía un anillo dorado de clara inspiración femenina, con una diminuta piedra rojiza en su interior —lo que chocaba abiertamente con su aspecto físico—. Disfrutaba mostrándose amable, exhibiendo su buena educación y cuando el cliente se lo permitía, presumiendo de sus conocimientos culturales. Durante las horas que duró el trayecto desde el aeropuerto de Sarajevo hasta Visegrado se ofreció en un par de ocasiones a apearse del coche e ir a comprar unas bebidas.

—No creo que pueda ver nada, señorita —se atrevió a decir el taxista cuando se percató de cómo Zehera intentaba buscar con la mirada algo que le diera una idea aproximada de dónde estaban—. Hay áreas por las que se puede viajar en coche durante horas sin ver una sola luz encendida en lugares donde antes había ciudades enteras. Todo esto ha cambiado mucho. No tiene nada que ver con el país que usted dejó hace años. —El último comentario sorprendió a Zehera, que no supo cómo ese hombre había llegado a semejante conclusión—. Si me permite una sugerencia y no le incomoda mi atrevimiento, le recomiendo que no espere usted encontrar lo que un día dejó. —Hizo una pausa—. Ni tampoco a aquellos a quienes dejó.

—¿Qué dice? —preguntó curiosa Julia.

—Nada. Que todavía nos falta para llegar.

Cuando el taxista anunció que ya estaban cerca de Visegrado, el estómago de Zehera dio un vuelco y su corazón inició unas turbulentas maniobras para conseguir salir por la boca. El desasosiego que se había apoderado de ella fue tan evidente que Julia le apretó la mano con todo el vigor del que fue capaz. Como sucedió durante el trayecto en taxi, pocas luces encendidas las recibieron, por lo que le resultó complicado saber dónde estaban exactamente. No tuvo más remedio que preguntar para saciar una curiosidad que le estaba lacerando la boca.

—¿Estamos cerca del río?

—No. No exactamente. He cogido otro camino...

No supo si la respuesta del conductor la tranquilizaba o conseguía el efecto contrario, pero aquellas palabras aplacaron la fuerza de sus latidos.

—Aquí es —dijo el taxista mientras lanzaba una de sus características miradas por encima de las gafas para asegurarse de la dirección de la casa ante la que había detenido su coche—. Si no me equivoco, han llegado ustedes a su destino. Les ayudaré con el equipaje —indicó mientras se apeaba del coche y se dirigía hacia el maletero.

El descenso de Zehera de aquel vehículo se convirtió en una operación más lenta, parsimoniosa, sin duda, difícil. Durante un tiempo se quedó contemplando tras la ventanilla del coche la casa que se levantaba frente a ella. No parecía la misma que abandonó diez años atrás, cuando Sasa Ludonovic la arrojó en el suelo del recibidor ante la atónita mirada de su hermano Dino, después de violarla por última vez en su tristemente famoso Passat rojo. La misma noche en que encontró a Aleksandar, al que por entonces creía muerto, saliendo del sótano que la casa familiar utilizaba como escondite y refugio cuando los sonidos de la guerra convidaban a esconderse para salvar la vida. No había olvidado esos recuerdos. Permanecían como imágenes tatuadas en su cerebro, como heridas abiertas, nunca suturadas del todo, y volvían a sangrar al mínimo roce, supurando de ellas la infección que aún guardaban dentro.

Volvió a oír en su cabeza las preguntas que salieron de la boca infantil de su hermano después de pedirle permiso a Sasa para curarla: «Zehera, ¿estás bien? ¿Puedes hablar? ¿Estás herida? ¿Tienes hambre, sed?». El eco lejano de la voz de Dino se confundió con la de Julia.

—Cariño, ¿estás bien? —preguntaba al verla absorta en sus pensamientos—. Estás muy pálida. ¿Te pasa algo?

—Estoy bien. Recuerdos, Julia, son solo recuerdos. No te preocupes.

—Precisamente es eso lo que me preocupa, niña —susurró para sus adentros haciendo imposible su audición—. Los malditos recuerdos.

Mientras hacían efectivo el pago de la carrera, no pudo evitar que sus ojos se quedaran fijos en el anillo que el taxista llevaba en el dedo meñique.

—¿Le gusta? —le preguntó mientras lo enseñaba orgulloso. Ella se sonrojó—. Sé que no me queda bien. Es que no es mío. Es un recuerdo de mi mujer. Murió en la guerra. Mejor dicho, la mataron, como a todos los que ya no están y deberían estar.

La confesión del conductor la animó a formular la pregunta que se había estado guardando durante todo el trayecto.

—¿Cómo sabía usted que salí del país hace años?

—Por sus ojos. Su mirada es distinta a la nuestra, a los que llevamos aquí todo este tiempo. No es ni peor ni mejor. Es simplemente diferente. —No podía dejar de observar las facciones gentiles de aquel taxista, como si sus palabras hubiesen logrado hipnotizarla. Su reacción le animó a continuar—: La suya no parece perdida. Más bien huidiza, distraída, atemorizada, como si no se atreviera a mirar por miedo o por vergüenza. Le cuesta fijarse en un solo punto, mientras que la nuestra simplemente se pierde. Por cierto, no sé si se lo han dicho, pero tiene usted unos ojos preciosos. Estoy convencido de que no se merecían contemplar nada horrendo.

Zehera le sonrió.

—Es curioso. Mi abuela Mirsa siempre me lo decía. Pero ella, como usted, se equivocaba. Mis ojos, como los suyos, vieron lo que nunca tendrían que haber visto.

—Estoy convencido de ello.

—Entonces, ¿viene usted a recogerme dentro de cuatro días? —La interrupción de Julia no borró las sonrisas que se habían dibujado en los rostros del taxista y de su clienta—. Ya imagino que habrá más taxis por aquí, pero prefiero viajar con usted porque me ha caído estupendamente. Anda, cariño, tradúceselo al señor, aunque yo creo que me ha entendido a la primera, ¿verdad? —le preguntó mientras el hombre asentía con la cabeza—. Ah, no se le olvide darme su teléfono. Estaré más tranquila. Y yo también le daré el mío porque nunca se sabe. Perfecto —dijo observando el trozo de papel lleno de garabatos que correspondían a su nombre y su número de contacto—. Milan Milicevic. Así que es así como se llama. Pues encantada y hasta pronto, Milan.

—Adiós, señoras, ha sido un placer —se despidió el conductor tan amable como siempre—. Adiós, pequeña, que has estado muy callada —le dijo a Teresa mientras con su mano le revolvía la melena. La observó durante unos segundos, miró a la madre y prefirió guardarse para sí la deducción fabricada por sus pensamientos. Al fin y al cabo, la edad de cada uno podía significar muchas cosas—. Muy guapa la niña. Me encantan los niños. Son el futuro.

Fue Julia la encargada de descongelar la inmóvil figura de Zehera, que parecía haberse petrificado a apenas quince metros de la puerta de su casa. Suponía que la mente de la muchacha permanecía anclada en el pasado, aquel del que salió huyendo hasta llegar a la puerta de su asociación. Por eso comprendió que era necesario zarandearla un poco aunque solo fuera para remediar los tremendos bostezos de la pobre Teresa Alina, a quien le resultaba imposible sostener tanto cansancio acumulado en un cuerpo tan menudo como seguía siendo el suyo. Desde el exterior se veía luz en la casa, pero nadie había salido a recibirlas. Les pareció extraño, aunque eso no les impidió caminar la distancia que las separaba del porche. Aquella estructura le seguía pareciendo extraña, distinta, diferente a la que habían guardado con sigilo sus recuerdos. No tenía nada que ver con la vivienda en la que había pasado diecisiete años de su vida. Lucía remendada, ofrecía la misma imagen de una prenda de vestir a la que el paso del tiempo, el excesivo trajín o un uso inadecuado le conferían un aspecto viejo, desgastado, trillado, manoseado. Ahora recordaba el hermoso porche siempre ocupado por la cómoda aunque algo ruidosa mecedora de su abuela Mirsa. Aquella casa parecía encarnar el espíritu del ave fénix. Era como si la hubieran vuelto a cimentar, como si alguien se hubiese empeñado en reconstruirla siguiendo los parámetros de lo que un día fue, pero como si a mitad del camino se hubiese visto obligado a abandonar la empresa. Se engañó pensando que a la luz del día todo sería distinto. Mejor.

—¿Esta era tu casa, mamá? —preguntó Teresa Alina.

Zehera se limitó a asentir con la cabeza. Las palabras no acudieron a sus labios. Cuando subieron los escalones que desembocaban en el porche, la puerta de madera se abrió hacia ellas, obligándolas a volver un metro sobre sus pasos.

—¡Creíamos que llegabais mañana! Ha debido de haber una confusión en las fechas. —Zehera entendió que aquella mujer oronda, exagerada en gestos, con apariencia de haber vivido cien años, con un rostro dibujado a base de profundos surcos que las miraba con unos ojos solo dignos de los cadáveres y ataviada con un vestido de color negro que le llegaba a los pies y una pañoleta en la cabeza, era su madre, Selma—. ¡Hija!, ¿de verdad eres tú? Es increíble. ¡Cómo has cambiado!

No entendía por qué aquel saludo de bienvenida; aquel comentario que pretendía alabar su aspecto le sonó tremendamente falso, ajeno y simulado. Decidió olvidar su fría apreciación y se relajó para aceptar el abrazo que le brindaba su madre. *Madre.* Tampoco aquella palabra encontraba sentido en aquella presencia. No entendía por qué estaba su mente tan a la defensiva. Se regañó por ello y se obligó a mostrarse agradable, comunicativa, abierta. No le resultó sencillo: nunca se había mostrado así con sus padres, en especial con Selma, aunque la ocasión merecía el esfuerzo.

—Y esta es tu hija... —El matiz que percibió en su voz al referirse a la pequeña Teresa Alina llegó nítido a los oídos de Zehera. Sin detenerse a pensar por qué lo hacía, agarró a su niña y la colocó en su regazo. Fue un acto reflejo, algo en el tono de Selma la había incomodado—. Qué pequeña es. Como me dijiste que tenía diez años, la imaginaba más alta...

—Ella es Julia, mi amiga. —La presentación resultó un poco fría y cortante, pero fue lo primero que se le ocurrió para cambiar de tema y ahorrarle a su madre una contestación airada después de su nada oportuno comentario sobre la altura de la niña.

Cuando por fin fueron invitadas a entrar, un escalofrío sacudió el montante de remembranzas que dormitaba en su cerebro y que parecían despertar bruscamente. No pudo evitar rememorar la primera vez que Sasa y sus hombres entraron en su casa en busca de armas y delaciones, y cómo al no encontrarlas se llevaron a su padre, a Dino y a Aleksandar. Todavía recordaba el sonido estridente de las cucharas al impactar sobre la mesa del comedor. Logró espantar aquellas visiones de su retina, y al fijar la vista comprendió que el hombre mayor que permanecía de pie junto a la escalera, apoyado sobre una vara de madera a modo de bastón, era su padre. Siempre se mostró frío con ella, indiferente, al igual que con sus hermanos, como si el rol paterno le resultara ajeno; a Zehera le costaba entender cómo podía ser hijo de alguien tan tierno y maternal como su abuela Mirsa.

—Hija. —Tampoco aquella palabra en boca de Edin logró conmoverla. En realidad, logró el efecto contrario. Sintió su mirada férrea examinándola de arriba abajo, centrándose en una u otra parte de su cuerpo, sin importarle la incomodidad que aquel examen casi lascivo representaba para ella—. Ha pasado mucho tiempo. Tu madre me dijo que venías a quedarte.

—No. No es algo definitivo —contestó al entender el comentario como un reproche—. Solo me quedaré unos días. Como le dije a madre, supe de la muerte de Suhra y quería ver cómo estabais. Y a que conocierais a mi hija. Madre insistió.

El crujir de las maderas desvió la mirada de la joven hacia la cocina. Bajo el umbral de la puerta distinguió la figura de un hombre alto, fornido, de mirada penetrante, andares abiertos y modales rudos. Por eliminación, dedujo que aquel hombre que la observaba con una taza de café en la mano era Dino. Estaba segura de que no le habría reconocido de haberle encontrado en otro lugar. La última vez que le vio era un viejo de nueve años. Ahora era un desconocido de veinte que había heredado la misma mirada fría y hierática de su padre.

—Hermana. —El tono grave de su voz la asustó. Sonaba muy distinto a ese que se despidió de ella a orillas del Drina tras prometerle que pronto volverían a verse—. ¡Cuánto tiempo! Ya empezaba a pensar que nunca volveríamos a vernos. ¡Lo equivocado que puede estar uno en la vida! Te veo muy... cambiada desde la última vez que nos vimos. Estás muy bien. —Dedicó una mirada a Teresa Alina, que alargó hasta Julia—. Señoras, bienvenidas —dijo secamente.

—¡Dino! —Aquella visión, aunque diferente en la forma, sí que consiguió estremecerla de verdad. Era su hermano pequeño. A pesar de su cerca de metro ochenta de estatura, su pose de estar de vuelta de todo, su tono sarcástico... Era él—. Tú sí que has cambiado.

—Bueno, acabemos con el capítulo de bienvenidas. Ya tendremos tiempo de charlar tranquilamente de todo, ¿verdad, hija? —Selma era la única que parecía encantada con aquella visita, aunque de manera un tanto artificial y forzada—. Lo más seguro es que queráis descansar del viaje. Imagino que ha sido muy duro. Dino, ¿por qué no ayudas a tu hermana y a su amiga a subir el equipaje a la habitación? Pensé que te gustaría dormir en tu cuarto de siempre. Ha sufrido algunos cambios, como toda la casa, pero bueno, ya sabes, la guerra, la reconstrucción, el período de posguerra... ha sido duro. Todo está siendo muy complejo.

—No, madre, ella no lo sabe —comentó Dino mientras subía con una sola mano los tres bultos en los que consistía el equipaje—. Y no creo que este sea el mejor momento para molestarla con esa historia. Como bien has dicho, ya habrá tiempo.

Prefirió atribuirlo al cansancio, pero el recibimiento familiar no era el que ella había imaginado, después de las conversaciones que mantuvo desde España con su madre en las que le insistía una y otra vez en que regresara a Visegrado para hacerles una visita. No encontró el clima familiar que esperaba. Había algo lesivo que envolvía el ambiente, que lo hacía asfixiante, incómodo, opresivo. Una desconfianza hacia ella que consiguió herirla en el caso de su hermano pequeño. Su razón se negaba a aceptar ese cambio tan brusco en Dino, esa mirada tan distante, esa predisposición a hablar entre sombras, entre dudas. No parecía él. No podía ser él.

Nada en esa casa daba una idea de lo que un día fue. Tuvo la sensación de estar atrapada en un escenario artificial reconstruido para representar una farsa en la que ella era la invitada de honor. Tampoco su habitación guardaba parecido alguno con lo que sus recuerdos se habían empeñado en conservar en formol, excepto por la ubicación de la ventana. A través de aquellos cristales fue testigo de los primeros indicios de la crueldad humana personificada en los hombres uniformados y en su líder, Sasa Ludonovic: Behija, el motor del Passat rojo, la ambulancia, la alfombra, la radio, el cuchillo, la música chetnik, los cadáveres del puente, las aguas rojas del Drina, el colegio, el hotel, el parque de bomberos...

La memoria empezaba a despertarse y consiguió conmoverla. Dudó en acercarse a lo que se convirtió en su particular mirador de la barbarie. Se preguntaba si aún seguiría allí, si aquella noche también la contemplaría con su frialdad majestuosa, si sus enormes arcos habrían cedido al horror que fueron obligados a contemplar. Finalmente venció sus temores y se asomó en busca de una visión. Allí seguía el puente sobre el río Drina. No supo por qué, pero le pareció más pequeño, menos espectacular. Ni rastro de la nobleza que un día atisbó en él, no pudo recordar el motivo de la veneración que llegó a sentir por aquella mole de piedra. Podría decirse que le decepcionó.

—Perdona, pero si no te lo digo reviento. Ya sabes cómo soy. ¿Me lo ha parecido a mí o a tu familia no le ha gustado que vinieras? Porque más frío no ha podido ser el encuentro. —La voz de Julia apartó su mente de aquella enigmática construcción del siglo XVI convertida a la fuerza en un símbolo de la estupidez humana.

—Supongo que es el cansancio —intentó justificarlos Zehera sin demasiado éxito.

—El tuyo, porque da la impresión de que ellos no se han movido en mucho tiempo de esta casa. Ni siquiera sabían que veníamos, o eso dicen. —Julia se quedó observándola mientras terminaba de arropar a Teresa Alina en la cama—. Está bien. Si no me lo quieres contar, podré esperar al momento que consideres oportuno para explicármelo. Pero que sepas que yo no me voy de aquí, viendo lo que acabo de ver ahí abajo, sin una explicación convincente. Lo siento. Soy muy pesada. Pero eso ya lo sabías.

—No quiero que te preocupes. Ha sido el impacto después de tanto tiempo sin vernos. Ya sabes que nunca tuvimos una relación demasiado fluida: era mi abuela la que ejercía de padre y madre para los tres hermanos. Imagino que es cuestión de tiempo. No será fácil. Necesitamos sentarnos y hablar de lo que nos ha pasado. Eso es lo que siento, Julia. Eso es lo que quiero. Pero para eso necesito que no te preocupes y que confíes en mí. —Aquella petición de confianza estalló en su boca. Incluso notó el bochorno que exhalaba su cuerpo y se alojaba en su rostro. ¿Cómo podía hablar ella de confianza a Julia? ¿Cómo era capaz de semejante despropósito? Quizá el recibimiento de su familia era justo y merecido. Puede que no fueran tan distintos.

De pronto escuchó un fuerte golpe a su espalda e instintivamente se arrojó al suelo. La situación le recordó a la noche en que escuchó disparos en la casa de su vecina Behija. Sin embargo, otra visión mucho más cercana en el tiempo se encargó de deshacer aquel infausto recuerdo: Julia yacía inerte, totalmente pálida sobre la tarima de la habitación, temblando levemente como si no fuera dueña de sus movimientos. Zehera corrió hacia ella y también lo hizo Teresa Alina, en cuyos enormes ojos negros se reflejaba el susto que le supuso ver a Julia tirada en el suelo.

—¡Julia, Julia! ¡Contéstame, por Dios! ¿Qué te pasa? ¡Julia! —gritaba mientras daba golpecitos en sus mejillas, pálidas como la nieve.

—Tía Julia, ¿te has hecho daño? —preguntaba asustada Teresa Alina mientras la cogía del brazo—. ¿Te ayudo? ¿Te duele? —La niña miraba a su madre intentando encontrar en ella alguna explicación en forma de consuelo—. Mamá, ¿qué le pasa? ¿Está bien? —preguntaba mientras Julia iba recuperando poco a poco la conciencia.

—No sé qué me ha pasado —musitó su amiga, mientras hacía esfuerzos para espabilarse e intentar recomponerse—. He sentido un mareo y de repente no he visto nada más. Debe de haber sido el calor, el viaje, el cansancio, no sé. Pero ya estoy bien. No os preocupéis. O quizá haya sido la emoción ante un recibimiento tan cálido. —El comentario, realizado en voz más baja, hizo aparecer una traviesa sonrisa en el rostro de Zehera y en el de Teresa Alina. Sin duda, ya se encontraba mucho mejor.

—No seas mala —le regañó.

—¡Ah!, ahora yo soy la mala. Es increíble. Lo cuentas y no te creen. Anda, ayúdame a levantarme y tráeme un poco de agua... Si es que quieren dárnosla, que no estoy yo muy convencida de ello.

Cuando abrió los ojos a la mañana siguiente, le costó entender dónde estaba. Después de echar un vistazo a su alrededor y ver que tanto su hija como Julia aún dormían, volvió a dejar caer su cabeza sobre la almohada. Le costó interpretar su estado de ánimo. No sabía si aquel viaje la hacía feliz, pero por otro lado algo en su interior le decía que había hecho lo correcto. Recordó unas palabras del doctor Muñoz: «Debe enfrentarse a sus miedos, a sus recuerdos, a lo que le golpea y no le permite cerrar un capítulo y seguir avanzando. Hasta que no lo consiga, tendrá la sensación de que su vida está prendida con alfileres». Y eso era justamente lo que pensaba hacer. Esa era la razón de aquel difícil viaje.

El susto de la noche previa hizo que Julia durmiese más que de costumbre, mientras que en cambio pareció desvelar a Teresa Alina. La niña abrió los ojos poco después que Zehera, y mientras aguardaban a que su amiga despertase, madre e hija recorrieron con palabras las calles de su infancia, y los oídos siempre atentos de la pequeña hallaron al fin respuesta a muchas preguntas jamás expresadas. Zehera le habló de Leko y el Café Andric, de Petar y Aída, de su tía Suhra y los paseos que ambas daban por el puente... Tratando siempre de rescatar los buenos momentos, de no dejarse arrastrar por las imágenes que Sasa había grabado a sangre en su mente: no le habló del Hasan Veletovac ni del parque de bomberos. Tampoco le habló de Alek, aunque ese dolor era muy distinto.

Cuando Julia al fin se espabiló, las tres bajaron juntas. Después de hablar con su hija, Zehera había reunido nuevas fuerzas y estaba deseando asomarse a la que fue su ciudad, sin embargo, necesitaba hacerlo del brazo de alguien cercano, de confianza, con quien se mostrara segura ante el impacto que ciertos lugares podrían causarle. Aquella visita al pasado le daba miedo, pero sabía que debía hacerlo.

A primera vista no parecía que hubiera nadie en la casa. No se oía nada. En cierto modo, lo agradeció porque así podrían salir a encontrarse con lo que el mundo había dejado abandonado en Visegrado. No obstante, justo cuando se disponían a salir escucharon la voz de Selma.

—¿Dónde pensáis que vais? Os he preparado un magnífico desayuno. Imaginé que os levantaríais muertas de hambre y creo que no me he equivocado mucho.

Zehera observó extrañada la generosa muestra de comida que había dispuesto sobre la mesa de la cocina. Su madre jamás había preparado un desayuno para sus hijos, esa era responsabilidad de la abuela Mirsa. Ni un desayuno, ni un beso, ni un abrazo, ni una pregunta por sus estudios. Nada. Siempre fue así y era algo aceptado sin más. Pero el rugir de su estómago, el de una hambrienta Julia —ya totalmente recuperada de su pequeño vahído— y sobre todo el de su hija hizo que fuera imposible resistirse y mucho menos perderse en averiguaciones sobre el extraño comportamiento de Selma.

Esa mañana no pudieron salir por la insistencia de su madre; quería que se quedara en casa para hablar de lo que no habían podido discutir en todo ese tiempo. A Zehera le costó porque no tenía práctica en estas conversaciones maternofiliales, pero hizo un esfuerzo, ya que estaba convencida de que aquello sería positivo; lo tomó como una de las sesiones de terapia a las que tanto había acudido en Pazo do Riba. A petición de Selma se centró en su actual vida en España y en todo lo que Julia le había ayudado. Su madre parecía tener un interés especial en saberlo todo, insistía en conocer hasta el mínimo detalle de su día a día. Las conversaciones se sucedieron a lo largo de la mañana y gran parte de la tarde. Julia aprovechó para darse una vuelta por la ciudad, acompañada siempre de la pequeña Teresa Alina, y despejarse un poco la cabeza, que desde que llegó a Bosnia notaba algo embotada. «Es normal. Solo de pensar lo que sucedió en esta tierra hace unos años, se le estremece a una el alma», se justificaba ante Zehera cuando esta se interesaba por su apariencia fatigada.

A la joven le hubiese gustado coincidir más con su hermano, hablar con él de lo que pasó aquella última noche que a buen seguro guardaría en su memoria como lo hizo ella. Deseaba sentarse a su lado, cogerle la mano, escucharle, compartir sus vivencias y consolarle como hacía cuando era pequeño y algún problema le inquietaba, pero desde su llegada, Dino había desaparecido y resultaba prácticamente imposible encontrarle en casa. Según le contó Selma, desde que terminó la guerra, trabajaba de empleado en una especie de destilería situada a orillas del Drina y dedicada a la fabricación del Rakija, uno de los aguardientes más característicos de los Balcanes —un licor similar al brandy que se obtiene por la destilación de frutas fermentadas con un contenido de alcohol del cuarenta por ciento.

—El sueldo no es mucho, pero no podemos pedir más. El dueño es un serbio que al parecer conocía de antes a tu hermano y por eso le dio el trabajo. Creo que le había hecho algunos favores y el hombre se vio obligado a darle un empleo. De no ser por eso, tendríamos que haber hecho como la mayoría de los bosnios que vivían aquí: salir huyendo. Ahora la mayoría son serbios. Son los que mandan. No encontrarás a muchos musulmanes en Visegrado. —Selma tuvo que recomponerse, como si se hubiese percatado de que su discurso se encaminaba en una dirección errónea.—. Ya sé que es poco dinero, pero él se considera mejor pagado con cuatro o cinco botellas de Rakija que no le duran ni una semana.

Sin embargo, la ausencia de Dino se dilataba más allá del horario laboral. Dónde iba y con quién era todo un misterio para su hermana, no así para su madre. «A sus años, ¿dónde va a estar? Buscando calor en alguna charla», comentaba medio orgullosa.

Cuando tan solo faltaba un día para que Julia regresara a España, Zehera le pidió que la acompañase a visitar algunos de los parajes que ella recorría con su hermana. No le resultó fácil. Tenía la impresión de que todos en la casa, especialmente sus padres, se confabulaban para impedir que la recién llegada pisara las calles de la ciudad. Ellos lo disfrazaban de buenos consejos, de sabias recomendaciones que hablaban de esperar un tiempo prudencial y no precipitar las cosas, siemprc abogando por su bien, ahondando en la defensa de sus intereses y en la necesidad de recuperar el tiempo perdido con su familia, algo que no llegaba a entender del todo. Al fin convenció a su madre de que era lo que quería hacer y que, aunque agradecía sus consejos, iba a salir junto a Julia. Apenas habían tenido ocasión de estar juntas, a solas, dada la hambruna verbal y testimonial que parecía haber arrebatado a Selma.

Cogidas del brazo como tantas veces en Pazo do Riba, enfilaron el camino hacia el pueblo, compartiendo pensamientos, dudas, intercambiando consejos, historias y alguna que otra idea que bailaba por sus cabezas. Le resultó complicado reconocer algunas partes de la ciudad. Todo había cambiado; si no mucho, a ella se lo parecía. Cierto es que miraba con recelo alguna calle, casa, esquina o plaza sobre las que en su día se levantaban establecimientos de los que no quedaba ya más que el recuerdo. Prefería observarlo de reojo y se sentía incapaz de mantener la mirada más allá de un par de segundos en los que los malos recuerdos le nublaban toda visión presente. Le sucedió cuando llegó al paraje donde durante años se ubicó el Café Andric y donde, debido a las represalias de algunos soldados serbios capitaneados por Sasa, murieron muchos de sus amigos. Pensó en lo que hubiera pasado si aquel día en el que todo ardió ella hubiese estado dentro. Si en vez de Aída o Ivo hubiese sido ella quien se encontrara tomando un café, leyendo el periódico o hablando de la posible duración de la recién proclamada contienda. En ese momento se acordó de Aleksandar. Recuperó la imagen de su amor de juventud hablando en aquel local, dando las claves para entender aquella declaración de guerra, buceando en la historia, jugando con fechas, nombres y lugares que supuestamente condicionaron el futuro de todos. Qué poco tenía que ver aquel Alek con el que decidió abandonarla a las puertas de la organización de Julia; con el que la insultó en la panadería de su amiga Teresa; con el que cantaba desnudo y abrazado a su primo Zoran por las empedradas calles de Villa de Alba, para descontento de los vecinos. No pudo evitar preguntarse qué hubiese pasado entre ellos si la guerra no hubiera irrumpido en sus vidas haciendo añicos sus planes de futuro. Y eso la condujo a cuestionarse dónde estaría su hermana en aquellos momentos de no haber sido por aquella maldita guerra, qué habría sido de Nicolás, del pequeño Ari... Recordó su promesa de visitar la Biblioteca Nacional de Sarajevo: se veía sentada en alguna de las amplias y largas mesas de madera, que imaginó pintadas de un barniz brillante, leyendo un ejemplar de poesía, o mejor aún, un gran tomo de viajes donde descripciones e ilustraciones rivalizaran en belleza. Luego se irían a tomar una rica infusión a la Barcasija y quién sabe dónde acabarían la noche. Pero en vez de eso, se vio en mitad de un enorme solar en el que antes se levantaba una mezquita; no quedaba ahora sino un parque sencillo y desierto con dos bancos también vacíos. Un frío escalofrío la estremeció.

Lo que sin duda le resultó más doloroso fue la cercanía del puente y el sonido de las aguas del río Drina. Julia se daba cuenta porque según se acercaba a un lugar o a otro, notaba que su amiga entraba en un mutismo absoluto del que resultaba difícil sacarla a no ser que lo hiciera por voluntad propia. Cuanto más cerca se encontraban de una de sus orillas, más sentía la fuerza con que la mano de Zehera se aferraba a su brazo, las uñas hundiéndose en su piel, como si buscaran aferrarse a lo que un día no pudieron. Tampoco le pasó inadvertida la leve tiritona que sacudía el cuerpo de la joven.

—Podemos parar cuando quieras. Tampoco creo que sea bueno recorrer el mapa de tus recuerdos en un solo día. Y no creo que sea necesario que vuelvas a todos los lugares donde... donde un día estuviste. Eres tú quien tiene que encontrar el límite. Recuérdalo. Eres tú quien sabe mejor que nadie dónde está el límite y hasta dónde quieres llegar.

Las palabras de Julia, como casi siempre, fueron providenciales. Cuando sus oídos comenzaron a escuchar nítidamente el cauce cristalino del río y el frescor de sus aguas se alojó en su dermis, Zehera decidió que había llegado la hora de regresar a la casa. Apretó con fuerza la mano de su amiga, se dejó envolver en un fuerte abrazo y sin dejar de caminar encararon el regreso. Ambas procuraron que no faltaran los temas de conversación, sin importarles lo frívolos y superficiales que fueran. Lo importante era mantener bien cerrada la compuerta emocional para que no se volvieran a colar imágenes de recuerdos envenenados que volviesen a infectar heridas abiertas.

La puntualidad era otra de las virtudes del amable taxista Milan Milicevic. A las siete en punto de la mañana recogía a Julia en el mismo lugar donde la había dejado cuatro días atrás. Zehera fue la única que la acompañó hasta la puerta del vehículo. La noche anterior temieron que un recital de lágrimas e hipos ahogara y enturbiara una despedida que se habían prometido tranquila y nada lacrimosa. A pesar de las promesas, sus temores se confirmaron: la fuerza de voluntad sobre sus lagrimales no era su fuerte. Se comprometieron a llamarse y escribirse una carta todos los días para tenerse informadas de cualquier novedad, noticia o decisión que cada una de ellas adoptara. Julia no aceptó entrar en el taxi sin repetir por vigésima quinta vez el mismo mensaje a su plañidera amiga.

—No te separes de tu móvil. Nunca. Te llamaré a diario. ¡Ah!, y otra cosa importante: recuerda que no tienes que esperar a la fecha que aparece en tu billete para volver a casa. Puedes hacerlo cuando quieras. Allí te esperamos siempre. A las dos. Despídeme de Teresa Alina. ¡No sé si voy a poder resistir mucho tiempo más sin verla!

Fue incapaz de entrar en casa hasta que el taxi de Julia desapareció rumbo al aeropuerto de Sarajevo. De hecho, no cruzó el umbral hasta que se dispersó el polvo que habían levantado las ruedas del vehículo sobre el camino de tierra. Contemplando aquella carretera de grava, ahora desierta, la sobrecogió la sensación de soledad absoluta que la atraparía si algún día no pudiera contar con Julia. Le resultó desalentador, triste, tremendamente doloroso e injusto. Impensable. Quizá por eso su cabeza lo desestimó, no sin antes prometerse a sí misma que pronto volvería a verla. Hasta que llegara ese momento, decidió seguir el consejo de su amiga y entendió que su estancia allí la decidiría ella misma.

Lo que no sospechó era lo duro que le resultaría.

29

Los brazos de Daniel calmaron en un primer momento la debilidad que el largo viaje había dejado en ella. De nuevo las escalas, los retrasos, las horas de espera, los cambios de terminal, las llamadas de aviso, los desajustes entre las pantallas informativas y el centro de control e incluso un cambio de avión a última hora después de llevar embarcados alrededor de hora y media. Por si todos aquellos contratiempos le parecieran pocos, algo de lo que le habían servido en el cáterin del avión se entretenía maliciosamente en la boca de su estómago, y las náuseas le dejaron el cuerpo aún más descompuesto de lo que ya estaba. Llevaba varias semanas intentando deshacerse de unas desagradables e inoportunas jaquecas que habían decidido convertirse en una especie de fiel lazarillo contra el que le estaba resultando prácticamente imposible luchar. No había sobredosis de paracetamol que consiguiera batirlas en retirada y les arrebatara el dudoso título de compañeras de viaje.

Julia sentía que por primera vez el exceso de trabajo le pasaba factura y que su edad no estaba dispuesta a seguir pagando los plazos de aquel pago que cada día era más elevado.

—Me hago mayor, esposo. Y mírate tú, tan guapo y tan radiante como siempre. No es justo, ni muchísimo menos. No lo es.

Cuando llegó a casa sintió que su cuerpo solo pedía cama, sábanas limpias —envueltas en un olor fresco y reconfortante— y el abrazo reparador de su hijo Bruno, que a pesar de su edad seguía rebuscando en la maleta de su madre, igual que cuando era pequeño, el regalo que por seguro traería especialmente para él. Le hubiese gustado cumplir con la tradición de contarle a su familia todos los detalles, relatarles los pormenores del viaje que acababa de hacer, desde la conversación con la primera azafata que les dio la bienvenida al vuelo hasta lo último que habló con el amable taxista Milan, pero sus fuerzas no estaban dispuestas a permitírselo. La capacidad dicharachera que la caracterizaba debería esperar. Su último pensamiento antes de caer rendida, casi desmayada, en una ansiada y profunda inconsciencia fue para Zehera. Tendría que haberla llamado para decirle que había llegado bien, aunque no se vio con fuerzas ni para eso. Ni siquiera pudo encargárselo a su marido o a su hijo. Bastó el consuelo de saber que establecería aquella comunicación el día siguiente.

Cuando despertó después de casi quince horas de sueño profundo, comprobó que su agenda estaba saturada de compromisos, citas, de reuniones pospuestas por su repentino viaje a Bosnia, entrevistas en centros oficiales con representantes políticos de todas las tendencias y los colores —esas que tanto odiaba porque conseguían arrebatarle toda la paciencia acumulada, que en su caso particular, era mucha—. Solo un vistazo a la hoja de ruta matutina que acababa de mandarle por fax su fiel ayudante bastó para hacerse una idea de lo ajetreada que iba a estar durante todo el día. Por eso cuando marcó por décima vez el número del teléfono móvil de Zehera y escuchó cómo una voz mecánica, que modulaba palabras en un idioma desconocido para ella, evidenciaba sus temores de que el terminal continuaba apagado o fuera de cobertura, no tuvo tiempo para detenerse a pensar en los motivos de aquel desencuentro. «Mira que le dije que tuviera el móvil siempre cerca. ¡Esta chica!»

Sin embargo, cuando esa incapacidad para establecer la comunicación se prolongó no solo durante aquella primera jornada, sino durante los días posteriores, se inquietó. No entendía por qué no lograba contactar con ella, por qué le resultaba tan complicado, qué podría haber pasado para que se hubiese separado de su móvil, algo que nunca hacía, y por qué extraña razón nadie respondía cuando llamaba al teléfono fijo de la casa de sus padres. Una tarde consiguió dar con alguien al otro lado de la línea familiar. La breve conversación, de apenas diez segundos, tuvo el mismo efecto que una jarra de agua fría: una voz masculina —Julia adivinó que correspondía al padre— le dijo en un inglés pésimo que ella no podía ponerse al teléfono porque había salido y desconocía cuándo iba a volver. Cuando Julia se disponía a preguntar por la pequeña Teresa Alina, aquella voz de hombre le pidió, en un tono claramente desafiante, que no llamase más porque estaba molestando y que ya la llamaría Zehera cuando regresara. Pero la llamada prometida no se produjo. Y tampoco nadie volvió a responder a sus constantes llamadas.

Julia ya no sabía qué hacer. Se sentía impotente, incapaz de reaccionar. Por primera vez en mucho tiempo no sabía cómo actuar. Llamó cientos de veces a los servicios de incidencias telefónicas para cerciorarse de que no existía ningún problema en las líneas afectadas, tanto la suya como la de los padres en Visegrado, pero nada indicaba que hubiese irregularidades. Las explicaciones acerca de sobrecargas en la red, las dificultades en las comunicaciones con los países balcánicos, no le convencían en absoluto.

—Lo único que se me ocurre es que no haya nadie en esa casa, o que hayan salido. O que no quieran contestar —fue la sincera respuesta de una operadora del servicio de averías tras varias averiguaciones.

—Eso es imposible, señorita. No puede ser.

—Otra cosa no se me ocurre. Si es como dice usted, tendrá que seguir intentándolo. Pero sepa que la línea telefónica está perfectamente.

Julia no podía disimular los nervios. No le resultaba sencillo relajarse y mucho menos pensar con claridad, y esos problemas de concentración no solo la afectaban en su trabajo, sino también en casa. En medio de todo aquello, le vino a la cabeza una imagen que le pareció providencial: la tarjeta del taxista Milan Milicevic. Corrió enloquecida a coger su bolso y allí, en uno de los departamentos de su agenda monedero —siempre abarrotada de trozos de papel de distinto color y tamaño, tarjetas, recibos, fichas y facturas—, encontró la cartulina rectangular de color sepia que le había dado el conductor con su dirección y su teléfono cuando decidieron intercambiar sus datos. Leyó en voz alta la fila de números que aparecía en el margen inferior derecho de la cartulina, y luego lo marcó casi de memoria, visiblemente alterada por el hallazgo, de manera atropellada, en parte por lo pequeñas que le resultaban ya las teclas de su móvil, pero también por el apremio. Esperó impaciente la señal de llamada, hasta que el sonido de una voz que le resultó familiar la llenó de esperanza.

—¿Milan Milicevic? Soy Julia, de España. ¿Se acuerda de mí? Me llevó junto a otra joven bosnia desde el aeropuerto de Sarajevo hasta Visegrado. ¿Me recuerda? ¿Me entiende? —le dijo en el mejor inglés que los nervios le permitieron.

—Claro que me acuerdo, señora. Y por supuesto que la entiendo, pero hábleme más despacio y un poco más bajo, que la escucho bien. ¿Cómo está?

No era complicado hacerse una idea de su estado de ánimo tan solo escuchando su excitación verbal; Julia parecía desesperada. Y él lo entendió cuando le confesó el motivo de su intranquilidad. No necesitó muchas explicaciones para deducir que lo que le estaba prácticamente rogando aquella mujer es que se acercara hasta la misma dirección donde las había llevado hacía unos días e intentara averiguar qué pasaba y por qué no le respondían al teléfono.

—Mire, Milan, yo me hago cargo de todos los gastos. Por supuesto, entiendo que usted tiene que hacer un trayecto y quiero que lo considere como un trabajo, como un encargo mío y, por favor, no quiero que piense que no le voy a pagar por ello.

—Señora, usted tranquilícese, que yo voy a hacer lo que me pide. Y despreocúpese de todo lo demás. —La voz de Milan actuó como un bálsamo revitalizante en el crispado cuerpo de Julia, que por fin comenzaba a ver la luz al final de aquel surrealista y absurdo túnel en el que parecía haberse metido por una equivocación o quizá una burla del destino—. Para mí no es ningún esfuerzo, créame. Iré a Visegrado, preguntaré por su amiga y después la llamaré para informarle de todo. Pero usted debe calmarse. Yo me ocupo de ello.

Puede que fuera la emoción que le provocó aquella llamada después de tantos contratiempos lo que hizo que todo pareciera tambalearse a su alrededor. La imagen se terció borrosa, los perfiles de las cosas se difuminaron y todo dio la impresión de deformarse ante sus ojos. Julia tuvo que agarrarse a una silla y dejarse caer despacio sobre ella para que el ligero vahído no terminara con ella en el suelo. Cerró los ojos y respiró hondo, soltando el aire poco a poco por la boca como le habían enseñado a hacer desde su primera clase de preparación al parto; una de las enseñanzas de las que más provecho sacó en toda su vida: respirar hondo, soltar el aire acumulado en los pulmones y al tercer intento, tener la sana sensación de haber limpiado la suciedad que pudiera albergar su interior.

Inspirar, espirar. Inspirar, espirar. Inspirar, espirar.

Mientras lo hacía, sintió cómo algo líquido, medianamente templado, corría por el marcado carril que unía su nariz con la boca, como si un gusano de seda jugueteara en la frontera de sus labios. Abrió los ojos despacio y tanteó temblorosa con los dedos índice y corazón: cuando observó sus yemas se dio cuenta de que estaban tintadas de rojo. No sangraba mucho por la nariz, pero aun así se inquietó. La textura pastosa de la sangre siempre lograba cohibirla. Inclinó la cabeza hacia atrás, como recomendaba a sus hijos cuando de pequeños sangraban de igual manera, se taponó los orificios nasales con un trozo de kleenex e intentó relajarse. Aquella vez lo consiguió, quizá porque su máxima preocupación echaba raíces a miles de kilómetros de allí. Las preguntas sobre el paradero de Zehera, su bienestar, su salud, su estado de ánimo, así como el de su pequeña Teresa Alina, se clavaban como pequeñas agujas en su cabeza, que cada vez aparecía más atormentada por una continua serie de martillazos invisibles que la poblaban de ruidos extraños y secos y dolores continuos y punzantes. Aquellos días no le resultó difícil imaginar su cerebro como una verbena de rumores, murmullos, silbidos y sombras que no cesaba de dar vueltas para desesperación suya.

Nadie podía imaginar el ajetreo que se apoderaría de la familia Castro en las semanas posteriores. La mancha de sangre que Julia dejó en su almohada durante tres noches consecutivas alertó más a su marido que a ella. No quiso darle mayor importancia. Tampoco veía por qué hacerlo: no era la primera vez que sangraba por la nariz, aunque quizá nunca le había sucedido de una manera tan continuada. Además, el trabajo la esperaba y eso para ella era terreno sagrado, por no hablar de la nula comunicación que continuaba existiendo entre Pazo do Riba y Visegrado, y de las inquietantes noticias que le contó el taxista Milan. Su relató la preocupó.

—Señora Julia, es todo muy extraño. Me acerqué al mismo lugar donde las dejé a ustedes y cuando llamé a la puerta de la casa me abrió una señora que no recibió de buen grado mi interés por la joven y la niña pequeña que viajaba con usted. Me dijo que se habían marchado de la ciudad, que ya no estaban en esa casa, que no sabía dónde habían ido ni siquiera si regresarían y me pidió que no los molestara más. Pero había algo raro, señora, algo que no le puedo explicar con claridad, pero que intuyo. No me creí nada de lo que me dijo aquella mujer. Estaba nerviosa, no se separaba ni un momento de la puerta de la casa, como si estuviera escondiendo algo tras ella, y no dejaba de mirar hacia mi coche. Estaba alterada, como si temiera que viniera alguien más en el taxi. Escuché ruidos extraños dentro de la casa, como cuando arrastras los muebles o se cierran puertas, y le juro que me pareció escuchar unos gritos ahogados, más bien gemidos. Y escuché la voz de una niña. No sé si sería la misma que llevé en el coche, eso no puedo asegurárselo, pero desde luego, señora Julia, algo pasa en esa casa. Cuando le dije si podía pasar para asegurarme de que todo iba bien, salió un hombre joven y prácticamente me echó de forma violenta. Me amenazó con llamar a la policía y me dijo que si me volvía a ver por allí, tendría problemas, porque él tenía amigos importantes y que podrían ponerme las cosas muy difíciles. Me cerraron la puerta en las narices. Cuando me dirigía al taxi eché un último vistazo a la casa y me llamó la atención que en la parte baja, casi a ras del suelo, había un fina ranura de luz. Me quedé contemplándola durante unos segundos y de repente se apagó. Casi al instante, volvió a salir el joven que me había amenazado, pero esta vez lo hizo con una pistola en la mano. Por supuesto, subí al coche y me fui corriendo de allí.

Algo pasa en esa casa. No sé decirle el qué, pero algo pasa. Yo creo que debería usted volver.

La narración dejó paralizada a Julia y confirmó la eficacia de su sexto sentido. Desde el primer momento supuso que algo no iba bien y el relato del taxista le daba la razón. No tenía tiempo que perder. Necesitaba ponerse en marcha cuanto antes. No podía permitirse un solo respiro por mucho que el cansancio exigiera un protagonismo como nunca antes lo había hecho. Pero cuando los mareos se repitieron y las señales de alarma se multiplicaron y empezaron a estremecer a toda la familia, la perspectiva cambió por completo. Un día comenzó a tener dificultades para terminar de rellenar unos sencillos impresos oficiales, como si le costara entender lo que encerraban las casillas del formulario y no fuera capaz de sujetar con fuerza el bolígrafo y terminar de una manera eficaz con la caligrafía. Otro día fue su lengua la que sin motivo alguno tropezaba con cualquier obstáculo que encontrara a su paso, ya fueran dientes o paladares, que parecían haberse inflamado hasta dejarla torpe de movimientos. Pero fue una noche, durante una cena en casa, cuando Daniel supo que algo no iba bien. En mitad de una conversación en la que Sara y Bruno contaban cómo les había ido el día, la pregunta de Julia logró paralizarles y dejarlos en el más inesperado de los mutismos.

—¿No esperamos a tus padres, Daniel? Ya sabes cómo es tu madre con estas cosas. Si viene y ve que hemos comenzado sin ellos, habrá problemas. —Mientras la preocupación crecía en el rostro de todos los presentes, ella continuaba cortando en pequeños trozos el filete de carne que había en su plato.

—¿Qué estás diciendo, Julia? —preguntó Daniel como si estuviera hablando al fantasma de su mujer—. ¿Qué has preguntado?

—Tus padres no han llegado todavía —repitió alimentando aún más el desaliento de todos.

—Mamá... —comenzó Sara temerosa y haciendo acopio de toda la cautela del mundo—. Los abuelos... llevan muertos muchos años. ¿Por qué dices eso? ¿Estás bien?

Un silencio atroz se apoderó de aquella reunión familiar que había comenzado como una más y que prometía acabar como un drama que nadie había podido imaginar. Ese mutismo frío y cortante se prolongó durante unos segundos que parecieron horas, hasta que Daniel, lívido ante la falta de reacción de su mujer, preguntó sin poder ocultar el terror que empezaba a dominarle.

—Julia, cariño, ¿te encuentras bien?

—Claro, estupendamente. ¿Qué pasa? ¿Por qué me miráis todos con esas caras? Ni que hubierais visto un muerto. —El habla de Julia parecía haber recobrado la viveza que siempre la había caracterizado. La cautela de todos fue en aumento y aún más la confusión en la que parecían hundirse.

—Mamá, acabas de preguntar por los padres de papá... —tanteó tímidamente Bruno—. Por los abuelos...

—¡Bruno!, no digas tonterías de tan mal gusto. ¿Por qué iba yo a preguntar una cosa así? No sé qué os pasa hoy —protestó Julia con gesto casi enfadado, como si creyera ser el blanco de una broma pesada que no le estaba haciendo ninguna gracia—. Estáis realmente raros.

Nadie pudo probar bocado aquella noche. La carne se convirtió en cemento y el vino en petróleo. Sus estómagos quedaron cerrados por la duda, el desconcierto y un demoledor desasosiego. Como si de un pacto de silencio se tratara, todos decidieron no comentar nada de lo sucedido, al menos en presencia de Julia. Pero sus miradas no podían ocultar el miedo. Sabían que algo no iba bien, pero temían preguntar sobre ello, nombrarlo, por temor a que aquel ambiente enrarecido y artificial se rompiera como un frágil cristal. Tan solo Sara se atrevió a acercarse a su padre.

—¿Qué pasa, papá? ¿Qué está pasando?

30

—Glioblastoma multiforme. —La voz del doctor Sayans se asemejó a la de un Dios todopoderoso y furibundo que descarga sin piedad todo el mal de su reino sobre su pueblo dejándolo abocado a la crueldad de su castigo divino—. No hace falta que te diga mucho más. Tú eres el mejor cirujano de este país. Sabes perfectamente lo que muestran estas radiografías.

Daniel escuchó el diagnóstico en forma de veredicto final de boca de uno de sus grandes amigos y colegas de profesión. Supo que le hablaba del peor de los cánceres de cerebro, el tumor cerebral más mortal, dañino y fulminante de todos los que existían, el más complicado y peligroso de tratar, el que más recaídas presentaba, virtualmente incurable aun con cirugía, radioterapia y quimioterapia.

Supo que su mujer se moría.

Mientras observaba con la misma expresión de un ciego las placas de la cabeza de Julia dispuestas sobre la lámpara de su consulta, como si fueran una colección de diapositivas macabras, su atención seguía volcada en las explicaciones del doctor Sayans.

—Eso no quiere decir que todo esté perdido. Existe un margen de curación, pequeño, pero hay posibilidades de supervivencia.

—¿Me estás diciendo que Julia puede estar dentro del diez por ciento que logra superar con éxito la extirpación de un tumor cerebral de estas características? ¿O quizá no tenga tanta suerte y esté en menos de la quinta parte de los pacientes que sobreviven al año del comienzo de los síntomas? ¿Es eso lo que me estás diciendo? Te agradezco que al menos no me expliques que el edema cerebral, el incremento de la presión intracraneal y la herniación del lóbulo temporal son las causas inmediatas de la muerte. —Antes de acabar la angustiosa cadena de palabras que pareció escapar desesperadamente de sus labios, supo que su tono no había sido el correcto—. Perdona, Ricardo. Es demasiado doloroso cuando se está al otro lado, cuando no eres tú el de la bata verde que da las malas noticias. —La expresión de Daniel era la de un ser desvalido, vencido por la fatalidad del destino. Sus ojos buscaron los de su colega—. Dime, ¿cómo podemos hacerlo? ¿Cómo conseguimos decírselo a los familiares con la frialdad con la que lo hacemos? Es injusto. Es cruel. Y nos sale de manera natural. Nadie nos lo enseña, es como si fuera algo innato.

—No es frialdad, amigo. Es el distanciamiento lógico que da nuestra profesión. No podría ser de otra manera. Nunca pasaríamos de la primera operación fallida. Nunca. Pero no creo que esa sea la cuestión más importante que debe ocuparnos ahora, pienso...

—¿Cómo podemos hacerlo? —La repetición de la pregunta sonó sobrecogedora y lúgubre en su boca—. ¿Cómo?

—Daniel, es preciso una cirugía urgente. No sé si podremos extirpar del todo el tumor, lo más probable es que no, pero al menos podremos limpiarlo unos centímetros. No tienen por qué quedar secuelas graves. Después nos volcaremos con la radioterapia y la quimioterapia. Ya lo hemos utilizado otras veces, la dacarbacina...

—A Julia no le gusta que jueguen con sus venas... —recordó Daniel entre murmullos y aún medio anestesiado por la noticia—. Dice que le da grima.

—Pues entonces la trataremos con temozolamida —le intentó seguir el juego al nombrar una variante de administración oral del fármaco intravenoso—. Por eso no habrá problemas.

—¿Cómo no me di cuenta antes? Soy médico, ¡maldita sea!, veo estos síntomas a diario. ¿Cómo no he visto lo que le estaba pasando a Julia?

—Daniel, no hagas eso. No te castigues con esas preguntas absurdas. Sabes de sobra que se trata de tumores altamente infiltrantes, que pueden crecer, desarrollarse y extenderse a gran velocidad sin que podamos darnos cuenta. Incluso cuando empiezan a aparecer los síntomas en el enfermo, antes de que trastorne la función cerebral y se den los primeros avisos, el tamaño del tumor ya es considerable. No podías saberlo ni notarlo ni prescribirlo de ninguna manera. Es ahora cuando debemos y podemos actuar. Y lo haremos. A Julia no le faltará de nada.

El esperanzado pronóstico del doctor Sayans falló. A Julia le faltaba tiempo de vida. Sin embargo, ella se mostraba optimista, esperanzada y tremendamente vital, quizá por la delicadeza y la naturalidad con la que Daniel intentó explicarle el origen y el pronóstico de su enfermedad y detallarle con un cuidado infinito cómo sería su recuperación. A pesar del zarpazo con el que le había sorprendido la vida, no mostró debilidad ni se hundió ante los demás. No se encerró en sí misma, ni se acobardó ante un más que incierto futuro, ni se vio presa en una celda de preguntas existenciales difíciles de afrontar y de responder, pues sabía que darles voz solo minaría su propia resistencia y la de los suyos. Si algo tenía claro, es que no quería que su actitud contagiara pesimismo y desesperación a sus hijos y a su marido. Hubiese sido demasiado egoísta y ella no lo era. Nunca lo había sido. En aquellos momentos se sentía más próxima a ellos y no se perdonaría que un descuido anímico suyo los desmoralizara; ellos no lo merecían. Daniel observaba a su mujer luchar con todas sus fuerzas contra la fatalidad, con el mismo amor y comprensión con el que siempre había ayudado a los demás, con el coraje y el desparpajo que la habían caracterizado, con una fortaleza a prueba de bombas y ofreciendo una sonrisa a cada contratiempo que la vida le estrellara en la cara. Le conmovía aquella imagen y entendía más que nunca la fama de santa que se había ganado a lo largo de todos estos años en Pazo do Riba. Quizá por eso abogó por un milagro que salvara su vida.

A pesar de la insistencia del doctor Sayans y de su propio equipo médico, Daniel rechazó la idea de ser él mismo quien operara a Julia. Todos sabían que su desesperada propuesta podía pecar de descabellada, quizá incluso de morbosa, pero su dilatada y contrastada experiencia en ese campo de la cirugía era el arma perfecta para hacer frente a aquel maldito tumor. Todos entendieron que la situación le desbordara, que le supusiera un reto imposible y seguramente no dejara de ser una locura colectiva. Lo máximo que consiguieron fue su compromiso de estar presente en el quirófano durante la intervención; lo logró Julia, al hacerle ver de todas las formas posibles que ella se sentiría más segura y confiada si supiera que él estaría a su lado, preocupándose de que todo saliera bien. Se lo hizo prometer y lo consiguió. Pero no fue el único compromiso que le arrancó de sus labios, esta vez, delante de sus hijos.

—Daniel, sé que todo va a salir bien, que entraré y saldré con vida de ese quirófano, que voy a vivir porque todavía tengo muchas cosas que hacer, muchos momentos que pasar a tu lado y al lado de mis hijos. Lo sé, no me preguntes por qué estoy tan segura, pero es algo sobre lo que no tengo ninguna duda. —Julia prolongó durante unos segundos la sonrisa que había dibujado en su cara y luego continuó hablando—. De todos modos, si algo saliera mal, si por lo que fuera mis ojos no volvieran a abrirse, quiero que me prometas que...

—Julia, no quiero que digas esas cosas bajo ningún concepto, no lo voy a permitir... —Daniel no esperaba escuchar tales palabras de boca de su mujer y aquello le asustó.

—Mamá, no digas eso, te lo pido por favor —rogó Bruno.

—Escúchame, escuchadme todos, si pasara lo que ninguno de nosotros queremos que pase, quiero, amor mío, que tú personalmente vayas hasta Visegrado y te traigas contigo a Zehera y a la pequeña Teresa Alina. Si yo no puedo hacerlo, necesito que seas tú quien vaya a buscarlas y te asegures de que todo está bien, de que no pasa nada. Sabes lo que me preocupa este tema y lo que quiero a esa muchacha. Lo sabéis todos. No podemos abandonarla. No sería justo...

—No creo que sea el mejor momento para ponernos a hablar de estas cosas, mamá —interrumpió Sara mientras le apretaba la mano con fuerza.

—Puede que no sea el mejor, pero quizá sea el único que tenga para deciros lo que quiero que haga vuestro padre si yo muero y no puedo hacerlo por mí misma. —Julia miró a su marido, que la contemplaba atónito, en silencio—. Daniel, tienes que prometérmelo. Porque si lo haces, sé que lo harás, que cumplirás, como siempre lo has hecho. Eres el mejor compañero de viaje que he tenido en mi vida y quiero que continúe siendo así. Necesito oírtelo decir. Lo necesito, cariño.

—Te lo prometo —dijo Daniel sin poder evitar que la emoción se cristalizara en sus ojos, vencido por el nudo que desde hacía tiempo tenía alojado en el pecho y sin más voluntad que la que su mujer le imponía—. Haré todo lo que me pidas, como siempre. Pero escúchame bien, iremos los dos a buscarlas. Iremos tú y yo a traerlas de nuevo a casa. Te lo juro.

—Significa mucho para mí, Daniel. Ya lo sabes. Te amo, siempre te he amado y no soportaría irme de esta vida sabiendo que las personas a las que más quiero no permanecen unidas. Pero sobre todo no podría aguantar el dolor de saber que el amor de mi vida queda abandonado, hundido, sumido en una tristeza que sé que te acabaría destrozando, convertido en un fantasma sin rumbo ni voluntad, en un muerto en vida. Eso sería superior a mis fuerzas. Saber que por un momento no serías feliz, que te convertirías en una persona vacía, sin ilusiones, que el mundo dejaría de disfrutar de esa sonrisa tuya tan especial que tienes, eso sí que me mataría. Y además, no sé qué te estoy contando, si eso ya lo sabes. Igual que sabes lo mucho que te quiero. Te quiero más que a todas las personas juntas que he querido en mi vida.

Las palabras de su mujer le confundieron. No acababa de entenderlas del todo. No comprendía cómo en una situación tan extrema como la suya podría preocuparse por el bienestar ajeno. Ese exceso de entrega, de dedicación, de bondad, de preocupación por todo lo que no fuera ella, le dolió, casi podría decir que hasta le molestó, porque en cierto modo le hizo sentir incómodo. Aquella noche Daniel fue incapaz de cerrar los ojos, no retiró su mirada del techo de la habitación del hospital en la que su Julia, gracias a un potente tranquilizante, parecía dormir sin problemas. Su cabeza estaba demasiado ocupada en desenredar pensamientos como para encontrar sosiego. Ignoraba cómo hacer frente a esa preocupación que le estaba volviendo loco; cómo vencer el sentimiento de culpa que no hacía sino acrecentar su malestar. El miedo le acompañó toda la noche. Durante horas contempló a su mujer y temió no poder cumplir ninguna de las dos promesas que le había hecho. En especial, la última.

Una débil claridad se coló por las ventanas de la habitación. Amanecía y el paso del tiempo le recordaba que la mujer que dormía a su lado podría irse para siempre. Aún tuvo más miedo.

Ahora era Julia quien, desde la cama, observaba a su marido con su sempiterna sonrisa en los labios.

—Todo va a salir bien.

Las mismas cinco palabras que salieron de su boca antes de que la anestesia poblara su cuerpo y sus sentidos.

—Todo va a salir bien.

31

Apenas podía recordar nada y aún le dolía la cabeza. Había sido un golpe seco, sordo y, por supuesto, ciego. Una vez que el camino de grava había devorado el taxi de Julia y de él solo quedaba un vago rastro de polvo, Zehera había entrado en la casa familiar. Se había quedado un poco fría; notaba el cuerpo destemplado y había decidido acercarse a la cocina para calentarse un cazo de leche que le ayudase a conciliar de nuevo el sueño, al menos hasta que su pequeña se despertara y se fueran las dos solas a dar una vuelta por la ciudad de sus recuerdos lejanos. Cuando se disponía a encender el fuego, vio una sombra reflejada sobre los azulejos blancos de la pared. Ni siquiera tuvo tiempo para darse la vuelta: una mano la agarró con fuerza por detrás, rodeándole el cuello y apretando un trapo contra su boca. La joven aspiró un fuerte olor que se le alojó en la garganta y logró anularle el sentido. Lo último que notó fue que su cuerpo caía al suelo y se golpeaba fuertemente la cabeza.

Abrió los ojos, pero no pudo ver nada. La oscuridad que la envolvía hacía aún más complicado cualquier razonamiento: no podía entender dónde estaba, ni hallaba sentido alguno a lo que le estaba pasando. Cuando intentó mover su cuerpo fue cuando se asustó de verdad. Su mente, bien auxiliada por sus recuerdos, le advirtió que aquella situación ya la había vivido, y temió haber regresado de golpe a su pasado más oscuro. Estaba acostada sobre algo blando, quizá un colchón o unas mantas, y sus manos parecían atadas a una especie de hierro o de tubería. También tenía atados los pies. No podía moverse. Intentó deshacerse de sus ataduras, pero todo esfuerzo resultó inútil. Lo único que consiguió fue hacer un ruido tremendo que motivó la aparición de unos pasos. Un miedo que le resultó brutalmente familiar se apoderó de ella y comenzó a gritar y a pedir auxilio. La incertidumbre la aterrorizó y sus chillidos hicieron que los pasos se aceleraran y se abriera una puerta. Una silueta de hombre se perfiló bajo el umbral y encendió una luz que en un principio cegó a Zehera. Sin embargo, no tardó mucho en reconocer al propietario de aquella sombra que se acercaba a ella y el lugar en el que estaba.

—Bueno, bueno, la bella durmiente se ha despertado. ¡Por fin! —Escuchar la voz de Dino hizo que su aturdimiento fuera en aumento—. Al fin solos, hermanita. Creíamos que no se iba a ir nunca esa mujer. Ahora podemos darte la bienvenida que realmente te mereces. —Observó el pánico en el rostro de su hermana y correspondió con una sonora carcajada que logró estremecerla aún más, sobre todo cuando las sucias manos de Dino comenzaron a tocar su cuerpo, lo que le provocó una convulsión inmediata—. ¡Pobre hermanita! No entiendes nada. Al final va a tener razón Sasa cuando te trajo aquí y dijo que eras muy torpe y que convendría que te enseñara algo de lo que yo ya sabía. Pero no me diste tiempo de hacerlo. Huiste como lo hicieron todos los cobardes. Y como todos ellos, luego volvéis queriendo darnos lecciones, mostrándonos todo lo que habéis vivido fuera de vuestro país, mirándonos por encima del hombro, como si disfrutarais humillándonos. ¡Y eso solo es producto de vuestra ignorancia! —gritó—. Ese es el principio de todos los males que nos acechan.

Zehera le miraba como quien observa a un extraño. No reconocía a su hermano, no podía, y tampoco daba crédito a lo que veían sus ojos y mucho menos a lo que escuchaban sus oídos. Cuando la sorpresa le permitió analizar lo que le estaba pasando con algo más de claridad, descubrió que el verbo de su hermano le recordaba amargamente a las parrafadas con las que solía obsequiarla Sasa cuando estaba a punto de utilizar su cuerpo como campo de batalla.

—Pero ¿de qué estás hablando, Dino? ¿Por qué estoy atada? ¿Qué hago aquí? Esto es una locura. He venido porque así me lo pidió madre. —Sus ojos verdes no alcanzaban a procesar la imagen de su hermano. Tan distinto, tan cambiado, tan confuso. Tan lejano—. ¿Qué te ha pasado? ¿Qué te han hecho?

—¡¿Que qué me han hecho?! —repitió furioso la pregunta que acababan de formularle—. ¿De quién hablas? ¿De ellos? Es curioso que te preocupes de lo que me han hecho los demás y te olvides de lo más importante. ¿Y tú, hermanita? ¿Qué es lo que me has hecho tú?

Zehera continuaba envuelta en un halo de incredulidad, de confusión, sumergida en una anarquía mental que no le ayudaba a digerir las barbaridades prefabricadas por la mente de su hermano pequeño. No podía sentirse más confusa y ese desaliento la condenaba al mutismo. Era incapaz de responderle, quizá porque ya no era su hermano y desde luego, no hablaban el mismo idioma.

—Te fuiste con tu novio, me dejaste, me utilizaste y después me abandonaste en la orilla del río, sabiendo qué y sobre todo quiénes me esperaban.

—¿De qué me estás hablando? ¿De la noche en la que huimos de Visegrado? Yo no te abandoné. Quise que vinieras, te rogué que lo hicieras, ¡te obligué a que subieras a la barca!, pero te negaste. ¡Me lo exigiste! Me dijiste que esperarías a nuestros padres y que te irías con ellos. ¿Por qué estás mintiendo, por qué me estás hablando así? —Zehera no encontraba sentido a la situación que estaba viviendo—. ¿Y por qué estoy atada? ¿Qué quieres? ¿Qué piensas hacer conmigo?

—Nada. Y todo. Lo mismo que hicieron conmigo. —Dino se dio la vuelta y comenzó a andar hacia la salida—. Luego te bajarán algo de comida. Será una al día, no hay para más. Al menos hasta que nos llegue tu pensión.

La carcajada que soltó su hermano pequeño le perforó los oídos. No estaba en la mejor predisposición para pensar, pero aquel último comentario arrojó algo de luz sobre los verdaderos motivos por los que su familia insistía en que regresara a Visegrado. «Así que eso es lo que querían. Dinero. Por eso me han convencido para que viniera y yo he picado como una tonta.» El descubrimiento fue demasiado impactante para sus sentidos: no querían verla, ni recuperarla, como le había dicho su madre en algunas de las conversaciones telefónicas que habían mantenido gracias a la intermediación desinteresada de Aldo. Ni siquiera la muerte de Suhra les había importado. Solo habían visto en ella una excusa, una oportunidad para desenterrar viejos fantasmas. Reconstruyó fragmentos de las charlas con Selma y como un fogonazo estallando en su cerebro recordó el momento en que le comentó que se encontraba de baja por accidente y que había conseguido una pensión vitalicia. Estaba convencida de que aquel había sido el desencadenante de la inmundicia tejida por su familia, el momento en el que la maquinaria del interés inhumano y la infamia se puso en marcha.

—Espera, por favor, no te vayas —gritó Zehera cuando vio que Dino se alejaba—. ¿Y mi hija? ¿Dónde está mi pequeña? ¿Qué habéis hecho con ella? ¡Por favor, por favor! No te vayas.

La corpulenta figura de su hermano se detuvo en seco y después de unos segundos sin tener muy claro qué iba a pasar, volvió sobre sus pasos. Lo hizo exhibiendo una sonrisa burlona en el rostro, lo que logró atemorizarla. Cuando llegó al colchón donde yacía atada de pies y manos, comenzó a hablar haciendo gala de un tono dolorosamente irónico.

—Ya no vas a tener que preocuparte más por esa bastarda a la que no te ha importado traer a esta casa y exhibir para vergüenza de esta familia. Siempre has sido una inconsciente, pero sobre todo, y lo que nunca te perdonaré, una ingrata, una desagradecida, como lo fueron todos aquellos a los que siendo un niño salvé de una muerte segura: los escondía en mi barca cuando los rescataba del río, y en vez de entregarlos a los serbios, los ayudaba a esconderse y les permitía huir.

Todos ellos, sin excepción alguna, me prometieron que regresarían para darme una buena recompensa, para agradecerme de alguna manera el haberles salvado la vida y arriesgar la mía. Ni uno solo volvió. No lo hicieron. Y si por casualidad he visto a alguno en la calle, ni siquiera me ha mirado a los ojos; o no me han reconocido o no han querido. Yo no les pedí que me prometieran nada, no les pedí nada a cambio. ¿Por qué tuvieron que hacerlo? ¿Por qué me mintieron? No hacía falta. Les hubiese dejado marchar de todas maneras. Pero tuvieron que mentirme. —Durante unos segundos miró a su hermana con desprecio y malicia.

—¿Qué le habéis hecho a mi hija? —preguntó Zehera exasperada, como si temiese que la ira y el rencor acumulado hubiesen caído injustamente sobre su pequeña—. ¿Qué habéis hecho con ella? ¿Dónde está?

—¿No te he dicho que el otro día vi a Aleksandar? —El comentario irónico e inesperado transformó el gesto y la actitud de Zehera, que no podía dar crédito a lo que estaba escuchando—. Estuvo aquí, en Visegrado. Supongo que no sabrás que se ha casado con una serbia, con una de su estirpe, que conoció a través de su familia. Su primo Zoran, el de España, se encargó de arreglar el encuentro. Ahora viven en Budapest. Creo que son muy felices. Es normal. Así es como debe ser. Lo antinatural era lo vuestro. Los serbios y los musulmanes son como perros y gatos. No pueden vivir juntos en paz. Es imposible. Lo dijo Radovan Karadzic. Y tenía razón, el tiempo y la realidad se la han dado. —Dino miró de nuevo a su hermana, sin deshacerse de aquella sonrisa burlona con la que parecía disfrutar martirizándola, e hinchado por el desasosiego que sus palabras estaban sembrando en ella—. Imagino que sabrás quién es Karadzic, aunque hayas estado todo este tiempo en España. Lo que seguro no sabes es que era escritor, poeta, escribía poesías para niños. Dicen que era tan malo con las palabras que por eso se convirtió en el perfecto asesino. Curiosa la vida. ¿Qué hubiese sido de todos nosotros si Radovan Karadzic hubiese tenido suerte con la literatura? —El tono de su voz se terció irónico, dando buena muestra del feroz humor negro bosnio del que tanto hablaba la abuela Mirsa—. Pero volviendo a Aleksandar, te diré que le encantó volver ver a tu hija. Aunque nunca la consideró como tal, seguro que le fue difícil olvidarla. Los que estaban encantados eran los que venían con él. Me dijo que eran familia suya y se encapricharon con tu hija. ¿No me negarás que hasta para eso tienes suerte?

—Mientes. Alek no está aquí. ¿Por qué iba a venir a por mi hija? ¿Por qué no me dices la verdad? ¡Dime dónde está mi pequeña!

—Se la llevó la familia, o quienes fueran aquellas personas que vinieron en su nombre. Es todo lo que sé.

—¡Mientes! —gritó desesperada Zehera—. ¡Mientes, mientes!

—Como quieras. Pero será mejor que entiendas cuanto antes que tu hija bastarda ha muerto —respondió Dino con una tranquilidad que la atemorizó todavía más—. Al menos tal y como la conoces. Muerta. Olvídate de ella como te olvidaste de nosotros. No creo que te resulte difícil.

De nada sirvieron los gritos que brotaron de la garganta de Zehera, ni las súplicas en forma de bramidos, ni las peticiones de piedad, clamando clemencia y abogando por un mínimo de misericordia. Tampoco los insultos en los que su impotencia encontró la única vía de escape. Dino salió de aquel sótano dando un sonoro portazo y dejando tras de sí el ahogado recital de llantos, berridos y ruegos que inundaba todo el sótano. No dejó de chillar, de gritar ni de pedir auxilio. Conocía perfectamente la situación del sótano donde su familia había decidido esconderla, casi enterrarla en vida, con el único fin de cobrar el subsidio que Julia había conseguido para ella. Sabía que si alguien pasaba por la calle, lo suficientemente cerca de la casa, podría escuchar sus llamadas de auxilio. Sin embargo, aquello solo le sirvió para recibir los primeros golpes de su hermano y de su padre, y cuando se cansaron de golpearla enfurecidos entre gritos que ordenaban silencio, la obligaron a tragarse unas pastillas que la llevaron rápidamente a un profundo sueño.

Cuando despertó aún le dolía todo el cuerpo, pero resultaban más punzantes las otras heridas, las de la humillación y la vergüenza de haber sido golpeada y drogada por los suyos. No sabía cuánto había estado inconsciente. Notó la garganta seca y al intentar tragar se dio cuenta de que tenía algo en la boca que le mantenía la lengua y los labios amortajados. Supuso que le habían colocado un trapo a modo de mordaza, para que no pudiera gritar ni llamar la atención de ninguna manera. Se lo habían atado con demasiada fuerza y le hacía daño en las comisuras de la boca, incluso le dificultaba el respirar con normalidad, acentuando la sensación de ahogo. En ese momento tuvo la certeza de que la situación se le escapaba de las manos, la superaba y que no sería capaz de sobreponerse también a esa nueva dentellada de la vida disfrazada de destino. No pudo evitar abandonarse a un desconsolado llanto que inundó sus pensamientos de odio, deseo de venganza e impotencia. Nunca se había sentido así. Se estremeció al entender que el contexto en el que se hallaba superaba en irracionalidad y ferocidad incluso lo vivido hacía años en el Vilina Vlas. Al fin y al cabo, estaban en un conflicto bélico, la limpieza étnica se convirtió en el arma de guerra más eficaz y todos los que cometieron verdaderas tropelías sobre su cuerpo eran ajenos a su sangre, a su familia, a su corazón. Aquello era, si cabe, más inhumano, más esperpéntico, más desalmado; resultaba mucho más difícil darle alguna explicación por absurda que esta fuera. Se sentía abandonada, engañada, maltratada, humillada y el padecimiento era aún mayor porque no había más responsables que sus propios familiares. La lógica de aquella penitencia tan injusta como cruel le quedaba lejana y se le antojaba irreal, atroz y tremendamente sucia. No entendía por qué tenía que pasar de nuevo por ese calvario.

Fueron horas, días enteros, semanas puestas a disposición exclusiva de su cabeza para que se abandonara a la vacilación, dando vuelta a los recuerdos, desnudándolos y vistiéndolos de nuevo, abriéndolos en canal, analizándolos. Lo que más la consumía era el paradero de su hija: desconocer qué había hecho su familia con ella la hundía en una desesperación enfermiza. En lo más recóndito de sus pensamientos albergaba la esperanza, casi la certeza, de que ni sus padres ni su hermano serían capaces de hacerle daño a una niña de diez años. Pero aquel artificial consuelo no le alivió durante mucho tiempo, ya que enseguida su memoria recuperaba la imagen de Dino, con apenas nueve años, convertido en un peón de los soldados serbios para vaciar el Drina de cadáveres. ¿Qué podrían haber hecho con ella? ¿Por qué no la escuchaba por la casa? Alguna vez había podido oír el timbre de su teléfono móvil, pero un día dejó de escucharlo al igual que dejó de oír las muchas llamadas del teléfono fijo que sus padres tenían colgado en la pared del salón. No le costó imaginar que era Julia quien llamaba y pudo adivinar la extrañeza que le produciría a su amiga del alma, a su gran benefactora, a su protectora, el no poder contactar con ella. Incluso adivinó las excusas que la voz de Selma inventaba para disculpar su ausencia. Desde el sótano también escuchaba los ecos de la televisión, los ronquidos de Edin, incluso los cuchicheos de las tres personas que habían decidido secuestrarla y mantenerla incomunicada en aquel lugar. Una noche llegó a escuchar cómo sus padres y hermano tramaban su muerte.

—Nadie tiene que saber que ha muerto y mientras se siga recibiendo el dinero en el banco, nadie lo sospechará. La española dejará de llamarla en cuanto le digamos que no quiere hablar con ella y que ha rehecho su vida. Si nos libramos de ella, nos ahorramos la manutención y sobre todo, eliminamos pruebas y evitamos complicaciones imprevistas, como la del taxista ese. Le he visto dos veces merodeando por aquí y no me gusta. Puede darnos problemas. Si no llegas a bajar a toda prisa a apagar la luz del sótano que habías dejado encendida y a amordazarla aún más... Y a pesar de todo, estoy convencida de que algo vio. Además, las pastillas se están acabando y las inyecciones son demasiado caras para mantenerla dormida cada vez que se ponga a gritar y a pedir socorro. Para eso es mejor quitárnosla de en medio. Cualquier día nos podemos encontrar con algún imprevisto que no seamos capaces de evitar. Y entonces todo se complicará.

Escuchar la voz de su madre hablando de aquella manera le resultó duro, obsceno, pero no superaba la crueldad que suponía el no saber dónde estaba su hija. Ningún sonido le hacía albergar esperanzas sobre la presencia de su pequeña en la casa; se consolaba pensando que Teresa Alina siempre había sido una niña observadora y muy silenciosa, y quizá eso le habría salvado la vida. Pero había otros momentos en los que el pesimismo le ganaba la partida: si sus padres eran capaces de someter a su propia hija, secuestrarla, negarle el agua y el pan, insultarla, atarla, golpearla y planear con exquisita frialdad su asesinato, ¿qué no serían capaces de hacer con su nieta, alguien a quien ni siquiera conocían, con la que apenas habían pasado unos cuantos días en los que la mentira fue la única verdad que rigió su comportamiento, a la que nada ni nadie los unía, y cuya presencia solo les traería problemas? La corta edad de Teresa Alina, su buena educación, su discreción, su timidez, su mutismo casi enfermizo eran virtudes que, lejos de impedir una mala acción, la favorecían. Se sintió indefensa, inútil, incapaz de evitar el infierno que con toda seguridad estaría pasando su pequeña y rogó porque no se asemejara al que estaba pasando ella. Se maldijo por no ser capaz de protegerla, pero aquello no le sirvió de mucho. Lloró hasta secarse, rezó hasta olvidar el sentido de las palabras que tejían su plegaria, le dio vueltas y más vueltas hasta que la intensidad de cada pensamiento le produjo heridas dolorosas y sangrantes. La hemorragia de sufrimiento, impotencia y odio que comenzaba a manar de su cuerpo era imparable y nada a su alcance, en forma de fuerte vendaje, era capaz de detenerla.

Cada visita de los miembros de su mal llamada familia la dejaban entre espasmos involuntarios de dolor, más psíquico que físico, indignación, miedo, furia, rencor y, no pocas veces, asco. Una de las veces que su padre fue el encargado de bajarle su única ración de comida diaria, Zehera se armó del valor necesario para dirigirse a él.

—¿Por qué me hacéis esto? ¿Qué os he hecho yo? —La pregunta pareció llenar de odio los ojos de aquel hombre de apariencia mucho mayor al tiempo que realmente había consumido en la vida.

—¿Por qué no te suicidaste cuando te violaron? ¿Por qué no lo hiciste cuando supiste que llevabas en tu vientre al bastardo de un serbio, como lo hicieron las demás? ¿Por qué preferiste sembrar la vergüenza en esta familia? No he podido entenderlo en todos estos años. Y cuando te vi llegar llena de orgullo con el fruto de la indignidad... —comenzó a negar con la cabeza—. Preferiría que hubieses muerto. Debías haber muerto hace mucho.

—¿Hubieses preferido que me quitara la vida porque me violaron unos hombres? ¿Así estarías más orgulloso de mí?

—A tu hermano también le violaron. Y lo mismo hicieron con tu abuela, con tu madre... incluso conmigo. Pero tu hermano es un *shaheed,* un héroe que trajo el orgullo a esta casa y no la vergüenza como has hecho tú. Siempre te creíste especial, diferente, cuando eras lo mismo que el resto.

—¿Y tú me hablas a mí de vergüenza? Nunca la tuvisteis con vuestros hijos y os moriréis sin saber lo que es eso. Estáis locos y tendréis que pagar por vuestra locura. Tu maldita religión y tu fanatismo no te dejan ver la realidad y eso no os hace diferentes a los serbios. Vosotros sí que sois iguales y vuestros pecados los tenemos que pagar nosotros. No eres más que un viejo loco y enfermo. Yo sí que me avergüenzo de ti, de todos vosotros.

La airada contestación de Zehera desató la ira del padre, que lanzó la bandeja de comida contra la pared con tal estruendo que asustó a todos, incluso a los que estaban en la parte de arriba de la casa. Después del arrebato de rabia, Edin se abalanzó sobre ella, y empezó a pegarla, arrancándole las pocas ropas que aún la cubrían. Todo esfuerzo de librarse de aquel cuerpo viejo hambriento de barbarie y preparado para sumergirse en el incesto le resultó inútil. Como siempre, sus pies y sus manos estaban atados y aunque había conseguido que Dino no le colocase la mordaza durante unas horas, la mano de su padre lograba taparle la boca y ahogaba sus gritos. Cualquier reflejo defensivo quedaba anulado antes incluso de iniciarse. De nuevo a merced de la degradación, del salvajismo, del comportamiento más vil, del fanatismo. De nuevo las ataduras físicas que impedían la rebelión, la resistencia, la sedición. Tan solo pudo recurrir a los dientes para repeler aquella violenta agresión: aprovechando un descuido, mordió la mano de su padre tan fuerte como pudo. Aquello solo le valió una buena tanda de golpes. Sin tener apenas tiempo para asimilar lo que estaba pasando, Zehera vio cómo alguien se abalanzaba sobre el cuerpo que intentaba ultrajar el suyo y le reducía de un buen puñetazo en la mandíbula. Era Dino, que consiguió sacar a empujones al padre de aquel sótano que a punto estuvo de convertirse en el escenario de la deshonra más cobarde. Una vez lo hizo, su cuerpo se curvó y fue acercándose lentamente al lugar donde yacía su hermana. Se detuvo ante ella y la escupió. Dos veces.

—Eres el demonio. No traes más que vergüenza y pecado a esta casa. —Se quedó observando el cuerpo semidesnudo y aún jadeante de su hermana. Lo miraba con ira, de una manera febril, y le hizo temer una nueva embestida violenta que ya daba por segura. Al fin optó por colocarle en la cabeza una capucha negra, áspera y maloliente, bien ajustada al cuello mediante una cuerda que se encargó de anudar con fuerza, y cubrirla con una manta que tapaba todo su cuerpo. Después se aseguró de que las cadenas de sus manos y de sus pies estuvieran bien sujetas—. Como se te ocurra moverte, seré yo mismo quien te mate. No comerás, no beberás, no te levantarás ni para ir al servicio y no hablarás hasta que yo te ordene lo contrario. Me lo estás poniendo demasiado fácil, hermanita, y cada día tengo menos tiempo que perder.

Zehera no pudo recuperar la respiración hasta que escuchó cerrarse la puerta del sótano y dedujo que su carcelero había salido. Le costaba pensar en lo que acababa de ocurrir: en el rostro de maldad, desquiciado y sin control, que había visto en su padre; en la voracidad siniestra e infausta que había advertido en Dino; en la insidiosa pasividad de su madre, a la que pudo presentir apostada en el umbral del sótano, observando la tétrica escena con la misma dejadez que la había caracterizado durante toda su vida. Ahora sí que estaba convencida de que su familia iba a matarla y que no tardaría mucho en lograr su objetivo. Lo único que le quedaba por saber era cómo lo harían. Le tranquilizó la posibilidad de entregarse dócilmente a su propio destino. Ella misma fantaseó con la manera en que se desharían de su cuerpo. Pensó incluso que aquel sótano podía ser un buen lugar para enterrarla y jamás la encontraría nadie.

Lejos de mantenerse tal y como lo recordaba Zehera en su memoria, el sótano había logrado un aspecto siniestro y lúgubre que estremecía a primera vista: era un lugar húmedo, incómodo y de reducidas dimensiones —apenas dos metros de ancho por otros dos de largo—. Las paredes y el suelo aparecían cubiertos por una tierra oscura donde pequeñas lombrices, gusanos, insectos y toda una extensa variedad de bichos diminutos que ella no pudo identificar campaban a sus anchas. Una de las paredes había sido cubierta con unas enormes piedras de las que colgaban varios artilugios y herramientas de trabajo, especialmente de campo, así como varias arandelas de hierro de las que pendían cuerdas, cadenas y cintas de cuero. Aquella cueva subterránea no disponía de más luz que la que tímidamente escupía una mugrosa bombilla que alguien había colgado del techo, sin molestarse siquiera en ocultar los raídos cables que salían del corazón del farol. Carecía de ventilación, de no ser por una abertura mínima situada casi en el vértice de unión entre una de las paredes y el techo; esa era la única vía de comunicación con el exterior, aunque constantemente quedaba tapada, cubierta por la tierra y el barro, en especial cuando las lluvias eran intensas: entonces, la entrada de agua limpiaba el hueco, pero también formaba un lodazal de fango en el interior del sótano. Sobre una de las paredes de tierra nacía un grifo enmohecido del que hacía mucho que no salía una mísera gota de agua; hacía las veces de contenedor de raíces y hierbas silvestres. El nulo acondicionamiento de lo que no pasaba de ser un escondrijo provocaba que en invierno el frío fuera insoportable y en verano el aire se tornase irrespirable. Era simple y llanamente un zulo en el que habían colocado un colchón desvencijado, un cubo metálico para los excrementos —que luego se enterrarían cavando un hoyo en el mismo terreno—, una silla, una mesa y dos tuberías alargadas, oxidadas por el paso del tiempo. Era como si alguien hubiese cavado un agujero en la tierra, se hubiese molestado mínimamente en acondicionarlo y lo hubiera cerrado de nuevo. Podía hacer las veces de madriguera. No era ni mucho menos un lugar adecuado para una estancia larga. Sin agua, sin luz, sin apenas aire, sin electricidad, sin una ventana. Nada. Ni en la peor de las pesadillas pudo imaginarse acabar en semejante agujero, pero cada día que pasaba le resultaba más difícil imaginar su salida.

Muy pocos sabían de aquel recóndito escondite. En realidad tan solo lo conocían su familia y Aleksandar —que pasó en él unas horas escondido—, y ninguno de ellos tendría motivos para desvelar el secreto. También pensó Zehera que podrían enterrarla en el jardín de la casa, y aquel pensamiento la alivió. Le alegró pensar que volvería a encontrarse con su abuela Mirsa, a quien enterraron allí después de haber sido golpeada, violada, asesinada y colgada de la rama de uno de los árboles de aquel huerto, hacía ya muchos años. Y quién sabe si con algún amigo más al que dieran sepultura en aquellos jardines convertidos tiempo atrás en improvisados camposantos, cementerios cautivos, sepulturas anónimas de aquellos a los que se les negó la posibilidad de vivir en su tierra. Quizá pudieran al menos descansar eternamente en ella.

Sin embargo, aquellas macabras reflexiones abonaban el terreno y daban cabida a otros recuerdos en los que la familia Castro y su anterior vida en Pazo do Riba lo llenaban todo. Y era entonces cuando su cabeza y su cuerpo se rebelaban, se agitaban, se estremecían urgidos por una extraña energía cuya procedencia ignoraba pero que le recargaba su consumida y mermada voluntad y su hambre de vida, y le hacía sentirse dispuesta y preparada para cualquier lucha que le permitiera salir de aquel agujero. Mientras la mala alimentación y el sufrimiento hacían que su cuerpo perdiera peso de manera alarmante, recordar las conversaciones con Julia y reconstruir los momentos compartidos junto a Sara, Bruno y Teresa Alina le alimentaba el alma y la aliviaba. Pero era el recuerdo de Daniel lo que actuaba como suero reconstituyente, como eficaz complejo vitamínico para su maltrecho organismo. Rememorar sus encuentros, sus conversaciones, sus miradas, sus silencios, lo que ambos eran capaces de compartir sin siquiera despegar los labios, amortiguaba en parte el padecimiento. Y aquello que durante tanto tiempo la confundió, la martirizó y se convirtió en el principal motivo de su viaje a Bosnia era lo que ahora la mantenía con vida. No le dio miedo arrepentirse abiertamente de no haber ido más allá aquella noche en el despacho de Daniel, cuando los dos se olvidaron de todo y se entregaron, por unos segundos, el uno en manos del otro. Por primera vez lamentó sus miedos, aborreció sus cautelas infantiles y detestó el pesado cargamento de falsa moralina que había abortado en un instante la felicidad que había estado buscando durante toda su vida. «Si no hay búsqueda de felicidad, no hay vida que se mantenga en pie, no hay historia, buena o mala, que poder vivir.» Las palabras de su abuela Mirsa, como siempre sabias y oportunas, la abrazaron dentro de aquel agujero negro.

Sea como fuere, las reservas de esperanza y optimismo se consumían sin piedad. Cada vez que presenciaba cómo una oportunidad de acabar con aquel encierro deshonroso se esfumaba aun sin tomar forma, su confianza en escapar y olvidar cuanto antes aquella desagradable experiencia se tambaleaba, se evaporaba y terminaba extinguiéndose sin remedio. Sucedió aquel día en que Julia envió a Milan Milicevic en busca de respuestas. Desde su escondite, pudo reconocer su voz y pensó en reaccionar, en chillar, en gritar su nombre, en alertar sobre su ubicación con todas las fuerzas que le permitieran las cuerdas vocales, pero apenas le dio tiempo a hacer algo de ruido con las cadenas que la ataban. Su hermano Dino estuvo más rápido, sin duda gracias a la destreza que otorga la maldad, y frustró con su cuerpo cualquier llamada de auxilio que cruzara la mente de Zehera. Se echó sobre ella, evitando cualquier movimiento, aniquilando la mínima esperanza de ser oída y rescatada. Cuando el ruido de motor le confirmó que el taxista se había ido, su cuerpo se relajó, se abandonó a la rutina del cautiverio, se debilitaron sus fuerzas y se desvanecieron las ilusiones que aquella fugaz visita había proyectado en su interior. De nuevo la vida se le negaba.

No fue la única vez que su cabeza imaginó la ocasión propicia de volar lejos de aquel lugar. Uno de los días en los que su hermano consideró desatarla durante unas horas y permitirle estirar las piernas por los escasos metros del sótano, escuchó lejana una conversación entre dos mujeres. Por la nitidez con la que aquellas palabras llegaban a sus oídos pudo calcular que no estaban lejos. Zehera miró ansiosa hacia la minúscula ranura situada en una de las paredes de aquella cueva que daba al exterior de la casa. Pensó en gritar, pedir ayuda. Quiso acercarse hasta aquella grieta, pero la cadena que Dino le había atado al cuello se lo impedía, aunque la dejaba a un metro escaso del pequeño surco por donde entraba el sonido de la calle. Tiró con fuerza de ella, como si estuviera convencida de que aquel collar de argollas de hierro cedería gracias a su ademán, como si esperase que la gruesa argolla insertada en la pared de piedra y que sujetaba la cadena se desprendiera y le permitiese su objetivo de llamar la atención de aquellas dos mujeres. Tenía la salvación a un paso, a un metro, a un solo grito, pero el miedo la enmudeció, la paralizó, le hizo renunciar. Sabía que un grito no bastaría para atraer la atención de aquellas dos desconocidas, pero sería más que suficiente para desatar la furia de su hermano, que no tardaría en bajar y poner en práctica sus continuas amenazas letales. No se equivocó. Pudo comprobarlo apenas unos segundos después de que todos estos pensamientos anidaran en su mente. Vio cómo la puerta del sótano se abría con violencia y cómo Dino descendía las escaleras. La encontró a un metro de la ranura, con las manos sobre la cadena de su cuello, en un intento tan desesperado como inútil de romper aquella férrea atadura que la mantenía cercada e inmovilizada como a un animal sometido.

—Nunca podrás hacerlo tú sola. Eres estúpida e inútil. No sé ni por qué me preocupo —le dijo mientras volvía a encadenarla de pies y manos—. No volveré a desatarte. No te lo mereces.

—¿Cómo puedes hacerlo? ¿Cómo puedes tratarme así? ¿Es que has borrado de tu mente todo lo que vivimos juntos? Dime, Dino, ¿te acuerdas alguna vez de Suhra? ¿Has llorado por ella? ¿Sentiste su muerte? ¿La buscaste alguna vez? ¿Os molestasteis en hacerlo? A mí no me engañas. Puedes insultarme, escupirme, golpearme. Puedes incluso violarme. ¡Adelante!, no serías el primero en hacerlo. Y hasta matarme si quieres, pero nunca me creeré que hayas cambiado tanto como para aniquilar al hermano que un día tuve. —Zehera pudo ver una legión de demonios proyectándose en las pupilas de su hermano.

—Tú no tienes ni idea de lo que una guerra puede llegar a cambiar a una persona. Hablas por hablar. Hablas sin saber, como todos los que adoctrinan sobre esta maldita guerra sin haber estado en ella. Tú no te quedaste bajo las bombas como lo hice yo. ¿Es que no has sentido nunca remordimientos?

—¿Por qué me odias tanto, Dino? ¿Por qué, si siempre cuidé de ti? —preguntó procurando que la emoción no ahogara su duda.

—¡Y quién habla de odio! Entre nosotros ya nadie odia a nadie. Pero tampoco nadie ama a nadie. Y eso te da una libertad digna de ser vivida. Solo detesto a los que vienen de fuera, a los que osan presumir ante nuestras narices de lo que un día nos robaron. Y eso solo tiene como respuesta la venganza. Y tú, hermanita, eres uno de ellos. Te has convertido en alguien distinto a nosotros y supones una amenaza. Y eso no puede traernos nada bueno.

—Pero ¿no te das cuenta de lo que han hecho contigo? ¡Escúchate! Lo que dices no tiene ningún sentido. La guerra terminó. Ahora toca vivir y dejar el pasado atrás, por mucho que nos hicieran. De lo contrario, habrán conseguido lo que tanto temíamos. Nos enterrarán en vida.

—Yo no puedo olvidar. Y tampoco quiero esta paz embustera. Lo único bueno es que no hay bombas, ni disparos, ni cuerpos que recuperar del río para enterrarlos al otro lado. Por lo demás, todo sigue igual. No hay trabajo, no hay dinero, no hay amigos ni familias. No hay nada. ¿Olvidar? Yo no puedo olvidar, hacer como si no hubiera pasado nada. ¡Yo estuve aquí, yo lo viví! ¿Sabes lo que dicen los que se niegan a volver a Visegrado? Que ni la nieve ha blanqueado lo suficiente el valle ni la primavera subió lo suficiente el cauce del río. Despierta, Zehera, y abre los ojos. Es todo una mentira. Esta tranquilidad, la paz que nos han vendido, la ayuda internacional, una burda mentira. Prefería la guerra. Al menos eso sí que era verdad. Nos mataban de verdad. Nos humillaban de verdad. Nos expulsaban de verdad.

—Te has convertido en uno de ellos. Y como ellos, pagarás por tus pecados, por esos que tanto te preocupaban cuando eras pequeño.

—¿Pagar por ellos? ¿Y dónde ves tú que alguien esté pagando por algo? ¿Quién les va a hacer pagar por los crímenes que cometieron, por lo que nos hicieron, por lo que me hicieron a mí o a ti o a Suhra? ¿El tribunal de La Haya, el Tribunal Penal Internacional para la Antigua Yugoslavia? ¿Lo harán los psicólogos que ayudan a las mujeres violadas, a los hombres castrados, a los huérfanos de guerra? ¿O será la todopoderosa comunidad internacional? —Una nueva risotada heló la sangre a Zehera, que no podía salvo escuchar atónita el discurso de su hermano—. Nadie lo hará. Han malgastado el tiempo y el dinero que nos correspondía a todos nosotros. Esos señores tan importantes de las grandilocuentes palabras y trajes caros nos han olvidado a todos. A los verdugos, a los que ni siquiera buscan, y a las víctimas, a los que ni siquiera miran a los ojos porque no vale la pena. Medio siglo después de la matanza, ¿pagó alguien por los sesenta millones de muertos de la segunda guerra mundial provocados por un puñado de complejos y frustraciones personales de unos pocos? Absolutamente nadie. Y lo mismo sucederá con los serbios. ¿No creerás que por unos cientos de miles de muertos que ha dejado nuestra guerra va a suceder algo? Se olvidarán. Como se olvida todo. O peor aún, los reubicarán en puestos más importantes, como hicieron con el responsable del campo de concentración de Omarska, el doctor Milan Kovacevic. Ahora es director del hospital de Prijedor y le encanta salir en la prensa jactándose de que el mundo no tiene nada que enseñar a los serbios en materia de campos de concentración. Esa es la justicia que les esperaba a los asesinos. Están todos muy cómodos en puestos de responsabilidad o viviendo como reyes en países extranjeros, con total impunidad, dando instrucciones para que la rentable maquinaria mafiosa que ellos organizaron no deje de engrasarse. Sé muy bien de lo que hablo. Lo he visto y lo estoy viviendo. Y no me quejo. Soy de los pocos que podrían pedirles algún favor y seguramente me lo concedieran... Incluso podría pedirles que te mataran, me ahorraría complicaciones. —Cuanto más le miraba y más escuchaba, menos reconocía Zehera a su hermano—. Se acabó la charla. Esto no tiene ningún sentido.

Le colocó la mordaza en la boca, apretándosela más fuerte que nunca. La anudó hasta tres veces. Después la observó durante unos instantes, aunque no añadió palabra alguna. Abandonó el sótano con la misma actitud con la que entró en él, no sin antes apagar la luz para dejar a su prisionera a oscuras, a merced de las tinieblas y sus fantasmas.

32

—Todo va a salir bien.

Por primera y última vez, las predicciones de Julia sobre el futuro más inmediato conocieron el más estrepitoso de los fracasos. La cara desencajada de su padre bastó para hacerles entender a Sara y a Bruno que todo había ido mal. Lo que no esperaban era el brutal mazazo que sintieron al escuchar la noticia de la boca de su padre.

—Mamá ha muerto. No se ha podido hacer nada. Ha muerto.

Sintieron que el corazón se les paraba en aquel fatídico instante, que sus pulmones se negaban a admitir la entrada de aire, que sus ojos se cubrían de una película de indiferencia opaca y sus oídos se aislaban del mundo exterior. Julia había muerto. No podía sucederles nada peor. Eran incapaces de sentir algún desarraigo mayor que aquel en el que les sumió su propio padre en los pasillos del hospital. Era el fin. La escenificación de lo imposible. La conspiración de lo absurdo.

Julia muerta. No era verdad. No podía serlo. ¿Qué iban a hacer sin ella?

El velatorio, el entierro, el luto, las condolencias desfilaron ante sus ojos como una película de cine mudo donde personajes inanimados se dejaban envolver por gestos exagerados, algunos incluso se intuían fingidos, teatrales. En definitiva, falsos. Esa era la percepción que invadía a los Castro, la irrealidad. La ausencia de la madre, de la mujer, de la esposa, lo había vaciado todo. También la vida de los suyos. Sara y Bruno se sintieron huérfanos aun sabiendo lo injusto que resultaría aquella sensación para su padre. Quizá era egoísmo, no se detuvieron a pensar en el daño que podían hacerle, pero tampoco podían hacer por cambiarlo.

Sin embargo, era precisamente él quien más desarrolló el sentimiento de orfandad. Jamás imaginó la hiriente soledad que le embestiría tras la desaparición de su mujer. Nunca se figuró que el dolor sería tan inhumano, que el agujero que se formó en la boca de su estómago en el momento en que el doctor Sayans cerró los ojos, minutos después de abrir el cráneo de Julia, fuera a expandirse hasta apoderarse de su alma rota, frágil, indefensa. No podía soportar el abandono vital en el que le había dejado su compañera durante tantos años y le costaba imaginar el modo de recomponerse.

La casa vacía, siempre a oscuras, lúgubre, silenciosa, encantada de recuerdos y fantasmas pretéritos, era la metáfora perfecta de su vida en aquellos momentos. Sara se esforzaba en compaginar su trabajo, su hogar, su matrimonio y su aún no anunciado embarazo con continuas visitas a Daniel, con la vana intención de ocupar, aunque solo fuera durante unas horas, algún espacio vacío. Bruno estaba a punto de terminar la carrera de Derecho y a sus veintitrés años recién cumplidos había comenzado a trabajar en un importante bufete en Madrid, justo cuando aparecieron los primeros síntomas de la enfermedad de su madre. Su nueva ocupación y los estudios le mantenían a kilómetros de distancia de su padre, aunque la comunicación por teléfono era diaria. A Daniel le encantaba hablar con su hijo. Era igual que Julia, incluso en su forma de hablar, de expresarse, en la manera de reírse, de escuchar, en su optimismo ante la vida. Hasta sus tonos sonaban idénticos.

Sin querer, sin previo aviso y sin anestesia alguna, la ausencia sufrida se multiplicó por tres y la soledad hizo herida en él. Por eso, cuando consideró firme su decisión, eligió un fin de semana para reunir a sus hijos en la casa familiar y hacerles partícipes de lo que estaba a punto de acometer.

—Vuestra madre me pidió algo antes de morir. Los dos lo sabéis porque estabais presentes cuando me hizo prometérselo. —Se llevó la copa de vino a la boca, bebió un pequeño sorbo que le sirvió poco más que para mojarse los labios, tragó y continuó hablando—: Me voy a Visegrado a buscar a Zehera. Tengo que encontrarla y asegurarme de que está bien. Es lo que vuestra madre quería. No importa lo que yo piense. Fue su última voluntad.

—Papá —se adelantó como siempre Sara, que después de mirar a su marido, sentado junto a ella, se dirigió a su padre posando una mano sobre la suya—, no creo que sea el mejor momento para hacer un viaje de esas características. Estás pasándolo muy mal. Todavía no estás preparado para algo así. Yo creo que es mejor que sigamos intentando localizarla por teléfono. Se me ha ocurrido que podemos llamar a Aldo para que procure él también acercarse con el taxista y trate de averiguar qué es lo que pasa, por qué nadie contesta a nuestras llamadas. Y luego, cuando todos nos encontremos mejor, pues sí, por qué no, ir a por ella, si es lo que quiere. Mamá lo comprendería.

—No lo creo. Ya sabes lo cabezota que era tu madre —dijo Daniel. Sus ojos no lograban desprenderse del velo de tristeza y soledad que los cubría desde la muerte de Julia. Le costaba sonreír, incluso forzar la mueca le suponía un tremendo esfuerzo.

—Yo creo que la tuya es muy buena idea, papá. —No le sorprendió el comentario de Bruno, lo esperaba, y le animó—. Hasta puede que te venga bien. Si soy capaz de arreglarlo en el despacho, me encantaría acompañarte. Lo mismo necesitas asistencia legal.

—Gracias, hijo. No sabes cuánto te lo agradezco. Y a ti también, Sara. Creo que comunicar con Aldo sería una buena idea. Sin duda nos ayudaría. No sé cómo no hemos pensado antes en esa posibilidad —se dijo contrariado.

—A ver, a ver —insistió Sara, que temió que sus palabras no se hubiesen entendido como ella esperaba—. Yo creo que nos estamos precipitando todos un poco. Por favor. Mamá acaba de morir.

—Hace casi dos meses que falleció tu madre. Precisamente por eso, Sara, tengo que cumplir con la promesa que le hice. Llevamos tres meses sin saber de Zehera y como decía Julia, todo esto es muy extraño.

—Creo que lo mejor será llamar al taxista amigo de mamá. ¿Cómo se llamaba? —Bruno se esforzó en recordar el nombre hasta que dio con él—. ¡Milan! Podemos quedar con él y con Aldo y que nos acompañen a la dirección donde se supone que está. También podemos hablar con la asociación de mamá para que nos den la dirección de alguna otra organización humanitaria que colabore con ellos en la zona. Y estoy seguro de que el alcalde estará dispuesto a echarnos una mano. ¡Espera! —La expresión del rostro de Bruno cada vez que se le ocurría una nueva idea era exacta a la que lucía Julia cuando daba con la pieza del puzle que se le estaba resistiendo—. El alcalde puede ayudarnos si es necesario algún tipo de presión. Y cuando vuelva el lunes al trabajo me enteraré de la clase de problemas legales que podemos encontrarnos allí. Y por supuesto, prepararemos todo el papeleo por si hace falta sacar a Zehera y a Teresa Alina de Bosnia de una manera apresurada.

—Creo que estáis yendo demasiado deprisa —insistió Sara.

—Si realmente está tan perdida como suponemos, no creo que Zehera esté de acuerdo contigo —comentó Daniel, dejando sin respuesta a su hija.

Semana y media más tarde, Daniel y su hijo Bruno, acompañados por dos abogados del bufete para el que este trabajaba, aterrizaron en el aeropuerto de Sarajevo. Allí los esperaba el taxista Milan Milicevic y Aldo, que se ofreció a guiarlos hasta el hotel que les había reservado él mismo para que todo estuviera dispuesto y resultase de su máximo agrado.

Los recién llegados se vieron gratamente sorprendidos ante lo inesperado de un atardecer perfecto, anaranjado, barnizado por una luz brillante y vaporosa que vieron emerger altiva desde el horizonte, como empeñada en iluminar aquella tierra. Esa imagen única, mágica, casi irreal logró emocionarles tanto que fueron incapaces de pronunciar una sola palabra por miedo a resquebrajarla. Ninguno de ellos pudo evitar que su mente viajara en el tiempo y situara en aquel mismo espacio el macabro y cruel escenario de una guerra que aniquiló mucho más que vidas humanas. El silencio podía entenderse como la conmoción del luto o como la mudez que da el reconocimiento de la cobardía colectiva.

Daniel respiró profundamente el aire de aquella ciudad y se vio sobrecogido por un escalofrío que le costó o temió entender. Primero lo atribuyó a que estaba más cerca de cumplir con lo que le prometió a Julia horas antes de su muerte. Pero existía otra razón: volvería a ver a Zehera, se reencontraría con ella después de todo lo que había pasado.

Empezaba a caer la noche en Sarajevo cuando la comitiva española estuvo lista para salir a cenar. Tal y como habían acordado por teléfono, sería conveniente que se reunieran a su llegada al país para preparar y ultimar los pasos que debían seguir. Aldo se encargó de actuar como distinguido anfitrión y guía experimentado —que era el oficio que tenía antes de que se declarara la guerra— y los acompañó al restaurante donde había realizado la reserva. Como si de una deuda personal se tratara, se empeñó en que fuera un lugar típicamente bosnio donde los hambrientos comensales pudieran degustar una variedad culinaria consistente en un estofado de ternera con coles —cuyo nombre Aldo insistió en repetir una y otra vez hasta que consiguió, por puro cansancio, que todos lo pronunciaran con mayor o menor destreza: «Bonsaki lonac, bonsaki lonac»—, burek (un exquisito pastel de queso, alimento indispensable en la sabrosa gastronomía bosnia), los cevapcici (un aromático plato hecho a base de carne picada a la brasa) y las pitas (empanadas de carne elaboradas al modo tradicional, al amparo de una tapa de metal en hornos de carbón que hicieron las delicias de todos). Nadie se resistió a la tentación que suponía el café en aquella tierra, una de las joyas del país —«Famoso en todo el mundo», remarcaba Aldo—, acompañado con el tufahije, un pastel de manzana con nueces y nata, y el baklava, una exquisitez confeccionada a base de hojaldre, frutos secos y miel.

En el transcurso de aquella cena, Aldo les confió que ya en una ocasión había visitado la casa de los padres de Zehera y que, al igual que Milan, notó un ambiente enrarecido y una actitud más que extraña en los padres de la joven.

—Tengo algunos amigos en esa zona a quienes he pedido que traten de conseguir algo de información sobre la casa y sus ocupantes. Según me han dicho, no es fácil acercarse a ella porque cada vez que alguien lo intenta, salen como fieras. No les hace gracia que nadie merodee por el exterior. Una vez incluso salieron armados, y a punto estuvieron de provocar un grave problema.

—Eso mismo me pasó a mí —intervino Milan—. Pero tenía las manos atadas, no podía hacer nada. Estaba en su propiedad y tenía todas las de perder.

—Lo que sí han podido escuchar en alguna ocasión son una suerte de gritos, de gemidos apagados que se acallan rápidamente. La verdad es que según me dicen, cuesta asegurar si se trata de los aullidos de un animal o si podrían ser los gimoteos de una persona. Es complicado. Por eso no se han atrevido a denunciar nada a la policía. Ya sabe usted —le dijo Aldo a Daniel, que no entendía por qué nadie había advertido de esa situación a las fuerzas de seguridad del pueblo—. Aunque la guerra terminó hace algunos años, las cosas no están como estaban. La gente sigue sin fiarse de los uniformes, de la policía. Es fácil de entender. Nadie quiere líos. Todavía está todo muy reciente y como esto se cerró como se cerró... Ya me entiende usted. Por mucho que intenten mirar hacia otro lado y hacer como si nada hubiera pasado, habrá de pasar mucho tiempo para que...

Daniel no le entendía, pero tampoco era esa su máxima preocupación. Él solo quería recuperar a Zehera, asegurarse de que todo estaba bien y si no era así, hacer lo imposible para llevarla de nuevo a España.

—¡Ah!, también quiero comunicarles algo —dijo Aldo después de beber un nuevo y generoso trago de su copa—. El hijo de Suhra, Ari, no sé si saben ustedes de quién les hablo... —El inmediato y compenetrado asentimiento de cabeza que Daniel y Bruno le brindaron le permitió continuar—. Guardo una relación especial con él desde que su madre... Y bueno, se ha mostrado muy interesado en conocer a Zehera y a ustedes, por supuesto. Me ha pedido que si damos con su paradero, que si logramos encontrarla, que por favor se lo hagamos saber. Estaría encantado de darle un abrazo después de tantos años. Según me contó, casi no se acuerda de su tía. Era muy pequeño cuando su familia se trasladó a Sarajevo, y luego esa maldita guerra, la muerte de sus padres... Han pasado demasiadas cosas. Es normal que el muchacho quiera abrazar al único familiar que le queda.

—Cuente con nosotros para lo que necesite, Aldo —le respondió lleno de sinceridad Daniel—. Pero dígame, el muchacho ¿no ha intentado ponerse en contacto con sus abuelos maternos? Viven en Visegrado, y no solo ellos. Si no recuerdo mal, Zehera y Suhra tenían un hermano pequeño, y por lo que me contó ella antes de salir de España, seguía viviendo con sus padres...

La sonrisa forzada y triste de Aldo hizo temer a los comensales que quizá aquella pregunta no había resultado muy oportuna.

—No tiene familia. Y de esos a los que usted se refiere no quiere ni oír hablar. Suhra nunca me lo contó con detalle. Y es raro, porque nos contábamos todo mientras esperábamos en el refugio a que cesaran las sirenas y los bombardeos. Sin embargo, nunca logré conocer con exactitud lo que pasó entre ellos. Lo cierto es que Ari no desea verles. En cambio, con Zehera... —La mirada de Aldo quedó perdida en un punto indefinido del restaurante. Sin duda sus recuerdos le estaban transportando a otro tiempo, y a juzgar por la media sonrisa que iluminó su gesto, era uno agradable—. Suhra no dejaba de hablar de ella, ¡y cómo disfrutaba haciéndolo! Era como si saborease el mejor manjar del mundo después de meses sin llevarse nada a la boca. Su risa se volvía contagiosa cuando recordaba los momentos que vivió junto a su hermana en Visegrado. Fíjense que yo pensé en más de una ocasión que más que hermanas parecían las mejores amigas del mundo, por la admiración, el cariño, yo diría incluso la veneración, que sentían la una por la otra. Bueno, yo no conozco a Zehera más que por unas pocas conversaciones telefónicas, pero por lo poco que ha llegado a mis oídos, la devoción era mutua. Ari siempre recuerda las historias que su madre le contaba y por eso quiere conocer a su tía. Volver a encontrarla. Me consta que desea abrazarla más que nada en el mundo. —Aldo bebió de su copa de aguardiente como si fuera agua—. Se sentirá feliz si damos con ella.

—Por supuesto que daremos con ella —respondió Bruno, que parecía haberse tomado aquella aventura como la primera en la lista de asuntos por resolver—. No dude que lo conseguiremos, ¿verdad, papá? —preguntó mirando a Daniel, que asentía con la cabeza—. ¿Sabe una cosa, Aldo? Ari no es el único al que le vendría bien darle un abrazo a Zehera.

Daniel observó en la mirada de su hijo la misma bondad que durante años contempló anidada en los ojos de su madre. La tajante afirmación de Bruno había logrado que su maltrecho corazón diera un vuelco, aunque no escondía ningún fantasma malintencionado: era imposible que sospechara lo que sentía por aquella joven bosnia que un día apareció en sus vidas y cuya desaparición les había obligado a volar a Sarajevo. Estuvo a punto de verse lapidado por el sentimiento de culpa que desde hacía unas semanas martirizaba su conciencia. Sabía que su viaje al corazón de los Balcanes no respondía únicamente al deseo formal de cumplir la promesa que le hizo a Julia; su anhelo iba más lejos y ambicionaba un mayor recorrido que no se atrevió a confiar a nadie. El solo hecho de imaginarlo le avergonzaba como a un adolescente. Le abochornaba que el dolor que sentía por la pérdida de su mujer entrase en desleal competencia con la tenaz aspiración de estrechar una vez más a Zehera entre sus brazos, de sentir cómo sus labios temblaban ante la inminencia de un beso. Aquellos pensamientos le asaltaban en mitad de su soledad; le intimidaban, conseguían amedrentarle como si de un castigo se tratara, pero enfrentarse a su inconsciente le resultaba demasiado difícil.

Aún tardaron dos días en iniciar el viaje a Visegrado. Los abogados querían asegurarse de ir bien preparados, mínimamente respaldados y, sobre todo, de contar con el beneplácito y el apoyo policial y legal necesario en caso de que sus temores tomaran cuerpo. Antes de salir de España habían tanteado el terreno en lo posible, y habían puesto sobre aviso a varias organizaciones sociales y políticas; incluso el alcalde de Pazo do Riba, sacudido como todos por la reciente muerte de Julia y movido por su recuerdo, había conseguido que el primer edil de un pueblo cercano a Visegrado con el que tenían previsto hermanarse próximamente facilitara en lo posible apoyo y asistencia a la comitiva española si la situación lo requiriese. También Aldo y especialmente Milan habían tanteado a sus contactos y contaban con unos nombres dentro de las fuerzas de seguridad del pueblo y de la comarca que les ofrecían ciertas garantías.

La sensación de que algo grave estaba a punto de suceder enrarecía el ya de por sí denso ambiente de los vehículos en los que viajaba el cortejo. Durante el trayecto que les llevó desde Sarajevo a Visegrado, nadie sintió la necesidad de hablar, ni una palabra rompió el sigilo que parecía haberse convertido en la consigna tácita del peculiar séquito. Todos parecían ensimismados en sus pensamientos, envueltos sin duda en arduas elucubraciones sobre qué les tendría preparado el futuro inmediato en el lugar del destino y cuál sería el mejor modo de hacer frente a los posibles embistes. Desde que había aterrizado en la capital bosnia, el siempre afable y calmado organismo de Daniel no lograba someter sus nervios, dominar sus impulsos, calmar sus desconocidos arranques de impaciencia, subyugar su estado de agitación permanente y oprimir sus arrebatos de inquietud. Su proverbial sosiego cedía sin apenas resistencia ante la explosión de sentimientos que había elegido poner a prueba su cuerpo.

Todavía era temprano cuando llegaron a la ciudad. La apariencia fantasmal del pueblo a aquellas horas de la mañana no respondía a una valoración preconcebida de los recién llegados, sino más bien a una realidad que contribuyó a estremecerles aún más. Aquella imagen de abandono gélido que presentaban las calles de la ciudad, el despoblado de sus plazas, la imposibilidad de ver un alma paseando por los caminos, ni siquiera el deambular de un perro callejero, el aspecto desolado de la mayoría de las casas —en cuyo interior apenas se podía vislumbrar alguna luz encendida o una columna de humo escapando por las chimeneas—, el tono gris que esmaltaba la mañana en el pueblo... Nada invitaba a abrazar buenos presagios.

El mutismo lo rompió Milan cuando decidió señalarles a todos dónde estaba exactamente el caserón que buscaban. Apenas le separaban unos metros. Tal y como habían acordado el día anterior, Daniel sería quien se presentara en la puerta de la casa y preguntase por Zehera con la máxima normalidad que el control de sus nervios le permitiera. Bruno se ofreció a acompañar a su padre después de convencer a todos de que la presencia de dos personas en el recibidor de la casa impondría más, al menos de primeras, a quien fuera que abriese aquella puerta. En su interior estaba seguro de que así ayudaría a su padre, de que le dotaría de un valor que quizá en solitario no fuera capaz de mostrar. Daniel escuchó las últimas recomendaciones de sus compañeros de viaje sobre la conveniencia de no perder los estribos, de no ceder a las provocaciones de los inquilinos de aquella vivienda, de no avasallarles.

—Tan solo queremos ver su reacción y si es posible, escuchar o presenciar algo que nos facilite una pista de lo que está pasando ahí dentro. A la mínima señal de peligro, os retiráis. Volvéis rápidamente al vehículo. —La voz de Aldo, siempre con el refuerzo mudo de Milan, sonaba más grave e impetuosa que nunca. Daniel entendió por qué en pleno sitio de Sarajevo, en mitad de las sirenas, las bombas y la huida precipitada a los refugios, se había convertido en el cabecilla y líder protector del grupo de personas, entre ellas Suhra, que se había visto cercado por la guerra en su propia casa—. No queremos héroes. Ya hemos tenido bastante y la mayoría están enterrados en pueblos como este.

—Descuida —asintió Bruno al ver que su padre rehusaba articular palabra, hipnotizado ante aquella casa cuyo portón estaría aporreando en apenas unos minutos—. Solo queremos recuperar a Zehera. No queremos nada más.

—Si alguien tiene que entrar a la fuerza en esa casa, no seremos nosotros. Tanto Milan como yo sabemos a qué puertas llamar si la situación se desborda. Pero serán ellos y no nosotros los que lo hagamos, ¿entendido? —La insistencia de Aldo tenía su razón de ser, pero Daniel ni siquiera la escuchó. En su interior resonaban otras sirenas, otros anuncios, otras voces que acallaban el resto.

Cuando se apearon del coche, aparcado a unos cuantos metros de la extraña vivienda para no levantar suspicacias, el frío matinal se estrelló contra la cara de Daniel y Bruno. Padre e hijo caminaban despacio, uno al lado del otro, sin intercambiar más palabras que las que salieron de la boca del segundo al llegar a las escaleras del porche.

—¿Estás bien, papá?

—Perfectamente —contestó sin saber muy bien lo que estaba diciendo.

Fueron tres golpes secos los que el puño de Daniel asestó contra la puerta de madera. La primera terna de llamadas no obtuvo respuesta, por lo que tras esperar unos segundos en silencio y con el corazón en vilo, volvió a repetir el mismo reclamo. Hicieron falta tres tandas de golpes, esta vez más seguidos, para que los sentidos de Bruno y Daniel percibieran algo de movimiento en el interior de la casa. A través de la puerta pudieron oír una suerte de murmullos, que por supuesto no lograron entender. Decidieron llamar de nuevo con más insistencia. La operación apenas duró unos minutos, tiempo suficiente para que la intranquilidad anidase en el cuerpo de Daniel y este finalmente optara por acompañar los golpes con una frase imperativa.

—¡Abran la puerta! Sabemos que están ustedes ahí dentro. ¡Abran la puerta!

Sabía que su comportamiento era absurdo: los que estaban detrás del portón no iban a entender lo que acababa de decir en un perfecto y claro español. Sin embargo, confiaba en que el tono empleado no dejara ninguna duda sobre la urgencia. En lo que no pensó fue en la reacción que su airada protesta motivó a dos metros de profundidad: por supuesto que nadie en la casa comprendió lo que aquel hombre gritaba mientras aporreaba la puerta, pero sí lo hizo Zehera, que no solo lo entendió perfectamente, sino que reconoció sin problemas la voz de Daniel. Llevaba días en los que ni siquiera hablaba a sus captores, ni les dirigía una mirada suplicando compasión, ni respondía a sus provocaciones. Tampoco comía, ni se movía del lugar en el que Dino solía colocarla cada vez que bajaba al sótano a controlar su situación. Al chico no se le había escapado que su hermana llevaba varios días entregada a la derrota, vencida, dominada, y aquello le henchía de orgullo y complacencia. Por fin había logrado someterla como habían hecho con él tantas veces. No pudo imaginar que su victoria sería su condena, su más clara derrota. Quizá por eso durante los últimos días había mantenido las cadenas que la maniataban, pero no así la mordaza y la capucha que durante un tiempo se habían convertido en una segunda cárcel para su hermana.

La voz de Daniel llegó hasta sus oídos clara, transparente y envuelta en un espíritu redentor. Esta vez no esperó a distinguir si lo que escuchaba era fruto de una alucinación, si resultaría ser la quimera de un estado febril en el que se sentía arder desde hacía unas semanas. Aquel sonido le pareció milagroso pero real como su encierro y como la humillación a la que la estaban sometiendo. Por eso no dudó un segundo en gritar su nombre con todas sus fuerzas. Lo hizo con tal potencia que notó que sus cuerdas vocales se rompían, que algo en su garganta le raspaba, le hería como si un cuchillo le atravesara. Chilló una y otra vez, dejando en cada bramido parte de su aliento, de su vida y el resto de esperanza y confianza que pudo encontrar en sus ya mermadas reservas.

—¡Danieeel! ¡Danieeel! ¡Estoy aquí! ¡Daniel! ¡Aquí abajo!

Selma ya había cedido a la imperiosa petición de los extraños y había abierto la puerta, ajena a lo que en realidad se le venía encima, mientras reclamaba explicaciones del alboroto organizado. En aquel momento, la voz de Zehera, aunque lejana y extrañamente disfrazada por la distancia y la profundidad, inundó todos los sentidos de Daniel; logró despertarlos como lo hubiera hecho el impacto de la bomba más potente. Ignorando los sabios consejos de Aldo y ante la sorpresa de su hijo Bruno, empujó la puerta con todas sus fuerzas, desplazó lo suficiente el cuerpo de aquella mujer que no dejaba de gritar y consiguió entrar hasta el recibidor de la casa. Desde allí pudo escuchar con mayor claridad aquella voz que le llenó de esperanza.

—¡Zehera! ¡Zehera! ¿Dónde estás? ¡He venido a por ti! ¡Zeheraaa!

La insospechada presencia de Edin abortó sus alaridos: palo en mano, los amenazaba para conseguir que salieran de su casa. Ayudaron los brazos de Bruno, que, siendo más consciente que su progenitor del peligro que corrían, logró arrastrarle no sin esfuerzo hasta la salida. Para cuando Dino llegó al sótano y cubrió el escuálido cuerpo de su hermana, que continuaba desgañitándose, ya era demasiado tarde. Incapaz de hacerla callar con las manos y a base de certeros golpes, el joven sacó una pistola de la parte trasera del pantalón, colocó el cañón sobre la sien de su hermana, quitó el seguro y sin titubear le informó sobre sus intenciones.

—Como grites, te mato.

La amenaza, pronunciada entre sudores y jadeos coléricos, fracasó.

—¡Daniel! ¡Danieeel!

Ya casi fuera de la casa, a punto de abandonar el porche entre los insultos y los aspavientos de los padres, todos pudieron escuchar lo que sin duda era un disparo. La parálisis pareció contagiarlos a todos. Daniel intentó entrar de nuevo a la casa, pero Bruno se lo impidió.

—Vámonos, papá —suplicaba—. Vamos a pedir ayuda. Llamemos a la policía. Ellos se encargarán. Nosotros no podemos hacer nada.

—Zehera está ahí dentro, ¿no lo entiendes? Para cuando volvamos con la policía puede que sea demasiado tarde.

Bruno tuvo que luchar con su padre para arrastrar su cuerpo hasta el jardín, donde encontró la ayuda de los brazos de Milan y de Aldo. Los otros dos abogados del bufete le esperaban al volante de los dos coches. Cuando por fin lograron entre varios meter a Daniel en uno de los automóviles, Milan y Aldo ya estaban llamando a sus contactos para que la policía se personara cuanto antes en aquella lúgubre vivienda. Todos habían escuchado la detonación y ninguno dudó de la naturaleza de aquel estridente sonido. El desasosiego era patente en sus rostros, pero ninguno se atrevió a comentar lo escuchado, excepto Daniel.

—¿Lo habéis escuchado? Ha sido un disparo. Zehera puede estar... ¿Lo habéis escuchado? Ha sido un disparo...

Todos asintieron con la cabeza. En silencio. Con la fatalidad velando sus miradas.

33

En la casa todo había quedado en un silencio tenebroso. Los padres permanecieron un segundo apoyados contra la puerta, que por fin habían conseguido cerrar, como apuntalando la intimidad con forma de delito que habitaba entre aquellas cuatro paredes. No se atrevieron a mirarse, no querían imaginar las consecuencias de aquel disparo. Luego ambos se encaminaron hacia la trampilla del sótano en busca de respuestas, pero no les dio tiempo a bajar. Dino subía las escaleras con el gesto completamente desencajado por la impresión de lo que acababa de protagonizar, como si su disparo le hubiese sorprendido a él mismo. En una de las manos llevaba el arma aún caliente. Sus padres se extrañaron al verle, ya que conocían cómo tuvo que sobrevivir durante la guerra.

—¿Qué ha pasado? —preguntó su madre ante el silencio de Edin, que parecía no tener nada que decir ni deseo de explicación alguna—. ¿Y Zehera? ¿La has...? ¿Está muerta?

La única respuesta que consiguió fue la mirada desorbitada de su hijo, que se encaminó hacia la cocina, dejó el arma sobre la mesa de madera y colocó la cabeza bajo el grifo del fregadero, donde la mantuvo algunos minutos.

—Te creía más valiente —le reprochó Selma en cuanto regresó de inspeccionar el sótano—. Ahora tenemos dos problemas. Pronto vendrá la policía a meter las narices y hacernos preguntas que mal vamos a poder responder. Si al menos...

Dino no se molestó en variar su posición. Siguió con la cabeza bajo aquella diminuta columna de agua que ya le había empapado parte del cuello y de la espalda. Mantenía los ojos abiertos y fijos más allá del cristal de la ventana que tenía enfrente.

A través de ella vio cómo dos coches de policía se acercaban en dirección a su casa y cómo estacionaban en el jardín. Recordó que justo allí fue donde Sasa Ludonovic, casi once años atrás, aparcó su Passat rojo y obligó a salir de él a una Zehera en estado lamentable. No se inmutó, ni cejó en su postura bajo el grifo. Tampoco alertó a sus padres para que salieran corriendo por la puerta trasera de la casa, donde con toda seguridad los aguardaban otros coches patrulla. Cuando escuchó la entrada de la policía, se incorporó tranquilamente y empezó a secarse la cabeza de manera pausada con un trapo de cocina. Allí le encontró uno de los hombres uniformados, un policía a quien Dino conocía bien, ya que había ayudado a su padre a escapar río abajo cuando los soldados serbios le hirieron y le arrojaron a las aguas del Drina.

—Dino, ¿qué está pasando aquí? ¿Dónde está tu hermana? Nos han dicho que la han escuchado gritar y luego han oído un disparo. Han denunciado que la tenéis secuestrada. ¡Dino! —volvió el policía a reclamarle su atención—. ¡Contéstame!

—Amir —le preguntó mirándole a los ojos y sin inmutarse ante el arma que le encañonaba—. ¿Te ha contado tu padre por qué nunca regresó para darme las gracias por haberle salvado la vida? ¿Te lo ha contado al menos a ti? A mí nunca me dijo nada.

—¿Dónde está tu hermana, Dino? —insistió el policía aún confundido por la respuesta del que consideraba amigo.

—¿Y dónde está tu padre, Amir? —insistió Dino.

El resto de los policías que habían entrado en la casa obligaron a los padres a colocarse contra la pared, con menos delicadeza y sin tantos miramientos como los que mostraba su compañero Amir en la cocina. Mientras, tres agentes bajaban armados al sótano de la casa, donde Selma al fin había admitido que tenían cautiva a su propia hija. Otros dos agentes se encargaban de evitar que Daniel y Bruno entraran en la casa como intentaban hacer desde que la policía se había hecho cargo de la situación.

—No pueden pasar. Por favor, esperen fuera. Aquí no hacen más que molestar —les traducía pacientemente Milan en el mejor inglés que pudo, y Aldo en el poco español que recordaba de su estancia en Barcelona.

Cuando Amir sacó esposado a Dino de la casa, Selma le miró con el mismo odio con que había mirado durante semanas a su hija mediana. Con las muñecas esposadas al igual que Edin, vació su conciencia sobre su hijo.

—Todo esto es culpa tuya. Siempre has sido un cobarde.

—No, madre —respondió Dino—. Todo esto ha sido culpa de ustedes. Siempre lo fue.

Daniel estaba nervioso. Hacía demasiado tiempo que los agentes habían bajado al agujero donde se suponía que se encontraba Zehera y todavía nadie había salido de él. Muy al contrario, dos médicos habían bajado con una camilla y material facultativo, ignorando su oferta —«Soy cirujano, ¡puedo ayudarles!»—. Tan solo habían pasado unos minutos desde que había comenzado todo, pero la inquietud de los presentes y la falta de información conferían a la espera sensación de eternidad. Todavía no sabían si estaba viva o muerta.

Cuando por fin los agentes la sacaron tumbada en una camilla, inmóvil y con los ojos cerrados, Daniel se temió lo peor. Su expresión no tardó en delatarle y uno de los doctores que la acompañaban se acercó a informarle: se encontraba bien, aunque habían decidido sedarla por el estado de ansiedad que presentaba cuando la encontraron.

—Está bien. No tiene heridas de consideración. Tan solo presenta un cuadro de deshidratación y desnutrición severa y algunas heridas en las muñecas y en los pies por las cadenas con las que la mantenían atada. —El rostro de Daniel se plegaba ante el parte de aquel colega—. Se recuperará. Solo necesita descanso y atención.

Fue Milan quien le tradujo también la intención de conducirla a un centro médico de la ciudad donde la someterían a un reconocimiento general. Si no había nada oculto, le darían el alta en poco más de veinticuatro horas.

Cuando aún no había digerido el estado en el que se encontraba Zehera, sin apenas tiempo para asimilar qué tipo de barbaridades habían tenido lugar en aquel sótano, Daniel observó con preocupación que la mayoría de los policías salían de la casa y comenzó a gritar.

—¡No, no, no! Todavía no pueden irse. Falta una niña. Una niña pequeña, de diez años. Teresa Alina, la hija de Zehera... No muy alta, morena, con unos ojos enormes y muy callada. ¡Tienen que encontrarla!

—Aquí no hay nadie más —le comunicó uno de los policías alertado por sus gritos y sus gestos—. Hemos mirado por toda la casa. No sabíamos que había alguien más.

—Milan, Aldo, decidles que falta la pequeña Teresa —insistía fuera de sí Daniel—. Tú la viste, la llevaste en tu taxi. Sabes que había una niña.

—Por supuesto. Falta una niña —les decía insistentemente a los agentes—. Falta una niña, una pequeña.

—Sí. Pero aquí no está —repetía el agente. El policía al mando dio la orden de que interrogaran a los detenidos sobre la pequeña e iniciaran rápidamente su búsqueda.

Amir, que todavía custodiaba a Dino, se dirigió a él.

—¿Dónde está la niña?

—Está con su padre. De viaje —respondió con la misma frialdad que mostró desde que la policía entró en su casa.

—Estás mintiendo —acertó Amir.

—Solo miento al decir que está con su verdadero padre. Lo demás es cierto. La mocosa se fue con ellos. Para ser exactos, fue su familia quien se la llevó. O al menos se presentaron como amigos de la familia de Aleksandar. Lo que hayan hecho con ella no es asunto mío.

—Eso ya lo veremos, Dino. —Amir se quedó mirándole durante unos segundos, mientras negaba con la cabeza—. Deseas tanto la guerra que eres incapaz de entender que todo eso se acabó. Estás enfermo.

—Y vosotros, aunque lo creáis, no estáis curados. Este cáncer no se extirpa de la noche a la mañana. Ya me lo contarás. A su debido tiempo.

Pese a las recomendaciones de Bruno, Milan y Aldo, e incluso del personal médico del centro hospitalario, para que pasara la noche en el mismo hotel que el resto, Daniel prefirió aguardar junto a la cama donde descansaba Zehera. Seguía dormida, con la cabeza ladeada sobre la almohada, enfatizando el contraste entre el blanco del almohadón hospitalario y el azabache de su cabello. A pesar de que su piel lucía más pálida que de costumbre, sin duda por la falta de sol durante su cautiverio, sus mejillas se marcaban sonrosadas. No así sus labios, que Daniel recordaba recubiertos de un rojo vivaz, y que ahora mostraban el mismo aspecto del mármol, sin olvidar las pequeñas heridas en forma de costra que se habían formado en ellos. Había perdido mucho peso, los huesos se le marcaban en el cuerpo, pero ni siquiera así perdía un ápice del enigmático atractivo que la había acompañado durante toda su vida y que aún lo hacía a pesar de los avatares.

Observándola con detenimiento, Daniel se animó con una tercera promesa. Había sido capaz de cumplir las otras dos, y muy mal se le tendrían que poner las cosas para no poder enfrentarse a una nueva: nunca más permitiría que aquella muchacha se viera atrapada en otra encrucijada del destino, en una nueva fatalidad sangrante. Consideró que había cubierto el cupo y que aquel débil y escurridizo cuerpo que yacía entre las sábanas blancas del hospital no merecía más sufrimiento que el que ya llevaba grabado en su piel y en su memoria de por vida.

Cuando Zehera abrió los ojos, despacio, como si temiera descubrir el lugar en que el destino la habría colocado esta vez, descubrió a Daniel de rodillas, a su lado y con la cabeza baja. En un primer momento creyó que se había quedado dormido en aquella incómoda postura, pero un leve movimiento le hizo ver que no era así: tenía cogida una de sus manos y la acariciaba levemente, como si buscara entre ellas algo de cuya conveniencia aún no estaba seguro. Sus dedos rozaban las heridas que le habían producido las cadenas durante su cautiverio. Zehera guardó silencio durante unos segundos por miedo a romper aquella ilusión, por miedo a que solo fuese un espejismo. Habría callado de por vida si así le aseguraban que estaría para siempre en aquella posición y con idéntica compañía. Algo se lo impidió.

Los ojos color miel de Daniel se encontraron con los faros verde esmeralda sobre los que tanto aventuró la abuela Mirsa. Por fin las palabras de la anciana se tornaron proféticas y aquellos ojos le devolvieron la belleza que podía tener la vida: Daniel. No había otra que deseara más.

—¿De verdad eres tú? ¿Estás aquí conmigo o eres un sueño? No sabes lo que he delirado contigo todo este tiempo. —Zehera hablaba empujada por la inconsciencia; no sabía si aquella figura que se apoyaba sobre su cama era real o no—. He pensado en ti más que en nadie. Es tan absurdo. Tan injusto. Y duele tanto.

—Soy yo. Estoy aquí. Oíste mi voz como yo escuché la tuya que me llamaba, y eso no era ninguna ilusión. —Daniel tomó sus dos manos y las besó—. No me moveré de tu lado jamás. Te lo prometo. Si tú me lo permites...

—¿Y mi pequeña, Daniel? ¿Y Teresa Alina? ¿Dónde está?

No pudo seguir hablando. Los ojos de Zehera volvieron a cerrarse obligados por el cansancio y los tranquilizantes que le habían administrado.

A la mañana siguiente tuvo lugar un nuevo despertar distinto al de la víspera. Ninguno de los dos pudo o quiso recordar las palabras que pronunciaron entonces: narcotizadas por los primeros rayos de luz, parecían dormir el sueño de los justos.

Despacio, poco a poco, como si por primera vez en la vida nada apremiara sus acciones, Zehera comenzó a abrir los ojos, a desperezarse, a examinar detenidamente la habitación en la que se encontraba y a observar a las personas que en ese momento la acompañaban expectantes. La visión de Bruno y de Daniel se tradujo en una sonrisa infantil, del todo tranquilizadora, que ellos no dudaron en imitar y les dio luz verde para interesarse por su estado.

—¿Cómo te encuentras, guapa? Ya estás a salvo. Estamos aquí contigo.

—Bien. Un poco atontada, pero no pienso quejarme. —Durante unos segundos pareció buscar más de una respuesta en la mirada de sus dos acompañantes—. ¿Dónde está mi pequeña? ¿Está aquí? ¿Qué habían hecho con ella? ¿Está bien? Quiero verla. Necesito verla.

—Está todo bajo control —mintió Daniel, siguiendo las precisas indicaciones de los médicos, que le aconsejaron no comunicarle en un primer momento el secuestro de su hija: aquella noticia podría complicar su recuperación y más teniendo en cuenta que la policía estaba entregada al cien por cien a las labores de investigación y confiaban en dar con el paradero de la pequeña en un breve espacio de tiempo—. Todos están trabajando para que muy pronto podáis estar la una con la otra. Tú solo preocúpate de recuperarte para cuando llegue ese momento.

Le creyó, Zehera nunca dudaría de sus palabras. Pero parecía que no era aquello lo único que le rondaba por la cabeza. Ya más tranquila, la joven escudriñaba la sala, miraba en derredor y al fin la pregunta llegó en forma de dardo.

—Y Julia, ¿dónde está? ¿Ya ha encontrado a quien ayudar en los pasillos del hospital? —Miró sus caras sin dar crédito, en un principio, a lo que sus gestos agarrotados transmitían—. No me engañéis —pidió divertida, buscando una complicidad en aquellas caras que la observaban compungidas—. Sé que está aquí. No me vais a hacer creer que no ha venido, porque es imposible. Ella no me dejaría por nada del mundo. ¡No se lo perdería en la vida!

El ademán cabizbajo que compartían sus dos acompañantes empezó a inquietarla. Cuando vio cómo Daniel se acercaba afligido hasta el extremo de su cama para acomodarse junto a ella y cogerle la mano, una ola de calor convertido en sudor frío le recorrió la piel y pudo sentir que el nudo que creyó desterrado de su estómago comenzaba de nuevo a exigir su lugar. Era absurdo ocultárselo por más tiempo. No le había dicho toda la verdad sobre su hija, pero no podía mentirle con esto o jamás volvería a confiar en él.

—Ha pasado algo... —La garganta se le secó y tuvo la impresión de que sus cuerdas vocales engullían por completo su cada vez más endeble voz. Sentía que iba a ser incapaz de hilvanar las palabras, incapaz de confeccionar frase alguna. En un gesto desesperado, miró a su hijo en busca de un apoyo que en aquel momento creyó necesario. Luego recompuso su actitud y fijó su mirada en Zehera, que ya sabía que la información que le tenían preparada no iba a gustarle—. Julia... Julia ha muerto. Cuando llegó de Bosnia comenzó a sentirse mal. Se mareaba continuamente, sangraba por la nariz, sufría fuertes dolores de cabeza, tenía problemas de coordinación, se le olvidaban las cosas... La sometimos a unas pruebas médicas y sucedió lo peor. Un tumor cerebral. Todo fue muy rápido. No hubo tiempo para nada. Se fue en pocas semanas.

Zehera negaba una y otra vez con la cabeza, de forma mecánica. Estaba claro que aquello no podía ser cierto. No estaba preparada para recibir una noticia semejante y su mente se limitó a rechazarla por inverosímil. La vida no podía presentarse con un perfil tan desalmado e injusto. No podía salir de un agujero negro y profundo para adentrarse en otro. Aún aturdida por la noticia, observaba a Daniel sin apenas verle, sin siquiera escuchar los detalles que le estaba ofreciendo sobre la muerte de su mujer. «¿Julia muerta? Imposible. No puede ser. Debe de tratarse de un error. Se han confundido. O me están gastando una broma pesada y absurda que nunca podré perdonarles. Julia no puede estar muerta. Yo lo habría notado de alguna manera. El mundo lo habría notado.» Mientras esas explicaciones irracionales se enredaban en su cabeza, su mirada se dirigió a la puerta de la habitación, que permanecía cerrada. Se quedó un buen rato observándola, esperando ver a Julia en el umbral con un ramo de rosas rojas en la mano, subiéndose las gafas de concha marrón que siempre se le caían del puente de la nariz, hablando sin parar y regañándola por haberse separado de su móvil. Pero nada de eso sucedió. Sus retinas no pudieron contemplar nada de lo que su cerebro imaginaba.

El cuerpo de Daniel se tensó ante la inminente amenaza de una crisis de ansiedad o cualquier otra reacción del organismo de la joven, incapaz de asimilar la brutal noticia. Su espalda se irguió y quizá llevado por la alerta profesional que solía advertir en esos casos, decidió incorporarse y mantenerse de pie junto a la cama, cediendo a una mínima inclinación sobre la paciente.

—No puede ser. —Los ojos de Zehera le rogaban que cambiara aquella situación—. Dime que no es verdad, que Julia está bien.

—Iré a por un poco de agua. —La propuesta de Bruno fue bien acogida por su padre, que agradeció la idea con un sutil asentimiento—. Nos vendrá bien a todos. —Antes de abandonar la habitación, se acercó a Zehera y le dio un beso. Se llevó en los labios el sabor salado de las lágrimas que ya se deslizaban por sus mejillas.

—Daniel... pero cómo... No puede ser... No es justo. —Las palabras parecían enredarse en su boca; no quería que se hicieran realidad al tocar los oídos ajenos—. ¿Y ahora qué?

—Me hizo prometerle que vendría a buscarte. No paró hasta que lo consiguió, ya la conoces. Ella sabía que algo te pasaba, que no estabas bien, que no habías podido desaparecer sin dar ninguna explicación. Y también era consciente del poco tiempo que le quedaba. —Daniel respiró hondo, en un gesto de reanimación que pareció funcionar, y se enjugó las lágrimas con los dedos de la mano derecha—. Se lo prometí y aquí estoy para llevaros de nuevo a casa. A ti y a Teresa Alina.

Cuando Bruno regresó con tres pequeñas botellas de agua, se detuvo en la entrada de la habitación. Decidió congelar su presencia, retrasarla aunque fuera por unos minutos y respetar así el consuelo que su padre intentaba ofrecer a Zehera. Se quedó observando el abrazo con el que Daniel pretendía contener el desplome anímico de la joven. La pérdida de Julia había sido duro para todos y todo indicaba que nunca dejaría de serlo.

34

Quizá fuese por el uniforme y el infausto recuerdo que su memoria guardaba de ese tipo de prenda, pero Zehera no se encontraba cómoda ni mucho menos tranquila al verse rodeada de policías que intentaban ponerle al día de las últimas averiguaciones sobre el caso. Sabía que su resquemor no era justo, ya que hacía poco más de dos días fueron esos mismos hombres uniformados los que consiguieron sacarla del agujero donde su familia la mantenía secuestrada. Pero el desasosiego que sentía en presencia de aquellos hombres era algo incontrolable. Apretaba la mano de Daniel en busca de la serenidad que anhelaba su cuerpo. No se habían separado desde que le dieron el alta hospitalaria, un día más tarde de lo que le advirtieron los médicos en un primer momento: durante cuarenta y ocho horas estuvieron sometiéndola a todo tipo de pruebas, análisis, evaluaciones y reconocimientos que le hicieron sentirse incómoda e impaciente.

Supo que sus padres y su hermano habían sido detenidos y puestos a disposición de un juez que ordenó su inmediata entrada en prisión. En poco tiempo se celebraría el juicio y sus propios abogados no eran muy optimistas en cuanto a las condenas. Cuando supo que su familia estaba entre rejas, no pudo dejar de estremecerse, en especial por Dino. Aunque no era aquello lo que le impedía respirar con tranquilidad, ni le robaba su frágil sueño, ni le mantenía cerrado el estómago. Tampoco era aquello responsable de los marcados surcos de dolor y angustia dibujados en su rostro. La desaparición de Teresa Alina la estaba consumiendo más de lo que lo hizo su propio cautiverio, al menos, esa era la impresión que tenía. No sabía dónde estaba su hija, y por mucho que Bruno, Aldo, Milan y el propio Daniel le asegurasen que la policía estaba dando máxima prioridad a su búsqueda, ella no podía resistirse a esperar noticias en la habitación de un hotel o, como un policía se atrevió a sugerir, en su casa de España.

—Pero ¿por qué no fuerzan a mis padres o a mi hermano a decir qué es lo que han hecho con ella? ¡Oblíguenles a hacerlo! —les pedía desesperada—. Seguro que ustedes saben cómo. Ellos lo saben. ¡Ellos saben dónde está mi hija! La odiaban, los tres la miraban con odio por ser hija de... —Zehera no vio oportuno terminar la frase.

—Ya lo hemos hecho y los tres dicen lo mismo: que dieron a la niña a un familiar de un antiguo novio suyo que vino a la ciudad, Aleksandar Sataric —dijo el policía leyendo directamente del informe oficial—, que al parecer se interesó por ella y que la pequeña no puso ningún problema para irse con ellos. Por lo que hemos podido comprobar, este señor no ha estado en los últimos meses en Visegrado. Si alguien se llevó a su hija, desde luego, él no fue. O puede que utilizaran su nombre para hacerlo sin levantar sospechas. Eso también lo estamos investigando.

—¡Pero es todo mentira! ¡Tiene que obligarles a que digan la verdad! Mi hija no conoce a nadie de la familia de esa persona, que además nos abandonó hace años. Teresa Alina no se iría con nadie que no conozca, tú lo sabes —le decía a Daniel, que seguía sin separarse de ella—. Nada de eso tiene sentido. Están mintiendo. ¡Tienen que obligarles a confesar lo que han hecho con ella! ¡Tienen que hacerlo!

—Señora, comprendo su nerviosismo, aunque le aseguro que sabemos hacer nuestro trabajo y estamos buscando donde debemos. Estoy convencido de que será cuestión de horas, quizá un par de días, pero sabremos qué es lo que ha pasado con su hija. En cuanto a usted, lo mejor será que se tranquilice y que intente descansar. Nos será de más ayuda. Y a su hija también.

Daniel sabía que no podían quedarse ni un día más en Visegrado, aunque fuera en un hotel diferente al Vilina Vlas. Para desconcierto de la mayoría, el hotel maldito continuaba abierto y funcionando de nuevo como un balneario que se jactaba de ofrecer tratamientos de bienestar y fuente de salud a todo el que se acercara a sus instalaciones, aunque las pocas reformas realizadas en él no habían borrado de la memoria colectiva la infamia que un día tomó cuerpo en sus habitaciones. No estaba dispuesto a que los recuerdos invernados en cada rincón de aquella ciudad y la brutal noticia de la muerte de Julia derivasen en una nueva recaída de Zehera: hasta que la policía no avanzase en sus investigaciones, prolongar su estancia allí no conduciría a nada positivo. Por eso obtuvo el beneplácito general cuando propuso viajar hasta Sarajevo y aguardar allí las noticias de la policía. También el de una emocionada Zehera, a la que no le costó convencer pese al rechazo inicial: cuando le habló de Ari y de las ganas que su sobrino tenía de verla, su rostro se iluminó. El recuerdo de Suhra llenó sus ojos de lágrimas y todos entendieron que marchaban a Sarajevo.

Aldo llamó a Ari para concertar la cita y luego le pasó el teléfono a Zehera. Escuchar la voz de su sobrino e imaginar en él los rasgos heredados de Suhra le hizo aparcar durante unos instantes las preocupaciones que la atormentaban. Hacía años que no le veía, apenas sabía nada sobre él, y aunque no podía obviar que le asustaba lo que pudiera encontrarse, se negó a que el miedo estropeara de nuevo un momento importante de su vida.

El esperado reencuentro tuvo lugar en un céntrico café de la ciudad, construido a iniciativa de unos jóvenes y prometedores empresarios locales. Estaba situado muy cerca de una de las orillas del río y a juzgar por la aglomeración de personas que se agolpaban a la puerta, no era nada fácil hacerse con una mesa en la que sentarse. Al parecer Ari había tenido suerte. Se notaba que iba a menudo y que los camareros —que sorteaban las mesas con las bandejas repletas de humeantes tazas de café, chocolate, infusiones, y vasos repletos de cubos de hielo que flotaban en líquidos de distintos colores— le conocían y mostraban con él una relación cordial.

Una vez se tuvieron enfrente, y tras vencer los primeros instantes de lógica cautela, los protagonistas de uno de los encuentros más esperados de la última década se fundieron en un largo, profundo y emocionado abrazo. Ninguno de ellos quiso engañarse: la desmesurada avalancha afectiva de la que le costaba desprenderse era en realidad el reflejo de aquella otra que les hubiese gustado dar a la gran ausente, a la madre y a la hermana por la que tanto esperaron y que nunca llegó. Era el cuerpo de Suhra al que se aferraban con fuerza. Era su recuerdo.

Al fin la descarga de emociones encontradas logró remitir en parte y los dos decidieron convertirse en comensales de una mesa pequeña y redonda que habían habilitado para ellos. Zehera no podía apartar la mirada de aquel rostro perfecto, hermoso y varonil, que sin embargo guardaba en sus facciones y en la mayoría de sus gestos la infancia que la guerra le arrancó de cuajo. Sabía que su escrutinio tal vez intimidase a su sobrino, pero la disculpaban los largos años de ausencia de aquel rostro en sus recuerdos. Quería examinar detenidamente cada centímetro de su piel, cada señal, cada línea, cada marca, cada mueca y grabarlo a fuego en su cabeza.

—¿Te gusta este sitio? —preguntó finalmente Ari mientras sus ojos recorrían la estructura interna del café y se detenía en algunas de las fotografías con personajes ilustres que se exhibían orgullosas en las paredes—. A mí me encanta. Mis amigos y yo lo hemos convertido en un punto de encuentro. En general, casi toda la gente de mi generación. Nos gusta. Nos da energía, no sé cómo explicártelo. Mira —dijo señalándole con el dedo uno de los retratos cercanos a su mesa—. Ese es Tito, y ahí está con John Fitzgerald Kennedy, y en la de más allá puedes verle con Fidel Castro. ¡Y esa es la mujer más guapa del mundo, la gran Sofía Loren! —El muchacho hizo una pausa y su rostro desplegó una amplia sonrisa encantadora—. La más guapa después de mi madre y de ti, claro. Es impresionante cómo me recuerdas a ella. ¡Ah, mira! —dijo marcando una nueva fotografía, más grande y que ocupaba un lugar privilegiado en el café—. Es Tito aclamado por las multitudes, no me extraña que lo vitorearan, con un escaso dos por ciento de paro y seguro médico para todos tenían motivos para adorarle. Tendrías que escuchar las historias y las anécdotas que cuentan los viejos sobre aquella época dorada, las leyendas sobre la liberación de la antigua Yugoslavia, auténticas fábulas recreadas del triunfo del socialismo...

Ari reparó en la expresión de sorpresa que asomaba en el rostro de Zehera y aquello le provocó una sonora carcajada que no quiso disimular en ningún momento.

—¿No te estaré asustando? —preguntó con gesto travieso.

—No. No es eso. Es solo que me extraña oírte hablar como lo haces. Tan claro, tan convincente, tan seguro, tan preparado. Bueno, la verdad, sí que me extraña un poco. Quiero decir que no me imaginaba que te interesara tanto la política, ni que conocieras tanto lo que hizo Tito. —Zehera titubeó antes de ceder a la pregunta, algo que finalmente consiguió.—. Pero ¿vosotros queréis que vuelva Tito?

Una sonora y generosa risotada brotó de la garganta de Ari.

—Yo no quiero que vuelva nadie, tía Zehera, ¿te puedo llamar así? No te molesta, ¿verdad? Es que me hace ilusión. Mamá siempre se refería a ti de esa manera. —Cuando obtuvo el beneplácito en forma de sonrisa, continuó—: Bueno, miento, a mí me gustaría que volviera mi madre, y mi padre. Pero nadie más. Yo no aspiro a que vuelva Tito. Ni yo ni ninguno de los que ves sentados aquí, pidiéndoles a los más veteranos que les cuenten historias del pasado, comprando camisetas, pósteres o tazas con el retrato de Tito, el mismo que colocan de salvapantallas en los ordenadores y en los móviles, esos que cuando suenan te permiten escuchar himnos guerrilleros. Solo estamos alimentando la memoria, ejercitándola, para que tengamos claro lo que *no* debemos hacer si queremos que no se repitan los bombardeos, los puentes cubiertos de sangre, los muertos en las calles, los agujeros de metralla en los edificios, los refugios antiaéreos, el miedo a los francotiradores, el hambre, el frío y los cementerios en los jardines y en los parques de la ciudad. No queremos que nuestros hijos sean huérfanos por culpa de otra estúpida guerra. Y por eso tampoco queremos líderes políticos ni religiosos que nos manden a esas guerras en defensa de sus intereses o para superar sus propios complejos. Si te quedas un tiempo y te das una vuelta por esta ciudad, verás que en cada edificio, en cada escuela, en cada café, en cada puente, en cada calle, en cada tienda, en cada parque, en cada mercado, hay una placa con los nombres de los que murieron allí. No escriben el nombre de los muertos en placas doradas porque quieran que vuelvan, sino para no olvidar por qué murieron. Para que no se nos olvide a ninguno y para que todos, incluso los que no vivieron lo que sucedió aquí, lo recuerden siempre.

Ari acercó a los labios el vaso con el gin-tonic que acababa de servir el camarero junto al café de Zehera. Tenía diecisiete años y parecía acostumbrado al alcohol y al tabaco.

—Hay un mural enorme, de color rojo, en el viejo mercado de frutas y verduras donde en 1994 mataron a más de medio centenar de bosnios. Y sobre él aparecen escritos los cincuenta y siete nombres de las personas que fallecieron y una frase que lo engloba todo y que lo llena de sentido: «Reza por ellos y no dejes de contar a otras gentes lo que pasó en Sarajevo». Lo primero lo puedes obviar si quieres, no creo que por rezar mucho te hagan más caso. Lo segundo es una obligación que tenemos todos nosotros con los que ya no están. —El verbo de Ari fluía por su boca con la misma naturalidad y facilidad con la que el aire entraba por su nariz y se almacenaba en sus pulmones. Zehera escuchaba ensimismada a aquel joven que parecía tener muchas cosas que enseñarle. Sonreía al imaginar el orgullo que su hermana Suhra sentiría si pudiera oírle—. ¿Sabes por qué quiero ser artista, como mi madre? Hace años le preguntaron a un importante sociólogo bosnio, en una encuesta, cuál era su religión. Él dijo que era ateo y el encuestador le dijo: «Ya sé que todos los malditos intelectuales y artistas son ateos, pero ¿es usted un ateo católico, ortodoxo o musulmán? Solo quiero saber su nacionalidad». —Ari volvió a sonreír enseñando toda su irregular dentadura—. Ahí lo tienes. Por eso quiero ser artista. Y ciudadano del mundo. Me encantaría ir a París. ¿Tú has estado en París? —La cabeza de Zehera negó—. Yo no tardaré en ir. Todo el que se considera un artista debe conocer esa ciudad. ¿Sabes qué distancia separa a Sarajevo de la Torre Eiffel? Yo te lo diré: 3850 kilómetros. Lo sé gracias a la señal que colocaron en el túnel Dobrinja. —De nuevo sonrió por su capacidad de sorprender a su tía—. Durante el sitio de Sarajevo, un grupo de personas construyó un túnel secreto, de unos ochocientos metros, que iba desde una casa particular hasta el aeropuerto. Tardaron cuatro meses en hacerlo y cuentan que por aquel agujero se escaparon hasta un millón de bosnios en más de tres años. Se tardaba unos veinticinco minutos en recorrerlo. Más o menos a la mitad del camino, alguien colocó una señal de tránsito en la que se leía: «París 3850 km». —Ari calló, como si esperase algún tipo de respuesta por parte de Zehera. Pero no la requería—. ¿Sabes que hay bosnios en más de ciento veinte países del mundo? Quizá sea una estrategia perfecta para diseminar la semilla. Por cierto, si quieres visitar el túnel, puedo llevarte mañana. Lo han convertido en museo. Podemos hacer lo que quieras. Me alegra tanto que estés aquí...

—Yo tampoco puedo creérmelo. Me alegra tanto que te hayas convertido en la persona que eres, después de todo lo que has pasado... Mi hermana estaría tan orgullosa de verte. —No era la primera vez que la emoción hacía temblar su voz y la convertía en un nido de sensaciones contenidas.

—No te preocupes, tía. Ella me está viendo. Y yo también la veo a ella. Todos los días. Incluso tengo un lugar para hacerlo. Es allí donde quiero llevarte. ¿Estás preparada? No te va a costar ningún trabajo reconocerla.

Zehera temió no comprender el significado de las palabras de su recién recuperado sobrino. Por un momento le aterró la idea de que Ari estuviera delirando, que se hubiese producido un cruce fatal en su cerebro, pero la sana y socarrona sonrisa del muchacho hizo que entendiera sus temores como infundados y le invitó a dejarse arrastrar de su mano.

—Es aquí cerca, no te preocupes —le dijo Ari—. No te haré caminar mucho.

Zehera miró hacia la mesa que ocupaban Daniel, Bruno y el resto de la comitiva, que, como si de un eficiente servicio de guardaespaldas se tratara, se limitaron a seguir sus pasos a una distancia prudencial, por miedo a que su presencia entorpeciera la intimidad del reencuentro.

Caminaron durante algo más de veinte minutos en los que Zehera no perdió la ocasión de tomar del brazo a su sobrino, y este de prodigarse en gestos de cariños hacia ella, en un intento de recuperar el tiempo robado y como muestra de rebelión juvenil, de victoria frente a la barbarie que les había mantenido alejados durante años. Cuando se encontraban cerca de una de las calles del barrio turco de Barcasija, el joven aminoró el paso antes de detenerse por completo. Se quedó mirando a su tía, sin perder la sonrisa. Ella le miró a su vez y luego miró a su alrededor, tratando de encontrar aquello que les había hecho detenerse. Al no encontrarlo, buscó la respuesta en el rostro de Ari.

—¿Te acuerdas de lo que te he contado de las placas doradas y de los murales? Pues aquí hay otro ejemplo. Las Rosas de Sarajevo.

Los ojos verdes de Zehera siguieron fascinados, como si de un ejercicio hipnótico se tratara, la mano de su sobrino. Señalaba directamente el suelo. Allí, incrustadas en el asfalto de la carretera, pudo distinguir unas marcas profundas, de diferente tamaño y con forma de espiral. Se habrían dicho inconexas, como si no hubiera relación alguna entre ellas, pero todas mostraban en su interior un relleno de color rojo cuya naturaleza era difícil de determinar, al menos a primera vista. Al principio le parecieron manchas irregulares, una suerte de máculas aisladas e independientes, una muestra de imperfecciones superficiales, como si alguien hubiese vertido algo de pintura sobre el pavimento dejándolo tatuado para siempre. Aun así, la explicación que estaba a punto de emocionarla de por vida le rompió sus absurdos esquemas predeterminados.

—Ven, arrodíllate y tócalas sin miedo. —Una sobrecogida Zehera hizo caso a la invitación de Ari sin mostrar ningún recelo ni temor, ávida de escuchar la misteriosa explicación que encerraban aquellas enigmáticas huellas—. Son las Rosas de Sarajevo. Representan los lugares exactos en los que hubo varios muertos por el fuego serbio. Hay setenta como estas en todo Sarajevo. En las calles, en los caminos, en las sendas, en las travesías... Allí donde el fuego de los morteros serbios segó la vida de varias personas hay una rosa roja como esta. Un día los artistas bosnios, cuentan que con el apoyo de la ciudadanía, tuvieron la idea de rellenar con cera, pintura, silicona o cualquier material de color rojo los agujeros que habían dejado en el adoquinado las bombas, los disparos o los morteros. Desde entonces, estas manchas escarlata, estas rosas rojas, son el homenaje a todos aquellos que un día murieron a causa de la barbarie. Al principio la gente venía aquí a rezar y a recordar. Los cristianos colocaban velas y los musulmanes, unos símbolos de luto orlados, de color verde. Ahora parece que estas rosas molestan e incomodan a algunos políticos poderosos, como si les importunara la permanente evocación de lo que sucedió. Pero aquí permanecerá por siempre su recuerdo y lo hará a la vista de todos, sin esconderse, mostrándose al mundo abiertamente para recordarle lo que un día fue capaz de hacer y, lo que es peor, de permitir. Estas rosas son las cicatrices de la ciudad. Es como si las heridas de Sarajevo siguieran sangrando. En realidad siguen abiertas, como las rosas.

Zehera no podía apartar sus ojos de los de su sobrino, que hablaba ensimismado. Descubrió con sorpresa que ni una lágrima atravesó su rostro. Temió que se le hubieran acabado.

—Mira. Esta rosa de aquí es tu hermana. Mi madre. Aquí la mataron cuando iba al encuentro de mi padre, que la esperaba justo allí enfrente. —La misma mano que señaló la cicatriz en el empedrado callejero le mostraba ahora los ventanales de una cafetería—. Desde allí la vio morir y no pudo soportarlo. Allí mismo se suicidó. En este mismo punto que ahora estamos tocando empezó mi vida como huérfano de guerra. Tuve suerte. Podía haber sido uno de los casi dos mil niños que murieron durante el cerco de Sarajevo. Mis padres no la tuvieron y entraron a formar parte de los cerca de quince mil muertos que quedaron en la calles de esta ciudad. O quizá fueron más, quién puede saberlo. Jamás podrán calcularlo con absoluta precisión. —Ari permaneció abstraído durante unos segundos—. La suerte. Lo importante que es tener la suerte como aliada. ¿Te has parado a pensarlo alguna vez? Yo soy una persona con suerte. Me lo decía mi madre continuamente.

»Una mañana en la que los bombardeos eran continuos y el sonido de las sirenas era tan constante que se convirtió en inaudible, Aldo nos contó una historia. Él asegura que es real, pero muchos creen que se trata de una de tantas leyendas populares. Yo le creo. Le sucedió al hermano de una amiga suya. Era soldado, destinado a una línea en el frente que no ofrecía grandes problemas. Casi nunca pasaba nada. Todos los días eran iguales. Una mañana se levantó, se afeitó frente al espejo, se lavó la cara, desayunó, se encendió un cigarrillo y estuvo escuchando la radio durante un tiempo. Horas más tarde salió junto a otros compañeros a realizar tareas de rastreo y vigilancia en un paraje cercano. Escondido entre unos árboles encontraron a un francotirador musulmán. Lo capturaron y decidieron llevárselo al campamento. Todos empezaron a torturarle, también el soldado hermano de esta chica. En un momento, el francotirador se dirigió a él y le dijo: "Los demás tienen derecho a torturarme, pero tú no. Esta mañana te he estado apuntando durante horas. He visto cómo dormías, cómo te levantabas, cómo te afeitabas y te aseabas, cómo escuchabas la radio y, a pesar de tenerte a tiro, no te he disparado". —Ari sonrió al contemplar el gesto de asombro con el que le escuchaba Zehera, seguramente el mismo que mostró él la primera vez que le contaron la historia—. El soldado decidió llevarse al francotirador musulmán a Belgrado y allí le dejó libre. Los dos tuvieron suerte. Eran diferentes, se odiaban, seguramente ambos se hubiesen matado en otra circunstancia de la vida, pero la verdad es que tuvieron la suerte de encontrarse. —Se quedó callado durante unos segundos, un silencio poco habitual en él—. No hay que desechar la suerte, ni desprestigiarla. Los que la rechazan en aras de la cultura y del saber son unos ignorantes. Nos puede dar o quitar la vida sin que nuestra intermediación sea necesaria. A esta ciudad, por ejemplo, no le ha sonreído la suerte. Con apenas doscientos metros de distancia, ha sido el escenario de dos de las tres guerras más crueles del siglo XX. A quienes se atreven a dudar de la existencia de la buena estrella más les valdría dedicarse a rezar por ella.

En los minutos posteriores al conmovedor relato, ninguno de los dos consideró adecuado pronunciar palabra alguna. Tocaban aquellas muescas rojizas como si fueran la reencarnación de lo amado, de lo venerado.

Si Zehera hubiese podido levantar su cabeza y sus ojos encharcados no le hubiesen velado la visión, hubiera comprobado cómo un Aldo tan emocionado como ella les explicaba a Daniel, a Bruno y a Milan el significado de aquellas rosas de Sarajevo, en cuya siembra y para su desgracia él estuvo presente. Aquellas marcas rojas que parecían crecer en el asfalto de hormigón y el escuchar la palabra «suerte» en boca de Ari había sacudido los cimientos de Zehera, agitando sus recuerdos y sus atormentadas vivencias y abandonándola a una embriaguez emocional imposible de controlar. «Otra vez la suerte. De nuevo la maldita suerte», pensó.

—Pero no llores, tía. Esa no es la idea. ¡Mírame a mí! —le regañó tiernamente Ari—. Además, ya sabes lo que te diría mamá si estuviera aquí. ¿Acaso no lo recuerdas? Sois rosas, hermosas rosas rojas que deben abrirse al mundo para hacerle entender, para que sepa gracias a vuestra sonrisa color escarlata que debe contagiarse de vuestra alegría. ¿No era eso lo que erais o acaso me mintió durante años?

—No te mintió. Suhra jamás mentía. Es eso lo que somos, rosas. Mírala. Solo tienes que mirarla.

—También a ti quiero verte, tía. Al igual que estas rosas, tu sonrisa denunciará silencios deshonrosos. Mientras haya una rosa o alguien esboce una sonrisa, se mantendrán las palabras.

35

Después de un día plagado de emociones, descubrimientos asombrosos y promesas de próximos reencuentros, Zehera llegó al hotel acompañada de su habitual corte protectora. Solo deseaba darse un baño de agua caliente, perderse entre las sábanas blancas y abandonarse a un sueño reparador donde sin duda encontraría los recuerdos que más extrañaba desde hacía años. Pero aquella vez, la fortuna no estaba de su lado.

Una llamada de la policía sobre la suerte de su hija minó sus anhelos de descanso, y no solo durante aquella aciaga noche.

La estrella.

El hado. El sino.

El albur. El destino.

La fortuna.

La suerte, en definitiva, no había acompañado nunca a su pequeña. Había sido concebida por el mal y el mal mismo se la llevó. Según el informe de la policía, su hija había sido entregada a unos familiares de su antiguo novio Aleksandar, persona de cuya presencia en el pueblo no tenían constancia. Estaban convencidos de que su nombre fue simplemente una excusa, la palabra clave de la que se valió un desaprensivo para llevarse a la pequeña. Un hombre llamado Zoran había orquestado el macabro arreglo: según la investigación policial, la niña había sido vendida a las mafias que se dedicaban al contrabando de menores y al tráfico de órganos vitales. Las averiguaciones de los investigadores se diluían como huellas en la playa cuando llegaban a la costa y el mar borraba toda pista que pudieran tener. Según le dijeron, el tráfico de menores y de sus órganos era algo bastante usual, no solo en Bosnia, sino en todo el mundo, especialmente en países donde la guerra hacía de la muerte y el delito algo demasiado común.

—No se puede imaginar los casos que se produjeron durante la guerra en los Balcanes. Es casi imposible que algún día logremos contabilizarlos. Hoy se ha convertido en un negocio lucrativo en el que la vida es la única moneda de cambio. Un riñón, un corazón, un pulmón... puede ser motivo más que suficiente para secuestrar, comprar o matar a un niño.

Zehera se lo podía imaginar de sobra. El problema es que ni quería ni podía soportar la idea de que su hija estuviera en manos de esas mafias. Tampoco la consolaban las palabras de ánimo que le brindaba la policía y que resonaban dolorosamente falsas en sus oídos. Se comprometían a seguir investigando las pistas que tenían, a no cerrar el caso, a no guardarlo bajo llave en un cajón y olvidarse de él, pero no podían prometerle nada. Demasiado cruel. No había nada que hacer. La impotencia elevada a la máxima dureza. Nadie a quien pedir más explicaciones, a quien reprochar un trabajo mal hecho, a quien rogar que no dejaran de buscar a su pequeña ni un solo momento del día porque quizá se equivocaban y aún estaba viva. Parecían tenerlo demasiado claro y daban por hecho que ya era demasiado tarde, que vendieron a la niña durante los primeros días del cautiverio de su madre y que cualquier pista desaparecía conforme pasaba el tiempo: después de más de tres meses, las opciones se esfumaban.

Zehera sospechaba que la policía conocía más detalles, aunque no sabría decir qué guiaba esa sospecha. Estaban demasiado seguros de todo. Podía olerlo, sentirlo en el cerrado ambiente que se respiraba en la comisaría, y no se equivocaba. En una sala aparte, uno de los policías relataba a Daniel toda la información que había obtenido del caso.

—Vendieron a la niña por cuatro mil euros. La compra la cerraron el mismo día en que la mujer fue secuestrada por su familia. Al día siguiente, las personas de contacto que suelen utilizar estas mafias trasladaron a la niña a Croacia y desde ahí viajaron hasta Italia. Allí se pierde su rastro. Como casi todos. Falsificación documental, corrupción de las autoridades policiales, aduaneras y políticas, grandes fortunas a cambio de mirar hacia otro lado, extorsión, en muchos casos amenazas de muerte... —El agente encargado de informarle parecía ya acostumbrado a enumerar ese tipo de barbaridades. A Daniel aquella explicación sobre el tráfico de niños le resultaba hiriente—. Creo que se puede usted imaginar lo complicado que nos resulta resolver casos como estos. Suelen ir por delante de nosotros. Por lo general, las mafias nos ganan el terreno. Y lo saben. —El policía le observó durante unos instantes, bajó la mirada y volvió a reencontrarse con el gesto anonadado de Daniel—. Comprendo que es duro lo que le estoy diciendo, por eso he preferido hablarlo con usted antes que con la señora. Como imaginará, hay ciertas cosas que una madre no tiene por qué saber. Solo empeoraría aún más la situación y no nos reportaría nada positivo. No dudo de que usted encontrará el momento y la ocasión para ir informándola de todo lo que considere oportuno. —De nuevo le miró fijamente y por primera vez Daniel vio un halo de humanidad en sus ojos—. Créame que lo siento. Pero ya es muy poco lo que podemos hacer.

Daniel y Zehera salieron de la comisaría en silencio, con el rostro desfigurado por las malas noticias. Les costó comprender que una persona pudiera dejar de existir en tan poco tiempo, desaparecer de sus vidas sin más, sin explicaciones, sin despedidas, sin previo aviso, negándoles la posibilidad de hacer algo, de auxiliarla. Pero sobre todo no alcanzaban a entender qué tipo de crueldad podía mover al mundo para permitir esa pérdida. A pocos metros los esperaban Bruno y Milan, apoyados contra el coche. Los dos fumaban sin parar, sobre todo el taxista, que excusaba el abuso amparándolo en una de las herencias de la guerra. «Casi todas las víctimas fumamos sin parar, sin pensar, uno detrás de otro. Como si fuéramos máquinas.» Antes de subir al vehículo, Zehera se detuvo y echó un vistazo a su ciudad: los árboles, el río, el puente, el camino, el parque infantil que alguien había levantado sobre las cenizas de una de las mezquitas destrozadas en los primeros días de la guerra. Levantó un poco más los ojos y pudo divisar a lo lejos los tejados rojos del hotel Vilina Vlas. Su mirada se quedó congelada unos instantes mientras su mente se llenaba de imágenes, nombres, gritos, llantos, sufrimiento, rostros de personas inocentes, como lo era su hija, que dejaron de estar, que desaparecieron siempre por decisión de otros. Como Samira, la mujer que le abrió los ojos en una habitación del hotel y le habló de su suerte; como Igbala, la musulmana que se convirtió en la esclava sexual de Sasa Ludonovic después de presenciar cómo su nuevo dueño y señor asesinaba a su marido; como Fátima, la niña de doce años a la que vendieron por doscientos cincuenta dólares después de abusar de ella durante días; como Mladen, la prisionera que escribió su nombre bajo una de las camas del hotel para que alguien lo viera y los suyos pudieran saber qué había sido de ella. (Los soldados serbios nunca lo descubrieron. Su nombre aún permanecía grabado en el mismo lugar, escondido, oculto para la gran mayoría, excepto para las supervivientes de aquel centro de violación pensado como germen de la limpieza étnica.) Retiró sus ojos de aquellos tejados rojos, aunque no bastó aquello para que también aquellas imágenes desaparecieran: todas ellas habían quedado archivadas en la categoría de los recuerdos, almacenadas para siempre en su cabeza, donde sus ojos no tenían ningún poder de decisión.

—Vámonos —le dijo susurrante a Daniel—. Sácame de aquí, por favor. Este ya no es mi lugar en el mundo. Ya no hay nada que me ate a él. No lo reconozco.

Ni siquiera quiso contemplar a través de las ventanillas del taxi de Milan los últimos trazos de su ciudad. El dolor la devoraba por dentro, los recuerdos la abrasaban, la pena la ahogaba..., pero la fortalecía una extraña sensación que identificó con una especie de orgullo: el que le provocaba ser ella quien decidía, al menos en aquella ocasión, abandonar su tierra sin que nadie se lo ordenara.

Aquella victoria era suya.

La cabeza recostada en el asiento del avión que los trasladaba desde Budapest a Madrid. Los ojos cerrados, por miedo a que un Daniel siempre pendiente de ella adivinase los pensamientos que la asolaban, que la atormentaban, mientras fingía dormir un sueño que en su interior adivinaba lejano, casi imposible. Tenía miedo al futuro inmediato, quizá porque el presente la asustaba como nunca lo había hecho. La aterraba lo que pudiera pasarle a cada instante, sobre todo aquello que se escapara a su control y comenzó a desarrollar una incipiente desconfianza que minaba sus decisiones. ¿Cuál sería su reacción ante lo que el destino le fuera poniendo al paso? No sabía qué iba a hacer con su vida, ni siquiera estaba segura de tener una propia. Tampoco veía claro si tenía algún sentido regresar a la casa donde un día encontró una familia, y algo más con lo que no contaba. Y es que a pesar de todo lo que la vida le había lanzado contra las espaldas, había una parcela que no había logrado enterrar, como casi logran hacer con ella: Daniel seguía ahí y no podía ni quería pensar lo que ello significaba. Era el abono de su insomnio, de su ansiedad y de su vida.

Las palabras de su sobrino Ari resonaban aún en su cabeza. «En una guerra te van degradando poco a poco. Y lo peor es que tu cuerpo cede y se va acostumbrando a situaciones cada vez más humillantes. Pero siempre te queda algo a lo que aferrarte. El arte, o lo que es lo mismo, la vida.»

Fue durante su último y precipitado encuentro en el hotel de Sarajevo, horas antes de coger el vuelo de regreso a España. Zehera se había prometido a sí misma que jamás volvería a Visegrado, mas no podía abandonar el país sin ver de nuevo al fruto de Suhra, que había heredado no solo su físico, su sonrisa y su espíritu artístico, sino también su manera de ver la vida. Escucharle a él era como viajar en el tiempo de la mano de su hermana y rememorar sus consejos, sus advertencias y sus recomendaciones. Fue una conversación breve pero tremendamente intensa. De nuevo los dos solos, compartiendo el dolor de las ausencias, los silencios cargados de historias, las miradas húmedas, los secretos velados y las palabras de ánimo que servían de bálsamo espiritual. «Vive la vida con la intensidad que merece, como si cada minuto fuera el último. No te acostumbres a su rutina ni a sus bandazos. Descúbrela cada día en el lugar que sea. Pero hazlo.» Casualidad o no, eran las mismas palabras que escuchó en boca de Suhra la última vez que hablaron.

Se durmió pensando en ello. Soñando con ello.

CUARTA PARTE

Tiñamos sus espinas
de sangre. Que nos hiera.
Quebremos la rosa escondida,
libre en algún corazón.

Silencio.
Es el dios del silencio.
La rosa es silencio,
siempre será la única rosa.
Ella misma será el fuego
siempre
en la memoria.

¿Quién es
el guardián de la rosa?

«Leyenda», CECILIA BUSTAMANTE
(Premio Nacional de Poesía del Perú de 1965)

36

Al mes de abandonar Bosnia Herzegovina con Daniel, Bruno y la promesa de mantener el contacto con Aldo y Milan —aun cuando supo desde el primer momento que no la cumplirían—, la vida de Zehera en Pazo do Riba iba asentándose poco a poco, no sin una buena y generosa dosis de esfuerzo personal.

Entrar de nuevo en aquella casa le había resultado extraño al tiempo que desgarrador. Demasiados recuerdos revestían las paredes de la residencia familiar, las mismas que habían constituido los pilares principales de su vida y de su desarrollo como persona. Allí había conocido el significado de muchas palabras que, siempre por avatares de un destino empeñado en dilapidar su existencia, se habían ido cayendo de su vocabulario: familia, ayuda, cariño, amistad, ternura, afecto, amparo, solidaridad, protección, independencia, trabajo, amor y la más desconocida en su léxico vital, pasión. Pero también entre aquellos muros habían tomado forma otros conceptos como el dolor, la traición, el deseo, la culpabilidad y la mala conciencia. Todos ellos se aunaron para formar parte del séquito de bienvenida. La asustó que el abrumador recibimiento sensorial pudiera dragar sus turbaciones más secretas.

Había tardado en volver más de lo que jamás imaginó y el exceso de soledad que cargaba en su equipaje actuó como una losa. Las deserciones en el interior de la vivienda se trasladaron también a su vida: todo parecía haberse confabulado para que la casa resultara más grande, más vacía, más oscura y, por qué no reconocerlo, más peligrosa. Ahora serían muchas las trampas que la oportunidad disfrazada de deseo incontrolable pondría a su alcance. A las dolorosas ausencias de Teresa Alina y de Julia —que insistían en sangrar cada vez que pisaba cualquier rincón de la vivienda—, y a la independencia hogareña de Sara, se unió rápidamente el abandono de Bruno. Una semana después de llegar a Pazo do Riba se vio obligado a regresar a Madrid para incorporarse a su trabajo en el bufete.

—Estaréis bien, ¿verdad? —preguntó mientras terminaba de cargar su maleta en el coche—. Si me necesitáis por el motivo que sea, solo tenéis que decírmelo y estaré aquí en menos tiempo del que pensáis. —Bruno miró a Daniel, esperando el mismo gesto positivo que siempre obtenía de él en señal de beneplácito, como cuando era pequeño y se veía en la tesitura de pedir permiso para ir a una excursión, participar en una fiesta o quedarse a dormir en casa de algún amigo—. ¿Papá?

—Vete tranquilo, hijo. Claro que estaremos bien. Pero eso no te excusa de venir a visitar a tu padre al menos una vez al mes.

—Y de llamar al menos una vez al día —añadió Zehera por miedo a que Daniel olvidara ese detalle.

Bruno se despidió de ella con uno de sus grandes abrazos, como hacía cuando era pequeño y sus brazos no alcanzaban a abarcarla.

—No sabes lo feliz que me hace saber que estás de nuevo en la familia. Mamá estaría tan feliz... —Supo que el comentario había emocionado a la mujer que aún tenía entre sus brazos—. ¡Ah!, y una cosa, papá. Confío en tu habilidad para convencerla de que vuelva a ponerse tras el mostrador del café literario. Porque si tú no lo haces, estoy seguro de que mi madre regresará solo para soltarnos una merecida regañina de las suyas; ¡qué es eso de tener su rincón preferido cerrado y almacenando polvo! Tú sabrás cómo te las apañas, pero espero ver ese café abierto y lleno a rebosar la próxima vez que vuelva. ¡Y no pienso tardar mucho!

Daniel y Zehera esperaron a que el coche que trasladaba a Bruno se alejara entre el verdoso y nutrido horizonte de árboles y montañas hasta convertirse en un insignificante punto en la distancia. Los dos entraron en casa convencidos de que no tardarían en extrañar su compañía, su arrebatadora personalidad y su capacidad para conseguir con su sola presencia que las cosas no se desplomaran, cualidades todas heredadas de su rama materna.

Al cerrar la puerta principal, Zehera sintió cómo un escalofrío la sacudía de arriba abajo. Quiso fingir desconocimiento, esconderse tras una ingenuidad infantil, ignorar el verdadero alcance de aquella sensación que le turbaba la piel, pero cualquier disimulo le hubiese resultado demasiado cínico. Fue la primera vez que tuvo miedo de enfrentarse a la verdad, a la realidad desenmascarada, libre de acompañamientos, de artificios banales, de adornos estériles que no hacían sino ocultar y retrasar la representación de la escena final: ella y Daniel a solas, bajo el mismo techo, ese que en más de una ocasión sintió derrumbársele encima.

Más que su reacción o su debilidad, temió el incontrolado e injusto carrusel de miradas, habladurías y rumores que aquello pudiera desencadenar en el pueblo: la joven y bella bosnia y el reputado, atractivo y adinerado cirujano, viudo hacía unos meses, viviendo solos en una casa enorme. No podía negar que era el nido perfecto para la cría de todo tipo de comentarios y rumores. Si la vida los colocase en semejante disyuntiva, sería incapaz de superarlo, de enfrentarse a la fuerza de una maldad organizada con el único fin de herir y hace daño. «Pero ¿por qué tendrían que hacerlo? Siempre ha habido entendimiento y comprensión entre nosotros. ¿Por qué ahora tendría que cambiar?» Se reprendió por adelantar acontecimientos con sus absurdas elucubraciones. Todos habían recibido a la hija pródiga con alegría: los vecinos de Pazo celebraron abiertamente su llegada y la arroparon al conocer la traumática pérdida de su pequeña, que vino a unirse al luto general por la muerte de Julia. De hecho, cuando la familia Castro decidió abrir de nuevo el café con Zehera al frente, los clientes habituales recuperaron sus viejos hábitos y al poco se restablecieron las acostumbradas consultas literarias, los cafés al gusto de cada cual, las miradas de Tomás el

Chocolatero —si cabe más intensas y enamoradizas que antes—, la tacañería asumida de Jacinto, las llegadas precipitadas y siempre tardías de Gema la Hoyos, el café cargado de Pedro el Macho —siempre concentrado en su Biblia y en el sermón que diera aquella misma tarde— y las rarezas del resto de la clientela, la nueva y la habitual, que Zehera agradecía con eternas y sinceras sonrisas. Y también la llegada de Daniel al café a última hora de la tarde, para echar el cierre, recogerla con su coche y llevarla a casa, como hacía siempre que Julia se entretenía con las gestiones de última hora en la asociación... Todo parecía haber recuperado el pulso de la costumbre, pero la apariencia no tardaría en ceder a la realidad.

No podría decirse que existiera una maldad premeditada, ni una rumiada intención de hacer daño, ni tampoco una predisposición morbosa y cotilla, pero sí detalles, gestos, decisiones, conductas, señales y comportamientos que un pequeño pueblo se resistía a entender. Pronto aparecieron las sombras portadoras de dudas, los fantasmas del pecado, los rumores que hablaban de faltas, las suposiciones cargadas de yerros, los perversos cuchicheos que siempre se convierten en la antesala del prejuicio y las figuraciones dañinas. Los murmullos doblaban las esquinas de las calles, los siseos se sentaban en las mesas, los mentideros planeaban entre los puestos del mercado, los susurros se apoderaban de las tertulias improvisadas y la voz baja se convirtió en un arma arrojadiza que empuñaban los otrora ejemplares vecinos.

La chispa que encendía toda clase de comentarios podía estar en cualquier detalle: entendido en su contexto real no habría ido más allá, pero aislado y observado desde la distancia y cierta predisposición malsana, hacía saltar las alarmas y desencadenar los rumores. Quizá los vieron abrazarse una noche después de que el café literario cerrase sus puertas, pero nadie vio la carta que motivó el abrazo: esa que Daniel traía consigo donde se confirmaba la condena de más de veinte años de cárcel para sus padres y su hermano Dino por su secuestro. Todos veían pistas, aunque no conocían la letra pequeña y así la escena quedaba distorsionada; deformaban la normalidad que encierra recibirse o despedirse con un beso en la mejilla, sonreírse, hablar animadamente mientras hacían la compra, ayudarse a entrar o salir del coche, compartir una comida en la mesa de cualquier restaurante o una taza de té en la cafetería del hospital al que Daniel había vuelto a desempeñar sus funciones... Las atenciones, los mimos y los signos de rutina que la pareja protagonizaba desde la inocencia parecían negados a los ojos escudriñadores de Pazo do Riba.

Zehera decidió compartir con Daniel esos miedos que le impedían conciliar el sueño. Como casi todas las noches, los dos coincidían en la cocina, donde preparaban la cena y se contaban los pormenores del día que estaba a punto de concluir. En aquella ocasión era él quien monopolizaba la charla, mientras ella se mantenía en un extraño y desconocido mutismo. Ni siquiera le escuchaba, buscando el mejor momento para vomitar lo que hacía un tiempo que la atormentaba. ¿Quizá en cuanto terminase de pelar los tomates que servirían de guarnición a la carne? Distraída como estaba, no dirigió bien la mano y la afilada hoja del cuchillo terminó rasgando su piel. El grito de dolor que emergió de la garganta de Zehera hizo que Daniel abandonase lo que tenía entre manos y corriese hacia ella. Tras examinar el corte y comprobar que no era muy profundo, colocó la mano bajo el grifo, para limpiar la herida y proceder a su cura.

—No te preocupes, que no es nada. Ni siquiera harán falta puntos de sutura —le decía Daniel mientras colocaba sobre la mano un paño de cocina para detener la hemorragia—. Menos mal que es un corte superficial. Me he pasado la vida advirtiendo del peligro de los cuchillos en la cocina, sobre todo si no se saben utilizar. Seguro que te has distraído. Lo estoy viendo, tu cabeza estaba en otro sitio. Creo que ni me escuchabas. ¿En qué estabas pensando? —le decía a modo de descafeinada regañina con el único fin de distraer la atención de Zehera de la herida.

—Tengo que contarte algo.

Cuando Zehera empezó a hablar, cayó en la cuenta de que tal vez no supiese cómo afrontar aquella delicada conversación. Se arrepintió de no haber preparado un breve esquema, a pesar de las innumerables veces que había pensado en ello. Daniel la miró fijamente, como si intuyera la gravedad de lo que estaba a punto de anunciarle.

—¿Qué pasa? —preguntó con temor mientras terminaba el vendaje—. Ya me has asustado bastante por esta noche. Ten cuidado con lo que me dices —intentó bromear.

—He estado pensando en esta situación...

—¿Qué situación? —espetó Daniel; estaba claro que no pensaba facilitarle las cosas, no estaba dispuesto a escuchar teorías que sencillamente no le apetecía oír.

—Déjame terminar porque no me resulta fácil decirte lo que te voy a decir —pidió mientras retiraba bruscamente su mano vendada de las de él—. Como te he dicho, he estado pensando y quizá lo mejor sea que me vaya. Puede que no tenga sentido que siga viviendo en esta casa, donde tan solo estamos los dos. La gente puede pensar, se pueden imaginar cosas y...

—Lo que no tiene sentido es lo que estás diciendo. Así que mejor será que dejes de decir tonterías. —El tono de voz de Daniel se había tornado grave, serio, como cuando dictaba órdenes a su equipo frente a la mesa de operaciones. Confiaba en que su actitud bastase para dar la conversación por zanjada. Se equivocó.

—Daniel, no hagas como si no pasara nada. Como si no supieras... Como si no recordaras... En fin, como si no... —La exasperaba no encontrar las palabras exactas para explicar con claridad lo que le supuraba por dentro, y estaba a punto de desatar un vendaval de emociones del que no se sentiría responsable—. ¡Lo siento, pero no puedo! No puedo convivir contigo como si no sintiera nada cada vez que te miro, que te hablo, que me cruzo contigo en el pasillo, que comparto una copa de vino contigo, que te paso el pan, que me siento a tu lado en el sofá después de cenar, mientras tú lees y yo veo la televisión. No puedo. No sé hacerlo, ¿no lo entiendes? Y lo peor es que no sé si quiero hacerlo.

—Pues no lo hagas —le dijo mientras se acercaba a ella. Sus pupilas encerraban el brillo de quien ve desplegarse ante sí algo anhelado durante mucho tiempo—. No lo hagas, maldita sea. Yo tampoco quiero hacerlo.

—La gente habla... —dijo algo más cohibida al sentir demasiado próximo el cuerpo de Daniel, algo que irremediablemente la seguía turbando.

—De qué —preguntó con los brazos aún inmóviles, aún sordos sus deseos, que le hablaban de rodear el cuerpo de aquella mujer.

—De ti y de mí. De lo que puede estar pasando en esta casa. —Los ojos de Zehera habían decidido posarse en la boca de Daniel, importunando los preceptos de su cabeza.

—Que hablen. Que yo sepa, no les hemos dado motivos. ¿Desde cuándo te preocupa lo que piense la gente? —preguntó mientras se dejaba llevar por la inconsciencia y posaba finalmente las manos sobre los hombros de Zehera.

—Ahora se lo estamos dando...

Sintió un ligero y embaucador mareo, mientras sus ojos se perdían en el interior de los de él y su boca se dejaba conquistar por unos labios que no le eran extraños. Creyó haber iniciado una caída libre por un pronunciado y ciego precipicio, pero sentía que las manos de Daniel la sujetaban y eso evitaría el golpe. Logró no pensar en nada y concentrarse solo en descifrar los estímulos que sus sentidos le enviaban. Cuando sus labios se separaron y abrió nuevamente los ojos, contempló el rostro que tenía ante sí: lucía sereno, plácido, tranquilo, templado, como recién salido de un sueño apacible, sin vestigio alguno de culpa, de brusquedad. Recordó que la última vez que habían vivido algo similar, la pasión los desbordó, la locura apresó sus gestos, el ardor guió sus movimientos y la excitación los bloqueó. Ahora todo era distinto. Ni mejor ni peor. Tan solo diferente. Y no supo por qué, pero lo agradeció.

—No podemos —dijo su boca ignorando los mensajes que enviaba el resto de su cuerpo—. Ayúdame, por favor, no podemos hacer esto.

Daniel se negó a considerarlo siquiera y volvió a perderse en un largo y esta vez más entregado beso que halló igual respuesta. Zehera se dejó llevar por los designios estratégicos de aquellas manos en las que deseaba verse apresada. Ignoraba cómo había escalado su cuerpo hasta la superficie del mostrador central que ocupaba el eje de la gran cocina; tampoco le importaba cómo había llegado el cuerpo de Daniel a encarcelar y retener el suyo con la maestría con que lo había hecho. Nada de aquello podía importarle. Nada le distraería del abandono absoluto en el que se encontraba. Quería sentir cómo se erizaba cada centímetro de su piel en contacto con la boca del hombre; cómo las manos de él descubrían los senderos desconocidos de su pasión virgen y aún por aflorar; cómo cada movimiento de Daniel estimulaba su vientre y lograba inhibirla de sí misma. Estaba a punto de entrar en algo desconocido, y por primera vez en mucho tiempo logró desterrar el miedo de su horizonte. Permitió que su cuerpo se envolviera en espasmos inexplorados, en jadeos al descubrir sensaciones que creía inexistentes. Dejó que cada uno de sus músculos se agitara ante una nueva embestida sutil pero intensa de Daniel. Se abandonó a los temblores involuntarios que estallaban dentro y fuera de sí, a las sacudidas que por primera vez le arrebataban los sentidos. Accedió sin fisuras a que su mente y su cuerpo se abrieran deseosos y sedientos de emociones nuevas. Se acostumbró a convivir con la fuerza de los latidos que brotaban de su pecho y que lejos de asustarla la estremecían. Dejó que el sudor que emanaba de sus poros le humedeciera la piel y disfrutó el olor que transpiraba la unión de los dos cuerpos.

En un momento de excitación máxima, Daniel paró para observarla con detenimiento. Había mantenido los ojos cerrados la mayor parte del tiempo, mientras su boca se dedicaba a explorar el cuerpo que aún mantenía atrapado entre las manos. Necesitaba ver aquel rostro, comprobar que aquello era real, que la borrachera sensorial no correspondía a ninguna imagen soñada. Contempló por primera vez la entrega del cuerpo menudo y hermoso con el que había soñado muchas noches, cuando el propio sueño ponía coto a la prudencia y daba alas a su imaginación. Inspeccionó cuidadosamente su provocativa agitación, la fina capa de sudor que la envolvía y el deseo brotando de unos ojos que distinguió más verdes que nunca.

—Dime que quieres que siga —pidió mientras su cuerpo se convertía en el dique de la exaltación que presentaba el pecho de Zehera—. Dime que no quieres que pare, que deseas continuar. Dímelo porque si no, no seré capaz de hacerlo.

Ella le observaba intentando controlar sin éxito la marea de su organismo. Notó que el sudor de su cuerpo se enfriaba. No entendía las dudas de Daniel y temió que la situación le desbordara y que quisiera dejarlo. De ser así, no hubiese podido culparle, ya que ella tuvo la misma reacción hacía tan solo unos meses en el despacho. Únicamente fue capaz de asentir con la cabeza.

—Dímelo. Quiero oírlo. Necesito oírlo —insistía Daniel.

—Ssssí... —el sonido que salió de sus labios se asemejaba más a un suspiro.

—Entonces vámonos. No quiero que sea aquí donde pase.

Daniel cogió en brazos a Zehera y la condujo escaleras arriba hasta la habitación destinada para ella desde el primer día que llegó a la casa. Haciendo gala de un cuidado extremo, la tumbó sobre la cama sin apenas permitir que sus cuerpos se separasen. Lo que sucedió después sobre aquellas sábanas logró sorprenderla, tal fue la dedicación que empleó Daniel para hacerla sentir lo que realmente significaba para él. Sabía que ese cuerpo que abrazaba se había endurecido a lo largo del complicado camino que le había trazado la vida y se propuso ablandarlo de una manera exquisita. La delicadeza guió en todo momento sus caricias y logró relajar por completo a una mujer acostumbrada al ultraje y a la humillación. Sus labios —esos por los que tantas veces se había sentido atraída en silencio— supieron encontrar las palabras exactas para volcarlas en sus oídos y luego se convirtieron en pluma para acariciar cada centímetro de su piel y aventurarse con paciencia sobre aquel terreno resbaladizo. Sintió que se ahogaba en un oasis de placer infinito, sin reglas, sin prejuicios, sin trabas, sin temores, y ella apenas salía a flote para dejar escapar algún sonido sumiso, algún gemido que daba alas a Daniel. Perdió la noción del tiempo y habría jurado que incluso la conciencia y el sentido la abandonaron en varias ocasiones a lo largo de la noche.

Cuando los primeros haces de luz se colaron por las rendijas de la persiana, los ojos se vieron obligados a abrirse lenta y perezosamente. Durante un instante le costó entender dónde estaba, pero cuando advirtió el vendaje de su mano, despertó por completo, como si a su mente le costase recibir toda la información de lo que había sucedido la pasada noche, que iba llegando a ella a modo de *flashbacks*. Estaba echada sobre uno de sus costados y se aseguró de no mover un solo músculo por miedo a que el responsable del momento más feliz de su vida no se encontrara al otro lado de la cama. Lo que realmente le asustaba era la idea de darse la vuelta y comprobar que todo había sido un sueño, una mala pasada del inconsciente, sin duda arrebatado por el deseo más que por la realidad. Se quedó paralizada y temió incluso respirar. Solo cuando notó un ligero movimiento de sábanas a escasos centímetros, recuperó la respiración y cerró los ojos. Necesitaba recrear una vez más lo que su cuerpo había experimentado hacía unas horas, saborearlo de nuevo, abandonarse al excitante recuerdo de su entrega. Su mente aún se hallaba entretenida en esos menesteres cuando sintió cómo el brazo de Daniel la rodeaba. De nuevo se sintió perdida, vencida. Era imposible mantenerse inmóvil o disimular un sueño profundo cuando aquella mano se posaba en ella.

—¿Duermes? —La voz hizo que su oído reviviera el tono que le enervó los sentidos durante la noche.

—No —contestó pensando que no sería capaz de vencer la vergüenza. Contra todo pronóstico, se impuso a su propia cobardía y volteó el cuerpo en busca de aquella voz.

—Buenos días. —El rostro de Daniel le pareció más atractivo y sensual que nunca—. Supongo que has dormido bien.

—Mejor que nunca —confesó con absoluta sinceridad.

Durante unos segundos solo habló la intensidad de sus miradas y lo que tras ellas se escondía. Al fin Daniel se inclinó para besarla en los labios, sabiendo perfectamente que su gesto recibiría la mejor de las acogidas.

—Voy a preparar el desayuno. No hay prisa por levantarse —dijo mientras se ponía la camisa blanca que había caído al suelo la pasada noche en algún momento difícil de determinar. Antes de desaparecer por la puerta de la habitación, se detuvo en el umbral y miró una vez más a la mujer envuelta entre las sábanas blancas—. Hoy es sábado. Tenemos todo el día para nosotros.

Zehera aprovechó la soledad en la que se había quedado, para sentarse en la cama —la cabeza entre las manos— e intentar hacer balance de su situación actual. Acababa de vivir lo que sus deseos le habían estado dictando durante los últimos años; después de mucho tiempo había hecho realidad uno de sus máximos anhelos, el mismo que la atormentó en un primer momento y que la ayudó a sobrevivir en el sótano de la casa de sus padres mientras estuvo secuestrada. Parecería absurdo, pero no era capaz de descifrar cuál era la hoja de ruta a partir de ese momento. Había alcanzado la felicidad, así que la búsqueda había finalizado. ¿Qué haría ahora? ¿Qué se suponía que tenía que hacer a continuación? ¿Qué se esperaría de ella?

El aroma del irrenunciable café mañanero de Daniel y el silbido de la tetera —que avisaba de que el agua para la infusión de Zehera ya estaba en su punto de ebullición— le ayudaron a saltar de la cama y encaminarse escaleras abajo. Todo lo necesario para un desayuno perfecto parecía dispuesto en el mostrador de la cocina donde la pasada noche había comenzado todo. Quizá por eso no pudo evitar sobrecogerse cuando se disponía a tomar asiento en uno de los taburetes y necesitó unos segundos para que sus ojos lo examinaran todo, como si con la minuciosidad empleada estuviera reviviendo cada uno de los estímulos recibidos. No pasó inadvertido a Daniel, que encontró en el interior de su taza de café el escondite perfecto para ocultar una mueca de complicidad.

—¿Y ahora qué? —preguntó Zehera sin atreverse a remover la bolsa de té que flotaba en el agua de su taza—. ¿Qué va a pasar ahora?

Daniel la observó durante unos segundos. No pudo, no supo o no quiso entender la pregunta y mucho menos encontrar una respuesta acorde a las expectativas de Zehera. Se mantuvo de pie, frente a ella, como si tratase de descifrar en sus ojos color esmeralda lo que en su boca no entendía. Dejó su taza de café en la mesa y se aproximó a Zehera.

—No sé. Dímelo tú. ¿Qué quieres tú que pase? Todo depende de ti.

—No lo sé —confesó con una tranquilidad desconocida en ella—. Solo sé que no me arrepiento de lo que pasó anoche. —El simple recuerdo la sonrojó y la obligó a bajar la cabeza durante unos segundos que enardecieron a Daniel—. Mentiría si dijera lo contrario. Me hiciste sentir lo que jamás había sentido. Sé que te sonará cursi, ridículo y que seguramente te reirás de mí si te digo que lo de ayer fue mágico. Pero también me siento culpable por no sentirme avergonzada. Yo quería a Julia, ¡le debo mucho!, ¡le debo la vida!, y mira la forma que he encontrado de agradecerle todo cuanto hizo por mí. ¿En qué lugar me deja eso?

—Quiero que escuches bien lo que voy a decirte porque no acostumbro a decir estas cosas. —Daniel inspiró por la nariz una buena bocanada de aire fresco y confió en que le aireara por dentro—. Julia era todo para mí: la mujer de mi vida, mi compañera. Perderla ha sido lo peor que me ha pasado y me hubiese cambiado por ella sin dudarlo un solo instante. En este tándem ella era la dura, la valiente, la fuerte, y yo el cobarde. Siempre fue más lista que yo. Estoy seguro de que ella supo antes que nadie que se moría, que ya no estaría aquí para resolvernos la vida a todos. También estoy seguro de que supo antes que yo lo que iba a llegar a sentir por ti y no te quepa la menor duda de que intuyó tus sentimientos cuando ni siquiera tú misma los habías distinguido. Por eso me hizo prometer que iría a buscarte. Es como si quisiera asegurarse de que ninguno de los dos cometería una tontería sin sentido cuando ella ya no estuviera. Sé que no estuvo bien lo que pasó en el despacho ni lo que sucedió aquel otro día en la cocina. Me comporté como un auténtico canalla, me responsabilizo y me avergüenzo de mi comportamiento. Jamás hubiese podido ir más allá si Julia no... —No pudo saber si fue la falta de aire o la imposibilidad de encontrar las palabras exactas lo que detuvo su explicación—. Todavía no entiendo qué me pasó, te juro que en todo este tiempo junto a Julia no he podido mirar a otra mujer que no fuera ella. Pero de repente llegaste tú, y no sé lo que me pasó, ni cuándo ocurrió. No me di cuenta. Quizá si hubiese sido más listo lo habría hecho, pero las cosas son como son y de nada sirve ahora que nos lamentemos por ello. —Daniel tomó con sus manos el rostro de Zehera, que le escuchaba emocionada—. Yo no busqué esto, pero ocurrió. Y no me gustaría renunciar a ti porque eso no le devolverá la vida a Julia. No estoy dispuesto a sumar más pérdidas en mi vida. No tendría ningún sentido. No sería lógico y solo aportaría más dolor a nuestras vidas. Sé que puede sonar egoísta, aunque nada más lejos de la realidad. No es egoísmo. Es aceptar las cosas, buenas o malas, tal y como te van llegando en la vida. Y sobre eso, me temo que tú sabes más que yo.

El silencio de la mujer le hizo temer una visión diferente a la suya, por lo que decidió apartar sus manos de sus mejillas, retroceder unos pasos y regresar a esconderse en el interior de la taza de café.

—No nos lo van a poner fácil —dijo por fin Zehera—. No van a permitir que sigamos adelante. Harán todo lo posible para que desistamos. Pero te aseguro que me da igual, porque te amo. Y si tengo que pedir perdón por ello, lo haré, no tengo ningún problema. A ti, a Julia, a tus hijos, a mi hija, esté donde esté, al mundo entero si es preciso, pero es algo que no puedo controlar. Te amo —le dijo buscando su cuerpo—. Y estoy dispuesta a pasar por todo con tal de estar a tu lado. Yo también sé que la bondad de Julia aceptaría esta traición porque ella sabría que no lo es. Y aun así me duele.

Se besaron en un intento de sellar sus palabras, como si temieran que aquel desahogo sincero se diluyese en el aire.

—Prométeme que me ayudarás. Que estarás siempre conmigo y no me abandonarás.

—Eso ya se lo prometí hace un tiempo a otra persona —le confesó Daniel recordando la palabra dada a Julia—. Ahora también te lo prometo a ti.

37

La primera señal de aviso de que las cosas tomarían el camino más complejo vino de la ya temblorosa mano de Gema la Hoyos. Fue una tarde, a última hora, cuando apenas quedaban quince minutos para cerrar el café. La vio entrar por la puerta y sin esperar a escuchar el pedido comenzó a prepararle la consabida infusión de menta con la nubecita de leche fría y los dos terrones de azúcar moreno. No había terminado de disponerlo sobre la barra cuando la Hoyos se acercó y con la mano derecha bien abierta y valiéndose de todo el ímpetu que su avanzada edad le permitió, golpeó la madera del tablero, haciendo tambalearse la taza de té y la jarra de leche.

—No, señorita. No está bien. Es una ofensa a todos. A Julia la primera. Debería darte vergüenza.

La soliviantada visita se marchó con el mismo apremio con que había accedido al café mientras juraba que aquella sería la última visita. La capacidad de reacción de Zehera quedó aniquilada por el exabrupto temperamental de Gema y necesitó unos segundos para recomponerse. Sintió sobre ella la mirada de los cuatro clientes que aún ocupaban las mesas, como si de afilados dardos se tratara; por diana, su cuerpo entumecido. Pudo intuir que su pálido rostro se ruborizaba, en consonancia con sus labios bermellones, y sintió cómo el nudo que se había instalado en su garganta bajaba hasta la boca del estómago, donde caía en forma de puño de hierro. No era vergüenza lo que sentía. Gracias al legado de su abuela Mirsa, sabía desde niña que ese sentimiento nacía de la infracción y no del castigo, y ella no estaba haciendo nada malo. Quizá inoportuno, pero nunca pernicioso. Aquel retraimiento súbito era terror ante la incomprensión de los demás. Poco a poco, violentados por aquello y empujados por la hora de cierre, los clientes fueron pagando sus consumiciones y abandonando el café en un incómodo silencio. El último en hacerlo fue Tomás el Chocolatero, y no le costó descubrir en su lánguida mirada una mezcla de desengaño y dolor. Fue la primera vez que tuvo el coraje suficiente para no desviar los ojos, aunque le hubiese gustado ahorrarse la violencia de aquel instante. Por un momento, y ahogada por el sentimiento de tristeza que le provocaba aquella visión, sintió la necesidad de pedirle perdón, aunque algo estranguló su ímpetu. ¿Por qué tendría que hacerlo? ¿Por qué debería disculparse? Ella jamás le dio ningún motivo para la esperanza, al contrario, tuvo que soportar miradas y comentarios que en más de una ocasión la incomodaron. ¿Quién era él para exigirle explicaciones por algo que solo existía en su cabeza de loco enamorado? Ninguno de los dos dijo nada. Al salir, cabizbajo, hundido, derrotado como si hubiese recibido la confirmación de una puñalada trapera, Tomás se cruzó con Daniel. En ese momento entraba en el local para recogerla, como cada noche, aunque por primera vez en muchos años su saludo no obtuvo respuesta.

—¿Qué le pasa al Chocolatero? —preguntó extrañado.

—Lo mismo que al resto. Prejuicios. Debe de ser una epidemia.

Las cosas no mejoraron con el paso de los días. El encontronazo en el café se había convertido en la comidilla que alimentaba los mentideros de todo Pazo do Riba y la situación parecía insostenible. Cuanto mejor y más plena —en todos los sentidos— era la relación entre los dos enamorados, más fuerza tomaba la rumorología adversa. Las miradas se convirtieron en sentencias de culpabilidad; los sutiles comentarios que se aireaban en cada conversación, en juicios valorativos; y el vacío y la indiferencia de los que antes se desvivían en cumplidos y agradecimientos, en la condena acordada casi de forma unánime.

Si bien era ella quien más sufría el ambiente enrarecido, tampoco Daniel se libró de los comentarios ni de las situaciones comprometidas. No fueron solo las miradas furtivas que lanzaban a su paso algunas enfermeras o celadores, ni la actitud un tanto distante y fría de algunos de sus pacientes, la mayoría vecinos del pueblo, ni siquiera la menor afluencia de enfermos a su consulta lo que le puso sobre aviso de que los temores que Zehera compartía con él algunas noches al llegar a casa tenían fundamento. Una tarde, después de que sus manos obraran el milagro en el quirófano y devolvieran a la vida a un crío de doce años, recibió la inesperada visita del párroco de Pazo. Nunca había tenido demasiada relación con la Iglesia y mucho menos con Pedro el Macho, todo lo contrario que Julia, que accedía a la concesión de ciertas licencias religiosas con tal de conseguir contactos beneficiosos para su asociación. A no ser que ella se lo pidiera —algo que sucedía en contadas ocasiones, cuando se trataba de algún bautizo de compromiso o la boda de algún amigo—, Daniel se cuidaba mucho de pisar el templo sagrado que gobernaba el extraño hombre con sotana. Nunca le gustó aquel cura, jamás consiguió congeniar con él y únicamente su cuidada educación y el respeto que le tenía a Julia evitó que se mostrara ante él tal y como se sentía. Le irritaba que cada vez que su habilidad con el bisturí salvaba la vida de una persona, en especial la de un niño, aquel hombre de negro y con permanente gesto de superioridad lo redujera todo a la voluntad de Dios, despreciando lo que sus manos y las de su equipo habían contribuido a esa gracia divina que entendía interesada. No podía soportarlo. Le parecía un ejercicio de cinismo inaceptable. Por eso su presencia en la consulta no le hizo esperar nada bueno, además de provocar el nerviosismo de su enfermera, que ya no sabía cómo disculparse por haber permitido que aquel hombre con hábito pero sin cita previa se hubiese colado en el despacho del doctor.

—No se preocupe, Lidia. Ya me encargo yo de atender al señor —dijo para tranquilidad de su enfermera, que entendió que debía salir y cerrar la puerta—. Padre, qué sorpresa. Usted por aquí. No creía que llegaría a verle en mi consulta. Espero que no sea por nada grave.

—Puede que lo sea, pero como casi siempre, todo depende de ti. Se podría decir que está en tus manos —respondió el cura empleando una teatralidad en su tono de voz y dotando sus palabras de un doble sentido barato que empezó a irritar a Daniel. Además, le desquiciaba que le tutease mientras él insistía en emplear un trato de usted para mantener las distancias.

—Vaya, eso sí que es una novedad. Teniendo en cuenta que suelen estar en las de su Dios misericordioso. Cuénteme en qué puedo ayudarle.

—Nos ayudará a todos. A ti el primero y lo entenderás en cuanto me permitas hacértelo ver. Mira, Daniel, sé que nunca hemos conseguido tener una relación afectuosa, pues nuestra manera de ver el mundo dista bastante. No quiero que pienses que mi presencia aquí se debe a algo más que a un leal afán de ayuda, y de hacer las cosas bien. —Pudo ver en la rigidez de su rostro que su interlocutor no se lo iba a poner fácil. Así que optó por dejarse de rodeos e ir directamente al grano—. Supongo que sabes que con tu comportamiento estás motivando la aparición de determinados rumores en el pueblo que no traerán nada bueno ni para tus hijos, ni para ti y por supuesto para la joven Zehera...

—Acabáramos... —La sonrisa de Daniel ocultaba la ira que el comentario del párroco le había despertado en la boca del estómago—. Así que esa era la cuestión tan importante de la que venía a hablarme. Pues siento decirle que ha hecho usted el viaje en balde. Y ahora si me disculpa, tengo casos que realmente son de vida o muerte, en el más estricto sentido de la palabra, esa que usted sabe tergiversar de una manera magistral.

—Es un error. Y lo sabes —insistió el cura sin inmutarse ante la invitación de abandonar el despacho—. Sé que las verdades duelen, pero es necesario que alguien las diga. Y para eso estoy yo aquí. Resulta obsceno, inmoral, impropio de alguien de tu talla personal y profesional.

—No recuerdo que le preocupe en exceso mi condición personal cada vez que viene a pedirme que opere desinteresadamente a enfermos que, dicho sea de paso, son amigos suyos.

—Es deshonroso. Eso es todo. Va contra toda norma. Y debes poner fin a la infamia que estás cometiendo.

—Es curioso que sea justo usted quien venga a darme lecciones sobre lo que deben o no hacer dos personas adultas. —La prudencia que siempre le caracterizaba comenzó a tambalearse, aunque en ningún momento elevó su tono de voz—. Con todos los respetos, los mismos que al parecer usted ha dejado olvidados en su iglesia, esas enseñanzas morales se las podía haber dado usted a su señora madre, por no hablar de su señor padre, también pastor de Dios, según cuentan las mismas lenguas que según usted ahora me maldicen a mí. Y le ruego que no lo tome como algo personal.

—Lo que estáis sintiendo no tiene nada que ver con un sentimiento tan puro y limpio como es el amor —instó nuevamente Pedro el Macho como si no hubiese escuchado nada, ante un cada vez más asombrado Daniel.

—¿Sabe? A todos nos iría mejor si su iglesia se dedicara a condenar comportamientos violentos que tienen como víctimas a las personas y no a querer gobernar en las conciencias y en los sentimientos. Seguramente se ahorrarían pedir perdón al cabo de los años, cuando ya no hay remedio.

—La soberbia no te llevará a nada bueno, Daniel. Piensa en lo que te digo: Julia no se merecía eso.

—¡Ya está bien! —El último comentario había apurado su generosa dosis de paciencia—. Haga usted el favor de salir de mi consulta y le ruego que se abstenga de decirme lo que se merecía o no mi mujer, quien, por cierto, ya creo que se merecía, y en cantidades industriales, la famosa voluntad de su querido Dios. Pero no llegó nunca. Se ve que ese día su Señor estaría ocupado en otros menesteres como el que hoy le ha traído a usted hasta aquí. Creo que ya conoce el camino. Buenas tardes.

Una vez escuchó como las pisadas del párroco se perdían al fondo del pasillo que conducía a la salida, logró de un certero golpe que todo lo que había sobre la mesa se estrellara contra el suelo y algunas cosas rebotaran contra las paredes. Era el primer desahogo que se permitía en más de treinta años y sin embargo, no le hizo sentir mejor. Abrió la ventana para que el aire fresco templara sus ánimos y se dejó caer en el sillón en el que solía pasar consulta mientras perdía su mirada más allá del marco.

Unos golpes secos en el puerta rompieron la calma tensa que se había instalado en la consulta desde que el párroco la abandonase, aunque Daniel no respondió siquiera cuando aumentó la insistencia de la llamada. Quien entraba por la puerta no necesitaba de la venia de su compañero y amigo. Era el doctor Sayans. Le intrigaba que el cura del pueblo se hubiese acercado a visitar a quien probablemente era la persona más atea de la comarca, y necesitaba saciar el morbo. Después de observar el destrozo que aparecía sembrado por todo el suelo de la habitación, recurrió a su tradicional ironía.

—Vaya. Veo que ha sido un diagnóstico complicado de comunicar. —Como tampoco esta vez se inmutó su amigo, temió que hubiese sucedido algo grave—. ¿No me lo vas a contar? ¿Qué pasa? —Ricardo Sayans no estaba acostumbrado a los silencios de su colega—. Si quieres me voy, y vengo en otro momento que te venga mejor. No quiero incomodarte.

Cuando a punto estaba de salir por la misma puerta por la que había entrado dispuesto a hartar su divertida curiosidad, la voz de Daniel le frenó.

—Ha venido porque considera inmoral que Zehera y yo estemos juntos. Y también para decirme que Julia no se merecía eso. —Su voz era grave; aquello realmente le había afectado.

—Ya. Algo había oído. —Pensó en la conveniencia de seguir hablando u optar por un oportuno mutis.

—Tú y al parecer medio pueblo —dijo sin mirarle.

—Daniel, sabes que eres tú, y no yo, el experto en dar buenos consejos. Pero quiero que sepas que lo único que no te perdonaría nunca es que no fueras feliz por culpa de una demagogia de manual absurda y prefabricada impartida por un meapilas con alzacuellos. Yo no te lo disculparía, y mucho menos Julia. Te conozco desde hace demasiado tiempo como para que nadie tenga que explicarme qué clase de persona eres y cuál tu calidad humana. No dejes que nadie juegue con eso.

Podría haber continuado hablando o esperando la respuesta, pero alguien irrumpió en la consulta sin molestarse en llamar.

—¿Qué está pasando aquí? —preguntó el doctor Muñoz, el mismo que se encargó de encontrar el tratamiento facultativo adecuado para Zehera cuando llegó a Pazo do Riba—. He visto que estaba la puerta abierta y he entrado. ¿Me lo contáis? ¿Una reunión sin mí? ¿Contra quién se confabula? —preguntó ajeno a la tensión que se había apoderado de aquellas cuatro paredes.

—La puerta la has abierto tú, Nacho —le respondió Daniel—. Estaba cerrada para evitar que entrara algún descerebrado. Pero no parece que haya servido de mucho. —Decidió dar la vuelta al sofá que le mantenía de espaldas a sus dos amigos y compañeros de profesión. La cara del recién llegado, incapaz de controlar la curiosidad que aquella clandestina tertulia de colegas le motivaba, despertó una tímida sonrisa en el gesto de Daniel. Finalmente cedió y le ofreció la explicación que buscaba—: Esta vez la confabulación es contra mí. —Calló durante unos instantes en los que contempló la cara expectante de Muñoz y prosiguió—: Zehera y yo estamos juntos.

—¡Hijo de puta! —La sonora exclamación procedía de la más sincera admiración, de la más absoluta aprobación, empañada abiertamente por la envidia—. ¡Joder con el calzonazos! ¡Qué cabrón! —El nuevo comentario del doctor Muñoz no ayudaba a mejorar el ánimo de Daniel—. Te lo dije el primer día, que era una preciosidad, te lo dije y como siempre, me mandaste a tomar por el...

—Nacho, no creo que sea lo más conveniente, en estos momentos —medió el doctor Sayans.

—¿Cómo que no? Es que me conozco estas cosas, y el mérito siempre se lo terminan llevando otros. —Advirtió que Daniel no estaba para demasiadas bromas—. ¿Y qué pasa? ¿Dónde está el puto problema? ¿Alguien me puede explicar dónde está el drama? Te hacía algo más maduro, Castro, tampoco mucho, no vayamos tampoco a exagerar, solo un poco más curtido. ¡Vamos, hombre! ¡No me jodas!

—¿Por qué tienes que ser tan mal hablado? —La reprimenda de Daniel sonó ridícula, parecía fuera de lugar, pero era algo en lo que siempre insistía—. Has dicho tres chorradas y ya has colado cinco tacos. No tienes remedio.

—Y tú tampoco, amigo. ¿Alguien me puede explicar dónde coño está el gran dilema? Mejor te lo voy a explicar yo. Y lo haré utilizando tus propias palabras: abres, limpias, cierras, y se acabó el problema. Pues bien, tú has abierto y has cerrado. Y se terminó el problema, hermano. Y si hay alguien que no lo entienda, que se joda.

—¡Nacho! —gritó Daniel.

—¡Perdón! Que se fastidie, que se chinche, que se jorobe... ¡Coño con las putas formas! Sois peor que mi madre. —El doctor Muñoz tenía la sutil habilidad de quitar hierro a los asuntos más peliagudos, y esta vez no fue una excepción—. Bueno, ¿qué?, ¿me invitáis a cenar? Mi mujer se ha ido con sus amigas y me ha dicho que me den... —Esta vez sí se lo pensó dos veces—. Que me busque la vida.

Cinco horas más tarde, Daniel llegaba a casa con más alcohol en las venas de lo que había llevado en toda su vida. Cuatro gin-tonics tenían la culpa y a juzgar por la actitud de los tres doctores, también el remedio.

Era inevitable. Tarde o temprano la metástasis del rumor se extendería hasta los puntos más vulnerables, allí donde más daño causaría. El ladino batiburrillo de habladurías, algunas convertidas para entonces en auténticas fábulas shakesperianas, llegó en poco tiempo a los oídos de Sara, que aunque instalada en la ciudad a decenas de kilómetros del lugar donde creció, mantenía algunos nexos de unión con el pueblo que no pasaban directamente por la casa familiar. Cuando una de sus mejores amigas le contó por teléfono la morbosa comidilla que entretenía al pueblo, no pudo fingir el asombro que requería semejante comunicación. Nunca había sido buena en el arte del disimulo y rechazaba abiertamente todo lo que oliera a hipocresía barata. Su memoria le devolvió el recuerdo de ciertas miradas entre su padre y Zehera, algunas actitudes, algunas frases, algunos comentarios, que en su momento pudieron parecer ingenuos y que en la actualidad dotaban de verosimilitud a la maledicencia popular. No necesitó que ninguno de los protagonistas le confirmara el chisme que en boca de su amiga y confidente ya había empezado a abochornarla. Tampoco pudo evitar que la rabia le amordazara la lengua durante el tiempo que dedicó a pensar qué hacer y cómo actuar a partir de ese momento. Le pudo la vergüenza, el rubor, la inquina y un incipiente deseo de venganza que clamaba por ser saciado.

Le quedaban tan solo unos días para dar a luz y temió que una reacción excesiva envolviera su cuerpo en un torbellino emocional y dañara su delicado estado. Odió a su padre por entender que le había fallado de aquella manera tan burda y aborreció aún más a la joven bosnia a la que un día consideró hermana y desde aquel instante convirtió en su principal enemiga. Antes de comentárselo a Eduardo, su pareja, y preguntarle si él había escuchado algo sobre aquellos rumores —ya que Daniel y él seguían trabajando en el mismo hospital—, decidió llamar a Bruno y ponerle al día. Le sorprendió la reacción de su hermano. Tildó su incredulidad inicial de cobardía, de supina estupidez y comodidad narcisista, y le echó en cara su falta de temperamento y dignidad ante lo que ella entendía un menosprecio imperdonable a su madre.

—Vamos a hacer una cosa, Sara —le dijo Bruno en un intento de rebajar el tono y la excitación que mostraba su hermana al otro lado del teléfono, teniendo en cuenta que eran las dos de la madrugada—. Llamaré a papá, le diré que voy al pueblo este fin de semana, organizaremos una comida y que sea él quien nos aclare todo esto. Será mejor que hacer caso a lo que dicen tus amigas, que no te ofendas, pero ya las conocemos a todas y cuanto más lejos, mejor.

—¿Aclarar? No hay nada que aclarar. En el pueblo los han visto y no parece que ellos tengan ningún problema en exhibirse. Lo que hay que hacer es terminar con todo esto. Es una vergüenza para la familia y desde luego para el recuerdo de mamá.

—Sara, lo primero, en el pueblo creen ver muchas cosas, y si no acuérdate cuando tu viaje a Estados Unidos coincidió con la salida del párroco suplente de Pazo y más de uno os liaron y os convirtieron en padres de dos hermosas criaturas. Y dos, y desde luego más importante, nada va a manchar el recuerdo de mamá. Nada. Hazme un favor. Cuelga el teléfono, intenta descansar y verás como mañana lo ves como una tontería a la que no debes dar ninguna importancia. Es lo mejor para todos. Y para ti, si no quieres traer al mundo a mi sobrino con un cuadro de estrés que ni el doctor Muñoz pueda afrontar.

Sara hizo caso a su hermano sin entender muy bien por qué. Quizá le recordaba demasiado a su madre para ignorar sus recomendaciones o quizá porque era el mismo consejo que le daría Eduardo por la mañana, cuando regresara de la guardia en el hospital. En tres días, todos saldrían de dudas y podrían escuchar las explicaciones al respecto. Solo cabía esperar. Era únicamente cuestión de tiempo, aunque eso era justo lo único que no tenían: cuanto más se alargaba la espera, más afiladas se mostraban las lenguas del vecindario y más renovada y engrosada la corte de rumores.

38

En aquella ocasión, la apremiante visita de Bruno le pareció forzada. Sin duda su visita enmascaraba un motivo que por alguna razón desaconsejaba una rutinaria y fría comunicación vía telefónica. Daniel pudo reconocer en la voz de su hijo el mismo tono que descubría en la de Julia cuando estaba a punto de pedirle algo y no sabía cómo hacerlo para no levantar sospechas ni suspicacias. Aunque sabía que con una sencilla pregunta hubiera dado esquinazo a las dudas que le asolaban, prefirió no poner a su hijo en ese compromiso. Sara y él habían acordado una reunión familiar, al parecer con carácter de urgencia, sin que nadie le hubiese consultado. Pero no hacía falta. Conocía de sobra la rapidez con la que se propagan los rumores, sobre todo cuando van bien servidos de un exquisito morbo que alimenta aburrimientos ajenos. No le preocupaba en exceso la reacción de sus hijos, confiaba en ellos, quizá demasiado, pero temía que Zehera no fuese capaz de afrontar la situación; que una vez inmersa en ella la sobrepasara... Así que decidió hacerla partícipe del más que probable motivo del atropellado encuentro.

Fue Bruno quien llegó primero, sonriente, desbordando alegría y celebrando estar de nuevo con los suyos. Aquello hizo que Daniel se preguntara si no se habría precipitado en sus elucubraciones, sin embargo, la llegada de Sara echó por tierra cualquier esperanza de que la normalidad y el ambiente familiar presidieran la velada. Le había prometido a su hermano y a Eduardo que mantendría la calma, que se comportaría y no se convertiría en el torbellino en el que solía reencarnarse cuando algo le abrasaba por dentro. Le costó controlarse y esperar a que su padre encontrara el momento oportuno para explayarse y dar las explicaciones que él creyera convenientes. Hasta que su fuerza de voluntad se hizo trizas y no pudo más.

—Bueno. Y por el pueblo, ¿qué tal? Creo que andan la mar de animados. —La entonación que había empleado para formular la cuestión no dejaba lugar a dudas y le hizo entender a Daniel que la temida tormenta estaba a punto de desatarse en el comedor de su casa—. Y creo que todo gracias a vosotros dos.

El sarcasmo del comentario hizo que el resto de los comensales buscaran alguna reacción en el rostro de Daniel. El aludido fue el único que no retiró la mirada del plato que tenía ante sí. Su tensión muscular le mantuvo rígido el perfil y vaticinó lo peor.

—¿A qué te refieres, hija? —preguntó mientras, ayudado por el tenedor, terminaba de arrinconar parte de la guarnición que aún quedaba en su servicio.

—Sabes perfectamente a lo que me refiero. Creía que tendrías el valor de contárnoslo tú antes de que lo hicieran los demás, aunque solo sea porque somos la única familia que te queda, al morir mamá. Ya sabes, mamá, Julia, ¿te acuerdas de ella?

—Sara, por favor. —El intento de Bruno resultó inútil como también lo fue el de Eduardo por tranquilizarla utilizando el método de la patadita por debajo de la mesa.

—¿Cuándo teníais previsto contarnos que os pasáis las noches follando juntos en esta casa? ¿Antes o después de casaros? Por cierto, ¿lo hacéis en la cama en la que dormías con mamá, o ni siquiera eso habéis respetado?

—Sara, cállate. Pero ¿qué estás diciendo? ¿Quieres calmarte, por favor? —intentó de nuevo terciar su hermano para que la situación no se desmadrara antes siquiera de haber empezado a hablar. Pero resultaba imposible frenar el torrente de reproches que había ido coleccionando Sara durante los últimos días.

—Y a ti, Zehera —le dijo con la tensión clavada en sus ojos—, ¿no se te cae la cara de vergüenza? Seguro que lo tenías todo bien planeado desde el principio. Es increíble cómo nos has engañado a todos. Y encima has tenido suerte. Las dos personas que podían incordiarte para conseguir tu propósito están muertas. Aunque la verdad, creí que al menos el luto por la muerte de tu hija te duraría algo más.

—¡Basta ya! —Daniel dejó la copa con tanta fuerza sobre la mesa que se rompió en mil pedazos, provocándole unos pequeños cortes sangrantes en la mano que se confundieron con el color escarlata del vino—. No voy a permitirte que nos hables así en mi propia casa. No tienes ningún derecho. No tienes ni idea de lo que estás hablando.

—A quien no tenías que haber permitido regresar es a esta. Lo demás sobra, padre. No te reconozco.

—Aquí lo que sobra son tus juicios de valor sobre mi comportamiento. Nunca te los exigí a ti, ni cuando debí hacerlo. Y no voy a consentir que tú lo hagas conmigo. —Daniel se secó la mano con la servilleta sin advertir la sangre que había en ella. Zehera sí se dio cuenta, aunque aquel cruce de acusaciones la mantenía paralizada—. Tenéis razón. Debí decíroslo hace tiempo, antes de dar lugar a que os llegaran las habladurías de este pueblo. Y os pido disculpas por no haberlo hecho. Pero creedme que es algo que nos desbordó a nosotros mismos. Ni siquiera nos dimos cuenta de lo que pasaba.

—¡Joder!, pues para no daros cuenta, bien os ha cundido. ¡Pero es que no lo ves! ¡Por Dios bendito! ¡Podría ser tu hija!

—Podría. Pero no lo es —contestó Daniel enfatizando cada una de las palabras pronunciadas.

—¡Bueno, ya está bien! —gritó Bruno—. Todo esto nos ha pillado a todos por sorpresa. Es lógico que estemos un poco alterados. Pero por Dios, tampoco creo yo que debamos dramatizar. Nadie ha matado a nadie. Así que tranquilicémonos todos un poco —dijo mientras miraba a Sara, confiando en que sus palabras sirvieran para apaciguar los nervios.

—¡Claro que ha habido muertes! Mi madre arriesgó su vida por salvar a esta puta y ella se lo ha agradecido tirándose a su marido. ¡A saber cuándo empezó toda esta mierda! No me extraña que te echaran de tu país ni que tus padres se portaran como lo hicieron. A saber lo que les harías. Deberías estar muerta. Sería lo mejor para todos. —Las palabras de Sara parecían herirlas por igual a ambas.

—¡Se acabó! Sal ahora mismo de esta casa —ordenó Daniel al tiempo que se levantaba violentamente de la mesa—. ¡Fuera!

—Pero ¿qué clase de padre eres?... Echas a tu hija embarazada de casa por defender a la puta que te has traído de Bosnia.

Padre e hija se mantuvieron la mirada, conscientes del daño que se estaban haciendo, aunque sin poder arrinconar el sentimiento de odio porque sencillamente no lo había. Tan solo era rabia, ira, impotencia.

Daniel miró la abultada tripa de su hija, que estaba a punto de dar a luz. Acto seguido, se dirigió a Eduardo.

—Te rogaría que sacaras a tu mujer de esta casa. No creo que en su estado este sea el mejor ambiente posible —insistió cortésmente a su yerno.

—Sí, señor —contestó Eduardo, que aún conservaba el temeroso respeto que le inspiraba su suegro por motivos tanto personales como profesionales.

—No hace falta —se adelantó Sara incorporándose con esfuerzo de la silla en la que estaba sentada y rechazando la ayuda que le ofrecía su pareja—. Sé muy bien dónde está la puerta de salida de esta casa. Es la misma por la que salió por última vez mi madre. Pero claro, eso a ti ya no te importa.

Apenas había desaparecido de la estancia, Bruno se levantó para salir tras ella.

—Voy a buscarla —explicó apesadumbrado—. No se lo tengáis en cuenta. Es igual de cabezota que tú, papá. No ha querido decir nada de lo que ha soltado por la boca. —Antes de abandonar del todo la sala, se volvió hacia ellos y les dijo—: Id haciendo el café, que enseguida volvemos.

Los dos se quedaron sentados a la mesa, sin moverse. Daniel se apretaba la nuca con la mano derecha, tratando de librarlo de la tensión motivada por el cuadro esperpéntico que acababan de vivir. Solo el sonido de la voz de Zehera le sacó de su autismo.

—Todo es culpa mía. Sara tiene razón. Es culpa mía —dijo jadeando, como si su organismo estuviera a punto de estallar—. Yo soy la única culpable de todo esto. Tenía que haberlo imaginado. Lo tenía que haber previsto.

—Nada es culpa tuya, ¿me oyes? ¡Nada! —Daniel se levantó y se fue hacia ella—. Tú eres la que menos culpa tiene de todo lo que ha sucedido aquí esta noche. Y quiero que me digas que lo entiendes.

—Si yo hubiese muerto en mi país, si no hubiese venido aquí, si nunca te hubiese conocido...

—Julia estaría muerta, igualmente. Y yo me habría ido detrás de ella. Así que, por favor, deja de martirizarte con eso. Hazlo por mí.

En ese momento hizo su entrada Bruno en el comedor. Venía solo y con la huella de la derrota en su rostro.

—Nada. No ha habido manera. Es dura de mollera como ella sola —dijo volviendo a su sitio en la mesa—. No he querido insistir más por miedo a acabar todos en la sala de urgencias. Cuando se pone así, es mejor dejarla sola. Pero se le pasará. Ya la conocemos. —Se quedó observándolos durante unos segundos—. Lo siento, de verdad. No quería que las cosas llegaran a este extremo. Está claro que no he sabido medirlo bien. Pensé que alrededor de una mesa todo se explicaría mucho mejor, pero...

—No eres tú quien debe disculparse, hijo. Se me ha ido de las manos. Debería haber reaccionado antes y mejor. Ella no tiene la culpa de nada.

—Lo siento, Bruno. Te juro que yo no he hecho nada para llegar a esto. No sé cómo ha pasado. —Los ruegos de Zehera eran desgarradores—. Tienes que creerme.

—Te creo. Y lo sé. No tienes que darme explicaciones. Mirad, todos hemos estado sometidos a muchas presiones en el último año. Y ninguno tiene la culpa de nada de lo que nos ha pasado. Quería a mamá con locura, creo que es algo que ya sabéis. Y te quiero a ti, papá, y quiero a Sara, y a Zehera, que en más de una ocasión hizo las veces de hermana mayor. Y nada ni nadie va a cambiar eso. —Bruno se tomó unos instantes que invirtió para buscar los ojos de sus interlocutores—. Y si la vida o el destino o como queráis llamarlo os ha puesto en el mismo camino, no seré yo quien intente desviaros de él. No necesito explicaciones. No tengo derecho. Mi único deber, porque así se lo prometí a mi madre y así me lo enseñó ella, es que mi familia no se destruya. Y eso es lo que haré. Y por Sara no os preocupéis, papá. Seguro que mañana vendrá envuelta en lágrimas disculpándose por todo lo que ha dicho y abrazándose a ti como cuando era pequeña.

Pero Sara no llamó al día siguiente. Y tampoco se presentó. A los quince días dio a luz a una niña a la que llamó Julia. Se encargó personalmente de que su padre no conociera a su nieta y les negó cualquier tipo de contacto. Aún estaba demasiado dolida con todos los dardos verbales que se habían lanzado en el transcurso de la última conversación familiar. Se sentía traicionada, ignorada, abandonada e insultada por aquel a quien siempre la había unido una relación más que especial. El mismo que al parecer ahora prefería compartir su tiempo con una extraña a la que colmar de atenciones. Consideraba que el egoísmo de su padre había roto la unidad sagrada de una familia y alguien debía hacerle pagar por ello. Y ese alguien era ella. Conceptos como perdón o arrepentimiento no entraban en sus planes, aunque esa drástica decisión le impidiera disfrutar por completo del feliz suceso que acababa de cambiar su vida.

No quiso Daniel poner las cosas aún más complicadas de lo que ya estaban y por eso admitió sin más su decisión. La entendía injusta, cruel, fruto de un afán vengativo que nada tenía que ver con lo que siempre había movido a la familia Castro, pero no le quedaba más remedio que aceptarla, por mucho que sintiera resquebrajarse por dentro. Nunca se había caracterizado por exteriorizar sus emociones, prefería llevar por dentro tanto las muestras de alegría como de padecimiento, pero aquel golpe bajo había superado sus niveles de resistencia y resultaba imposible maquillar la profunda huella que la prohibición de conocer a su nieta había dejado en su rostro. De nada sirvieron los ruegos de Bruno y del propio Eduardo, que no terminaban de entender que la tozudez de Sara llegara tan lejos. Lo intentaron de todas las formas posibles, incluso el hermano amenazó con dejar de ir a verla si persistía en su actitud, pero de nada sirvió aquel burdo chantaje emocional: Sara no quería saber nada de su padre, y mucho menos estaba dispuesta a permitirle disfrutar de su recién estrenado rol de abuelo.

La actitud de Zehera también había experimentado ciertos cambios en las últimas semanas: se mostraba más nerviosa, alterada y distraída. Era normal verla con la mirada perdida, protagonizando largos silencios en los que parecía cobijarse con sus pensamientos por miedo a que alguien los descubriera. Daniel no tardó en darse cuenta. Algo le pasaba. En un principio creyó que el desagradable encuentro familiar la había afectado aún más de lo previsto y que el sentimiento de culpa estaba cargando sobre sus espaldas más peso del que podía aguantar. Ante sus ojos habían pasado inadvertidas otras señales que habrían podido orientarle: con solo advertir el brillo incandescente que enceraba el color verdoso de sus ojos y que se extendía a la totalidad de su rostro, más lustroso y juvenil que nunca, hubiese entendido que había un buen motivo para la celebración.

Zehera estaba embarazada. Todavía no había tenido oportunidad de hacerse las pruebas, pero lo sabía. Dos faltas y a puertas de la tercera eran mucho para un organismo que podía presumir de la precisión de la ingeniería suiza. Pensó en acercarse a la farmacia para comprar una prueba de embarazo, pero rápidamente desestimó la idea por miedo a lo que aquello podría desatar las habladurías; solo faltaba que alguien la escuchara o que la misma boticaria se fuera de la lengua para que en pocos minutos volara la crónica de su preñez por todo el pueblo. Sin embargo, la noticia le ardía en la boca y por supuesto en su abdomen que aún no se había hinchado lo suficiente para levantar las sospechas, ni siquiera del propio Daniel, a pesar de dormir todas las noches abrazado a su vientre y de convertirlo prácticamente a diario en el centro de su excitación común.

—Daniel, creo que estoy embarazada. —Más que un anuncio aquellas palabras parecían envolver el secreto de una pócima que devolvió al instante la esbeltez y la lozanía al castigado rostro de su amante—. No estoy segura, pero me parece que debo de estar de dos meses. —Cada palabra era un escalón más hacia la plenitud de aquel hombre—. He pensado que quizá podrías hacerme las pruebas en el hospital y así evitar males mayores, ya sabes.

La feliz e inesperada noticia le dejó la boca desierta de palabras. No fue capaz de emitir sonido o articular vocablo alguno. Se limitaba a observar el rostro de Zehera con la veneración propia de lo sagrado, como si en él encontrara las respuestas a todas sus dudas, la solución a todos los problemas, como si en su boca se hallaran las llaves capaces de abrir todas las puertas secretas del universo. Cuando al fin logró reaccionar, se abalanzó sobre la futura madre y la estrechó entre sus brazos durante lo que le pareció una vida entera.

Al día siguiente todo estaba previsto en el hospital de Daniel para confirmar la buena noticia. La complicidad de sus amigos, los doctores Sayans y Muñoz, hizo el resto. Fue este último el encargado de llevar los resultados a la consulta de Daniel, donde le esperaba la reducida comitiva desquiciada por los nervios. Llegó con el rostro serio, frunciendo el ceño.

—Tengo que deciros algo para lo que no sé si vais a estar preparados.

—¿Qué coño pasa, Nacho?

—¡Eh!, qué manera de hablar es esa. Y tú eres el que no me deja de dar el coñazo con mi vocabulario. ¡Contrólame ese léxico, doctor Castro, ya que no has sabido controlar otras cosas! —El gesto de burla del doctor Muñoz propició que una epidemia de sonrisas asolara a los que le escuchaban—. ¡Estáis embarazados!

—Un hijo —le dijo Daniel mientras sus manos tomaban el rostro de Zehera—. Me vas a dar un hijo.

—Tú me has dado la vida —le confesó—. Está en justa contrapartida.

—Enhorabuena, pareja —dijo el doctor Sayans—. Esto hay que celebrarlo.

—Por supuesto. Y sin perder un solo minuto. —El doctor Muñoz sacó de los dos bolsillos laterales de su pantalón, ocultos por la bata blanca, cuatro botellas en miniatura—. Las distraje en el mejor hotel de Rusia. Estas mierdecitas cuestan una pasta. Son el caviar del vodka, así que no me andéis con remilgos. Estaba esperando una buena ocasión para brindar con ellas. ¡Y cuál mejor que esta!

—Sí, pero por favor —rogó Daniel, mientras evitaba que Zehera vaciara el contenido de una de ellas en su boca—, que esto no se convierta en la comidilla del hospital. No quiero que nadie nos moleste, sobre todo a ella. Ya habrá tiempo para que nuestros vecinos se muestren escandalizados por algo que ni les va ni les viene.

39

El paso del tiempo se encargó de que la noticia del embarazo de Zehera corriera como la pólvora por todos los rincones de Pazo do Riba, hasta terminar estallando con toda su artillería pesada en un buen fogonazo que abrió la veda para todo tipo de comentarios, reflexiones y apostillas sobre la pareja y el nuevo vástago. Hacía tiempo que ellos evitaban salir por los locales del pueblo y preferían perderse por algún pueblo vecino o ampararse en la gran ciudad, en sus cada vez más limitadas salidas nocturnas.

Mucho antes de conocerse su embarazo, el Café Castro cerró sus puertas ante la falta de afluencia de la que siempre había sido una fiel clientela. Prácticamente todos decidieron darles la espalda, condenarlos al ostracismo por lo que entendían una clara falta de moral y un insulto a los más elementales principios de la decencia y el comportamiento púdico —una teoría que se encargaba de fomentar Pedro el Macho, que parecía haberse tomado la campaña de desprestigio de la nueva pareja como un asunto personal—. El ambiente se hizo casi irrespirable, sobre todo para Zehera, que se convirtió en el blanco no solo de las miradas, sino de los no pocos comentarios que a su paso dejaban caer algunos vecinos del pueblo en voz alta para que llegaran con claridad a los oídos de la futura madre. Ni una sola vez tuvo la tentación de volverse hacia ellos, de encarar los insultos, los juicios de valor y las descalificaciones sangrantes y de contestarles como probablemente se merecían. Y si en alguna ocasión la tuvo, la venció enseguida pensando en la suerte que la acompañaba en aquel momento de su vida. Por vez primera en toda su traumática existencia, disponía de todo lo necesario para sentirse una persona plenamente feliz y ese logro era algo que ni el criterio ni el pensamiento de un pueblo entero, por muy fuerte que este fuera, conseguiría trastocar. Ya conocía hasta dónde era capaz de llegar el fanatismo de un pueblo. Lo vivió recién estrenada su mayoría de edad y no estaba dispuesta a permitir que la ideología o la exacerbación acabara con lo que había conseguido.

No estaba dispuesta a que la obligaran a participar en una guerra, pero tampoco se dejaría derrotar en una declarada e injusta hostilidad. Sin embargo, los insultos o los simples susurros que su figura preñada sembraba a su paso adquirían la forma de piedras robustas y le hacía sentir sobre su cabeza el fantasma de la lapidación.

Cuando el sexto mes de embarazo entraba en su recta final, Daniel tomó una decisión que llevaba tiempo abrazando. No era una medida fácil de adoptar, ni mucho menos sencilla, pero representaba una de las salidas más lógicas y viables a la desatinada marabunta que se había formado a su alrededor. Significaría un gran cambio, no exento de ciertos riesgos, aunque el resultado merecería la pena. No podía permitir que Zehera se fuese apagando poco a poco en el interior de la casa, negándole el agua y la luz que le regalaba el exterior, condenándola a un cautiverio forzoso, a permanecer en un escondite injusto e indigno. Ninguno de los dos tenía por qué ocultar lo que había nacido entre ellos y aún menos, lo que llegaría a sus vidas en apenas tres meses.

Además, la nula relación que seguía existiendo con Sara y la cada vez más lógica distancia con Bruno —el único que había expresado públicamente su alegría por la llegada del nuevo miembro a la familia— le sirvieron para despejar las posibles dudas que le planteaba su casi definitivo fallo. Estaba convencido de que ella lo comprendería y que incluso se lo agradecería con la sabiduría que da la perspectiva del tiempo.

—¿Qué te parecería vivir en Argentina? —le preguntó mientras le acomodaba los cojines del sofá.

—¿Argentina? —Zehera no acababa de entender el sentido de aquella pregunta—. ¿Y qué vamos a hacer en Argentina?

—Lo mismo que aquí. Amarnos, besarnos, cuidarnos y formar una familia. Vivir, pero con toda la tranquilidad del mundo, lejos del nido de avispas que se nos ha formado en el jardín —dijo acompañando su última apostilla con un gesto de complicidad, en clara referencia a las incesantes habladurías del pueblo.

La futura madre pensó en la explicación que acababa de escuchar, aunque su rostro daba visos de no compartirla.

—Pero eso sería como huir. —Por un momento bajó la mirada, llena de episodios del pasado que empezaban a nublarle la visión—. Yo no quiero huir otra vez. No he hecho nada malo que me obligue a abandonar este lugar.

—A veces no hace falta hacer nada para sentir la necesidad de cambiar de aires. No lo entiendas como una huida. Es un paso adelante. En eso consiste la vida, ¿no? Tú ya has dado muchos y creo que ya va siendo hora de que demos uno los dos juntos. De todos modos, si tú no quieres, nos olvidamos. Yo lo único que deseo es estar contigo, me da igual dónde. Tú solo piénsalo. Hay tiempo.

40

Buenos Aires olía a libertad.

Era un olor revitalizante, enérgico, arrollador. Lo pudo notar en cuanto la azafata abrió la pesada puerta del avión y el aire bonaerense acarició la fina piel de su rostro. Respiró hondo y una sensación de pureza le hinchó los pulmones, estallándole dentro y estimulando sus sentidos. Tuvo la certeza de que esa misma descarga de oxígeno arrulló su prominente tripa en un gesto de cortés bienvenida. Antes de bajar del avión había decidido retocar el color rojo de sus labios. Quería que estuviera perfecto, que luciese en un estado impecable. Ella sabía que el gesto no correspondía a un signo de coqueteo femenino. Era algo más. La convicción de empezar con buen pie la aventura en la que había decidido embarcarse y de enfrentarse con la mejor de sus sonrisas a la nueva vida que la esperaba. Era un gesto de seguridad que siempre le había funcionado. Si Suhra estuviera contemplándola, sabría que había aprendido la lección y que no dudaba en ponerla en práctica.

Los primeros días apenas tuvo tiempo de pasear por las calles de la ciudad y descubrir los tesoros, los secretos y el aura mágica y especial que envolvía sus plazas, sus parques, sus cafés y en especial, a su gente. Daniel había ordenado desde España que todo estuviera dispuesto a su llegada para incorporarse cuanto antes al hospital más prestigioso de la capital argentina, pero el amplio y privilegiado ático que se convertiría en su nueva residencia necesitaba aún los últimos retoques. En eso entretenía Zehera sus horas mientras él acudía al centro hospitalario para ponerse al día —y de paso recibir una y otra vez los agradecimientos por parte de la dirección del centro, encantada de que al fin hubiese aceptado la oferta que durante tantos años rechazó por incompatibilidad familiar—. Al señorial y moderno inmueble no le faltaba detalle. Quien sea que fuera la persona que se había encargado de acondicionar la nueva residencia de los Castro había dado ejemplares muestras de tener un gusto exquisito y moderno. Todas las habitaciones eran amplias: desde el salón hasta la cocina pasando por el comedor y la enorme habitación de matrimonio, que gracias a unas obras de reforma recién finalizadas comunicaba con un dormitorio algo más pequeño, con las paredes pintadas en tonos pastel y decorado con detalles precisos que evidenciaban la próxima llegada del bebé. La luz entraba radiante por los ventanales que enmarcaban el ático y parecía multiplicar por diez las ya de por sí espaciosas dimensiones, acentuando la belleza del interior. El fabuloso mirador del salón desplegaba a sus pies una panorámica espectacular y envidiable del deambular de la ciudad, y con cada nuevo despertar Zehera encontraba más motivos de peso para considerar Buenos Aires como su verdadero hogar.

Aquel iba a ser el inmenso escenario de su nueva vida junto a Daniel y su bebé. Le gustaba.

Un mes después de su llegada a Buenos Aires, Zehera aún no había logrado arañar siquiera unas horas a la rutina diaria que requería su nuevo hogar para conocer el hospital donde trabajaba Daniel y donde ella daría a luz, según todos los cálculos, en los próximos días. Fue él quien terminó de convencerla para que le acompañara una mañana, con el propósito de que conociera al equipo que se encargaría de prestarle la mejor de las atenciones durante el parto. El recibimiento fue caluroso y encantador, como solía serlo todo desde su llegada a aquel país. La tranquilizó saber que su embarazo seguía la buena marcha que había llevado durante toda la gestación, incluso en los primeros tres meses en los que ni siquiera notó las típicas molestias en forma de vómitos, ardores de estómago e inoportunas pérdidas que suelen martirizar a las embarazadas. El casi perfecto embarazo de su niña no requería ninguna atención extra y en apenas quince días saldría de cuentas. Al fin podría ver su hermosa y diminuta carita. Soñaba con ese momento cada noche cuando sus ojos se cerraban y caía rendida sobre la cama agarrada al cuerpo de Daniel. Mentía al decir que era a él a quien más ilusión le hacía que aquella criatura fuera una niña. Su alegría no podía ser mayor y su felicidad colmaba la escasez de un pasado no muy lejano.

Cuando terminaron la visita guiada por el gigantesco y moderno hospital, un papeleo de última hora amenazó con entretener a Daniel durante unos minutos.

—Si quieres puedes esperarme en el café que hay justo enfrente del hospital —le propuso a Zehera, sabiendo que sin duda le resultaría más cómodo entretener la espera en una de las mesas del panorámico local—. Lo hemos visto al entrar. Sabes cuál te digo, ¿verdad? Yo bajo enseguida y me tomo un té helado contigo. O mejor, vete pidiéndome un mate, que hay que irse acostumbrando a todo lo bueno que ofrece este país.

—Vale. Pero no tardes, que te conozco. No me quiero ir sola a casa —le advirtió frunciendo tímidamente el ceño y aceptando de buen grado el beso que él abandonó en sus labios.

No le resultó complicado encontrar una mesa vacía. Todavía no era la hora del almuerzo, cuando salvo mediación de un milagro resultaba del todo imposible hacerse con un lugar en aquel coqueto y elegante establecimiento. El Café. Así rezaba el cartel que presidía la parte alta del local. La maquinaria que engrasaba su cerebro le devolvió rápidamente la imagen del Café Andric y del Café Castro. Aquellos recuerdos no representaron una rémora triste ni mucho menos lograron importunarla. «Con todos los cafés que he conocido, lo que no entiendo es cómo sigo sin dejarme atrapar por la tentación. Ese aroma del grano recién tostado...» Pero claro que lo entendía. Lo sabía perfectamente, de sobra conocía el origen de su rechazo. El hecho de que su cabeza la obsequiara con aquella sorprendente pregunta retórica la reconfortó, al deducir que, por fin y después de mucho tiempo intentándolo, el pasado estaba ocupando el lugar que merecía. Ya no tendría el dudoso privilegio de arrebatarle el protagonismo y la importancia a un presente se había ganado por méritos propios.

Se sentó en una de las mesas situadas casi a la entrada del café, pidió un té helado y no se olvidó del encargo que le acababa de hacer Daniel. Mientras el camarero vaciaba el contenido de su bandeja y lo disponía sobre la mesa con la destreza que otorga la experiencia, Zehera se dispuso a captar la belleza que le mostraba aquella mañana de sol y calor. Todo le fascinaba. Todo lograba captar su atención: los modelos de los coches, el deambular apresurado de los viandantes, el estilo elegante que gastaban las mujeres argentinas, los jóvenes que se desplazaban en bicicleta de un lugar a otro —para desesperación de los conductores de algunos «carros»—, o el vendedor de periódicos que vociferaba lo justo para acabar con la mercancía. La vida en la ciudad parecía desplegarse ante sí como fragmentos de una película rodada solo para sus ojos. Se obsequió con dos profundas inspiraciones y bebió unos sorbos refrescantes de su bebida.

Luego cambió su foco de atención, que esta vez se posó en quienes ocupaban cuatro de las mesas de la terraza del café. En una de ellas encontró a cinco jóvenes estudiantes de Medicina, orgullosos de lucir sus batas blancas pero, al mismo tiempo, inquietos y preocupados: buscaban algo en el interior de unos gruesos libros que abrían y cerraban con la desesperación propia de la cercanía de alguna prueba o examen. Eran dos chicos y tres chicas, estas últimas más tranquilas que sus compañeros y especialmente interesadas en sus respectivas melenas. En la mesa de al lado, un matrimonio de mediana edad con aspecto de no saber qué es una vida marcada por las necesidades se escondía tras las páginas de dos enormes periódicos; estos no parecían tener la misión de abrir sus miras a las noticias del mundo, sino más bien la de actuar como dique entre ambos. (De hecho, desde que Zehera había tomado asiento en El Café, ni una sola vez sucumbieron a un amago de conversación. Cualquiera de ellos podía haberse levantado y el otro no se habría percatado de su ausencia.) Otra de las mesas la ocupaba un hombre joven, de apariencia cuidada, bien trajeado y engominado, parapetado tras unas minúsculas gafas graduadas que parecían mantener una atracción fatal por la pantalla del ordenador: ni siquiera apartaba la vista de ella para saborear el café que el camarero le había dejado hacía ya tiempo —tanto que el rastro humeante que se escapaba de la taza se había difuminado hasta extinguirse por completo—. Le fascinó la rapidez y la destreza con las que los dedos de aquel joven se desenvolvían sobre el blanco teclado del portátil sin mirarlo una sola vez.

Le hizo gracia descubrir que su reacción de asombro había encontrado un espejo: una pequeña miraba casi hipnotizada la velocidad con la que aquellos dedos aporreaban las diminutas teclas. Zehera sonrió al observar su expresión de sorpresa. No tendría más de cuatro o cinco años. Era una niña preciosa, con enormes y sonrosados mofletes sobre los que aparecían dispersas pequeñas pecas que agudizaban aún más su perfil travieso. Llevaba el pelo negro, espeso y brillante, recogido en dos coletas a ambos lados de la cabeza y con unos enormes ojos negros que le ocupaban medio rostro y perseguían ávidos cada uno de los movimientos del propietario del ordenador. Amparada por aquella visión, se llevó la mano a su prominente abdomen y lo acarició con dulzura, como hacía desde que el doctor Muñoz les confirmó la buena nueva.

La insistencia de la niña llamó la atención del padre de la chiquilla, que ocupaba otra de las mesas mientras leía con atención un periódico. Le dijo algo a la pequeña que Zehera no pudo escuchar con nitidez, pero que entendió como una inocente reprimenda para que dejase al señor trabajar en paz, a juzgar por la rapidez con que la niña corrió hacia la mesa del padre y se sentó en sus rodillas. Adiós a todo intento de continuar con la lectura de la prensa. Se fijó en él. Era un hombre corpulento, de espalda amplia y cabeza grande. Le llamó la atención la nuca ancha y despejada que se dejaba ver por el cuello de la camisa, y sobre la que el corte capilar dibujaba una uve morena que daba buena muestra del crecimiento de su nutrida cabellera. Vestía ropa de sport: pantalón vaquero, camisa blanca arremangada a la altura del codo y unas enormes botas negras que no supo entender. «Con el calor que hace, se debe de estar asando con esos zapatos.» Sin saber por qué, el cuerpo de Zehera empezó a sentir el mismo calor que auguraba en aquel calzado. Estaba acostumbrada a los sofocos que habían supuesto su única molestia inoportuna durante el embarazo, pero aquel bochorno le ascendía por el estómago y le pareció extraño.

Apartó el vaso de té helado que ya tenía a medias y se dijo que sin duda algo tendría que ver con la indisposición que la perturbaba. Se llevó la mano a la frente y notó sobre ella una fina capa de sudor frío, que se encargó de enjugar con la ayuda de una servilleta; aprovechó para pasarla también por el cuello y el escote, igual de húmedos. Como la temperatura corporal no parecía darle tregua, metió los dedos en el vaso de té, recogió algunos trozos de hielo que aún flotaban en la superficie y los repartió por el cuello. Sintió una leve mejoría. Sin embargo, continuaba intranquila, aunque desconocía el motivo. Era como si la angustia hubiese anidado sin permiso y por sorpresa en su garganta, en su estómago, en su tripa. Notó un leve amago de ahogo que intentó atajar con respiraciones acompasadas y repetitivas.

Parecía tener controlada la situación cuando se encontró con los ojos grandes y negros de la niña: la observaba como si la conociera, como si estuviera examinando cada uno de sus vértices faciales, con una quietud impávida en la mirada y sin que un leve pestañeo interrumpiera en ningún momento la visión. El recuerdo de Teresa Alina se alojó en su cabeza. Cuando aquella imagen amenazaba con abandonarla en un estrangulado llanto, aquella niña le sonrió; sus hermosos carrillos se elevaron y surgieron en ellos unos hoyuelos infantiles que contribuyeron a sosegarla. Zehera le devolvió la mueca y la niña insistió en su gesto simpático, lo que provocó que el padre volviera la cabeza hacia su hija y más tarde hacia la persona a la que dedicaba sus guiños. Tan solo pudo ver a aquel hombre de perfil.

—No molestes a la señora —dijo con un acento medianamente forzado.

El estrepitoso timbre del móvil le impidió contestar a aquel hombre, insistir, como hubiese deseado, en que su hija no la estaba molestando. En la diminuta pantalla luminosa del teléfono aparecía intermitente el nombre de Daniel.

—¿Dónde estás, cariño? —Su voz era la de un hombre feliz, alejado de complicaciones e ilusionado con un nuevo proyecto de vida—. ¿Sigues en el café? Porque estoy yendo hacia allá y no te veo.

—Estoy casi al fondo de la terraza. —Zehera miró de nuevo al hombre que tenía cogida en sus brazos a la pequeña de ojos grandes y encontró una buena referencia—. Justo delante del señor de la camisa blanca con una niña en brazos. ¿Me ves? —preguntó confiada en que con las nuevas instrucciones le sería más fácil avistarla.

—¡Ah!, sí. Ahora te veo. Te has escondido bien, ¿eh?

Le buscó con la mirada y advirtió su figura en la mitad del paso de cebra que acababa a escasos metros de El Café. Una enorme y coloreada sonrisa irrumpió en su rostro.

—Vengo a buscarte porque tenemos que irnos —dijo después de besarla y de aprisionar entre sus labios, más por compromiso que por auténtico placer, unas gotas del mate que desde hacía minutos le esperaba sobre la mesa—. Por fin me han llamado los de la televisión de plasma y me han dicho que nos la instalan junto al equipo de cine ahora mismo. Están a media hora de casa. Si nos vamos ya, en una hora lo tenemos todo instalado. Y me temo que esta tarde voy a tener que pasarme por el hospital. Un trabajo inesperado. Pero tranquila, no me llevará mucho tiempo.

Daniel dejó sobre la mesa unas monedas que saldaban la cuenta, y los dos abandonaron el café. Zehera se despidió de la niña de los ojos grandes intercambiando una sonrisa. Durante unos segundos pudo ver el rostro del padre, que había terminado de leer el periódico y se había puesto unas gafas de sol mientras jugaba con la pequeña. Tuvo la impresión de que aquel hombre la observó durante un segundo a través de aquellas lentes oscuras. Fue una sensación rara, como arrancada de un sueño, como si aquel momento se hubiese velado provocando, por un minúsculo instante, que el tiempo se detuviera. De nuevo le sorprendió un embate de malestar interno, un extraño pinchazo en el vientre transformado en incontrolable desasosiego. El ahogo y la sensación de acidez, de indigestión, volvieron a planear sobre ella como una sombra amenazante, representando el papel de sabios mensajeros de lo que aún estaba por llegar.

—¿Te encuentras bien? —La pregunta de Daniel rompió la telaraña sensorial que parecía abstraerla de la realidad—. ¿Te ocurre algo? ¿Es el bebé?

—No. Estoy muy bien. Es el calor —intentó encontrar una explicación, algo que la tranquilizara más por ella que por él—. Vámonos a casa.

Los operarios habían cumplido y en menos de veinte minutos dejaron montado el espectacular dispositivo audiovisual. Daniel se mostraba pletórico y ni siquiera se esforzaba por disimular la euforia cuasi infantil de verse rodeado por todos los nuevos artilugios que habían distribuido a su alrededor. Por fin su idealizado equipo de vídeo y sonido, que le permitiría disponer en el salón de su casa de toda la calidad de las nuevas tecnologías.

A Zehera le gustaba demasiado contemplarle inmerso en ese grado de excitación propio de un niño ante una enorme caja de regalo, como para desplegar contra él todo el cargamento de burlas y bromas que tenía dispuesto en su cabeza. Estaba terminando de colocar los platos sobre la mesa y de asegurarse de que los cubiertos ocuparan en ella el lugar correcto cuando a Daniel le sonó el móvil.

—¿Te dejo las noticias? —le preguntó señalando el canal en el que tenía encendido el televisor mientras buscaba el teléfono para atender la llamada—. Van a empezar enseguida. —Por fin lo encontró—. Sí, dígame... Sí, yo soy.

Mientras Daniel hablaba, decidió aliñar la ensalada como él le había enseñado. Disfrutaba haciéndolo, era como si se zambullera en un estudiado y mágico ritual del que disfrutaba amparada siempre por los recuerdos. Su imaginación se hallaba perdida en otros derroteros, sin duda más placenteros, cuando sus ojos verdes se clavaron en la recién estrenada pantalla de plasma. Sobre ella aparecía la imagen de la terraza de El Café donde había estado hacía algo más de una hora. En los distintos *flashes* que ofrecía la información del noticiero se veía cómo varias patrullas de la policía rodeaban el local y se llevaban esposado a un hombre al que metían en uno de los coches, mientras uno de los policías cogía en brazos a una niña que no paraba de llorar. El gesto de Zehera se congeló, agarrotando todos sus músculos. Reconoció en ella a la pequeña de enormes ojos negros con la que había intercambiado las sonrisas en el local.

«Dios mío, pero ¿qué ha pasado?»

Sacó sus manos del bol de ensalada que pretendía condimentar e intentó secárselas con un paño mientras buscaba nerviosa el mando a distancia para subir el volumen del televisor.

«¿Dónde está? ¿Dónde lo ha puesto?»

La pantalla de televisión no paraba de escupir imágenes cuyo significado era incapaz de entender sin una voz que le ayudara a dotarlas de cierto sentido. Al fin encontró el dichoso mando y buscó en él el botón que le permitiera elevar el sonido. La voz del locutor y las declaraciones de una mujer de melena canosa y grandes gafas —Carla del Ponte, según mostraba el rótulo impreso en pantalla, fiscal del Tribunal Penal Internacional para los crímenes de guerra de la ex Yugoslavia— marcaron la fuerza y la frecuencia con la que los latidos de su corazón revolucionaron su pecho.

No teníamos idea de dónde estaba. Cuando un criminal abandona un país, siempre es difícil localizarle. Por eso es importante ser persistente, porque tarde o temprano comete un error. Sasa Ludonovic llamó por teléfono a su esposa, que estaba en Bosnia y así pudimos rastrear la llamada. Lo mismo pasó con el criminal de guerra croata Ante Gotovina, que hizo tan solo una llamada desde las islas Canarias y esto bastó para que le encontráramos. Es sumamente importante el control permanente de familiares y amigos, porque te pueden llevar al prófugo.

Un estremecedor aullido emergió de la faringe de Zehera mientras el ultramoderno mando a distancia estallaba en mil pedazos contra el suelo. El fuerte estruendo hizo que Daniel se olvidara del teléfono móvil y acudiera de inmediato. La voz del locutor continuaba hablando sobre unas imágenes de una ciudad y de una guerra que a Zehera le resultaban muy familiares. La imagen congelada de un retrato de Sasa Ludonovic vestido con el uniforme militar chetnik y el característico gorro alto de piel negra —el atuendo con el que ella le había conocido— la obligó a llevarse las manos al vientre. Sintió una fuerte punzada, como si la afilada hoja de un cuchillo intentara hacerse un hueco en el interior de su enorme barriga. Al mismo tiempo, notó cómo un líquido espeso y caliente le bajaba por las piernas. Pero ella siguió escuchando, presa de fuertes respiraciones y jadeos ahogados.

Sasa Ludonovic ha sido detenido esta mañana cuando se encontraba en compañía de su hija de cuatro años en un céntrico café de Buenos Aires donde esperaba reencontrarse con su esposa, recién llegada de Bosnia. El detenido, que en ningún momento mostró resistencia, fue trasladado a la cárcel argentina de máxima seguridad de Ezeiza. Ludonovic está considerado uno de los más sanguinarios genocidas de la guerra de la antigua Yugoslavia, uno de los máximos exponentes de la denominada limpieza étnica de musulmanes junto a Radovan Karadzic y Ratko Mladic y está acusado de haber matado, fusilado, quemado, ahogado o apaleado a más de doscientas personas, por el simple hecho de ser de otra nacionalidad y tener otra religión. Durante la guerra de Bosnia, Sasa Ludonovic creó y dirigió un grupo paramilitar llamado Águilas Blancas que sembró el terror, la desolación y la muerte en la antigua Yugoslavia, en especial en una pequeña ciudad de Bosnia Herzegovina de nombre Visegrado.

—¿Qué pasa? ¿Qué te ocurre? —le preguntó Daniel impotente al ver que no lograba arrancarle más explicación que las lágrimas que inundaban sus ojos verdes, fijos en la pantalla del televisor. No le llevó mucho tiempo entender lo que estaba sucediendo—. Es él, ¿verdad? Ese es el individuo que lo hizo...

No necesitó preguntar más para confirmar que ese era el hombre que la condenó en vida. Tampoco había tiempo para más explicaciones. Con una rápida mirada, Daniel comprendió la urgencia: entre las piernas de Zehera crecía un charco, una especie de líquido blanquecino manchado tenuemente de sangre. La tomó en brazos, la sentó en el coche y condujo a toda velocidad por las calles de Buenos Aires hasta llegar al hospital. Tan solo le separaban cinco minutos, pero la eternidad se asemejaba a un mísero segundo.

—Estate tranquila. No pienso separarme de ti ni un momento. Te amo.

De nuevo cumplió su promesa.

EPÍLOGO

Fue un parto rápido y sin más complicaciones que el excesivo cuadro nervioso de la parturienta. Ninguno de los facultativos que le asistían en la sala de partos conocía la razón. Excepto Daniel.

La niña pesó tres kilos ochocientos cincuenta gramos y midió cincuenta y cuatro centímetros. Era un bebé hermoso, sano, con grandes coloretes sonrosados en las mejillas, una fina pelusilla rubia sobre su cabecita y un gesto abiertamente risueño. Contra el usual pronóstico médico, el recién nacido no tardó ni un solo día en mostrar al mundo el color verde esmeralda de sus ojos, fiel herencia de su madre. La primera en contemplarlos fue Zehera, empeñada en colocar su pecho entre los minúsculos labios naturalmente sonrojados de su bebé.

—Rosa. Te llamarás Rosa. Y te juro que seguirás sonriendo al mundo durante toda tu vida.

Sentado al pie de la cama hospitalaria, Daniel contemplaba absorto la imagen maternal que se estaba desarrollando ante sus ojos. Le embargaba una extraña y turbadora sensación. Se sentía el único y privilegiado espectador del que sin duda era el mayor espectáculo que pudiera ofrecer la vida. Durante la eternidad que duró aquel momento, no pudo dejar de observar a Zehera y a la pequeña Rosa. Sus dos rosas se abrían ante sí.

Era el hombre más afortunado del mundo.

Impreso en Black Print CPI Ibérica, S. L.
C/ Torrebovera, s/n (esquina c/ Sevilla), nave 1
08740 Sant Andreu de la Barca
(Barcelona)